EDGAR ALLAN POE

Gesammelte Werke in 5 Bänden

BAND III

DER SCHWARZE KATER

ERZÄHLUNGEN

IM HAFFMANS VERLAG
ZÜRICH

EDGAR ALLAN POE

Der schwarze Kater

ERZÄHLUNGEN

AUS DEM AMERIKANISCHEN VON
ARNO SCHMIDT,
HANS WOLLSCHLÄGER
UND KUNO SCHUHMANN

HAFFMANS VERLAG

E. A. Poes Erzählungen in den hier vorliegenden Übersetzungen
erschienen erstmals 1966 in der von Kuno Schuhmann und Hans Dieter Müller
herausgegebenen Poe-Werkausgabe des Walter Verlags,
der die Haffmans-Ausgabe buchstaben- und zeichengenau folgt.
Sie bringt die Texte nach Thomas O. Mabbott,
Collected Works of Edgar Allan Poe, 3 Bde., Cambridge 1969–1978,
in der chronologischen Reihenfolge ihrer Entstehung.
Alle Anmerkungen zu den einzelnen Erzählungen stammen von
Kuno Schuhmann und befinden sich am Schluß des Bandes.

Herstellung: Ebner Ulm
ISBN 3 251 20180 8

INHALT

ERZÄHLUNGEN

(1843–49)

DAS GEHEIMNIS UM MARIE ROGÊT*

EINE FORTSETZUNG

ZU DEN ›MORDEN IN DER RUE MORGUE‹

Es gibt eine Reihe idealischer Begebenheiten, die der Wirklichkeit parallel läuft. Selten fallen sie zusammen. Menschen und Zufälle modifizieren gewöhnlich die idealische Begebenheit, so daß sie unvollkommen erscheint, und ihre Folgen gleichfalls unvollkommen sind. So bei der Reformation; statt des Protestantismus kam das Luthertum hervor.

NOVALIS, ›*Moral-Ansichten*‹

Nur wenige Menschen gibt es, selbst unter den ruhigsten Denkern, die nicht gelegentlich ein vager, doch Schrecken weckender Halbglaube an das Übernatürliche durchschauert hat, wenn ihnen Koinzidenzen von so offensichtlichem Wundercharakter begegneten, daß der Verstand sie einfach nicht mehr als ein Zusammenkommen bloßer Zufälle zu akzeptieren bereit war. Solche Empfindungen – denn die Semi-Gläubigkeit, von der ich rede, besitzt in keinem Fall die Vollkraft des *Gedankens* – solche Empfindungen lassen sich selten gänzlich unterdrücken, es sei denn, man beruft sich auf die Lehre vom Zufall oder, wie der technische Ausdruck lautet, die Wahrscheinlichkeitsrechnung. Nun ist

* Beim Erstabdruck der *Marie Rogêt* wurden die im folgenden beigefügten Fußnoten für unnötig gehalten; doch da nun seit der Tragödie, auf welcher die Erzählung basiert, mehrere Jahre verstrichen sind, ist es wohl angeraten, sie mitzuteilen und darüberhinaus ein paar Worte zur Erläuterung des allgemeinen Plans zu sagen. Ein junges Mädchen, *Mary Cecilia Rogers*, wurde in der Nähe New Yorks ermordet; und obschon ihr Tod eine heftige und langdauernde Aufregung hervorrief, waren die ihn umgebenden Rätsel zur Zeit, da die vorliegende Arbeit niedergeschrieben und publiziert wurde (November 1842), immer noch ungelöst geblieben. Hierin ist der Autor – unter dem Vorgeben, das Geschick einer Pariser

diese Rechnung ihrem Wesen nach pure Mathematik; und so haben wir hier den anomalen Fall, daß die allerexaktesten Begriffe, welche die Wissenschaft bietet, ausgerechnet auf den verschwommensten und am wenigsten greifbaren Bereich der Spekulation Anwendung finden.

Die außerordentlichen Einzelheiten, die ich nun publik zu machen aufgerufen bin, bilden, so wird man sehen, was die zeitliche Folge betrifft, die primäre Phase einer Reihe von kaum faßlichen Koinzidenzen, deren sekundäre oder Schlußphase alle Leser in dem Morde an Mary Cecilia Rogers, der jüngst zu New York geschah, wiedererkennen werden.

Als ich mich vor etwa einem Jahre in einer Arbeit des Titels *Die Morde in der Rue Morgue* bemühte, einige sehr bemerkenswerte Züge im geistigen Charakter meines Freundes, des Chevaliers C. Auguste Dupin, abzuschildern, hätte ich nicht gedacht, daß ich das Thema jemals wieder aufgreifen würde. Diese Charakterbeschreibung bildete meinen Plan; und dieser Plan fand im Zuge der seltsamen Umstände, welche Dupins Idiosynkrasie ins Licht rückten, volle Erfüllung. Wohl hätte ich noch weitere Beispiele an-

grisette zu erzählen – in peinlicher Detailtreue den wesentlichen Tatsachen des wirklichen Mordfalles Mary Rogers gefolgt, indessen nur unwesentliche Nebensächlichkeiten eine freie Anpassung erfuhren. So ist die gesamte Beweisführung der Romanhandlung auf die wahren Begebnisse anwendbar, und Ziel der Untersuchung war: die Wahrheit zu finden.

Das *Geheimnis um Marie Rogêt* wurde fern vom Schauplatz der Greueltat abgefaßt, und der Autor konnte sich dabei einzig aus den Zeitungen unterrichten. So entging ihm vieles, was er sich hätte zunutze machen können, wäre er an Ort und Stelle gewesen, um die Lokalverhältnisse in Augenschein zu nehmen. Doch mag hier die Bemerkung nicht ganz unangebracht sein, daß die Geständnisse von *zwei* Personen (deren eine die Madame Deluc der Erzählung ist), abgelegt zu verschiedenen Zeiten und lange nach der Veröffentlichung, nicht nur die allgemeine Schlußfolgerung vollauf bestätigen, sondern auch sämtliche hypothetischen Haupteinzelheiten, aus denen sich diese Schlußfolgerung aufbaute.

führen können, aber noch deutlicher wäre der Beweis auch damit nicht mehr zu erbringen gewesen. Nun haben mich jedoch kürzliche Begebnisse, in ihrer überraschenden Entwicklung, dazu aufgescheucht, noch einige fürdere Einzelheiten mitzuteilen, die freilich etwas vom gewaltsam erzwungenen Geständnis an sich tragen werden. Doch angesichts dessen, was ich jüngst vernahm, wäre es tatsächlich einigermaßen befremdlich, wollte ich weiterhin das in Schweigen hüllen, was mir vor langer Zeit schon zu Ohren und Augen kam.

Als der tragische Fall um den Tod der Madame L'Espanaye und ihrer Tochter abgeschlossen war, wandte der Chevalier seine Aufmerksamkeit augenblicklich von der Affäre ab und verfiel wieder in seine alten Gewohnheiten mürrischer Träumerei. Allzeit zu Abstraktion geneigt, schloß ich mich bereitwillig seinen Grillen an; und indem wir weiterhin unsere Zimmer im Faubourg Saint Germain bewohnten, ließen wir die Zukunft den Winden und schlummerten gelassen in der Gegenwart, die wirre Alltagswelt, die uns umgab, in Träume spinnend.

Doch diese Träume blieben nicht immer gänzlich ungestört. Man wird es wohl begreiflich finden, daß die Rolle, die mein Freund in dem Drama an der Rue Morgue gespielt hatte, auf die Phantasie der Pariser Polizei nicht ohne Eindruck geblieben war. Bei ihren Emissären war der Name Dupin zum festen Begriff geworden. Da der einfache Charakter jener induktiven Schlüsse, mit deren Hilfe er das Geheimnis enthüllt hatte, außer mir keinem anderen Menschen und nicht einmal dem Präfekten erklärt worden war, ist es natürlich nicht überraschend, daß man die Affäre für kaum weniger denn ein Wunder ansah, beziehungsweise daß des Chevaliers analytische Fähigkeiten ihm den Ruf erwarben, mit Intuition begabt zu sein. Seine Offenheit hätte ihn gewiß veranlaßt, einem jeden, der ihn daraufhin angesprochen, ein solches Vorurteil auszureden; doch sein indolentes Temperament ließ keinerlei weitere Erörterung eines Gegenstandes zu, der längst sein Interesse für ihn verloren hatte. So geschah es denn, daß die gesamte staatliche Ordnungsmacht zu ihm wie einem Leitsterne aufblickte; und der Fälle waren nicht wenige, in denen die Präfektur den Versuch unternahm, sich seiner Dienste zu versichern. Einer der bemerkenswertesten hiervon war der des Mordes an einem jungen Mädchen namens Marie Rogêt.

Das Ereignis trug sich etwa zwei Jahre nach der Bluttat in der Rue Morgue zu. Marie, deren Tauf- und Zuname aufgrund ihrer Ähnlichkeit mit denen des unglücklichen ›Zigarrenmädchens‹ sogleich werden aufmerken lassen, war die einzige Tochter der Witwe Estelle Rogêt. Der Vater war schon während ihrer Kindheit gestorben, und seit der Zeit seines Todes bis etwa achtzehn Monate vor der Mordtat, die den Gegenstand unserer Erzählung bildet, hatten Mutter und Tochter zusammen in der Rue Pavée Sainte Andrée* gewohnt, wo Madame mit dem Beistande Maries eine Pension unterhielt. So liefen die Dinge dahin, bis die Tochter ihr zweiundzwanzigstes Jahr erreicht hatte und ihre große Schönheit die Aufmerksamkeit eines Parfümhändlers an sich zog, der einen der Läden im Erdgeschoß des Palais Royal innehatte und dessen Kundschaft hauptsächlich aus den desperaten Abenteurern bestand, die jene Gegend unsicher machten. Monsieur Le Blanc** war es nicht entgangen, daß es seiner Parfümerie Vorteil bringen mußte, wenn ein so schönes Mädchen darin bediente; und seine freizügigen Vorschläge wurden von Marie mit Eifer, von Madame freilich erst nach einigem Zögern angenommen.

Die Erwartungen des Ladenbesitzers gingen in Erfül-

* Nassau Street.

** Anderson.

lung, und bald hatten die Reize der munteren *grisette* seine Räume stadtbekannt gemacht. Ein Jahr lang ungefähr war sie bei ihm in der Stellung gewesen, als ihre Bewunderer durch ihr plötzliches Verschwinden aus dem Laden in Bestürzung versetzt wurden. Monsieur Le Blanc war außerstande, ihre Abwesenheit zu erklären, und Madame Rogêt verging schier vor Angst und Schrecken. Die Tageszeitungen griffen sofort die Sache auf, und eben schon stand die Polizei im Begriffe, ernstliche Nachforschungen anzustellen, als eines schönen Morgens, nachdem grad eine Woche verstrichen, Marie bei guter Gesundheit, doch mit einem von Kummer verdüsterten Gesicht, wieder hinter ihrem üblichen Ladentisch in der Parfümerie in Erscheinung trat. Natürlich wurde augenblicklich alle Nachsuche, soweit sie nicht privaten Charakters war, eingestellt. Monsieur Le Blanc beteuerte wie zuvor seine gänzliche Ahnungslosigkeit. Marie aber antwortete im Vereine mit Madame auf alle Fragen, sie habe die letzte Woche im Haus einer Verwandtschaft auf dem Lande verbracht. So verlief die Affäre bald im Sande und geriet allgemein in Vergessenheit; denn das Mädchen verließ bald endgültig die Parfümerie, sichtlich um all der zudringlichen Neugierde ledig zu werden, und suchte Zuflucht im Hause der Mutter in der Rue Pavée Sainte Andrée.

Es geschah wohl fünf Monate nach dieser Heimkehr, daß ihre Freunde zum zweitenmal durch ihr plötzliches Verschwinden in Aufregung versetzt wurden. Drei Tage vergingen, ohne daß man das mindeste von ihr hörte. Am vierten aber fand man ihren Leichnam in der Seine* treiben – nahe dem Ufer, welches dem Viertel der Rue Sainte Andrée gegenüber liegt, und an einer Stelle, die gar nicht so weit von der einsamen Gegend der Barrière du Roule** entfernt ist.

* Der Hudson.

** Weehawken.

Die Scheußlichkeit dieses Mordes (denn daß hier ein Mordfall vorlag, wurde augenblicklich offenbar), die Jugend und Schönheit des Opfers, das zuvor stadtbekannt gewesen, wirkten zusammen und erzeugten eine heftige Erregung in den Gemütern der empfindsamen Pariser. Ich wüßte keinen ähnlichen Vorfall zu nennen, der eine so allgemeine und so heftige Wirkung hervorgebracht hätte. Mehrere Wochen lang vergaß man über der Erörterung dieses einen, alles in sich aufsaugenden Themas selbst die wichtigsten politischen Gegenstände des Tags. Der Präfekt unternahm ungewöhnliche Anstrengungen; und natürlich wurden sämtliche Kräfte der Pariser Polizei bis zum Letzten aufgeboten.

Anfangs, als der Leichnam entdeckt wurde, war man nicht der Meinung, daß der Mörder der unmittelbar gegen ihn in Gang gebrachten Nachforschung länger als höchstens ein paar Tage würde entgehen können. So geschah es nicht vor Ablauf einer ganzen Woche, daß man es für notwendig erachtete, eine Belohnung auszusetzen; und selbst da noch wurde diese Belohnung auf tausend Francs beschränkt. Inzwischen ging die Spurensuche nach Kräften voran, wenn auch nicht immer mit Verstand, und zahlreiche Personen wurden ergebnislos vernommen; indessen die fortdauernde Unmöglichkeit, nur irgend Licht in das Geheimnis zu bringen, die Volkserregung höchstlich steigerte. Am Ende des zehnten Tages hielt man es für angeraten, die ursprünglich ausgesetzte Summe zu verdoppeln; und als schließlich auch die zweite Woche verstrichen war, ohne zu irgendwelchen Entdeckungen zu führen, und das Vorurteil, das in Paris immer gegen die Polizei besteht, sich in mehreren ernsten *émeutes* Luft gemacht hatte, nahm es der Präfekt denn auf sich, die Summe von zwanzigtausend Francs »für die Überführung des Meuchelmörders« auszusetzen – beziehungsweise, falls sich ergeben sollte, daß mehr als einer in die Tat verwickelt war, »für die Überführung eines der Meuchelmörder«. In der Proklamation, die diese Belohnung in Aussicht stellte, wurde auch jedem etwaigen Komplizen, der gegen seinen Genossen Zeugnis ablegen würde, volle Straffreiheit versprochen; und überall, wo diese Bekanntmachung erschien, war noch das private Plakat eines Bürgerkomitees beigefügt, das zusätzlich zu der vom Präfekten verheißenen Summe noch weitere zehntausend Francs in Aussicht stellte. Die gesamte Belohnung belief sich also auf nicht weniger denn dreißigtausend Francs, was man für einen außerordentlichen Aufwand ansehen darf, erwägt man die bescheidene gesellschaftliche Stellung des Mädchens und die Tatsache, daß Greuel wie der beschriebene in großen Städten doch ziemlich häufig geschehen.

Nun zweifelte niemand mehr, daß sich das dunkle Geheimnis dieser Mordtat unmittelbar lichten würde. Doch obschon in ein oder zwei Fällen Verhaftungen erfolgten, die Aufklärung versprachen, wurde doch nichts ans Licht gebracht, was den Verdacht hätte rechtfertigen können; und so wurden die Betreffenden alsbald wieder auf freien Fuß gesetzt. Es mag wohl sonderbar erscheinen, aber auch die dritte Woche nach der Entdeckung des Leichnams verstrich, und verstrich, ohne die mindeste Erhellung zu bringen, ehe auch nur ein Gerücht von den Ereignissen, welche die öffentlichen Gefühle so in Wallung gebracht hatten, Dupins und meine Ohren erreichte. Vertieft in Untersuchungen, die unsere ganze Aufmerksamkeit in Anspruch nahmen, hatte seit fast einem Monat keiner von uns mehr das Haus verlassen, noch einen Besucher empfangen, noch auf die politischen Leitartikel in einer der Tageszeitungen mehr als nur einen flüchtigen Blick geworfen. Die erste Nachricht von dem Morde ward uns von G--- in eigener Person überbracht. Am frühen Nachmittag des dreizehnten Juli 18-- machte er uns einen Besuch und blieb bis spät in die Nacht bei uns. Er war gereizt von der

Erfolglosigkeit all seiner Anstrengungen, die Mörder aufzuspüren. Sein Ruf – so sagte er mit typischem Pariser Gebaren – stehe auf dem Spiele. Selbst seine persönliche Ehre sei betroffen. Das Auge der Öffentlichkeit ruhe auf ihm; und es gebe tatsächlich kein Opfer, das er nicht willig für die Entwirrung des Geheimnisses bringen würde. Er beschloß seine einigermaßen komische Rede mit einem Kompliment über etwas, das er Dupins *Taktgefühl* zu nennen beliebte, und machte ihm einen direkten und wahrhaftig freizügigen Vorschlag, den des nähern zu enthüllen ich mich nicht berechtigt fühle, der aber zum eigentlichen Gegenstand meiner Erzählung auch nicht weiter in Beziehung steht.

Das Kompliment wies mein Freund zurück, so gut er's vermochte, den Vorschlag aber nahm er augenblicklich an, obwohl dessen Vorteile ausgesprochen provisorisch waren. Nachdem nun dieser Punkt geregelt war, stürzte sich der Präfekt alsbald in breite Darlegungen seiner eigenen Ansichten, in die er lange Kommentare über die Zeugenaussagen mengte; welche letzteren noch nicht in unserm Besitze waren. Er hielt uns einen ausgedehnten und ohne Zweifel gescheiten Vortrag; indessen ich nur gelegentlich einen kurzen Einwurf riskierte und die Nacht schläfrig träge dahinschlich. Dupin, der unerschütterlich in seinem gewohnten Armstuhl saß, war die Verkörperung achtungsvoller Aufmerksamkeit. Er trug während der ganzen Zusammenkunft eine Brille; und ein gelegentlicher Blick hinter ihre grünen Gläser reichte hin, mich zu überzeugen, daß er sich während der ganzen sieben oder acht bleiernfüßig vorüberschleichenden Stunden, welche der Abgang des Präfekten auf sich warten ließ, einem stillen, doch darum nicht weniger gesunden Schlafe widmete.

Am Morgen verschaffte ich uns bei der Präfektur eine volle Übersicht sämtlicher bisher ans Licht gebrachten Zeugenaussagen sowie bei den verschiedenen Zeitungsbüros ein Exemplar jeder Ausgabe, von der ersten bis zur letzten, in der irgendeine entscheidende Nachricht zu dieser traurigen Angelegenheit veröffentlicht worden war. Befreit von allem, was eindeutig widerlegt wurde, ergab sich aus der Masse der Darstellungen das folgende Bild:

Marie Rogêt verließ die Wohnung ihrer Mutter in der Rue Pavée Sainte Andrée am Sonntag morgen, dem zweiundzwanzigsten Juni 18--, gegen neun Uhr. Beim Fortgehen machte sie einem Monsieur Jacques St. Eustache*, und zwar ihm allein, die Bemerkung, sie habe die Absicht, den Tag bei einer Tante zu verbringen, die in der Rue des Drômes wohnte. Die Rue des Drômes ist eine kurze und enge, aber recht belebte Fahrstraße unweit der Flußufer und etwa zwei Meilen, gerechnet nach dem nächstmöglichen Wege, von der Pension der Madame Rogêt entfernt. St. Eustache war der anverlobte Bewerber Maries und logierte in der Pension, wo er auch seine Mahlzeiten einnahm. Er hatte seine Verlobte bei Dämmerung abholen und sie nach Hause geleiten sollen. Am Nachmittag jedoch setzte ein heftiger Regen ein; und in der Annahme, sie werde bei ihrer Tante bleiben wollen (wie sie es zuvor schon unter ähnlichen Umständen getan hatte), hielt er es nicht für notwendig, sein Versprechen zu halten. Als dann die Nacht hereinbrach, hörte man Madame Rogêt (die eine kränkelnde alte Dame war, siebzig Jahre alt) der Befürchtung Ausdruck geben, sie werde »Marie wohl niemals wiedersehen«; doch fand diese Bemerkung um die Zeit nur wenig Beachtung.

Am Montag erhielt man die Gewißheit, daß sich das Mädchen überhaupt nicht in der Rue des Drômes eingefunden hatte; und als der Tag ohne ein Lebenszeichen von ihr vorüberging, wurde an verschiedenen Punkten in der Stadt und Umgebung eine säumige Suche in Gang

* Payne.

gebracht. Doch erst am vierten Tage nach ihrem Verschwinden erlangte man die Gewißheit über ihr Schicksal. An diesem Tage nämlich (Mittwoch, dem fünfundzwanzigsten Juni) wurde ein Monsieur Beauvais*, der zusammen mit einem Freunde in der Nähe der Barrière du Roule, am Seine-Ufer, das der Rue Pavée Sainte Andrée gegenüber liegt, nach Marie gesucht hatte, benachrichtigt, es sei soeben eine Leiche an Land gezogen worden – von einigen Fischern, welche sie im Flusse treibend gefunden. Als Beauvais sich den Körper ansah, identifizierte er ihn nach einigem Zögern als den des Parfümladenmädchens. Sein Freund erkannte dieses auf der Stelle.

Das Gesicht war mit dunklem Blute überzogen, von dem einiges aus dem Mund geflossen war. Schaum, wie er sich bei den Leichnamen bloß Ertrunkener zeigt, war nicht zu sehen. Irgendeine Entfärbung im Zellengewebe ließ sich nicht feststellen. An der Kehle befanden sich Quetschungen und Fingerabdrücke. Die Arme waren über der Brust gebeugt und waren starr. Die rechte Hand war geballt; die linke teilweise offen. Am linken Handgelenk befanden sich zwei rundumlaufende Hautabschürfungen, anscheinend die Wirkung von Stricken oder einem Strick, der mehrfach herumgeschlungen gewesen. Ein Teil des rechten Handgelenks war gleichfalls stark abgeschürft, wie auch der Rücken über seine ganze Länge hin, besonders aber an den Schulterblättern. Wohl hatten die Fischer den Körper, als sie ihn ans Ufer brachten, an einem Strick festgebunden, doch war keine der Wundstellen von diesem verursacht worden. Das Halsfleisch zeigte sich stark geschwollen. Schnitte oder Quetschungen, welche als die Wirkung von Schlägen hätten gelten können, waren nicht ersichtlich. Ein Stück Spitze fand man so dicht um den Hals geschlungen, daß es dem Blick verborgen blieb; es

* Crommelin.

war vollständig im Fleische begraben und mit einem Knoten festgezogen, der genau unter dem linken Ohr lag. Dies allein hätte hingereicht, den Tod herbeizuführen. Das ärztliche Zeugnis erwähnte mit Nachdruck den tugendhaften Charakter der Verstorbenen. Es sei ihr, so hieß es, schändlich Gewalt geschehen. Der Leichnam war, als man ihn auffand, noch in einem Zustande, der für Freunde keinerlei Schwierigkeiten hätte bieten dürfen, ihn zu identifizieren. Die Bekleidung war vielfach zerrissen und auch sonst ganz in Unordnung. Im Oberkleide war ein Streifen von etwa einem Fuß Breite vom unteren Saum bis zur Hüfte aufwärts aus-, doch nicht abgerissen worden. Diesen Streifen hatte man dreimal um die Taille geschlungen und auf dem Rücken durch eine Art Verknotung gesichert. Die Wäsche unmittelbar unter dem Kleide war von feinem Nesseltuch; und hieraus hatte man einen achtzehn Zoll breiten Streifen vollständig ausgerissen – und zwar sehr gleichmäßig und mit großer Sorgfalt. Ihn fand man lose um den Hals gewunden und mit einem festen Knoten gesichert. Über diesem Nesseltuchstreifen und dem aus Spitze waren noch die Bänder eines Hutes festgeknüpft; der Hut hing daran. Der Knoten, mit welchem die Hutbänder zusammengebunden waren, stammte nicht von Damenhand, sondern war ein Schleifen- oder Seemannsknoten.

Nach der Identifizierung ward der Leichnam nicht, wie üblich, nach der Morgue gebracht (denn diese Formalität war überflüssig), sondern in aller Eile nicht weit von der Stelle, wo man ihn an Land gezogen, bestattet. Durch die Bemühungen Beauvais' wurde die Angelegenheit eifrig vertuscht, soweit es angehen wollte; und mehrere Tage gingen hin, ehe die Öffentlichkeit sich regte. Eine Wochenzeitschrift aber griff schließlich die Sache auf*; der Leichnam wurde exhumiert und eine neuerliche Untersuchung

* Der New Yorker ›Mercury‹.

angeordnet; doch nichts kam ans Licht, was nicht bereits bekannt gewesen wäre. Die Kleidungsstücke wurden nun jedoch der Mutter und Freunden der Verstorbenen vorgelegt und voll als jene identifiziert, die das Mädchen bei seinem Weggang von Hause getragen.

Unterweil wuchs die Erregung stündlich an. Mehrere Personen wurden arretiert und wieder entlassen. Im besondern fiel auf St. Eustache Verdacht; und anfänglich wußte er auch keine verständige Auskunft über seinen Verbleib an dem Sonntage zu geben, an welchem Marie ihr Heim verließ. Späterhin jedoch unterbreitete er Monsieur G---- eidliche Zeugnisse, die in befriedigender Weise für jede Stunde des in Frage stehenden Tages Rechenschaft ablegten. Als weitere Zeit verging und keine Entdeckung erfolgte, machten wohl tausend einander widersprechende Gerüchte die Runde, und die Journalisten ergingen sich nicht faul in allerlei Mutmaßungen. Unter diesen fand der eine Einfall die meiste Beachtung, daß nämlich Marie Rogêt noch immer am Leben sei – daß der in der Seine gefundene Leichnam der einer andern Unglücklichen wäre. Es wird angebracht sein, daß ich dem Leser einige Passagen unterbreite, in welchen die erwähnte Vermutung Ausdruck findet. Diese Passagen sind getreue Übersetzungen aus ›L'Etoile‹*, einem im allgemeinen mit viel Geschick redigierten Blatte.

»Mademoiselle Rogêt verließ das Haus ihrer Mutter morgens am Sonntag, dem zweiundzwanzigsten Juni 18--, mit der vorgeblichen Absicht, ihre Tante oder irgendeine andere Verwandtschaft in der Rue des Drômes besuchen zu gehen. Von dieser Stunde an hat niemand nachweislich wieder etwas von ihr gesehen. Keinerlei Spur oder Kunde von ihr liegt vor … Auch hat sich bislang noch niemand,

* Der New Yorker ›Brother Jonathan‹, herausgegeben von H. Hastings Weld.

wer es auch sei, gemeldet, der sie an jenem Tage, nachdem sie aus der Türe der mütterlichen Wohnung getreten, überhaupt noch wieder gesehen hätte … Wennschon wir nun auch keinerlei Beweis besitzen, daß Marie Rogêt am Sonntag, dem zweiundzwanzigsten Juni, nach neun Uhr noch unter den Lebenden weilte, so steht doch eines mit Gewißheit fest: *bis* zu dieser Stunde *war* sie am Leben. Am Mittwoch mittag gegen zwölf ward nun ein weiblicher Körper entdeckt, der am Ufer der Barrière du Roule vorbeitrieb. Das war, selbst wenn wir einmal annehmen, Marie Rogêt sei innerhalb von drei Stunden, nachdem sie ihrer Mutter Haus verlassen, in den Fluß geworfen worden, erst drei Tage nach der Zeit, wo sie ihr Heim verließ, – auf die Stunde genau drei Tage. Aber es wäre ganz närrisch anzunehmen, daß der Mord, wenn überhaupt ein Mord an ihrem Leibe begangen ward, hätte rasch genug zu Ende gebracht werden können, um ihre Mörder in den Stand zu setzen, den Körper noch vor Mitternacht in den Fluß zu werfen. Wer sich so scheußlicher Verbrechen schuldig macht, sucht die Dunkelheit eher denn das Licht … So sehen wir denn: wenn der im Flusse gefundene Körper wirklich der von Marie Rogêt war, so konnte er lediglich zweieinhalb – oder äußersten Falles drei – Tage im Wasser gelegen haben. Alle Erfahrung hat gezeigt, daß es bei Ertrunkenen – oder bei Leichen, die unmittelbar nach gewaltsamem Tode in das Wasser geworfen wurden, – sechs bis zehn Tage braucht, bis die Verwesung weit genug fortgeschritten ist, um sie wieder an die Wasseroberfläche zu bringen. Selbst wo eine Kanone über einem Leichnam abgefeuert wird und dieser empor kommt, noch ehe er fünf oder sechs Tage drunten gelegen, sinkt er wieder unter, wenn man ihn sich selbst überläßt. Nun fragen wir: was hätte in diesem Fall ein Abweichen von der regulären Ordnung der Natur verursachen sollen? ….. Wenn der Körper in seinem verstümmelten Zustande bis Dienstag nacht am

Ufer gelegen hätte, so würde man dort am Ufer irgendeine Spur der Mörder finden. Es ist auch zweifelhaft, ob der Körper überhaupt so bald wieder hochgekommen wäre, selbst wenn man ihn erst zwei Tage nach dem Tode hineingeworfen hätte. Und ferner ist es überaus unwahrscheinlich, daß Schurken, die einen Mord wie den hier angenommenen begangen, den Körper ohne jedes Gewicht, das ihn zum Sinken gebracht hätte, sollten ins Wasser geworfen haben, wo sich dergleichen Vorsichtsmaßregel doch so leicht hätte treffen lassen.«

Der Redakteur trägt dann des weitern seine These vor, der Leichnam müsse »nicht drei Tage bloß, sondern – wenigstens – fünfmal drei Tage« im Wasser gelegen haben, sei er doch schon so weit in Zersetzung übergegangen gewesen, daß Beauvais große Schwierigkeit gehabt, ihn zu identifizieren. Dieser letztere Punkt ward jedoch in vollem Umfang widerlegt. Ich fahre mit der Übersetzung fort:

»Welches also sind die Tatsachen, auf welche hin M. Beauvais behauptet, daß er keinen Zweifel hege, der Körper sei der von Marie Rogêt? Er hat den Kleiderärmel aufgeschlitzt und sagt, er habe Kennzeichen gefunden, die ihn als Beweise ihrer Identität befriedigten. Die Öffentlichkeit nahm allgemein an, daß diese Kennzeichen in irgendwelchen Narben bestanden hätten. Er rieb den Arm ab und fand *Haar* darauf – ein Beweis, der nach unserer Meinung so unbestimmt und vage ist, wie man ihn sich nur denken kann, und so wenig zwingend, wie es die Tatsache wäre, daß man überhaupt einen Arm in dem Ärmel fand. M. Beauvais kehrte in jener Nacht nicht zurück, sondern sandte – es war am Mittwoch abend um sieben Uhr – eine Nachricht an Madame Rogêt, daß die Untersuchungen nach dem Verbleib ihrer Tochter nach wie vor ihren Fortgang nähmen. Wenn wir gelten lassen, daß Madame Rogêt aufgrund ihres Alters und Kummer nicht imstande war, hinüber zu gehen (was schon ein reichliches Zugeständnis wäre), so hätte doch gewißlich irgendjemand dasein müssen, der es der Mühe für wert gehalten hätte, hinzugehen und der Untersuchung beizuwohnen, wäre man wirklich der Ansicht gewesen, den Körper Maries gefunden zu haben. Aber niemand ging hin. In der Rue Pavée Sainte Andrée verlautete nicht das mindeste über die Angelegenheit, das auch nur den übrigen Hausbewohnern zu Ohren gekommen wäre. M. St. Eustache, der Liebhaber und zukünftige Gatte Maries, der im Hause ihrer Mutter logierte, gibt an, er habe erst am nächsten Morgen erfahren, daß der Körper seiner Verlobten gefunden worden sei, als nämlich M. Beauvais zu ihm ins Zimmer trat und ihm davon erzählte. Bei einer Nachricht wie dieser berührt es uns doch eigentümlich, wie überaus kühl sie aufgenommen wurde.«

In dieser Weise mühte sich das Journal, den Eindruck zu wecken, es habe auf Seiten von Maries Verwandten eine Gleichgültigkeit bestanden, die einfach unvereinbar sei mit der Annahme, daß diese Verwandten von der Identität des Fundes überzeugt seien. Die Insinuationen liefen darauf hinaus, daß Marie sich mit dem stillschweigenden Einverständnis ihrer Freunde aus der Stadt begeben habe, – und zwar aus Gründen, die durchaus gegen ihre Mädchentugenden zeugten; und daß diese Freunde bei der Entdeckung eines Leichnams in der Seine, der dem Mädchen in etwa ähnelte, rasch die Gelegenheit benützt hätten, der Öffentlichkeit vorzumachen, man glaube an Maries Tod. Aber ›L'Etoile‹ war wieder einmal voreilig gewesen. Es wurde mit Entschiedenheit bewiesen, daß die vermeintliche Gleichgültigkeit überhaupt nicht bestand; daß die alte Dame vielmehr überaus schwach und so erschüttert war, daß sie nicht der mindesten Verpflichtung nachzukommen vermochte; und daß St. Eustache, weit entfernt davon, die Nachricht kühl aufzunehmen, vor Kummer fast um den Verstand kam und sich so rasend gebärdete, daß M. Beauvais einen Freund und Verwandten bewog, auf ihn achtzugeben und zu verhindern, daß er etwa der Untersuchung beiwohne, wenn die Leiche wieder ausgegraben wurde. Und obgleich ›L'Etoile‹ darüberhinaus noch die Feststellung brachte, der Leichnam sei auf öffentliche Kosten wiederbestattet worden, die Familie habe ein vorteilhaftes Angebot privaten Begräbnisses entschieden zurückgewiesen, und kein Mitglied der Verwandtschaft habe der Zeremonie beigewohnt; – obgleich, sagte ich, dies alles von ›L'Etoile‹ zur Förderung der Auffassung, die das Blatt durchzusetzen beabsichtigte, behauptet wurde, ward doch jeder Punkt zur Genüge widerlegt. In einer folgenden Nummer unternahm die Zeitung einen Versuch, auf Beauvais selbst Verdacht zu werfen. Der Redakteur sagt:

»Nun gewinnt die Sache ja ein anderes Gesicht. Es wird uns mitgeteilt, M. Beauvais habe gelegentlich einmal, als er eben ausgehen wollte, gegenüber einer Madame B - - - - –, die gerade im Haus der Madame Rogêt weilte, geäußert, man erwarte dort einen *gendarme*, und sie – Madame B - - - - – dürfe diesem nicht das mindeste sagen, bis er zurückkehre, sondern müsse ihm die Sache überlassen ... Wie die Dinge gegenwärtig stehen, scheint M. Beauvais die ganze Angelegenheit in seinem Kopfe eingesperrt zu haben. Nicht ein einziger Schritt kann ohne M. Beauvais getan werden, denn welchen Weg man immer geht, stets stößt man auf ihn ... Aus irgendeinem Grunde beschloß er, niemand außer ihm solle mit den Vorgängen das mindeste zu schaffen haben, und die männlichen Verwandten hat er, laut deren eigener Aussage, auf höchst merkwürdige Weise sich aus dem Wege zu drängen gewußt. Auch scheint es ihm stark widerstrebt zu haben, den Verwandten die Besichtigung des Leichnams zu gestatten.«

Durch die folgende Tatsache fand der solcherart auf Beauvais geworfene Verdacht noch weitere Nahrung. Ein Besucher, der in seiner Abwesenheit und wenige Tage vor des Mädchens Verschwinden zu seinem Büro gekommen war, hatte im Schlüsselloch der Tür eine *Rose* bemerkt und auf einer Schiefertafel, die daneben zurhand hing, den Namen ›Marie‹ aufgeschrieben gefunden.

Soweit wir aus den Zeitungen zu schließen vermögen, ging der allgemeine Eindruck augenscheinlich dahin, daß Marie das Opfer einer ganzen *Bande* von Verbrechern geworden sei – daß diese sie über den Fluß geschleppt, mißhandelt und sodann ermordet hätten.

›Le Commerciel‹* jedoch, ein Blatt von umfassendem Einfluß, war eifrig bemüht, diese Volksmeinung zu bekämpfen. Ich zitiere einen oder zwei Abschnitte aus seinen Spalten:

»Wir sind überzeugt, daß die Nachforschungen bislang insofern der falschen Fährte gefolgt sind, als sie sich auf die Barrière du Roule richteten. Es ist unmöglich, daß eine Person, die Tausenden so wohlbekannt war wie diese junge Frau, durch ganze drei Stadtteile gegangen sein sollte, ohne daß sie auch nur einer gesehen hätte; und hätte sie jemand gesehen, so würde er sich gewiß daran erinnern, denn sie interessierte alle, die sie kannten. Auch ging sie zu einer Zeit aus, wo die Straßen voll von Menschen waren … Es ist also unmöglich, daß sie zur Barrière du Roule oder zur Rue des Drômes gegangen sein sollte, ohne von einem Dutzend Personen erkannt zu werden; doch niemand hat sich gemeldet, der sie außerhalb des mütterlichen Hauses gesehen hätte, und es gibt nicht den mindesten Beweis dafür, daß sie überhaupt ausging, – abgesehen von dem Zeugnis, das sich auf diesbezüglich von ihr geäußerte *Absichten* bezieht. Ihr Kleid war zerrissen, ein Fetzen um sie geschlungen und verknotet; auf diese Weise konnte man den Körper tragen wie ein Paket. Wenn der Mord an der Barrière du Roule begangen worden wäre, so hätte keinerlei Notwendigkeit für irgendeine solche Maßnahme

* Das New Yorker ›Journal of Commerce‹.

bestanden. Die Tatsache, daß der Leichnam in der Nähe der Barrière im Wasser trieb, beweist noch lange nicht, daß er auch dort hineingeworfen worden sei … Aus einem der Unterröcke des unglücklichen Mädchens wurde ein Stück von zwei Fuß Länge und einem Fuß Breite herausgerissen und ihr unter dem Kinn her um den Hinterkopf gebunden, vermutlich um Schreie zu verhindern. Das konnten nur Burschen tun, die kein Taschentuch besaßen.«

Einen Tag oder zwei vor dem Besuche des Präfekten bei uns war der Polizei jedoch eine wichtige Information zugegangen, die zumindest den Hauptteil der Argumentation des ›Commerciel‹ über den Haufen zu werfen schien. Zwei kleine Knaben, Söhne einer Madame Deluc, durchstreiften die Waldungen in der Nähe der Barrière du Roule und drangen dabei zufällig in ein dichtes Dickicht, worin drei oder vier große Steine lagen, die eine Art Sitz mit Lehne und Fußbank bildeten. Auf dem obern Steine lag ein weißer Unterrock; auf dem zweiten ein seidenes Umschlagtuch. Auch ein Sonnenschirm, Handschuhe und ein Taschentuch wurden hier gefunden. Das Taschentuch trug den Namen ›Marie Rogêt‹. Kleidungsfetzen wurden an den Brombeersträuchern rundum entdeckt. Der Erdboden war zertrampelt, die Buschzweige waren zerknickt, und alles wies darauf, daß hier ein Kampf stattgefunden habe. Zwischen dem Dickicht und dem Flusse waren die Einhegungen niedergetreten, und der Boden zeigte eindeutige Spuren einer schweren Last, die darauf entlanggeschleift worden war.

Eine Wochenzeitschrift, ›Le Soleil‹*, brachte die folgenden Kommentare zu dieser Entdeckung – Kommentare, die bloß ein Echo der allgemeinen Pariser Presse-Stimmung waren:

* Die ›Saturday Evening Post‹ in Philadelphia, herausgegeben von C. I. Peterson.

»Die Gegenstände haben ganz offenbar sämtlich wenigstens drei oder vier Wochen dort gelegen; sie waren alle durch Regeneinwirkung stark vermodert und klebten vor Moder zusammen. Das Gras war ringsum aufgesprossen und hatte einige Sachen bereits überwuchert. Der Seidenbezug des Sonnenschirms war aus kräftigem Material, doch hatten sich die Gewebefäden innen bereits verfilzt. Der obere Teil, wo der Schirm zusammengeklappt und gefaltet worden war, zeigte sich gänzlich vermodert und verrottet und zerriß, als er geöffnet wurde … Die Stücke ihres Kleides, welche von den Dornenbüschen ausgerissen worden, waren etwa drei Zoll breit und sechs Zoll lang. Eines davon war der Saum des Kleides, und er wies Flickstellen auf; das andere Stück stammte aus der Schoßpartie des Kleides, nicht vom Saum. Beide sahen wie abgerissene Streifen aus und hingen an den Dornen des Busches wohl einen Fuß über dem Boden … Es kann daher kein Zweifel sein, daß man den Ort dieser entsetzlichen Bluttat entdeckt hat.« Auf diese Entdeckung hin kam neues Beweismaterial ans Licht. Madame Deluc gab an, daß sie unweit des Flußufers, gegenüber der Barrière du Roule, eine Straßenschenke betreibe. Die Gegend liegt einsam – in ganz besonderm Maße. Sie ist gewöhnlich sonntags das Ausflugsziel von allerlei Lumpengesindel aus der Stadt, das in Booten über den Fluß setzt. An dem fraglichen Sonntage nun, gegen drei Uhr nachmittags, kam ein junges Mädchen in Begleitung eines jungen Mannes von dunkler Gesichtsfarbe bei der Schenke an. Beide blieben hier einige Zeit. Als sie fortgingen, schlugen sie den Weg zu einigen dichten Wäldern in der Umgebung ein. Madame Deluc wurde auf das Kleid aufmerksam, welches das Mädchen trug, denn es ähnelte einem, das eine verstorbene Verwandte getragen. Besonders ein Umschlagtuch wurde bemerkt. Bald nach dem Fortgang des Paares trat eine Bande von Radaubrüdern auf den Plan, führte sich recht lärmend auf, aß und trank, ohne zu zahlen, folgte dann dem Weg, den der junge Mann und das Mädchen genommen, kehrte bei Dämmerung zur Schenke zurück und setzte wie in großer Hast wieder über den Fluß.

Es war bald nach Dunkelheit an diesem selben Abende, daß Madame Deluc wie auch ihr ältester Sohn in der Umgebung der Schenke die Schreie eines weiblichen Wesens vernahmen. Die Schreie waren heftig, doch kurz. Madame Deluc erkannte nicht nur das Umschlagtuch wieder, das in dem Dickicht gefunden worden, sondern auch das Kleid, das man an dem Leichnam entdeckt hatte. Ein Omnibus-Kutscher, Valence*, gab nun ebenfalls zu Protokoll, daß er Marie Rogêt an dem fraglichen Sonntage in Gesellschaft eines jungen Mannes von dunkler Gesichtsfarbe habe mit einer Fähre über den Fluß setzen sehen. Er, Valence, kannte Marie und hatte sich in ihrer Identität gewißlich nicht getäuscht. Die in dem Dickicht gefundenen Gegenstände wurden von Maries Verwandten restlos identifiziert.

Die Einzelheiten der Beweise und Auskünfte, die ich auf Anregung von Dupin solcherart aus den Zeitungen zusammentrug, enthielten nur noch einen weitern Punkt – doch dieser Punkt war allem Anschein nach von umfassender Bedeutung. Unmittelbar nämlich nach der oben beschriebenen Entdeckung der Kleidungsstücke fand man in der Nähe der Stelle, in der nunmehr alle den Schauplatz der Bluttat vermuteten, den leblosen oder nahezu leblosen Körper von St. Eustache, Maries Verlobtem. Eine Phiole mit der Aufschrift ›Laudanum‹ lag entleert neben ihm. Sein Atem bewies, daß er das Gift eingenommen hatte. Er starb, ohne noch einmal zu sprechen. An seinem Leibe fand man einen Brief, der kurz von seiner Liebe zu Marie sprach und seinem Entschlusse, sich das Leben zu nehmen.

»Ich brauche Ihnen wohl kaum zu sagen«, meinte

* Adam.

Dupin, als er mit der Durchsicht meiner Notizen zu Ende gekommen war, »daß dieser Fall weit verwickelter ist als jener in der Rue Morgue; von dem er in einer bedeutsamen Hinsicht abweicht. Hier liegt ein bei aller Gräßlichkeit doch *gewöhnliches* Verbrechen vor. Nichts ist daran, was besonders *outré* wäre. Es wird Ihnen aufgefallen sein, daß man aus diesem Grunde das Geheimnis mit Leichtigkeit zu lösen gedachte, indessen man es vielmehr – aus dem nämlichen Grunde – für schwer lösbar hätte halten sollen. So erachtete man es zuerst einmal für gänzlich unnotwendig, eine Belohnung auszusetzen. Die Schergen des Präfekten vermochten durchaus sogleich zu begreifen, wie und wann eine solche Bluttat *möglicherweise* begangen werden *könnte.* Sie waren imstande, sich in ihrer Phantasie den Hergang – viele Möglichkeiten des Hergangs – und ein Motiv – viele Motive – auszumalen; und weil es nicht von der Hand zu weisen war, daß eine dieser zahlreichen Möglichkeiten von Hergang und Motiv hier tatsächlich vorliegen *konnte,* haben sie's flugs für bewiesen genommen, daß eine davon hier vorliegen *müßte.* Doch die Leichtigkeit, mit der man zu diesen variabeln Einfällen gelangte, und das ausgesprochen Plausible, das ein jeder an sich hatte, wären besser als Hinweis auf die Schwierigkeiten verstanden worden, die sich der Aufklärung des Falles in den Weg stellen mußten, denn als Indizien für eine leichte Lösbarkeit. Ich habe darum seinerzeit einmal die Bemerkung getan, daß die Vernunft sich, wenn überhaupt, ihren Weg bei ihrer Suche nach der Wahrheit gerade anhand der Abweichungen vom platt Gewöhnlichen ertastet, und daß in Fällen wie dem vorliegenden gar nicht einmal so sehr gefragt werden sollte ›Was hat sich ereignet?‹ als vielmehr ›Was ist dabei geschehen, das sich noch nie zuvor ereignete?‹ Bei den Untersuchungen im Hause von Madame L'Espanaye* waren G-----'s

* Siehe »Die Morde in der Rue Morgue«.

Beamte entmutigt und verwirrt von dem ausgesprochen *Ungewöhnlichen* des Falls, und gerade dieses hätte einem wohlgeregelten Verstande das sicherste Omen des Erfolgs bedeutet; indessen derselbe Verstand angesichts des ganz gewöhnlichen Charakters all der Tatsachen, die sich dem Auge im Fall des Parfümerie-Mädchens boten, schier hätte verzweifeln können, – wo wiederum die Beamten der Präfektur nichts als leichtes Spiel zu haben glaubten.

»Im Falle der Madame L'Espanaye und ihrer Tochter bestand von allem Anfang unserer Untersuchung an nicht der mindeste Zweifel, daß ein Mord begangen worden sei. Der Gedanke an Selbstmord entfiel von vornherein. Auch hier können wir uns gleich zu Beginn jede derartige Vermutung aus dem Kopfe schlagen. Der an der Barrière du Roule aufgefischte Körper wurde unter Umständen gefunden, die uns keinen Raum lassen, in diesem wichtigen Punkt auch nur zu schwanken. Nun ist aber gemunkelt worden, der entdeckte Leichnam sei nicht der von Marie Rogêt, und für die Überführung ihres Mörders oder ihrer Mörder wurde ja die Belohnung ausgesetzt, auf die hin – einzig auf die hin – wir unser Übereinkommen mit dem Präfekten trafen. Wir beide kennen diesen edlen Herrn recht wohl. Es empfiehlt sich durchaus nicht, ihm allzu sehr zu trauen. Ob wir nun bei unseren Untersuchungen von dem gefundenen Körper ausgehen, einem Mörder nachzuspüren und am Ende doch entdecken, daß dieser Körper der eines anderen Individuums als Marie ist; oder ob wir zugrunde legen, daß Marie noch am Leben sei, und sie dann finden, aber eben am Leben finden, nicht ermordet; – in beiden Fällen vergeuden wir bloß unsere Mühe; denn es ist ja Monsieur G-----, mit dem wir es zu tun haben. So ist es denn schon um unser selbst, wenn nicht um der Gerechtigkeit willen unerläßlich, daß wir zuallererst einmal hinsichtlich der Identität der Leiche mit der vermißten Marie Rogêt zu einer Entscheidung kommen.

»Für die Öffentlichkeit haben die Argumente von ›L'Etoile‹ Gewicht gehabt; und daß besagtes Journal selbst von ihrer Bedeutung überzeugt ist, geht schon aus der Art und Weise hervor, in welcher es einen seiner Aufsätze zum Thema beginnt – »Verschiedene Tageszeitungen«, sagt es, »sprechen von dem *schlüssigen und beweiskräftigen* Artikel in unserer Montagsausgabe.« Für mich freilich beweist dieser Artikel schlüssig kaum mehr als den Eifer des Verfassers. Wir wollen doch nicht vergessen, daß es unseren Zeitungen viel weniger darum geht, die Sache der Wahrheit zu fördern, als vielmehr darum, eine Sensation zu schaffen – Aufsehen und Eindruck zu machen. Für das erstere tun sie nur dann etwas, wenn das letztere mit dabei herausspringt. Das Blatt, das einfach in die allgemeine Meinung einstimmt (so wohlbegründet diese Meinung sein mag), erntet bei der Masse keinen Glauben. Die Mehrheit der Leute betrachtet als tiefsinnig nur den, der sich in *scharfen Widerspruch* zur allgemeinen Ansicht stellt. In der Logik nicht weniger als in der Literatur erfreut sich das *Epigramm* der unmittelbarsten und allgemeinsten Schätzung. In beiden Bereichen aber hat es das allergeringste Verdienst.

»Ich will damit sagen, daß es das Gemisch aus Epigramm und Melodrama eher war denn etwa wirkliche Plausibilität, was ›L'Etoile‹ die Vorstellung eingab, Marie Rogêt sei immer noch am Leben, und diesem Einfall beim Publikum eine günstige Aufnahme sicherte. Untersuchen wir doch einmal die Hauptpunkte der Argumentation des Journals, indem wir uns bemühen, der Zusammenhangslosigkeit zu entgehen, mit welcher sie ursprünglich vorgetragen wurden.

»Das erste Anliegen des Schreibers ist, anhand der Kürze der Zeit, die zwischen Maries Verschwinden und der Entdeckung des im Wasser treibenden Leichnams lag, aufzuzeigen, daß dieser Leichnam nicht derjenige Maries sein könne. Einer solchen Überlegung muß mithin sogleich auch daran liegen, die erwähnte Zwischenzeit soweit als eben möglich zu reduzieren. In der Hast, dieses Ziel zu erreichen, stellt der Schreiber überaus voreilig eine bloße Annahme an den Beginn seiner Argumentation. ›Es wäre ganz närrisch‹, sagt er, ›anzunehmen, daß der Mord, wenn überhaupt ein Mord an ihrem Leibe begangen ward, hätte rasch genug zu Ende gebracht werden können, um ihre Mörder in den Stand zu setzen, den Körper noch vor Mitternacht in den Fluß zu werfen.‹ Da fragen wir denn sogleich und ganz selbstverständlich: *wieso?* Wieso wäre es närrisch anzunehmen, daß der Mord *innerhalb von fünf Minuten,* nachdem Marie ihrer Mutter Haus verlassen, begangen worden sei? Wieso wäre es närrisch anzunehmen, daß der Mord zu irgendeiner bestimmten Tageszeit begangen worden sei? Es hat doch Morde stets zu allen Stunden gegeben. Hätte aber die Tat in irgendeinem Augenblick am Sonntag zwischen neun Uhr morgens und einem Viertel vor Mitternacht stattgefunden, so wäre durchaus noch Zeit genug gewesen, ›den Körper vor Mitternacht in den Fluß zu werfen‹. Diese Annahme läuft denn genau darauf hinaus, daß der Mord überhaupt nicht am Sonntag begangen worden sei, – und wenn wir ›L'Etoile‹ das durchgehen lassen, so können wir ihm gleich jede beliebige Freiheit zugestehen. Der Abschnitt, der mit den Worten ›Es wäre ganz närrisch anzunehmen, daß der Mord etc.‹ beginnt, *könnte* – und das ist immerhin vorstellbar, mag er auch in ›L'Etoile‹ stehen, wie er steht – im Hirn des Verfassers tatsächlich folgendermaßen gelautet haben: ›Es wäre ganz närrisch anzunehmen, daß der Mord, wenn überhaupt ein Mord an ihrem Leibe begangen ward, hätte rasch genug begangen werden können, um ihre Mörder in den Stand zu setzen, den Körper noch vor Mitternacht in den Fluß zu werfen; es wäre ganz närrisch, sagen wir, dies alles anzunehmen *und* zu gleicher Zeit zu vermuten (wie wir's zu tun entschlossen sind), daß der Körper *nicht nach* Mitternacht hineingeworfen worden sei‹ – ein Satz, der an sich schon hinreichend inkonsequent ist, doch immer noch nicht ganz so unsinnig wie der gedruckte.

»Wäre es lediglich meine Absicht«, fuhr Dupin fort, »gegen diese Passage in ›L'Etoile's‹ Argumentation Beweise vorzubringen, so könnte ich es gut und gern bei dem bisherigen bewenden lassen. Doch nicht ›L'Etoile‹ ist es, mit dem wir es zu tun haben, sondern die Wahrheit. Der fragliche Satz hat so, wie er dasteht, nur eine einzige Bedeutung; und diese Bedeutung habe ich klar herausgestellt. Es ist aber wesentlich, daß wir hinter den bloßen Worten nach dem Gedanken spüren, den diese Worte ganz offensichtlich zum Ausdruck bringen sollten, wenn ihnen das dann auch mißriet. Es war die Absicht der Journalisten, darzulegen, es sei, zu welcher Tages- oder Nachtzeit am Sonntag dieser Mord auch begangen wurde, doch unwahrscheinlich, daß die Täter es gewagt haben sollten, die Leiche noch vor Mitternacht zum Fluß zu tragen. Und hierin liegt nun wirklich die Annahme, gegen die ich mich beschwere. Es wird da einfach angenommen, daß der Mord in einer Gegend und unter Umständen begangen worden sei, die es notwendig machten, die Leiche zum Fluß *zu tragen.* Nun, die Mordtat hätte doch auch am Flußstrande stattfinden können oder auf dem Flusse selbst; und an welche Tages- oder Nachtzeit man sich nun hielt, um den Leichnam ins Wasser zu werfen, in jedem Fall wäre es die nächstliegende und unmittelbarste Methode der Entledigung gewesen. Verstehen Sie bitte richtig: ich bringe das hier nicht vor, weil es etwa mit meiner eigenen Meinung übereinstimmte; ich bringe überhaupt keine Vermutungen vor. Mein Vorgehen hat bislang keinerlei Bezug zu den *Tatsachen* des Falles. Ich möchte Sie bloß vor der ganzen Grundeinstellung warnen, die aus ›L'Etoile's‹ Patentlösungen spricht, indem ich Ihre Aufmerksamkeit darauf lenke, wie ausgesprochen einseitig schon die Prämissen betrachtet werden.

»Nachdem das Journal auf diese Weise eine Grenze abgesteckt hat, die zu seinen eigenen vorgefaßten Ansichten paßt, indem es einfach annahm, der Körper Maries habe – wenn er es wäre – nur sehr kurze Zeit im Wasser liegen können, fährt es in seiner Darstellung fort:

»›Alle Erfahrung hat gezeigt, daß es bei Ertrunkenen – oder bei Leichen, die unmittelbar nach gewaltsamem Tode in das Wasser geworfen wurden, – sechs bis zehn Tage braucht, bis die Verwesung weit genug fortgeschritten ist, um sie wieder an die Oberfläche zu bringen. Selbst wo eine Kanone über einem Leichnam abgefeuert wird und dieser empor kommt, noch ehe er fünf oder sechs Tage drunten gelegen, sinkt er wieder unter, wenn man ihn sich selbst überläßt.‹«

»Diese Versicherungen sind stillschweigend von sämtlichen Blättern in Paris hingenommen worden, mit Ausnahme von ›Le Moniteur‹*. Dies letztere Blatt bemüht sich, nur jene eine Stelle in dem Abschnitt zu bestreiten, in der von ›Ertrunkenen‹ die Rede ist, und zitiert dazu einige fünf oder sechs Fälle, in denen die Körper von bekanntermaßen Ertrunkenen schon nach kürzerer Zeit, als ›L'Etoile‹ so hartnäckig behauptet, an der Oberfläche treibend gefunden wurden. Aber es ist etwas überaus Unphilosophisches an diesem Versuch des ›Moniteur‹, die allgemeine Behauptung von ›L'Etoile‹ durch Zitierung einiger besonderer Fälle zu widerlegen, die dieser Behauptung widersprechen. Selbst wenn es möglich gewesen wäre, ganze fünfzig statt nur fünf Beispiele dafür anzuführen, daß Ertrunkene bereits nach zwei oder drei Tagen wieder emporgetaucht seien, so hätte man füglich auch in diesen fünfzig Beispielen immer noch nur Ausnahmen von ›L'Etoile's‹ Regel sehen dürfen, solange die Regel selbst nicht widerlegt war.

* Der New Yorker ›Commercial Advertiser‹, herausgegeben von Oberst Stone.

Läßt man aber die Regel gelten (und sie bestreitet ›Le Moniteur‹ ja nicht, wenn er sich bloß auf ihre Ausnahmen versteift), so muß man sich damit abfinden, daß ›L'Etoile's‹ Argumentation ihre volle Kraft behält; denn diese Argumentation erhebt ja keinen Anspruch, mehr in Frage zu stellen als die *Wahrscheinlichkeit,* daß der Körper in weniger als drei Tagen wieder an die Oberfläche gekommen sei; und dieser fragliche Punkt wird so lange die Position von ›L'Etoile‹ bestärken, als die so kindisch angeführten Gegenbeispiele nicht eine hinreichende Anzahl bilden, um eine entgegengesetzte Regel aufzustellen.

»Sie werden sofort sehen, daß alle Argumentation zu diesem Kapitel – wenn überhaupt gegen etwas – dann gegen die Regel selbst angehen sollte; und zu diesem Zweck wollen wir nun einmal grundsätzlich die *Berechtigung* der Regel untersuchen. Im allgemeinen ist der menschliche Körper weder viel leichter noch viel schwerer als das Wasser der Seine; das soll heißen, das spezifische Gewicht des menschlichen Körpers in seiner natürlichen Kondition entspricht etwa dem des Volumens Süßwasser, das er verdrängt. Die Körper von fetten und fleischigen Personen mit dünnen Knochen, und allgemein von Frauen, sind leichter als von mageren und grobknochigen und von Männern; und das spezifische Gewicht von Flußwasser unterliegt in gewissem Maße auch dem Einfluß der Gezeiten vom Meere her. Doch selbst wenn wir diese Gezeiten aus dem Spiele lassen, läßt sich sagen, daß auch in Süßwasser nur *sehr* wenige menschliche Körper *von selbst* untersinken. Fast jedem, welcher in einen Fluß fällt, ist es gegeben, sich an der Oberfläche zu halten, wenn er das spezifische Gewicht des Wassers leidlich mit seinem eigenen zum Ausgleich kommen läßt, – das soll heißen, wenn er seinen ganzen Körper bis auf einen geringstmöglichen Rest untertauchen läßt. Die richtige Lage für einen, der nicht schwimmen kann, ist die aufrechte Haltung des Fußgängers an Land, wobei der Kopf gänzlich zurückgeworfen und so weit eingetaucht ist, daß einzig Mund und Nüstern noch über Wasser liegen. Unter solchen Umständen wird man finden, daß man sich ohne Schwierigkeit und ohne Anstrengung an der Oberfläche halten kann. Es ist jedoch ersichtlich, daß in einem Fall, wo zwei Gewichte, nämlich das des Körpers und das der von ihm verdrängten Wassermasse, sich so haargenau im Gleichgewicht befinden, schon eine Kleinigkeit dem einen davon ein Übergewicht verschaffen kann. Ein Arm zum Beispiel, aus dem Wasser in die Höhe gestreckt und somit seines Haltes beraubt, stellt ein zusätzliches Gewicht dar, das bereits hinreicht, den ganzen Kopf unter Wasser zu drücken, indessen der zufällige Beistand des kleinsten Stückchens Bauholz uns in den Stand setzt, den Kopf so weit zu heben, daß wir Umschau halten können. Nun ist es so, daß jeder, der des Schwimmens ungewohnt, unweigerlich die Arme emporwirft und den Versuch macht, den Kopf in seiner gewöhnlichen senkrechten Lage zu halten. Ergebnis ist, daß Mund und Nüstern untertauchen und bei den Anstrengungen, dort und dann zu atmen, Wasser in die Lungen dringt. Vieles gerät auch in den Magen, und der ganze Körper wird schwerer um die Gewichtsdifferenz zwischen der Luft, die diese Höhlungen ursprünglich füllte, und der Flüssigkeit, welche sie nun verdrängt. Diese Differenz – das darf als allgemeine Regel gelten – reicht aus, einen Körper zum Sinken zu bringen; sie reicht freilich nicht aus im Falle von Individuen mit zartem Knochenbau und einer abnormen Masse von schlaffem Fleisch oder Fett. Solche Menschen treiben selbst nach dem Ertrinken an der Oberfläche.

»Nehmen wir nun an, der Leichnam sei auf den Grund des Flusses niedergesunken, so wird er dort bleiben, bis aus irgendwelcher Ursache sein spezifisches Gewicht wieder geringer wird als das der von ihm verdrängten Wassermasse. Diese Wirkung tritt durch Zersetzung oder dergleichen ein. Ergebnis der Zersetzung ist die Bildung von Gas, welches das Zellengewebe und alle Hohlräume aufquellen läßt und jenes *gedunsene* Aussehen erzeugt, dessen Anblick so schrecklich ist. Wenn dies Aufquellen so weit fortgeschritten ist, daß die Raumfülle des Leichnams wesentlich zugenommen hat, ohne daß aber Masse oder Gewicht entsprechend mit zunahmen, so wird sein spezifisches Gewicht geringer als das des verdrängten Wassers, und er dringt alsbald empor an die Oberfläche. Freilich wird der Verwesungsprozeß von zahllosen Umständen modifiziert – wird beschleunigt oder gehemmt von zahllosen Agentien; von Hitze oder Kälte der Jahreszeit zum Beispiel, von Mineralgehalt oder Reinheit des Wassers, von dessen Tiefe oder Seichtigkeit, Strömung oder Stagnation, von der Körperbeschaffenheit des Toten, seiner Gesundheit oder Krankheit vor dem Tode, und so weiter. Es liegt mithin auf der Hand, daß wir in keinem Fall mit auch nur annähernder Genauigkeit den Zeitpunkt bestimmen können, an welchem der Leichnam durch Zersetzung wieder emporsteigen muß. Unter gewissen Bedingungen kann dies Ergebnis innerhalb einer Stunde eintreten; unter anderen wieder findet es möglicherweise überhaupt nicht statt. Es gibt chemische Extrakte, durch welche der Leib *für immer* vor Zerfall bewahrt werden kann; einer davon ist das Bichlorid des Quecksilbers. Doch von der Verwesung einmal ganz abgesehen, kann im Magen – und das geschieht sehr häufig – durch Gärung vegetabilischer Stoffe (oder in anderen Hohlräumen aus anderen Ursachen) eine Gasbildung entstehen, die ausreicht, den Körper so aufzutreiben, daß er an die Oberfläche kommt. Die Wirkung, welche durch Abfeuern einer Kanone erzielt wird, beruht auf simpler Erschütterung. Sie kann den Leichnam entweder aus dem weichen Schlamm oder Schlick lösen, in den er eingebettet ist, und ihm so das Aufsteigen ermöglichen, falls andere Wirkenskräfte bereits vorgearbeitet haben:

oder sie verringert die Festigkeit einiger faulender Teile des Zellengewebes, wodurch die Höhlenwandungen sich unter dem Einflusse des Gases weiter auszudehnen vermögen.

»Nachdem wir nun die gesamte Philosophie dieses Themas vor uns ausgearbeitet haben, können wir leicht mit ihrer Hilfe ›L'Etoile's‹ Behauptung überprüfen. ›Alle Erfahrung‹, so sagt dieses Blatt, ›hat gezeigt, daß es bei Ertrunkenen – oder bei Leichen, die unmittelbar nach gewaltsamem Tode in das Wasser geworfen wurden, – sechs bis zehn Tage braucht, bis die Verwesung weit genug fortgeschritten ist, um sie wieder an die Oberfläche zu bringen. Selbst wo eine Kanone über einem Leichnam abgefeuert wird und dieser empor kommt, noch ehe er fünf oder sechs Tage drunten gelegen, sinkt er wieder unter, wenn man ihn sich selbst überläßt‹.

»Dieser gesamte Abschnitt muß nun als ein wirres Gewirk aus Inkonsequenz und Zusammenhangslosigkeit erscheinen. ›Alle Erfahrung‹ zeigt eben mitnichten, daß es bei ›Ertrunkenen‹ sechs bis zehn Tage brauche, bis die Verwesung weit genug fortgeschritten sei, um sie wieder an die Oberfläche zu bringen. Sowohl Wissenschaft als Erfahrung zeigen vielmehr, daß der Zeitpunkt ihres Heraufkommens unbestimmt ist und notwendigerweise sein muß. Wenn überdem ein Körper durch Abfeuern einer Kanone an die Oberfläche gestiegen ist, so sinkt er eben keineswegs ›wieder unter, wenn man ihn sich selbst überläßt‹, nicht eher jedenfalls, als die Zersetzung so weit fortgeschritten ist, daß sie dem angesammelten Gase ermöglicht, zu entweichen. Doch ich möchte Ihr Augenmerk auf die Unterscheidung lenken, die hier zwischen ›Ertrunkenen‹ und ›Leichen, die unmittelbar nach gewaltsamem Tode in das Wasser geworfen wurden‹ gemacht wird. Obschon der Schreiber den Unterschied ausdrücklich gelten läßt, ordnet er beides doch derselben Kategorie zu. Ich habe aufgezeigt, wie es dazu kommt, daß der Körper eines ertrinkenden Menschen spezifisch schwerer wird als sein Wasservolumen, und daß er überhaupt nicht untersinken würde, wäre nicht sein Ringen, bei dem er die Arme weit aus dem Wasser emporstreckt, und sein Luftschnappen unter der Oberfläche – ein Unterfangen, das nun auch noch Wasser in die Lungenräume dringen läßt, welche ursprünglich mit Luft angefüllt waren. Aber dies Ringen und dies Luftschnappen entfällt ja nun bei ›Leichen, die unmittelbar nach gewaltsamem Tode in das Wasser geworfen wurden‹. Mithin würde in diesem Falle *der Körper grundsätzlich überhaupt nicht untersinken* – eine Tatsache, welche ›L'Etoile‹ ganz offensichtlich unbekannt geblieben ist. Erst wenn die Verwesung sehr weit fortgeschritten wäre – wenn sich das Fleisch bereits in starkem Maße von den Knochen gelöst hätte – dann allerdings, doch *erst dann,* würde der Leichnam unserm Blick entschwinden.

»Und was haben wir nunmehr von der Argumentation zu halten, daß der gefundene Körper deswegen nicht der Marie Rogêt's sein könne, weil erst drei Tage verstrichen waren, als man diesen Körper im Wasser treibend fand? Als weiblicher Leichnam ist er, falls Ertrinken die Todesursache war, möglicherweise gar nie untergesunken; beziehungsweise wenn er versank, hätte er durchaus innerhalb von vierundzwanzig Stunden oder weniger wieder erscheinen können. Doch kein Mensch nimmt an, sie sei ertrunken; und wenn sie also starb, ehe sie in den Fluß geworfen wurde, so hätte man sie praktisch jederzeit danach an der Wasserfläche treibend finden mögen.

»›Aber‹, sagt nun ›L'Etoile‹, ›wenn der Körper in seinem verstümmelten Zustande bis Dienstag nacht am Ufer gelegen hätte, so würde man dort am Ufer irgendeine Spur der Mörder finden.‹ Hier fällt es im ersten Augenblick schwer, die Absicht des Schreibers zu erkennen. Er meint etwas vorwegzunehmen, was seiner Vorstellung nach ein Einwand gegen seine Theorie wäre – nämlich: daß der

Körper erst zwei Tage an Land gelegen habe und dort ziemlich rasch verwest sei – rascher, als wenn er im Wasser gelegen hätte. Es wird angenommen, daß er in diesem Falle immerhin am Mittwoch bereits hätte an der Oberfläche erscheinen *können* und daß dies einzig unter solchen Umständen möglich wäre. Der Schreiber hat es demgemäß nur zu eilig aufzuzeigen, daß die Leiche nicht an Land gelegen habe; denn wäre das der Fall gewesen, ›so würde man dort am Ufer irgendeine Spur der Mörder finden‹. Ich nehme an, Ihr Lächeln gilt diesem *sequitur*. Sie können nicht begreifen, wieso der Leichnam es durch bloßes längeres Anlandliegen fertiggebracht haben sollte, die Spuren der Mörder zu vermehren. Auch ich vermag's nicht einzusehen. ›Und ferner‹, fährt unser Blatt nun fort, ›ist es überaus unwahrscheinlich, daß Schurken, die einen Mord wie den hier angenommenen begangen, den Körper ohne jedes Gewicht, das ihn zum Sinken gebracht hätte, sollten ins Wasser geworfen haben, wo sich dergleichen Vorsichtsmaßregel doch so leicht hätte treffen lassen.‹ Betrachten Sie doch einmal diese lachhafte Gedankenwirrnis! Niemand – nicht einmal ›L'Etoile‹ – bestreitet, daß an *dem gefundenen Körper* ein Mord begangen wurde. Zu augenfällig sind die Zeichen roher Gewalt. Nun hat unser Denker hier bloß die Absicht zu zeigen, daß dieser Körper nicht der Maries sei. Er wünscht zu beweisen, daß *Marie* nicht ermordet wurde, – nicht aber, daß die Leiche es nicht sei. Doch seine Bemerkung eben beweist einzig den letzteren Punkt. Hier ist eine Leiche, an der keinerlei Senkgewicht befestigt wurde. Mörder, die sie hineinwarfen, hätten nicht versäumt, ein solches Gewicht an ihr zu befestigen. Folglich wurde sie nicht von Mördern hineingestoßen. Dies ist alles, was bewiesen wird – wenn überhaupt hier etwas bewiesen wird. Die Frage der Identität ist nicht einmal angeschnitten, und ›L'Etoile‹ hat sich die ganze große Mühe lediglich gemacht, um wegzudisputieren, was sie grad einen Augenblick zuvor anerkannt hatte. ›Wir sind vollkommen überzeugt‹, sagt sie, ›daß der gefundene Körper der einer ermordeten weiblichen Person ist.‹

»Dies ist übrigens nicht der einzige Fall, selbst in dieser Abteilung des Themas nicht, wo unser Denker unwissentlich wider sich selber zeugt. Sein offenbares Anliegen, so habe ich bereits gesagt, ging dahin, die Zeit, die zwischen Maries Verschwinden und der Entdeckung des Leichnams verstrich, so weit als möglich zu reduzieren. Dennoch aber beruft er sich hartnäckig darauf, daß kein Mensch das Mädchen mehr erblickte, nachdem es das mütterliche Haus verlassen. ›Wir besitzen keinerlei Beweis‹, sagt er, ›daß Marie Rogêt am Sonntag, dem zweiundzwanzigsten Juni, nach neun Uhr noch unter den Lebenden weilte.‹ Da seine Argumentation offensichtlich einseitig ist, hätte er wenigstens diese Sache außeracht lassen sollen; denn hätte sich ergeben, daß doch jemand Marie, sagen wir am Montag oder am Dienstag, nach ihrem Verschwinden gesehen, so wäre dadurch das in Rede stehende Zeitintervall erheblich reduziert worden und mithin, nach seiner eigenen Schlußfolgerung, auch die Wahrscheinlichkeit, daß die Leiche diejenige der *grisette* sei. Es ist nichtsdestoweniger belustigend zu bemerken, daß ›L'Etoile‹ auf diesem Punkte beharrt, in der festen Überzeugung, er sei ihrer allgemeinen Argumentation förderlich.

»Lesen Sie nun nochmals jenen Abschnitt dieser Argumentation durch, der sich auf die Identifizierung des Leichnams durch Beauvais bezieht. Was das *Haar* auf dem Arm betrifft, so ist ›L'Etoile‹ da offensichtlich recht unredlich gewesen. M. Beauvais ist ja kein Idiot, er hat also nie und nimmer bei der Identifizierung der Leiche nur vorbringen können, daß *Haar auf ihrem Arm* gewesen sei. Das dürfte ja wohl für *alle* Arme zutreffen. Die *Allgemeinheit* der Ausdrucksweise ›L'Etoile's‹ hat die Aussage des Zeugen einfach verdreht. Er muß von irgendeiner *Besonderheit* gesprochen haben, die er an diesem Haar fand. Das muß eine Besonderheit der Farbe, der Menge, der Länge oder der Lage gewesen sein.

»›Ihr Fuß‹, sagt das Journal, ›war klein – nun, das sind tausende von Füßen. Ihr Strumpfband ist keinerlei Beweis – ebensowenig ihr Schuh – denn Schuhe und Strumpfbänder werden packenweise verkauft. Dasselbe darf man von den Blumen an ihrem Hute sagen. Eine Sache, auf welcher M. Beauvais hartnäckig besteht, ist die, daß die Schließe an dem gefundenen Strumpfbande versetzt worden war, um es enger zu machen. Das besagt aber nichts; denn die meisten Frauen finden es schicklich, ein Paar Strumpfbänder mit heim zu nehmen und sie dort den Gliedmaßen, die sie umschließen sollen, entsprechend anzupassen; anstatt sie gleich beim Kaufe in dem Laden auszuprobieren.‹ Hier fällt es wirklich schwer, sich vorzustellen, daß der Schreiber das ernst gemeint habe. Hätte M. Beauvais bei seiner Suche nach dem Körper Maries einen Leichnam entdeckt, dessen allgemeine Gestalt und Erscheinung dem vermißten Mädchen entsprach, so wäre er (von der Kleidungsfrage einmal ganz abgesehen) durchaus berechtigt gewesen, sich die Meinung zu bilden, seine Suche habe Erfolg gehabt. Wenn er nun zusätzlich zum Punkte der allgemeinen Gestalt und Form noch eine Eigentümlichkeit der Behaarung auf dem Arme fand, die er an der lebenden Marie bemerkt hatte, so mochte dies seine Meinung mit Fug noch weiter bestärken; und das Wachsen solcher Gewißheit dürfte recht wohl im Verhältnis zur Eigentümlichkeit oder Ungewöhnlichkeit des Behaarungsindizes gestanden haben. Wenn nun die Füße Maries klein waren und die der Leiche waren es auch, so wüchse die Wahrscheinlichkeit, daß der Körper derjenige Maries sei, nicht bloß in arithmetischem, sondern in höchstlich geometrischem oder akkumulativem Verhältnis. Fügen Sie all diesem noch Schuhe hinzu, wie Marie sie am Tage ihres Verschwindens anerkanntermaßen getragen, so vergrößern Sie – mögen diese Schuhe auch immer ›packenweise verkauft‹ werden – die Wahrscheinlichkeit bis zu einem an Gewißheit grenzenden Maße. Was an und für sich kein Identitäts-Beweis wäre, wird durch sein Zusammenwirken mit anderen Kennzeichen im höchsten Grade beweiskräftig. Nun fehlt eigentlich nur noch, daß die Blumen am Hut mit jenen übereinstimmten, die das vermißte Mädchen trug, und wir brauchten nichts weiter zu suchen. Selbst wenn nur *eine* Blume dem genügte, brauchten wir nichts weiter zu suchen – wie denn erst bei zweien, dreien oder mehr?! Jede weitere vervielfacht die Beweissicherheit: addiert nicht nur Beweis zu Beweis, sondern multipliziert mit hunderten und tausenden. Lassen Sie uns nun an der Verstorbenen noch Strumpfbänder entdecken, wie die Lebende sie benutzte, so wäre es fast töricht, noch weiter zu gehen. Doch diese Strumpfbänder wurden, so fand man, durch Versetzen der Schließe verengt, und zwar genau in der Weise, wie Marie ihre eigenen verengt hatte, kurz bevor sie ihr Haus verließ. Da wäre es nun doch Wahnsinn oder aber Heuchelei, noch länger zu zweifeln. Was ›L'Etoile‹ bezüglich dieser Verkürzung der Strumpfbänder sagt, nämlich daß sie häufig und ganz üblicherweise vorkomme, zeigt weiter nichts, als wie weit sich das Blatt in seinen Irrtum verbohrt hat. Die elastische Natur des Strumpfbandes demonstriert für sich schon das *Ungewöhnliche* der Verkürzung. Was darauf eingerichtet ist, sich selber anzupassen, bedarf notwendigerweise nur selten zusätzlicher Anpassung. Es muß im striktesten Sinne des Wortes ein Zufall gewesen sein, der Marie dazu nötigte, die beschriebene Verengung an ihren Strumpfbändern vorzunehmen. Sie allein schon hätten ihre Identität umfassend erwiesen. Aber nun ist es ja nicht nur so, daß man die Strumpfbänder des vermißten Mädchens an dem Leichnam fand, oder ihre Schuhe, oder ihren Hut, oder die Blumen an ihrem Hut, oder die Form ihrer Füße, oder ein besonderes Kennzeichen auf dem Arm, oder ihre allgemeine Gestalt und

Erscheinung, – es steht vielmehr so, daß die Leiche diese Erkennungszeichen *alle zusammen* aufwies. Könnte man für sicher nehmen, daß der Herausgeber von ›L'Etoile‹ *wirklich* noch zweifelte nach diesen Beweisen, so bedürfte es in seinem Falle gewiß nicht extra noch einer Kommission *de lunatico inquirendo.* Er fand es besonders scharfsinnig, das Geschwätz der Advokaten nachzuahmen, die sich meistenteils damit begnügen, die steifen Vorschriften der Gerichte herunterzuleiern. Ich möchte bei dieser Gelegenheit doch bemerken, daß sehr vieles von dem, was ein Gericht als Beweis ablehnt, für den Intellekt den allerbesten Beweis darstellt. Denn das Gericht, das sich bei der Beweisführung nach den allgemeinen Grundsätzen richtet – den anerkannten und schwarz auf weiß *verbuchten* Grundsätzen –, ist wenig geneigt, bei besonderen Anlässen von diesen Grundsätzen abzuweichen. Und das standhafte Festhalten am Prinzip, verbunden mit rigoroser Mißachtung der diesem widerstreitenden Ausnahme, ist ja auch wohl ein sicherer Weg, bei der Wahrheitsfindung ein Maximum zu erzielen – auf große Zeiträume hin jedenfalls. *En masse* hat die Praxis mithin durchaus etwas wissenschaftlich Weises für sich; doch nicht minder gewiß ist, daß im individuellen Falle ungeheure Irrtümer aus ihr erwachsen.*

»Was nun die auf Beauvais abgeschossenen Verdächtigungen betrifft, so werden Sie wohl bereit sein, darauf

* »Eine Theorie, welche sich auf die spezifischen Eigenschaften eines Gegenstands gründet, vereitelt, daß sie diesen nach etwelchen Zweckbegriffen beurteilt; und wer bei einem Fall auf die Ursachen sieht, hört auf, ihn nach seinen Ergebnissen einzuschätzen. So zeigt die Jurisprudenz einer jeden Nation, daß das Gesetz immer dann aufhört, Gerechtigkeit zu sein, wenn es zur Wissenschaft und zum System wird. Die Irrtümer, in welche ein blinder *Prinzipienkult* das gemeine Recht führt, lassen sich daran ersehen, wie oft die Gesetzgebung gezwungen war, das Billigkeitsrecht wiederherzustellen, das ihrem Schema verlorengegangen.« – LANDOR.

nicht einen Atemzug zu verschwenden. Sie haben bereits den wahren Charakter dieses guten Mannes ergründet. Er ist ein *Wichtigtuer,* der allerlei Wolken im Kopf hat und wenig Witz. Wer so veranlagt ist, wird sich bei Gelegenheit einer *wirklichen* Aufregung leicht so benehmen, daß er sich in den Augen der Überschlauen und der Übelgesinnten selber verdächtig erscheinen läßt. M. Beauvais hatte (wie es aus Ihren Notizen hervorgeht) einige persönliche Unterredungen mit dem Herausgeber von ›L'Etoile‹ und erboste diesen, indem er die Meinung zu äußern wagte, der gefundene Leichnam sei – ungeachtet der Theorie des Herausgebers – schlicht und einfach derjenige Maries. ›Hartnäckig bleibt er bei seiner Behauptung‹, sagt das Blatt, ›der Leichnam sei derjenige Maries, ohne jedoch – von den Einzelheiten abgesehen, die wir kommentierten – auch nur einen Umstand nennen zu können, der andere zu überzeugen vermöchte.‹ Ohne daß wir wieder auf die Tatsache zurückkommen wollen, daß sich ein stärkerer Beweis, ›der andere zu überzeugen vermöchte‹, überhaupt nicht hätte anführen lassen, sei doch immerhin bemerkt, daß es sich sehr wohl verstehen ließe, wenn ein Mann in einem Falle dieser Art von etwas fest überzeugt wäre, ohne dabei imstande zu sein, auch nur einen einzigen, für eine andere Partei verbindlichen Grund seiner Überzeugung vorzubringen. Nichts ist unbestimmter als die Eindrücke, mit denen sich individuelle Identität verbindet. Jedermann erkennt seinen Nachbarn wieder, doch trifft es sich selten, daß einer dann auch imstande ist, *einen Grund* für dieses Wiedererkennen anzugeben. Der Herausgeber von ›L'Etoile‹ hatte keinerlei Recht, sich bei M. Beauvais' argument- und gedankenloser Überzeugung zu erbosen.

»Die verdächtigen Umstände, mit denen dem guten Manne so zugesetzt wird, passen – so wird man finden – weit besser zu meiner Hypothese, daß wir es hier mit einem etwas *wirren Wichtigtuer* zu schaffen haben, denn zu den versteckten Anschuldigungen unseres Denkers in der Redaktion. Machen wir uns einmal die nachsichtigere Interpretation zu eigen, so wird es uns kaum Schwierigkeiten bereiten, die Rose im Schlüsselloch zu verstehen; das ›Marie‹ auf der Schiefertafel; die Behauptung, er habe ›die männlichen Verwandten sich aus dem Wege zu drängen gewußt‹; sein ›Widerstreben, den Verwandten die Besichtigung des Leichnams zu gestatten‹; seine Warnung gegenüber Madame B----, sich mit dem erwarteten *gendarme* auf keinerlei Unterhaltung einzulassen, bis er (Beauvais) zurückkehre; und endlich seinen offenbaren Entschluß, ›niemand außer ihm solle mit den Vorgängen das mindeste zu schaffen haben‹. Es scheint mir außer Frage zu stehen, daß Beauvais sich gleichfalls um Marie bewarb; daß sie mit ihm kokettierte; und daß er ehrgeizig bestrebt war, als ihr ganz intimer Freund und Vertrauter zu gelten. Ich werde zu diesem Punkte nichts weiter sagen; und da das vorliegende Beweismaterial die Behauptung von ›L'Etoile‹ bezüglich der *Gleichgültigkeit* aufseiten der Mutter und der andern Verwandten voll widerlegt – einer Gleichgültigkeit, die unvereinbar wäre mit ihrer angenommenen Überzeugung, daß der Leichnam der des Parfümerie-Mädchens sei, – werden wir nunmehr weitergehen, ganz als sei die *Frage der Identität* zu unserer vollkommenen Zufriedenheit geklärt.«

»Und was«, fragte ich hier, »halten Sie von den Ansichten des ›Le Commerciel‹?«

»Daß sie im wesentlichen weit mehr Beachtung verdienen als alles, was sonst zum Thema verbreitet worden ist. Die aus den Prämissen hergeleiteten Schlüsse sind wissenschaftlich einwandfrei und scharfsinnig; freilich gründen sich die Prämissen in wenigstens zwei Fällen auf unzureichende Beobachtung. ›Le Commerciel‹ möchte zu verstehen geben, Marie sei nicht weit von ihrer Mutter Haus von irgendeiner Bande schändlicher Raufbolde aufgegriffen worden. ›Es ist unmöglich‹, sagt er mit Nachdruck, ›daß eine Person, die Tausenden so wohlbekannt war wie diese junge Frau, durch ganze drei Stadtteile gegangen sein sollte, ohne daß sie auch nur einer gesehen hätte.‹ Das ist der Gedanke eines Mannes, der lange in Paris ansässig ist – der im öffentlichen Leben steht – und dessen Stadtgänge sich meistens auf die Bezirke der öffentlichen Gebäude beschränkten. Ihm ist bewußt, daß er selten von seinem eigenen Bureau aus auch nur ein Dutzend Häuserblocks weit gehen kann, ohne erkannt und angesprochen zu werden. Und da er etwa weiß, wie viele Menschen er selber kennt und wie viele ihn kennen, vergleicht er dieses sein Bekanntsein mit dem des Parfümerie-Mädchens, findet keinen besonderen Unterschied zwischen beidem und gelangt alsbald zu dem Schlusse, daß sie bei ihren Gängen in gleichem Maße auf Bekannte hätte treffen müssen wie er bei seinen. Dies könnte aber nur dann der Fall sein, wenn ihre Gänge von dem selben unveränderlichen und methodischen Charakter gewesen wären und durch die nämliche, durchaus begrenzte *species* Gegend geführt hätten wie seine eigenen. Er macht seine Wege in regelmäßigen Abständen innerhalb eines ganz bestimmten Umkreises, und dabei mangelt es ihm nicht an Begegnungen mit Leuten, die schon um des gemeinsamen Interesses willen, welches seine und ihre Beschäftigungen haben, seiner Person Beachtung schenken. Die Gänge Maries aber dürften im allgemeinen doch sprunghafter gewesen sein. In diesem besonderen Falle versteht es sich als höchst wahrscheinlich, daß sie erst recht einen Weg wählte, der noch weiter als nur durchschnittlich von den ihr gewohnten abwich. Die Parallele, welche Le ›Commerciel‹ unserer Vorstellung nach im Auge gehabt haben muß, ließe sich nur dann halten, wenn die beiden Personen die ganze Stadt durchquert hätten. In diesem Fall, und unter der Voraussetzung noch, daß beider Bekanntenkreis gleich groß wäre, würden auch die Chancen gleich groß sein, daß beide eine gleich große Anzahl von Begegnungen hätten. Ich für meinen Teil halte es nicht nur für möglich, sondern schon für mehr als wahrscheinlich, daß Marie – und zwar zu jeder beliebigen Zeit – einen der vielen Wege zwischen ihrer eigenen Wohnung und der ihrer Tante zurückgelegt haben kann, ohne auch nur einen einzigen Menschen zu treffen, den sie kannte oder dem sie bekannt war. Wollen wir diese Frage im vollen und rechten Lichte sehen, so müssen wir uns nachhaltig vor Augen stellen, welch großes Mißverhältnis besteht zwischen den persönlichen Bekanntschaften selbst der berühmtesten Persönlichkeit von Paris und der gesamten Pariser Bevölkerung selbst.

»Doch wieviel Beweiskraft das Argument des ›Commerciel‹ auch immer noch entwickeln mag, entscheidend geschwächt wird es doch, wenn wir *die Stunde* in Erwägung ziehen, da Marie das Haus verließ. ›Sie ging zu einer Zeit aus‹, sagt ›Le Commerciel‹, ›wo die Straßen voll von Menschen waren.‹ Aber mitnichten! Es war um neun Uhr morgens. Nun sind die Straßen an jedem Tage der Woche *außer am Sonntag* um neun Uhr morgens ein einziges Menschengewimmel – das ist wohl wahr. Aber am Sonntag um neun befindet sich die Bevölkerung in den Häusern und *bereitet sich auf den Kirchgang vor.* Keinem beobachtenden Menschen kann entgangen sein, wie verlassen die Stadt von etwa acht bis zehn Uhr morgens an jedem Sabbat daliegt. Zwischen zehn und elf dann wimmeln die Straßen wieder, in der Frühe aber, zur genannten Zeit, ist alles leer.

»Es gibt noch einen weiteren Punkt, wo vonseiten des ›Commerciel‹ mangelhafte Beobachtung vorzuliegen scheint. ›Aus einem der Unterröcke des unglücklichen Mädchens‹, so heißt es da, ›wurde ein Stück von zwei Fuß Länge und einem Fuß Breite herausgerissen und ihr unter dem Kinn her um den Hinterkopf gebunden, vermutlich um Schreie zu verhindern. Das konnten nur Burschen tun, die kein Taschentuch besaßen.‹ Ob dieser Einfall wohlbegründet ist oder nicht, werden wir hernach herauszubekommen bemüht sein; für jetzt wollen wir nur das eine festhalten, daß der Herausgeber bei dem Ausdruck ›Burschen, die kein Taschentuch besaßen‹, offensichtlich die niedrigste Sorte Lumpen im Auge hatte. Nun sind aber dies gerade Leute, bei denen man immer Taschentücher finden wird, selbst wenn sie nicht einmal Hemden tragen. Sie müssen doch selber schon Gelegenheit gehabt haben zu bemerken, wie absolut unentbehrlich dem eingefleischten Vagabunden in den letzten Jahren das Taschentuch geworden ist.«

»Und was sollen wir von dem Artikel in ›Le Soleil‹ denken?« fragte ich.

»Daß es ein wahrer Jammer ist, daß sein Verfasser nicht als Papagei geboren wurde – in welchem Falle er das berühmteste Exemplar seiner Art gewesen wäre. Er hat einfach nur die individuellen Einzelheiten der bereits veröffentlichten Meinung nachgeplappert, indem er sie sich mit lobenswertem Fleiß aus diesem Blatte und aus jenem zusammensuchte. ›Die Gegenstände‹, sagt er, ›haben ganz offenbar sämtlich wenigstens drei oder vier Wochen dort gelegen, und es kann *kein Zweifel* sein, daß man den Ort dieser entsetzlichen Bluttat entdeckt hat.‹ Die Tatsachen, die ›Le Soleil‹ hier wiederholt, sind allerdings weit davon entfernt, mir meine Zweifel in dieser Sache zu vertreiben, und wir wollen ihnen anschließend in Verbindung mit einer anderen Abteilung des Themas eine genauere Untersuchung widmen.

»Gegenwärtig haben wir uns mit anderen Untersuchungen zu befassen. Es kann Ihnen nicht entgangen sein, mit welcher extremen Nachlässigkeit der Leichnam examiniert wurde. Gewiß, die Frage der Identität war rasch entschieden – oder hätte es doch sein sollen; aber es gab ja noch andere Punkte zu ermitteln. War der Körper in irgendwelcher Hinsicht *ausgeplündert* worden? Hatte die Verstorbene irgendwelche Schmuckgegenstände an sich gehabt, als sie das Haus verließ? – und wenn ja, waren diese noch vorhanden, als man ihre Leiche fand? Das sind doch wichtige Fragen, die von der Beweisaufnahme überhaupt nicht berührt wurden; und es gibt noch andere von gleicher Bedeutung, denen man bislang keinerlei Beachtung schenkte. Wir müssen zusehen, daß wir uns hier durch persönliches Nachprüfen Genüge tun. Auch der Fall von St. Eustache muß erneut untersucht werden. Ich habe diesen Menschen zwar nicht in Verdacht; doch wollen wir ganz methodisch vorgehen. Wir werden also nachprüfen, ob die eidlichen Aussagen, die er bezüglich seines Aufenthalts am Sonntag tat, sich über jeden Zweifel hinaus erhärten lassen. Aussagen dieser Art enthalten nur zu leicht eine absichtliche Täuschung. Sollte jedoch alles daran in Ordnung sein, so kann St. Eustache bei unseren Nachforschungen ausscheiden. Sein Selbstmord ist, so sehr er auch den Verdacht unterstreichen würde, fände sich Betrug in den Aussagen, ohne solchen Betrug in keiner Weise rätselhaft, noch müßte er uns veranlassen, von der geraden Linie unserer Analyse abzuweichen.

»Im folgenden wollen wir nun, so schlage ich vor, den Zentralbereich dieser Tragödie einmal verlassen und unsere Aufmerksamkeit auf ihre Randgebiete konzentrieren. Nicht der geringste Irrtum entsteht gewöhnlich bei Untersuchungen wie dieser daraus, daß man sie allzu ausschließlich auf das Unmittelbare und Nächstliegende richtet, unter gänzlicher Mißachtung der Nebenumstände. Es ist die üble Praxis der Gerichte, Beweisführung und Verhör streng im Rahmen dessen zu halten, was dem Anschein nach unmittelbare Relevanz besitzt. Doch die Erfahrung hat gezeigt, und wahre Philosophie wird es stets beweisen, daß ein großer, vielleicht der überwiegende Teil der Wahrheit aus dem scheinbar Irrelevanten gewonnen wird. Im Geiste, wenn nicht gar nach dem Buchstaben dieses

Prinzips, hat sich die moderne Wissenschaft entschlossen, mit *dem Unvorhergesehenen zu rechnen.* Aber vielleicht verstehen Sie mich nicht. Die Geschichte der menschlichen Erkenntnis hat ununterbrochen gezeigt, daß wir gerade den nebensächlichen, zufällig anfallenden Ereignissen die allermeisten und wertvollsten Entdeckungen verdanken, so daß es schließlich einfach zur Notwendigkeit wurde, für die Zukunft hieraus eine Nutzanwendung zu ziehen und Erfindungen, die aus dem Ungefähr kommen können und außerhalb des Bereichs gewöhnlicher Erwartung liegen, die breiteste Berücksichtigung finden zu lassen. Es ist nicht länger mehr philosophisch, das zugrunde zu legen, was vom Sichtvermögen einer früheren Zeit begrenzt wurde. Der *Zufall* ist als ein Teil des Unterbaus anerkannt worden. Wir machen ihn zum Gegenstand absoluter Berechnung. Wir unterwerfen das Unvorhergesehene und Ungeahnte den mathematischen Formeln der Wissenschaft.

»Ich wiederhole, – es ist schon mehr als eine Tatsache, daß der überwiegende Teil aller Wahrheit aus den Nebendingen gewonnen worden ist; und es geschieht nur in Übereinstimmung mit dem Geiste des in dieser Tatsache enthaltenen Prinzips, daß ich im gegenwärtigen Falle von dem abgetretenen und bislang unfruchtbaren Boden des Ereignisses selbst zu den gleichzeitigen Umständen überwechsle, die es umgeben. Während nun Sie sich um die Überprüfung der Zeugenaussagen kümmern, werde ich mir noch einmal die Zeitungen vornehmen, und zwar etwas allgemeiner, als Sie es taten. Bisher haben wir nur das Feld unserer Nachforschung erkundet, doch müßte es wirklich sonderbar zugehen, würde uns nicht eine umfassende Durchsicht der öffentlichen Blätter, wie ich sie vorhabe, doch noch auf einige winzige Punkte bringen, welche unserm Forschen nun auch eine *Richtung* weisen könnten.«

Ich folgte Dupins Anregung und machte mich an eine gewissenhafte Überprüfung der Zeugenaussagen. Ergebnis war die feste Überzeugung, daß sie stichhaltig seien und daß man folglich St. Eustache zu Unrecht im Verdacht gehabt habe. Inzwischen beschäftigte mein Freund sich mit der Durchsicht der verschiedenen Zeitungen, und zwar mit einer, so wollte mir scheinen, ganz und gar ziellosen Genauigkeit. Nachdem darüber eine Woche vergangen war, legte er mir die folgenden Auszüge vor:

»Vor etwa dreieinhalb Jahren entstand schon einmal einige Verwirrung, die mit der gegenwärtigen viel Ähnlichkeit hat, durch das Verschwinden dieser selben Marie Rogêt aus der *parfumerie* von Monsieur Le Blanc im Palais Royal. Nach Ablauf einer Woche jedoch erschien das Mädchen wieder an seinem gewohnten *comptoir,* so wohl wie immer, mit Ausnahme einer leichten Blässe, die man bislang an ihr nicht gekannt hatte. Monsieur Le Blanc und die Mutter gaben die Auskunft, sie sei lediglich bei einer Freundin auf dem Lande zu Besuch gewesen; und die ganze Angelegenheit wurde eilig vertuscht. Wir nehmen an, daß die gegenwärtige Abwesenheit des Mädchens einen mutwilligen Streich der nämlichen Natur darstellt und daß wir Marie nach Verlauf einer Woche oder vielleicht eines Monats wieder unter uns haben werden.« – ›Abendblatt‹, Montag, 23. Juni.*

»Eine Abendzeitung vom gestrigen Tage nimmt Bezug auf ein früheres geheimnisvolles Verschwinden von Mademoiselle Rogêt. Es ist nun wohlbekannt, daß diese während der Woche ihrer Abwesenheit von Le Blanc's *parfumerie* in Gesellschaft eines jungen Marineoffiziers war, der als großer Verführer weit bekannt ist. Ein Streit, so wird vermutet, führte, von der Vorsehung geschickt, zu ihrer Rückkehr nach Hause. Wir haben den Namen des in Rede stehenden Lothario, der gegenwärtig in Paris stationiert ist, sehen aber aus naheliegenden Gründen davon

* Der New Yorker ›Evening Post‹.

ab, ihn öffentlich zu nennen.« – ›Le Mercure‹, Dienstag morgen, 24. Juni.*

»Eine Gewalttat von scheußlichstem Charakter wurde vorgestern in der Nähe unserer Stadt verübt. Ein Herr, welcher sich in Begleitung von Frau und Tochter befand, engagierte in der Dämmerung die Dienste von sechs jungen Männern, die müßig in Ufernähe auf der Seine herumruderten, und ließ sich von ihnen über den Fluß setzen. Als sie die gegenüberliegende Seite erreicht hatten, stiegen die drei Passagiere aus, und eben hatten sie sich so weit entfernt, daß sie das Boot nicht mehr sahen, als die Tochter entdeckte, daß sie ihren Sonnenschirm darin zurückgelassen hatte. Sie kehrte um, ward von der Bande ergriffen, hinaus auf den Strom geschafft, geknebelt, auf das brutalste behandelt und schließlich nicht weit von der Stelle, wo sie ursprünglich mit ihren Eltern das Boot betreten hatte, an Land gesetzt. Die Schurken sind für den Augenblick entkommen, doch ist die Polizei auf ihrer Spur, und einige von ihnen werden bald ergriffen sein.« – ›Morgenblatt‹ 25. Juni.**

»Wir haben ein oder zwei Mitteilungen empfangen, welche darauf abzielen, die Schuld an dem jüngst begangenen Verbrechen Mennais*** anzulasten; da dieser Herr aber bei gerichtlicher Untersuchung voll entlastet wurde und die Argumente unserer verschiedenen Korrespondenten mehr Eifer als Denkschärfe bezeugen, halten wir es nicht für angebracht, sie publik zu machen.« – ›Morgenblatt‹, 28. Juni.

»Uns sind, aus offenbar verschiedenen Quellen, mehrere in forschem Ton gehaltene Zuschriften zugegangen,

* Der New Yorker ›Herald‹.

** Der New Yorker ›Courier and Inquirer‹.

*** Mennais gehörte zu denen, die ursprünglich verdächtigt und verhaftet wurden; man ließ ihn jedoch aus Mangel an Beweisen wieder frei.

welche so weit gehen, es für eine sichere Tatsache hinzustellen, daß die unglückliche Marie Rogêt das Opfer einer der zahllosen Gesindelbanden geworden sei, welche an Sonntagen die Umgegend der Stadt beunruhigen. Unsere eigene Meinung erklärt sich entschieden für diese Annahme. Wir werden bemüht sein, einigen dieser Argumente demnächst in unseren Spalten Raum zu geben.« – ›Abendblatt‹, Dienstag, 31. Juni.*

»Am Montag sah ein für den Zoll tätiger Bootsknecht ein leeres Boot die Seine hinabtreiben. Die Segel lagen innen auf dem Boden. Der Schiffer bugsierte es zur Bootsabfertigung. Dort war es jedoch am nächsten Morgen verschwunden, ohne daß einer der Beamten etwas davon wußte. Das Steuerruder befindet sich gegenwärtig noch auf dem Bootsamte.« – ›La Diligence‹, Donnerstag, 26. Juni.**

Beim Überlesen dieser verschiedenen Auszüge schien mir ihr Inhalt nicht nur irrelevant, sondern ich vermochte auch keinerlei Verbindung zu erblicken, welche sich zu dem uns gegenwärtig beschäftigenden Fall hätte herstellen lassen. So wartete ich, daß mir Dupin einige Erklärungen geben würde.

»Es ist im Augenblick nicht meine Absicht«, sagte er, »mich bei dem ersten und zweiten dieser Auszüge aufzuhalten. Ich habe sie uns hauptsächlich deshalb aufgeschrieben, um Ihnen die extreme Nachlässigkeit der Polizei vor Augen zu bringen, die sich – soweit ich den Präfekten verstanden habe – in gar keiner Weise damit abgeplagt hat, den hier erwähnten Marineoffizier einmal ins Verhör zu nehmen. Doch ist es einfach eine Narretei zu sagen, es könne zwischen dem ersten und dem zweiten Verschwinden Maries keine *vermutliche* Verbindung bestehen. Neh-

* Die New Yorker ›Evening Post‹.

** Der New Yorker ›Standard‹.

men wir nur einmal an, das erste Fortlaufen habe mit einem Streit zwischen den Liebenden geendet und mit der Heimkehr des verführten Mädchens. Wir sind jetzt vorbereitet, hinter einem zweiten Fortlaufen (falls wir für *sicher* annehmen können, daß es sich darum gehandelt hat) eher eine neuerliche Annäherung des Verführers zu vermuten als etwa die Anträge eines zweiten Mannes – wir sind vorbereitet, darin ein Wiederaufleben der alten *amour* eher zu erblicken als den Beginn einer neuen. Die Chancen stehen zehn zu eins, daß der Mann, der schon einmal mit Marie auf und davon ging, ihr dasselbe ein weiteresmal vorschlug – das ist viel wahrscheinlicher, als daß etwa ihr, die schon einmal einem solchen Vorschlag folgte, nun von einem anderen Manne das nämliche angetragen ward. Und hier lassen Sie mich Ihre Aufmerksamkeit auf die Tatsache lenken, daß die Zeit, die zwischen dem ersten gesicherten und dem zweiten mutmaßlichen Fortlaufen verstrich, grad ein paar wenige Monate mehr beträgt als die allgemeine Dauer der Kreuzfahrten unserer Marinesoldaten. Hat den Liebhaber bei seiner ersten Schurkentat vielleicht die Notwendigkeit unterbrochen, auf Fahrt zu gehen, und hat er dann nach Rückkehr gleich die erste Gelegenheit ergriffen, die niedrigen Absichten zu erneuern, welche noch nicht – oder wenn, so doch nicht *durch ihn* – gänzlich in die Tat umgesetzt worden waren? Von all diesen Dingen wissen wir nichts.

»Sie werden freilich sagen, im zweiten Falle handle es sich nun ja nicht um ein Fortlaufen, wie wir es im Auge haben. Gewiß, daß ist wohl wahr – doch dürfen wir sagen, es habe auch die – lediglich vereitelte – Absicht nicht bestanden? Neben St. Eustache und allenfalls noch Beauvais finden wir keine anerkannten, keine offenen, keine achtbaren Verehrer Maries. Von keinem anderen ist je irgendwo die Rede. Wer aber ist dann der heimliche Liebhaber, von dem die Verwandten *(zumindest die meisten von ihnen)* so gar nichts wissen, den aber Marie am Morgen des Sonntags trifft und der ihr Vertrauen in solchem Maße genießt, daß sie nicht zögert, mitten im einsam gelegenen Gehölz der Barrière du Roule bei ihm zu bleiben, bis die Schatten des Abends herniedersteigen? Wer ist jener heimliche Liebhaber, frage ich, von dem zumindest *die meisten* Verwandten nichts wissen? Und was bedeutet die sonderbare Prophezeiung, die Madame Rogêt am Morgen von Maries Fortgehen aussprach – ›Ich fürchte, ich werde Marie wohl niemals wiedersehen‹ –?

»Doch wenn wir uns schon nicht vorstellen können, daß Madame Rogêt in den Plan der Tochter eingeweiht gewesen, dürfen wir nicht wenigstens vermuten, daß ein solcher Plan aufseiten des Mädchens bestanden hat? Als sie das Haus verließ, gab sie zu verstehen, daß sie ihre Tante in der Rue des Drômes besuchen wolle, und St. Eustache ward gebeten, sich dort beim Dunkelwerden einzufinden. Nun spricht diese Tatsache allerdings auf den ersten Blick strikt gegen meine Deutung; – doch lassen Sie uns einmal nachdenken. Daß sie sich *tatsächlich* mit irgendeinem Begleiter traf, mit ihm über den Fluß setzte und erst spät, nämlich um drei Uhr nachmittags, die Barrière du Roule erreichte, ist bekannt. Doch indem sie sich solcherart dazu verstand, diesen Menschen zu begleiten (mit welcher Absicht immer – und ob nun ihre Mutter davon wußte oder nicht), muß ihr doch eingefallen sein, welches Vorhaben sie beim Verlassen des Hauses ausgesprochen hatte und wie sich folglich Überraschung und Argwohn im Herzen ihres anverlobten Verehrers St. Eustache regen würden, wenn er, sie abzuholen, zur angegebenen Stunde in der Rue des Drômes erschien und fand, daß sie nicht dort gewesen war, und wenn er überdies dann mit seiner beunruhigenden Kunde zur Pension zurückkehrte und feststellen mußte, daß sie immer noch dem Hause fern war. Sie muß an diese Dinge doch gedacht haben, meine ich. Sie muß den Kummer

St. Eustache's, den Argwohn aller vorausgesehen haben. Es konnte ihr doch nicht daran gelegen sein, bei ihrer Rückkehr diesem Argwohn begegnen zu müssen; – freilich wird dieser Argwohn sogleich zu einem Punkt geringfügigster Wichtigkeit für sie, wenn wir voraussetzen, daß sie eben überhaupt nicht beabsichtigte, zurückzukehren.

»Wir dürfen uns wohl vorstellen, daß sie folgendermaßen gedacht hat – ›Ich soll mit einer gewissen Person zusammentreffen, um mit ihr auf und davon zu gehen, oder aus gewissen anderen Gründen, die nur mir bekannt sind. Es ist notwendig, daß keine Möglichkeit bleibt, uns darin zu stören – wir brauchen hinreichend Zeit, um etwaiger Verfolgung zu entrinnen – ich werde also zu verstehen geben, daß ich meine Tante in der Rue des Drômes zu besuchen und bei ihr den Tag zu verbringen gedenke – ich werde St. Eustache anweisen, mich nicht vor Dunkelheit abzuholen – auf diese Weise erklärt sich meine Abwesenheit von Hause für die längstmögliche Zeit, ohne Argwohn oder Unruhe zu wecken, und ich gewinne mehr Spielraum, als durch irgendeinen anderen Vorwand möglich wäre. Wenn ich St. Eustache bitte, mich bei Dunkelheit abzuholen, wird er mit Sicherheit nicht früher erscheinen; doch wenn ich es ganz unterlasse, ihn darum zu bitten, so verringert sich die Zeit, die mir zum Entkommen bleibt, denn man wird erwarten, daß ich früher heimkomme, und durch mein Ausbleiben eher in Unruhe geraten. Wenn es nun überhaupt meine Absicht wäre, zurückzukehren – wenn ich nichts weiter im Sinn hätte, als mit dem in Rede stehenden Menschen ein wenig herumzuspazieren – so wäre die Bitte an St. Eustache, mich abzuholen, nicht gerade klug von mir; denn wenn er dann erscheint, muß er ja mit Sicherheit feststellen, daß ich falsches Spiel mit ihm getrieben habe – eine Tatsache, über die ich ihn vielleicht auf immer in Unwissenheit halten kann, wenn ich das Haus verlasse, ohne ihm etwas von meinen Absichten zu sagen, wenn ich vor Dunkelheit wieder zurückkehre und wenn ich dann erst angebe, ich sei bei meiner Tante in der Rue des Drômes zu Besuch gewesen. Doch da es nun meine Absicht ist, überhaupt nie zurückzukehren – oder jedenfalls für einige Wochen nicht – zumindest nicht ehe gewisse Heimlichkeiten stattgefunden haben –, ist der Zeitgewinn der einzige Punkt, dem ich jetzt noch Beachtung zu schenken habe.‹

»Sie haben anhand Ihrer Notizen bemerkt, daß die allgemeine Auffassung bezüglich dieser traurigen Angelegenheit von allem Anfang an dahin ging, das Mädchen sei das Opfer einer Bande von Strolchen geworden. Nun ist die Volksmeinung unter gewissen Bedingungen nicht zu verachten. Wenn sie aus sich selbst entsteht – wenn sie sich in ganz spontaner Weise manifestiert –, dürfen wir darin ein Analogon zu jener *Intuition* erblicken, welche die Idiosynkrasie des genialen Individuums darstellt. In neunundneunzig von hundert Fällen würde ich mich an ihre Entscheidung halten. Doch ist dabei wichtig, daß wir keinerlei handgreifliche Spuren von *Beeinflussung* feststellen. Die betreffende Meinung muß ganz und gar in der Öffentlichkeit selbst gewachsen sein; den Unterschied zu erkennen und darzustellen, ist oftmals überaus schwierig. Im vorliegenden Falle scheint es mir, daß diese ›öffentliche Meinung‹ bezüglich einer *Bande* doch beeinflußt worden ist von dem ganz nebensächlichen Vorfall, dessen Beschreibung im dritten meiner Auszüge steht. Ganz Paris ist in Aufregung, weil man den Leichnam Maries entdeckt hat, eines jungen, schönen und stadtbekannten Mädchens. Dieser Leichnam wurde im Flusse treibend gefunden und wies Anzeichen von Gewalt auf. Nun aber wird zur gleichen Zeit – oder doch etwa um die Zeit –, wo der Mord an dem Mädchen aller Vermutung nach stattgefunden hat, der Öffentlichkeit bekannt gegeben, daß eine weitere Gewalttat, nach Art, wenn auch nicht nach Ausmaß derjenigen ähnlich, welcher die Verstorbene zum Opfer fiel, von einer Bande junger Strolche an einem zweiten Mädchen begangen worden sei. Ist es da verwunderlich, daß die eine bekannt gewordene Untat das Volksurteil über die andere, noch ungeklärte, mit beeinflußt? Dieses Urteil suchte nach einer Orientierung, und die bekannte Schandtat schien eine solche doch günstig genug zu vermitteln! Marie wurde gleichfalls im Flusse aufgefunden; und wurde nicht eben an diesem Flusse auch die andere Tat begangen? Die Verbindung zwischen beiden Ereignissen hatte so viel Handgreifliches an sich, daß wahrhaft verwunderlich nur wäre, wenn die Bevölkerung es unterlassen hätte, sie zu erkennen und sich daran zu halten. In Wirklichkeit freilich ist die Tatsache, daß jenes erste Verbrechen auf diese bestimmte Weise begangen wurde, wenn überhaupt etwas, so ein Beweis dafür, daß das andere, welches um die nahezu gleiche Zeit stattfand, auf diese nämliche Weise *nicht* hat begangen werden können. Es wäre ja wirklich ein Mirakel gewesen, sollte es, während eine Bande von Strolchen an einem ganz bestimmten Orte eine höchst unerhörte Freveltat beging, noch eine weitere, ähnliche Bande gegeben haben, an ähnlichem Orte, in derselben Stadt, unter denselben Umständen, mit denselben Mitteln und Wegen, welche zu genau derselben Zeit einen Frevel genau derselben Art beging! Doch an was anders kann uns die so sichtbar vom *Zufall beeinflußte* Meinung der Bevölkerung glauben lassen – wenn nicht an eben eine solche, höchst erstaunliche Koinzidenz?!

»Bevor wir nun weitergehen, wollen wir uns doch noch dem angeblichen Schauplatz der Mordtat im Gehölz bei der Barrière du Roule widmen. Dieses Gehölz liegt, wennschon es dicht ist, in enger Nachbarschaft einer Landstraße. Drinnen gab es drei oder vier große Steine, die eine Art Sitz mit Lehne und Fußbank bildeten. Auf dem obern Steine ward ein weißer Unterrock entdeckt; auf dem zweiten ein seidenes Umschlagtuch. Auch ein Sonnenschirm,

Handschuhe und ein Taschentuch wurden hier gefunden. Das Taschentuch trug den Namen ›Marie Rogêt‹. Kleidungsfetzen wurden an den Brombeersträuchern rundum entdeckt. Der Erdboden war zertrampelt, die Buschzweige waren zerknickt, und alles wies darauf hin, daß hier ein heftiger Kampf stattgefunden habe.

»Ungeachtet des Beifalls, mit welchem die Entdeckung in diesem Dickicht von der Presse aufgenommen wurde, und der Einmütigkeit, mit der man annahm, dieselbe bezeichne den wirklichen Schauplatz der Bluttat, muß doch zugegeben werden, daß es einen sehr guten Grund zum Zweifel gab. Daß es sich hier um den Tatort handle, mag ich glauben oder auch nicht – doch zum Zweifel gab es in jedem Falle einen hervorragenden Grund. Hätte der *wahre* Schauplatz, wie ›Le Commerciel‹ es vertrat, in der Nachbarschaft der Rue Pavée St. Andrée gelegen, so hätten die Täter – immer angenommen, daß sie noch in Paris weilten – natürlich einen Schrecken bekommen, als sie sehen mußten, daß sich die öffentliche Aufmerksamkeit so scharfsinnig auf die rechte Fährte richtete; und bei gewissen Mentalitäten hätte sich alsbald der Gedanke eingestellt, daß nun einige Anstrengung notwendig sei, diese Aufmerksamkeit wieder abzulenken. Und da nun das Gehölz bei der Barrière du Roule ohnehin schon im Verdachte stand, mochte somit ganz natürlich der Plan gefaßt werden, die Gegenstände eben dort hinzulegen, wo man sie fand. Es gibt keinen Beweis, obgleich ›Le Commerciel‹ es annimmt, daß diese Gegenstände länger als ein paar Tage in dem Dickicht gelegen hätten; indessen aus den Umständen doch so ziemlich hervorgeht, daß sie dort, ohne Aufmerksamkeit zu erregen, nicht gut die ganzen zwanzig Tage gelegen haben können, die zwischen jenem unglücklichen Sonntag und dem Nachmittage, wo sie von den Knaben gefunden wurden, dahingegangen. ›Sie waren alle durch Regeneinwirkung stark *vermodert*‹, sagt ›Le Soleil‹ und macht sich damit die Meinungen seiner Vorgänger zu eigen, ›und klebten vor *Moder* zusammen. Das Gras war ringsum aufgesprossen und hatte einige Sachen bereits überwuchert. Der Seidenbezug des Sonnenschirms war aus kräftigem Material, doch hatten sich die Gewebefäden innen bereits verfilzt. Der obere Teil, wo der Schirm zusammengeklappt und gefaltet worden war, zeigte sich gänzlich *vermodert* und verrottet und zerriß, als er geöffnet wurde.‹ Was nun das Gras betrifft, ›das ringsum aufgesprossen war und einige Sachen bereits überwuchert hatte‹, so steht fest, daß diese Tatsache einzig durch die Aussagen und mithin durch das Gedächtnis zweier kleiner Knaben hat belegt werden können; denn diese Knaben nahmen die Gegenstände mit fort und brachten sie nach Hause, noch ehe sie von dritter Seite gesehen worden waren. Doch Gras wächst immerhin, besonders bei warmem und feuchtem Wetter (wie es zur Zeit des Mordes herrschte), seine zwei bis drei Zoll an einem einzigen Tag. Ein Sonnenschirm, der auf einem frischen Rasenboden liegt, kann von dem aufsprießenden Grase durchaus innerhalb einer einzigen Woche vollständig dem Blicke entzogen sein. Und nehmen wir nun noch den *Moder,* auf dem ›Le Soleil‹ derart hartnäckig besteht, daß er das Wort nicht weniger denn dreimal in dem eben zitierten kurzen Abschnitt verwendet, – weiß er wirklich nicht, um was es sich bei diesem *Moder* handelt? Muß man ihm erst sagen, daß es eine der vielen Sorten *fungus* ist, deren gewöhnlichstes Merkmal darin besteht, daß er innerhalb von vierundzwanzig Stunden aufwuchert und wieder vergeht?

»So sehen wir denn auf einen Blick, daß alles, was höchst triumphierend zur Stützung des Einfalls vorgebracht wurde, die Gegenstände hätten ›wenigstens drei oder vier Wochen‹ in dem Gehölze gelegen, absolut gegenstandslos ist, sobald man nach tatsächlichen Beweisen fragt. Andererseits ist es überaus schwer zu glauben, die Gegenstände könnten in dem Dickicht länger als eine einzige Woche – länger als von einem Sonntag zum andern – gelegen haben. Wer sich auch nur einigermaßen in der Umgegend von Paris auskennt, weiß, wie außerordentlich schwierig es ist, dort *Abgeschiedenheit* zu finden, ohne sich auf größere Distanz von den Vororten zu entfernen. So etwas wie einen noch unerforschten oder auch nur selten besuchten Winkel inmitten der Wälder und Wäldchen kann man sich ja nicht einen Augenblick lang mehr vorstellen. Lassen Sie doch einmal einen, der im Herzen ein Freund der Natur ist, doch aber von seiner Pflicht an den Staub und die Hitze dieser großen Metropole gekettet, – lassen Sie einen solchen doch einmal den Versuch machen, selbst während der Wochentage seinen Durst nach Einsamkeit inmitten der Schauspiele lieblicher Natur zu stillen, welche uns unmittelbar umgeben! Bei jedem zweiten Schritt wird er den aufsprießenden Zauber von der Stimme und dem persönlichen Eindringen irgendeines Lümmels oder einer Gesellschaft von zechenden Strolchen verjagt finden. Noch unter dem dichtesten Blätterdach wird er die Einsamkeit vergeblich suchen. Hier gerade sind die Schlupfwinkel, wo sich das Gesindel am meisten herumtreibt – hier sind die Tempel am meisten entweiht. Mit Ekel im Herzen wird der Wanderer zurückfliehen ins befleckte Paris – als den weniger widerlichen, weil weniger widersinnigen Pfuhl der Verderbnis. Doch wenn die Umgegend der Stadt schon während der Arbeitstage der Woche so sehr belagert ist, wieviel mehr dann erst am Sabbat! Denn gerade jetzt sucht der Strolch aus der Stadt, befreit von den Ansprüchen der Arbeit oder beraubt auch der gewöhnlichen Gelegenheiten zum Verbrechen, die Randgebiete auf, nicht aus Liebe zum Ländlichen, denn das verachtet er aus innerstem Herzen, sondern um den Zwängen und Konventionalitäten der Gesellschaft zu entrinnen. Er sehnt sich weniger nach der frischen Luft und den grünen Bäumen als nach der gänzlichen *Ungebundenheit* des Landes. Hier, in der Schenke an der Landstraße oder unter dem Blätterdach der Wälder, von keinerlei Blicken gehindert, es sei denn denen seiner Zechgenossen, gibt er sich all den wahnsinnigen Ausschweifungen einer verlogenen Fröhlichkeit hin – dem Ergebnis von Freiheit und Branntewein. Ich sage nichts mehr, als was einem jeden leidenschaftslosen Beobachter einleuchten muß, wenn ich wiederhole, daß man den Umstand, daß die in Rede stehenden Gegenstände in *irgendeinem* Gehölz in der unmittelbaren Umgebung von Paris länger als von einem Sonntag zum andern unentdeckt gelegen haben sollten, schlicht und einfach für ein Wunder ansehen müßte.

»Doch es besteht kein Bedarf an weiteren Gründen für den Verdacht, daß man die Gegenstände in dem Gehölze mit dem Zweck hinlegte, die Aufmerksamkeit von dem wirklichen Schauplatz der Untat abzulenken. Und nun erlauben Sie mir zuerst einmal den Hinweis auf das *Datum* der Entdeckung dieser Gegenstände. Vergleichen Sie dasselbe mit dem Datum des fünften Auszuges, den ich mir aus den Zeitungen machte. Sie werden finden, daß die Entdeckung fast unmittelbar auf jene dringenden Zuschriften folgte, welche dem Abendblatte zugingen. Diese Zuschriften zielten, obschon verschieden formuliert und offenbar aus verschiedenen Quellen stammend, doch allesamt auf denselben Punkt – nämlich darauf, eine *Bande* für die Schandtat verantwortlich zu machen und die Aufmerksamkeit auf die Gegend der Barrière du Roule als den Tatort zu lenken. Nun ist hier die Situation natürlich nicht die, daß etwa die Gegenstände infolge dieser Zuschriften oder infolge der von ihnen geweckten öffentlichen Aufmerksamkeit von den Knaben gefunden worden wären; sondern es war und ist durchaus zu argwöhnen, daß die Gegenstände nur darum nicht eher von den Knaben gefunden wurden, weil sie sich eben eher gar nicht in dem

Dickicht befanden, sondern erst zum Zeitpunkt, oder geringfügig früher, da die Zuschriften bei der Zeitung eingingen, von den verbrecherischen Verfassern dieser Zuschriften dort niedergelegt wurden.

»Dieses Gehölz nun war durchaus einzig in seiner Art. Es war ungewöhnlich dicht. Im Innern seiner von der Natur umwallten Abgeschiedenheit lagen drei außerordentliche Steine, *die eine Art Sitz mit Lehne und Fußbank bildeten.* Und dieses so kunstvolle Dickicht befand sich in unmittelbarer Nachbarschaft – *nur wenige Ruten entfernt* – der Wohnung von Madame Deluc, deren Knaben das Buschwerk ringsum auf der Suche nach Sassafras-Rinde zu durchstöbern pflegten. Wäre es wohl übereilt, wenn ich wettete – und zwar tausend zu eins wettete –, daß für diese Jungen nie auch nur ein Tag verging, an dem sie sich nicht in der schattenreichen Halle versteckten und auf ihrem natürlichen Throne Platz nahmen? Wer gegenüber einer solchen Wette zögerte, ist entweder nie selber ein Junge gewesen, oder er hat die Natur des Jugendalters vergessen. Ich wiederhole – es ist überaus schwer begreiflich, daß die Gegenstände in diesem Dickicht unentdeckt gelegen haben sollten; und es besteht guter Grund zu dem Verdacht – trotz aller starrsinnigen Ignoranz von ›Le Soleil‹ –, daß sie erst zu einem verhältnismäßig späten Zeitpunkt am Fundort niedergelegt worden seien.

»Doch diese letztere Überzeugung stützen noch weitere und schwerer wiegende Gründe, als ich bislang vorgetragen habe. Lassen Sie mich jetzt doch einmal Ihr Augenmerken auf das höchst künstliche Arrangement der Gegenstände lenken. Auf dem *oberen* Steine lag ein weißer Unterrock; auf dem *zweiten* ein seidenes Umschlagtuch; ringsum verstreut waren ein Sonnenschirm, Handschuhe und ein Taschentuch, welches den Namen ›Marie Rogêt‹ trug. Das ist haargenau eine Anordnung, wie sie ein nicht allzu schlauer Mensch vornehmen würde, wenn er die

Gegenstände auf möglichst *natürliche* Weise zu arrangieren wünschte. Doch dabei haben wir hier alles andere als ein *wirklich* natürliches Arrangement. Da hätte ich doch viel lieber die Sachen sämtlich zertrampelt auf dem Boden liegen lassen. Bei der Enge jener Laube kann man sich doch kaum vorstellen, daß Unterrock und Umschlagtuch so unversehrt ihren Platz auf den Steinen behauptet haben sollten, während drumherum mehrere Menschen wild miteinander balgten. ›Alles wies darauf hin‹, so heißt es, ›daß hier ein Kampf stattgefunden habe; und der Erdboden war zertrampelt, die Buschzweige waren zerknickt‹, – doch Unterrock und Umschlagtuch findet man daliegen, als seien sie von all dem ganz unberührt geblieben. ›Die Stücke ihres Kleides, welche von den Dornenbüschen ausgerissen worden, waren etwa drei Zoll breit und sechs Zoll lang. Eines davon war der Saum des Kleides, und er wies Flickstellen auf; das andere Stück stammte aus der Schoßpartie des Kleides, nicht vom Saum. Beide *sahen wie abgerissene Streifen aus*‹. Hier hat sich ›Le Soleil‹, ohne es zu wollen, einer überaus aufschlußreichen Wendung bedient. Die beschriebenen Stücke sehen in der Tat ›wie abgerissene Streifen aus‹; nur daß sie mit Absicht abgerissen wurden und von Hand. Es ist einer der rarsten Zufälle, daß von irgendeinem Gewande wie dem hier in Rede stehenden ein Stück durch die Wirkung *eines Dorns* ›abgerissen‹ wird. Es liegt nämlich in der Natur solcher Gewebe, daß ein Dorn oder Nagel, der sich daran verfängt, einen rechten Winkel hineinreißt – das heißt, zwei längliche Risse entstehen läßt, die im rechten Winkel zueinander verlaufen und in dem Punkte zusammentreffen, wo der Dorn eingedrungen ist –; doch es ist kaum vorstellbar, daß aus solcher Ursache ein Stück ›abgerissen‹ werde. Mir ist das noch nie vorgekommen, und Ihnen wohl auch nicht. Um von einem derartigen Gewebe ein Stück *ab*zureißen, bedarf es in fast jedem Falle zweier verschiedener Kräfte, die in verschiedenen

Richtungen wirken. Wenn das Gewebe zwei Ränder besäße – wenn es sich zum Beispiel um ein Taschentuch handelte, von dem man einen Streifen abzureißen wünschte, dann – aber auch nur dann – würde die eine Kraft dem Zweck genügen. Doch im vorliegenden Falle haben wir es mit einem Kleid zu tun, welches nur einen Rand besitzt. Aus seinem Innern, wo keinerlei Rand verläuft, ein Stück herauszureißen, vermöchten Dornen nur durch ein Wunder zu schaffen, und ein einzelner Dorn könnte es schon gar nicht zuwege bringen. Doch selbst an einem Randstück wären zwei Dornen nötig, von denen der eine in zwei verschiedenen Richtungen, der andere nur in einer wirken müßte. Und dies auch noch unter der Voraussetzung, daß der Rand nicht eingesäumt ist. Ist er es doch, so ließe sich nahezu gar nichts ausrichten. Wir sehen mithin die zahlreichen und großen Widerstände, die dem ›Abreißen‹ von Stoffstücken durch die Wirkung von ›Dornen‹ im Wege stehen; und doch verlangt man von uns zu glauben, nicht nur ein Stück, sondern viele Stücke seien auf diese Weise abgerissen worden. ›Und eines davon war‹, so heißt es auch noch, ›der Saum des Kleides‹! Ein weiteres Stück *›stammte aus der Schoßpartie des Kleides, nicht vom Saum‹* – das heißt, es wurde durch die Wirkung der Dornen vollständig aus dem randlosen Innern des Kleides gerissen! Da muß ich doch sagen: wer hier nicht mitglaubt, darf wohl auf Pardon rechnen; doch zusammengenommen bilden diese Dinge vielleicht einen weniger vernünftigen Grund zum Verdacht als der verblüffende Umstand, daß die Gegenstände überhaupt von irgendwelchen *Mördern,* die Umsicht genug besaßen, an die Entfernung des Leichnams zu denken, in diesem Dickicht zurückgelassen sein sollten. Aber Sie hätten mich durchaus mißverstanden, wenn Sie dächten, ich wollte etwa *bestreiten,* daß dieses Dickicht den Schauplatz des Verbrechens darstelle. Es mag durchaus *hier* ein Unrecht geschehen sein – oder wahrscheinlicher noch ein

Unglücksfall bei der Schenke von Madame Deluc. Doch ist dies tatsächlich ein Punkt von geringer Bedeutung. Unsere Bemühung gilt ja nicht der Entdeckung des Tatortes, sondern soll die Mörder selbst ans Tageslicht bringen. Was ich hier vorgetragen habe, geschah ungeachtet der peinlich-kleinlichen Präzision, mit welcher ich es vortrug, zum ersten wohl auch mit dem Ziel, Ihnen die Torheit der so übereilten und selbstsicheren Behauptungen von ›Le Soleil‹ vor Augen zu bringen, zum zweiten und hauptsächlich aber, Sie hinsichtlich jenes zweifelhaften Punktes, der Mord sei – oder sei nicht – das Werk einer *Bande* gewesen, auf dem allernatürlichsten Wege noch weiter nachdenklich zu machen.

»Wir wollen diese Frage wieder aufnehmen, indem wir auf die empörenden Einzelheiten zurückkommen, welche der Gerichtsarzt bei der Leichenschau feststellte. Was die *Folgerungen* hinsichtlich der Anzahl der beteiligten Schurken betrifft, die er publiziert hat, so braucht nur gesagt zu werden, daß sie von sämtlichen Anatomen, die in Paris nur Rang und Namen haben, mir vollem Recht als unzutreffend und vollkommen basislos verlacht worden sind. Nicht daß die Sache nicht so geschehen sein *könnte,* wie da gefolgert wurde, sondern daß keinerlei Grund für eine solche Folgerung gegeben war: – gab es nicht einen stärkeren für eine andere?

»Beschäftigen wir uns jetzt einmal mit den ›Spuren eines Kampfes‹ und lassen Sie mich fragen, was denn diese Spuren eigentlich demonstriert haben sollen. Eine Bande. Aber beweisen sie nicht eher noch, daß hier gar keine Bande am Werk gewesen sein kann? Was für ein *Kampf* soll da wohl stattgefunden haben – ein Kampf, der so heftig und anhaltend war, daß er ringsum in allen Richtungen seine ›Spuren‹ hinterließ – zwischen einem schwachen und wehrlosen Mädchen und jener *Bande* von Strolchen, die durch alle Köpfe spukt! Ein stilles Zupacken einiger derber

Arme, und alles wäre vorüber gewesen. Das Opfer hätte ihnen absolut widerstandslos zu Willen sein müssen. Hier sollten Sie sich ferner vor Augen halten, daß die Argumente, die gegen das Dickicht als den Schauplatz vorgebracht wurden, in der Hauptsache zutreffend nur dann sind, wenn dasselbe der Schauplatz einer *von mehr als nur einer einzigen* Person begangenen Tat wäre. Wenn wir uns aber nur *einen* Gewalttäter vorstellen, so können wir – und einzig so – begreifen, daß der Kampf von so heftiger und obstinater Natur war, daß er sichtbare ›Spuren‹ hinterließ.

»Und noch einmal: Ich habe bereits erwähnt, wie sehr verdächtig die Tatsache ist, daß die in Rede stehenden Gegenstände überhaupt in dem Dickicht, wo sie gefunden, liegengelassen wurden. Es scheint doch fast unmöglich, daß diese Schuldbeweise dort rein zufällig sollten belassen worden sein, wo man sie dann entdeckte. Den Leichnam selbst hinwegzuschaffen, war Geistesgegenwart genug vorhanden (so jedenfalls nimmt man an); und doch durfte ein noch klarerer Beweis als dieser Leichnam (dessen Züge wohl rasch von Verwesung zerstört worden wären) so auffällig am Tatort liegen bleiben! – ich denke da an das Taschentuch mit dem *Namen* der Verstorbenen. Wenn dies ein Versehen war, so unterlief es gewiß nicht einer ganzen *Bande*. Denkbar wäre es nur als der Fehler eines Einzelnen. Lassen Sie uns sehen. Ein einzelner Mensch hat den Mord begangen. Nun ist er allein mit dem Geiste der Verschiedenen. Das Grausen faßt ihn, als er sieht, was reglos vor ihm liegt. Das Rasen seiner Leidenschaft ist vorüber, und das natürliche Entsetzen von seiner Tat greift Platz in seinem Herzen. Er besitzt nicht jene Zuversicht, welche die Gegenwart einer Vielzahl von Menschen unweigerlich verleiht. Er ist *allein* mit der Toten. Er zittert und ist verwirrt. Doch nun steht er vor der Notwendigkeit, sich des Leichnams zu entledigen. Er trägt ihn zum Flusse und läßt die übrigen Schuldbeweise hinter sich zurück; denn es ist schwer, wenn nicht unmöglich, die ganze Last auf einmal fortzuschaffen, und leicht wird es sein, zurückzukehren und das übrige zu holen. Doch bei seinem mühseligen Wege zum Wasser verdoppeln sich die Ängste in ihm. Die Laute des Lebens umgeben seinen Pfad. Ein dutzendmal wohl glaubt er den Schritt eines Beobachters zu vernehmen – oder hört ihn gar wirklich. Selbst die Lichter, die von der Stadt hinüberschimmern, verwirren ihn. Doch zeitig noch, und nach langen und häufigen Pausen tiefer Seelenpein, erreicht er des Flusses Ufer und entledigt sich seiner grausen Last – vielleicht mit der Hilfe eines Bootes. Doch aber *nun* – welche Schätze hätte die Welt zu bieten – mit welcher Rache wüßte sie zu drohen – die es vermöchte, den einsamen Mörder zur Rückkehr zu bewegen, zur Rückkehr über jenen mühseligen und gefahrvollen Pfad, hin zum Gehölz und seinen blutig-schaurigen Erinnerungen? Nein, er kehrt *nicht* zurück, mögen die Folgen auch sein, wie sie wollen. Er *könnte* gar nicht zurück, selbst wenn er's wollte. Sein einziger Gedanke ist, nur schnell jetzt zu entkommen. Auf *immer* wendet er dem schrecklichen Gebüsch den Rücken und flieht wie von den Furien gejagt.

»Doch wie steht es da mit einer Bande? Ihre Anzahl würde sie mit Zuversicht erfüllt haben; wenn es dem abgefeimten Schurken überhaupt je an Zuversicht gebrechen sollte; und nur aus Schurken solcher Sorte bilden sich die Banden, als deren Werk man auch diesen Mordfall ansieht. Ihre Anzahl hätte, so sagte ich, den konfusen und kopflosen Schrecken verhindert, der nach meiner Vorstellung den einzelnen Mann lähmte. Könnten wir uns auch bei einem, zweien oder gar dreien ein Versehen denken, – ein vierter hätte Abhilfe geschaffen. Sie alle zusammen würden nichts zurückgelassen haben; denn ihre Anzahl hätte sie in den Stand gesetzt, *alles* auf einmal zu tragen. Eine Notwendigkeit zur Rückkehr hätte gar nicht bestanden.

»Erwägen Sie nun den Umstand, daß im ›Oberkleide‹ des

aufgefundenen Leichnams ›ein Streifen von etwa einem Fuß Breite vom unteren Saum bis zur Hüfte aufwärts ausgerissen, dann dreimal um die Taille geschlungen und auf dem Rücken durch eine Art Verknotung gesichert worden war‹. Dies geschah zu dem offenbaren Zweck, eine Tragschlaufe zu schaffen, an welcher sich der Körper fortbringen ließ. Aber würden wohl *mehrere* Männer auch nur im Traum auf ein solches Hilfsmittel verfallen sein? Für drei oder vier hätten die Gliedmaßen der Leiche nicht nur einen ausreichenden, sondern den besten Halt überhaupt abgegeben. Die Vorrichtung war der Einfall eines Einzelnen; und dies bringt uns zu der Tatsache, daß ›zwischen dem Dickicht und dem Flusse die Einhegungen niedergetreten waren und der Boden eindeutige Spuren einer schweren Last zeigte, die darauf entlanggeschleift worden war‹! Aber würden wohl *mehrere* Männer sich der überflüssigen Mühe unterzogen haben, einen Zaun umzubrechen, nur um einen Leichnam hindurchzuzerren, den sie in jedem Augenblick leicht hätten *hinüberheben* können? Würden überhaupt *mehrere* Männer eine Leiche derart dahingeschleift haben, daß so eindeutige *Spuren* davon zurückblieben?

»Und hier müssen wir uns nun noch einer Bemerkung des ›Commerciel‹ widmen, einer Bemerkung, zu welcher ich bereits einigermaßen Stellung genommen habe. ›Aus einem der Unterröcke des unglücklichen Mädchens‹, so sagt dieses Journal, ›wurde ein Stück von zwei Fuß Länge und einem Fuß Breite herausgerissen und ihr unter dem Kinn her um den Hinterkopf gebunden, vermutlich um Schreie zu verhindern. Das konnten nur Burschen tun, die kein Taschentuch besaßen.‹

»Ich habe zuvor bereits die Vermutung ausgesprochen, daß ein echter Strolch *niemals ohne* Taschentuch sei. Doch nicht diese Tatsache ist es, auf die ich nun im besondern hinweisen möchte. Daß die Bandage durchaus nicht in Ermangelung eines Taschentuches zu dem Zweck Verwendung fand, den ›Le Commerciel‹ sich vorstellt, geht daraus hervor, daß ja ein Taschentuch in dem Gehölz zurückgelassen wurde; und daß die Absicht nicht bestanden hat, dadurch ›Schreie zu verhindern‹, erhellt die Tatsache, daß man die Bandage dem Taschentuche vorzog, welches dem Zweck sonst viel besser entsprochen hätte. Doch der Wortlaut der Zeugenaussage beschreibt den in Rede stehenden Stoffstreifen als ›lose um den Hals gewunden und mit einem festen Knoten gesichert‹. Diese Worte sind vage genug, doch weichen sie wesentlich ab von der Formulierung des ›Commerciel‹. Der Streifen war achtzehn Zoll breit, und wenn auch aus Nesseltuch, würde er, der Länge nach gefaltet oder zusammengedreht, doch ein recht festes Band gebildet haben. Und so zusammengedreht wurde er ja gefunden. Ich ziehe nun den folgenden Schluß. Nachdem der einsame Mörder den Leichnam eine Strecke weit getragen hatte (von dem Gehölz her oder sonstwo her), und zwar mit der Hilfe der Stoffschlaufe, die er um die Taille gewunden und *verknotet,* stellte er fest, daß bei dieser Trageweise die Last doch über seine Kräfte gehe. Er beschloß also, seine Bürde hinter sich herzuschleifen – daß er das tat, geht ja aus den Beweisen einhellig hervor. War dies seine Absicht, so ergab sich aber die Notwendigkeit, irgendetwas Strickähnliches an einer der Extremitäten zu befestigen. Dafür war der Hals am besten geeignet, denn dort würde der Kopf das Abgleiten der Schlinge verhindern. Und nun besann sich der Mörder fraglos auf die Schlaufe, die er um die Lenden der Leiche geschlungen hatte. Sie würde er jetzt verwendet haben, wäre sie nicht so fest gezogen gewesen und hätte ihn nicht der Knoten behindert und die Überlegung, daß der Streifen ja gar nicht von dem Kleide ›abgerissen‹ worden war. Da fiel es leichter, einen neuen Streifen aus dem Unterrock zu reißen. Er tat es, befestigte ihn um den Hals und schleifte so sein Opfer zum Ufer des Flusses. Daß diese ›Bandage‹, die nur mit Mühe und Zeitaufwand herzustellen war und dabei dem Zweck nur unvollkommen genügte, – daß diese Bandage überhaupt Verwendung fand, demonstriert, daß die Notwendigkeit dazu sich aus Umständen ergab, die erst zu einer Zeit eintraten, da das Taschentuch nicht mehr zur Verfügung stand – also, gemäß unserer Vorstellung, nach Verlassen des Dickichts (wenn es sich um dieses Dickicht handelte) und auf dem Wege zwischen dem Dickicht und dem Fluß.

»Aber, so werden Sie einwenden, die Zeugenaussage von Madame Deluc (!) weist doch ausdrücklich auf eine *Bande* hin, welche sich genau oder doch ungefähr zum Zeitpunkt des Mordes in der Umgebung des Gehölzes herumgetrieben habe. Das will ich gern zugestehen. Ich zweifle, ob sich nicht ein ganzes *Dutzend* Banden, wie sie Madame Deluc beschrieben hat, genau oder doch ungefähr zum Zeitpunkt dieser Tragödie in der Gegend der Barrière du Roule herumgetrieben hat. Aber die Bande, welche den entschiedenen Tadel sowie das allerdings etwas säumige und reichlich zweifelhafte Zeugnis von Madame Deluc auf sich herabbeschworen hat, ist die *einzige* Bande, von welcher uns die ehrliche und gewissenhafte alte Dame zu melden weiß, daß sie ihr den Kuchen weggegessen und den Brandy weggetrunken hätte, ohne sich der Mühe zu unterziehen, die Rechnung zu begleichen. *Et hinc illae irae?*

»Doch wie lautet denn nun eigentlich die genaue Aussage von Madame Deluc? ›Eine Bande von Radaubrüdern trat auf den Plan, führte sich recht lärmend auf, aß und trank, ohne zu zahlen, folgte dann dem Weg, den der junge Mann und das Mädchen genommen, kehrte *bei Dämmerung* zur Schenke zurück und setzte wie in großer Hast wieder über den Fluß.‹

»Nun, diese ›große Hast‹ erschien der guten Madame Deluc möglicherweise *größer,* als sie war; denn immer noch trauerte die Wirtin ausführlich ihren geschändeten Kuchen und Bieren nach, – Kuchen und Bieren, auf deren Bezahlung sie im stillen immer noch hoffen mochte. Warum hätte sie sonst solchen Nachdruck auf die *Hast* legen sollen, wo doch die *Dämmerung* schon herangekommen war? Es ist gewißlich nichts Verwunderliches daran, daß eine Bande von Strolchen sich mit einiger Hast auf den Heimweg macht, wenn ein breiter Fluß in kleinen Booten zu überqueren ist, wenn ein Sturm bevorsteht und wenn die Nacht *herannaht.*

»Ich sage *herannaht;* denn *da* war die Nacht noch nicht. Es herrschte erst *Dämmerung,* als die unschickliche Hast dieser ›Radaubrüder‹ den nüchternen Sinn von Madame Deluc so kränkte. Nun haben wir aber gehört, daß an eben diesem Abende Madame Deluc wie auch ihr ältester Sohn ›in der Umgebung der Schenke die Schreie eines weiblichen Wesens vernahmen‹. Und mit welchen Worten bezeichnet Madame Deluc den Zeitpunkt an diesem Abend, da sie die Schreie vernahm? ›Es war *bald nach Dunkelheit‹,* sagt sie. Aber ›bald *nach* Dunkelheit‹ ist zum mindesten *Dunkelheit;* indessen *›Dämmerung‹* ebenso gewiß noch zum Taglicht gehört. So ist es reichlich klar, daß die Bande die Barrière du Roule verließ, noch *ehe* jene Schreie von Madame Deluc erlauscht (?) wurden. Und obschon in all den vielen Wiedergaben der Zeugenaussagen die wichtigen Ausdrücke entschieden und unveränderlich angewendet werden, ganz so wie ich sie in dieser Unterhaltung mit Ihnen angewendet habe, hat doch bislang noch keines der öffentlichen Journale wie auch keiner der Schergen von der Polizei von der starken Diskrepanz auch nur die mindeste Notiz genommen.

»Ich werde den Argumenten gegen eine *Bande* nur noch eines hinzufügen; doch dieses eine hat, zumindest nach meinem eigenen Begreifen, unwiderlegliches Gewicht. Unter Umständen wie den gegebenen, wo eine hohe Belohnung ausgesetzt und jedem Kronzeugen volle Straffreiheit zugesichert ist, ließe sich auch nicht einen Moment lang glauben, daß nicht schon lange irgendein Mitglied der Bande – ob sie nun aus rohen Strolchen bestünde oder eine bloße Gruppe von Männern wäre – seine Komplizen verraten hätte. Bei jedem Einzelnen, der zu solch einer Bande gehört, ist die *Angst vor Verrat* größer als die Gier nach Belohnung oder die Sorge um die eigene Straffreiheit. Er verrät mit Eifer und beizeiten, bloß damit *er selber nicht verraten werde.* Daß das Geheimnis bis heute nicht enthüllt wurde, ist der allerbeste Beweis dafür, daß es tatsächlich ein Geheimnis ist. Die Schrecken dieser düsteren Tat sind nur *einem* oder zwei lebenden Menschen bekannt – außer Gott.

»Lassen Sie uns nun die dürren doch einwandfreien Früchte unserer langen Analyse zusammentragen. Wir sind zu der Auffassung gekommen, daß hier entweder ein unglückseliger Unfall vorliegt, geschehen unter dem Dache von Madame Deluc, oder aber ein Mord, begangen in jedem Gehölzdickicht an der Barrière du Roule, und zwar von einem Liebhaber oder zumindest einem intimen und heimlichen Freunde der Verschiedenen. Der Freund ist von schwärzlicher Gesichtsfarbe. Diese Gesichtsfarbe, die Tragschlaufe und der ›Seemannsknoten‹, mit dem die Hutbänder zusammengebunden waren, deuten auf einen Seemann. Daß er mit der Verstorbenen Umgang hatte – einem lebenslustigen, doch nicht verdorbenen jungen Mädchen – zeigt, daß er mehr als nur ein gemeiner Matrose war. Dies bestätigen auch die dringenden Zuschriften an die Journale weitgehend: sie sind in gutem Stile abgefaßt. Der Umstand, daß Marie – wie ›Le Mercure‹ berichtet – schon einmal auf und davon lief, legt den Gedanken nahe, in diesem Seemann jenen ›Marineoffizier‹ zu erblicken, von dem bekannt ist, daß er die Unglückliche seinerzeit zum erstenmal zu unrechter Handlung verleitete.

»Und hierzu paßt nun der Gedanke daran, daß jener Mann mit der dunkeln Gesichtsfarbe nach wie vor verschwunden ist. Lassen Sie mich zwischendurch noch einmal bemerken, daß die Gesichtsfärbung dieses Mannes dunkel und schwärzlich ist; es war keine gewöhnliche Bräune, welche den *einzigen* Punkt bildete, in dem Valence sowohl als Madame Deluc übereinstimmten. Doch warum ist dieser Mann nicht mehr da? Ward er von der Bande ermordet? Wenn ja, warum gibt es dann Spuren nur von dem getöteten Mädchen? Wir müssen doch annehmen, daß der Schauplatz für beide Verbrechen der nämliche war. Und wo ist seine Leiche? Die Mörder würden sich doch höchstwahrscheinlich beider auf die gleiche Weise entledigt haben. Doch man könnte vielleicht sagen, daß dieser Mann noch am Leben ist und aus Angst, man möchte ihn des Mordes bezichtigen, davor zurückschreckt, sich zu melden. Diese Erwägung bestimmt vermutlich zurzeit – in diesem späten Stadium des Falles – sein Verhalten, denn inzwischen haben ja Zeugen ausgesagt, daß er mit Marie gesehen wurde; jedoch zur Tatzeit bestand zu dieser Befürchtung gar kein Grund. Ein Unschuldiger hätte im ersten Antrieb die Bluttat gemeldet und bei der Identifizierung der Strolche mitgeholfen. Das wäre ein Gebot der Klugheit gewesen. Man hatte ihn mit dem Mädchen gesehen. Er hatte mit ihr in einem offenen Fährboot den Fluß überquert. Die Anzeige der Mörder wäre selbst einem Idioten als sicherstes und einziges Mittel erschienen, sich selber von Verdacht zu reinigen. Wir können uns einfach nicht vorstellen, daß er an der Bluttat jenes unglückseligen Sonntagabends unschuldig sein *und* gar nichts davon wissen sollte. Doch einzig unter solchen Umständen wäre es verständlich, daß er – falls überhaupt noch am Leben – die Anzeige der Mörder unterließ.

»Und welche Mittel sind uns nun gegeben, die Wahrheit zu ergründen? Wir werden sehen, wie sie sich bei unserem weiteren Vorgehen vervielfältigen und weiter klären werden. Lassen Sie uns doch das erste Fortlaufen Maries von Grund auf untersuchen. Wir müssen die ganze Geschichte dieses ›Offiziers‹ kennen, seine gegenwärtigen Umstände wie auch seinen Aufenthalt zur genauen Zeit des Mordes. Wir müssen ferner die verschiedenen Zuschriften, welche bei dem Abendblatte eingingen und worin die Schuld einer Bande zugeschoben wird, sorgfältig miteinander vergleichen. Ist das getan, so müssen wir diese Zuschriften auf Stil und Handschrift hin mit jenen vergleichen, welche zu einem frühern Zeitpunkt dem Morgenblatte eingesandt wurden und so vehement auf der Schuld von Mennais beharrten. Und haben wir auch das hinter uns, so müssen wir diese verschiedenen Skripte wiederum mit der bekannten Handschrift des Offiziers vergleichen. Bemühen wir uns ferner, durch nochmalige Fragen an Madame Deluc und ihre Knaben wie auch an den Omnibus-Kutscher Valence einiges mehr über die persönliche Erscheinung und das Auftreten des ›Mannes von dunkler Gesichtsfarbe‹ zu erfahren. Geschickt gestellte Fragen dürften nicht verfehlen, hier und da zu diesem besondern Punkte (oder zu anderen) Informationen zu gewinnen – Informationen, von denen die Betreffenden selber vielleicht gar nicht wissen, daß sie sie besitzen. Und gehen wir nun auch noch den Spuren des *Bootes* nach, welches am Montag morgen, dem dreiundzwanzigsten Juni, von dem Bootsknecht aufgegriffen wurde und dann unter Zurücklassung des *Steuerruders* nicht lange vor der Entdeckung des Leichnams wieder von der Bootsabfertigung verschwand, ohne daß der diensthabende Beamte etwas davon merkte. Wenn wir nur vorsichtig und beharrlich genug zu Werke gehen, muß sich dieses Boot unweigerlich finden lassen; denn es kann nicht nur von dem Knechte, welcher es aufgriff, identifiziert werden, sondern wir haben ja auch noch das Steuerruder. Wer ein ruhiges Gewissen hat, dürfte wohl kaum das Steuerruder *eines Segelbootes* so ohne weiteres im Stiche lassen. Und hier lassen Sie mich innehalten, um eine Frage aufzuwerfen. Daß dieses Boot aufgegriffen worden sei, wurde durch keinerlei *Anzeige* bekannt gemacht.

Man schaffte es stillschweigend zum Bootsamte, und stillschweigend verschwand es dort wieder. Doch der Eigentümer oder Mieter – wie konnte er zu so früher Stunde am Dienstag morgen, ohne daß eine Anzeige erschienen war, schon unterrichtet sein, wo das am Montag aufgegriffene Boot zu finden war, wenn wir uns nicht vorstellen, daß er in irgendeiner Verbindung zur *Marine* stand – daß beständiger persönlicher Kontakt ihm auch die kleinsten Vorkommnisse dort, die wichtigsten Lokal-Neuigkeiten zur Kenntnis brachte?

»Als ich davon sprach, wie der einsame Mörder seine Bürde zum Ufer schleifte, deutete ich bereits die Wahrscheinlichkeit an, daß er sich eines Bootes bedient habe. Wir müssen uns nun überzeugen, ob Marie tatsächlich aus einem Boote ins Wasser gestürzt wurde. Das dürfte mit einiger Sicherheit der Fall gewesen sein. Den seichten Wassern am Ufer konnte man die Leiche ja nicht gut anvertrauen. Die eigentümlichen Male auf Rücken und Schultern des Opfers lassen an die Bodenrippen eines Bootes denken. Daß der Körper ohne ein Ballastgewicht gefunden wurde, bestärkt ebenfalls diesen Gedanken. Hätte man ihn vom Ufer aus hineingeworfen, so würde man ein Gewicht daran befestigt haben. Wir können uns das Fehlen eines solchen nur durch die Annahme erklären, daß der Mörder versäumt hatte, sich damit zu versehen, als er vom Ufer abstieß. Als er sodann den Leichnam dem Wasser übergab, hat er fraglos seine Nachlässigkeit bemerkt; doch da ließ sich keine Abhilfe mehr schaffen. Jedes Risiko wäre jetzt einer Rückkehr an jenes verfluchte Ufer vorgezogen worden. Nachdem er sich seiner grausigen Fracht entledigt hatte, hastete der Mörder zur Stadt zurück. Dort, an irgendeiner dunkeln Uferstelle, sprang er dann an Land. Doch das Boot – konnte er das noch sichern? Ach nein, er war in viel zu großer Eile, um an solche Dinge noch zu denken. Außerdem fühlte er vielleicht, daß er mit der Befestigung des Bootes am Pier einen Beweis gegen sich selber gesichert hätte. Sein natürlicher Gedanke mußte sein, so weit als möglich alles von sich zu werfen, was zu seinem Verbrechen in Beziehung stand. Er hat wohl nicht nur fluchtartig die Landestelle verlassen, sondern konnte es auch nicht riskieren, daß *das Boot* dort verblieb. So stieß er es gewiß in die Strömung zurück. Lassen Sie uns nun unserer Phantasie folgen. – Am Morgen wird der Schurke von maßlosem Entsetzen gepackt, als er erfährt, daß sein Boot aufgegriffen worden ist und sich an einem Orte in Gewahrsam befindet, den er alltäglich aufzusuchen pflegt – an einem Orte, den aufzusuchen ihn vielleicht gar seine Pflicht nötigt. In der nächsten Nacht schafft er es fort, *ohne eine Frage nach dem Steuerruder zu wagen.* Wo aber ist dieses ruderlose Boot nun? Das zu entdecken soll eines unserer ersten Ziele sein. Mit der ersten Spur, die sich uns davon zeigt, wird der Tag unseres Erfolges anbrechen. Dieses Boot soll uns mit einer Geschwindigkeit, die uns selber überraschen wird, zu dem führen, der es um die Mitternacht jenes verhängnisvollen Sonntags benutzte. Bestätigung wird sich zu Bestätigung fügen, und der Mörder kann uns nicht mehr entgehen.«

(Aus Gründen, welche wir nicht des nähern ausführen werden, die aber vielen Lesern wohl einleuchten mögen, haben wir uns die Freiheit genommen, aus dem uns übergebenen Manuskripte hier jenen Abschnitt fortzulassen, welcher die Verfolgung des durch Dupin gewonnenen, sichtlich flüchtigen Fingerzeigs im einzelnen beschreibt. Wir halten es lediglich für angebracht, in Kürze festzustellen, daß man zu dem gewünschten Ergebnis gelangte und daß der Präfekt, wenngleich mit Widerstreben, die Bedingungen seiner Übereinkunft mit dem Chevalier getreulich erfüllte. Mr. Poe's Arbeit schließt mit den folgenden Worten. – Die Herausgeber*)

* von ›Snowden's Lady's Companion‹.

Man möge mich recht verstehen: ich spreche von Koinzidenzen und von *nichts mehr*. Was ich weiter oben zu diesem Thema sagte, muß genügen. Ich selber glaube in meinem Herzen nicht an Übernatürliches. Daß die Natur und ihr Gott zweierlei sind, wird kein denkender Mensch bestreiten. Daß der Schöpfer seine Schöpfung ganz nach Willen kontrollieren oder modifizieren kann, steht gleichfalls außer Frage. Ich sage ›nach Willen‹; denn um den Willen geht es dabei, und nicht, wie eine tollgewordene Logik angenommen hat, um die Macht. Es ist durchaus nicht so, daß die Gottheit ihre Gesetze nicht modifizieren *könnte,* sondern wir beleidigen sie, wenn wir uns eine mögliche Notwendigkeit solcher Modifikationen vorstellen. In ihrem Ursprunge bereits waren diese Gesetze darauf angelegt, *alle* Zufallsmöglichkeiten zu umfassen, welche noch in der Zukunft liegen mochten. Für Gott ist alles Geschehen ein *Jetzt.*

So wiederhole ich denn, daß ich von diesen Dingen einzig als von Koinzidenzen spreche. Und ferner: Man wird aus dem, was ich berichtet, ersehen, daß zwischen dem Schicksal der unglücklichen Mary Cecilia Rogers, soweit dieses Schicksal bekannt ist, und dem einer Marie Rogêt bis zu einem gewissen Abschnitt in ihrer Geschichte eine Parallelität bestanden hat, vor deren wunderbarer Exaktheit der Verstand, überdenkt er sie recht, in Verlegenheit gerät. Ich sage, all dies wird man sehen. Aber nicht einen Augenblick lang gebe man sich der Vermutung hin, es sei beim weiteren Fortgang meiner traurigen Erzählung von Marie, das heißt von dem eben erwähnten Abschnitt an, und indem ich dem Geheimnis, welches sie umhüllte, bis zu seinem *dénouement* nachging, insgeheim meine Absicht gewesen, auf eine mögliche Ausweitung der Parallele hinzuweisen oder auch nur anzudeuten, daß die in Paris zur Entdeckung des Mörders einer *grisette* angewendeten Maßnahmen oder überhaupt nur Maßnahmen, welche auf ähnliche Schlußfolgerungen gegründet wären, nun auch zu irgend ähnlichem Ergebnis führen würden.

Denn was den letzteren Teil der gedachten Vermutung betrifft, so sollte man sich vor Augen halten, daß die allergeringste Abweichung in den Grundfakten der beiden Fälle höchst gewichtige Fehlschlüsse bedingen könnte, indem sie die beiden Geschehensverläufe auseinanderlenkte; ganz wie in der Arithmetik ein Versehen, welches für sich genommen gar nicht weiter ins Gewicht fällt, schließlich vermöge der Multiplikation an allen Ecken und Enden des Rechnungsvorgangs ein Ergebnis zeitigt, das von dem wahren Werte enorm abweicht. Und hinsichtlich des ersten Teils dürfen wir nicht aus dem Blick verlieren, daß gerade die Wahrscheinlichkeitsrechnung, auf die ich mich bezogen habe, jeden Gedanken an eine Ausweitung der Parallele verbietet – und zwar mit um so strengerer und entschiedenerer Bestimmtheit verbietet, als diese Parallele ja bereits über eine reichlich weite Strecke hin exakt gegeben war. Dies ist einer jener anomalen Lehrsätze, die sich anscheinend auf alles andere denn mathematisches Denken berufen, und doch ist es einer, den einzig der Mathematiker voll aufzunehmen vermag. Nichts ist zum Beispiel schwieriger, als den bloßen Durchschnittsleser davon zu überzeugen, daß die Tatsache, daß ein Spieler beim Würfeln zweimal nacheinander Sechsen geworfen hat, genügend Grund gibt, auch die größte, noch so ungleiche Wette einzugehen, daß Sechsen nun bei einem dritten Versuche nicht mehr fallen würden. Schon eine Andeutung in dieser Richtung wird vom Intellekt gewöhnlich alsbald zurückgewiesen. Es will nicht einleuchten, daß die beiden Würfe, die nun abgeschlossen sind und absolut der Vergangenheit angehören, Einfluß auf den Wurf haben können, der ausschließlich in der Zukunft liegt. Die Aussicht, Sechsen zu werfen, scheint genauso groß und so klein geblieben zu sein, wie sie es zu jeder beliebigen Zeit war, – das heißt, sie scheint einzig dem Einfluß der verschiedenen anderen Würfe zu unterliegen, welche sich mit dem Würfel sonst noch tun lassen. Und dies ist eine Überlegung, die so überaus einleuchtend erscheint, daß Versuche, ihr die Berechtigung streitig zu machen, überwiegend mit einem spöttischen Lächeln aufgenommen werden – statt mit achtungsvoller Aufmerksamkeit. Auf den hierin liegenden Irrtum – einen groben Irrtum, der schon viel Unfug und Unheil angerichtet hat – weiter einzugehen, kann ich mir innerhalb der mir gegenwärtig gezogenen Schranken nicht herausnehmen; und für den philosophisch-wissenschaftlich Denkenden bedarf es dessen auch nicht. Mag es genug damit sein, daß ich sage: er bildet ein Glied in einer endlosen Kette von Fehlern, die auf dem Pfade der Vernunft erstehen, weil diese letztere den Hang besitzt, Wahrheit nur im Vereinzelten zu suchen.

Wahrhaftig! – reizbar – sehr, fürchterlich reizbar warn meine Nerven gewesen, und sie sind es noch; doch warum meinen Sie, ich sei verrückt? Das Leiden hat meine Sinne geschärft – und keineswegs zerrüttet oder abgestumpft. Schier unvergleichlich scharf war mein Gehörsinn. Ich hörte alle Dinge im Himmel und auf Erden. Ich hörte viele Dinge in der Hölle. Wie? – bin ich darum verrückt? Geben Sie acht! und merken Sie auf, wie grundgesund – wie ruhig ich Ihnen die ganze Geschichte erzählen kann.

Wie der Gedanke zum erstenmal in mein Hirn drang, läßt sich unmöglich sagen; doch nachdem ich ihn einmal gefaßt, verfolgte er mich ständig Tag und Nacht. Ein Zweck war nicht dabei. Auch keine Leidenschaft. Ich mochte den alten Mann gern. Er hatte mir niemals Unbill zugefügt. Er hatte mich nie beleidigt. Nach seinem Geld gelüstete mich's nicht. Ich denke, es war sein Auge! ja, das war's! Er hatte das Auge eines Geiers – ein blaßblaues Auge mit einem Häutchen darüber. Sooft dessen Blick auf mich fiel, überlief es mich kalt; und so kam ich denn nach und nach – ganz langsam und allmählich – zu dem Entschlusse, dem alten Mann das Leben zu nehmen und somit des Auges auf immer ledig zu werden.

Hier liegt nun der springende Punkt. Sie meinen, ich sei verrückt. Verrückte sind Wirrköpfe. Nun, da hätten Sie aber einmal *mich* sehen sollen! Sie hätten sehen sollen, wie klug ich vorging – mit welcher Vorsicht – mit welch weiser Voraussicht – mit welcher Verstellung ich zu Werke ging! Nie war ich freundlicher zu dem alten Manne denn während der einen ganzen Woche, eh' ich ihn mordete. Und jede Nacht, um Mitternacht, drückt' ich die Klinke seiner Türe nieder und öffnete sie – oh, so sanft! Und wenn ich sie dann so weit geöffnet, daß mein Kopf hindurchpaßte, steckte ich eine Blendlaterne hinein – die ganz dicht geschlossen war, so daß kein Schein nach außen dringen konnte – und dann den Kopf hinterher. Oh, wenn Sie gesehen hätten, wie listig ich das anfing, – Sie hätten lachen müssen! Ich bewegte ihn ganz langsam – ganz, ganz langsam – um ja den alten Mann nicht im Schlafe zu stören. Es kostete mich eine Stunde, bis ich den Kopf zur Gänze so weit durch die Öffnung gebracht hatte, daß ich den Alten sehen konnte, wie er auf seinem Bette lag. Ha! – wäre wohl ein Verrückter so klüglich verfahren? Und dann, wenn ich den Kopf so recht im Raume hatte, blendete ich behutsam die Laterne auf – oh, so behutsam – behutsam (denn die Scharniere knarrten) blendete ich sie grad so weit auf, daß ein einziger dünner Strahl auf das Geierauge fiel. Und dieses tat ich sieben lange Nächte lang – stets just um Mitternacht – doch immer fand ich das Auge geschlossen; und so war es unmöglich, zu Werke zu gehen; denn es war ja nicht der alte Mann, der mich quälte, es war sein Böses Auge, war sein Böser Blick. Und jeden Morgen, wenn der Tag dann anbrach, ging ich kühn in seine Kammer und unterhielt mich dreist mit ihm, indem ich ihn in herzlichem Tone beim Namen nannte und mich erkundigte, wie er die Nacht verbracht habe. Sie sehen also – er wäre schon ein sehr schlauer alter Mann gewesen, hätte er geargwöhnt, daß ich in jeder Nacht, genau um zwölf, geschlichen kam, um ihn im Schlaf zu betrachten.

In der achten Nacht war ich beim Öffnen der Türe noch vorsichtiger als gewöhnlich. Der Minutenzeiger einer Uhr bewegt sich geschwinder, denn ich es tat. Niemals vor dieser Nacht noch hatte ich das Ausmaß meiner eignen Kräfte und meines Scharfsinns so tief empfunden. Kaum vermochte ich meinen Triumphgefühlen zu gebieten. Zu denken, daß ich hier war und langsam, Stück um Stückchen, die Türe öffnete – und daß er nicht einmal im Traume etwas von meinen heimlichen Taten und Gedanken ahnte! Ich mußte förmlich kichern bei dieser Vorstellung; und vielleicht hörte er mich; denn ganz plötzlich bewegte er sich auf dem Bette, als habe ihn etwas aufschrecken lassen. Nun denken Sie wohl, ich hätte mich zurückgezogen – aber keineswegs! In seinem Zimmer herrschte eine Finsternis von dichter Pechesschwärze (denn die Läden waren fest geschlossen, aus Furcht vor Einbrechern), und so wußte ich, daß er's nicht sehen konnte, wenn die Tür sich öffnete, und fuhr denn also fort, sie weiter, immer weiter aufzuschieben.

Ich hatte den Kopf schon drinnen und war eben dabei, die Laterne zu öffnen, da glitt mein Daumen auf dem blechernen Riegel ab, und der alte Mann fuhr im Bette hoch und schrie – »Wer ist dort?«

Ich blieb ganz still und gab keine Antwort. Eine geschlagene Stunde lang bewegte ich keinen Muskel, und während dieser ganzen Zeit hörte ich nicht, daß er sich wieder legte. Er saß noch immer aufrecht in seinem Bett und lauschte; – grad so wie ich es, Nacht um Nacht, getan, das Klopfen der Totenuhren in der Wand zu behorchen.

Jetzt vernahm ich ein leichtes Stöhnen, und ich wußte, es war ein Stöhnen tödlichen Entsetzens. Es war kein Laut des Schmerzes oder Kummers – oh, nein! – es war der leise erstickte Laut, der vom Grunde der Seele sich löst, wenn übermächtiges Grauen auf ihr lastet. Ich kannte diesen Laut nur allzu gut. So manche Nacht schon, grad um Mitternacht, wenn alle Welt schlief, ist er im eignen Busen mir heraufgestiegen und hat mit seinem fürchterlichen Echo die Schrecken noch vertieft, die mich verstörten. Ich sage, ich kannte ihn gut. Ich wußte, was der alte Mann empfand, und eigentlich tat er mir leid, wiewohl in meinem Herzen ein Kichern saß. Ich wußte, daß er wachgelegen hatte – seit jenem ersten leise-leichten Geräusch, mit dem er sich im Bett herumgedreht. Und unablässig seither war die Angst in ihm gewachsen. Er hatte sich vorzustellen versucht, daß sie grundlos sei, doch war's ihm nicht gelungen. »Es ist nichts denn der Wind im Kamine«, hatte er sich zugeredet, »es ist nur eine Maus, die über den Boden läuft« oder »es ist bloß ein Heimchen, das einen einzigen Zirper getan hat.« Ja, mit derlei Mutmaßungen hatte er sich zu trösten versucht: doch war das alles vergeblich gewesen. *Vergeblich* alles: denn der Tod war zu ihm getreten und vor ihm hergeschritten und hatte mit seinem schwarzen Schatten das Opfer eingehüllt. Und es war die Trauerwirkung dieses unsichtbaren Schattens, welche ihn die Anwesenheit meines Kopfes in der Kammer *empfinden* ließ, obschon er sie weder sah noch hörte.

Nachdem ich lange Zeit in aller Geduld gewartet, ohne zu vernehmen, daß er sich niederlegte, beschloß ich, die Laterne um einen kleinen – um einen ganz, ganz kleinen Spalt zu öffnen. Ich tat's – und Sie können sich nicht vorstellen, wie – *wie* verstohlen und leise – bis schließlich ein einziger trüber Strahl, dünn wie ein Spinnwebfaden, aus der Ritze schoß und voll auf das Geierauge fiel.

Es war offen – weit, weit offen – und Wut überkam mich, da ich darauf starrte. Ich sah es mit vollendeter Deutlichkeit – das häßliche bläßliche Blau – mit der scheußlichen Häutchenhülle darüber, deren Anblick mich bis ins Mark der Knochen frösteln ließ; doch von Gesicht oder Gestalt des alten Mannes vermochte ich weiters nichts zu erblicken: denn ganz wie instinktiv hatte ich den Strahl genau auf jenen verfluchten Fleck gerichtet.

Und habe ich Ihnen nicht gesagt, daß was Sie fälschlich für Verrücktheit nehmen, nichts ist denn eine Überschärfe der Sinne? – jetzt, sag' ich, jetzt drang mir zu Ohr ein leiser, dumpfer, hastiger Pochlaut, wie eine Uhr ihn hören läßt, wenn man sie in Kattun gewickelt hat. Ich kannte auch *diesen* Laut sehr gut. Es war das Herz des alten Mannes, das da schlug. Es steigerte meine Wut, wie Trommelschlag den Mut des Soldaten aufspornt.

Aber selbst jetzt noch hielt ich an mich und blieb still. Ich atmete kaum. Die Laterne bewegte sich nicht. Ich versuchte, wie unverrückbar still ich den Strahl auf das Auge gerichtet halten konnte. Derweilen wuchs das höllische Getrommel des Herzens immer mehr. Es wurde rascher und rascher in jedem Augenblick und lauter und immer lauter. Des alten Mannes Entsetzen muß schier ohne Maß gewesen sein! Lauter, so sagte ich, pocht' es, lauter in jedem Moment! – hören Sie auch gut zu? Ich sagte Ihnen doch, daß meine Nerven reizbar sind: das sind sie. Und nun, um die Mittstunde der Nacht, von der furchtbaren Stille jenes alten Hauses umlauert, erregte mich dies sonderbare Geräusch bis zu unbezähmlichem Entsetzen. Doch abermals noch hielt ich minutenlang an mich und stand regungslos. Aber das Schlagen ward lauter, lauter! Ich dachte, das Herz müßte mir zerspringen. Und nun packte mich eine neue Sorge – ein Nachbar könnte das laute Pochen hören! Die Stunde des alten Mannes war gekommen! Mit einem Gellschrei riß ich die Laterne auf und sprang ins Zimmer. Er kreischte – einmal – doch nur einmal noch. Im Augenblick hatte ich ihn auf den Boden gezerrt und das schwere Deckbett über ihn geworfen. Dann lächelte ich fröhlich, daß die Tat so weit getan war. Minutenlang noch freilich schlug das Herz mit dumpf gedämpftem Pochen weiter. Doch störte das mich nicht; durch die Wand hindurch würde man es nicht hören. Endlich dann setzte es aus. Der alte Mann war tot. Ich zog das Bett zurück und untersuchte den Leichnam. Ja, er war tot, mausetot. Ich legte die Hand auf sein Herz und ließ sie mehrere Minuten lang darauf ruhen. Kein Pulsschlag war zu spüren. Er war mausetot. Sein Auge würde mich nie mehr plagen.

Sollten Sie noch immer der Ansicht sein, ich sei verrückt, so werden Sie sofort anders denken, wenn ich Ihnen die raffinierten Vorsichtsmaßnahmen beschreibe, die ich nun ergriff, die Leiche zu verbergen. Die Nacht schritt voran, und ich arbeitete hastig, doch in aller Stille. Zuerst zerlegte ich den Leichnam. Ich schnitt den Kopf herab sowie die Arme und Beine.

Dann hob ich drei Bohlen im Fußboden der Kammer auf und deponierte alles zwischen den Verbundstücken. Darauf brachte ich die Bretter so geschickt, so fachkundig wieder an ihre Stelle, daß kein menschliches Auge – nicht einmal *seines* – etwas Unrechtes daran hätte entdecken können. Es gab nichts wegzuwaschen – kein Fleckchen – keinerlei Blutspur. Dazu war ich denn doch zu schlau gewesen. Ein Zuber hatte alles derartige aufgenommen – ha! ha!

Als ich diese Arbeiten zu Ende gebracht hatte, war es vier Uhr – und noch so finster wie um Mitternacht. Als die Glocke eben die Stunde schlug, ertönte ein Klopfen von der Haustür herauf. Ich ging mit leichtem Herzen hinunter, zu öffnen – denn was hatte ich *nun* noch zu fürchten? Drei Männer traten ein, die sich mit vollendeter Liebenswürdigkeit als Beamte der Polizei vorstellten. Ein Schrei sei während der Nacht von einem Nachbarn vernommen worden; er habe Verdacht geschöpft, es könne da etwas faul sein; so sei denn Anzeige erstattet worden auf dem Polizeibüro, und sie (die Beamten) habe man abgeordnet, der Sache an Ort und Stelle nachzugehen.

Ich lächelte – denn *was* hatte ich wohl zu fürchten? Ich bat die Herren herein. Der Schrei, so sagte ich, sei mir selber im Traume entfahren. Der alte Mann, erwähnte ich, sei auf das Land gereist. Ich führte meine Besucher durch das ganze Haus. Ich bat sie, doch zu suchen – recht genau zu suchen. Ich zeigte ihnen schließlich *seine* Kammer. Ich wies ihnen seine Schätze – sicher, unversehrt. Im Vollgefühle meines Selbstvertrauens holte ich Stühle ins Zimmer und drängte sie, doch *hier* von ihren Mühen auszuruhen, indessen ich selber im wilden Rausch meines vollkommenen Triumphes meinen eigenen Stuhl genau auf die Stelle rückte, darunter die Leiche des Opfers ruhte.

Die Beamten waren zufrieden. Mein *Verhalten* hatte sie überzeugt. Ich fühlte mich bei blendender Laune. Sie nahmen Platz, und während ich heiter und gelassen antwortete, schwatzten sie über alle möglichen Alltäglichkeiten. Doch gar nicht lange, so spürte ich, wie ich bleich ward, und wünschte sie fort. Mein Kopf schmerzte, und in den Ohren glaubte ich ein Klingen zu hören: doch sie saßen fest und schwatzten weiter. Das Klingen ward deutlicher: – es dauerte an und ward immer deutlicher: ich redete munterer kreuz und quer, um das Gefühl loszuwerden: doch es dauerte an und gewann Entschiedenheit – bis ich denn schließlich merkte: das Geräusch war *nicht* in meinen Ohren!

Zweifellos wurde ich nun überaus bleich; – doch flüssiger noch plauderte ich dahin und mit erhobener Stimme. Doch das Geräusch nahm zu – was konnt' ich nur tun? Es war ein *leiser, dumpfer, hastiger Pochlaut, wie eine Uhr ihn hören läßt, wenn man sie in Kattun gewickelt hat!* Ich rang nach Atem – und doch vernahmen's die Beamten nicht. Ich redete geschwinder – vehement; doch das Geräusch nahm immer weiter zu. Ich sprang vom Stuhle auf und disputierte über Nichtigkeiten, in hochgestochenem Ton und hitzigen Gebärden; doch das Geräusch nahm immer weiter zu. Warum nur wollten sie nicht gehen? Ich ging mit schweren Schritten auf und ab, wie wenn die Bemerkungen der Männer mich in Wut gebracht hätten – doch das Geräusch nahm immer weiter zu. Oh Gott! was *konnte* ich tun? Ich schäumte – ich tobte – ich fluchte! Ich schwang den Stuhl in die Höhe, auf dem ich gesessen hatte, und schmetterte ihn krachend auf die Bretter, doch das Geräusch nahm zu und übertönte alles. Es wurde lauter – lauter – wurde immer lauter! Und immer noch schwatzten die Männer munter vor sich hin und lächelten. War es denn möglich, daß sie gar nichts hörten? Allmächtiger Gott! – nein, nein! Sie hörten's wohl! – sie hatten schon Verdacht! –

sie *wußten!* – sie machten sich nur lustig über mein Entsetzen! – so dacht' ich, und so denke ich noch jetzt. Doch alles lieber noch als diese Qual! Alles ertragen – nur nicht diesen Spott! Ich hielt dies gleisnerische Lächeln nicht mehr aus! Ich fühlt's, ich mußte schreien oder sterben! und nun – horch! – wieder! – lauter! lauter! *lauter!* »Ihr Schurken!« kreischt' ich, »laßt die Heuchelei! Ich will die Tat gestehn! – hier! reißt die Bohlen auf! – hier schlägt's! – hier schlägt sein fürchterliches Herz!«

DER GOLDKÄFER

He! Heda! Der Bursche dreht uns noch durch!
Den hat bestimmt die Tarantel gestochen.
›All in the Wrong‹

Viele Jahre ist's her, da schloß ich enge Freundschaft mit einem Herrn William Legrand. Er stammte aus einer alten Hugenottenfamilie und war einst begütert gewesen; doch eine Reihe von Mißglücksfällen hatte ihn in Not geraten lassen. Um der Demütigung, welche diesem Unheil folgte, zu entgehen, verließ er New Orleans, die Stadt seiner Vorväter, und ließ sich auf Sullivan's Island nieder, nahe Charleston, Süd-Carolina.

Dies Eiland ist wohl einzig in seiner Art. Es besteht aus wenig mehr denn Seesand und hat rund drei Meilen Länge. Seine Breite geht an keiner Stelle über eine Viertelmeile hinaus. Vom Festlande trennt es ein kaum bemerklicher Bach, der durch eine Wildnis von Schilf und Schlamm dahinsickert, einem Lieblingsaufenthalt des Sumpfhuhns. Die Vegetation ist, man mag's wohl vermuten, spärlich oder doch zum mindesten zwergenhaft. Keinerlei Baumwuchs von einiger Höhe ist zu sehen. Am westlichen Ende, wo Fort Moultrie steht und wo es ein paar elende Fachwerkhütten gibt, zur Sommerszeit bewohnt von Leuten, welche vor Charlestons Staub und Fieberluft geflohen, mag man zwar gelegentlich die stachlige Zwergpalme antreffen; doch im übrigen ist die gesamte Insel, mit Ausnahme dieser westlichen Spitze und eines Streifens harten weißen Strandes an der Seeseite, mit dichtem Unterwuchs von jener süßduftigen Myrte bedeckt, welche bei den Gartenbaukünstlern Englands so ausnehmend geschätzt wird. Das Buschwerk erreicht hier oftmals eine Höhe von fünfzehn oder zwanzig Fuß und bildet ein fast undurchdringliches Dickicht, dessen Wohlgeruch lastend in der Luft liegt.

Im entlegensten Winkel dieses Dickichts, nicht weit vom östlichen oder entfernteren Ende der Insel, hatte Legrand sich eine kleine Hütte gebaut, welche er bewohnte, als ich seinerzeit, durch Zufall eigentlich, seine Bekanntschaft machte. Diese reifte bald zur Freundschaft – denn der Klausner hatte vieles an sich, das Teilnahme und Wertschätzung erweckte. Ich fand ihn wohlgebildet und von ungewöhnlichen Geisteskräften, doch angekränkelt von Misanthropie und ganz verdrehten Grillen unterworfen, welche jählich zwischen Begeisterung und Trübsinn wechselten. Er hatte viele Bücher bei sich, beschäftigte sich aber nur selten mit ihnen. Seine hauptsächlichen Vergnügungen waren Flintenjagd und Fischen oder aber gemächliche Wandergänge, hin am Strand entlang und durch die Myrten, auf der Suche nach Muscheln oder entomologischen Proben; – um seine Sammlung der letzteren hätte ihn selbst ein Swammerdam beneidet. Bei diesen Exkursionen ward er gewöhnlich von einem alten Neger namens Jupiter begleitet, den die Familie freigelassen hatte, noch ehe sie die Schicksalsschläge trafen, der jedoch weder durch Drohen noch durch Versprechungen vermocht werden konnte, von dem abzustehen, was er für sein Recht ansah, seinem jungen ›Massa Will‹ auf Schritt und Tritt zu folgen. Es ist nicht unwahrscheinlich, daß die Verwandten, welche Legrand für einigermaßen unsteten Geistes hielten, Jupiter diese Hartnäckigkeit eigens eingeschärft hatten, damit der Wanderer auf seinen Wegen nicht ohne Schutz und Aufsicht sei.

Auf der Breite von Sullivan's Island sind die Winter selten sehr streng, und im Herbst des Jahres ist es ein rares Vorkommnis, wenn einmal ein Feuer nötig wird. Um die Mitte des Oktobers 18-- kam jedoch ein bemerkenswert frostiger Tag. Grad vor Sonnuntergang bahnte ich mir einen Weg durch das immergrüne Gestrüpp zur Hütte meines Freundes, den ich mehrere Wochen lang nicht besucht hatte – denn ich wohnte zu der Zeit in Charleston, neun Meilen von der Insel entfernt, und die Möglichkeiten von An- und Rückreise standen hinter denen von heute weit zurück. Als ich die Hütte erreichte, klopfte ich, wie es meine Gewohnheit war, suchte mir, da ich keine Antwort erhielt, den Schlüssel, dessen Versteck ich kannte, öffnete die Türe und trat ein. Ein wackeres Feuer flackerte auf dem Herde. Das war etwas Neues, doch keineswegs Unangenehmes. Ich warf den Überrock ab, rückte mir einen Armstuhl vor die knisternden Holzscheite und wartete geduldig, daß meine Gastgeber zurückkehrten.

Bald nach Dunkelheit kamen sie an und hießen mich aufs herzlichste willkommen. Jupiter, der von einem Ohr zum anderen grinste, tummelte sich, ein paar Sumpfhühner zum Abendessen zu bereiten. Legrand hatte einen seiner Anfälle – wie soll ich's anders bezeichnen? – von Enthusiasmus. Es war ihm nämlich der Fund einer noch unbekannten zweischaligen Muschel gelungen, die ein ganz neues *genus* bildete, und überdem hatte er mit dem Beistande Jupiters einen Skarabäus gejagt und sicher eingefangen, den er für eine Neuentdeckung hielt, bezüglich dessen er jedoch meine Ansicht am anderen Morgen zu hören wünschte.

»Und warum nicht heute abend noch?« fragte ich, indem ich mir die Hände über der Flamme rieb und die ganze Klasse der Skarabäen zum Teufel wünschte.

»Ah, wenn ich doch nur gewußt hätte, daß Sie hier waren!« sagte Legrand, »aber es ist so lange her, seit ich Sie sah; und wie hätte ich wohl voraussehen sollen, daß Sie mir ausgerechnet an diesem Abend einen Besuch machen würden? Auf dem Heimwege traf ich Leutnant G----- vom Fort, und dummerweise habe ich ihm den Käfer leihweise überlassen; so können Sie ihn also unmöglich vor morgen sehen. Bleiben Sie doch die Nacht über hier, ich werde dann gleich bei Sonnenaufgang Jup danach schicken. In der ganzen Schöpfung läßt sich nichts Entzückenderes denken!«

»Als was?! – den Sonnenaufgang?«

»Unsinn! nein! – den Käfer. Er ist von glänzender Goldfärbung – so groß etwa wie eine dicke Walnuß – und hat zwei pechschwarze Flecken am einen Ende des Rückens sowie einen weiteren, etwas längeren, am andern. Die Fühler sind – – –«

»Aber ich sach Ihn' doch andauernd, Massa Will, da sin' ja gaa keine dran«, unterbrach hier Jupiter; »der Käfer is 'n Goldkäfer, is massich un fest, jedes Stückchen inn' un überall, außer bloß die Flügel – hab noch nie 'n halb so schweren Käfer gesehn in meim Leben.«

»Nun, das mag schon sein, Jup«, erwiderte Legrand – ein bißchen ernster, so schien's mir, als der Fall erforderte; »aber ist das ein Grund für dich, das Geflügel da anbrennen zu lassen? Die Färbung« – hier wandte er sich mir zu – »ist wirklich fast dazu angetan, Jupiters Einfall zu bestätigen. Ein brillanteres metallisches Schimmern, als von den Schuppen ausgeht, haben Sie nie gesehen – doch darüber können Sie nicht vor morgen urteilen. Inzwischen will ich Ihnen einen ungefähren Begriff von der Gestaltung geben.« Indem er dies sagte, setzte er sich an einen kleinen Tisch, auf welchem sich zwar Feder und Tinte befand, doch kein Papier. Nach diesem suchte er nun in einem Schubfach, doch fand er keins.

»Gleichviel«, sagte er schließlich, »dies hier wird es auch tun;« und damit zog er aus seiner Westentasche einen Fetzen hervor, der mich wie ein sehr schmutziges Propatriapapier anmutete, und warf mit der Feder eine grobe Zeichnung darauf. Während er dies tat, blieb ich in meinem Stuhl am Feuer sitzen, denn immer noch war es frostig kalt. Als nun die Skizze vollendet war, reichte er sie mir herüber, ohne dabei aufzustehen. Ich hatte sie eben entgegengenommen, da erscholl ein lautes Knurren, dem ein Kratzen an der Türe folgte. Jupiter öffnete diese, und ein großer Neufundländer, der Legrand gehörte, sprang mir an den Schultern hoch und überhäufte mich mit Zärtlichkeiten; denn während früherer Besuche hatte ich ihm viel Aufmerksamkeit bezeigt. Als seine Freudensprünge vorüber waren, wandte ich meinen Blick dem Papiere zu und war – um die Wahrheit zu sagen – nicht wenig bestürzt ob der Malkünste meines Freundes.

»Nun, ja«, sagte ich, nachdem ich sie einige Minuten lang betrachtet, »das ist mir ein ziemlich sonderbarer Skarabäus, muß ich gestehen: eine gänzlich neue Gattung: dergleichen habe ich noch nie zuvor erblickt – es sei denn, es wäre ein Schädel oder ein Totenkopf – zu dem jedenfalls besteht mehr Ähnlichkeit als zu allem sonst, was mir je unter die Augen gekommen ist.«

»Ein Totenkopf?« echote Legrand. »Oh – ja – also, auf dem Papier hat der Käfer zweifellos etwas davon an sich. Die beiden obern schwarzen Flecke sehen wie Augen aus, was? und der längere Fleck da unten könnte ein Mund sein – und dann noch bildet das Ganze ein Oval.«

»Das mag sein«, sagte ich; »aber, Legrand, ich fürchte, Sie sind kein besonders großer Künstler. Ich muß darum warten, bis ich das Tier selber sehe, wenn ich mir von seiner Gestaltung ein Bild machen soll.«

»Nun, ich weiß nicht«, sagte er ein wenig verdrießlich, »ich verstehe doch ganz leidlich zu zeichnen – sollte es jedenfalls können – denn ich hatte gute Lehrer – und schmeichle mir, nicht gerade ein kompletter Schafskopf zu sein.«

»Aber, mein Lieber, dann haben Sie eben einen Scherz gemacht«, sagte ich; »das hier ist ein ganz passabler *Schädel* – tatsächlich, ich möchte sagen, es ist ein *ausgezeichneter* Schädel, nach den Vorstellungen jedenfalls, die man gemeinhin von diesen physiologischen Dingen hat – und Ihr Käfer muß schon der wunderlichste Skarabäus auf der Welt sein, wenn er diesem Schädel ähnlich sieht. Ach du liebe Zeit, wir werden am Ende gar noch einen ganz schauerlichen Aberglauben mit diesem Hinweis ins Leben rufen. Ich nehme an, Sie werden den Käfer *scarabaeus caput hominis* oder irgendwie ähnlich nennen – es gibt ja viele solche Bezeichnungen in den Naturgeschichten. Doch wo sind eigentlich die Fühler, von denen Sie sprachen?«

»Die Fühler?« fragte Legrand, der sich für das Thema unbegreiflich zu erwärmen schien; »ich bin sicher, Sie müssen die Fühler sehen. Ich machte sie so deutlich, wie sie's an dem Insekte selber sind, und meine doch, das sollte genügen.«

»Schon, schon«, sagte ich, »das mag immer sein – doch trotzdem sehe ich sie nicht;« und ich händigte ihm ohne weitere Bemerkungen das Papier wieder aus, denn ich wünschte ihn nicht um seine gute Laune zu bringen; doch erstaunte mich einigermaßen die Wendung, welche die Sache genommen; seine Verstimmung machte mir Kopfzerbrechen – und was die Zeichnung des Käfers betraf, so waren darauf entschieden *keine* Fühler sichtbar, und das Ganze zeigte nun einmal eine sehr enge Ähnlichkeit mit den gewöhnlichen Abbildungen eines Totenkopfes.

Er nahm das Blatt recht unwirsch entgegen und stand eben im Begriff, es zusammenzuknüllen, offenbar um es ins Feuer zu werfen, als ein zufälliger Blick auf die Zeichnung jählich seine Aufmerksamkeit zu fesseln schien. Im Augenblick überlief eine heftige Röte sein Gesicht – im nächsten dann wurde er überaus bleich. Einige Minuten lang fuhr er fort, die Zeichnung eingehend zu untersuchen, immer noch auf seinem Platz. Schließlich aber stand er auf, nahm eine Kerze vom Tische und begab sich in die entfernteste Ecke des Raumes, um sich dort auf einer Seemannskiste niederzulassen. Hier untersuchte er fast gierig erneut das Blatt, indem er es nach allen Seiten wendete. Er sprach jedoch kein Wort, und sein Verhalten wunderte mich höchstlich; doch hielt ich es für geraten, seine wachsend mürrische Laune nicht durch irgendeine Anmerkung noch zu verschlimmern. Bald dann zog er aus seinem Rocke eine Brieftasche, legte das Papier sorgfältig hinein und tat beides in sein Schreibpult, welches er verschloß. Nun ward sein Betragen wieder gefaßter; doch der ursprüngliche Enthusiasmus war ganz von ihm gewichen. Doch schien er nicht so sehr verdrossen als geistesabwesend. Als der Abend dahinging, versank er mehr und mehr in Träumerei, aus der ihn keine noch so witzigen Einfälle meinerseits zu reißen vermochten. Es war eigentlich meine Absicht gewesen, die Nacht in der Hütte zu verbringen, wie ich's schon häufig zuvor getan, doch als ich meinen Gastfreund in dieser Stimmung sah, fand ich's doch angeraten, mich zu verabschieden. Er bedrängte mich auch gar nicht, noch zu bleiben, doch als ich aufbrach, schüttelte er mir die Hand mit gar noch mehr als seiner gewöhnlichen Herzlichkeit.

Wohl einen Monat später (und während dieser Zeit hatte ich nichts von Legrand zu sehen bekommen) empfing ich in Charleston den Besuch seines Dieners Jupiter. Nie hatte ich den guten alten Neger so entmutigt dreinschauen gesehen, und schon fürchtete ich, daß meinem Freunde ein ernstliches Unglück widerfahren sei.

»Nun, Jup«, sagte ich, »was gibt es denn? – wie geht es deinem Herrn?«

»Nu, ehrlich gesprochen, Massa, der Herr is gaa nich so wohl als sein gesollt.«

»Nicht wohl? Das tut mir aber wirklich leid. Worüber klagt er denn?«

»Verflicks! das isses ja! – tut gaa nich klagen – is aber ganz sehr krank davon gewor'n.«

»Sehr krank, Jupiter? – warum hast du das nicht gleich gesagt? Muß er das Bett hüten?«

»Nee, das nich! – muß überhaup nix hüten – das isses ja, wo'n der Schuh drückt – is ein ganz große Jammer um den arme Massa Will.«

»Jupiter, jetzt möchte ich aber doch wissen, wovon du eigentlich redest. Du sagst, dein Herr ist krank. Hat er dir denn nicht gesagt, was ihm fehlt?«

»Nu, Massa, müssen nich gleich so wimmlich drum wer'n – Massa Will sacht, fehlen tut ihm gaa nix – aber was läuft er denn mit so'm Gesicht herum, läß' den Kopp häng' un zieh' die Schuldern hoch, un is so blaß un bleich als wie 'n Geist? Un dann die Zahlen, wo er die ganze Zeit mit amgange is – – –«

»*Was* ist er, Jupiter?«

»Is andauernd amgange mit den Zahlen – un mit den Figurn aufer Schiefertabel – is das dollste Zeuch, was 'ch je gesehn hab. Kann man glattwech bange bei wer'n, sach ich Ihn'. Muß mächtich aufpassen, was er alles anstellt. Neulich is er mir entwischt, noch eh' daß die Sonne rauf war, un is dann den ganzen lieben Tach lang wechgewesen. Ich hatt' mir schon 'n schönen dicken Stock geschnitten, um daß ich ihm 'ne anständige Tracht verpasse, wenn er wiederkam – aber bin 'n alter Narr, hab's nich könn' übers Herz bring' – so gottserbärmlich sah der Massa aus.«

»Äh – was? – ah, ja! – also was das betrifft, so solltest du lieber nicht gar so streng mit dem armen Kerl sein – und den Stock laß nur beiseite, Jupiter, sowas verträgt er nämlich nicht besonders gut – aber hast du denn gar keine Ahnung, was diese Krankheit hervorgerufen hat – oder vielmehr diese Veränderung in seinem Benehmen? Ist irgendetwas Unangenehmes geschehen, seit ich euch zum letztenmal sah?«

»Nee, Massa, *seit* dem is gaa nix Unangenehmiges gewesen – war schon *vorher,* fürcht' ich – war genau an dem Tach, wo Ihn' dagewesen.«

»Wie das? Was willst du damit sagen?«

»Nu, Massa, erinnern sich Ihn' nich? – der Käfer.«

»Der *was?«*

»Der Käfer – ich bin ganz sehr sicher, daß Massa Will ir'ndwo am Koppe is gebissen wor'n von dem Goldkäfer.«

»Und welchen Grund hast du, Jupiter, für eine derartige Annahme?«

»Hat sich Mund genuch, Massa, un is auch rund genuch. Hab nie noch so ein' verd-----n Käfer gesehn – der beiß' doch alles rund um sich rum, was ihm zu nahe kommt. Massa Will hat ihn zuers' eingefang', hat 'n dann aber mächtich schnelle wieder müssen loslassen, sach ich Ihn' – un damals, da muß das Dink ihn gebissen ha'm. Ich selber, ich hab ja den Mund von dem Käfer gleich nich könn' ausstehn, nee, so hab ich 'n gaa nich ers' mit 'n Fingern angefaßt, hab 'n aber mit ein Stück Papier gefang', das wo 'ch da gefunden. Wickl' ihn rein in das Papier und stopp ihm noch 'n Fetz davon in 'n Mund – so is das denn gegang'.«

»So denkst du also, daß dein Herr wirklich von dem Käfer gebissen wurde und daß dieser Biß ihn krank gemacht hat?«

»Ich denk' da gaa nix bei – ich weiß das. Wieso tut er denn jetz' soviel von dem Goldzeuch träum', wenn das nich is, weil daß der Goldkäfer ihn gebissen hat? Hab 'ch schon früher von gehört, daß die Goldkäfer das machen.«

»Aber woher willst du wissen, daß er von Gold träumt?«

»Woher 'ch das wissen will? nu, weil er doch im Schlaf da drüber reden tut – daher weiß ich das.«

»Nun, Jup, vielleicht hast du recht; doch welchen glücklichen Umständen verdanke ich nun die Ehre deines heutigen Besuches?«

»Äh – wie mein' das, Massa?«

»Bringst du mir irgendeine Botschaft von Herrn Legrand?«

»Nee, Massa, 'ch bring man bloß den Brief hier«; und

damit händigte Jupiter mir ein Schreiben aus, welches folgendermaßen lautete:

»Mein Lieber,
warum haben Sie sich so lange nicht mehr blicken lassen? Ich hoffe doch, Sie waren nicht so töricht, irgendeine kleine *brusquerie* meinerseits übelzunehmen; aber nein, das steht nicht zu vermuten.

Seit wir uns sahen, hatte ich mancherlei Ursache zur Unruhe. Ich muß Ihnen etwas berichten, doch weiß ich kaum, wie ich's anfangen soll oder ob ich es überhaupt tun soll.

Mir ist es in den letzten Tagen nicht sonderlich gut ergangen, und der arme alte Jup setzt mir fast bis zur Unerträglichkeit mit seiner gutgemeinten Aufmerksamkeit zu. Stellen Sie sich das vor – neulich hatte er sich einen riesigen Stock zurechtgelegt, um mich dafür zu züchtigen, daß ich ihm heimlich entwischt war und den ganzen Tag *solo* in den Hügeln auf dem Festland verbrachte! Ich glaube wahrhaftig, nur mein schlechtes Aussehen hat mich vor einer gehörigen Tracht Prügel bewahrt.

Meiner Sammlung ist seit unserem letzten Treffen nichts Neues hinzugekommen.

Wenn Sie nur irgend können, so richten Sie es doch ein und kommen Sie mit Jupiter herüber. Bitte kommen Sie! Ich möchte Sie noch *heute abend* sehen, es handelt sich um eine wichtige Sache. Ich versichere Ihnen, die Sache ist sogar von *höchster* Wichtigkeit.

Immer der Ihre William Legrand.«

Es lag da etwas im Tone dieses Schreibens, das mich nicht wenig beunruhigte. Der ganze Stil wich wesentlich von dem ab, was ich von Legrand gewöhnt war. Wovon konnte er nur träumen? Welche neue Grille hatte von seinem erreglichen Hirn Besitz ergriffen? Was für eine ›Sache von höchster Wichtigkeit‹ konnte denn *er* schon zu erledigen haben? Was Jupiter von ihm berichtet hatte, ließ nichts Gutes ahnen. Ich fürchtete, daß der anhaltende Druck des Unglücks die Vernunft meines Freundes nun gänzlich zerrüttet habe. Ohne einen Augenblick zu zögern, machte ich mich daher bereit, den Neger zu begleiten.

Als wir das Ufer erreichten, bemerkte ich auf dem Boden des Bootes, welches uns übersetzen sollte, eine Sense sowie drei Spaten – alle offenbar ganz neu.

»Was soll das alles bedeuten, Jupiter?« fragte ich.

»Das alles? – is Sense, Massa, und Spaten.«

»Schon recht; doch was tun die Sachen hier?«

»Is Sense un is Spaten, was wo 'ch für Massa Will ha'm müssen kaufen inner Stadt un wo 'ch den Deubel hab' massich Geld für gegeben.«

»Aber im Namen alles Geheimnisvollen – was will denn nur dein ›Massa Will‹ mit Sense und Spaten anstellen?«

»Das 's mehr, als wie ich weiß, un der Deubel soll mich holen, wenn 's nich auch mehr is, als wie der Massa selber weiß. Is aber alles vonwegen dem Käfer gekomm'.«

Da ich fand, daß aus Jupiter, dessen ganzer Verstand von dem Käfer absorbiert zu sein schien, nichts Befriedigendes herauszubringen war, trat ich nun in das Boot und segelte ab. Eine schöne und frische Brise ließ uns bald in die kleine Bucht im Norden von Fort Moultrie einlaufen, und ein Weg von etwa zwei Meilen brachte uns zur Hütte. Es war gegen drei am Nachmittage, als wir ankamen. Legrand hatte unser in heftiger Erwartung geharrt. Er faßte nach meiner Hand mit einem nervösen *empressement,* das mich alarmierte und in meinem bereits gefaßten Argwohn bestärkte. Seine Züge waren geradezu gespenstisch bleich, und in seinen tiefliegenden Augen glomm ein unnatürlicher Glanz. Nach einigen Erkundigungen bezüglich seiner Gesundheit fragte ich ihn, da mir nun einmal nichts Besseres einfallen wollte, ob er den Skarabäus denn schon von Leutnant G----- zurückerhalten habe.

»Oh, ja«, erwiderte er, indem er heftig errötete, »ich bekam ihn gleich am nächsten Morgen wieder. Nichts könnte mich versuchen, mich von diesem Skarabäus zu trennen. Wissen Sie, daß Jupiter völlig recht damit hatte?«

»Womit?« fragte ich, eine traurige Ahnung im Herzen.

»Mit seiner Vermutung, es handle sich um einen Käfer aus *wirklichem Golde.*« Er sagte dies mit einem Ausdruck tiefen Ernstes, und ich fühlte mich ganz unbeschreiblich betroffen. »Dieser Käfer soll mein Glück machen«, fuhr er fort, mit einem triumphierenden Lächeln, »er soll mich wieder in den Besitz meiner Familiengüter setzen. Ist es da etwa ein Wunder, daß ich ihn so wert halte? Da es dem Glücksgeschick gefallen hat, ihn in meine Hände zu geben, habe ich mich seiner nur noch entsprechend zu bedienen, und ich werde zu dem Golde gelangen, dessen Wegweiser er ist. Jupiter, bring mir den Skarabäus!«

»Was? den Käfer, Massa? Den will ich lieber nich stören – den müssen sich Ihn' schon selber holen.« Worauf sich Legrand erhob, mit ernster und erhabener Miene, und mir den Käfer aus einem Glasbehälter anbrachte, in welchem er eingeschlossen war. Es war ein prachtvoller Skarabäus, wie ihn die Naturforscher zu jener Zeit noch nicht kannten, – natürlich also ein großer Schatz in wissenschaftlicher Hinsicht. Zwei runde schwarze Flecken befanden sich am einen Ende des Rückens, und am anderen sah ich noch einen weiteren von länglicher Form. Die Schuppen waren überaus hart und glänzend und wirkten ganz und gar wie poliertes Gold. Das Gewicht des Insekts war sehr bemerkenswert, und wenn ich alle Dinge in Erwägung zog, so konnte ich Jupiter für seine Ansicht darüber kaum tadeln; doch wie Legrand selber mit dieser Meinung einig gehen konnte, das wollte mir ums Leben nicht klar werden.

»Ich schickte nach Ihnen«, sagte er in hochtrabendem Tone, als ich meine Untersuchung des Käfers beendet hatte, »ich schickte nach Ihnen, auf daß mir Ihr Rat und Ihre Hilfe zuteil würden bei der Aufgabe, den Zwecken förderlich zu sein, welche das Schicksal und dieser Käfer – – –«

»Mein lieber Legrand«, rief ich aus, ihn unterbrechend, »Sie sind gewißlich unwohl und sollten sich doch lieber ein wenig in acht nehmen. Sie werden sich zu Bette legen, und ich will ein paar Tage bei Ihnen bleiben, bis Sie's überstanden haben. Sie fiebern ja und – – –«

»Fühlen Sie meinen Puls«, sagte er.

Ich fühlte und fand, um die Wahrheit zu sagen, nicht das gelindeste Anzeichen von Fieber.

»Aber Sie können krank sein und gleichwohl kein Fieber haben. Erlauben Sie mir dies eine Mal, Ihr Arzt zu sein. Zum ersten müssen Sie sich zu Bett legen. Zum zweiten – – –«

»Sie irren sich«, fiel er mir ins Wort; »mir geht es so gut, wie ich es bei der Aufregung, unter der ich leide, nur erwarten kann. Wenn Sie wirklich um mein Wohl besorgt sind, so werden Sie diese Aufregung lindern.«

»Und wie soll das geschehen?«

»Sehr einfach. Jupiter und ich gehen auf eine Expedition in die Berge des Festlands, und bei dieser Expedition werden wir die Hilfe eines Menschen brauchen, auf den wir bauen können. Sie sind der einzige, der unser Vertrauen hat. Ob uns nun Gelingen oder Mißerfolg beschieden ist, die Aufregung, welche Sie gegenwärtig an mir wahrnehmen, wird gleichviel davon Linderung erfahren.«

»Ich möchte Ihnen ja gern in jeder Weise gefällig sein«, erwiderte ich; »doch wollen Sie etwa sagen, daß dieser infernalische Käfer irgendetwas mit Ihrer Expedition in die Berge zu tun hat?«

»Allerdings.«

»Dann, Legrand, vermag ich bei diesem absurden Unternehmen leider nicht mit von der Partie zu sein.«

»Das bedaure ich sehr – wirklich sehr – denn da werden wir uns allein behelfen müssen.«

»Allein behelfen müssen! Dieser Mann ist wahrhaftig verrückt! – doch warten Sie! – wie lange gedenken Sie denn fortzubleiben?«

»Voraussichtlich die ganze Nacht. Wir werden unmittelbar aufbrechen und in jedem Falle bei Sonnenaufgang zurück sein.«

»Und wollen Sie mir auf Ihre Ehre versprechen, daß Sie, sobald ihr kindischer Einfall vorüber und das Käfer-Unternehmen (guter Gott!) zu Ihrer Zufriedenheit abgewickelt ist, wieder nach Hause kommen und meinen Rat aufs Wort befolgen – wie den Ihres Arztes?«

»Ja; das verspreche ich; – aber nun wollen wir aufbrechen, denn wir haben keine Zeit zu verlieren.«

Mit schwerem Herzen begleitete ich meinen Freund. Wir machten uns gegen vier Uhr auf den Weg – Legrand, Jupiter, der Hund und ich. Jupiter hatte die Sense und die Spaten bei sich, die er sämtlich selber zu tragen beharrte, mehr aus Furcht, so schien mir, auch nur eines der Geräte in Reichweite seines Herrn zu lassen, denn aus übermäßigem Diensteifer oder aus Gefälligkeit. Sein Betragen war störrisch im Extrem, und »dieser verd---te Käfer« waren die einzigen Worte, welche seinen Lippen während des Ausflugs entkamen. Was mich selbst betraf, so hatte ich mich mit ein paar Blendlaternen abzuschleppen, indessen Legrand sich mit dem Skarabäus begnügte, welchen er beim Gehen mit der Miene eines Geisterbeschwörers an einem Endchen Peitschenschnur hin und her trudeln ließ. Als ich diesen letzten klaren Beweis für meines Freundes geistige Verirrung bemerkte, vermochte ich kaum die Tränen zurückzuhalten. Ich hielt es jedoch für das beste, seiner Laune zu willfahren, zumindest für den Augenblick, oder bis ich mit leidlicher Aussicht auf Erfolg zu energischeren Maßnahmen greifen konnte. Inzwischen mühte ich mich, wenn auch ganz vergeblich, ihn bezüglich des Zieles der Expedition auszuforschen. Doch nachdem es ihm gelungen, mich so weit zu bringen, daß ich ihn begleitete, schien er keine Lust mehr zu haben, über irgendein Thema geringerer Wichtigkeit Konversation zu machen, und alle meine Fragen wurden keiner anderen Antwort gewürdigt als »wir werden sehen!«

Mit Hilfe eines Skiffs überquerten wir die Bucht an der Spitze der Insel, und nachdem wir die Steilküste des Festlands erstiegen, setzten wir unsern Weg in nordwestlicher Richtung fort, hin durch eine überaus wilde und trostlose Strecke Landes, wo keinerlei Spur eines menschlichen Fußes sich sehen ließ. Legrand schritt uns voller Entschlossenheit voran und hielt nur hier und da einen Augenblick inne, um sich an gewissen, offenbar bei früherer Gelegenheit von ihm selber geschaffenen Merkzeichen in der Landschaft zu orientieren.

In dieser Weise wanderten wir wohl zwei Stunden dahin, und die Sonne ging eben unter, als wir in eine Gegend kamen, die noch weitaus öder war als jede bisher gesehene. Es war eine Art Tafelland, nahe dem Gipfel eines fast unzugänglichen Berges, dicht bewaldet vom Fuße bis oben hinauf und durchsetzt mit riesigen Felsblöcken, die lose auf dem Boden zu liegen schienen und in vielen Fällen lediglich von den Bäumen, an welche sie sich lehnten, verhindert wurden, in die Täler hinunterzustürzen. Tiefe Schluchten, die in verschiedenen Richtungen verliefen, gaben der Szene ein noch strengeres *air* von Feierlichkeit. Die natürliche Plattform, zu der wir hinaufgeklommen, war dicht mit Dorngebüsch bewachsen, und bald erkannten wir, daß es uns unmöglich geworden wäre, uns ohne die Sense unsern Weg zu bahnen; so ging Jupiter voran, um nach Weisung seines Herrn für uns einen Pfad freizulegen – hin zum Fuße eines riesigen Tulpenbaums, welcher im Vereine mit einigen acht oder zehn Eichen auf der Höhe stand und diese sämtlich, wie auch alle anderen Bäume, die ich bis dahin je erblickt, durch Schönheit übertraf – des Blattwerks und der Form, durch die weite Breitung seiner Zweige und durch die allgemeine Majestät seiner Erscheinung. Als wir diesen Baum erreichten, wandte sich Legrand an Jupiter und fragte ihn, ob er sich zutraue, hinauf zu klettern. Den alten Mann schien diese Frage ein wenig zu beunruhigen, und einige Augenblicke lang brachte er keine Antwort heraus. Schließlich aber trat er an den riesigen Stamm, schritt langsam um ihn herum und untersuchte ihn mit peinlicher Aufmerksamkeit. Als er dieses sein Forschen beendet hatte, sagte er nur:

»Jawoll, Massa, Jup klettert auf jeden Baum, den wo er je sieht in sei'm Leben.«

»Dann hinauf mit dir, und zwar so schnell als möglich, denn bald wird es zu dunkel sein, um noch genügend Sicht für unser Unternehmen zu haben.«

»Wie weit soll ich denn raufmüssen, Massa?« fragte Jupiter.

»Steige zuerst den Hauptstamm empor; dann werde ich dir weitere Anweisungen geben – doch halt! – hier – nimm den Käfer mit.«

»Den Käfer, Massa Will? den Goldkäfer?« schrie der Neger, indem er voller Entsetzen zurückwich, »wowegen soll 'ch denn den Käfer mit auf'n Baum raufnehm'? Will gleich verd---t sein, wenn 'ch das tue!«

»Wenn du Angst hast, Jup, so ein großer starker Neger wie du, einen harmlosen kleinen toten Käfer in der Hand zu halten, nun, dann kannst du ihn ja an dieser Schnur hinaufnehmen – – doch wenn du ihn nicht auf irgendeine Weise mit hinaufnimmst, so bin ich leider gezwungen, dir mit dieser Schaufel hier den Schädel einzuschlagen.«

»Nu, was denn, Massa, was denn«, sagte Jup, offenbar beschämt und dadurch rasch gefügig geworden; »wolln altem Nigger immer gleich so'n großen Krach schlagen. War ja alles bloß Spaß. Ich Angst vor dem Käfer ha'm? 'ch mach mir rein gaa nix aus dem Käfer!« Und damit ergriff er vorsichtig das äußerste Ende der Schnur, und indem er sich das Insekt so weit vom Leibe hielt, wie die Umstände zulassen wollten, machte er sich bereit, den Baum zu ersteigen.

Während seines Jugendwachstums hat der Tulpenbaum – *Liriodendron Tulipifera* –, der prächtigste der amerikanischen Waldbäume, einen besonders glatten Stamm, dessen Seitenäste oftmals erst in beträchtlicher Höhe beginnen; doch im reiferen Alter wird die Rinde knorrig und uneben, indessen viele kurze Ausläufer aus dem Grundstock hervortreten. So war das Unternehmen der Besteigung im gegenwärtigen Falle gar nicht so schwierig, wie es schien. Indem der Neger den mächtigen Stamm so eng als möglich mit Armen und Knien umschlang, mit den Händen einige Aststümpfe ergriff und auf anderen seine nackten Zehen Halt finden ließ, wand er sich schließlich, nachdem er ein- oder zweimal knapp dem Sturz entgangen, in die erste große Gabelung hinauf und schien die ganze Sache damit im wesentlichen für bewältigt zu halten. Tatsächlich war das *Risiko* der Heldentat nunmehr vorüber, obschon sich der Kletterer einige sechzig oder siebzig Fuß hoch über dem Boden befand.

»Wie soll jetz' weiter, Massa Will?« fragte er.

»Halte dich an den größten Ast – den auf dieser Seite«, sagte Legrand. Der Neger gehorchte unverzüglich und offenbar ohne sonderliche Anstrengung; höher und höher stieg er hinan, bis inmitten des dichten Blätterwerks, das ihn umhüllte, nichts mehr von seiner gedrungenen Gestalt zu sehen war. Dann hörten wir seine Stimme herunterschreien:

»Wie weit soll denn nu noch?«

»Wie hoch bist du denn?« fragte Legrand.

»Schon sooo hoch!« erwiderte der Neger; »kann schon 'n Himmel sehn oben durch 'n Baum.«

»Kümmere dich nicht um den Himmel, sondern paß auf, was ich sage. Blicke am Stamm nieder und zähle die Äste unter dir auf dieser Seite. An wievielen bist du bereits vorüber?«

»Ein, zwei, drei, vier, fümf – ich an fümf große Ästen vorbei, Massa, an dieser Seite.«

»Dann gehe noch einen Ast höher.«

Ein paar Minuten später hörten wir wieder die Stimme, die uns verkündete, daß der siebente Ast erreicht sei.

»Nun, Jup«, schrie Legrand, anscheinend hocherregt, »nun wirst du auf diesem Ast vorrücken, soweit du nur kannst. Wenn dir irgendetwas Besonderes auffällt, so laß es mich wissen.«

Hatte ich bislang noch einen leisen Zweifel an meines Freundes Geisteswirrnis gehabt, so mußte er mir um diese Zeit endgültig schwinden. Es blieb mir nichts, als zu dem Schluß zu kommen, daß Wahnsinn ihn befallen habe, und ernstlich sorgte ich mich nun, wie ich ihn wohl nach Hause bringen würde. Während ich noch schwankend war, was am besten zu tun wäre, ließ sich Jupiters Stimme erneut vernehmen:

»Hab zuviel Bange, auf diesem Ast da weiter vorzurutschen – is ganzes Stück lang morsch un tot, der Ast.«

»Was hast du da gesagt, Jupiter?« schrie Legrand mit fliegender Stimme; »der Ast ist tot?«

»Jawoll, Massa, is ganz mausetot – is hin wie nix – is aus'm Leben wechgestorben.«

»O du allgütiger Himmel, was soll ich nur tun?« rief Legrand, anscheinend in größter Qual.

»Tun?« sagte ich, froh über die Gelegenheit, ein Wort dazwischen zu bringen, »ganz einfach: kommen Sie mit nach Haus und gehen Sie zu Bett. Kommen Sie doch! – seien Sie folgsam. Es wird schon spät, und überdies erinnern Sie sich ja auch Ihres Versprechens.«

»Jupiter«, schrie er, ohne mir auch nur im mindesten Beachtung zu schenken, »hörst du mich?«

»Jawoll, Massa Will, kann Ihn' ganz deutlich hörn.«

»Nun, dann untersuche jetzt einmal das Holz mit deinem Messer und sieh nach, ob es deiner Meinung nach *sehr* morsch ist.«

»Is morsch, Massa, ganz bestimmt«, erwiderte der Neger, nachdem ein paar Augenblicke verstrichen, »is aber doch nich so morsch, wie als es sein könnte. Alleine könnt' ich mich wohl noch 'n Stückchen auf dem Ast weiterwagen, jawoll.«

»Alleine? – was soll das heißen?«

»Nu, soll heißen, daß der Käfer, der is doch so'n *sehr* schwerer Käfer. Ich mein' ja, ich laß 'n jetz' mal runterfallen; dann wird der Ast so'n eines Nigger schon halten könn'.«

»Du infernalischer Bösewicht!« schrie da Legrand, dem Anschein nach sehr erleichtert, »weshalb erzählst du mir solchen Unsinn?! Wenn du den Käfer fallen läßt, brech' ich dir das Genick, du, – darauf kannst du Gift nehmen. Aufgepaßt, Jupiter, hörst du mich?«

»Jawoll, Massa, brauchen so'n armes Nigger nich gleich derart anbrüllen.«

»Schon gut! – jetzt höre mir zu! – wenn du dich auf dem Ast so weit vorwagst, wie du es für sicher hältst, und dabei den Käfer nicht losläßt, werde ich dir einen Silberdollar schenken, sobald du wieder unten bist.«

»Bin schon dabei, Massa Will, – bestimmt, bin ich schon«, gab der Neger prompt zurück – »bin jetz' schon fast am äußern Ende angekomm'.«

»Am Ende?« schrie hier Legrand mit geradezu kreischender Stimme; »sagst du, du bist am Ende des Astes angelangt?«

»Fast bald schon am Ende, Massa, – o-oo-oooh! oh du mein lieber Heiland! was is denn das hier an dem Baum?«

»Nun«, schrie Legrand aufs höchste entzückt, »sprich doch, was ist es?!«

»Och, is man nix als wie 'n Schädel – hat jemand doch glatt sein' Kopp hier liegen gelassen auf dem Baum, un ha'm die Krähn ihm da jedes Fetzchen Fleisch von wechgepickt.«

»Ein Schädel, sagst du?! – sehr schön – wie ist er an dem Ast befestigt? – wovon wird er gehalten?«

»Gleich, Massa, muß ers' nachsehn. Nanu, das 's aber ne komische Sache, jawoll – steck' da doch 'n dicker Nagel in dem Schädel drin, der hält 'n an dem Baum fest.«

»Gut, nun weiter, Jupiter, tu genau, was ich dir sage – hörst du?«

»Jawoll, Massa.«

»Gib acht denn! – suche jetzt das linke Auge des Schädels.«

»Hm! Huh! das is gut! nu, is doch überhaup' kein Auge mehr da.«

»Stumpfsinniger Kerl! kannst du deine rechte Hand von deiner linken unterscheiden?«

»Jawoll, kann ich – Kleinichkeit für mich – mein' linke Hand is, wo 'ch das Holz mit schlage.«

»Sehr richtig! du bist linkshändig; und dein linkes Auge befindet sich auf der gleichen Seite wie deine linke Hand. Nun wirst du doch, denke ich, das linke Auge des Schädels finden können – oder die Stelle, wo das linke Auge einmal gesessen hat. Los, hast du es?«

Hier entstand eine lange Pause. Schließlich fragte der Neger: »Is das linke Auge von dem Schädel denn auf 'er selben Seite wie die linke Hand von dem Schädel? – aber Schädel hat natür'ch überhaup' kein' Hand mehr nich, nich ein bißchen – aber is egal! Ich hab das linke Auge jetz' –

hier hab ich's, das linke Auge! was muß ich da denn jetz' mit machen?«

»Laß den Käfer hindurchgleiten, soweit die Schnur nur reicht – aber sei vorsichtig und laß den Faden nicht etwa los!«

»Jawoll, Massa Will, is alles gemacht; is ganz einfach, den Käfer durch das Loch zu lassen; sehn' Ihn' mal – da unten!«

Während dieser Unterhaltung war von Jupiter selbst nichts zu sehen gewesen; doch der Käfer, welchen er herniedergelassen hatte, ward nun am Ende der Schnur sichtbar und glitzerte wie eine Kugel aus poliertem Golde in den letzten Strahlen der untergehenden Sonne, von welchen einige noch schwach die Anhöhe erhellten, auf der wir standen. Der Skarabäus hing gänzlich frei zwischen den Zweigen und wäre, hätte man ihn losgelassen, zu unsern Füßen niedergefallen. Augenblicklich ergriff Legrand die Sense und säuberte damit einen kreisrunden Platz von wohl drei oder vier Ellen Durchmesser, grad unter dem Insekt, und als er damit fertig war, befahl er Jupiter, die Schnur loszulassen und von dem Baume herunterzukommen.

Nachdem mein Freund mit großer Sorgfalt genau an der Stelle, wo der Käfer niedergefallen war, einen Pflock in den Boden getrieben hatte, zog er nun aus seiner Tasche ein Bandmaß. Dessen eines Ende befestigte er an jenem Punkte des Baumstamms, welcher dem Pflock am nächsten war, rollte das Band auf, bis es den Pflock erreichte, und rollte es dann, in der bereits von den beiden Punkten – Baum und Pflock – festgelegten Richtung, wohl fünfzig Fuß weiter auf – indessen Jupiter das Dornengesträuch mit der Sense beiseite räumte. Auf dem so gewonnenen Flecken ward ein zweiter Pflock in den Boden getrieben und um diesen, als das Zentrum, ein roher Kreis beschrieben, der wohl vier Fuß Durchmesser hatte. Indem er nun selber einen Spaten ergriff und ebenfalls Jupiter und mir einen gab, bat Legrand uns, Hand anzulegen und so rasch als möglich zu graben.

Um die Wahrheit zu sagen – ich hatte noch niemals besonderen Geschmack an derlei Belustigungen gefunden, und namentlich in diesem Augenblick hätte ich gern dankend abgelehnt; denn die Nacht sank schon hernieder, und ich fühlte mich von den bis jetzt geleisteten Leibesübungen doch recht ermüdet; doch ich sah keinen Weg, mich der Sache zu entziehen, und hatte auch Angst, durch eine Zurückweisung das seelische Gleichgewicht meines armen Freundes zu stören. Wäre auf Jupiters Beistand Verlaß gewesen, so hätte ich freilich keinen Augenblick mit dem Versuch gezögert, den Wahnsinnigen gewaltsam nach Hause zu schaffen; doch nur zu wohl kannte ich des alten Negers Gemütsart, als daß ich hätte hoffen dürfen, er werde mir, unter welchen Umständen es auch wäre, in einem persönlichen Streit mit seinem Herrn zur Seite stehen. Ich zweifelte nicht, daß diesen letzteren eine der zahllosen Wahnvorstellungen des Südens befallen habe, der Aberglaube nämlich an einen vergrabenen Schatz, und daß seine Phantasie von dem Funde des Skarabäus Bestätigung erfahren habe – oder auch von der Beharrlichkeit, mit welcher Jupiter behauptete, es handle sich um einen ›Käfer aus wirklichem Golde‹. Ein Geist, der zum Wahnsinn neigt, konnte bei solchen Suggestionen leicht auf Irrwege geraten – besonders noch, wenn sie mit vorgefaßten Lieblingsideen zusammenstimmten, – und dann rief ich mir auch ins Gedächtnis, wie der arme Kerl davon gesprochen hatte, der Käfer sei ›der Wegweiser zu seinem Glück‹. Das alles bedrückte und verstörte mich sehr, doch endlich beschloß ich, aus der Not eine Tugend zu machen, – gutwillig zu graben und somit den Träumer nur um so eher durch den Augenschein zu überzeugen, daß seine Meinungen trügerisch seien.

Nachdem die Laternen entzündet waren, machten wir uns allesamt mit einem Eifer an die Arbeit, welcher einer vernünftigeren Sache würdig gewesen wäre; und als der Schein so auf uns und unsere Gerätschaften fiel, konnte ich mich des Gedankens nicht erwehren, welch eine malerische Gruppe wir doch bildeten und wie sonderbar und verdächtig unsere Plackerei einem jeden Eindringling erscheinen mußte, der uns durch Zufall über den Weg gekommen wäre.

Zwei Stunden lang gruben wir voller Ausdauer. Nur wenig wurde dabei gesprochen; und das Lästigste war das Gekläff des Hundes, welcher an unseren Verrichtungen überaus lebhaften Anteil nahm. Schließlich vollführte er einen derartigen Lärm, daß wir langsam Besorgnis hegten, es möchten etwelche Landstreicher in der Nachbarschaft aufmerksam werden; – oder vielmehr war dies Legrands Befürchtung; ich selber wäre über jede Unterbrechung froh gewesen, die mich vielleicht in den Stand gesetzt hätte, den unsteten Gesellen heimzuschaffen. Endlich aber wurde der Krach sehr wirksam zum Schweigen gebracht, und zwar durch Jupiter, der mit einer Miene verbissener Entschlossenheit dem Loche entstieg, der Bestie Maul mit einem seiner Hosenträger zuband und dann mit einem tiefen Kichern an seine Arbeit zurückkehrte.

Als die erwähnte Zeit verstrichen war, hatten wir eine Tiefe von fünf Fuß erreicht, und doch wollten sich keinerlei Anzeichen eines Schatzes sehen lassen. Eine allgemeine Pause trat ein, und ich begann zu hoffen, daß die Farce nun zu Ende sei. Legrand jedoch, obschon offensichtlich arg verstört, wischte sich gedankenvoll die Stirne und begann erneut. Wir hatten den gesamten Zirkelfleck von vier Fuß Durchmesser ausgehoben, und nunmehr vergrößerten wir den Begrenzungsrand ein wenig und gingen auf eine weitere Tiefe von zwei Fuß. Doch immer noch wollte sich nichts zeigen. Schließlich kletterte der Goldsucher, der mein aufrichtiges Bedauern hatte, aus der Grube, bitterste Enttäuschung in jedem Zuge seines Gesichts, und ging langsam und widerwillig daran, seinen Rock wieder anzulegen, den er bei Beginn der Arbeit abgeworfen hatte. Ich versagte mir während dieser Zeit jede Bemerkung. Jupiter begann auf ein Zeichen seines Herrn hin die Werkzeuge einzusammeln. Als dies getan und der Hund die Knebelschlinge wieder losgeworden war, wandten wir uns in tiefem Schweigen heimwärts.

Wir hatten vielleicht grad ein Dutzend Schritte in dieser Richtung getan, als Legrand mit einem lauten Fluch auf Jupiter losfuhr und ihn beim Kragen packte. Der bestürzte Neger riß Augen und Mund zu voller Weite auf, ließ die Spaten fallen und sank in die Knie.

»Du Schurke«, sagte Legrand, und die Silben zischten zwischen seinen zusammengebissenen Zähnen hervor – »du infernalischer schwarzer Schuft! – sprich, sag' ich! – antworte mir augenblicklich, ohne Ausflüchte! – welches – welches ist dein linkes Auge?«

»Oh, herrjeh, Massa Will! is dies hier nich etwa ganz sicher mein linkes Auge?« brüllte der entsetzte Jupiter, indem er die Hand auf sein *rechtes* Sehorgan legte und sie dort mit verzweifelter Beharrlichkeit liegen ließ, als fürchte er, sein Herr werde im nächsten Augenblick versuchen, es ihm auszuschlagen.

»Dacht' ich's nicht? – ich wußte es doch! – hurrah!« triumphierte Legrand, ließ den Neger los und vollführte eine Reihe von Luftsprüngen und Karakolen – sehr zur Verblüffung seines Dieners, der sich von den Knien erhob und stumm von seinem Herrn zu mir blickte und dann wieder von mir zu seinem Herrn.

»Kommt! wir müssen zurück«, sagte der letztere; »noch ist das Spiel nicht verloren;« und wieder ging er uns voran, zum Tulpenbaum zurück.

»Jupiter«, sagte er, als wir angelangt waren, »komm her! –

wie war der Schädel an den Ast genagelt – das Gesicht nach außen gekehrt oder dem Aste zu?«

»War nach außen, das Gesicht, Massa, so daß die Krähn da gut ankomm' konnten un bequem die Augen wechfressen.«

»Gut, dann sag mir noch: war es nun dies Auge oder das da, durch welches du den Käfer hast herunterfallen lassen?« – und dabei berührte Legrand nacheinander beide Augen Jupiters.

»War dies Auge, Massa – war das linke Auge – ganz wie Ihn' mir doch geheißen ha'm«, – und da war es sein rechtes Auge, auf das der Neger wies.

»Das genügt – wir müssen's noch einmal versuchen.«

Mit diesen Worten versetzte mein Freund, in dessen Wahnsinn ich nun doch einige Anzeichen von Methode sah – oder zu sehen mir einbildete –, den Pflock, welcher die Stelle bezeichnete, wo der Käfer niedergefallen, an eine Stelle, die etwa drei Zoll westlich der zuerst angenommenen lag. Indem er nun ganz wie zuvor das Bandmaß vom nächsten Punkt des Stammes zu dem Pflock hinspannte und diese Linie um fünfzig Fuß geradeaus fortsetzte, gelangte er an eine Stelle, die diverse Ellen weit von dem Punkte entfernt lag, an welchem wir zuerst gegraben hatten. Um diese neue Position ward nun ein Kreis beschrieben, etwas weiter als im ersten Falle, und erneut gingen wir mit den Spaten an die Arbeit. Ich war todmüde, doch ob ich schon kaum verstand, was eigentlich meine Sinnesänderung verursacht hatte, spürte ich plötzlich gar keinen so großen Widerwillen mehr gegen die mir auferlegte Plackerei. Mein Interesse war höchst unbegreiflicherweise wach geworden – ja, ich fühlte eine förmliche Erregung in mir aufsteigen. Vielleicht lag etwas in all dem extravaganten Gebaren Legrand's – etwas wie Vorbedacht oder Überlegung –, das mir Eindruck machte. Ich grub mit Eifer und ertappte mich hin und wieder dabei, wie ich tatsächlich mit etwas, das Erwartung ziemlich ähnlich sah, nach dem eingebildeten Schatze Ausschau hielt, dessen Vision meinen unglücklichen Gefährten um den Verstand gebracht hatte. Zur Zeit nun, als solche Gedankengrillen schon gänzlich von mir Besitz ergriffen hatten und wir vielleicht eine und eine halbe Stunde an der Arbeit gewesen waren, unterbrach uns abermals das heftige Geheul des Hundes. Im ersten Falle war seine Verdrießlichkeit offenbar dem Mutwillen oder der Laune entsprungen, doch jetzt klang es, als sei es ihm damit bitterernst. Auf Jupiters erneuten Versuch hin, ihn zu knebeln, setzte er sich wild zur Wehr, sprang in das Loch hinab und wühlte wie rasend die Erde mit den Pfoten auf. In wenigen Sekunden hatte er einen Haufen menschlicher Knochen aufgedeckt, die zwei vollständige Skelette bildeten, vermengt mit mehreren Knöpfen aus Metall und einer Substanz, die wie der Staub vermoderten Wollenstoffs aussah. Ein oder zwei Spatenstiche brachten die Klinge eines großen spanischen Messers zutage, und als wir noch weiter gruben, kamen drei oder vier lose Gold- und Silbermünzen ans Licht.

Bei deren Anblick wußte sich Jupiter vor Freude kaum zu fassen, doch die Züge seines Herrn zeigten einen Ausdruck der äußersten Enttäuschung. Er drängte uns jedoch, unsere Bemühungen fortzusetzen, und kaum waren seine Worte verklungen, als ich plötzlich strauchelte und vornüber stürzte: meine Stiefelspitze hatte sich in einem großen Eisenringe verfangen, der halb begraben im losen Erdreich lag.

Wir arbeiteten nun voller Eifer, und nie noch erlebte ich zehn Minuten ähnlich hochgespannter Erregung. Während dieser Zeit hatten wir eine längliche Kiste aus Holz zur Gänze freigelegt; sie war, ihrer vollkommenen Erhaltung und wunderbaren Härte nach zu schließen, offensichtlich irgendeinem Mineralisierungsprozeß unterworfen gewesen – vielleicht durch das Bichlorid des Quecksilbers. Dieser

Kasten war dreieinhalb Fuß lang, drei Fuß breit und zweieinhalb Fuß tief. Er wurde von schmiedeeisernen Bändern fest gesichert, die miteinander vernietet waren und das Ganze wie eine Art Gitterwerk umgaben. Auf beiden Seiten der Kiste befanden sich, nahe dem Deckel, drei Ringe aus Eisen – also sechs insgesamt – die sechs Personen einen festen Handgriff boten. Unsere vereinigten Anstrengungen erreichten einzig, daß der Koffer ganz leicht seine Lage in der Versenkung änderte. Alsbald denn sahen wir die Unmöglichkeit ein, eine so große Last in eins davonzuschaffen. Glücklicherweise bestand der Verschluß des Deckels einzig aus zwei gleitenden Bolzen. Diese schoben wir zurück – zitternd und keuchend vor Verlangen. Im nächsten Augenblick lag ein Schatz von schier unschätzbarem Werte gleißend vor uns. Als die Strahlen der Laternen in das Loch fielen, blitzte von einem wirren Gehäuf aus Gold und aus Juwelen ein Glühen und Glitzern zu uns herauf, das unsere Augen förmlich blendete.

Ich will es gar nicht erst unternehmen, die Empfindungen zu beschreiben, mit denen ich starrte. Erstaunen, ja Bestürzung herrschte natürlich vor. Legrand schien vor Erregung ganz erschöpft und brachte nur sehr wenige Worte heraus. Jupiters Gesicht zeigte einige Minuten lang eine so tödliche Blässe, wie sie bei der Natur der Dinge einem Negergesicht nur anzunehmen möglich ist. Er schien betäubt – vom Donner gerührt. Jetzt fiel er in dem Loche auf die Knie, grub seine nackten Arme bis zu den Ellbogen herauf in das Gold und ließ sie dann darin, ganz als genieße er den Luxus eines Bades. Schließlich rief er mit einem tiefen Seufzer wie im Selbstgespräche aus:

»Un das is alles vonwegen dem Goldkäfer gekomm'! das liebe gute Goldkäferchen! das arme kleine Goldkäferchen, wo 'ch immer so wüst un wilde auf geschimpf' hab'! Schäms' dich denn gaa nich, Nigger? – los, nu sach was, Mensch!«

Es wurde nun allmählich notwendig, Herrn wie auch Diener darauf hinzuweisen, daß es angeraten sei, den Schatz fortzuschaffen. Es wurde immer später, und dazu oblag es uns, keine Mühe zu scheuen, um noch vor Tagesanbruch alles unter Dach und Fach zu bringen. Wie das anzufangen wäre, war nicht leicht zu sagen; und viel Zeit ward mit Überlegungen vergeudet – so verwirrt waren unser aller Vorstellungen. Als wir schließlich denn die Kiste durch Entfernung von etwa zwei Dritteln ihres Inhalts erleichterten, waren wir imstande, sie mit Mühe aus dem Loch zu heben. Die entnommenen Gegenstände legten wir unter den Dornenbüschen nieder und ließen als Wache bei ihnen den Hund zurück, welchem von Jupiter der strikte Befehl ward, sich unter keinem Vorwande etwa vom Fleck zu rühren, noch sein Maul zu öffnen, ehe wir zurück seien. Dann begaben wir uns eilig mit der Kiste auf den Heimweg und erreichten die Hütte wohlbehalten, doch nach unsäglicher Mühsal gegen ein Uhr morgens. Erschöpft wie wir waren, ließ sich der menschlichen Natur jetzt unmittelbar nichts weiter zumuten. So ruhten wir denn bis zwei Uhr aus und nahmen ein Abendbrot zu uns, um gleich darauf wieder nach den Hügeln aufzubrechen, bewaffnet mit drei derben Säcken, die sich zum guten Glück auf dem Anwesen fanden. Kurz vor vier langten wir wieder bei dem Loche an, teilten den Rest der Beute so gleichmäßig als möglich unter uns auf, ließen die Gruben offen, wie sie waren, und machten uns abermals nach der Hütte auf, wo wir zum zweitenmal unsere goldene Bürde abluden, grad als die ersten Streifen der Frühdämmerung über den Baumwipfeln im Osten aufschimmerten.

Wir waren nun völlig erschöpft; doch die hochgespannte Erregung der Stunde ließ uns nicht zur Ruhe kommen. Nach einem rastlosen Schlummer von einigen drei oder vier Stunden Dauer erhoben wir uns wieder wie auf Abrede, um unseren Schatz zu untersuchen.

Die Kiste war voll bis zum Rande gewesen, und wir verbrachten den ganzen Tag damit, und auch den größten Teil der nächsten Nacht, ihren Inhalt zu sortieren. Von einer bestimmten Ordnung oder Aufteilung war keine Rede gewesen. Alles war in blindem Durcheinander hineingehäuft worden. Nachdem wir alles mit Sorgfalt auseinandergesucht hatten, fanden wir uns im Besitze eines gar noch größern Reichtums, als wir anfangs angenommen. An gemünztem Gelde lagen mindestens vierhundertundfünfzigtausend Dollar vor uns – wenn man den Wert der Stücke so akkurat als möglich nach den Tabellen der Zeit abschätzte. Nicht ein Bißchen Silber war dabei. Alles bestand aus altem Golde mannigfaltigster Art, – französisches, spanisches und deutsches Geld, darunter ein paar englische Guineen, und diverse Münzen, dergleichen wir noch nie zuvor erblickt. Verschiedene sehr große und schwere Stücke waren dabei, die sich so abgegriffen zeigten, daß wir ihre Inschriften nicht mehr entziffern konnten. Amerikanisches Geld fanden wir nicht. Den Wert der Juwelen abzuschätzen, stellte sich als schwieriger heraus. Da gab es Diamanten – zum Teil überaus groß und schön – einhundertundzehn insgesamt; und nicht einer von ihnen war eigentlich klein; – achtzehn Rubine von funkelndem Glanze; – dreihundertundzehn Smaragde, alle entzückend schön; – einundzwanzig Saphire – und einen Opal. Diese Steine waren sämtlich aus ihren Fassungen gebrochen und lose in die Kiste geworfen worden. Die Fassungen selber, die wir uns aus dem übrigen Golde hervorsuchten, waren, so zeigte es sich, mit Hämmern zusammengeschlagen worden, damit sie sich nicht mehr identifizieren ließen. Außer all diesem ergab sich noch eine gewaltige Menge massivgoldenen Schmucks; – nahezu zweihundert massive Finger- und Ohrringe; – reiche Ketten – von diesen dreißig, wenn ich mich recht entsinne; dreiundachtzig sehr große und schwere Kruzifixe; – fünf goldene Weihrauchgefäße von hohem Wert; – eine riesige goldene Punsch-Schale, geschmückt mit reich ziseliertem Weinlaub und Bacchanal-Gestalten; – ferner zwei erlesen gebosselte Schwertgriffe und noch viele andere kleinere Gegenstände, deren ich mich nicht mehr erinnern kann. Das Gewicht dieser Kostbarkeiten betrug mehr als dreihundertundfünfzig Pfund; und in diese Schätzung habe ich noch nicht einmal einhundertsiebenundneunzig herrliche goldene Uhren eingeschlossen, von denen eine jede für sich fünfhundert Dollar wert war. Viele davon waren sehr alt und als Zeitmesser wertlos, denn die Werke hatten mehr oder minder unter Korrosion gelitten; doch alle waren sie reich mit Steinen ausgestattet und steckten in Gehäusen von großem Wert. Wir schätzten den gesamten Inhalt der Kiste in jener Nacht auf anderthalb Millionen Dollar; und bei der späteren Veräußerung der Geschmeide und Juwelen (von denen einige zum eigenen Gebrauch zurückbehalten wurden) stellte sich heraus, daß wir den Wert der Kostbarkeiten noch weit unterschätzt hatten.

Als wir schließlich mit unserer Durchsicht zu Ende gekommen waren und die gespannte Erregung der Stunde sich einigermaßen gelegt hatte, sah Legrand wohl doch, wie ich vor Ungeduld, der Lösung dieses ganz außerordentlichen Rätsels inne zu werden, fast verging, und ging daran, uns alle damit verbundenen Umstände im einzelnen aufzuklären.

»Sie erinnern sich doch«, sagte er, »des Abends, da ich Ihnen jene grobe Skizze hinreichte, die ich von dem Skarabäus gemacht hatte. Sie entsinnen sich auch, daß ich ziemlich ungeduldig wurde, als Sie darauf bestanden, meine Zeichnung ähnele einem Totenkopf. Zuerst, als Sie diese Behauptung aufstellten, dachte ich, Sie wollten einen Scherz machen; aber danach dann rief ich mir die eigenartigen Flecke auf dem Rücken des Insekts ins Gedächtnis und gestand mir ein, daß Ihre Bemerkung tatsächlich nicht ganz unbegründet sei. Doch nach wie vor reizte mich das Gespöttel über meine zeichnerischen Fähigkeiten, – denn ich gelte für einen recht ordentlichen Künstler, – und so war ich denn, als Sie mir das Pergamentstückchen zurückgaben, nahe daran, es zusammenzuknüllen und verärgert ins Feuer zu werfen.«

»Das Papierstückchen, meinen Sie«, warf ich ein.

»Eben nicht; zwar sah es ganz so wie Papier aus, und zu Anfang hielt ich es auch dafür, doch als ich darauf zu zeichnen begann, entdeckte ich sogleich, daß es sich um ein Stück sehr dünnen Pergamentes handelte. Es war ganz schmutzig, wie Sie sich erinnern. Schön, wie gesagt, ich war eben drauf und dran, es zusammenzuknüllen, da fiel mein Blick auf die Skizze, die Sie betrachtet hatten, und nun können Sie sich wohl meine Verblüffung vorstellen, als ich in der Tat die Zeichnung eines Totenkopfes grad da erblickte, wo ich doch den Käfer skizziert zu haben meinte. Einen Augenblick lang war ich viel zu benommen, um mit Klarheit zu denken. Ich wußte, daß meine Abbildung im einzelnen von dieser ganz und gar verschieden war – obschon im allgemeinen Umriß eine gewisse Ähnlichkeit bestand. So nahm ich denn eine Kerze, ließ mich am andern Ende des Raumes nieder und ging daran, das Pergament eingehender zu untersuchen. Als ich es umdrehte, sah ich meine eigene Skizze auf der Rückseite, ganz so wie ich sie gemacht hatte. Mein erster Gedanke war nun schlicht Überraschung ob der wirklich bemerkenswerten Umriß-Ähnlichkeit – der einzigartigen Koinzidenz, die in der Tatsache lag, daß dort auf der andern Seite des Pergaments, ohne daß ich's wußte, ein Schädel gewesen sein sollte, genau unter meiner Zeichnung des Skarabäus, und daß dieser Schädel nicht nur im Umriß, sondern auch in der Größe meiner Skizze so überaus ähnlich sah. Ich muß sagen, daß mich das Einzigartige dieses Zusammentreffens eine Zeitlang förmlich betäubte. Das ist bei solchen Koinzidenzen die gewöhnliche Wirkung. Der Geist plagt sich ab, eine Verbindung herzustellen – eine Folge von Ursache und Wirkung –, und wenn ihm das nicht gelingt, befällt ihn so etwas wie eine vorübergehende Lähmung. Doch als ich mich von dieser Betäubung erholte, dämmerte mir langsam eine Überzeugung, die mich weit mehr noch bestürzte denn die Koinzidenz. Ich begann mich deutlich, ja ganz entschieden zu erinnern, daß *keinerlei* Abbildung auf dem Pergamente gewesen war, als ich meine Käferskizze anfertigte. Dessen ward ich vollkommen sicher; denn ich entsann mich, daß ich das Blatt nach allen Seiten umgewendet hatte, um die sauberste Stelle zu suchen. Wäre die Schädelzeichnung da bereits vorhanden gewesen, so hätte ich sie doch gar nicht übersehen können. Hier lag tatsächlich ein Geheimnis, das zu erklären ich mich nicht imstande fühlte; doch selbst damals schon war es mir, als schimmere, glühwürmchengleich, in den entlegensten und geheimsten Kammern meines Intellekts, ein schwächlicher Begriff von jener Wahrheit auf, welche im Abenteuer der letzten Nacht so herrlich offenbar ward. Augenblicklich stand ich auf, brachte das Pergament unter sichern Verschluß und verschob alles weitere Nachsinnen auf die Stunde, da ich allein sein würde.

»Als Sie dann gegangen waren und Jupiter fest schlief, widmete ich mich einer methodischeren Untersuchung der Angelegenheit. Zuerst einmal bedachte ich, auf welche Weise das Pergament in meinen Besitz gelangt war. Die Stelle, wo wir den Skarabäus entdeckt hatten, lag an der Küste des Festlands, etwa eine Meile östlich der Insel und nur ein kurzes Stückchen oberhalb der Hochwasserlinie. Als ich nach dem Tiere griff, empfing ich einen scharfen Biß, der mich veranlaßte, es wieder fallen zu lassen. Jupiter blickte sich mit seiner gewohnten Vorsicht nach einem Blatte oder etwas ähnlichem um, womit er das Insekt, welches auf ihn zugeflogen war, fassen konnte. In diesem

Augenblick dann geschah es, daß sein Blick – und meiner insgleichen – auf das Pergamentstückchen fiel, das ich damals für Papier hielt. Es lag, eine Ecke aufgeknickt, halb im Sande begraben. Nahe der Stelle, wo wir es fanden, bemerkte ich die Überreste eines Bootsrumpfes, der früher offenbar einmal eine Pinasse dargestellt hatte. Das Wrack schien bereits sehr lange dort zu liegen; denn die Ähnlichkeit mit Bootsrippen war kaum noch zu erkennen.

»Nun, Jupiter hob das Pergament auf, wickelte den Käfer hinein und gab ihn mir. Bald danach machten wir uns auf den Heimweg, und dabei trafen wir dann Leutnant G------. Ich zeigte ihm das Insekt, und er bat, es mit zum Fort nehmen zu dürfen. Als ich eingewilligt hatte, steckte er es sogleich einfach in seine Westentasche, doch ohne das Pergament, in welches es eingewickelt gewesen und das ich in der Hand behalten hatte, während er den Käfer betrachtete. Vielleicht nun fürchtete er, ich würde mich anders besinnen, und hielt es für das beste, die Beute sogleich in Sicherheit zu bringen – Sie wissen ja, wie sehr er sich für alle mit der Naturgeschichte verbundenen Gegenstände begeistert. Zu eben diesem Zeitpunkt muß ich dann, ohne daß es mir bewußt war, das Pergament in meine eigene Tasche gesteckt haben.

»Sie erinnern sich wohl, daß ich, als ich an den Tisch trat, um eine Skizze von dem Käfer anzufertigen, kein Papier dort fand, wo es gewöhnlich lag. Ich blickte in die Schublade und fand auch da keines. Dann suchte ich in meinen Taschen, in der Hoffnung, einen alten Brief darin zu haben, als meine Hand plötzlich an das Pergament geriet. Ich schildere Ihnen mit Absicht so genau, auf welche Weise es in meinen Besitz gelangte; denn die Umstände machten auf mich einen besonders starken Eindruck.

»Sie werden nun zweifellos meinen, ich hätte eine reichlich lebhafte Phantasie; doch ich hatte bereits eine Art *Verbindung* hergestellt. Zwei Glieder einer großen Kette hatte ich miteinander verbunden. Ein Boot lag an der Küste der See, und nicht weit von diesem Boot fand sich ein Pergament – *kein Papier* – mit der Zeichnung eines Schädels darauf. Natürlich werden Sie fragen, wo denn da die Verbindung liege? Darauf erwidere ich, daß der Schädel – oder Totenkopf – das wohlbekannte Abzeichen des Piraten ist. Bei allen Treffen wird die Flagge mit dem Totenkopf gehißt.

»Ich sagte bereits, daß mein Fund aus Pergament war und nicht aus Papier. Pergament ist dauerhaft – fast unzerstörbar. Angelegenheiten geringen Belangs wird man selten dem Pergament anvertrauen; denn zu den bloßen gewöhnlichen Zwecken des Zeichnens oder Schreibens ist es nicht annähernd so wohl geeignet als Papier. Diese Erwägung gab mir den Gedanken ein, es müsse eine besondere, eine hochwichtige Bewandtnis mit dem Totenkopfe haben. Ich säumte auch nicht, *die Form* des Pergaments zur Kenntnis zu nehmen. Obwohl eine seiner Ecken durch irgendeinen Zufall zerstört worden war, konnte man doch noch erkennen, daß die ursprüngliche Form länglich gewesen. Tatsächlich handelte es sich um grad so einen Streifen, wie man ihn für ein Memorandum wählen würde – für die Aufzeichnung einer Sache, an die man noch lange erinnert sein und die man also sorgfältig bewahren wollte.«

»Aber«, warf ich ein, »Sie sagten doch, der Schädel war gar nicht auf dem Pergament, als Sie die Käferzeichnung anfertigten. Wie kommen Sie da zu einer Verbindung zwischen dem Boote und dem Schädel – wo doch dieser letztere, wie Sie selber zugeben, zu einem Zeitpunkt gezeichnet worden sein muß (Gott allein weiß, wie oder von wem), der erst *nach* Ihrer Skizzierung des Skarabäus lag?«

»Ah, darum dreht sich ja eben das ganze Geheimnis; obschon mir die Lösung in diesem Punkte vergleichsweise gar nicht so schwer fiel. Meine Schritte waren sicher und konnten nur ein einziges Resultat ergeben. Meine Gedanken nahmen zum Beispiel den folgenden Gang: Als ich den Skarabäus zeichnete, war auf dem Pergamente keinerlei Schädel sichtbar. Als ich die Zeichnung beendet hatte, gab ich sie Ihnen und behielt Sie dauernd im Auge, bis Sie mir das Blatt zurückgaben. *Sie* folglich haben den Schädel nicht entworfen, und sonst war niemand da, der es hätte tun können. So war er also nicht von Menschenhand entstanden. Entstanden aber war er, trotz alledem.

»In diesem Stadium meiner Überlegungen war ich bemüht, mich an jeden Vorfall innerhalb der fraglichen Zeit zu erinnern – und das gelang mir tatsächlich auch mit vollkommener Gewißheit. Das Wetter war frostig (oh, seltner und glücklicher Zufall!), und ein Feuer flackerte auf dem Herde. Ich war von Körperbewegung erhitzt und saß in der Nähe des Tisches. Sie hingegen hatten sich einen Stuhl nah an den Kamin gezogen. Grad als ich Ihnen nun das Pergament in die Hand gegeben hatte, und als Sie eben im Begriffe standen, es zu betrachten, kam Wolf, der Neufundländer, herein und sprang Ihnen an den Schultern hoch. Mit der linken Hand streichelten Sie ihn und wehrten ihn von sich ab, indessen Ihre Rechte, welche das Pergament hielt, unbekümmert zwischen Ihren Knien herniederhängen und in enge Nähe zum Feuer kommen konnte. Einen Augenblick lang dachte ich doch, die Flamme hätte das Blatt erreicht, und wollte Sie schon zur Vorsicht aufrufen, doch ehe ich noch sprechen konnte, hatten Sie es bereits wieder zurückgezogen und waren beschäftigt, es zu studieren. Erwog ich nun all diese Einzelheiten, so konnte ich keinen Augenblick zweifeln, daß *Hitze* das Agens gewesen sei, welches auf dem Pergamente den Schädel, den ich darauf gezeichnet sah, ans Licht gebracht hatte. Es ist Ihnen ja sicher bekannt, daß es chemische Präparate gibt und seit undenklichen Zeiten immer schon gab, mit deren Hilfe es möglich ist, so auf Papier oder Velin zu schreiben, daß die Charaktere nur dann sichtbar werden, wenn man das Blatt der Feuerhitze aussetzt. Zaffer, in Königswasser digeriert und mit der vierfachen Gewichtsmenge Wasser verdünnt, wird manchmal verwendet; das Ergebnis ist eine grüne Tinte. Der Regulus des Kobalts, in Salpetergeist gelöst, ergibt eine rote. Diese Farben verschwinden längere oder kürzere Zeit nach Abkühlen des Materials, das die Schrift trägt, treten aber sichtbar wieder hervor, sobald man sie neuerlicher Erhitzung aussetzt.

»Ich untersuchte nun den Totenkopf mit aller Sorgfalt. Seine äußeren Linien – das heißt diejenigen Linien der Zeichnung, welche dem Rande des Velins am nächsten lagen – waren weit deutlicher als die andern. Daraus ging klar hervor, daß die Wärmewirkung unvollkommen beziehungsweise ungleichmäßig gewesen war. Augenblicklich entfachte ich ein Feuer und setzte einen jeden Abschnitt des Pergaments glühender Hitze aus. Anfangs bestand die einzige Wirkung darin, daß die schwachen Linien in der Schädelzeichnung sich verstärkten; doch als ich in dem Experiment fortfuhr, wurde in der Ecke des Streifens, welche der Stelle mit dem Totenkopf diagonal gegenüber lag, eine Figur sichtbar, die ich mir anfangs als eine Ziege deutete. Genauere Untersuchung jedoch gab mir dann die Gewißheit, daß sie für ein Zicklein stehen sollte.«

»Ha! ha!« rief ich da; »sicher habe ich gar kein Recht, Sie auszulachen – anderthalb Millionen sind eine zu ernste Sache, als daß man darüber spaßen dürfte – aber Sie wollen mir doch nicht etwa ein drittes Glied in Ihrer Kette vorführen –! Nein, zwischen Ihren Piraten und einer Ziege gibt es keinerlei Verbindung – Piraten haben, wie Ihnen nicht unbekannt sein dürfte, mit Ziegen nichts zu tun; die gehören in den Bereich der Landwirtschaft.«

»Aber ich habe doch gesagt, daß die Figur *keine* Ziege darstellte.«

»Na schön, dann also ein Zicklein – das ist doch so ziemlich dasselbe.«

»So ziemlich, aber nicht ganz«, sagte Legrand. »Das Zicklein heißt auf englisch ›kid‹. Sie werden vielleicht schon von einem gewissen *Kapitän Kidd* gehört haben. Nun, ich sah die Figur des Tieres sogleich für eine Art wortspielerischer oder hieroglyphischer Unterschrift an. Ich sage ›Unterschrift‹; denn ihre Position auf dem Velin legte diesen Gedanken nahe. Der Totenkopf in der diagonal gegenüberliegenden Ecke hatte in der nämlichen Weise etwas von Stempel oder Siegel an sich. Aber leider brachte mich die Tatsache arg aus dem Konzept, daß alles übrige fehlte – der Kernpunkt des gedachten Dokuments – der Text zu meinem Kontext.«

»Ich nehme an, Sie gedachten einen Brief zwischen Stempel und Unterschrift zu finden.«

»Irgendetwas der Art, ja. Tatsächlich fühlte ich mich vom Vorahnen eines mir nahenden großen Glückes durchdrungen. Ich vermag kaum zu sagen, warum. Vielleicht war es letzten Endes mehr Wunsch als wirklicher Glaube; – aber wissen Sie, daß Jupiters wirres Gerede, der Käfer bestehe aus massivem Gold, eine bemerkenswerte Wirkung auf meine Phantasie übte? Und dann die ganze Reihe von Zufällen und Koinzidenzen – das war doch einfach außerordentlich! Ist Ihnen klar, welch bloßer Zufall es war, daß all diese Ereignisse an dem *einzigen* Tag des ganzen Jahres zusammentrafen, an dem es bislang kühl genug war, um ein Feuer anzuzünden, und daß ich ohne Feuer oder ohne das Dazwischenkommen des Hundes in genau dem Augenblick, wo er erschien, niemals des Totenkopfes gewahr und somit auch nie Besitzer des Schatzes geworden wäre?«

»Gewiß, doch fahren Sie fort – ich bin ganz Ungeduld.«

»Nun, Sie haben natürlich schon von den vielen Geschichten vernommen – den tausend vagen Gerüchten, die im Schwange sind, von dem Gelde, das Kidd und seine Genossen irgendwo an der atlantischen Küste vergraben haben sollen. Diesen Gerüchten mußte irgendein Faktum zugrunde liegen. Und daß die Gerüchte schon so lange und so anhaltend umliefen, konnte nur, so schien es mir, von dem Umstande herrühren, daß sich der vergrabene Schatz noch immer in der Erde befand. Hätte Kidd seinen Raub auf einige Zeit versteckt und hernach wieder an sich genommen, so würden die Gerüchte uns wohl kaum in ihrer gegenwärtigen, unveränderten Form erreicht haben. Es wird Ihnen auffallen, daß die besagten Geschichten sämtlich von Geldsuchern handeln, nicht von Geldfindern. Hätte der Pirat das Geld wieder an sich gebracht, so wäre die Sache im Sande versickert. Ich legte mir nun die Deutung zurecht, daß irgendein Zufall – etwa der Verlust eines Memorandums, in welchem die genaue Stelle beschrieben war – ihn der Möglichkeit beraubt habe, den Schatz wiederzufinden, und daß dieser Zufall zu Ohren seiner Gefolgsleute gekommen sei, die sonst wohl nie etwas davon gehört hätten, daß ein Schatz überhaupt versteckt worden sei; diese Gefolgsleute haben dann vergebliche, weil anhaltslose Versuche unternommen, ihn wiederzugewinnen, und damit erst die Geschichten, die heute Allgemeingut sind, auf- und in Umlauf gebracht. Haben Sie etwa jemals gehört, daß längs der Küste irgendein bedeutender Schatz gehoben worden sei?«

»Nein, nie.«

»Aber daß Kidd's Beutehaufen ungeheuer waren, ist wohlbekannt. Ich nahm es daher für sicher, daß die Erde sie immer noch barg; und Sie werden kaum überrascht sein, wenn ich Ihnen sage, daß ich die beinahe zur Gewißheit wachsende Hoffnung in mir fühlte, das auf so sonderbare Weise aufgefundene Pergament könnte eine einstmals verloren gegangene Beschreibung des Verstecks darstellen.«

»Aber wie gingen Sie denn nun vor?«

»Ich hielt abermals das Velin ans Feuer, nachdem ich die Hitze stärker entfacht hatte; doch nichts wollte sich darauf zeigen. Nun kam mir der Gedanke, der Schmutzüberzug könnte mit dem Fehlschlag zu tun haben; ich spülte also das Pergament sauber, indem ich warmes Wasser darüber goß, und als dies geschehen war, legte ich es in eine Zinnpfanne, den Schädel nach unten, und setzte diese Pfanne auf ein Holzkohlenfeuer. Als nach wenigen Minuten die Pfanne auf volle Hitze gekommen war, zog ich den Streifen heraus und fand ihn zu meiner unaussprechlichen Freude an verschiedenen Stellen mit etwas gesprenkelt, was mir als in Reihen angeordnetes Figurenwerk erschien. Ich legte ihn nun nochmals in die Pfanne und ließ ihn eine weitere Minute darin. Als ich ihn dann wieder hervornahm, war das Ganze just so, wie Sie's jetzt hier sehen.«

Damit legte mir Legrand das Pergament, welches er unterweil neu erhitzt hatte, zur Prüfung vor. Zwischen dem Totenkopf und der Ziege waren die folgenden Charaktere mit roter Farbe und in rohen Zügen eingezeichnet: –

> 53==+305))6"; 4826)4=.)4=);806"; 48+8/60))
> 85;;]8";:="8+83(88)5"+; 46(;88"96"?;8)"=
> (; 485);5"+2:"=(; 4956"2(5"–4)8/8"; 4069285);)6+8)
> 4==;1(=9; 48081;8:8=1; 48+85; 4)485+528806"81
> (=9; 48;(88; 4(=?34; 48)4=;161;:188;=?;

»Aber«, sagte ich, indem ich ihm den Streifen übergab, »ich tappe noch immer gleichso sehr im Dunkeln als zuvor. Und warteten meiner bei Lösung dieses Rätsels auch alle Juwelen von Golkonda, ich wär's, des' bin ich sicher, doch nicht imstande, sie mir zu verdienen.«

»Und dennoch«, sagte Legrand, »ist die Lösung keineswegs so schwierig, wie es Ihnen beim ersten eiligen Überblicken der Charaktere wohl erscheinen mag. Diese Charaktere bilden, das dürfte für jedermann leicht zu erraten sein, eine Geheimschrift – das heißt, sie enthalten eine Mitteilung; doch nach allem, was von Kidd bekannt ist, konnte ich auch wieder nicht annehmen, daß er sich auf besonders raffinierte Chiffrierkünste verstanden habe. Ich setze also von vornherein den Fall, daß diese hier zu den simpleren *species* gehöre – so angelegt freilich, daß sie den groben Köpfen der Matrosen ohne den Schlüssel absolut unlösbar vorkommen mußte.«

»Und Sie fanden wirklich die Lösung?«

»Mit Leichtigkeit; ich habe schon andere Chiffreschriften gelöst, die zehntausendmal komplizierter waren. Umstände und eine gewisse Neigung des Geistes haben mich an solchen Rätseln Interesse nehmen lassen, und es darf bezweifelt werden, ob menschlicher Scharfsinn überhaupt ein Rätsel der Art zu konstruieren vermag, welches nicht menschlicher Scharfsinn, bei rechter Hingebung, wieder lösen möchte. Tatsächlich wandte ich, nachdem erst einmal zusammenhängende und lesbare Charaktere festgestellt waren, kaum noch einen Gedanken auf die bloße Schwierigkeit, ihren Sinn freizulegen.

»Im vorliegenden Falle – das heißt eigentlich, in allen Fällen von Geheimschrift – gilt die erste Frage der *Sprache,* in der sie abgefaßt ist; denn die Lösungsmethodik hängt weitgehend – besonders, was die simpleren Chiffren angeht – von der Eigentümlichkeit des betreffenden Idioms ab: ihm hat sie sich anzupassen. Im allgemeinen bleibt nun nichts anderes übrig, als (geleitet von Wahrscheinlichkeiten) sämtliche Sprachen durchzuprobieren, die dem Lösenden geläufig sind, bis die richtige gefunden ist. Doch bei der vor uns liegenden Chiffre beseitigte die Unterschrift alle Schwierigkeit. Das Wortspiel mit dem Namen ›Kidd‹ ist in keiner anderen Sprache denn der englischen verständlich. Wäre diese Erwägung nicht gewesen, so hätte ich meine Versuche mit Spanisch und Französisch beginnen müssen, also denjenigen Sprachen, in denen ein Geheimnis dieser Art von einem Piraten der spanischen Meere am ehesten wohl niedergeschrieben worden wäre. Wie die

Dinge hier lagen, nahm ich jedoch an, es handle sich bei der Geheimschrift um Englisch.

»Sie bemerken, daß es zwischen den Worten keine Abstände gibt. Wäre das anders, so hätte ich verhältnismäßig leichtes Spiel gehabt. In einem solchen Falle hatte ich mit Kollation und Analyse der kürzeren Worte begonnen und, wäre nur ein Wort mit einem einzigen Buchstaben vorgekommen, was ja höchstwahrscheinlich ist, ›a‹ zum Beispiel oder ›I‹, die Lösung als gesichert betrachtet. Doch da nun keine Zwischenräume da waren, ging ich als erstes daran, die häufigsten Zeichen zu ermitteln und ebenso die am wenigsten häufigen. Indem ich sie alle zählte, gelangte ich zu der folgenden Tabelle:

Das Zeichen 8 kommt 33mal vor.
; kommt 26mal vor.
4 kommt 19mal vor.
=) kommt 16mal vor.
" kommt 13mal vor.
5 kommt 12mal vor.
6 kommt 11mal vor.
+1 kommt 8mal vor.
0 kommt 6mal vor.
92 kommt 5mal vor.
:3 kommt 4mal vor.
? kommt 3mal vor.
/ kommt 2mal vor.
]–. kommt 1mal vor.

»Nun ist im Englischen ›e‹ derjenige Buchstabe, welcher am häufigsten vorkommt. Danach geht die Reihenfolge: a, o, i, d, h, n, r, s, t, u, y, c, f, g, l, m, w, b, k, p, q, x, z. Doch das ›e‹ dominiert in so bemerkenswertem Maße, daß man kaum einen einzelnen Satz von einiger Länge zu Gesicht bekommen dürfte, in welchem nicht ›e‹ der vorherrschende Buchstabe wäre.

»So haben wir denn hier gleich zu Beginn den Grundstock zu etwas, das bereits mehr ist als bloßes Raten. In welcher Weise im allgemeinen von der Tabelle Gebrauch zu machen ist, liegt auf der Hand – doch bei dieser unserer Geheimschrift werden wir uns ihrer Hilfe nur zu einem kleinen Teil bedienen. Da der hier vorherrschende Buchstabe die ›8‹ ist, wollen wir an den Beginn die Annahme stellen, es sei dies das ›e‹ des natürlichen Alphabetes. Um die Richtigkeit dieser Vermutung zu prüfen, wollen wir doch einmal sehen, ob die ›8‹ häufig paarweise auftritt – denn das ›e‹ kommt im Englischen sehr oft verdoppelt vor – zum Beispiel in Worten wie *meet, fleet, speed, seen, been, agree* usw. Im vorliegenden Falle finden wir es nicht weniger denn fünfmal verdoppelt, obschon das chiffrierte Dokument nur kurz ist.

»Lassen Sie uns denn die ›8‹ für das ›e‹ annehmen. Von allen *Worten* der englischen Sprache nun ist der Artikel *the* das häufigste; sehen wir also nach, ob nicht eine Gruppe von drei Zeichen, deren letztes die ›8‹ ist, in gleicher Anordnung mehrfach wiederkehrt. Wenn wir eine solche Zeichengruppe wiederholt feststellen, so dürfte sie höchstwahrscheinlich das Wort *the* vorstellen. Bei der Durchsicht finden wir nicht weniger als siebenmal die Gruppe ›;48‹. Demnach dürfen wir annehmen, daß das Semikolon das ›t‹, die ›4‹ das ›h‹ und die ›8‹ das ›e‹ vertritt – dies letztere ist nun bereits wohlgesichert. Damit ist ein großer Schritt getan.

»Doch da wir nun ein einzelnes Wort bereits festgestellt haben, sind wir imstande, einen weiteren, höchst wichtigen Punkt zu bestimmen – nämlich diverse Anfänge und Endungen anderer Worte. Nehmen wir zum Beispiel doch einmal den vorletzten Fall, wo die Kombination ›;48‹ vorkommt – gar nicht weit vom Ende des Textes. Wir wissen, daß das unmittelbar folgende Semikolon den Anfang eines Wortes darstellt, und von den sechs Charakteren, welche diesem *the* nachstehen, kennen wir nicht weniger als fünf. Ersetzen wir also diese Charaktere durch die Buchstaben,

welche sie nach unserem Wissen vertreten, indem wir für den einen unbekannten einen Zwischenraum frei lassen –
t eeth.

»Hier können wir es uns nun sogleich erlauben, das ›*th*‹ als nicht zu dem mit dem ersten ›t‹ beginnenden Worte gehörig fortzulassen; denn wenn wir das gesamte Alphabet nach dem in die Lücke passenden Buchstaben durchgehen, erkennen wir, daß sich kein Wort bilden läßt, welches dies ›th‹ mit enthalten könnte. Damit haben wir eine weitere Begrenzung, nämlich auf

t ee,

und wenn wir nun – falls überhaupt nötig – wieder wie zuvor das Alphabet durchgehen, so kommen wir zu dem Worte *tree* als der einzig möglichen Lesart. Wir haben somit einen weiteren Buchstaben gewonnen, nämlich das ›r‹, vertreten durch ›(‹, und zugleich die Worte *the tree* nebeneinander.

»Blicken wir nun ein kurzes Stücklein weiter, so sehen wir erneut die Kombination ›;48‹ und bedienen uns ihrer zur Abgrenzung des unmittelbar Vorhergehenden. Die Folge lautet also

the tree ; 4(=?34 the,

beziehungsweise liest sich, wenn wir die uns bekannten Buchstaben einsetzen, folgendermaßen:

the tree thr =?3h the.

»Wenn wir nun an Stelle der noch nicht identifizierten Zeichen freien Raum lassen oder Pünktchen setzen, so lesen wir:

the tree thr ... h the,

und das Wort *through* ergibt sich sogleich von selbst. Doch diese Entdeckung bringt uns drei neue Buchstaben ein, nämlich ›o‹, ›u‹ und ›g‹, vertreten durch ›=‹, ›?‹ und ›3‹.

»Jetzt sehen wir den Text einmal genau nach Kombinationen aus den uns bekannten Charakteren durch, und da finden wir gar nicht weit vom Anfang die folgende Gruppe:

83(88 oder *egree,*

was ganz deutlich der Schluß des Wortes *degree* ist und uns als neuen Buchstaben das ›d‹ einbringt, vertreten durch ›+‹.

»Vier Buchstaben hinter dem Wort *degree* erblicken wir die Kombination

; 46(;88”.

»Übertragen wir die bekannten Zeichen und ersetzen die unbekannten wie zuvor durch Pünktchen, so lesen wir

th.rtee.,

eine Gruppe, welche unmittelbar das Wort *thirteen* nahelegt und uns wiederum mit zwei neuen Buchstaben ausrüstet, nämlich ›i‹ und ›n‹, vertreten durch ›6‹ und ›”‹.

»Wenden wir uns nun dem Anfang des Textes zu; da finden wir die Kombination

53==+.

»Übertragen wir wie zuvor, so erhalten wir

.good,

was uns die Gewißheit gibt, daß der erste Buchstabe ein ›A‹ ist und die beiden ersten Worte *A good* lauten.

»Um Verwirrung zu vermeiden, ist es nun an der Zeit, unseren Schlüssel, soweit wir ihn entdeckt haben, in einer Tabelle darzustellen. Das sieht folgendermaßen aus:

5 steht für a
+ steht für d
8 steht für e
3 steht für g
4 steht für h
6 steht für i
” steht für n
= steht für o
(steht für r
; steht für t

»Wir haben darin also nicht weniger als zehn der wichtigsten Buchstaben vertreten, und es wird nicht weiter notwendig sein, mit den Einzelheiten der Lösung fortzufahren. Ich habe genug gesagt, um Sie davon zu überzeugen, daß Geheimschriften dieser Art mit Leichtigkeit zu lösen sind, und Ihnen einigen Einblick in den geistigen Vorgang der Entzifferung zu geben. Doch seien Sie versichert, daß unser Beispiel hier zu den allersimpelsten Sorten Kryptographie gehört. Es bleibt mir nunmehr nur noch, Ihnen die volle Übertragung der enträtselten Charaktere auf dem Pergament sowie die Übersetzung vorzulegen. Hier ist beides:

»›*A good glass in the bishop's hostel in the devil's seat twenty-one degrees and thirteen minutes northeast and by north main branch seventh limb east side shoot from the left eye of the death's-head a bee line from the tree through the shot fifty feet out*‹.

»›Ein gut Glas im Bishop's Hotel auf dem Teufelssitz einundzwanzig Grad und dreizehn Minuten Nordnordost Hauptast siebter Zweig Ostseite schieße vom linken Auge des Totenkopfes eine gerade Linie vom Baum durch den Schuß fünfzig Fuß fort‹.«

»Aber«, sagte ich, »mir däucht, das Rätsel ist immer noch ganz so undurchsichtig als je. Wie wäre es möglich, all diesem Kauderwelsch von ›Teufelssitzen‹, ›Totenköpfen‹ und ›Bishop's Hotels‹ einen Sinn zu entreißen?«

»Ich gestehe«, erwiderte Legrand, »daß die Sache sich nicht sehr ermutigend ausnimmt, wenn man nur einen flüchtigen Blick darauf wendet. Mein erstes Bestreben war nun, den Text in die natürlichen Abschnitte aufzuteilen, die der Kryptograph im Sinne hatte.«

»Sie meinen, Interpunktion zu setzen?«

»So etwas Ähnliches, ja.«

»Doch wie haben Sie das zuwege bringen können?«

»Ich ging von der Überlegung aus, daß es Absicht des Schreibers gewesen sei, seine Worte ohne jede Zäsur ineinander übergehen zu lassen, so daß die Lösung noch weiter erschwert ward. Nun, ein nicht übermäßig scharfsinniger Mensch, der diesen Zweck verfolgt, dürfte nahezu mit Sicherheit dabei die Sache übertreiben. Kommt er im Verlaufe der Abfassung zu einer Zäsur in seinem Text, die ganz natürlicherweise eine Pause erfordern würde oder einen Punkt, so dürfte er gerade an dieser Stelle überaus starke Neigung haben, seine Zeichen noch enger als gewöhnlich zusammenzurücken. Wenn Sie sich in unserem Falle nun einmal das Manuskript ansehen wollen, so werden Sie leicht fünf solche Stellen von ungewöhnlichem Gemenge entdecken. Ich hielt mich an diesen Fingerzeig und teilte folgendermaßen auf:

»›Ein gut Glas im Bishop's Hotel auf dem Teufelssitz – einundzwanzig Grad und dreizehn Minuten – Nordnordost – Hauptast siebter Zweig Ostseite – schieße vom linken Auge des Totenkopfes – eine gerade Linie vom Baum durch den Schuß fünfzig Fuß fort‹.«

»Selbst diese Gliederung«, sagte ich, »läßt mich nach wie vor im Dunkeln tappen.«

»So ging es mir auch«, erwiderte Legrand, »ein paar Tage lang; derweil ich in der Umgegend von Sullivan's Island mit allem Fleiß nach einem Bauwerk forschte, das den Namen ›Bishop's Hotel‹ führte; – denn selbstverständlich ließ ich mich von dem veralteten Wort ›Hostel‹ nicht aufhalten. Wie ich nun keinerlei Auskunft darüber gewann, war ich schon auf dem Punkte, meinen Forschungsbereich auszudehnen und systematischer vorzugehen, als mir ganz plötzlich eines Morgens der Gedanke durch den Kopf fuhr, das besagte ›Bishop's Hostel‹ könnte etwas mit einer alten Familie namens Bessop zu tun haben, welche vor undenklichen Zeiten im Besitze eines Herrenhauses gewesen war, wohl vier Meilen nördlich der Insel. So begab ich mich denn hinüber zu der Pflanzung und nahm unter den älteren Negern am Platze meine Erkundigungen wieder auf.

Schließlich sagte mir eine der betagtesten Frauen, sie habe einmal von einem Ort gehört, der *Bessop's Castle* genannt worden sei, und meinte, sie könnte mich wohl hinführen; nur sei es gar kein Kastell, und auch keine Herberge, sondern ein hoher Felsen.

»Ich bot ihr guten Lohn für ihre Mühe, und nach einigem Bedenken willigte sie ein, mich zu der Stelle zu begleiten. Wir fanden diese auch ohne viel Schwierigkeit, und alsbald entließ ich die Negerin und ging daran, den Platz zu untersuchen. Das ›Kastell‹ bestand aus einer wirren Ansammlung von Klippen und Felsen – von welchen letzteren einer durch seine Höhe wie auch durch seine abgesonderte und künstliche Erscheinung besonders auffiel. Ich kletterte bis zu seiner Spitze empor und fühlte mich dann ziemlich ratlos, was als nächstes nun zu tun wäre.

»Während ich noch mit Gedanken beschäftigt war, fiel mein Blick auf einen schmalen Vorsprung an der Ostwand des Felsens, vielleicht eine Elle unterhalb des Gipfels, auf welchem ich stand. Dieser Vorsprung ragte wohl achtzehn Zoll weit heraus und war nicht mehr als einen Fuß breit, während eine Nische im Felsen darüber ihm eine rohe Ähnlichkeit mit einem der hohlrückigen Lehnstühle verlieh, die bei unsern Vorfahren in Gebrauch waren. Ich hegte keinen Zweifel, daß hier der ›Teufelssitz‹ gefunden sei, den das Manuskript erwähnte, und nun hatte ich das Gefühl, das Geheimnis des Rätsels voll zu erfassen.

»Das ›gut Glas‹, so wußte ich, hatte sich auf nichts denn ein Teleskop beziehen können; denn in anderm Sinne wird das Wort ›Glas‹ von Seeleuten selten verwendet. Hier war denn also, das sah ich sogleich, ein Teleskop zu benutzen, und zwar von einem ganz bestimmten Blickpunkt aus, von dem nicht abgewichen werden durfte. Auch zögerte ich nicht zu glauben, daß die Ausdrücke ›einundzwanzig Grad und dreizehn Minuten‹ sowie ›Nordnordost‹ als Direktiven zur Einstellung des Glases gedacht seien. Hocherregt über diese Entdeckungen eilte ich heim, versah mich mit einem Teleskop und kehrte zu dem Felsen zurück.

»Ich ließ mich zu dem Vorsprung hinunter und stellte fest, daß es unmöglich war, darauf anders als in nur einer bestimmten Stellung Platz zu nehmen. Diese Tatsache bekräftigte meinen zuvor gefaßten Gedanken. Nun ging ich daran, das Glas zu gebrauchen. Natürlich konnten die ›einundzwanzig Grad und dreizehn Minuten‹ sich auf nichts als die Höhe über dem sichtbaren Horizont beziehen, und die Himmelsrichtung selbst war mit dem Worte ›Nordnordost‹ klar angegeben. Diese Richtung ermittelte ich sogleich mit der Hilfe eines Taschenkompasses; dann suchte ich, so exakt ich's abzuschätzen vermochte, mit dem Glase die Höhe von einundzwanzig Grad und bewegte nun das Instrument vorsichtig auf und nieder, bis meine Aufmerksamkeit von einer kreisförmigen Spalte oder Öffnung im Blätterwerk eines großen Baumes gefesselt ward, der seine Artgenossen in der Ferne überragte. Im Mittelpunkt dieser Öffnung erblickte ich einen weißen Fleck, konnte aber anfangs nicht unterscheiden, was es war. Indem ich das Teleskop neu fokussierte, blickte ich abermals hin und erkannte nun, daß es sich um einen menschlichen Schädel handelte.

»Nach dieser Entdeckung war ich voller Zuversicht, das Rätsel gelöst zu haben; denn die Ausdrücke ›Hauptast, siebter Zweig, Ostseite‹ konnten nur auf die Lage des Schädels auf dem Baume Bezug haben, während ›schieße vom linken Auge des Totenkopfes‹ auch nur eine einzige Deutung zuließ, wenn es sich um die Suche nach einem vergrabenen Schatz handelte. Ich erkannte den Sinn: wenn man durch das linke Auge des Schädels eine Kugel fallen ließ, vom nächsten Punkt des Stammes aus durch den ›Schuß‹ (beziehungsweise die Stelle, wo die Kugel aufgeschlagen war) eine gerade Linie zog und diese auf eine Strecke von fünfzig Fuß verlängerte, so gelangte man zu einem bestimmten Punkt – und unter diesem Punkt, das hielt ich zum mindesten für *möglich,* lagen Wertgegenstände verborgen.«

»Das ist alles überaus einleuchtend«, sagte ich, »und, wenn auch sinn- und geistreich erdacht, doch einfach und klar. Was aber, als Sie dann das ›Bischofs-Hotel‹ verließen?«

»Nun, nachdem ich mir die Lage des Baumes sorgfältig gemerkt hatte, wandte ich mich heimwärts. Im Augenblick jedoch, da ich den ›Teufelssitz‹ verließ, verschwand die kreisförmige Öffnung; und auch hernach bekam ich sie nicht einmal wieder zu Gesicht, so sehr ich mich auch wendete und drehte. Was mir bei der ganzen Sache als das Raffinierteste vorkommt, ist die Tatsache (und wiederholtes Experiment hat mich überzeugt, *daß* es eine Tatsache ist), daß die in Rede stehende kreisförmige Öffnung von keinem andern erreichbaren Blickpunkt aus sichtbar ist denn jenem, den der schmale Vorsprung an der Felswand bietet.

»Bei dieser Expedition zum ›Bishop's Hostel‹ war ich von Jupiter begleitet worden, der ohne Zweifel schon seit einigen Wochen die Zerstreutheit meines Wesens bemerkt hatte und eifrig darauf bedacht war, mich nicht aus den Augen zu lassen. Am nächsten Tage aber, wo ich schon sehr früh aufstand, entwischte ich ihm glücklich und ging ins Hügelland hinüber, um den Baum zu suchen. Nach viel Beschwernis fand ich ihn dann auch. Als ich gegen Abend heimkehrte, wollte mein Diener mir eine Tracht Prügel verabreichen. Über den Rest des Abenteuers sind Sie, denk' ich, ebenso wohl im Bilde als ich selbst.«

»Ich nehme an«, sagte ich, »Sie verfehlten die Stelle beim ersten Grabversuch durch die Torheit Jupiters, der den Käfer durch das rechte statt durch das linke Auge des Schädels fallen ließ.«

»Ganz recht. Dieser Fehler ergab für den ›Schuß‹ eine Abweichung von zwei und einem halben Zoll – das heißt, für die Position des Pflocks nah beim Baume; und hätte der Schatz sich *unter* diesem Punkt befunden, so wäre der Irrtum nur wenig ins Gewicht gefallen; nun waren aber der ›Schuß‹ und der ihm nächstliegende Punkt des Baumes nur zwei Punkte zur Festlegung einer Richtungsgeraden; so vergrößerte sich natürlich der Fehler, mochte er anfangs auch noch so gering gewesen sein, mit wachsender Länge der Geraden, und als wir fünfzig Fuß weit gegangen waren, hatte er uns ganz von der Spur abgebracht. Wäre ich nicht zutiefst davon durchdrungen gewesen, daß hier tatsächlich irgendwo ein Schatz vergraben liege, so hätte all unsre Plackerei leicht umsonst gewesen sein können.«

»Auf den wunderlichen Einfall mit dem Schädel – eine Kugel durch das Auge fallen zu lassen – dürfte Kidd wohl durch die Piratenflagge gekommen sein. Zweifellos sah er eine Art poetischer Folgerichtigkeit darin, sein Geld auf dem Wege über dieses ominöse Standeszeichen wiederzugewinnen.«

»Vielleicht; doch kann ich mir nicht helfen, ich meine ja, daß hier der gesunde Menschenverstand grad ebenso im Spiel ist als irgendwelche poetische Folgerichtigkeit. Um vom Teufelssitz aus sichtbar zu sein, mußte das Objekt, wenn klein, notwendigerweise *weiß* sein: und nichts bewahrt, ja steigert seine weiße Bleiche, setzt man ihn allen Wetterwechselfällen aus, so sicher als ein menschlicher Schädel.«

»Aber Ihr hochtrabendes Gerede und Ihr Gebaren, da Sie den Käfer herumschwenkten – wie überaus befremdlich! Ich war sicher, Sie hätten den Verstand verloren. Und warum bestanden Sie darauf, statt der Kugel den Käfer durch das Schädelauge fallen zu lassen?«

»Nun, um ganz ehrlich zu sein, angesichts Ihrer offenbaren Zweifel an meiner geistigen Gesundheit fühlte ich einigen Ärger in mir aufsteigen, und so beschloß ich, Sie ganz gemächlich einmal auf meine eigene Art mit ein klein wenig bescheidener Mystifikation zu strafen. Aus diesem Grunde schwenkte ich den Käfer, und aus diesem Grunde mußte er es sein, der von dem Baume fiel. Eine Bemerkung Ihrerseits ob seines großen Gewichtes gab mir diesen Gedanken ein.«

»Ja, ich begreife; und eigentlich bleibt jetzt nur noch ein Punkt, der mich verwirrt. Was haben wir von den im ersten Loch gefundenen Skeletten zu halten?«

»Das ist eine Frage, welche ich ebenso wenig als Sie selber zu beantworten weiß. Doch scheint es nur eine einzige plausible Erklärung dafür zu geben – wobei es allerdings furchtbar wäre, müßte man an eine so grausige Bluttat glauben, wie sie meine Vermutung in sich beschließt. Klar ist, daß Kidd – falls wirklich Kidd diesen Schatz versteckte, woran ich nicht zweifle – klar ist, daß er Hilfe bei seiner Arbeit gehabt haben muß. Als aber diese Arbeit beendet war, mag er es für ratsam gehalten haben, alle Mitwisser seines Geheimnisses zu beseitigen. Vielleicht genügten zwei Schläge mit der Hacke, während die Gehilfen noch in der Grube beschäftigt waren; vielleicht aber bedurfte es auch eines ganzen Dutzends – – wer will das sagen?«

DER SCHWARZE KATER

Für die höchst schauerliche und doch so schlichte Erzählung, die ich hier niederzuschreiben mich anschicke, erwart' ich weder noch erbitt' ich Glauben. Toll wahrlich müßte ich sein, darauf zu rechnen – in einem Fall, wo sich ja selbst die eignen Sinne sträuben, das Wahrgenommene für wahr zu nehmen. Doch toll bin ich gewiß nicht – und gewiß auch träum' ich nicht. Aber nun sterb' ich morgen, und so wollte ich heute noch meine Seele erleichtern. Mein Zweck ist dabei geradheraus der, in offener, kurz- und bündiger Weise und ohne Drumherum eine Reihe von bloßen Alltagsereignissen vor der Welt auszubreiten. In ihren Folgen haben diese Ereignisse mich entsetzt – mich gefoltert – mich innerlich zerrüttet und zerstört. Doch will ich nicht versuchen, sie zu deuten. Mir selber haben sie kaum anderes als Grauen gebracht – vielen dagegen werden sie wohl weniger schrecklich denn *baroques* vorkommen. Vielleicht ja findet sich hiernach auch ein Verstand, der meine Phantasmen aufs Gewöhnliche zurückführt, – ein Kopf, der ruhiger, der logischer und der weit weniger erreglich ist als meiner und der in den Umständen, die ich mit Grauen hier erzähle, nichts mehr erblickt denn eine gewöhnliche Folge von ganz natürlichen Ursachen und Wirkungen.

Von Kindheit auf schon war ich bekannt für mein lenksames und menschenliebendes Wesen. Meine Herzensweichheit gar trat so auffällig hervor, daß ich darob von meinen Kameraden oft gehänselt wurde. Ich liebte vor allem die Tiere, und der Nachsicht meiner Eltern verdankte ich's, daß in unserm Hause zahlreiche vierbeinige Gefährten um mich waren. Mit ihnen verbrachte ich den größten Teil meiner Zeit, und kein größeres Glück kannt' ich, als sie füttern und streicheln zu dürfen. Diese Charaktereigenart wuchs mit mir, und da ich zum Manne geworden, bildete sie mir eine der Hauptquellen des Vergnügens. Allen denen, die einmal Zuneigung zu einem treuen und klugen Hunde hegten, brauche ich wohl kaum eigens die Natur beziehungsweise die Intensität der Befriedigung zu erklären, welche daraus erwächst. Es liegt etwas in der selbstlosen und aufopfernden Liebe der unvernünftigen Kreatur, das greift einem jeden ans Herze, der häufig Gelegenheit hatte, die nichtswürdige Freundschaft und flüchtige Treue des bloßen *Menschen* zu erproben.

Ich heiratete früh und war glücklich, in meinem Weibe eine durchaus verwandte Seele zu finden. Da sie meine Vorliebe für Haustiere bemerkte, versäumte sie keine Gelegenheit, uns solche der reizendsten Art anzuschaffen. Wir hatten Vögel, Goldfische, einen schönen Hund, Kaninchen, ein kleines Äffchen, und einen *Kater.*

Dieser letztere war ein bemerkenswert großes und schönes Tier, vollkommen schwarz und in geradezu erstaunlichem Maße klug. War von seiner Intelligenz die Rede, so spielte meine Frau, die im Herzen von rechtem Aberglauben angekränkelt war, des öftern auf den alten Volksglauben an, welcher alle schwarzen Katzen als verkleidete Hexen betrachtete. Nicht daß es ihr je *ernst* mit diesem Punkt gewesen wäre; – ich erwähne die Sache überhaupt aus keinem bessern Grunde als dem, daß sie mir zufällig just eben jetzt ins Gedächtnis kam.

Pluto – so hieß der Kater – war mein Spielkamerad und mir von allen Haustieren das liebste. Ich allein fütterte ihn, und er begleitete mich auf allen meinen Gängen durch das Haus. Mit Mühe nur konnte ich ihn daran verhindern, mir auch noch durch die Straßen zu folgen.

Unsere Freundschaft dauerte in dieser Weise mehrere Jahre fort, während welcher mein allgemeines Temperament und Wesen – durch das Wirken des Bösen Feindes Ausschweifung – (schamrot gesteh' ich's) eine radikale

Veränderung zum Schlimmen erfuhr. Von Tag zu Tage ward ich übellaunischer, reizbarer, und rücksichtsloser gegenüber den Gefühlen Anderer. Ich ließ mich hinreißen, maßlose Worte gegen mein Weib zu gebrauchen. Schließlich gar tat ich ihr Gewalt an. Auch meine Haustiere bekamen natürlich den Wechsel in meiner Gemütsart zu spüren. Ich vernachlässigte sie nicht nur, ich mißhandelte sie. Für Pluto hatte ich grad noch soviel Rücksicht, daß ich ihn wenigstens nicht mutwillig quälte, indessen es den Kaninchen, dem Äffchen oder gar dem Hunde ohne Skrupel schlimm erging, wenn sie mir einmal durch Zufall oder aus Zuneigung in den Weg kamen. Doch mein Leiden – und welches Leiden ist dem Alkohol gleich? – es wuchs und ward übergewaltig; und schließlich begann selbst Pluto, der jetzt langsam in die Jahre kam und infolge dessen ein bißchen launisch wurde, die Wirkungen meiner inneren Zerrüttung zu erfahren.

Eines Nachts, da ich, schwer berauscht, von einem meiner Rundzüge durch die Stadt nach Hause kam, bildete ich mir ein, der Kater meide meine Nähe. Ich packte ihn – da brachte er mir, erschrocken ob meiner Heftigkeit, mit seinen Zähnen eine leichte Wunde an der Hand bei. Augenblicklich ergriff eine dämonische Wut von mir Besitz. Ich kannte mich selber nicht mehr. Das, was einmal meine Seele gewesen, schien wie mit einem Schlage aus meinem Körper entflohen; und eine mehr denn teuflische, vom Gin genährte Bosheit durchzuckte schauernd jede Fiber meines Leibes. Ich zog ein Federmesser aus der Westentasche, öffnete es, packte das arme Vieh bei der Kehle und schnitt ihm in voller Überlegung eines seiner Augen aus der Höhle! Ich werde rot, ich brenne, schaudere, während ich diese verdammenswerte Scheußlichkeit niederschreibe.

Als mit dem Morgen – da der Schlaf die Dunstwallungen der nächtlichen Ausschweifung verscheucht hatte – die Vernunft wiederkehrte, durchrann mich ein Gefühl aus

Grauen halb und halb aus Reue ob des Verbrechens, dessen ich schuldig geworden; doch war es bestenfalls ein schwaches und zweideutig schwankes Empfinden, das meine Seele unberührt ließ. Ich stürzte mich aufs neue in Exzesse und hatte bald im Weine jede Erinnerung an die Tat ertränkt.

Derweil erholte sich der Kater langsam wieder. Die Höhle des verlornen Auges bot, das muß ich sagen, einen wahrhaft fürchterlichen Anblick, doch Schmerzen schien das Tier nicht mehr zu leiden. Es lief ganz wie gewöhnlich durch das Haus, doch floh's, wie zu erwarten, in äußerstem Entsetzen, wenn ich näherkam. Noch hatt' ich immer soviel Herz in mir, daß mich's betrübte, diese offenbare Abneigung von einem Tiere zu erfahren, das mich einst so geliebt hatte. Doch dies Empfinden machte bald Gereiztheit Platz. Und dann kam, wie um mich endgültig und unwiderruflich zu vernichten, der Geist der PERVERSHEIT über mich. Diesen Geist hat die Philosophie noch gar nicht zur Kenntnis genommen. Doch so gewiß ich bin, daß meine Seele lebt, – nicht weniger bin ich's, daß die Perversheit einer der Urantriebe des menschlichen Herzens ist – eine der unteilbaren Grundfähigkeiten oder -empfindungen, welche dem Charakter des Menschen Richtung geben. Wer hat sich nicht schon hundertmal dabei ertappt, daß er eine niederträchtige oder törichte Tat aus keinem andern Grunde beging denn aus dem Bewußtsein, daß sie ihm verboten sei? Verspüren wir denn nicht – wider all unser bestes Wissen – die fortwährende Neigung, das zu verletzen, was *Gesetz* ist, bloß weil wir es als solches begreifen? Dieser Geist der Perversheit kam, sag' ich, über mich, um mich endgültig zu vernichten. Es war dies unerforschliche Verlangen der Seele, *sich selbst zu quälen* – der eigenen Natur Gewalt anzutun – unrecht zu handeln allein um des Unrechts willen –, das mich drängte, die dem harmlosen Tiere zugefügte Unbill fortzusetzen und schließlich zu vollenden. Eines Morgens legt' ich ihm gänzlich kühlen Blutes eine Schlinge um den Hals und hängte es am Aste eines Baumes auf – erhängte es, indessen mir die Tränen aus den Augen strömten und die bitterste Reue mir das Herz zerriß – erhängte es, nur *weil* ich wußte, daß es mich geliebt hatte, und *weil* ich fühlte, es hatte mir keinerlei Grund zum Ärgernis gegeben – erhängte es, *weil* ich wußte, daß ich damit eine Sünde beging – eine Todsünde, die meine unsterbliche Seele so gefährden mußte, daß – wenn das möglich wäre – selbst die unendliche Gnade des Allbarmherzigen und Schrecklichen Gottes sie vielleicht nicht mehr zu retten vermochte.

In der Nacht nach jenem Tage, an dem die grausame Tat geschehen war, fuhr ich aus dem Schlaf und hörte ›Feuer!‹ rufen. Die Vorhänge meines Bettes standen in Flammen. Schon brannte das ganze Haus. Mit großer Mühe nur vermochten mein Weib, eine Dienerin und ich selber dem Glutmeer zu entkommen. Die Zerstörung war vollständig. Mein ganzer weltlicher Reichtum war dahin, und fortan überließ ich mich der Verzweiflung.

Ich stehe über der Schwäche, hier etwa zwischen dem Unglück und meiner Untat eine Beziehung wie von Ursache und Wirkung herstellen zu wollen. Doch lege ich eine *Kette* von Tatsachen dar, und darin soll, so wünsch' ich's, nicht das Kleinste fehlen, das möglicherweise ein Glied wäre. Am Tage nach dem Feuer besichtigte ich die Ruinen. Die Mauern waren – bis auf eine – eingestürzt. Diese eine stellte sich als nicht sehr dicke Innenwand heraus, die sich etwa in der Mitte des Hauses befand und an der das Kopfende meines Bettes gestanden hatte. Der Stuckverputz hatte hier in großem Maße dem Wirken des Feuers widerstanden – eine Tatsache, welche ich dem Umstand zuschrieb, daß er kürzlich erst frisch aufgetragen worden war. Um diese Mauer hatte sich eine dichte Menschenmenge versammelt, und viele Leute schienen mit sehr eifriger und minuziöser Aufmerksamkeit eine ganz bestimmte Stelle zu untersuchen. Die Worte »sonderbar!«, »eigenartig!« und andere ähnliche Ausdrückungen erregten meine Neugierde. Ich trat näher und erblickte, ganz als sei es ein Basrelief, in die weiße Fläche gegraben, die Gestalt einer riesigen *Katze*. Sie bot einen geradezu verblüffend natürlichen Eindruck. Um den Hals des Tieres war ein Strick geschlungen.

Beim ersten Anblick dieser geisterhaften Erscheinung – denn für ein andres konnte ich's kaum ansehn – geriet ich vor Verwundern und Entsetzen schier außer mich. Doch dann kam kühlere Erwägung mir zu Hilfe. Die Katze hatte, so entsann ich mich, in einem an das Haus angrenzenden Garten gehangen. Auf den Feueralarm hin hatte sich dieser Garten unmittelbar mit Menschen gefüllt – und einige aus der Menge mußten dann wohl das Tier vom Baum geschnitten und durch ein offnes Fenster in meine Kammer geworfen haben. Dies war vermutlich in der Absicht geschehen, mich aus dem Schlaf zu wecken. Der Fall der andern Wände hatte dann das Opfer meiner Grausamkeit in den frisch aufgetragenen Verputz gedrückt; dessen Kalk schließlich im Vereine mit den Flammen und dem von dem Kadaver entwickelten Ammoniak das Abbildnis so zustande brachte, wie ich's sah.

Obschon ich solcherart meiner Vernunft, wenn nicht gar meinem Gewissen gegenüber recht rasch eine Erklärung für den verstörenden Tatbestand, den ich soeben geschildert, bereit hatte, so verfehlte derselbe doch nicht, einen tiefen Eindruck auf meine Phantasie zu machen. Monate lang vermochte ich mich nicht von dem Trugbild der Katze zu befreien; und während dieser Zeit kehrte in meinen Geist ein Halbgefühl zurück, das Reue schien, doch aber keine war. Es kam so weit, daß ich Bedauern empfand über den Verlust des Tieres und mich in den elenden Kaschemmen, deren häufiger Besuch mir jetzt zur

Gewohnheit geworden war, nach einem andern Haustiere von gleicher Art und einigermaßen ähnlicher Erscheinung umsah, das seine Stelle einnehmen sollte.

Eines Nachts, da ich halb betäubt in einer schon mehr als bloß verrufenen Spelunke hockte, ward meine Aufmerksamkeit ganz plötzlich auf ein schwarzes Etwas gelenkt, welches oben auf einem der ungeheuern Oxhofts voll Gin oder Rum ruhte, aus denen in der Hauptsache die Ausstattung des Raumes bestand. Ich hatte schon einige Minuten lang beständig auf dieses Oxhoft gestarrt, und was mir nun Überraschung machte, war die Tatsache, daß mir das Etwas oben darauf bislang gänzlich entgangen war. Ich trat heran und berührte es mit der Hand. Es war ein schwarzer Kater – ein sehr großes Tier – genau so groß wie Pluto und ihm in jeder Hinsicht ganz ungemein ähnlich – bis auf einen Punkt. Pluto hatte nicht ein weißes Haar an seinem Leibe besessen; doch dieser Kater trug vorn einen großen, ob schon unbestimmten weißen Flecken, welcher nahezu die ganze Brustpartie bedeckte.

Auf meine Berührung hin erhob er sich unmittelbar, schnurrte laut, schmiegte sich an meine Hand und schien über meine Aufmerksamkeit recht entzückt zu sein. Dies war genau ein Tier, wie ich es suchte. Ich erbot mich sogleich, es dem Wirte abzukaufen; doch der Mensch erhob gar keinen Anspruch darauf – wußte gar nichts davon – hatt' es noch nie zuvor auch nur gesehen.

Ich setzte mein Streicheln fort, und als ich mich fertig machte, um heim zu gehen, bezeigte das Tier eine deutliche Neigung, mich zu begleiten. Das verwehrte ich ihm nicht, und so gingen wir nebeneinander her, wobei ich mich gelegentlich bückte und ihm das Fell tätschelte. Als es das Haus erreichte, fühlte es sich sogleich dort heimisch und ward in kurzem der Liebling meiner Frau.

Was mich jedoch betrifft, so spürte ich bald rechte Abneigung gegen das Tier in mir aufsteigen. Dies war grad das

Gegenteil dessen, was ich eigentlich erwartet hatte; doch – ich weiß nicht, wie es kam und warum es so war – seine offensichtliche Neigung zu mir bereitete mir Ekel und Verdruß. Ganz langsam und allmählich wandelten sich diese Empfindungen in bitterlichen Haß. Ich mied die Kreatur, wo ich's nur konnte; wobei mich ein gewisses Schamgefühl und die Erinnerung an meine frühere grausame Tat daran verhinderten, ihr körperlich ein Leid zu tun. Wochenlang bekam sie weder Schläge noch irgend andere schwere Mißhandlungen von mir zu spüren; aber allmählich – ganz langsam und allmählich – kam's dahin, daß ich sie nur mit unaussprechlichem Widerwillen noch betrachten konnte und schweigend ihre verhaßte Gegenwart floh wie den Hauch der Pestilenz.

Was ohne Zweifel meinem Hasse auf das Tier hinzukam, war – an dem Morgen, nachdem ich es mit heimgebracht – die Entdeckung, daß es ganz ebenso wie Pluto eines seiner Augen eingebüßt hatte. Dieser Umstand machte es jedoch nur um so teurer für mein Weib, das, wie ich schon gesagt habe, in hohem Grade jene Menschlichkeit des Fühlens besaß, welche einst mein eignes Wesen ausgezeichnet und die Quelle vieler meiner schlichtesten und reinsten Freuden gebildet hatte.

Mit meiner Aversion gegen diesen Kater jedoch schien gleichzeitig seine Vorliebe für mich zu wachsen. Stets folgte er meinen Spuren mit einer Hartnäckigkeit, welche dem Leser begreiflich zu machen schwer fallen würde. Wann immer ich mich irgendwo niederließ, kroch er unter meinen Stuhl, um sich dort hinzukuscheln, oder sprang mir auf die Knie, um mich mit seinen widerwärtigen Liebkosungen zu bedecken. Erhob ich mich, um zu gehen, so geriet er mir zwischen die Füße und brachte mich dadurch fast zu Fall, oder er schlug seine langen und scharfen Krallen in meinen Anzug und kletterte mir in dieser Weise zur Brust hinauf. Obschon es mich zu solchen Zeiten verlangte, ihn mit einem Hieb zu erschlagen, hielt mich doch immer wieder Etwas davon ab: – zum Teil war's die Erinnerung an mein früheres Verbrechen, doch in der Hauptsache – ich will's nur gleich gestehen – war's regelrechte *Furcht* vor diesem Tiere. Es war dies freilich durchaus keine Furcht vor körperlichem Schaden – und doch wieder wäre ich verlegen, wie anders ich's beschreiben sollte. Fast ist es mir genierlich zu bekennen – ja, selbst in dieser Verbrecherzelle hier befällt mich nachgerade Scham bei dem Geständnis, daß all das Entsetzen und Grauen, welches das Tier mir eingeflößt hatte, recht eigentlich erhöht noch worden waren durch ein Hirngespinst, wie man es sich kaum trügerischer vorzustellen vermag. Mehr denn einmal hatte meine Frau mein Aufmerken auf die Bildung jenes Flecks von weißem Haar gelenkt, von welchem ich zuvor schon berichtet habe und das den einzigen sichtbaren Unterschied zwischen dem fremden, neuen Tiere und jenem, das ich umgebracht, ausmachte. Der Leser wird sich erinnern, daß dieser Fleck, wennschon groß, ursprünglich sehr unbestimmt gewesen war; doch nach und nach, ganz langsam und allmählich – ja, fast kaum wahrnehmbar, so daß meine Vernunft sich langezeit mühte, das Ganze als phantastisch abzutun – hatte er am Ende einen schauerlich eindeutigen Umriß angenommen. Es war nun die Darstellung eines Gegenstandes, den zu nennen es mich graut – und um dessentwillen ich vor allem Ekel litt und Angst und gern des Untiers mich entledigt hätte, *hätt' ich's nur gewagt!* – es war nun, sage ich, das Abbild eines scheußlichen, gespensterlichen Dinges – war das Bild des GALGENS! – oh, grausig, gräßlich Werkzeug des Entsetzens und des Verbrechens – der Seelenangst – des Tods!

Und nun erst wahrlich übertraf mein Elend den ganzen Jammer menschlicher Natur. Und nur ein *unvernünftiges Geschöpf* – dess' Artgenossen ich verachtungsvoll getötet – ein *rohes Vieh* vollbracht' es, mir – *mir*, einem Menschen, geschaffen nach dem Bild des Höchsten Gottes – so viel unsägliches, so unerträgliches Weh-Leiden zu bereiten! Ach! nicht bei Tage noch tief in der Nacht erfuhr ich mehr die Segnungen der Ruhe! Bei Tage ließ die Kreatur mich nicht mehr einen Augenblick allein; und in der Nacht fuhr ich aus unaussprechlich grausem Angstgeträum wohl stündlich auf, nur um den Atem *des Dinges* heiß auf dem Gesicht zu spüren und sein erdrückendes Gewicht – das eines fleischgewordnen Albs, den abzuschütteln ich die Kraft nicht hatte – nun auch im Wach-Sein ewig auf dem *Herzen!*

Unter dem Druck von Qualen wie diesen mußte der schwache Rest des Guten in mir zum Erliegen kommen. Böse Gedanken wurden meine einzigen Vertrauten – die finstersten und schlimmsten aller Gedanken. Die Verdrießlichkeit meines gewöhnlichen Naturells wuchs zum Haß auf alle Dinge und die ganze Menschheit; indessen mein Weib als ach! die stillste aller Dulderinnen klaglos all die häufigen, jähen und unbezwinglichen Ausbrüche der Wut über sich ergehen ließ, denen ich mich blind und rücksichtslos hingab.

Eines Tages begleitete sie mich auf irgendeinem Haushaltsgange in den Keller des alten Gebäudes, das unsre Armut uns nun zu bewohnen zwang. Der Kater folgte mir die steilen Stufen hinab, und als ich seinetwegen einmal fast der Länge nach hingeschlagen wäre, packte mich eine wahnsinnige Wut. Mit einemmal hatte ich in meinem Grimm die kindische Furcht vergessen, welche meiner Hand bis hierher Einhalt getan; ich packte eine Axt, holte aus und führte einen Streich nach dem Tiere, der ihm gewiß im Augenblick verhängnisvoll geworden wäre, hätte er so getroffen, wie ich's wünschte. Doch dieser Schlag ward von der Hand meines Weibes aufgehalten! Ob dieser Einmischung wandelte sich meine Wut in mehr denn dämonisches Rasen: – ich entzog meinen Arm ihrem Griffe und grub ihr die Axt ins Hirn. Ohne auch nur einen Seufzer fiel sie auf dem Fleck tot nieder.

Kaum war diese scheußliche Mordtat vollbracht, so begab ich mich alsbald in voller Überlegung ans Werk, den Leichnam zu verbergen. Ich wußte, daß ich ihn weder bei Tage noch bei Nacht aus dem Hause bringen konnte, ohne Gefahr zu laufen, von den Nachbarn bemerkt zu werden. Mancherlei Projekte kamen mir in den Sinn. Eine Zeitlang dachte ich daran, die Leiche in winzige Stücke zu schneiden und diese durch Feuer zu vernichten. Ein andermal faßte ich den Entschluß, im Kellerboden ein Grab dafür auszuheben. Dann wieder erwog ich, sie in den Brunnen im Hof zu werfen – sie unter den üblichen Vorkehrungen wie eine Handelsware in eine Kiste zu packen und diese dann durch einen Dienstmann aus dem Hause schaffen zu lassen. Schließlich verfiel ich auf etwas, das ich für einen weit bessern Ausweg ansah denn das bisherige. Ich beschloß, die Leiche im Keller einzumauern – ganz wie's die Mönche des Mittelalters mit ihren Opfern getan haben sollen.

Für einen Zweck wie diesen war der Keller recht wohl geeignet. Seine Wände bestanden aus ziemlich lockerem Mauerwerk und waren erst kürzlich durchwegs mit einem groben Mörtel verputzt worden, dessen Hartwerden die dumpfe Feuchtigkeit der Atmosphäre verhindert hatte. Überdem befand sich an einer der Mauern ein Vorsprung, bedingt durch einen blinden Schornstein oder Kamin, und ihn hatte man aufgefüllt und dem übrigen Keller angeglichen. Ich hegte keinen Zweifel, daß ich an dieser Stelle leicht die Ziegel entfernen, den Leichnam hineinbringen und das Ganze wieder aufmauern könnte wie zuvor, ohne daß hernach ein Auge noch irgend Verdächtiges zu bemerken vermöchte.

Und in dieser Berechnung sah ich mich auch nicht getäuscht. Mit der Hilfe einer Brechstange entfernte ich die

Ziegel, und nachdem ich den Körper sorgfältig an die Innenwand gelehnt hatte, stützte ich ihn in dieser Haltung ab und führte sodann ohne viel Schwierigkeit die ganze Mauer wieder auf, wie sie ursprünglich gestanden hatte. Mörtel, Sand und Mauerwolle hatte ich bereits unter allen möglichen Vorsichtsmaßregeln besorgt; so rührte ich jetzt einen Verputz an, der von dem alten nicht zu unterscheiden war, und strich ihn sehr sorgfältig auf das neue Mauerwerk. Als ich damit fertig war, fand ich alles zu meiner Zufriedenheit gelungen. Man sah der Wand auch nicht die mindeste Veränderung an. Der Schutt auf dem Boden wurde mit der peinlichsten Sorgfalt aufgekehrt. Ich blickte triumphierend in die Runde und sprach zu mir selbst, ›Also hier wenigstens ist meine Mühe nicht vergeblich gewesen.‹

Mein nächster Schritt bestand darin, nach dem Tiere Ausschau zu halten, das die Ursache so vielen Elends gewesen war; denn ich hatte mich unterweil fest entschlossen, es zu Tode zu bringen. Wär' ich's in diesem Augenblick imstande gewesen, es zu erreichen, sein Schicksal hätte keinem Zweifel unterlegen; doch wie es schien, war das verschlagene Biest ob der Heftigkeit meines frühern Wutanfalles in Unruhe geraten und vermied es, mir bei meiner gegenwärtigen Gemütslage über den Weg zu kommen. Es ist unmöglich, zu beschreiben oder auch nur sich vorzustellen, welch tiefes, welch beseligendes Gefühl der Erleichterung mir die Abwesenheit der verhaßten Kreatur im Busen schuf. Sie trat die ganze Nacht nicht in Erscheinung – und somit war es mir, seit ich sie damals mit ins Haus gebracht, für eine Nacht zum mindesten gegeben, gesund und seelenruhig auszuschlafen; jawohl, *zu schlafen* – selbst noch mit der Last des Mordes auf der Seele!

Der zweite und der dritte Tag vergingen, und immer noch erschien mein Quälgeist nicht. Oh, endlich wieder atmete ich als ein freier Mensch! Das Untier war aus Schreck für immer aus dem Haus geflohen! Ich würd' es nimmer wiedersehen müssen! Mir schwindelte vor Glück! Die Sorge vor den Folgen meiner finstern Tat störte mich dabei nur wenig. Wohl war es zu einigen Vernehmungen gekommen, doch hatte ich alle Fragen prompt und glatt beantwortet. Sogar eine Haussuchung war schließlich vorgenommen worden – aber zu entdecken war natürlich nichts. Ich betrachtete mein Zukunftsglück als gesichert.

Am vierten Tage nach dem Meuchelmord kam sehr unerwarteterweise eine Gruppe Polizisten in das Haus und ging abermals daran, das ganze Grundstück rigoros zu durchsuchen. Sicher jedoch, daß mein Versteckort unauffindbar sei, empfand ich nicht die mindeste Beunruhigung. Die Beamten baten mich mit einiger Bestimmtheit, sie auf ihrem Rundgang zu begleiten. Sie ließen keinen Winkel, keine Ecke undurchsucht. Schließlich stiegen sie, zum dritten oder vierten Male schon, in den Keller hinab. Ich zuckte nicht mit der Wimper. Mein Herz schlug ganz so ruhig wie bei einem Menschen, der in unschuldigem Schlummer liegt. Ich durchmaß den Keller von einem Ende zum andern. Ich verschränkte die Arme über der Brust und schritt in völliger Gelassenheit auf und ab. Die Polizei war ganz und gar zufriedengestellt und schickte sich zum Gehen an. Da war die Freude in meinem Herzen zu mächtig, als daß ich sie hätte zurückhalten können. Ich brannte darauf, meinem Triumph Ausdruck zu geben, und sei's mit einem Wort nur, und sie in ihrer Überzeugung von meiner Schuldlosigkeit doppelt sicher zu machen.

»Meine Herren«, sagte ich denn schließlich, als die Gesellschaft bereits die Stufen hinanstieg, »ich bin entzückt, Ihre schlimmen Verdächtigungen entkräftet zu haben. Ich wünsche Ihnen alles Gute und ein bißchen mehr Höflichkeit. Übrigens, meine Herren, das Haus – dies Haus hier – ist doch ein sehr solider Bau, finden Sie nicht auch?« (In meinem tollen Verlangen, irgendetwas leichten Sinns zu sagen, wußte ich kaum noch, was ich da eigentlich redete.)

»Ja, ich darf wohl sagen, ein geradezu prachtvoll solider Bau! Diese Wände – ah, Sie wollen schon gehen, meine Herren? – diese Wände – alles grundmassive Mauern – –« Und damit pochte ich, aus bloßem wahnwitzigen Übermut, mit einem Stocke, den ich in der Hand hielt, genau auf diejenige Stelle des Ziegelwerks, dahinter der Leichnam meines Herzensweibes stand.

Doch mög' mich Gott beschirmen und beschützen vor den Fängen des Erzfeinds! Noch waren meine Schläge nicht in der Stille verhallt, da schallte es mir Antwort aus dem Grabesinnern! – ein Stimmlaut – wie ein Weinen, erst gedämpft, gebrochen, dem Wimmern eines Kindes gleich, doch dann – dann schnell anschwellend in ein einziges grelles, lang anhaltendes Geschrei – ein Heulen – ein Klag-Geschrill, aus Grauen halb und halb aus Triumph gemischt, so widermenschlich und -natürlich, daß es nur aus der Hölle selbst heraufgedrungen sein konnte, vereinigt aus den Kehlen der Verdammten in ihrer Pein und der Dämonen, die ob der Qualen jauchzen und frohlocken.

Was soll ich noch von meinen eigenen Gedanken sprechen! Mit schwindenden Sinnen taumelte ich zur gegenüberliegenden Wand hinüber. Einen Augenblick lang blieb die Gesellschaft auf der Treppe reglos, im Unmaß des Entsetzens und des Grauens. Doch schon im nächsten mühten sich ein Dutzend derbe Arme an der Mauer. Sie fiel zusammen. Der Leichnam, schon stark verwest und von Blut rünstig, stand aufrecht vor den Augen der Betrachter. Auf seinem Kopfe aber saß, mit rot aufgerissenem Rachen und feuersprühendem Einzelaug', die scheußliche Bestie, deren Verschlagenheit mich zum Morde verführt und deren anklagende Stimme mich dem Henker überliefert hatte. Ich hatte das Untier mit ins Grab gemauert!

DER ELCH

Schon oft hat man die Naturszenerie Amerikas, in großen Zügen wie in Einzelheiten, der Landschaft der Alten Welt und besonders der Europas vergleichend gegenübergestellt, und schwerlich läßt sich sagen, was größer war: die Begeisterung der Fürsprecher beider Gebiete oder die Kluft zwischen ihnen. Nichts deutet auf ein baldiges Ende der Diskussion; denn obgleich auf beiden Seiten schon vieles angeführt wurde, bleibt doch ein weiteres Wort zu sagen.

Die angesehensten britischen Touristen, die einen Vergleich anstellten, scheinen unsere nördliche und südliche Küste für so ziemlich alles zu halten, was in Amerika, zumindest in den Vereinigten Staaten, Beachtung verdient. Nur wenig sagen sie, denn weniger sahen sie, von der großartigen Szenerie im Innern einiger unserer westlichen und südlichen Distrikte – zum Beispiel vom weitgedehnten Tal Louisianas, in dem die ungestümsten Paradiesesträume Wirklichkeit geworden sind. Fast alle diese Reisenden begnügen sich mit einer hastigen Inspektion der berühmten Naturschönheiten des Landes – Hudson, Niagara, Catskills, Harper's Ferry, die Seen von New York, der Ohio, die Prärien und der Mississippi. Sicher verdient all das die Aufmerksamkeit selbst dessen, der zuvor noch am burgenbewehrten Rhein entlangstieg oder

Am blauen Rauschen der pfeilschnellen Rhone

dahinstreifte, doch ist es nicht *alles,* dessen wir uns rühmen können. Ich wage zu behaupten, daß es auf dem Territorium der Vereinigten Staaten zahllose friedliche, verborgene und kaum erforschte Winkel gibt, die der wahre Künstler oder der kultivierte Liebhaber des Großartigen und Schönen an Gottes Werken all und jedem der schon inventarisierten und allgemein beglaubigten Schauplätze, die ich nannte, vorziehen wird. Tatsächlich liegen die wahren Paradiese des Landes weitab vom Pfade unserer eigenen, doch höchst besonnenen Reisenden – mithin dem Fremden völlig unerreichbar, der mit seinem Verleger daheim ein Abkommen getroffen hat, innerhalb einer vereinbarten Zeit ein festgesetztes Quantum Kommentar über Amerika zu liefern, und der diese Abmachung nur einzuhalten hoffen darf, wenn er, mit dem Notizbuch in der Hand, auf den ausgefahrensten Verkehrswegen des Landes dahindampft.

Ich erwähnte eben das Tal von Louisiana. Von allen weiträumigen Bezirken natürlicher Lieblichkeit ist dieses vielleicht der lieblichste. Kein Phantasiegebilde kommt ihm gleich. Seine üppige Schönheit kann noch die prächtigste Einbildungskraft anregen. Denn Schönheit ist sein ganzes Wesen. Sanfte Bodenwellen, durchwoben mit phantastischen kristallenen Gewässern, umsäumt von blumengeschmückten Abhängen, hingelehnt an Wälder, riesig, glänzend, vielfarbig, von bunten Vögeln funkelnd und mit Duft beladen – all das macht das Tal von Louisiana zur üppigsten Naturszenerie auf Erden.

Doch selbst in diesem wonnevollen Landstrich erreicht man die reizenderen Stellen nur auf Nebenwegen. Überhaupt – wer als Reisender in Amerika die schönsten Landschaften sehen will, darf sie weder mit der Eisenbahn noch mit dem Dampfer suchen, weder mit der Postkutsche noch mit privatem Gefährt, ja nicht einmal zu Pferde – sondern zu Fuß. *Wandern* muß er, über Schluchten springen, an Klippen seinen Hals riskieren, oder aber auf den Anblick der wahrsten, reichsten, unsagbarsten Herrlichkeiten des Landes verzichten.

Im größern Teil Europas dagegen besteht dazu kein Anlaß, schon gar nicht in England. Noch der größte Dandy kann dort als Tourist jeden sehenswerten Winkel aufsuchen, ohne Schaden an seinen Seidenstrümpfen zu nehmen; so genau erforscht sind alle Anziehungspunkte, so glatt der Weg dorthin. Das aber hat man bisher beim Vergleich der Alten und der Neuen Welt nie gebührend berücksichtigt. Immer wieder werden der ganzen Lieblichkeit der ersteren nur die bekanntesten, und nicht etwa die bedeutendsten, Stellen in der allgemeinen Lieblichkeit der letzteren verglichen.

Eine Flußlandschaft vereint in sich ohne Zweifel alle Hauptelemente der Schönheit und ist seit grauer Vorzeit das Lieblingsthema des Dichters. Doch erklärt sich ein groß Teil dieses Ruhms daher, daß Flußgebiete stärker bereist werden als bergige Gegenden. Ebenso haben in allen Ländern die großen Flüsse, weil sie gewöhnlich Verkehrswege sind, in ungebührendem Maß die Bewunderung auf sich gezogen. Sie werden öfter betrachtet und folglich auch öfter behandelt als weniger wichtige, wiewohl oft interessantere Gewässer.

Einen einzigartigen Beleg für diese meine Bemerkungen bietet der Wissahickon, ein Bach (mehr kann man ihn kaum nennen), der sich etwa sechs Meilen westlich von Philadelphia in den Schuylkill ergießt. Dieser Wissahickon ist von so bemerkenswerter Lieblichkeit, daß, flösse er nur in England, er das Thema jedes Barden und der geläufige Gegenstand jeder Zunge wäre, wenn nicht gar seine Ufer zu exorbitanten Preisen als Baugelände für die Villen der Vermögenden parzelliert würden. Doch bis vor wenigen Jahren kannte man den Wissahickon nur vom Hörensagen, während das breitere und leichter schiffbare Gewässer, in das er mündet, schon lange als eines der schönsten Beispiele amerikanischer Flußlandschaft gerühmt wird. Unter dem Aspekt des Pittoresken aber kann der Schuylkill, dessen Schönheiten man stark übertrieben hat und dessen Ufer, zumindest in der Nähe von Philadelphia, sumpfig sind wie die des Delaware, dem bescheideneren und weniger bekannten Flüßchen, von dem wir hier sprechen, überhaupt nicht verglichen werden.

Erst als Fanny Kemble in ihrem drolligen Buch über die Vereinigten Staaten die Einwohner von Philadelphia auf die rare Lieblichkeit eines Flusses genau vor ihrer Haustür hingewiesen hatte, gaben sich einige unternehmungslustige Spaziergänger aus der Umgebung nicht mehr damit zufrieden, seine Lieblichkeit nur zu vermuten. Als aber das ›Journal‹ aller Augen geöffnet hatte, da schwoll der Wissahickon, in gewissem Maße, zur Allbekanntheit an. ›In gewissem Maße‹ sage ich, weil die wahre Schönheit des Flusses weit oberhalb der Route der philadelphischen Pittoreskenjäger liegt, die nur selten weiter als eine Meile oder zwei über die Mündung des Flüßchens hinaus vordringen – aus dem trefflichen Grund, weil dort die Fahrstraße endet. Dem Abenteurer, der die schönsten Stellen sehen will, rate ich, auf der Ridge Road, die westlich aus der Stadt hinausführt, bis zum zweiten Weg jenseits des sechsten Meilensteins zu gehen und diesem bis ans Ende zu folgen. So wird er zu einer der schönsten Stellen des Wissahickon gelangen und kann dann in einem Nachen, oder an den Ufern entlangkletternd, flußauf- und -abwärts ziehen, wie es ihm gefällt, und wird in jeder Richtung reich belohnt werden.

Wie ich schon sagte oder doch gesagt haben sollte, ist es ein schmaler Bach. Seine Ufer sind durchweg, ja fast überall, hohe Steilhänge, zum Wasser hin mit edlem Buschwerk bekleidet und in größerer Höhe von einigen der herrlichsten Waldbäume Amerikas gekrönt, unter denen der *liriodendron tulipiferum* am meisten hervorsticht. Die Böschung ist aus Granit, scharf ausgeprägt oder moosbedeckt, und langsamen Laufes räkelt das durchsichtige Wasser sich daran hin, wie das Mittelmeer über die Stufen der Marmorpaläste. Vor den Klippen breitet sich hier und da ein kleines festes, reich bewachsenes *Plateau* aus, das einem Haus mit Garten eine Lage bieten würde, wie die reichste Phantasie sie malerischer nicht ersinnen kann. Der Fluß macht, wie es bei Steilufern zu sein pflegt, viele und abrupte Windungen, und so bietet sich dem Auge des dahinziehenden Reisenden der Eindruck einer endlosen Folge stets andersartiger Seen, oder genauer Bergseen. Doch sollte man den Wissahickon nicht, wie den ›schönen Melrose‹, bei Mondlicht oder auch nur bei wolkigem Wetter besuchen, sondern im hellsten Gleißen der Mittagssonne. Denn die Enge der Schlucht, durch die er fließt, die Höhe der Hänge zu beiden Seiten und die Dichte des Laubwerks schaffen ineins eine Trübheit, wenn nicht gar absolute Düsternis, die, sofern das helle Tageslicht sie nicht mildert, von der Schönheit der Szene selbst nur ablenkt.

Vor nicht langer Zeit besuchte ich den Fluß auf dem beschriebenen Wege und verbrachte den besseren Teil eines schwülen Tages damit, in einem Nachen auf seinem Schoß dahinzugleiten. Ich überließ mich dem Einfluß von Ort und Witterung und der sanft treibenden Strömung und sank in einen Halbschlummer, in dem meine Phantasie sich in Visionen des Wissahickon der Vorzeit erging – der ›guten alten Zeit‹, als es noch keinen Dämon der Maschine gab, von Picknicks niemand auch nur träumte, Wassergerechtsame weder ge- noch verkauft wurden und auf den Graten dort oben die Rothaut einsam mit dem Elch dahinschritt. Und während diese Phantasiebilder langsam von meinem Geist Besitz nahmen, hatte der lässige Bach mich, Zoll für Zoll, um einen Bergvorsprung herum und zum vollen Anblick eines anderen getragen, der in einer Entfernung von vierzig oder fünfzig Metern die Sicht begrenzte. Es war eine steile felsige Klippe, die weit in den Strom vorstieß und mehr des salvatorischen Charakters bot als irgendein Teil des bisher passierten Gestades. Was ich auf dieser Klippe sah, war in Anbetracht von Ort und Zeit höchst ungewöhnlich, doch beunruhigte oder verwunderte es mich zunächst nicht, so harmonisch klang es mit den halbschläfrigen Phantasien zusammen, die mich einhüllten.

Ich sah, oder ich träumte ich sähe, am äußersten Rand des Vorsprungs, den Hals gestreckt, die Ohren gespitzt, die Haltung ganz Ausdruck profunder und melancholischer Wißbegier, einen der ältesten und kühnsten eben jener Elche, die mit den Rothäuten meiner Phantasie verkuppelt gewesen waren.

Wie gesagt, einige Augenblicke lang beunruhigte oder verwunderte mich diese Erscheinung nicht. In dieser Zeitspanne war meine Seele ganz dem starken Mitempfinden hingegeben. Ich stellte mir vor, der Elch betrachte so erstaunt wie mißvergnügt die Veränderung zum Schlechteren, die der Bach und seine Umgebung in den letzten Jahren von der harten Hand des Utilitariers erlitten hatten. Doch als das Tier leicht den Kopf bewegte, wurde die Träumerei, die mich umfing, sogleich zerstreut, und die Neuheit des Abenteuers kam mir voll zum Bewußtsein. Ich erhob mich in meinem Nachen auf ein Knie, und als ich noch zögerte, ob ich mein Dahingleiten stoppen oder mich näher zum Gegenstand meines Staunens tragen lassen sollte, hörte ich, wie in dem Buschwerk oben jemand schnell, doch vorsichtig, »sst! sst!« machte. Einen Augenblick später drang ein Neger aus dem Dickicht; vorsichtig bog er die Büsche beiseite und trat behutsam auf. Mählich doch stetig näherte er sich dem Elch und hielt ihm die Hand entgegen, in der er etwas Salz trug. Das edle Tier war leicht erregt, versuchte aber nicht zu entkommen. Der Neger schritt weiter voran, streckte ihm das Salz hin und sagte einige ermunternde oder auch beschwichtigende Worte. Alsbald beugte sich der Elch nieder und stampfte auf, legte sich dann ruhig hin und ließ sich einen Halfter umtun.

So endete mein romantischer Traum vom Elch. Er war ein sehr altes und sehr zahmes Haustier und gehörte einer englischen Familie, die nahebei in einer Villa wohnte.

DIDDELN

ODER

DAS SCHWINDELN ALS EINE DER EXAKTEN WISSENSCHAFTEN BETRACHTET

Hei, diddeldiddel,
die Katz' und die Fiddel …

Seit die Welt besteht, hat es zwei Jeremiasse gegeben. Der eine schrieb eine Jeremiade über den Wucher und wurde Jeremy Bentham genannt. Er ist von Mr. John Neal ausgiebig bewundert worden und war ein großer Mann in kleinem Stil. Der andre war ein großer Mann in *großem* Stil – ja, ich möchte tatsächlich sagen, im denkbar allergrößten Stil –, bezog von ihm doch die wichtigste der Exakten Wissenschaften ihren Namen: so daß noch heute ein ›Jeremy Diddler‹ jeder heißt, der es darin zu etwas gebracht hat.

Das Wörtchen ›Diddeln‹ – man sagt auch ›dingsen‹ dafür oder gar ›dingsendingsen‹ – soll uns nicht lange Rätsel aufgeben: es handelt sich dabei um nicht mehr und nicht weniger als um ›das Schwindeln‹. Doch da stocken wir schon; denn das Faktum, die Sache, das Schwindeln an sich ist doch einigermaßen schwierig zu definieren. Wir mögen aber zu einer leidlich bestimmten Vorstellung von der in Rede stehenden Tätigkeit gelangen, wenn wir – nun, nicht die Sache, das Schwindeln selbst – sondern den Menschen definieren: als das Lebewesen, das schwindelt. Wäre Plato auf diesen Einfall gekommen, so hätte er sich die böse Blamage mit dem gerupften Huhn ersparen können.

Dem Philosophen ward nämlich einmal mit der gar nicht so abwegigen Frage zugesetzt, warum ein gerupftes Hühnchen, das doch ganz offensichtlich ein ›zweibeiniges Wesen ohne Federn‹ sei, denn nicht – nach seiner eignen Definition – ein Mensch wäre. Mit solchen Querfragen soll man mir aber nicht kommen. Der Mensch ist ›das schwindelnde Tier‹, und es gibt *kein* schwindelndes Lebewesen außer dem Menschen. Um mir das zu widerlegen, müßte man mir schon gleich einen ganzen Stall voll gerupfter Hühner anbringen.

Was nun das Wesentliche, das Nasenloch, das Grundprinzip des Diddelns oder Schwindelns bildet, ist in der Tat nur jener Klasse Geschöpfe eigentümlich, die Röcke und Beinkleider tragen. Die Krähe stiehlt; der Fuchs ist ein Täuscher; das Wiesel überlistet; der Mensch aber schwindelt. Das Schwindeln ist geradezu sein Schicksal. »Der Mensch ist zum Trauern geschaffen«, sagt der Dichter. Aber nicht doch: – zum Schwindeln ist er gemacht. Das Schwindeln ist sein Lebenszweck und -ziel. Und eben darum ja sagen wir, wenn einer uns beschwindelt hat, er habe's ›geschafft‹.

Recht betrachtet, ist das Schwindeln ein Compositum, dessen Ingredientien heißen: Präzision, Zweckdenken, Ausdauer, Findigkeit, Verwegenheit, *nonchalance,* Originalität, Unverfrorenheit und *Grinsen.*

Präzision: Der Schwindler ist penibel. Seine Operationen vollziehen sich in stets überschaubarem Rahmen. Sein Geschäft ist ein ausgesprochener Kleinhandel: Ware nur gegen Bar oder bestätigte Wechsel auf Sicht. Sollte er je in Versuchung kommen, in großem Stil zu spekulieren, so verliert er augenblicklich seine eigentümlichen Züge und wird das, was wir einen ›Financier‹ nennen. Dies letztere Wort gibt die Schwindel-Idee in jeder Hinsicht wieder; nur die Größenordnung stimmt nicht mehr. Ein Schwindler läßt sich so als ein Bankier *in petto* betrachten – eine ›Finanzoperation‹ als ein Schwindel im Brobdingnag-Format. Das eine verhält sich zum andern wie Humor zu ›Flaccus‹ – wie ein Mastodon zur Maus – wie der Schweif eines Kometen zum Ringelschwänzchen eines Schweins.

Zweckdenken: Der Schwindler wird vom Eigennutz geleitet. Er verschmäht es, nur um des bloßen Schwindelns willen zu schwindeln. Er hat ein Ziel vor Augen: – seine Tasche – und Ihre. Er lauert dauernd auf die große Chance. Ihn kümmert nur die Nummer Eins, er selbst. Sie sind die Nummer Zwei und müssen schon für sich alleine sorgen.

Ausdauer: Der Schwindler ist zähe. Er läßt sich nicht so leicht entmutigen. Und wenn sämtliche Stricke reißen, er verliert die Ruhe nicht. Standhaft verfolgt er sein Ziel, und

Ut canis a corio nunquam absterrebitur uncto,

so läßt er auch niemals von seinem Wilde.

Findigkeit: Der Schwindler hat ausgesprochen ingeniöse Einfälle. Er besitzt einen großangelegten konstruktiven Sinn. Raffinierte Pläne sind seine Stärke. Mit Listen und Schlichen sucht er seinen Weg. Wäre er nicht Alexander, so würde er Diogenes sein. Wäre er nicht ein Schwindler, so würde er Patent-Rattenfallen herstellen oder Forellen angeln.

Verwegenheit: Der Schwindler ist ein Draufgänger. Er ist ein kühner Mann. Er überzieht selbst Afrika mit Krieg. Er nimmt jede Festung im Sturm. Er würde nicht die Dolche der Frey-Herren fürchten. Mit etwas mehr Klugheit hätte Dick Turpin einen guten Schwindler abgegeben; mit etwas weniger Flunkerei auch Daniel O'Connell; mit einem oder zwei Pfund mehr Gehirn hätte es selbst Karl der Zwölfte schaffen können.

Nonchalance: Der Schwindler gibt sich völlig lässig. Er hat keine Nerven, hat überhaupt nie welche gehabt. Nie läßt er sich zu etwas hinreißen. Wer ihn aus dem Häuschen geraten sehen will, muß ihn schon eigenhändig zur Tür hinauswerfen. Er ist kühl – kühl wie eine Gurke. Er ist gelassen – »gelassen wie ein Lächeln von Lady Bury«. Er ist die Ruhe selbst und gibt sich gänzlich zwanglos – so zwanglos wie ein alter Handschuh oder wie die jungen Mädchen im antiken Bajä.

Originalität: Der Schwindler ist originell – das macht er

sich zur Gewissenssache. Seine Gedanken sind sein Eigen. Er fände es schandbar, die von anderen zu verwenden. Ein abgenutzter Kniff ist ihm ein Greuel. Ich bin sicher, er würde eine Geldbörse zurückgeben, müßte er entdecken, daß er sie durch einen unoriginellen Schwindel an sich gebracht habe.

Unverfrorenheit: Der Schwindler ist ein dreister Hund. Ein Renommist und Schwadroneur. Er stemmt die Arme in die Seiten. Er stopft die Hände in die Hosentaschen. Er grient dir spöttisch ins Gesicht. Er tritt dir auf die Hühneraugen. Er frißt dir das Essen weg, er säuft deinen Wein, er pumpt dich an, er zieht dich an der Nase, er tritt deinen Hund und küßt deine Frau.

Grinsen: Der *echte* Schwindler bringt alles mit einem Grinsen zum Abschluß. Aber das sieht niemand als er selber. Er grinst, wenn sein Tagewerk getan ist – wenn die ihm zubestimmten Arbeiten bewältigt sind – zur Nacht, in einem eigenen Kabinett – und ganz und gar zu seiner eignen privaten Unterhaltung. Er geht heim. Er verriegelt die Türe. Er legt die Kleider ab. Er bläst die Kerze aus. Er steigt ins Bett. Plaziert den Kopf aufs Kissen. Und dann erst, wenn das alles getan ist, *grinst* der Schwindler. Das ist keine Hypothese. Es versteht sich ganz von selbst. Ich urteile *a priori:* – ohne ein solches Grinsen wäre der Schwindel kein Schwindel.

Der Ursprung des Schwindelns oder Diddelns ist in der Kindheitszeit der menschlichen Rasse zu suchen. Adam war vielleicht der erste Schwindler. Jedenfalls können wir die Wissenschaft weit zurück ins graue Altertum verfolgen. Die Neueren jedoch haben es darin zu einer Vollendung gebracht, mit der unsere dickschädeligen Urahnen nie auch nur im Traum gerechnet hätten. Ohne mich denn lange bei den ›alten Sprüchworten‹ aufzuhalten, will ich mich lieber auf die knappe Wiedergabe einiger mehr ›moderner Beispiele‹ beschränken.

Ein sehr guter Schwindel ist dieser. Eine Hausfrau zum Beispiel, der es an einem Sofa mangelt, sucht verschiedene Möbellager auf und wird dabei gesehen. Schließlich kommt sie zu einem, das eine ausgezeichnete Auswahl zu bieten hat. Ein höfliches und redegewandtes Individuum spricht sie an der Türe an und lädt sie ein, doch näherzutreten. Sie sieht sich um und findet bald ein Sofa, das ihren Vorstellungen wohlentspricht, und als sie nach dem Preis fragt, ist sie überrascht und erfreut, eine Summe genannt zu hören, die um wenigstens zwanzig Prozent niedriger liegt, als sie erwartet hat. Sie eilt, den Kauf perfekt zu machen, erhält Rechnung und Quittung, hinterläßt ihre Adresse, bittet, daß man ihr den erworbenen Gegenstand so rasch als möglich zusende, und entfernt sich unter reichlichen Verbeugungen seitens des Ladenbesitzers. Der Abend naht, und kein Sofa ist da. Der nächste Tag verstreicht, und noch immer läßt sich nichts sehen. Ein Diener wird ausgeschickt, sich nach dem Grund der Verzögerung zu erkundigen. Und da wird der ganze Handel einfach bestritten. Es ist gar kein Sofa verkauft worden – und Geld empfing man nicht – das hat ein Schwindler, der zu eben diesem Zweck einmal rasch den Ladeninhaber spielte.

Unsere Möbellager sind ja so gut wie vollständig unbewacht und bieten sich für einen Trick dieser Art geradezu an. Besucher treten ein, besichtigen die Bestände und entfernen sich wieder – unbemerkt und ungesehen. Sollte einer ja einmal kaufen wollen oder den Preis eines Artikels zu erfragen wünschen, so ist eine Glocke zur Hand, und dies betrachtet man für völlig ausreichend.

Gar nicht übel ist auch der folgende Schwindel. Ein gutgekleidetes Individuum betritt einen Laden, tätigt einen Kauf im Wert von einem Dollar, entdeckt zu seinem Verdrusse, daß seine Brieftasche zu Hause in einem andern Rock stecken geblieben sein muß, und sagt denn zu dem Ladeninhaber –

»Mein lieber Herr, das macht nichts! – Sie haben vielleicht die Freundlichkeit, ja? und senden mir das Paket nach Hause? Doch warten Sie! Ich glaube tatsächlich, ich habe selbst *dort* kein kleineres Geld als eine Fünf-Dollar-Note. Also, da könnten Sie vielleicht gleich vier Dollar Wechselgeld mit dem Paket schicken, verstehn Sie?«

»Sehr wohl, mein Herr«, erwidert der Ladeninhaber, der sogleich eine hohe Meinung von der Redlichkeit seines Kunden gewinnt. »Ich kenne Burschen«, sagt er zu sich selbst, »die hätten sich die Ware einfach unter den Arm geklemmt und wären mit dem Versprechen verschwunden, den Dollar zu bezahlen, wenn sie am Nachmittag wieder vorbeikämen.«

Ein Laufjunge wird nun mit Paket und Wechselgeld losgeschickt. Auf dem Wege aber begegnet ihm ganz zufällig der Käufer und ruft aus:

»Ah! ich sehe, da ist ja mein Paket – ich dachte, du hättest es schon längst bei mir zu Hause abgegeben. Nun, so laufe nur! Meine Frau, Mrs. Trotter, wird dir die fünf Dollar geben – ich ließ entsprechende Weisung zurück. Das Wechselgeld könntest du aber eigentlich gleich *mir* geben – ich werde auf der Post etwas Silber brauchen. Sehr gut! Eins, zwei – na, ist das auch ein guter Vierteldollar? – drei, vier – stimmt genau! Sag nur Mrs. Trotter, daß du mich getroffen hast; jetzt aber lauf – und bummle mir nicht unterwegs.«

Der Junge bummelt gewiß nicht im mindesten – aber er braucht doch sehr lange, bis er von seinem Botengang zurück ist – denn nirgends hat sich eine Dame mit dem Namen Mrs. Trotter finden lassen. Er tröstet sich jedoch damit, daß er nicht so töricht gewesen ist, die Ware dazulassen, ohne das Geld empfangen zu haben, und als er dann mit selbstzufriedener Miene den Laden wieder betritt, fühlt er sich indigniert und empfindlich verletzt, als sein Herr ihn fragt, was denn aus dem Wechselgelde geworden sei.

Ein wirklich ganz einfacher Schwindel ist der folgende.

Dem Kapitän eines Schiffes, das eben unter Segel gehen will, wird von einer amtlich dreinblickenden Person eine ungewöhnlich maßvolle Rechnung über städtische Gebühren präsentiert. Froh, so billig davonzukommen, und verwirrt von hunderterlei Pflichten, die alle zugleich auf ihn einstürmen, begleicht er die Forderung auf der Stelle. Leider wird ihm jedoch kaum fünfzehn Minuten später eine neuerliche und gar nicht so mäßige Rechnung überreicht – von einem Manne, der es bald offenbar macht, daß der erste Geldeinnehmer ein Schwindler war und die ursprüngliche Einnahme ein Schwindel.

Und hier ist gleich noch eine etwa ähnliche Sache. Ein Dampfer macht gerade vom Pier los. Da bemerkt man einen Reisenden, der, den Koffer in der Hand, in höchster Eile auf die Anlegestelle zustürzt. Ganz plötzlich hält er inne, bückt sich und hebt in sehr aufgeregter Weise etwas vom Boden auf. Es ist eine Brieftasche, und – »Hat irgendein Herr seine Brieftasche verloren?« ruft er aus. Nun kann zwar niemand behaupten, er vermisse die seine; doch immerhin tritt große Erregung ein, als sich der Geldinhalt nun als wertvoll erweist. Der Dampfer darf indes nicht aufgehalten werden.

»Zeit und Gezeiten richten sich nicht nach den Menschen«, sagt der Kapitän.

»Um Gottes willen, so warten Sie doch nur noch ein paar Minuten«, erwidert der Finder der Tasche – »der rechtmäßige Eigentümer muß ja jeden Augenblick erscheinen.«

»Kann nicht warten!« bestimmt der Mann kategorisch; »kommen Sie herüber, hören Sie denn nicht?«

»Was soll ich denn bloß machen?« fragt der Finder nun in großer Bedrängnis. »Ich stehe im Begriff, das Land auf einige Jahre zu verlassen, und kann doch nicht mit gutem Gewissen einfach diese große Summe in meinem Besitz behalten. Ich bitte um Verzeihung, mein Herr«, (hier wendet er sich an einen Gentleman, der an Land steht), »aber

Sie sehen mir wie ein ehrlicher Mann aus. Wollen Sie mir den Gefallen erweisen und diese Brieftasche in Verwahrung nehmen – ich *weiß,* ich kann Ihnen vertrauen – und eine Anzeige aufgeben? Die Noten, so sehn Sie, machen eine sehr beträchtliche Summe aus. Ohne Zweifel wird der Eigentümer darauf bestehen, Sie für Ihre Mühewaltung zu entschädigen – – –«

»*Mich?* – aber nicht doch, *Sie!* – *Sie* waren es doch, der die Tasche fand!«

»Nun, wenn Sie es unbedingt so wollen – dann will ich mir eben eine kleine Belohnung herausnehmen – nur damit Sie keine Skrupel haben. Lassen Sie mich sehen – oh, das sind ja alles lauter Hunderter-Noten – du liebe Zeit! ein ganzer Hunderter wäre viel zu viel, das darf ich nicht nehmen – fünfzig müßten auf jeden Fall genügen – – –«

»Schluß jetzt!« ruft der Kapitän. »Kommen Sie herüber!«

»Aber nun kann ich leider gar nicht herausgeben auf einen Hunderter, und am Ende sollten doch lieber *Sie* – – –«

»Ablegen!« ruft der Kapitän.

»Macht nichts!« schreit der Gentleman an Land, der unterdes seine eigene Brieftasche durchstöbert hat – »das macht doch gar nichts! Ich werde das schon in Ordnung bringen – hier ist ein Fünfziger der Bank von Nordamerika – werfen Sie mir die Tasche herüber!«

Und der übergewissenhafte Finder nimmt den Fünfziger mit deutlicher Erleichterung entgegen und wirft dem Herrn, wie der's gewünscht, die Brieftasche zu; – und qualmend und zischend tritt der Dampfer seine Reise an. Aber schon eine halbe Stunde nach seiner Abfahrt stellt sich der ›große Betrag‹ als eine ausgesprochene ›Vorspiegelung falscher Tatsachen‹ heraus und die ganze Sache als kapitaler Schwindel.

Recht kühn ist auch das folgende Schwindelmanöver. Eine religiöse Versammlung oder etwas Ähnliches soll an einem bestimmten Ort im Freien abgehalten werden, zu dem man nur über eine Brücke gelangen kann. Ein Schwindler nun postiert sich auf der Brücke und setzt höflich alle Passanten von dem neuen Landesgesetz in Kenntnis, das einen Zoll für die Benutzung festgesetzt habe; und zwar seien für jeden Fußgänger ein Cent, für Esel und Pferde zwei und so weiter und so weiter zu entrichten. Manche murren wohl, doch alle fügen sich, und als der Schwindler sich dann heimwärts begibt, ist er um einige fünfzig oder sechzig Dollar reicher – die freilich sauer verdient sind, denn von einer großen Menschenmenge Zoll einnehmen, ist eine überaus anstrengende Sache.

Ein artiger Schwindel ist dieser. Ein Freund ist im Besitz einer Wechselverschreibung des Schwindlers, die ordnungsgemäß auf den gewöhnlichen rotgedruckten Formularen ausgefüllt und unterschrieben ist. Nun kauft sich der Schwindler ein oder zwei Dutzend dieser Vordrucke, und jeden Tag stippt er eines davon in seine Suppe, läßt seinen Hund danach springen und gibt es ihm schließlich als *bonne bouche*. Wird nun der Wechsel fällig, so spricht der Schwindler in Begleitung seines Hundes bei dem Freunde vor und bringt dort die Rede auf die Schuldverschreibung. Der Freund holt diese aus seinem *escritoire* hervor und hat schon die Hand ausgestreckt, sie dem Schwindler zu überreichen, als dessen Hund mit einem jähen Satz danach springt und sie ohne Umschweife verschlingt. Der Schwindler selbst ist nicht nur überrascht, sondern verärgert, ja empört über das unvernünftige Betragen seines Hundes und bringt seine vollkommene Bereitschaft zum Ausdruck, seine Schulden sofort zu begleichen, wenn der Beweis dafür wieder ans Tageslicht kommen sollte.

Ein Schwindel kleinen Stils ist der folgende. Eine Dame wird auf der Straße von einem Komplizen des Schwindlers beleidigt. Der Schwindler selbst eilt nun zu ihrem Beistande herzu, und nachdem er seinem Freunde eine saftige

Tracht Prügel verabreicht hat, besteht er darauf, die Dame bis zu ihrer Haustüre zu begleiten. Dort macht er ihr, die Hand auf dem Herzen, eine Verbeugung und verabschiedet sich in der höflichsten Weise. Sie dringt nun in ihn, als ihren Erretter, doch mit einzutreten und sich ihrem großen Bruder und dem Herrn Papa vorstellen zu lassen. Doch mit einem Seufzen muß er leider ablehnen. »Gibt es denn keine Möglichkeit«, murmelt sie da, »die mir erlaubte, Ihnen meine Dankbarkeit zu bezeugen, mein Herr?«

»Nun, ja, gnä' Frau, das schon. Wenn Sie die Güte haben wollten, mir ein paar Schillinge zu leihen?«

Im ersten Schreck des Augenblicks möchte die Dame am liebsten auf der Stelle in Ohnmacht sinken. Dann aber überlegt sie es sich; sie öffnet ihre Börse und läßt das Bargeld springen. Nun ist dies, wie ich bereits sagte, ein Schwindel kleinen Stils – denn die gesamte eine Hälfte der geborgten Summe ist ja an den Ehrenmann zu zahlen, der die Mühe hatte, die Beleidigung in Szene zu setzen, und obendrein noch stillhalten mußte und sich verprügeln lassen.

In ebenfalls eher kleinem, doch immer noch wissenschaftlichem Rahmen hält sich der folgende Schwindel. Der Schwindler begibt sich an die Theke einer Wirtschaft und verlangt ein paar Rollen gesponnenen Tabaks. Sie werden im ausgehändigt, und nachdem er einen flüchtigen Blick darauf geworfen hat, sagt er:

»Dieser Tabak gefällt mir nicht besonders. Hier, nehmen Sie ihn zurück und geben Sie mir stattdessen ein Glas Brandy mit Wasser.« Der Brandy mit Wasser wird ihm hingestellt; er trinkt ihn aus und geht dann gemächlich zur Türe. Doch die Stimme des Wirts hält ihn auf: »Ich glaube, mein Herr, Sie haben vergessen, Ihren Brandy mit Wasser zu bezahlen!«

»Meinen Brandy mit Wasser zu bezahlen? – aber was denn, ich habe Ihnen doch den Tabak für den Brandy gegeben! Was wollen Sie denn nun noch?«

»Aber mein Herr, wenn Sie erlauben, ich erinnere mich nicht, daß Sie für den Tabak gezahlt hätten.«

»Was wollen Sie damit sagen, Sie Schurke?! – Habe ich Ihnen denn etwa den Tabak nicht zurückgegeben? Ist *das* da nicht Ihr Tabak, der dort liegt? Bilden Sie sich etwa ein, ich bezahle für etwas, das ich gar nicht genommen habe?«

»Aber, mein lieber Herr«, antwortet der Gastwirt, nun ziemlich ratlos, was er sagen soll, »aber – – –«

»Kein Aber, mein Herr«, unterbricht ihn der Schwindler, scheinbar aufs höchste ergrimmt; und als er nun das Weite sucht, wirft er recht krachend die Türe hinter sich ins Schloß – »Lassen Sie mich mit Ihrem Aber in Ruhe, mein Herr, und mit Ihren billigen Tricks, Reisende auszunehmen.«

Hier folgt ein weiterer sehr gerissener Schwindel, der sich nicht zuletzt durch seine Einfachheit empfiehlt. Wenn in einer großen Stadt eine Geldbörse oder Brieftasche wirklich verloren wurde, läßt der Verlierer in *einer* der Tageszeitungen eine Anzeige mit ausführlicher Beschreibung erscheinen. Worauf nun unser Schwindler die *Tatsachen* dieser Anzeige kopiert und dabei nur die Überschrift, die allgemeine Ausdrucksweise und die *Adresse* verändert. Das Original zum Beispiel ist lang und weitschweifig, es trägt die Überschrift ›Brieftasche verloren!‹ und ersucht, den Schatz, falls er gefunden werde, in der Tom Street Nr. 1 abzugeben. Die Kopie ist kurz und bündig, trägt als Überschrift nur das eine Wort ›Verloren‹ und bezeichnet die Dick Street Nr. 2 oder die Harry Street Nr. 3 als den Ort, wo man den Eigentümer antreffen könne. Darüberhinaus wird aber sie in wenigstens fünf oder sechs Tageszeitungen veröffentlicht, während sie dem Original nur darin nachsteht, daß sie ein paar wenige Stunden später erscheint. Sollte sie zufällig von dem Manne, der seine Börse wirklich verlor, gelesen werden, so würde er wohl kaum auf den Verdacht kommen, die Sache habe irgendeinen Bezug zu seinem eigenen Mißgeschick. Aber natürlich liegen die Chancen nun fünf oder sechs zu eins, daß der Finder sich zu der vom Schwindler angegebenen Adresse begibt – statt zu der, welche der rechtmäßige Besitzer nannte. Der Schwindler zahlt die Belohnung, steckt den Schatz in die Tasche und bricht alsbald seine Zelte ab.

Ganz ähnlich liegt auch dieser Schwindel. Eine distinguierte Dame hat irgendwo auf der Straße einen Diamantring von sehr ungewöhnlichem Werte verloren. Ihn wiederzugewinnen, bietet sie einige vierzig oder fünfzig Dollar Belohnung; in ihrer Anzeige gibt sie eine überaus genaue Beschreibung des Edelsteins und seiner Fassung und erklärt, daß man, würde er in der und der Avenue Nummer so und so wieder abgegeben, die Belohnung sogleich ausfolgen werde, ohne auch nur eine einzige Frage zu stellen. Als nun ein oder zwei Tage später die Dame einmal von Hause abwesend ist, hört man ein Läuten vor der Tür von Nummer so und so in der und der Avenue; ein Diener erscheint; die Dame des Hauses wird gewünscht, doch ist sie leiderleider ausgegangen, auf welche überraschende Mitteilung hin der Besucher sein überaus bitteres Bedauern ausdrückt. Sein Geschäft ist von Wichtigkeit und betrifft die Dame persönlich. Tatsächlich hatte er das Glück, ihren Diamantring zu finden. Aber vielleicht wäre es doch am besten, wenn er ein andermal wieder vorspräche. »Aber keineswegs!« sagt der Diener; und »Keineswegs!« sagen auch die Schwester der Dame und die Schwägerin der Dame, die sogleich herbeigeholt worden sind. Unter mancherlei aufgeregtem Kreischen wird der Ring identifiziert, die Belohnung ausgezahlt und der Finder beinahe zur Tür hinausgeworfen. Dann kehrt die Dame zurück und bringt nun doch einige Mißzufriedenheit mit Schwester und Schwägerin zum Ausdruck, denn ganz zufällig haben die beiden vierzig oder fünfzig Dollar für ein *fac-simile* ihres Diamantrings bezahlt – ein *fac-simile,* das aus echtem Talmi und unzweifelhafter Glaspaste besteht.

Doch wie in Wirklichkeit das Schwindeln oder Diddeln nie ein Ende hat, so würde auch dieser Essay keines finden, sollte ich auch nur auf die Hälfte der Variationen und Modulationen andeutungsweise eingehen, deren diese Wissenschaft fähig ist. Ich muß meinen Aufsatz gewaltsam zum Schlusse bringen und kann dies nicht besser tun als damit, daß ich summarisch von einem sehr bescheidenen, aber vollkommen durchdachten Schwindel berichte, zu dessen Bühne vor gar nicht langer Zeit unsere eigene Stadt wurde und der hernach in andern, noch einfältigeren Städten der Union mit Erfolg wiederholt worden ist. Ein Herr in mittlerem Alter kommt aus unbekannter Gegend in die Stadt. Er ist bemerkenswert pedantisch, vorsichtig, gesetzt und umsichtig in seinem Auftreten. Seine Kleidung ist peinlich sauber, doch einfach, prunklos bescheiden. Er trägt eine weiße Krawatte, eine weitsitzende Jacke, bei welcher der Schneider auf nichts als nur Bequemlichkeit gesehen hat, dicksohlige, behaglich aussehende Schuhe und steglose Pantalons. Sein ganzer Eindruck ist tatsächlich der eines wohlhabenden, nüchternen, methodischen und respektablen ›Geschäftsmannes‹ *par excellence* – eines von jener Sorte Menschen mit gutem weichen Kern in rauher Schale, wie sie uns die hochfamosen Komödien permanent anbieten – Burschen, bei denen jedes Wort so gut wie bares Geld ist und die dafür bekannt sind, daß sie mit der einen Hand Guineen für wohltätige Zwecke ausgeben, während sie mit der andern, sobald es allein ums Geschäft geht, noch den kleinsten Bruchteil eines Hellers erbarmungslos eintreiben.

Der Herr verursacht allerlei Wirbel, bis endlich ein Logierhaus es ihm recht machen kann. Er kann keine Kinder leiden. Er ist Ruhe gewohnt. Seine Gepflogenheiten sind methodisch – und am liebsten würde er bei einer privaten und achtbaren kleinen Familie von gottesfürchtiger Gesinnung einziehen. Die Bedingungen spielen jedoch gar keine

Rolle – nur muß er darauf bestehen, seine Rechnung am Ersten eines jeden Monats zu begleichen (wir haben zur Zeit grad den Zweiten), und er bittet seine Wirtin, als er schließlich eine gefunden hat, die seinen Wünschen entspricht, doch ja auf keinen Fall seine Instruktionen zu diesem Punkte zu vergessen – sondern Rechnung *und* Quittung präzise um 10 Uhr am *ersten* Tage eines jeden Monats hereinzureichen und beides unter gar keinen Umständen etwa bis zum zweiten liegen zu lassen.

Sind diese Vereinbarungen getroffen, so mietet unser Geschäftemann sich ein Büro in einem angesehenen eher als eleganten Viertel der Stadt. Denn nichts gibt es, das er mehr verachtet als den bloßen Schein. »Wo viel Rummel gemacht wird«, sagt er, »da steckt selten etwas wirklich Solides dahinter« – eine Bemerkung, bei der es seine Wirtin derart bis auf den Grund ihrer Seele durchschauert, daß sie auf der Stelle einen Bleistift nimmt und sie in ihre große Familienbibel einträgt – auf den breiten Rand bei den Sprüchen Salomonis.

Der nächste Schritt besteht darin, nach etwa der folgenden Weise in den wichtigsten Geschäfts-Groschenblättern der Stadt zu inserieren – die ›Pfennigblätter‹ werden als nicht ›respektabel‹ gemieden – und auch weil sie für alle Anzeigen Vorauskasse verlangen. Unserm Geschäftemann ist es eine Ehrensache, nie eine Arbeit zu bezahlen, bevor sie getan ist.

GESUCHT! – Die Unterzeichneten, welche im Begriffe stehen, in dieser Stadt eine ausgedehnte geschäftliche Tätigkeit zu entfalten, bedürfen der Dienste von drei oder vier intelligenten und sachverständigen Sekretären, denen ein großzügiges Gehalt winkt. Erwartet werden die allerbesten Referenzen, wobei weniger auf geschäftliche Befähigung als vielmehr auf Integrität geachtet wird. Da allerdings die vorgesehenen Aufgaben hohe Verantwortlichkeit einschließen

und große Geldsummen notwendigerweise durch die Hände solcher Angestellten gehen müssen, erachtet man es für angeraten, von jedem beschäftigten Sekretär eine Hinterlegung von fünfzig Dollar zu verlangen. Es braucht sich daher niemand zu melden, der nicht bereit ist, diese Summe im Besitz der Unterzeichneten zu belassen, und der nicht seine moralische Integrität durch in jeder Weise zufriedenstellende Zeugnisse belegen kann. Jungen Herren mit gottesfürchtiger Gesinnung wird der Vorzug gegeben. Bewerber wollen zwischen 10 und 11 Uhr vormittags und 4 und 5 Uhr nachmittags vorstellig werden bei den Herren
Bogs, Hogs, Logs, Frogs & Co.
Dog Street Nr. 110.

Bis zum Einunddreißigsten des Monats hat diese Anzeige einige fünfzehn oder zwanzig junge Herren von gottesfürchtiger Gesinnung beim Büro der Herren Bogs, Hogs, Logs, Frogs & Companie vorsprechen lassen. Doch unser Geschäftemann hat nicht die mindeste Eile, mit auch nur einem von ihnen einen Vertrag abzuschließen – wird sich doch kein Geschäftemann jemals überstürzen –, und erst nachdem ein jeder der jungen Herren *in puncto* gottesfürchtiger Gesinnung auf das strengste katechisiert worden ist, werden seine Dienste engagiert und ihm die fünfzig Dollar quittiert, die zur angemessenen Sicherstellung der ehrenwerten Firma Bogs, Hogs, Logs, Frogs & Companie dienen. Am Morgen des ersten Tages im nächsten Monat präsentiert die Wirtin *nicht,* wie sie versprochen, pünktlich ihre Rechnung – ein Stücklein Nachlässigkeit, für welches sie das komfortable Oberhaupt des auf ›ogs‹ endenden Hauses ohne Zweifel streng ausgescholten haben würde, hätte er sich bewegen lassen, noch einen Tag länger oder zwei zu diesem Zwecke in der Stadt zu bleiben.

Wie das so ist, haben die Konstabler von dieser Geschichte viel Kummer gehabt; sie rannten her und rannten hin, und am Ende konnten sie doch nichts weiter tun, als unseren Geschäftsmann höchst emphatisch für ein ›Henneknie‹ zu erklären – was manche Leute dahingehend deuten, sie wollten damit zum Ausdruck bringen, er sei tatsächlich ›n. e. i.‹ – worunter wiederum vermutlich der sehr klassische Satz *»non est inventus«* verstanden werden darf. Inzwischen sind die jungen Herren allesamt nicht mehr ganz so gottesfürchtig gesinnt wie zuvor, indessen die Wirtin sich für einen Schilling das allerbeste Radiergummi kauft und sorgfältig damit den Bleistifteintrag tilgt, den irgendein Narr in ihre große Familienbibel gemacht hat – auf dem breiten Rand der Sprüche Salomonis.

DIE BRILLE

Vor vielen Jahren war's die Mode, die Idee einer ›Liebe auf den ersten Blick‹ zu verspötteln; doch wer nachdenkt, und schon gar wer tief empfindet, hat stets verfochten, daß es sie gebe. Moderne Entdeckungen auf dem Gebiete dessen, was ethischer Magnetismus oder Magneto-Ästhetik heißen mag, machen es in der Tat wahrscheinlich, daß die natürlichsten und folglich wahrsten und intensivsten menschlichen Gemütsbewegungen jene seien, welche im Herzen wie von einem überspringenden Funken elektrischer Sympathie entzündet werden, – kurz, daß die glänzendsten und dauerndsten psychischen Bande von einem einzigen Augen-Blick geknüpft werden. Das Bekenntnis, das ich hier abzulegen gedenke, wird den bereits fast unzähligen Beispielen für die Wahrheit der Behauptung ein weiteres hinzufügen.

Meine Geschichte verlangt, daß ich ein bißchen in die Minutien gehe. Ich bin ein noch sehr junger Mann – nicht einmal ganze zweiundzwanzig Jahre alt. Mein gegenwärtiger Name ist sehr gewöhnlich und ziemlich plebejisch – Simpson. Ich sage ›mein gegenwärtiger‹; denn es ist noch gar nicht lange her, daß ich ihn trage – erst im letzten Jahre legte ich mir diesen Nachnamen gesetzlich zu, um eine große Erbschaft anzutreten, die mir von einem entfernten Verwandten, Adolphus Simpson, Esq., hinterlassen ward. Verknüpft mit dem Vermächtnisse war die Bedingung, daß ich des Erblassers Namen mit zu übernehmen hätte – den Familien-, nicht den Taufnamen; mein Taufname ist Napoleon Bonaparte – oder genauer: so lautet mein erster und mein mittlerer Rufname.

Ich nahm das ›Simpson‹ mit einigem Widerstreben an, denn für meinen wirklichen Vatersnamen, Froissart, hegte ich einen sehr verzeihlichen Stolz – glaubte ich doch, ich könnte einem Nachfahren des unsterblichen Autors der

›Chroniken‹ auf die Spur kommen. Wo wir, nebenbei, grad beim Thema ›Namen‹ sind, darf ich wohl, die einiger meiner unmittelbaren Vorfahren betreffend, eine einzigartige Koinzidenz des Klanges erwähnen. Mein Vater war ein Monsieur Froissart in Paris. Seine Frau – meine Mutter, die er als Fünfzehnjährige ehelichte – war eine Mademoiselle Croissart, älteste Tochter des Bankiers Croissart; und dessen Frau wiederum – erst sechzehnjährig, als sie heiratete – war die älteste Tochter eines gewissen Victor Voissart. Monsieur Voissart hatte sich einzigartigerweise mit einer Dame ganz ähnlichen Namens vermählt – einer Mademoiselle Moissart. Auch sie trat noch im rechten Kindesalter in die Ehe; und gleichfalls war ihre Mutter, Madame Moissart, nur grad erst vierzehn, als sie zum Altar geführt wurde. Dies frühe Heiraten ist in Frankreich so üblich. Hier jedoch bilden Moissart, Voissart, Croissart und Froissart eine direkte absteigende Linie. Mein eigener Name wurde dann freilich Simpson, wie gesagt, und zwar durch Gesetzesakt und unter solchem Widerstreben meinerseits, daß ich eine Zeitlang tatsächlich schwankte, ob ich das Vermächtnis mit der daran geknüpften unnützen und ärgerlichen Klausel überhaupt annehmen sollte.

Was persönliche Vorzüge betrifft, so fehlt es mir daran in keiner Weise. Im Gegenteil, ich glaube, daß ich gar keine üble Figur mache und das besitze, was neun Zehntel der Welt ein hübsches Gesicht nennen würden. Meine Größe beträgt fünf Fuß elf. Mein Haar ist schwarz und lockig. Meine Nase besitzt leidliche Wohlgestalt. Meine Augen sind groß und grau; und wenn es ihnen tatsächlich auch in sehr genierlichem Grade an Sehkraft gebricht, so dürfte doch ihre Erscheinung keinerlei solches Gebresten vermuten lassen. Die Sichtschwäche selbst ist mir allerdings stets sehr lästig gefallen, und ich habe kein Heilmittel unversucht gelassen – ausgenommen das, Gläser zu tragen. Da ich jugendlich bin und gut aussehe, habe ich natürlich eine

Abneigung dagegen und es stets entschieden abgelehnt, mich ihrer zu bedienen. Tatsächlich wüßte ich nichts, was das Gesicht eines jungen Menschen derart entstellt oder einem jeden seiner Züge ein solches *air* von tumber Bravheit aufprägt, wenn nicht gar von Scheinheilig- und Ältlichkeit. Eine Lorgnette andererseits verleiht einen ausgesprochen geckenhaften und affektierten Anstrich. Bislang habe ich denn, so gut es eben gehen mochte, ohne derlei Beistand auszukommen gesucht. Doch schon zuviel von diesen rein persönlichen Details, die schließlich von geringem Belange sind. Ich will mich damit bescheiden, rasch noch anzufügen, daß mein Temperament sanguinisch ist, leicht entflammbar, glühend, enthusiastisch, – und daß ich mein Leben lang ein enragierter Frauenverehrer gewesen bin.

Eines Abends im letzten Winter betrat ich, in Gesellschaft eines Freundes, Mr. Talbot, eine Loge im P---Theater. Man gab eine Oper, und das Programm versprach eine sehr rare Attraktion, so daß das Haus brechend voll war. Wir erschienen jedoch rechtzeitig genug, um die Vordersitze zu belegen, die man für uns reserviert hatte und zu denen wir uns unter einiger Beschwerlichkeit mit den Ellbogen unsern Weg bahnten. Zwei Stunden lang widmete mein Gefährte, ein fanatischer Musikliebhaber, seine ungeteilte Aufmerksamkeit der Bühne; derweilen ich mich damit vergnügte, die Zuhörerschaft zu beobachten, die vorwiegend aus der *élite* der Stadt bestand. Nachdem ich mich in diesem Punkte zufriedengestellt, wollte ich meine Augen eben der *prima donna* zuwenden, als sie von einer Gestalt in einer der Privat-Logen angezogen und gefesselt wurden, die meiner Aufmerksamkeit bislang entgangen waren.

Und lebte ich tausend Jahre, – nie werd' ich die heftige Gefühlsaufwallung vergessen, mit der ich zu dieser Gestalt hinüberschaute. Es war die eines weiblichen Wesens – des herrlichsten, das ich je sah. Das Gesicht war so weit der Bühne zugewendet, daß es mir einige Minuten lang nicht gegeben war, den vollen Anblick zu erhaschen, – doch die Form war *göttlich;* kein anderes Wort vermöchte seine herrliche Proportion hinlänglich auszudrücken – und selbst der Ausdruck ›göttlich‹ will mir jetzt, da ich ihn niederschreibe, lachhaft schwach erscheinen.

Die Magie fraulich-lieblicher Formen – der Zauber weiblicher Reize – war stets eine Macht, der zu widerstehen ich unmöglich gefunden hatte; doch hier war Liebreiz personifiziert, inkarniert, – das *beau idéal* meiner wildesten und verzücktesten Visionen. Die Gestalt, welche der Logen-Bau fast vollständig zu sehen erlaubte, war etwas über mittelgroß und näherte sich den majestätischen Maßen, ohne diese aber wirklich zu erreichen. Ihre vollkommene Fülle und *tournure* waren hinreißend. Das Haupt, mir nur von hinten sichtbar, wetteiferte in seinem Umriß mit dem der griechischen Psyche, und eher noch betont zur Schau gestellt denn verhüllt ward es von einer eleganten Haube aus *gaze aérienne,* die mich an den *ventus textilis* des Apuleius denken ließ. Der linke Arm hing über die Balustrade und machte mit seinem erlesenen Ebenmaß jeglichen Nerv in mir erbeben. Oben wurde er von einem jener lockeroffenen Ärmel drapiert, wie sie jetzt in Mode sind. Dieser reichte nur wenig über den Ellbogen hinab. Darunter trug sie einen Unterärmel aus hauchfeinem, dicht anliegendem Material, der in einer Krause aus reicher Spitze endete: die fiel entzückend zierlich über den Handrücken und ließ einzig die delikaten Finger frei, an deren einem ein – das sah ich gleich – außerordentlich wertvoller Diamantring funkelte. Die admirable Ründe des Handgelenks ward höchst graziös von einem Armbande hervorgehoben, das es umschloß und ebenfalls von einer prächtigen *aigrette* aus Juwelen geschmückt und zusammengehalten ward, – es kündete, in nicht mißzuverstehenden Worten, zugleich den

Reichtum und den wählerisch-verwöhnten Geschmack seiner Trägerin.

Ich starrte wohl wenigstens eine halbe Stunde zu dieser königlichen Erscheinung hinüber, wie wenn ich mit einem Male zu Stein geworden wäre; und derweil empfand ich voll die Kraft und Wahrheit alles dessen, was je über ›Liebe auf den ersten Blick‹ gesagt oder gesungen. Meine Empfindungen waren grundverschieden von allen, die ich bisher – selbst in Gegenwart der gefeiertsten Muster weiblicher Lieblichkeit – erfahren hatte. Eine unerklärliche und – wie ich wohl in Erwägung ziehen muß – *magnetische* Sympathie von Seele zu Seele schien nicht nur mein Schauen, sondern meine ganzen Denk- und Fühlenskräfte auf den bewundernswürdigen Gegenstand vor mir zu heften. Ich sah – ich fühlte – ich wußte, daß ich zutiefst, wahnsinnig, unwiderruflich liebte – und dies gar noch, ehe ich überhaupt das Antlitz der geliebten Person gesehen. So heftig war in der Tat die Leidenschaft, die mich verzehrte, daß ich wirklich glaubte, sie würde nur – wenn überhaupt – geringe Minderung erfahren haben, hätten sich die noch ungeschauten Züge als von nur gewöhnlichem Charakter erwiesen; so anomal ist die Natur der einzig wahren Liebe – der Liebe auf den ersten Blick – und so wenig ist sie in Wirklichkeit abhängig von den äußern Bedingungen, welche sie nur zu schaffen und zu kontrollieren scheinen.

Während ich noch wie eingehüllt war von Bewunderung für diese liebreizende Erscheinung, veranlaßte sie eine jähe Unruhe im Publikum, mir ihren Kopf halb zuzuwenden, so daß ich ihr Antlitz in vollem Profil erblickte. Seine Schönheit ging noch weit über meine vorahnenden Erwartungen – und doch war etwas daran, das mich enttäuschte, ohne daß ich exakt hätte sagen können, was es war. Ich sagte, es ›enttäuschte‹ mich, doch ist dies nicht eigentlich das rechte Wort. Meine Empfindungen waren in eins beruhigt und aufgewühlt. Sie hatten weniger von Heftigkeit und mehr von stiller Begeisterung an sich – enthusiastische Ruhe. Dieser Gefühlszustand rührte vielleicht von dem madonnengleichen und matronenhaften *air* des Gesichts; und doch erkannte ich sogleich, daß er nicht hiervon allein hatte aufkommen können. Es gab da noch etwas Anderes – irgendein Geheimnis, das ich nicht zu entdecken vermochte – irgendeinen Ausdruck auf ihren Zügen, der mich leicht verstörte, indessen er meine Teilnahme überaus erhöhte. Tatsächlich befand ich mich just in jener Gemütsverfassung, in der ein leichterregbarer junger Mann zu allen möglichen Extravaganzen fähig ist. Wäre die Dame allein gewesen, ich hätte ganz zweifellos ihre Loge betreten und sie um jeden Preis angesprochen; doch glücklicherweise befand sie sich in doppelter Gesellschaft – eines Herrn und einer auffallend schönen Frau, die allem Anschein nach ein paar Jahre jünger war denn sie selber.

Ich wälzte wohl tausend Pläne in meinem Hirn, wie ich's, hernach, zuwege bringen könnte, der älteren Dame vorgestellt zu werden, oder jedenfalls doch für den Augenblick ihre Schönheit bestimmter zu Gesicht bekommen möchte. Wohl hätte ich mir einen Platz genommen, der näher dem ihren gelegen, doch machte dies das vollbesetzte Theater unmöglich; und die strengen Vorschriften des Mode-Brauchs hatten neuerdings, in einem Fall wie diesem, kategorisch die Benutzung des Opernglases verboten, selbst wenn ich so glücklich gewesen wäre, eines bei mir zu haben – aber das war nicht der Fall – und so saß ich denn verzweifelt da.

Schließlich besann ich mich, meinen Gefährten anzugehen.

»Talbot«, sagte ich, »*Sie* haben doch ein Opernglas. Geben sie es mir.«

»Ein Opernglas? – aber nein! – was, meinen Sie, sollte *ich* wohl mit einem Opernglase anfangen!« Und ungeduldig wandte er sich wieder der Bühne zu.

»Aber, Talbot«, fuhr ich fort und zog an seiner Schulter, »hören Sie mir doch einmal zu, ja? Also – sehen Sie die Proszeniumsloge? – dort? – nein, die nächste. – Erblickten Sie je ein Weib von solchem Liebreiz?«

»Sie ist sehr schön, kein Zweifel«, sagte er.

»Ich frage mich, wer sie sein mag!«

»Was denn – also das ist ja himmlisch – Sie wissen wirklich nicht, wer sie ist? ›Wer sie nicht kennt, ist selber unbekannt.‹ Sie ist die gefeierte Madame Lalande – die Schönheit des Tages *par excellence* – und Gesprächsgegenstand der ganzen Stadt. Unermeßlich reich auch – Witwe – und eine großartige Partie – ist grad von Paris angekommen.«

»Sie kennen sie?«

»Ja – ich habe die Ehre.«

»Wollen Sie mich bei ihr einführen?«

»Aber gewiß – mit dem größten Vergnügen; wann soll es sein?«

»Morgen, um eins; ich treffe Sie bei B-----'s.«

»Sehr schön; und nun halten Sie aber den Mund, wenn's geht.«

Was dies letztere betrifft, so mußte ich mich wohl oder übel Talbots Weisung fügen; denn gegen jede weitere Frage oder Andeutung stellte er sich störrisch taub und beschäftigte sich für den Rest des Abends ausschließlich mit dem, was auf der Bühne vor sich ging.

Inzwischen wandte ich kein Auge von Madame Lalande, und schließlich widerfuhr mir das Glück, einen vollen Blick von vorn auf ihr Gesicht zu gewinnen. Es war von berückender Lieblichkeit; dies hatte mein Herz mir natürlich schon vorher gesagt, ganz abgesehen davon, daß Talbot mir in diesem Punkte volle Gewißheit gegeben hatte, – doch nach wie vor verstörte mich jenes ungreifliche Etwas. Ich deutete's mir schließlich so, daß meine Sinne von einem gewissen Fluidum des Ernstes, der Trauertrübe oder – noch genauer – der Abgespanntheit beeindruckt seien, das dem Gesichte etwas von seiner Jugend und Frische nahm, nur um es freilich mit seraphischer Zartheit und Majestät auszustatten und damit in meinem enthusiastischen und romantischen Temperament eine zehnfache Teilnahme zu wecken.

Derweilen sich so meine Augen weideten, merkte ich's schließlich, zu meiner redlichen Bestürzung, an einem fast unmerklichen Stutzen, daß die Dame plötzlich meines intensen Starrens gewahr geworden. Noch war ich von Grunde auf fasziniert und konnte den Blick nicht abwenden, und wäre's auch nur für einen Augenblick gewesen. Sie kehrte das Gesicht zur Seite, und wieder sah ich einzig die gemeißelte Kontur ihres Hinterhaupts. Nach einigen Minuten brachte sie, ganz wie von Neugier getrieben, zu sehn, ob denn mein Blick noch immer an ihr hinge, schrittweis' das Angesicht erneut herum und begegnete erneut meinem brennenden Starren. Ihre großen dunkeln Augen senkten sich im Moment, und eine tiefe Röte deckte ihre Wange. Doch wer beschreibt mein Erstaunen, als ich bemerkte, daß sie bei diesem zweiten Male nicht nur den Kopf nicht abwendete, sondern wahrhaftig von ihrem Gürtel eine Doppel-Lorgnette nahm – sie hob – sie adjustierte – und mich sodann hindurch betrachtete, nachhaltig, kalten Bluts, Minuten lang.

Wäre ein Blitzzack zu meinen Füßen eingeschlagen, ich hätte darob kaum gründlicher bestürzt sein können – doch nur bestürzt, nicht etwa gar beleidigt oder, sei's auch im leisesten Grade, davon abgestoßen; obschon solch kühne Handlung bei jeder andern Frau beleidigend oder abstoßend hätte wirken müssen. Doch das Ganze geschah mit so viel Gleichmut – so viel *nonchalance* – so viel gelaßner Ruhe – kurz, mit solch offenbarem *air* von höchster Bildung –, daß nichts von bloßer Ungezogenheit erkennbar war und sich in mir als einziges Empfinden Bewunderung und Überraschung regten.

Ich nahm's nun wahr, daß sie, beim ersten Heben der Lorgnette, anscheinend mit einer momentanen Musterung meiner Person zufrieden gewesen war und das Instrument sinken ließ, als sie, wie von einem zweiten Gedanken durchzuckt, es wieder ansetzte und so fortfuhr, mich mit beharrter Aufmerksamkeit zu mustern, und zwar erneut Minuten lang – zu allermindest fünf Minuten lang, dess' bin ich sicher.

Dies in einem amerikanischen Theater so sonderliche Verhalten erregte die breiteste Obacht und ließ im Auditorium eine unbestimmte Bewegung aufkommen, oder ein Flüstersummen, das mich, momentlang, mit Verwirrung füllte, doch auf die Züge von Madame Lalande keinerlei sichtbare Wirkung übte.

Nachdem sie ihre Neugier – wenn's das war – befriedigt, senkte sie das Glas und widmete ihr Augenmerk gelassen wiederum der Bühne; ihr Profil dabei wie vorher hin zu mir gewendet. Ich fuhr fort, sie unablässig zu beobachten, obschon ich mir der Unmanierlichkeit solchen Tuns durchaus bewußt war. Jetzt sah ich das Haupt langsam und leicht seine Stellung verändern; und bald schon ward ich überzeugt, daß die Dame, indessen sie sich den Anschein gab, zur Bühne hin zu blicken, in Wahrheit mich aufs angelegentlichste betrachtete. Es ist überflüssig zu erwähnen, welche Wirkung dies Verhalten, auf Seiten einer so faszinierenden Frau, auf meinen erreglichen Sinn übte.

Nachdem sie mich wohl eine Viertelstunde lang forschend gemustert, wendete sich der liebliche Gegenstand meiner Leidenschaft an den Herrn, der sie begleitete, und während sie noch sprach, ersah ich's mit Bestimmtheit an den Blicken Beider, daß ihre Unterhaltung sich auf mich bezog.

Als sie beendigt, wandte sich Madame Lalande erneut der Bühne zu, und für einige Minuten schien sie nun ganz in die Darbietungen versunken. Als diese Zeit jedoch vorüber war, packte mich doch ein äußerstes Maß von Erregung, da ich sie nun zum zweiten Male die Lorgnette auseinanderklappen sah, die ihr am Gürtel hing: wie vorher richtete sie voll das Glas auf mich, und ohngeacht' des neuerlichen Flüsterns im Publikum, maß-musterte sie mich von Kopf bis Fuß mit jener selben wunderbaren Gemütsgelassenheit, die mir die Seele vorher so verzückt und so verworren hatte.

Dies außerordentliche Verhalten, das mich in ein förmliches Fieber der Erregung warf – ja in ein absolutes Liebes-Delirium –, diente mir eher zur Ermutigung, denn daß es mir den Ansporn dämpfte. Im wahnwitzigen Gestüme meiner Verehrung vergaß ich alles um mich her und sah nur noch die majestätische Lieblichkeit der Vision, die meinem Stier-Blick gegenüber stand. Als ich einmal die Zuhörerschaft vollauf mit der Oper beschäftigt glaubte, ergriff ich die Gunst der Gelegenheit, richtete fest mein Auge auf die Blicke von Madame Lalande und machte ihr momentlang eine leichte, doch unmißverständliche Verbeugung.

Sie errötete aufs Tiefste – dann wandte sie die Augen ab – dann schaute sie sich langsam und mit Vorsicht um, offenbar um zu sehen, ob meine übereilte Tat bemerkt worden sei – dann beugte sie sich zu dem Herrn hinüber, der an ihrer Seite saß.

Ich empfand nunmehr brennend die Ungehörigkeit, die ich begangen hatte, und erwartete nichts weniger als ein augenblickliches, mich bloßstellendes Aufsehen; derweilen eine Vision von Pistolen, anderntags auf mich gerichtet, mir rasch und unbehaglich durchs Gehirn flutete. Ich fand jedoch höchste und unmittelbare Erleichterung, als ich sah, wie die Dame lediglich wortlos jenem Herrn einen Theaterzettel reichte; doch mag der Leser sich einen schwachen Begriff von meinem Erstaunen machen – von meiner zutiefsten *Bestürzung* – von meiner wahnwitzigen Herzens- und Seelenverwirrnis –, da sie nun, im Augenblick danach, sich wiederum verstohlen rund umschaute und voll und fest ihr leuchtend' Auge auf dem meinen ruhen ließ, um dann mit schwachem Lächeln eine blitzende Reihe von perlengleichen Zähnen zu enthüllen und zweimal offen und bestimmt und ganz unzweifelhaft zustimmend das Haupt zu neigen.

Natürlich ist es nutzlos, sich bei meiner Freude aufzuhalten – bei meinem Entzücken – bei meiner schrankenlosen Herzens-Ekstase. Wenn je ein Mensch vor übermaßenem Glück wahnsinnig war, so ich in diesem Augenblick. Ich liebte. Ich liebte zum *ersten* Male – so empfand ich's. Es war erhabenste, war unbeschreibliche Liebe. Es war ›Liebe auf den ersten Blick‹; und auf den ersten Blick insgleichen war sie erkannt, gewürdigt *und erwidert* worden.

Ja, erwidert. Wie und warum sollt' ich daran nur einen Augenblick zweifeln? Wie anders sollt' ich es mir auslegen – dies Verhalten einer so entzückenden Dame – die zudem so wohlhabend – so augenscheinlich besterzogen – von so hoher Bildung – so hoher gesellschaftlicher Stellung – und in jeder Hinsicht so vollkommen respektabel war, wie's mein Gefühl mir von Madame Lalande versicherte? Ja, sie liebte mich – sie erwiderte die Begeisterung meiner Liebe mit einer Begeisterung, die ebenso blind – ebenso unnachgiebig – unberechnend – hingegeben – ja schier schrankenlos war wie die meine! Diese köstlichen Phantasien und Gedankenwiderspiele wurden nun jedoch vom Fall des Zwischenaktsvorhangs unterbrochen. Die Zuhörerschaft erhob sich; und das übliche Getümmel setzte unmittelbar ein. Indem ich Talbot auf dem Fleck verließ, unternahm ich jede Anstrengung, mir einen Weg in größere Nähe von Madame Lalande zu bahnen. Doch nachdem mir das die drängende Menge vereitelt, gab ich schließlich die Jagd auf und lenkte meine Schritte heimwärts; wobei mich in meiner Enttäuschung, nicht einmal den Saum ihres Kleides berührt haben zu können, die

Überlegung tröstete, daß ich am nächsten Morgen ja von Talbot in aller Form bei ihr eingeführt werden sollte.

Dieser Morgen kam denn endlich auch heran; das heißt – am Ende einer langen und quälerischen Nacht des Ungeduldens dämmerte ein Tag herauf; und dann noch krochen die Stunden bis ein Uhr schier wie im Schneckengang dahin, ödweilig und unzählbar. Doch selbst Stambul, so heißt es, hat ein Ende, und so lief auch diese lange Frist denn endlich ab. Die Uhr schlug. Als das letzte Echo verklungen war, trat ich bei B-----'s ein und erkundigte mich nach Talbot.

»Fort!« sagte der Bediente – Talbot's eigener.

»Fort?« wiederholte ich, indem ich ein halbes Dutzend Schritte zurückstolperte – »hör mal zu, mein schlauer Bursch, das ist ein Ding der Unmöglichkeit; damit kommst du mir nicht durch. Mr. Talbot ist sehr wohl zu Hause. Also – was ist los?«

»Nichts, Sir; nur daß Mr. Talbot nicht da ist. Das ist alles. Er ritt gleich nach dem Frühstück hinüber nach S---- und hinterließ die Nachricht, daß er nicht vor einer Woche wieder in der Stadt sein werde.«

Ich stand wie versteinert vor Schrecken und Wut. Ich mühte mich zu antworten, doch meine Zunge versagte mir den Dienst. Schließlich drehte ich mich auf dem Absatze um, graubleich vor Grimm, und wünschte innerlich die ganze Sippschaft der Talbots in die tiefsten Tiefen des Erebos. Es lag auf der Hand, daß mein rücksichtsvoller Freund, *il fanatico,* seine Verabredung mit mir vollkommen vergessen hatte – sie vergessen hatte, kaum daß sie getroffen war. Zu keiner Zeit war er besonders gewissenhaft ein Mann von Wort. Da ließ sich nun nichts ändern; ich unterdrückte also meinen Ärger, so gut es gehen wollte, schlenderte verdrossen die Straße dahin und plagte einen jeden männlichen Bekannten, den ich traf, mit unnützen Erkundigungen nach Madame Lalande. Gehört hatten, so fand ich, schon alle von ihr – viele kannten sie von Ansehen – doch weilte sie erst ein paar Wochen in der Stadt, und daher gab es nur Wenige, die sich ihrer persönlichen Bekanntschaft rühmen konnten. Diese Wenigen aber waren immer noch verhältnismäßig Fremde für sie, und so konnten – oder wollten – sie sich nicht die Freiheit nehmen, mich auf dem Wege einer formellen Morgenvisite bei ihr einzuführen. Indessen ich so noch in Verzweiflung stand und mich mit einem Trio von Freunden über das eine, alles absorbierende Thema meines Herzens unterhielt, traf es sich, daß dieses Thema leibhaftig des Weges kam.

»Sowahr ich lebe, dort ist sie!« rief einer.

»Fabelhafte Schönheit!« begeisterte sich ein zweiter.

»Ein Engel auf Erden!« stieß ein dritter hervor.

Ich blickte auf; und in einer offenen Kutsche, die langsam die Straße herab auf uns zu kam, saß die bezaubernde Vision aus der Oper, begleitet von der jüngeren Dame, die mit ihr die Loge geteilt hatte.

»Ihre Gefährtin hat sich auch bemerkenswert gut gehalten«, sagte der eine aus meinem Trio, der zuerst gesprochen hatte.

»Phänomenal«, sagte der zweite; »immer noch brillant beisammen; tja, die Kunst tut Wunder. Mein Wort darauf, sie sieht sogar noch besser aus als vor fünf Jahren in Paris. Eine schöne Frau immer noch; – meinen Sie nicht auch, Froissart? – Simpson, wollte ich sagen.«

»Immer *noch?«* fragte ich, »warum sollte sie's denn nicht sein? Doch mit ihrer Freundin verglichen ist sie wie ein Binsenlicht gegen den Abendstern – ein Glühwürmchen gegen den Antares.«

»Ha! ha! ha! – also Simpson, Sie haben ein erstaunliches Fingerspitzengefühl für Entdeckungen – originelle, meine ich.« Und hier trennten wir uns, derweil einer aus dem Trio anfing, einen übermütigen *vaudeville* zu summen, von dem ich einzig die Zeilen verstand –

Ninon, Ninon, Ninon à bas –
A bas Ninon de L'Enclos!

Während dieser kleinen Szene jedoch hatte mir eines höchstlich zum Trost gereicht, obgleich es die Leidenschaft nur nährte, von der ich verzehrt ward. Als die Kutsche von Madame Lalande an unserer Gruppe vorüberrollte, hatte ich gemerkt, daß meine Angebetete mich erkannte; ja mehr noch als dies – sie hatte mich, ganz eindeutig zum Zeichen ihres Wiedererkennens, mit einem Lächeln beglückt, wie es seraphischer sich gar nicht denken läßt.

Was eine Einführung bei ihr betraf, so war ich gezwungen, alle Hoffnung darauf fahren zu lassen, bis es Talbot gefällig sein würde, vom Lande zurückzukehren. In der Zwischenzeit suchte ich unermüdlich sämtliche reputabeln öffentlichen Vergnügungsstätten auf; und schließlich widerfuhr mir in dem Theater, da ich sie zum ersten Male gesehen, die höchste Seligkeit, sie zu treffen und erneut mit ihr Blicke tauschen zu können. Doch traf sich dies nicht eher, als zwei Wochen verstrichen waren. Jeden Tag inzwischen hatte ich nach Talbot in seinem *hôtel* gefragt, und jeden Tag war ich in einen förmlichen Krampf von Grimm verfallen beim ewiggleichen ›Noch nicht heimgekommen‹ seines Bedienten.

An jenem fraglichen Abende befand ich mich daher in einem Zustand, der vom Wahnsinn nur noch wenig entfernt war. Madame Lalande, so hatte man mir gesagt, war Pariserin – war kürzlich erst von Paris hier eingetroffen – – konnte sie nicht ganz plötzlich zurückkehren? – zurückkehren, noch ehe Talbot wieder da war, – und konnte sie nicht so auf immer mir verloren sein? Der Gedanke war zu schrecklich, um ihn zu ertragen. Da mein Zukunftsglück zur Entscheidung stand, entschloß ich mich, mit männlicher Dezision zu handeln. Kurz gesagt – als das Stück abbrach, folgte ich der Dame bis zu ihrer Wohnung, notierte mir die Adresse und sandte ihr am nächsten Morgen einen ausführlichen und vollendet sorgsam abgefaßten Brief, in dem ich ihr mein ganzes Herz ausschüttete.

Ich redete kühn, frei – kurz, ich sprach mit Leidenschaft. Ich verhehlte nichts – nicht einmal meine Schwäche. Ich spielte auf die romantischen Umstände unserer ersten Begegnung an – ja selbst auf die Blicke, welche zwischen uns hin und her gegangen. Ich ging so weit auszusprechen, daß mein Gefühl mich ihrer Gegenliebe versichere; derweil ich diese Liebesversicherung und die Heftigkeit meiner eignen Verehrung als zwei Entschuldigungen für mein ansonsten unverzeihliches Betragen anführte. Zum dritten sprach ich von meiner Angst, sie könnte die Stadt verlassen, noch ehe mir Gelegenheit würde, formell ihr vorgestellt zu werden. Ich schloß die wildest-enthusiastischste Epistel, die nur je geschrieben, mit einer offenen Darlegung meiner weltlichen Umstände – meines üppigen Reichtums – und mit dem Antrag meines Herzens und meiner Hand.

In peinigendem Warten harrte ich der Antwort. Nachdem eine Zeit verstrichen, die mich ein Jahrhundert dünkte, kam sie.

Ja, *sie kam tatsächlich.* So romantisch dies alles auch erscheinen mag, – ich empfing wirklich einen Brief von Madame Lalande – der schönen, der reichen, der abgöttisch verehrten Madame Lalande. Ihre Augen – ihre herrlichen Augen hatten ihr edles Herz nicht getrogen. Wie eine echte Französin, die sie war, hatte sie dem freimütigen Befehl ihres Geistes gehorcht – den erhabenen Trieben ihrer Natur – und allen konventionellen Prüderien der Welt Trotz geboten. Sie hatte meiner Anträge *nicht* gespottet. Sie hatte *nicht* im Schweigen Zuflucht gesucht. Sie hatte meinen Brief *nicht* ungeöffnet zurückgehen lassen. Sie hatte mir sogar Antwort gesandt, geschrieben von ihren eigenen köstlichen Fingern. Der Brief lautete folgendermaßen:

»Monsieur Simpson wird mich verzeihen, für daß ich nicht schreiben kann die schöne Spreche von sein Land so wohl als möchte. Es ist nur kurz, daß ich bin angekommen, und 'abe noch nicht Gelegenheit, ihr zu – l'étudier.

Was mit den Entschuldigung für die manières, so will nur sagen, daß hélas! – Monsieur Simpson 'aben nur zu gutt geraten. Muß ich sagen mehr? Hélas! – 'ab ich nicht schon zuviel gesagen?

Eugénie Lalande.«

Dies edel-beseelte Billet küßte ich wohl millionen Male, und ohne Zweifel trieb's mich noch zu tausend andern Extravaganzen, die meinem Gedächtnis entkommen sind. Und immer noch wollte Talbot *partout* nicht zurückkehren. Ach! hätte er sich nur den leisesten Begriff von der Seelenpein machen können, die seine Abwesenheit seinem Freunde bereitete, – hätte ihn nicht seine mitfühlende Natur auf der Stelle zu meiner Erleichterung herbeifliegen lassen? Doch immer noch kam er nicht. Ich schrieb. Er antwortete. Dringend Geschäftliches halte ihn ab – doch werde er in Kürze wiederkehren. Er bat mich, doch nicht ungeduldig zu sein – meine Hitzigkeit zu mäßigen – lindernder Lektüre zu pflegen – nichts Stärkeres zu trinken denn Rheinwein – und bei den Tröstungen der Philosophie Beistand zu suchen. Der Narr! – wenn er denn selber nun nicht kommen konnte, warum – bei allem, was Vernunft hat – konnte er mir dann aber nicht ein Empfehlungsschreiben beischließen? Ich schrieb ihm erneut und flehte ihn an, mir doch sogleich eines zu übersenden. Mein Brief ward von *jenem* Bedienten retourniert (der Schurke hatte sich unterweil zu seinem Herrn aufs Land begeben) und trug auf der Rückseite den folgenden Bleistiftvermerk: »Hat S---- gestern verlassen, Ziel unbekannt – sagte nicht, wohin – oder wann zurück – ich hielt es darum für das beste, Ihren Brief rückzusenden; kannte Ihre Handschrift – wußte, daß eilig – wie mehr oder minder stets bei Ihnen.

Ergebenst, Stubbs.«

Es ist wohl überflüssig, extra zu vermerken, daß ich nach diesen Zeilen sowohl dem Herrn als seinem Diener sämtliche höllischen Gottheiten auf den Hals wünschte: – doch es brachte nichts ein, sich aufzuregen, und schon gar nicht fand ich irgend Trost im Klagen.

Doch immer blieb mir noch das Mittel meiner angeborenen Verwegenheit. Bislang hatte sie mich wohlbedient, und nunmehr entschloß ich mich, sie mir auch bis zum Ende helfen zu lassen. Außerdem – welchen Akt der bloßen Formlosigkeit konnte ich nach den Briefen, die wir gewechselt hatten, eigentlich – in Grenzen – noch begehen, den Madame Lalande als ungehörig hätte betrachten müssen? Seit der Affäre mit dem Brief hatte ich pfleglich ihr Haus beobachtet und so entdeckt, daß es zur Dämmerungsstunde ihre Gewohnheit war, auf einem unter ihren Fenstern liegenden Platze zu promenieren, begleitet einzig von einem Diener in Livree. Hier, inmitten des üppigen und schattigen Hains, in der grauen Dämmernis eines duftigen Mittsommer-Abends, ergriff ich meine Gelegenheit und sprach sie an.

Um den begleitenden Diener desto besser zu täuschen, gab ich mir das sichere Gehaben eines alten und vertrauten Bekannten. Mit echt Pariserischer Geistesgegenwart griff sie den Einfall alsogleich auf und streckte mir, mich zu begrüßen, die bestrickend-entzückendsten Händchen hin. Der Diener zog sich augenblicklich in den Hintergrund zurück, und nun sprachen wir, die Herzen bis zum Überfließen voll, lange und rückhaltlos von unserer Liebe.

Da Madame Lalande das Englische noch weniger geläufig sprach, als sie es schrieb, erfolgte unsere Konversation notwendigerweise auf Französisch. In dieser wohlklingenden Sprache, die für die Leidenschaft ganz wie geschaffen ist, ließ ich der stürmischen Begeisterung meiner Natur freien Lauf und erflehte mit aller Beredsamkeit, der ich gebieten konnte, ihre Einwilligung zu einer sofortigen Eheschließung.

Über diese Ungeduld lächelte sie. Sie brachte die alte Geschichte vom Dekorum vor – jenem Popanz, der so Viele von der Seligkeit abhält, bis die Gelegenheit zum Seligsein für immer vorüber ist. Ich hätte höchst unklugerweise unter meinen Freunden bekannt gemacht, so bemerkte sie, daß ich ihre, Madame Lalande's, Bekanntschaft suchte – woraus hervorginge: daß ich sie nicht besäße – woraus wiederum hervorginge: daß es keine Möglichkeit gebe, das Datum unseres ersten Kennenlernens zu verheimlichen. Und dann wies sie, mit einem Erröten, darauf hin, wie so überaus jung doch diese unsere Bekanntschaft wäre. Eine sofortige Heirat würde unpassend sein – wäre unschicklich – wäre *outré*. All dies brachte sie mit einer bezaubernden *naïveté* vor, welche mich entzückte, doch auch zugleich betrübte und überzeugte. Sie ging sogar so weit, mich lachend der Übereilung zu zeihen – der Kopflosigkeit. Sie bat mich, doch zu bedenken, daß ich nicht einmal wirklich wüßte, wer sie sei – was ihre Aussichten wären, ihre Verbindungen, ihre Stellung in der Gesellschaft. Sie bettelte, doch mit einem Seufzen, ich möchte meinen Antrag noch einmal genau erwägen, und nannte meine Liebe eine Verblendung – ein Irrlicht – eine Phantasterei oder eine Grille des Augenblicks, eine grundlose und unbeständige Schöpfung eher der Einbildungskraft denn des Herzens. Diese Dinge äußerte sie, als die Schatten des milden Zwielichts sich dunkel und immer dunkler um uns verdichteten – und dann stieß sie mit einem sanften Druck ihrer elfenhaften Hand in einem einzigen süßen Augenblick das ganze Gebäude ihrer Argumente wieder um, das sie aufgerichtet hatte.

Ich erwiderte ihr, wie ich's eben nur vermochte – wie's nur ein wahrhaft Liebender vermag. Ich sprach mit längerer Beharrlichkeit von meiner Verehrung, meiner Leidenschaft – von ihrer außerordentlichen Schönheit und meiner eigenen begeisterten Bewunderung. Zum Schluß verweilte ich, mit zwingendem Drängen, bei den Fährnissen, die den Weg der Liebe umlauern – jenen Weg echter Liebe, der noch niemals glatt und eben verlief, – und zeigte daraus auf, wie augenfällig riskant es wäre, diesen Weg unnötig lang werden zu lassen.

Dies letztere Argument schien schließlich die starre Strenge ihres Entschlusses zu erweichen. Sie gab nach; doch sei da noch ein Hindernis, so sagte sie, das ich nach ihrem Empfinden gewißlich nicht gebührend in Erwägung gezogen hätte. Es sei ein wenig delikat für eine Frau, diesen Punkt vorzubringen, zumal noch so; sie sehe indes, sie müsse ihn erwähnen und ein Opfer ihrer Gefühle bringen; doch sei für mich kein Opfer ihr zu groß. Sie spiele auf das Thema ›Alter‹ an. Sei mir denn klar – sei mir auch gänzlich deutlich, was für ein Unterschied da zwischen uns bestehe? Daß das Alter des Ehemannes das seiner Frau um ein paar Jahre – ja selbst um fünfzehn oder zwanzig – übertreffe, gelte in der Welt für zulässig und in der Tat gar ganz als in der Ordnung: doch hätte sie sich stets mit dem Glauben getragen, daß die Jahre der Frau *niemals* über die des Mannes hinausgehen sollten. Eine Diskrepanz von so unnatürlicher Art führe ach! nur allzu häufig zu einem Dasein voll Unglück. Nun sei ihr deutlich, daß mein Alter nicht über zweiundzwanzig Jahre reiche; doch sei dagegen *mir* vielleicht denn doch entgangen, daß die Jahre meiner Eugénie um recht Erkleckliches über diese Zahl hinausgingen.

Aus all diesem sprach ein Seelenadel – eine edle Redlichkeit – die mich beglückte – die mich verzückte – die mich auf ewig an sie kettete. Kaum vermochte ich dem exzessiven Freudenrausch zu gebieten, der über mich kam.

»Meine holdeste Eugénie«, rief ich, »was liegt an all dem, was Sie hier vorbringen! Ihre Jahre übertreffen in einigem Maße die meinen. Nun gut; doch was tut's! Die Sitten der Welt bestehen aus so vielen konventionellen Torheiten. Wo ist für Liebende wie uns ein Unterschied zwischen einem Jahr und einer Stunde? Ich bin zweiundzwanzig, sagen Sie; zugegeben: tatsächlich mögen Sie mich ebenso wohl auch dreiundzwanzig nennen. Nun können Sie selber, meine teuerste Eugénie, doch kaum mehr Jahre zählen als – können kaum älter sein als – ich meine, kaum älter als – als – als – als –« Hier hielt ich einen Augenblick inne, in der Erwartung, Madame Lalande werde mich unterbrechen, indem sie ihr wahres Alter ergänzte. Doch eine Französin ist selten direkt und hat auf eine heikle Frage stets irgendeine kleine praktische Erwiderung eigener Art parat. Im gegenwärtigen Fall ließ Eugénie, die ein paar Augenblicke lang zuvor anscheinend nach irgendetwas in ihrem Busen gesucht hatte, schließlich ein Miniaturbild ins Gras fallen, das ich sogleich aufhob und ihr hinreichte.

»Behalten Sie es!« sagte sie mit einem schier hinreißenden Lächeln. »Behalten Sie es um meinetwillen – um derwillen, die es nur allzu schmeichelhaft vorstellt. Außerdem mögen Sie vielleicht auf der Rückseite des bescheidenen Schmuckes jene Auskunft finden, welche Sie sich zu wünschen scheinen. Es wird jetzt wahrhaftig ziemlich dunkel – doch können Sie's ja morgen in aller Muße untersuchen. Inzwischen sollen Sie mich heute abend heimbegleiten. Meine Freunde wollen eine kleine musikalische *levée* halten. Ich kann Ihnen da auch etwas guten Gesang versprechen. Wir Franzosen sind nicht annähernd so zimperlich wie Sie hier in Amerika, und ich werde keine Schwierigkeit haben, Sie als einen guten alten Bekannten mit einzuschmuggeln.«

Bei diesen Worten nahm sie meinen Arm, und ich geleitete sie heim. Ihre Wohnung war hochelegant und, glaube ich, nach gutem Geschmack eingerichtet. Über dies letztere darf ich mir freilich ein Urteil kaum erlauben; denn als wir ankamen, war es schon dunkel; und in amerikanischen Häusern der besseren Klasse treten Lichter während der Sommerhitze selten zu dieser, der annehmlichsten Tageszeit in Erscheinung. Etwa eine Stunde nach meinem Eintreffen, das ist sicher, wurde eine einzige abgeschirmte Solarlampe im Hauptsalon entzündet; und dieses Appartement, so konnte ich denn sehen, war mit ungewöhnlich gutem Geschmack, ja prunkhaft ausgestattet; doch zwei andere Räume der Suite, in denen die Gesellschaft sich in der Hauptsache zusammenfand, blieben während des ganzen Abends in sehr angenehmem Schattendunkel. Es ist das eine wohlerdachte Sitte, denn sie läßt den Gästen wenigstens die Wahl zwischen Licht und Schatten, und unsere Freunde jenseits des Wassers haben sie denn auch sogleich mit bestem Grunde übernommen.

Der so verbrachte Abend war fraglos der wonnigste meines Lebens. Madame Lalande hatte die musikalischen Talente ihrer Freunde nicht übertrieben; und ein Gesang, wie ich ihn hier hörte, war mir noch nie so trefflich in einem privaten Zirkel zu Gehör gekommen, wenn ich von Wien einmal absehe. Der Instrumentalisten waren viele, und alle besaßen überragende Begabung. Die Vokalisten waren vorzüglich Damen, und keine von ihnen bot eine weniger denn gute Leistung. Als schließlich mit Nachdruck nach ›Madame Lalande‹ gerufen wurde, erhob sie sich sogleich ohne alles Zieren oder Bedenken von der *chaise longue*, auf welcher sie an meiner Seite gesessen, und begab sich, begleitet von einem oder zwei Herren und ihrer Freundin aus der Oper, zu dem Pianoforte im Hauptsalon. Ich hätte sie wohl selbst hinbegleitet, doch hielt ich's, unter den Umständen meiner Einführung im Hause, dann doch für besser, unbemerkt zu bleiben, wo ich war. So ward ich des Genusses beraubt, sie singen zu sehen; zu hören vermochte ich sie allerdings.

Der Eindruck, den sie auf die Gesellschaft hervorbrachte, schien förmlich elektrisch – doch die Wirkung auf mich selbst war gar noch mehr. Ich weiß sie nicht angemessen zu beschreiben. Zum Teil rührte sie zweifellos von dem Liebesempfinden her, von dem ich durchdrungen war; doch in der Hauptsache von meinem überzeugten Wissen um die extreme Empfindsamkeit der Sängerin. Schon jenseits des Bereichs der Kunst liegt es, Arie oder Rezitativ einen leidenschaftlicheren *Ausdruck* zu geben, denn ihrer war. Ihr Vortrag der Romanze aus dem Otello – die Schattierung, mit der sie die Worte ›Sul mio sasso‹ aus den Capuletti wiedergab – das klingt noch jetzt in meinem Gedächtnisse nach. Ihre tiefe Lage war ein absolutes Mirakel. Ihre Stimme umfaßte drei volle Oktaven und reichte vom Kontraalt-D bis zum hohen D des Soprans, und obschon sie hinreichend mächtig war, den San Carlos zu füllen, führte sie doch jede Kniffligkeit der Gesangskomposition mit der differenziertesten Treue aus – auf- und niedersteigende Skalen, Kadenzen oder *fioriture*. Im Finale der Sonnambula brachte die Sängerin einen überaus merkwürdigen Effekt bei den Worten hervor:

Ah! non giunge uman pensiero
Al contento ond'io son' piena.

Sie modifizierte da, in Nachahmung der Malibran, die Originalphrase Bellinis, und zwar ließ sie ihre Stimme bis zum Tenor-G niedersteigen, um sodann, in jähem Übergang, das hohe G anzuschlagen – und also einen Sprung über ein Intervall von zwei Oktaven zu tun.

Nach dieser stimmlichen Wunderleistung erhob sie sich vom Pianoforte und kehrte auf ihren Platz an meiner Seite zurück, wo ich ihr, in Ausdrücken der tiefsten Begeisterung, mein Entzücken über ihren Vortrag aussprach. Von meiner Überraschung erwähnte ich nichts, und doch war ich ganz ungeheuchelt überrascht; denn eine gewisse Kraftlosigkeit oder vielmehr eine gewisse zittrige Unentschlossenheit, die ihrer Stimme in der gewöhnlichen Konversation eigen war, hatte mich wirklich nicht ahnen lassen, daß sie sich ihrer Aufgabe als Sängerin mit besonderm Talent entledigen werde.

Unsere Unterhaltung nun war lang, ernst, ununterbrochen und völlig rückhaltlos. Sie ließ mich mancherlei aus meinen früheren Lebensabschnitten berichten und lauschte jedem Wort meiner Erzählung mit atemloser Aufmerksamkeit. Nichts verschwieg ich ihrer vertrauensvollen Liebeszuneigung – fühlte ich doch, daß ich ein Recht hatte, ihr nichts zu verschweigen. Ermutigt von der Offenheit, mit der sie den delikaten Punkt ihres Alters behandelt hatte, ging ich mit vollkommenem Freimut nicht nur ausführlich auf viele meiner kleineren Fehler ein, sondern legte ein volles Bekenntnis jener innerlichen, ja gar jener körperlichen Schwächen ab, deren Enthüllung ein viel höheres Maß an Mut erfordert und darum ein desto sichererer Liebesbeweis ist. Ich berührte die Unbesonnenheiten meiner College-Jahre – meine Extravaganzen – meine Zechereien – meine Schulden – meine Liebeleien. Ich ging sogar so weit, von einem leicht hektischen Husten zu sprechen, der mich eine Zeitlang einmal geplagt hatte, – von einem chronischen Rheumatismus – von den stechenden Schmerzen einer ererbten Gicht – und zum Schluß von der widrigen und lästigen, doch bislang sorgsam gehüteten Schwäche meiner Augen.

»Was diesen letzteren Punkt betrifft«, sagte Madame Lalande lachend, »so war es gewißlich unbesonnen von Ihnen, ihn zu bekennen; denn ohne dieses Bekenntnis, das möchte ich doch für ausgemacht nehmen, hätte wohl Niemand Sie dieses Verbrechens geziehen. Nebenbei bemerkt«, fuhr sie fort, »erinnern Sie sich noch –« und hier, bildete ich mir ein, ward deutlich ein Erröten auf ihrer

Wange sichtbar – bei aller Dunkelheit des Appartements – »erinnern Sie sich vielleicht, *mon cher ami,* noch dieser kleinen Augenhilfe, die nun an meinem Halse hängt?«

Bei diesen Worten drehte sie in ihren Fingern eben jene Doppel-Lorgnette, welche mich in der Oper so in Verwirrung gebracht hatte.

»Aber ja – ach! und ob ich mich erinnere!« rief ich aus, indem ich leidenschaftlich die zartfeine Hand drückte, die mir das Glas zur nähern Ansicht hinhielt. Es bildete ein kompliziertes und prächtiges Spielzeug, reich ziseliert und voller Filigran, und es glitzerten daran Juwelen, deren hohen Wert ich selbst bei dem so mangelhaften Licht gar nicht übersehen konnte.

»Eh bien! mon ami«, – und mich überraschte denn doch ein gewisses *empressement* in ihrem Verhalten, als sie nun fortfuhr – *»eh bien! mon ami,* Sie haben ernstlich eine Gunst von mir erbeten, welche Sie so gütig waren als unschätzbar zu bezeichnen. Sie baten mich auf morgen um meine Hand. Sollte ich diesem Antrage – und, so darf ich hinzufügen, der Stimme meines eigenen Herzens – Gehör schenken, – wäre es da unbillig von mir, wenn ich an Sie eine kleine – eine sehr kleine Gegenbitte richtete?«

»Sprechen Sie!« rief ich mit einem Ungestüm, das fast die Obacht der Gesellschaft auf uns gezogen hätte, und einzig deren Gegenwart hielt mich ab, mich meiner Angebeteten stürmisch zu Füßen zu stürzen. »Sprechen Sie, meine Geliebte, meine Eugénie, mein Eigen! – nennen Sie mir Ihre Bitte! – doch, ach! sie ist ja schon gewährt, noch ehe sie ausgesprochen.«

»Nun denn – Sie sollen, *mon ami«,* sagte sie, »um der Eugénie willen, die Sie lieben, jene kleine Schwäche überwinden, die Sie zuletzt eingestanden, – diese mehr innerliche, denn körperliche Schwäche – die so wenig, lassen Sie mich's Ihnen versichern, zum Adel Ihrer wahren Natur paßt – so unvereinbar ist mit der Redlichkeit Ihres Charakters – und die Sie, wenn Sie ihr nicht künftig Schranken setzen, gewißlich früher oder später in sehr widrige Verlegenheiten bringen wird. Um meinetwillen sollen Sie diese Eitelkeit überwinden, welche Sie, das geben Sie selber ja zu, zum stillschweigenden oder indirekten Verleugnen Ihrer Sehschwäche verleitet. Denn diese Schwäche bestreiten Sie virtuell, wenn Sie es ablehnen, sich der gebräuchlichen Mittel zu ihrer Linderung zu bedienen. So werden Sie mich wohl verstehen, wenn ich die Bitte an Sie richte, doch eine *Brille zu tragen:* – ah, still! – Sie haben ja bereits Ihr Einverständnis erklärt, sie zu tragen, *um meinetwillen.* Nehmen Sie denn das kleine Spielzeug, das ich hier in meiner Hand halte und das, obschon bewundernswürdig als Seh-Hilfe, als Schmuckstück wirklich von nicht gar so immensem Werte ist. Sie sehen, daß es durch eine geringfügige Veränderung – so – oder so – in Form einer Brille vor die Augen gesetzt oder in der Westentasche als Lorgnette getragen werden kann. Doch haben Sie bereits ja zugestimmt, sich in der erstern Weise, und gewohnheitsmäßig, seiner zu bedienen – *um meinetwillen.*« Dieses Ansinnen – muß ich's bekennen? – verwirrte mich in nicht geringem Grade. Doch die Bedingung, mit der es verknüpft war, ließ ein Zögern natürlich gar nicht in Frage kommen.

»Es gilt!« rief ich mit all der Begeisterung, die ich im Augenblick nur aufzubringen vermochte. »Es gilt – mit höchster Freude will ich's gelten lassen. Um Ihretwillen opfere ich jede Empfindlichkeit. Heute abend noch trage ich dies teuere Augenglas – als Lorgnette und auf meinem Herzen; doch beim ersten Dämmerschein des Morgens, der mir das Vergnügen bringt, Sie mein Weib zu nennen, will ich's mir auf die – auf die Nase setzen – und es fortan dort stetig tragen, in der zwar weniger romantischen und weniger modischen, doch dafür gewiß höchst zweckdienlichen Weise, die Sie wünschen.«

Unsere Unterhaltung wandte sich nun den Einzelheiten

unseres Arrangements für den nächsten Morgen zu. Talbot, so erfuhr ich von meiner Verlobten, war soeben wieder in der Stadt eingetroffen. Ihn sollte ich sogleich aufsuchen und eine Kutsche besorgen. Die *soirée* würde kaum vor zwei Uhr zu Ende gehen; und um diese Stunde sollte das Gefährt dann vor der Haustür sein; im Durcheinander, das beim Aufbruch der Gesellschaft entstehen würde, könnte Madame L. leicht unbemerkt einsteigen. Wir sollten dann beim Hause eines Geistlichen vorsprechen, der dienstbereit sein würde; dort getraut werden, Talbot entlassen, und zu einer kurzen Reise in den Osten aufbrechen; – die Modewelt mochte derweil zu Hause bleiben und sich über der Sache Kopf und Zunge zerbrechen, soviel sie nur wollte.

Nachdem wir dies alles geplant, empfahl ich mich sogleich und begab mich auf die Suche nach Talbot, konnte jedoch unterwegs nicht widerstehen und trat in einen Gasthof, um die Miniatur zu inspizieren; und das tat ich mit der wirksamen Hilfe der Lorgnette. Die Gesichtsbildung war über alle Maßen lieblich! Diese großen leuchtenden Augen! – diese stolze griechische Nase! – diese dunkeln üppigen Locken! – »Ah!« rief ich mir aufjauchzend selber zu, »ein wahrlich sprechendes Bildnis meiner Geliebten!« Ich wendete es um und entdeckte die Worte – ›Eugénie Lalande – im Alter von siebenundzwanzig Jahren und sieben Monaten‹.

Ich fand Talbot zu Hause und ging sogleich daran, ihn mit meinem Glücksgeschick bekannt zu machen. Er bezeigte äußerstes Erstaunen, natürlich, doch beglückwünschte er mich auf das herzlichste und trug mir jede Unterstützung an, die in seiner Macht stünde. Um es kurz zu machen: wir führten unser Arrangement bis auf den Buchstaben aus; und um zwei Uhr morgens, grad zehn Minuten nach der Trauungszeremonie, fand ich mich mit Madame Lalande – mit Mrs. Simpson, sollte ich sagen – in einer geschlossenen Kutsche, und mit großer

Geschwindigkeit fuhren wir aus der Stadt, in nordöstlicher Richtung.

Da wir die ganze Nacht über auf sein mußten, sollten wir, so hatte's uns Talbot bestimmt, eine erste Rast in C---- machen, einem etwa zwanzig Meilen von der Stadt gelegenen Dorfe, dort ein kleines Frühstück einnehmen und uns etwas ausruhen, ehe es auf unserer Route weiter ging. Genau um vier Uhr fuhr denn auch die Kutsche beim Hauptgasthof vor. Ich half meinem angebeteten Weibe hinaus und bestellte sogleich den Imbiß. Inzwischen wurden wir in ein kleines Gastzimmer gewiesen und setzten uns dort nieder.

Es war jetzt fast, wenn nicht schon gänzlich, Tag; und als ich hingerissen auf den Engel an meiner Seite blickte, schoß mir ganz plötzlich der sonderbare Gedanke durch den Kopf, daß ich mich in diesem Augenblick wahrhaftig zum allerersten mal seit meinem Bekanntwerden mit der gefeierten Lieblichkeit von Madame Lalande einer nähern Besichtigung dieser Lieblichkeit bei Tageslicht erfreuen konnte.

»Und nun, *mon ami«,* sagte sie, indem sie meine Hand nahm und so diesen Gedankengang unterbrach, »und nun, *mon cher ami,* da wir unlöslich eins sind – da ich deinen leidenschaftlichen Bitten Gehör geschenkt und meinen Teil unserer Verabredung erfüllt habe, darf ich wohl annehmen, daß du nicht vergaßest, wie auch du eine kleine Gunst zu erweisen hast –, denn gewiß doch willst du das kleine Versprechen halten, das du gabst. Ah! laß mich sehen! Laß mich nachdenken! Ja; ganz leicht entsinne ich mich des vollen Wortlauts jenes teueren Versprechens, das du Eugénien letzten Abend gabst. Höre! du sagtest folgendes: ›Es gilt – mit höchster Freude will ich's gelten lassen. Um Ihretwillen opfere ich jede Empfindlichkeit. Heut abend noch trage ich dies teuere Augenglas – als Lorgnette und auf meinem Herzen; doch beim ersten Dämmerschein des Morgens, der mir das Vorrecht bringt, Sie mein Weib zu nennen, will ich's mir auf die – auf die Nase setzen – und es fortan dort stetig tragen, in der zwar weniger romantischen und weniger modischen, doch dafür gewiß höchst zweckdienlichen Weise, die Sie wünschen.‹ Das waren die genauen Worte, mein geliebter Gatte, nicht wahr?«

»Das waren sie«, sagte ich; »du hast ein ausgezeichnetes Gedächtnis; und ganz gewiß doch, meine entzückende Eugénie, besteht auf meiner Seite keinerlei Neigung, der Erfüllung des geringen Versprechens, das sie enthalten, auszuweichen. Sieh her! Nun? Sie steht mir sogar – einigermaßen – nicht wahr?« Und hier setzte ich die Gläser, nachdem ich sie in gewöhnliche Brillenform gebracht, bedächtig an die ihnen zukommende Stelle; indessen Madame Simpson ihre Haube zurechtrückte, die Arme verschränkte und sich kerzengerade in ihrem Stuhl aufrichtete, zu einer etwas steifen und gekünstelten und in der Tat nicht eben sehr würdevollen Haltung.

»Allgütiger Himmel!« rief ich da aus, im gleichen Augenblick fast, da der Brillenrand meine Nase berührte – »Oh du allgütiger Himmel! – was – was mag nur mit dieser Brille sein?« und indem ich sie rasch abnahm, putzte ich die Gläser mit einem seidenen Taschentuch, um sie sodann wieder aufzusetzen.

Doch wenn im ersten Augenblick etwas geschehen war, das mir Überraschung brachte, so wuchs im zweiten diese Überraschung zum Staunen; und dieses Staunen fuhr mir denn doch in die Glieder – wie ein Schreck – ja ich darf sagen, wie ein Schock. Was, im Namen alles Gräßlichen, hatte dies zu bedeuten? Konnte ich meinen Augen trauen? – *konnte* ich? – das war die Frage. War das – war das – war das *rouge?* Und waren dies – und waren dies – waren dies *Runzeln* auf dem Gesicht von Eugénie Lalande? Und oh! Jupiter und all ihr Götter und Göttinnen, klein und groß! – was – was – *was* war aus ihren Zähnen geworden? Heftig schleuderte ich die Brille zu Boden, sprang auf die Füße und stand aufrecht mitten im Raum vor Mrs. Simpson, die Arme in die Seiten gestemmt, die Zähne fletschend, und schäumend vor Grimm – doch zu gleicher Zeit schier sprachlos vor Schrecken und vor Wut.

Nun habe ich bereits gesagt, daß Madame Eugénie Lalande – oder vielmehr Simpson – die englische Sprache mündlich noch weniger beherrschte als schriftlich; und aus diesem Grund vermied sie es denn auch sehr richtiger Weise stets, sie bei gewöhnlichen Anlässen zu sprechen. Doch Wut treibt eine Dame zum Äußersten; und im vorliegenden Fall trieb sie Mrs. Simpson zum wirklich Alleräußersten, nämlich zu dem Versuch, in einer Sprache Konversation zu machen, die ihr nur höchst ungenügend zu Gebote stand.

»Nun, Monsieur«, so sagte sie, nachdem sie mich einige Augenblicke lang mit offenbar großer Verwunderung gemustert hatte – »nun, Monsieur! – und was denn? – was is los? 'aben Sie etwa den Tanz von Sankt Veit? Wenn misch nischt magen, was denn kaufen die Katz' in Sack?«

»Du Elende!« erwiderte ich und holte tief Luft – »du – du – du garstige alte Hexe!«

»Exe? – alte? – isch bin doch überhaup' nisch so serr alt! isch nisch mehr alt, nisch ein' Tag, wie zweiundachtzick.«

»Zweiundachtzig!« stieß ich hervor und taumelte gegen die Wand – »zweiundachtzigmal hunderttausend Paviane! Auf der Miniatur stand doch siebenundzwanzig Jahre und sieben Monate!«

»Abber gewiß – das is so! – is serr wahr! abber der Bildnis is gemacht vor die fümmunfümzick Jahr. Wie isch mein zweites Ehemann ge'eirat', Monsieur Lalande, da 'ab den Bildnis gelassen machen vor mein' Tochter von mein' erstes Ehemann, Monsieur Moissart!«

»Moissart?« rief ich.

»Ja, Moissart«, sagte sie, indem sie meine Aussprache nachäffte, die – um die Wahrheit zu sagen – nicht die allerbeste war; »und was denn? was weißen denn *Sie* von den Moissart?«

»Nichts, du alte Vogelscheuche! – ich weiß überhaupt nichts von ihm; nur hatte ich einmal einen Vorfahren, der so hieß.«

»So 'ieß? Und was sagen Sie zu das Name? Is ein serr gutes Name; is wie Voissart – is auch serr gutes Name. Mein' Tochter, Mademoiselle Moissart, die 'at ge'eirat' Monsieur Voissart; und die Name sind beides serr respecktabele Name.«

»Moissart?« rief ich aus, »und Voissart? was ist das – was meinst du damit?«

»Was damit meine? – Isch meine Moissart und Voissart; und wegen das, da mein' isch auch mit Croissart und Froissart, wenn es mich paßt. Mein' Tochter ihr' Tochter, Mademoiselle Voissart, die 'eirat' Monsieur Croissart, und denn wieder 'eirat' mein' Tochters Tochtertochter, die 'eirat' Monsieur Froissart; und nun sagen bestimmt, das is keine serr respecktabele Name.«

»Froissart!« sagte ich, und mir wurde langsam schwach, »nun – aber du sagtest doch nicht Moissart, Voissart, Croissart und Froissart?«

»Gewißlich doch«, erwiderte sie, indem sie sich voll in ihrem Stuhl zurücklehnte und ihre unteren Gliedmaßen zu großer Länge ausstreckte; »ja, Moissart, Voissart, Croissart und Froissart. Abber Monsieur Froissart, das war, was Sie eine riesige Tölpel nennen – eine rechte Dummkopf als wie Sie, Monsieur – weil 'at er *la belle France* verlassen, um nach diese stupide *Amérique* zu gehen – und wie er 'ier 'inkommen is, 'at er ein serr stupides, ein *serr, serr* stupides Sohn gekrickt, so 'ab isch ge'ören, 'ab abber noch nie das *plaisir,* mit ihm zu treffen – isch nisch und auch nisch mein' Begleitung, die Madame Stephanie Lalande. Er 'eißen Napoelon Bonaparte Froissart, und nun sagen bestimmt, das is auch keine serr respecktabele Name.«

Entweder die Länge oder die Natur dieser Rede brachte es mit sich, daß Mrs. Simpson in wahrhaft außerordentliche Hitze geriet: und als sie schließlich, mit großer Mühe nur, zu Ende gekommen war, sprang sie wie besessen aus ihrem Stuhle auf und ließ dabei ein ganzes Universum von Corsettagen zu Boden fallen. Einmal auf die Füße gekommen, knirschte sie mit dem Zahnfleisch, schwenkte die Arme, rollte die Ärmel auf, schüttelte mir die Faust ins Gesicht und beschloß ihre Darbietung damit, daß sie sich die Haube vom Kopfe riß und mit ihr eine riesige Perücke vom wertvollsten und allerschönsten schwarzen Haar; das alles schmiß sie heulend auf den Boden, um sodann darauf herumzutrampeln und in absoluter Ekstase und Agonie von Wut einen Fandango darauf zu tanzen.

Inzwischen sank ich entsetzt in den Stuhl, welchen sie freigemacht hatte. »Moissart und Voissart!« wiederholte ich gedankenvoll, als sie einen ihrer Luftsprünge machte, »und Croissart und Froissart!« als sie eben einen weiteren vollführte – »Moissart, Voissart, Croissart und Napoleon Bonaparte Froissart! – oh du unsägliche alte Schlange, das bin *ich* – das bin *ich* – hörst du? – *ich* bin das« – hier stieg meine Stimme zu einem schrillen Kreischen an – »*iiich* bin das! *Ich* bin Napoleon Bonaparte Froissart! und wenn ich nicht meine eigene Ururgroßmutter geheiratet habe, so will ich auf ewig verdammt sein!«

Madame Eugénie Lalande, *quasi* Simpson – früher Moissart – war, in aller Nüchternheit betrachtet, tatsächlich meine Ururgroßmutter. In ihrer Jugend war sie eine Schönheit gewesen, und selbst mit zweiundachtzig noch besaß sie die majestätische Größe, die plastische Kopfform, die zartscharfen Augen und die griechische Nase ihrer Mädchenzeit. Mit der zusätzlichen Hilfe von Perlweiß, Rouge, falschem Haar, falschen Zähnen und falscher *tournure,* wie auch der geschicktesten Modisten von Paris, brachte sie es zuwege, unter den *beautés un peu passées* der französischen Metropole einen beachtlichen Platz zu behaupten. In dieser Hinsicht durfte man tatsächlich sagen, daß sie der berühmten Ninon de l'Enclos nur wenig nachstand.

Sie war unermeßlich reich, und als sie zum zweitenmal kinderlos zur Witwe wurde, besann sie sich meiner Existenz in Amerika, und in der Absicht, mich zum Erben zu machen, stattete sie den Vereinigten Staaten einen Besuch ab, in Begleitung einer entfernten und überaus lieblichen Verwandten ihres zweiten Ehegatten – einer Madame Stephanie Lalande.

In der Oper wurde meiner Ururgroßmutter Aufmerksamkeit von meinem unverwandten Herüberstarren gefesselt; und als sie mich daraufhin durch ihre Lorgnette musterte, ward sie von einer gewissen Familienähnlichkeit mit sich selber betroffen. Nachdem so ihr Interesse einmal erwacht war und sie wußte, daß der gesuchte Erbe tatsächlich in der Stadt weilte, stellte sie ihrerseits Erkundigungen nach mir an. Der Herr, der sie begleitete, kannte mich persönlich und erzählte ihr, wer ich wäre. Die so gewonnene Auskunft veranlaßte sie, mich erneut aufs angelegentlichste zu betrachten; und dies Verhalten war es, das mich dann derart ermutigte, daß ich mich in der bereits beschriebenen absurden Weise aufführte. Sie erwiderte meine Verbeugung, doch unter dem Eindruck, ich hätte durch irgendeinen sonderbaren Zufall ihre Identität entdeckt. Als ich, von meiner Sehschwäche und den Künsten der Toilette getäuscht über Alter und Reize der fremden Dame, so enthusiastisch von Talbot zu wissen begehrte, wer sie sei, zweifelte er natürlich keinen Augenblick, daß ich die jüngere Schönheit meinte, und unterrichtete mich entsprechend, vollkommen der Wahrheit gemäß, sie wäre ›die gefeierte Witwe, Madame Lalande‹.

Auf der Straße begegnete meine Ururgroßmutter am nächsten Morgen Talbot, einer alten Pariser Bekanntschaft; und die Unterhaltung kam ganz natürlich auch auf mich. Meine Sehschwäche wurde dann erklärt; denn die war stadtbekannt, wovon freilich ich nicht das mindeste ahnte; und meine gute alte Verwandte entdeckte, sehr zu ihrem Kummer, daß sie sich getäuscht hatte, als sie annahm, ich sei ihrer Identität gewahr geworden, und daß ich bloß einen Narren aus mir gemacht hatte, indem ich im Theater einer unbekannten alten Frau ganz offen meine Liebesleidenschaft bezeigte. Um mich für diese Unbedachtsamkeit zu strafen, heckte sie mit Talbot ein Komplott aus. Er ging mir absichtlich aus dem Wege, um zu vermeiden, mich einführen zu müssen. Meine Straßenerkundigungen nach ›der lieblichen Witwe Madame Lalande‹ wurden natürlich auf die jüngere Dame bezogen; und so ist die Unterhaltung mit den drei Herren, die ich traf, kurz nachdem ich Talbots *hôtel* verlassen, leicht erklärlich, ebenso wie ihre Anspielung auf Ninon de l'Enclos. Ich hatte keinerlei Gelegenheit, Madame Lalande bei Tageslicht aus der Nähe zu sehen, und bei ihrer musikalischen *soirée* verhinderte mich meine alberne Eitelkeitsschwäche, die den Beistand von Augengläsern verschmähte, wirksam daran, ihr Alter zu entdecken. Als dann ›Madame Lalande‹ zum Singen aufgefordert wurde, war die jüngere Dame gemeint; und sie war es, die sich erhob, dem Ruf Folge zu leisten; lediglich um die Täuschung zu fördern, stand meine Ururgroßmutter im gleichen Augenblick mit auf und geleitete sie hinüber in den Hauptsalon zum Pianoforte. Hätte ich mich entschlossen, sie meinerseits dorthin zu begleiten, so hätte sie, das war ihr Plan, mir nahegelegt, aus Schicklichkeit zu bleiben, wo ich war; doch meine eigene Verständigkeit machte dies unnötig. Die Gesänge, die ich so sehr bewunderte und die meinen Eindruck von der Jugend meiner Geliebten so bestärkten, wurden von Madame Stephanie Lalande vorgetragen. Die Lorgnette ward mir angeboten, um dem Schwindel noch einen Verweis beizugesellen – dem

Epigramm des Betrugs noch eine spitze Pointe. Die Überreichung bot Gelegenheit, mir für meine Affektiertheit die beabsichtigte Lektion zu erteilen, und sie fiel denn ja auch besonders erbaulich aus. Fast überflüssig ist es anzufügen, daß die Gläser des Instruments von der alten Dame, die es zuvor getragen, gegen ein Paar ausgetauscht worden waren, das meinen Jahren besser entsprach. Tatsächlich paßten sie mir haargenau.

Der Geistliche, der lediglich zum Schein den fatalen Knoten knüpfte, war ein durchtriebener Kumpan von Talbot und gar kein Priester. Doch dafür war er ein ausgezeichneter ›Kutscher‹; und nachdem er sich seiner Soutane entledigt hatte, um einen Überzieher anzulegen, lenkte er die Mietkutsche, die das ›glückliche Paar‹ aus der Stadt führte. Talbot nahm an seiner Seite Platz. Die beiden Schurken steckten also ›bis zum Hals‹ in der Sache, und durch ein halboffenes Fenster des hinteren Gastzimmers belustigten sich die Kerls dann auch noch grinsend am *dénouement* des Dramas. Ich glaube, ich bin genötigt, sie beide zu fordern.

Nichtsdestoweniger bin ich *nicht* der Mann meiner Urgroßmutter; und das ist ein Gedanke, der mir unendliche Erleichterung verschafft; – doch *bin* ich der Mann von Madame Lalande – von Madame Stephanie Lalande – denn abgesehen davon, daß mich meine gute alte Verwandte zu ihrem Alleinerben macht, wenn sie stirbt – falls es dazu überhaupt je kommt –, hat sie sich die Mühe genommen, aus uns ein Paar zu machen. Alles in allem, mit *billets doux* ist es bei mir für immer vorbei, und niemals sieht man mich mehr ohne *Brille*.

DIE LÄNGLICHE KISTE

Vor einigen Jahren nahm ich einmal auf dem schönen Postschiff ›Independence‹, Kapitän Hardy, Passage von Charleston, Süd-Carolina, nach der Stadt New York. Wir sollten am Fünfzehnten des Monats (Juni) unter Segel gehen, wenn das Wetter es zuließ; und am vierzehnten begab ich mich an Bord, um in meiner Kajüte noch einige Angelegenheiten zu ordnen.

Ich fand, daß wir ziemlich viele Passagiere haben würden, darunter eine mehr als gewöhnliche Anzahl Damen. Auf der Liste standen diverse Bekannte von mir; und unter anderen Namen las ich mit Freude den von Mr. Cornelius Wyatt, einem jungen Künstler, für den ich Empfindungen warmer Freundschaft hegte. Er hatte mit mir zusammen an der C- - - - Universität studiert, wo wir sehr viel miteinander verkehrten. Er besaß das gewöhnliche Temperament des genialen Menschen und war ein Gemisch aus Menschenhaß, Empfindsamkeit und Enthusiasmus. Mit diesen Eigenschaften vereinigte er das wärmste und treueste Herz, das je in einer Menschenbrust geschlagen.

Ich bemerkte, daß sein Name auf den Schildern *dreier* Kajüten stand; und als ich erneut in der Passagierliste nachsah, fand ich, daß er für sich selbst, seine Gattin und zwei Schwestern – seine eigenen – Passage genommen hatte. Nun boten die Kajüten durchaus genügend Raum, und jede besaß zwei Kojen, eine über der andern. Diese Kojen waren natürlich so überaus schmal, daß sie für mehr denn eine Person nicht ausreichten; gleichwohl wollte es mir nicht in den Kopf, warum diese vier Personen *drei* Kajüten brauchten. Ich befand mich damals just in einer jener verdrießlichen Geistesverfassungen, die einen Menschen abnorm neugierig nach allen möglichen Kleinigkeiten machen: und mit Beschämung gesteh' ich, daß ich mich im Hinblick auf die überzählige Kajüte in mancherlei ungezogenen und abgeschmackten Vermutungen erging. Die Sache ging mich ja wirklich gar nichts an; doch mit darum nicht geringerer Hartnäckigkeit beschäftigte ich mich damit, nach einer Lösung des Rätsels zu suchen. Endlich gelangte ich zu einem Schlusse, bei welchem mich's nur baß verwunderte, daß ich nicht früher darauf verfallen war. ›Natürlich! – ein Dienstmädchen ist dabei‹, sagte ich; ›was für ein Narr ich doch bin, daß ich nicht eher an eine so einleuchtende Lösung gedacht habe!‹ Und dann konsultierte ich noch einmal die Liste – um daraus freilich klar zu ersehen, daß *keine* Bedienung mit den Herrschaften kommen würde: obschon in der Tat ursprünglich die Absicht bestanden hatte, eine mitzubringen – denn die Worte ›und Dienstmädchen‹ waren zuerst mit hingeschrieben und dann durchgestrichen worden. ›Oh, sicherlich handelt es sich um Extra-Gepäck‹, sagte ich mir nun – ›um irgendetwas, das er nicht im Lagerraum wissen möchte – etwas, das er unter eigener Aufsicht behalten will – ah, ich hab' es – ein Gemälde oder dergleichen – und das war's denn auch, worüber er mit Nicolino, dem italienischen Juden, gehandelt hat.‹ Dieser Einfall stellte mich zufrieden, und für den Augenblick gab ich meiner Neugier den Laufpaß.

Die beiden Schwestern Wyatt's kannte ich sehr gut, und sie waren höchst liebenswerte und tüchtige Mädchen. Geheiratet aber hatte er erst kürzlich, und so war mir seine Gattin noch nie zu Gesicht gekommen. Er hatte allerdings oft in meiner Gegenwart von ihr gesprochen, und zwar in den höchsten Tönen jener Begeisterung, die man von ihm gewohnt war. Nach seiner Beschreibung war sie überragend schön, geistreich und gebildet. So gelüstete es mich denn nicht wenig, ihre Bekanntschaft zu machen.

An dem Tage, da ich das Schiff aufsuchte, dem Vierzehnten, sollten auch Wyatt und seine Begleitung eintreffen – so unterrichtete mich der Kapitän –, und in der Hoffnung, der jungen Frau vorgestellt zu werden, wartete ich eine Stunde länger an Bord, als ich beabsichtigt hatte; doch da kam eine Entschuldigung. ›Mrs. W. war ein wenig unpäßlich und sieht sich leider nicht in der Lage, vor morgen, zur Stunde der Abreise, an Bord zu gehen.‹

Als der Morgen gekommen war, machte ich mich von meinem Hotel zum Pier auf den Weg; doch unterdem traf ich Kapitän Hardy, der mir mitteilte, ›umständehalber‹ (eine stupide, doch bequeme Redensart) ›müsse sich die Abfahrt der »Independence« noch um ein oder zwei Tage verzögern; er werde aber, wenn alles so weit sei, herschicken und es mich wissen lassen.‹ Dies kam mir sonderbar vor, denn es wehte eine frische südliche Brise; doch da die ›Umstände‹ partout nicht zum Vorschein kommen wollten, so hartnäckig ich ihn auch danach ausforschte, blieb mir nichts übrig, als wieder umzukehren und meine Ungeduld mit Muße zu verwinden.

Ich empfing die erwartete Botschaft vom Kapitän nicht vor Ablauf fast einer ganzen Woche. Schließlich aber traf sie dann doch ein, und ohne weiteren Verzug begab ich mich an Bord. Das Schiff wimmelte von Passagieren, und überall herrschte jenes hastende Durcheinander, unter dem die Abreise eines Schiffes vor sich geht. Wyatt und seine Begleitung trafen etwa zehn Minuten nach mir ein. Da waren denn die beiden Schwestern, die junge Frau und der Künstler selbst – der letztere hatte grad wieder einen seiner üblichen Anfälle von mürrischer Misanthropie. Ich war dergleichen freilich viel zu wohl gewohnt, als daß ich sonderlich darauf geachtet hätte. Er stellte mich nicht einmal seinem Weibe vor; – diese Höflichkeit oblag nun notgedrungenerweise seiner Schwester Marian – einem sehr lieben und intelligenten Mädchen, das uns in wenigen hastigen Worten miteinander bekannt machte.

Mrs. Wyatt war dicht verschleiert gewesen; und als sie, mir für meine Verbeugung zu danken, ihren Schleier lüftete, war ich doch – das muß ich gestehen – ein bißchen erschüttert. Größer noch freilich wäre mein Erstaunen gewesen, hätte mich nicht lange Erfahrung gelehrt, den enthusiastischen Beschreibungen meines Freundes, des Künstlers, nicht allzu blind zu vertrauen, wenn er sich in Kommentaren zur Lieblichkeit des Weibes erging. Sobald das Thema Schönheit aufs Tapet kam, entschwebte er – das wußt' ich wohl – mit Leichtigkeit in die Regionen des pursten Ideals.

Die Wahrheit ist: ich konnte nicht umhin, Mrs. Wyatt für eine ausgesprochen unansehnliche Frau zu halten. Wenn sie auch nicht regelrecht häßlich war, so fehlte doch daran, denk' ich, nicht eben allzu viel. Sie war jedoch nach erlesenem Geschmack gekleidet – und so zweifelte ich denn nicht, daß sie meines Freundes Herz durch die dauerhafteren Leibreize von Intellekt und Seele gefangengenommen habe. Sie sprach nur sehr wenige Worte und ging dann sogleich mit Mr. W. in ihre Kajüte.

Nun kehrte meine alte Neugier doch zurück. Ein Dienstmädchen war nicht mitgekommen – daran ließ sich nicht rütteln. So hielt ich denn nach dem Extra-Gepäck Ausschau. Nach einiger Frist erschien am Pier ein Karren mit einer länglichen Kiste aus Kiefernholz, die anscheinend das einzige war, auf das man gewartet hatte. Unmittelbar nachdem sie eingetroffen, gingen wir unter Segel, und in kurzer Zeit waren wir sicher über die Barre weg und lagen nach See heraus.

Die fragliche Kiste hatte, so sagte ich, längliche Gestalt. Sie maß etwa sechs Fuß in der Länge und zweieinhalb in der Breite: – ich sah sie mir aufmerksam an und bin in solchen Dingen gern genau. Nun war diese Form doch recht sonderbar; und kaum hatte ich sie gesehen, da rechnete ich's mir ja doch zur Ehre an, so zutrefflich geraten zu haben. Ich war, so wird man sich erinnern, zu dem Schlusse gekommen, das Extra-Gepäck meines Freundes,

des Künstlers, werde am Ende wohl aus Bildern oder zumindest einem Bild bestehen; denn ich wußte, er hatte diverse Wochen lang mit Nicolino in Verhandlung gestanden: – und nun war hier eine Kiste, welche ihrer Gestalt nach eigentlich gar nichts andres in der Welt enthalten konnte denn eine Kopie von Leonardo's ›Abendmahl‹; und eben eine Kopie dieses ›Abendmahls‹, ausgeführt von Rubini dem Jüngeren zu Florenz, hatte sich, wie mir schon vor geraumer Zeit zu Ohren gekommen, im Besitze Nicolino's befunden. Diesen Punkt erachtete ich mithin für ausreichend entschieden. Ich mußte doch reichlich kichern, als ich an meinen Scharfsinn dachte. Es war meines Wissens das erstemal, daß Wyatt mir eines seiner künstlerischen Geheimnisse vorenthielt; doch hier hatte er offensichtlich die Absicht, mir ein Schnippchen zu schlagen und ein schönes Bild direkt unter meiner Nase nach New York zu schmuggeln; in der Erwartung, mir sei die ganze Sache unbekannt. Ich beschloß, ihn jetzt und später ausgiebig damit zu foppen.

Eins freilich bereitete mir nicht geringes Kopfzerbrechen. Die Kiste ging *nicht* in die Extra-Kajüte. Sie ward in Wyatt's eigener deponiert; und dort blieb sie auch und nahm fast den ganzen Boden ein – zweifellos zur beträchtlichen Unbequemlichkeit des Künstlers und seiner Gattin; – dies umso mehr, als der Teer oder die Farbe, mit welcher sie in ausladenden Großbuchstaben beschriftet war, einen scharfen, unangenehmen und für *mein* Empfinden ausgesprochen widerwärtigen Geruch ausströmte. Auf den Deckel waren die Worte gemalt – ›Mrs. Adelaide Curtis, Albany, New York, Fracht von Cornelius Wyatt, Esq. Diese Seite nach oben! Vorsicht! Nicht stürzen!‹

Nun wußte ich wohl, daß Mrs. Adelaide Curtis in Albany des Künstlers Schwiegermutter war; – doch dann wieder sah ich die ganze Adresse für eine Mystifikation an, speziell zu meiner Irreführung bestimmt. Natürlich kam ich zu der Überzeugung, daß Kiste und Inhalt niemals weiter nach

Norden gelangen würden als zum Studio meines misanthropischen Freundes, in der Chambers Street, New York.

Die ersten drei oder vier Tage hatten wir schönes Wetter, obschon wir scharf mit dem Winde segelten, der in Nordrichtung umgeschlagen war, unmittelbar nachdem wir die Küste aus den Augen verloren hatten. Die Passagiere befanden sich mithin bei bester Stimmung und zeigten gesellige Neigungen. Wyatt und seine Schwestern freilich muß ich dabei ausnehmen: sie benahmen sich der übrigen Gesellschaft gegenüber steif und – diesen Eindruck konnte ich nicht abweisen – geradezu unhöflich. Wyatt's Verhalten hatte ich dabei gar nicht einmal so sehr im Auge. Er war verdüsterten Gemüts, womöglich stärker noch als sonst – ja, er benahm sich ausgesprochen *grämlich* – doch bei ihm war mir dergleichen Exzentrizität nichts Neues. Für die Schwestern jedoch konnte ich keine Entschuldigung finden. Sie schlossen sich während des größern Teils der Fahrt in ihren Kajüten ein und weigerten sich hartnäckig, obschon ich wiederholt in sie drang, mit irgendeinem Menschen an Bord zu verkehren.

Mrs. Wyatt selbst zeigte sich wesentlich liebenswürdiger. Das heißt, sie war recht *geschwätzig;* und Geschwätzigkeit ist auf See keine kleine Empfehlung. Förmlich im Handumdrehen hatte sie sich mit den meisten Damen angefreundet; und zu meinem gründlichen Erstaunen legte sie eine kaum mißverständliche Neigung an den Tag, mit den Männern zu kokettieren. Sie amüsierte uns alle sehr. Ich sage ›amüsierte‹ – und weiß eigentlich gar nicht, wie ich das Wort erklären soll. Die Wahrheit ist, ich fand bald heraus, daß man weit öfter *über* Mrs. W. lachte denn *mit* ihr. Die Herren äußerten sich nur wenig über sie; die Damen aber machten schon nach kurzer Weile aus ihrem Urteil kein Hehl mehr und nannten sie ›ein gutherziges Ding von ziemlich indifferentem Aussehen, total ungebildet und ausgesprochen gewöhnlich‹. Die große Frage war nun, wie

Wyatt eine solche Verbindung überhaupt hatte eingehen können. Im allgemeinen hielt man Reichtum für die Lösung – doch dieser Grund entfiel, so wußte ich, ganz und gar; denn Wyatt hatte mir erzählt, daß sie ihm keinen Dollar mitbrächte, noch irgendetwas in Aussicht hätte, aus welcher Quelle immer. ›Er habe sie‹, so sagte er, ›aus Liebe geheiratet, und zwar einzig aus Liebe; und seine junge Frau sei seiner Liebe auch mehr denn wert.‹ Wenn ich an diese Ausdrücke vonseiten meines Freundes dachte, wurde mir, das muß ich gestehen, ganz unbeschreiblich wirr zumute. Konnte es möglich sein, daß er langsam den Verstand verlor? Was sollte ich sonst davon halten? Er, der ein so feingebildeter Mensch war, so geistvoll, so wählerisch, der einen so empfindlichen Blick für das Mangel- und Makelhafte besaß und so süchtig-sicher dem Schönen anhing! Gewiß, die Dame schien ja *ihm* besonders zugetan zu sein – dies gerade in seiner Abwesenheit – wo sie sich durch permanentes Zitieren dessen, was ›ihr geliebter Gatte, Mr. Wyatt‹ gesagt hatte, lächerlich machte. Das Wort ›Gatte‹ schien ihr immerdar und ewig – um einen ihrer feinsinnigen Ausdrücke zu verwenden – immerdar und ewig ›auf der Zungenspitze‹ zu liegen. Derweil jedoch bemerkten's alle an Bord, daß *er* sie in der auffälligsten Weise mied und sich meistenteils allein in seiner Kajüte einschloß; ja, man durfte tatsächlich sagen, daß er sich überhaupt nur dort aufhielt, während er seiner Frau volle Freiheit ließ, sich nach Belieben in der Hauptkabine mit der allgemeinen Gesellschaft zu amüsieren. Aus allem, was ich sah und hörte, schloß ich, daß der Künstler durch irgendeine unbegreifliche Schicksalslaune oder vielleicht in einem Anfall enthusiastischer und allzu phantastischer Leidenschaft veranlaßt worden sei, sich mit einer Person zu verbinden, die absolut unter ihm stand, und daß sich nun das natürliche Ergebnis, alsbaldiger und vollkommener Ekel, eingestellt habe. Ich bedauerte ihn aus Herzensgrunde – konnte ihm aber deswegen doch seine Verschlossenheit in Sachen des ›Abendmahls‹ nicht ganz verzeihen. Dafür wollte ich mich bei Gelegenheit noch rächen.

Eines Tages kam er an Deck, und wie ich's früher gewohnt gewesen, nahm ich seinen Arm und schlenderte mit ihm auf und ab. Die düstere Stimmung jedoch (die mir unter den gegebenen Umständen ganz natürlich vorkam) schien noch nicht im mindesten von ihm gewichen zu sein. Er sprach wenig, und dies wenige kam in mürrischem Ton und mit offenbarer Anstrengung heraus. Ich wagte einen oder zwei kleine Scherze, und er versuchte ein Lächeln, bei dem es einen wahrhaft jammern konnte. Armer Kerl! – wenn ich an sein Eheweib dachte, so kam's mir verwunderlich vor, daß er es überhaupt noch fertigbrachte, auch nur den Anschein von Frohsinn auf seine Züge zu bringen. Schließlich wagte ich einen Gegenstoß. Ich beschloß, eine Reihe von versteckten Insinuationen und Anspielungen hinsichtlich der länglichen Kiste loszulassen – nur um ihm nach und nach zu erkennen zu geben, daß ich keineswegs ganz ahnungslos die Zielscheibe oder das Opfer seines kleinen Bißchens lustiger Mystifikation war. Meine erste Bemerkung sollte wie eine verdeckte Batterie das Feuer eröffnen. Ich sagte irgendetwas über die ›sonderbare Gestalt jener Kiste‹; und während ich diese Worte sprach, zeigte ich ein wissendes Lächeln, zwinkerte ihm zu und tippte ihm mit dem Zeigefinger sanft gegen die Rippen.

Die Weise, in der Wyatt diese harmlose Neckerei aufnahm, überzeugte mich alsbald, daß er wahnsinnig war. Zuerst starrte er mich an, als vermöchte er den Witz meiner Bemerkung einfach nicht zu fassen; doch als ihm die Pointe langsam dämmerte, schienen ihm die Augen ebenso langsam schier aus den Höhlen treten zu wollen. Anschließend wurde er überaus rot – dann schrecklich bleich – und dann brach er, ganz als amüsiere ihn aufs höchste, was ich angedeutet hatte, in ein lautes und lärmendes Gelächter aus, das zu meiner Bestürzung mit schrittweis' wachsender Gewalt wohl zehn Minuten oder länger anhielt. Zum Schlusse fiel er flach und schwer aufs Deck. Als ich herzu eilte, ihn aufzuheben, war er allem Anschein nach *tot*.

Ich rief um Beistand, und mit Mühe und Not brachten wir ihn endlich wieder zu sich. Beim Wiedererwachen redete er einige Zeit lang ganz unzusammenhängend vor sich hin. Schließlich ließen wir ihn zur Ader und schafften ihn ins Bett. Am nächsten Morgen hatte er sich wieder ganz erholt, so weit jedenfalls, als seine körperliche Gesundheit betroffen war. Von seinem Geisteszustand sage ich natürlich nichts. Ich ging ihm während der restlichen Fahrt aus dem Wege, und zwar auf Rat des Kapitäns, der meine Ansichten bezüglich des Wahnsinns meines Freundes zu teilen schien, mich aber warnte, irgendjemand an Bord gegenüber etwas davon verlauten zu lassen.

Unmittelbar nach diesem Anfall Wyatt's ereigneten sich mancherlei Umstände, die dazu beitrugen, die Neugier, von welcher ich bereits besessen ward, noch zu erhöhen. Unter anderem das folgende: Ich war nervös gewesen – hatte zuviel starken grünen Tee getrunken und schlief infolgedessen nachts dann schlecht – ja, man kann wohl sagen, daß ich zwei Nächte lang kaum eigentlich zum Schlafen kam. Nun ging meine Kajüte auf den Gesellschafts- oder Speiseraum hinaus, wie alle Einzelkabinen sonst an Bord. Wyatt's Räume aber lagen weiter achtern und grenzten an eine Kabine, die von der Hauptkabine durch eine leichte Schiebetür geschieden war; diese blieb selbst bei Nacht stets unverschlossen. Da wir fast dauernd vor dem Winde segelten und die Brise nicht eben schwächlich wehte, krängte das Schiff recht beträchtlich nach Lee; und immer wenn die Steuerbordseite nach Lee hing, glitt die Schiebetür zwischen den Kabinen auf und blieb offen, da niemand sich die Mühe nahm, aufzustehen und sie zu schließen. Doch meine Koje lag so, daß ich, wenn meine eigene Kajütentür ebenso offen stand als die fragliche Schiebetür (und meine Türe war der Hitze wegen *stets* geöffnet), ganz deutlich in die hintere Kabine blicken konnte, und zwar just in jenen Winkel, wo die Kajüten von Mr. Wyatt lagen. Nun, während der beiden *(nicht* aufeinander folgenden) Nächte, in denen ich wach lag, sah ich ganz klar, wie Mrs. W. sich gegen elf Uhr jede Nacht vorsichtig aus Mr. W.'s Kajüte stahl und den Extra-Raum betrat, wo sie bis Tagesanbruch blieb; dann ward sie von ihrem Gatten gerufen und kehrte zurück. Daß sie praktisch schon getrennt lebten, lag also auf der Hand. Sie hatten getrennte Zimmer – zweifellos im Gedanken an eine Scheidung auf Dauer; und hiermit war denn ja auch, so dachte ich, das Geheimnis der Extra-Kajüte geklärt.

Aber noch ein anderer Umstand beschäftigte mich stark. Während der beiden durchwachten Nächte, und unmittelbar nachdem Mrs. Wyatt in der Extra-Kajüte verschwunden war, wurde ich gewisser merkwürdiger, behutsamer, unterdrückter Geräusche in der ihres Gatten gewahr. Nachdem ich eine Zeitlang mit nachdenklicher Aufmerksamkeit darauf gelauscht, gelang es mir schließlich vollkommen, mir ihre Bedeutung zu erklären. Die Laute wurden von dem Künstler verursacht, welcher mit Hilfe von Stemmeisen und Holzhammer die längliche Kiste aufhebelte – wobei die Schläge offenbar durch irgendein weiches wollenes oder baumwollenes Zeug, worein der Hammerkopf gewickelt war, gedämpft beziehungsweise abgedumpft wurden.

Indessen ich so lauschte, bildete ich mir ein, genau den Augenblick unterscheiden zu können, da er den Deckel gänzlich los hatte, – und gleichfalls bestimmen zu können, wann er ihn herabnahm und auf die untere Koje in seinem Zimmer legte; dies letztere erkannte ich zum Beispiel aus gewissen leichten Schlaggeräuschen, die entstanden, als der Deckel gegen die hölzernen Kanten der Bettstelle stieß, denn Wyatt bemühte sich, ihn *sehr* behutsam niederzulegen – und auf dem Boden war kein Platz dafür. Hierauf trat Totenstille ein, und bei beiden Gelegenheiten vernahm ich nichts weiter, bis fast der Tag anbrach; es sei denn vielleicht, ich sollte ein leises Schluchz- oder Murmelgeräusch erwähnen, welches freilich so unterdrückt war, daß man es kaum eigentlich hörte – wenn nicht gar all diese letztgenannten Laute mir von meiner Phantasie vorgegaukelt wurden. Ich sagte, sie klangen *wie* Schluchzen und Seufzen – doch natürlich konnten sie weder das eine noch das andere sein. Eher noch möchte ich annehmen, daß ich Ohrenklingen hatte. Zweifellos ließ Mr. Wyatt, wie es nun einmal in seiner Art lag, bloß einem seiner Steckenpferde die Zügel schießen – indem er in einem Anfall von künstlerischem Enthusiasmus schwelgte. Er hatte die längliche Kiste geöffnet, um seine Augen an dem Bilderschatz darin zu weiden. Dabei aber gab es ja nun wirklich nichts zu schluchzen. So wiederhole ich denn, daß es sich wohl doch nur schlicht um eine Grille meiner eigenen Phantasie handelte, die durch den grünen Tee des guten Kapitäns Hardy ein bißchen durcheinander geraten war. Just als dann – in den *beiden* Nächten, von denen ich spreche – der Morgen graute, vernahm ich deutlich, wie Mr. Wyatt den Deckel wieder auf die längliche Kiste legte und mit gedämpften Hammerschlägen die Nägel an ihre alte Stelle brachte. Nachdem er dies vollbracht, trat er voll angekleidet aus seiner Kajüte und ging daran, Mrs. W. aus der ihren zu rufen.

Wir waren sieben Tage auf See gewesen und eben an Kap Hatteras vorüber, da kam ein schwerer Sturmwind aus Südwesten auf. Wir waren freilich einigermaßen darauf vorbereitet, denn schon seit geraumer Zeit hatte sich das Wetter bedrohlich gestaltet. Alles wurde geborgen, unten wie in der Takelung; und als der Wind beständig auffrischte, drehten wir schließlich unter doppelt gerefftem Besan- und Vormarssegel bei.

In diesem Trimm fuhren wir vierundzwanzig Stunden lang sicher genug dahin – wobei sich das Schiff in mancherlei Hinsicht als ausgezeichnet seetüchtig erwies; Wasser schöpfte es in kaum nennenswertem Maße. Am Ende dieser Periode aber hatte sich die Kühlte zum Orkan verstärkt; unser Achtersegel zerriß in tausend Fetzen, und wir gerieten so tief in ein Wellental, daß in unmittelbarerer Aufeinanderfolge mehrere gewaltige Sturzseen über uns hereinbrachen. Bei diesem Unglück verloren wir drei Männer, die mitsamt der Kombüse über Bord gingen, und nahezu die ganze Backbordreling. Kaum waren wir unserer Sinne wieder Herr, da ging das Vormarssegel in Fetzen; wir mußten ein Sturm-Stagsegel aufziehen, und mit diesem ging nun alles einige Stunden lang recht gut, denn das Schiff lag nun viel beständiger auf den Wellen als zuvor.

Die Sturmbrise hielt jedoch weiter an, und wir entdeckten keinerlei Anzeichen eines Nachlassens. Die Takelage hatte überdem, so stellte sich heraus, eine schlechte Anordnung und war schon überstraff gespannt; und am dritten Tage des Sturms, so gegen fünf Uhr nachmittags, ging bei einem schweren Ruck nach Luv der Kreuzmast über Bord. Eine Stunde oder länger versuchten wir vergebens, uns seiner zu entledigen, denn das Schiff rollte und schlingerte gewaltig; und ehe uns dies noch gelungen, kam der Zimmermann achtern und meldete vier Fuß Wasser im Raum. Zu allem Unglück mußten wir nun auch noch feststellen, daß die Pumpen verstopft und so gut wie unbrauchbar waren.

Nun war alles ein einziges verzweifeltes Durcheinander – doch unternahm man einen angestrengten Versuch, das Schiff dadurch zu erleichtern, daß man soviel Fracht über Bord warf, als man erreichen konnte, und die beiden noch verbliebenen Masten umlegte. Dies gelang schließlich auch – doch immer noch waren wir nicht imstande, auch nur das mindeste an den Pumpen zu tun: und in der Zwischenzeit hatte sich das Leck in beängstigender Schnelle vergrößert.

Bei Sonnenuntergang hatte der Sturm merklich an Heftigkeit nachgelassen, und als sich mit ihm auch der Seegang milderte, gaben wir noch der schwachen Hoffnung Raum, uns in die Boote zu retten. Gegen acht Uhr abends riß der Wind die Sturmwolken mit sich hinweg, und wir hatten den Vorteil eines vollen Mondes – ein rechtes Stücklein Glück, das wunderbarlich dazu diente, unserem sinkenden Mut wieder Auftrieb zu geben.

Nach unglaublichen Mühen gelang es uns schließlich, die Pinasse ohne wesentlichen Zwischenfall zu Wasser zu lassen, und in ihr brachten wir die gesamte Mannschaft und die meisten Passagiere unter. Diese Gruppe fuhr augenblicklich ab und gelangte endlich am dritten Tage nach dem Schiffbruch nach mannigfachen Leiden sicher nach Ocracoke Inlet.

Vierzehn Passagiere blieben mit dem Kapitän an Bord, entschlossen, ihr Schicksal der Jolle am Heck anzuvertrauen. Wir ließen sie auch ohne Schwierigkeit nieder, obschon es uns nur durch ein Wunder gelang, sie am Umschlagen und Sinken zu hindern, als sie das Wasser berührte. Sobald wir sie flott gemacht hatten, nahm sie den Kapitän und seine Frau, Mr. Wyatt und Begleitung, einen mexikanischen Offizier mit Frau und vier Kindern sowie mich selbst mit einem Negerdiener auf.

Natürlich hatten wir keinerlei Platz, irgend anderes mitzunehmen als ein paar ausgesprochen notwendige Geräte, etwas Verpflegung und die Kleider, die wir auf dem Leibe trugen. Niemand dachte daran, auch nur den Versuch zu unternehmen, noch mehr zu retten. Wie groß denn mußte das Erstaunen aller sein, als Mr. Wyatt – wir waren grad ein paar Faden weit vom Schiffe fort – plötzlich in den Achtersitzen aufstand und kühl von Kapitän Hardy verlangte, das Boot solle zurückgesteuert werden, um seine längliche Kiste aufzunehmen!

»Setzen Sie sich, Mr. Wyatt«, erwiderte der Kapitän mit einiger Strenge, »Sie werden uns zum Kentern bringen, wenn sie nicht ganz still sitzen. Unser Dollbord taucht schon fast ins Wasser jetzt.«

»Die Kiste!« schrie Mr. Wyatt, immer noch stehend – »die Kiste, sag' ich! Kapitän Hardy, Sie können – Sie werden mich nicht zurückweisen. Das Gewicht macht doch kaum etwas aus – eigentlich gar nichts – nicht das mindeste. Bei der Mutter, die Sie gebar – bei der himmlischen Liebe – bei Ihrer Hoffnung auf das Heil beschwöre ich Sie – flehe ich Sie an: kehren Sie um und holen Sie die Kiste!«

Einen Augenblick lang schien es, als wolle der Kapitän sich von dem inbrünstigen Bitten des Künstlers rühren lassen; doch dann gewann er seine Strenge wieder und antwortete bloß:

»Mr. Wyatt, Sie sind verrückt. Ich kann Ihnen kein Gehör schenken. Setzen Sie sich hin, sag' ich, oder das Boot wird kentern. Halt – haltet ihn – greift ihn! – er will über Bord! Da – ich wußte es doch – er ist hinüber!«

Als der Kapitän dies rief, sprang Mr. Wyatt tatsächlich aus dem Boot, und da wir uns noch im Windschatten des Wracks befanden, gelang es ihm, mit freilich fast übermenschlicher Anstrengung, an einem Seile Halt zu finden, das von der Fockruste herniederhing. Im nächsten Augenblick war er an Bord und stürzte wie rasend hinunter in die Kabine.

Mittlerweile waren wir achteraus getrieben, und da uns das Schiff nun keinen Windschutz mehr bot, waren wir der gewaltigen, immer noch hochwogenden See auf Gnade oder Ungnade ausgeliefert. Wohl mühten wir uns entschlossen, noch einmal zurückzukehren, doch war unser kleines Boot wie eine Feder im Odem des Sturms. Ein

Blick zeigte uns, daß das Schicksal des unglückseligen Künstlers besiegelt war.

Indessen unsre Entfernung vom Wrack nun mit reißender Schnelle wuchs, sahen wir, wie der Verrückte (denn einzig dafür konnten wir ihn halten) bei der Kajütentreppe auftauchte und tatsächlich mit einem Kraftaufwand, der gigantisch anmutete, die längliche Kiste mit sich schleppte. Und da wir noch hinstarrten, verwundert im Extrem, schlang er rasend rasch verschiedne Male einen dreizölligen Strick erst um die Kiste, dann um seinen Leib. Im nächsten Augenblick dann waren beide, Mensch und Kiste, im Meer – und verschwanden sogleich, jäh plötzlich und auf immer.

Eine Weile noch ließen wir trauernd die Ruder ruhen, die Augen auf die Stelle geheftet. Schließlich legten wir uns nach Kräften in die Riemen. Wohl eine Stunde lang brach keiner das Schweigen. Dann endlich wagte ich eine Bemerkung.

»Haben Sie gesehen, Kapitän, wie plötzlich sie sanken? Das war doch eine überaus sonderbare Sache! Ich muß gestehen, ich hegte eine schwache Hoffnung, man werde ihn am Ende doch noch retten können, auch als ich sah, wie er sich an der Kiste festband und sich mit ihr der See überantwortete.«

»Sie mußten ja einfach sinken«, erwiderte der Kapitän, »und zwar wie eine Kanonenkugel. Freilich werden sie bald wieder nach oben kommen – *doch nicht eher, als das Salz sich gelöst hat.«*

»Das Salz?!« stieß ich hervor.

»Still!« sagte der Kapitän, indem er auf Gattin und Schwestern des Verschiedenen wies. »Wir müssen diese Dinge zur gegebenen Zeit einmal besprechen.«

Wir litten viel und entkamen mit knapper Not; doch war das Schicksal uns günstig, uns wie auch unsern Gefährten in der Pinasse. Endlich landeten wir, nach vier Tagen voller Qual, mehr tot als lebendig am Strand gegenüber Roanoke Island. Hier blieben wir eine Woche, ohne von den Küstenräubern belästigt zu werden, und konnten schließlich Passage nach New York bekommen.

Etwa einen Monat nach dem Verlust der ›Independence‹ begegnete ich auf dem Broadway zufällig Kapitän Hardy. Natürlich wandte sich unser Gespräch sogleich dem Unglücksfalle zu und besonders dem traurigen Schicksal des armen Wyatt. Dabei erfuhr ich die folgenden Einzelheiten.

Der Künstler hatte für sich selber, seine Frau, zwei Schwestern und eine Dienerin Passage genommen. Die Frau war tatsächlich, wie er sie uns dargestellt hatte, eine überaus liebreizende und gebildete Dame. Am Morgen des vierzehnten Juni aber (dem Tage also, da ich zum erstenmal das Schiff aufsuchte) ward sie ganz plötzlich krank und starb. Der junge Gatte geriet schier außer sich vor Schmerz – doch Umstände verboten ihm kategorisch, seine Reise nach New York aufzuschieben. Nun war es einerseits notwendig, der Schwiegermutter den Leichnam seines angebeteten Weibes zu bringen, doch andererseits wieder kannte er wohl das allgemeine Vorurteil, das ihn hindern würde, dies in aller Offenheit zu tun. Neun Zehntel der Passagiere hätten eher das Schiff verlassen, als daß sie mit einer Leiche zusammen gereist wären.

In diesem Dilemma verfiel Kapitän Hardy auf die Lösung, daß die Tote, vorerst einmal teilweise einbalsamiert und zusammen mit einer großen Menge Salz in eine Kiste von passenden Maßen gepackt, als Stückgut an Bord gebracht werden sollte. Nichts sollte vom Abscheiden der Dame verlauten; und da es nun aber wohlbekannt war, daß Mr. Wyatt auch für seine Gattin Passage genommen, wurde es notwendig, daß irgendjemand für die Dauer der Reise ihre Stelle einnahm. Hierzu ließ sich die Kammerzofe der Verstorbenen leicht bewegen. Die Extra-Kajüte, zu

Lebzeiten der Herrin ursprünglich für dieses Mädchen gemietet, wurde nun einfach beibehalten. In dieser Kajüte schlief die Pseudo-Gattin natürlich jede Nacht. Bei Tage spielte sie, so gut sie's nur eben vermochte, die Rolle ihrer Herrin – die selber, so hatte man sich vorher sorgfältig vergewissert, keinem der Passagiere an Bord persönlich bekannt gewesen war.

Mein eigner Irrtum entsprang, natürlich genug, einem zu sorglosen, zu neugierigen und viel zu impulsiven Temperamente. Doch in letzter Zeit ist es eine Seltenheit geworden, daß ich des Nachts gesunden Schlummer finde. Es gibt da ein Gesicht, das mich verfolgt, ich mag mich drehn und wenden, wie ich will. Es gibt ein hysterisches Lachen, das mir wohl ewig in den Ohren klingen wird.

EINE GESCHICHTE AUS DEN RAUHEN BERGEN

Im Herbst des Jahres 1827, ich wohnte damals nahe Charlottesville, Virginia, machte ich zufällig die Bekanntschaft eines Herrn Augustus Bedloe. Dieser junge Gentleman war bemerkenswert in jeder Hinsicht und erweckte in mir eine tiefe Teilnahme und Neugier. Ich fand's unmöglich, mir sein Wesen, sein Gehaben zu erklären, das geistige wie auch das physische. Von seiner Familie konnte ich keinerlei zufriedenstellende Kunde gewinnen. Woher er kam, erfuhr ich nie gesichert. Ich nannte ihn einen jungen Gentleman – doch selbst an seinem Alter war ein Etwas, welches mich in nicht geringem Maße ratlos machte. Er *wirkte* gewißlich jung – und liebte es, im Gespräch seine Jugend zu betonen – doch gab es Momente, wo es mir nicht schwer gefallen wäre, ihn mir als hundert Jahre alt vorzustellen. Aber in keinem Betrachte war er sonderlicher denn in seiner persönlichen Erscheinung. Er war ganz einzigartig lang und hager. Ging stark gebeugt. Seine Gliedmaßen wirkten dürr und abgezehrt. Die Stirn war breit und niedrig. Sein Teint absolut blutlos. Der Mund groß und flexibel – und seine Zähne waren, wennschon gesund, doch in so wilder Weise uneben, als ich's nur immer in einem menschlichen Haupte sah. Der Ausdruck seines Lächelns jedoch war keineswegs etwa mißfällig, wie man annehmen möchte; nur zeigte es keinerlei Wandlungsfähigkeit. Es war voll tiefer Schwermut – voll niemals wechselnder, nie endender Düsternis. Seine Augen waren abnorm groß, und rund wie die einer Katze. Auch verengten oder erweiterten sich die Pupillen bei wachsendem beziehungsweise abnehmendem Lichte ganz so, als man es bei den Vertretern der Katzengattung beobachtet. In Augenblicken der Erregung trat in sie ein schier unfaßlicher Glanz: da schien ein Strahlenschein von ihnen auszugehen, nicht reflektiertes, sondern Eigenlicht, wie eine Kerze oder die Sonne es entsendet; doch gewöhnlich blickten sie so schal, verschleiert und stumpf, daß einem unwillkürlich der Gedanke an die Augen eines lang begrabnen Leichnams kam.

Diese Sonderlichkeiten seines Wesens bereiteten ihm selber offenbar viel Verdruß, und beständig spielte er in halb erklärender, halb entschuldigender Weise darauf an, was mich anfangs durchaus sehr peinlich berührte. Bald jedoch schon ward ich daran gewöhnt, und mein Unbehagen schwand. Es schien sein Vorsatz zu sein, zwar nicht so sehr direkt zu behaupten, doch immerhin anzudeuten, daß er körperlich nicht allezeit gewesen sei, was er nun war – daß eine Reihe neuralgischer Attacken eine mehr denn gewöhnliche Schönheit des Leibes erst zu dem gemacht hätten, was ich heute sah. Viele Jahre lang war er bereits von einem Arzte namens Templeton betreut worden – einem alten Herrn von vielleicht siebzig Jahren – dem er zuerst in Saratoga begegnet war und von dessen Fürsorge er dort große Wohltat empfing – oder zumindest doch zu empfangen vermeinte. Dies hatte zum Ergebnis, daß Bedloe, der begütert war, mit Dr. Templeton eine Übereinkunft traf, wonach der letztere, gegen eine großzügig bemessene Jahresentschädigung, darein willigte, seine Zeit und ärztliche Erfahrung ausschließlich der Sorge um den Kranken zu widmen.

Doktor Templeton war in seinen jüngern Jahren weit herumgekommen und zu Paris ein enragierter Anhänger der Lehre Mesmers geworden. So war es durchweg mit der Hilfe magnetischer Remedien geschehen, daß er die heftigen Schmerzen seines Patienten erfolgreich hatte erleichtern können; und dieser Erfolg hatte dem letzteren sehr natürlicherweise ein gewisses Maß an Vertrauen zu den Anschauungen eingeflößt, auf welchen diese Heilungsmittel gründeten. Der Doktor hingegen war, wie alle Enthusiasten, mit ganzem Eifer bemüht gewesen, seinen Schüler vollends zu bekehren, und hatte schließlich sein Ziel insoweit auch erreicht, als er den Dulder zu bewegen vermochte, sich zahlreichen Experimenten zu unterziehen. Durch häufiges Wiederholen dieser Experimente nun hatte sich etwas ergeben, das in unsern Tagen gewöhnlich genug geworden ist, um nur noch wenig oder keinerlei Aufmerken an sich zu ziehen, was jedoch zu der Zeit, von der ich schreibe, in Amerika ganz selten bekannt geworden war. Ich will sagen, daß zwischen Dr. Templeton und Bedloe nach und nach ein ganz entschiedner und stark ausgeprägter *rapport,* eine magnetische Beziehung, entstanden war. Daß dieser *rapport* über die Grenzen der einfachen hypnotischen Kraft, also der Fähigkeit, Schlaf hervorzurufen, hinausging, wage ich nicht zu behaupten; fest steht jedoch, daß diese Kraft selbst große Intensität erlangt hatte. Der erste Versuch, auf magnetischem Wege Schlafsucht zu induzieren, war dem Mesmeristen vollständig fehlgeschlagen. Der fünfte oder sechste brachte, nach unermüdender Bemühung, einen allerdings noch sehr partiellen Erfolg. Erst der zwölfte wurde zum vollen Triumph. Hiernach erlag der Wille des Patienten dem des Arztes rasch, und als ich zum erstenmal die Bekanntschaft der beiden Herren machte, stand es bereits so, daß der Schlaf sich fast augenblicklich durch die bloße Willensäußerung des Operateurs einstellte, auch wenn dem Kranken seine Gegenwart gar nicht bewußt war. Erst heute, im Jahre 1845, wo ähnliche Mirakel tagtäglich von Tausenden bezeugt werden, habe ich den Mut, diese anscheinende Unmöglichkeit als eine ernstliche Tatsache zu berichten.

Bedloe's Gemüt war im höchsten Grade empfindsam, erreglich und voll Überschwang. Er besaß eine einzigartig lebhafte und schöpferische Imagination; und diese ward zweifellos noch zusätzlich durch den habituellen Gebrauch von Morphium bestärkt, welches er in großen Mengen schluckte und ohne das er vermutlich nicht mehr hätte existieren können. Es war seine Gewohnheit, allmorgendlich gleich nach dem Frühstück eine sehr erhebliche Dosis davon einzunehmen – oder vielmehr, unmittelbar nach einer Tasse starken Kaffees, denn er aß vormittags nichts –, und dann begab er sich, allein oder nur in Begleitung eines Hundes, auf einen langen Streifzug durch die Kette von wilden und öd verlassnen Hügeln, welche west- und südlich von Charlottesville liegen und dort mit dem Namen der Rauhen Berge ausgezeichnet werden.

An einem trüben, warmen, neblichten Tage, gegen Ende des November, und während des wunderlichen *interregnum* zwischen den Jahreszeiten, das in Amerika ›Indianersommer‹ heißt, brach Mr. Bedloe wie gewöhnlich nach den Hügeln auf. Der Tag verstrich, und immer noch kehrte er nicht zurück.

Gegen Schlag acht Uhr des Abends, nachdem uns seine verlängerte Abwesenheit allmählich doch ernste Sorgen machte, standen wir eben im Begriff, uns nach ihm auf die Suche zu begeben, als er ganz unerwartet wieder in Erscheinung trat, bei nicht schlimmerem Befinden als gewöhnlich und eher noch in besserer denn seiner üblichen Stimmung. Der Bericht, den er uns von seinem Ausfluge und den Ereignissen gab, welche ihn festgehalten, war in der Tat höchst eigenartig.

»Sie werden sich erinnern«, sprach er, »daß es gegen neun Uhr heute morgen war, als ich Charlottesville verließ. Ich lenkte meine Schritte unmittelbar den Bergen zu und betrat gegen zehn eine Schlucht, die mir vollständig neu war. Ich folgte den Windungen dieses Engpasses mit viel Interesse. Die Szenerie, die sich auf allen Seiten bot, hatte, obschon man sie kaum großartig nennen dürfte, doch ein unbeschreibliches und für mich geradezu köstliches Etwas von Ödnis und Verlassenheit an sich. Die Einsamkeit schien gänzlich unberührt. Ich konnte mich das Eindrucks nicht erwehren, daß all die grünen Soden und die grauen Felsen, auf denen ich dahinschritt, noch nie zuvor von eines Menschen Fuß betreten worden seien. So abgeschieden, ja fast unzugänglich, es sei denn durch eine Reihe von Zufällen, liegt der Eingang der Kluft, daß es keineswegs unmöglich ist, daß ich der erste Abenteurer war – der allererste und einzige Abenteurer, der jemals ihre verborgnen Tiefen durchdrang.

»Der dicke und eigentümliche Nebel beziehungsweise Dunst, der den Indianersommer auszeichnet und der nun schwer über allen Gegenständen hing, diente zweifellos dazu, die vagen Eindrücke zu vertiefen, welche diese Gegenstände mir erschufen. So dicht war dieser gefällige Dampfschleier, daß ich von dem Pfade vor mir zu keiner Zeit mehr denn ein Dutzend Ellen zu sehen vermochte. Dieser Pfad verlief in bizarren Windungen, und da die Sonne nicht mehr zu erspähen war, verlor ich bald jeden Sinn für die Richtung, in welcher ich wanderte. Derweilen tat das Morphium seine gewohnheitsmäßige Wirkung – die nämlich, der gesamten Außenwelt ein hochgespanntes Interessant-Sein zu verleihen. Im leisen Zitterrascheln eines Blatts – im Farbschatten eines Grashalms – im Formgebild des Kleeblatts – im Summen einer Biene – im Schimmern eines Tautropfens – im Hauch des Winds – in den linden Düften, die vom Walde herüberstrichen – in all diesem tat sich eine ganze Welt von Suggestionen auf – all diesem entstieg ein lustiger und buntscheckiger Zug von rhapsodischen und unmethodischen Gedanken.

»Diesen hingegeben, wanderte ich wohl stundenlang dahin, derweil die Nebel um mich her sich in einem Maße verdichteten, daß ich am Ende gezwungen war, mir meinen Weg regelrecht zu ertasten. Und da auf einmal befiel mich ein unbeschreibliches Mißbehagen – eine Art nervösen Zauderns und Schauderns. Kaum wagt' ich noch einen

Fuß vor den andern zu setzen, aus Furcht, ich könnte jählich in einen Abgrund stürzen. Auch entsann ich mich wunderlicher Geschichten, die man sich von diesen Rauhen Hügeln erzählte und von der ungeschlachten und grausam wilden Menschenrasse, welche in ihren Hainen und Höhlen hause. Wohl tausend vage Einbildungen bedrängten und bedrückten mich – Einbildungen, die, *weil* sie vage, nur um so verstörender waren. Da plötzlich ward meine Aufmerksamkeit von lautem Trommelschlag gefesselt.

»Dies verwirrte mich natürlich über die Maßen. Eine Trommel in diesen Bergen – davon hatte man doch noch nie vernommen! Wäre die Posaune des Erzengels erschollen, ich hätte darob nicht mehr erstaunen können. Doch ein neues und schier noch bestürzenderes Phänomen schuf mir alsbald Interesse und Verwirrung. Ein wilder Rassel- oder Klirrlaut, als wie von einem Bunde großer Schlüssel, drang an mein Ohr, und im Augenblick stürzte mit einem Gellschrei ein dunkelgesichtiger und halbnackter Mann an mir vorüber. Er kam mir dabei so nahe, daß ich seinen heißen Atem auf meinem Gesichte spürte. Er trug in einer Hand ein Instrument, bestehend aus einer Reihe von Stahlringen, welche er im Laufen heftig schüttelte. Kaum war er im Nebel verschwunden, als mit offenem Maul und glühenden Augen ein riesenhaftes Tier heranstürmte und ihm nachlechzte. Über seine Gattung konnte ich nicht lange im Ungewissen sein. Es war eine Hyäne.

»Der Anblick dieses Ungeheuers milderte meine Schrekken eher denn daß er sie erhöhte – denn nun ward ich überzeugt, daß ich träumte, und mühte mich alsbald, mich wieder zu wachem Bewußtsein zu bringen. Beherzt und energisch schritt ich vorwärts. Ich rieb mir die Augen. Stieß laute Rufe aus. Ich zwickte mir die Glieder. Ein Quellenrinnsal bot sich meinem Blick, und ich bückte mich und netzte mir Hände, Stirn und Nacken mit dem Wasser. Dies schien die zweifelhaften Sensationen, welche mich bisher belästigt, zu verscheuchen. Als, dachte ich, ein neuer Mensch erhob ich mich und schritt mit gutem Mut und selbstzufrieden auf meinem unbekannten Wege fort.

»Als mich schließlich die Anstrengung und eine gewisse drückende Dichtigkeit der Atmosphäre müde gemacht, ließ ich mich unter einem Baume nieder. Da brach ein matter Schimmer Sonnschein durch, und der Blätterschatten des Baums fiel schwach, doch deutlich auf den Rasengrund. Auf diesen Schatten starrte ich verwundert wohl viele Minuten lang. Seine Gestalt versetzte mich in maßloses Erstaunen. Ich blickte empor. Der Baum war eine Palme.

»Nun erhob ich mich voller Hast und in einem Zustande furchtbarer Erregung – denn die Einbildung, daß ich träumte, wollte mir nun nicht länger mehr dienen. Ich sah – ich fühlte, daß ich vollständige Herrschaft über meine Sinne besaß – und diese Sinne brachten meiner Seele nun eine Welt von neuer und einzigartiger Empfindung. Ganz jählich ward die Hitze unertragbar. Ein sonderbarer Duft beschwerte die Brise. Ein laues, beständiges Murmeln, wie es von einem breiten, doch sanft fließenden Strome ausgeht, drang an meine Ohren, untermischt mit dem eigentümlichen Stimmgesumm einer ungezählten Menschenmenge.

»Derweilen ich noch lauschte, im Unmaß einer Verwunderung, welche ich nicht zu beschreiben versuchen muß, trug ein starker und kurzer Windstoß die hangenden Nebel hinweg, als habe ein Zauberer seinen Stab geschwungen.

»Ich fand mich am Fuße eines hohen Berges und blickte in eine weite Ebene nieder, durch welche sich ein majestätischer Strom wand. Am Rande dieses Flusses lag eine morgenländisch anmutende Stadt, der Art, wie wir sie in den Arabischen Märchen geschildert finden, doch von einem Charakter, schier einzigartiger noch als jede dort beschriebne. Von meinem Standort aus, der hoch über dem Häusermeere lag, vermochte ich jedes Winkelchen und Eckchen zu erkennen, als sei's auf einer Karte eingezeichnet. Die Straßen schienen zahllos und kreuzten einander unregelmäßig in allen Richtungen, doch waren es eher langgewundene Alleen denn Straßen, und es wimmelte auf ihnen förmlich von Menschen. Die Häuser boten einen wild malerischen Anblick. Auf allen Seiten zeigte sich eine wahre Wildnis von Balkonen, Veranden, Minarehs, von Nischen und phantastisch geschnitzten Erkern. Basare waren im Überfluß vorhanden; und darin lagen reiche Waren aus, in unabsehbarer Varietät und Fülle – Seide, Musselin, das blendgleißende Hand-Werk der Messerschmiede, die allerherrlichsten Juwelen und Gemmen. Überdem erblickte man allenthalben Banner und Palankine, Sänften mit dicht verschleierten vornehmen Damen, prächtig herausgeputzte Elefanten, grotesk geformte Götzenbilder, Trommeln, Fahnen und Gongs, Speere und silbern- oder goldglänzende Keulen. Und inmitten der Menge und des Tumults, der allgemeinen Verwirrung und Konfusion – inmitten der Unzahl schwarzer und gelber Menschen in Turban und Robe und mit wallendem Bart, da zogen endlose Scharen von heiligen, mit Kopfbändern geschmückten Stieren, indessen wahre Legionen von schmutzigen, doch gleichwohl heiligen Affen schnatternd und schreiend an den Kranzgesimsen der Moscheen entlangkletterten oder an den Minarehs und Erkern turnten. Vom Gewimmel der Straßen führten unzählige Stufentreppen hinab zu den Ufern des Stroms und seinen Badeplätzen, dieweil der Fluß selbst sich nur mit Schwierigkeit durch die riesigen Flotten von schwerbeladenen Schiffen, die weit und breit seine Oberfläche bedeckten, Bahn zu brechen schien. Jenseits der Grenzen der Stadt ragten, in dichten majestätischen Gruppen, die Palme und die Kokos auf, mit anderen gigantischen und unheimlich zaubrischen Bäumen von gewaltigem Alter; und hier und dort mochte man ein Reisfeld erblicken, die strohgedeckte Hütte eines Bauern, eine Zisterne, ein gelegentliches Tempelchen, ein Zigeunerlager, oder ein einzelnes anmutsvolles Mädchen, das sich mit einem Kruge auf dem Kopf hinab zum Ufer des prächtigen Stroms begab.

»Sie werden nun natürlich sagen, daß ich träumte; doch war's mitnichten so. Was ich erblickte – was ich hörte – was ich empfand – und was ich dabei dachte – das alles hatte nichts von der unmißverständlichen Eigentümlichkeit des Traumes an sich. Das alles war von strenger Konsequenz. Zuerst noch stellte ich, voll Zweifel, ob ich wirklich wach sei, eine Reihe von Testversuchen an, doch überzeugten mich diese alsbald, daß ich's wahrhaftig war. Es ist ja so: wenn einer träumt – und hat, in seinem Traum, den Argwohn, daß er träume – so versäumt dieser Argwohn *nie sich zu bestätigen,* und der Schläfer wacht fast augenblicklich auf. So irrt Novalis nicht, wenn er sagt, wir stünden immer »nah vor dem Erwachen, wenn wir träumen, daß wir träumen«. Hätte ich die Vision, wie ich sie beschreibe, ohne den Verdacht gehabt, sie sei ein Traum, dann hätte sie durchaus auch wohl ein Traum sein können, doch da sie sich so und nicht anders zutrug und ich ihr, wie gehabt, mit Argwohn und Prüfungen begegnete, bin ich gezwungen, sie anderen Phänomenen zuzurechnen.«

»Darin möchte ich Ihnen auch nicht einmal unrecht geben«, bemerkte Dr. Templeton, »doch fahren Sie fort. Sie erhoben sich und stiegen in die Stadt hinunter.«

»Wahrhaftig – ich erhob mich«, setzte Bedloe fort, indem er den Doktor mit einem Ausdruck tiefen Erstaunens betrachtete. »Ich erhob mich, wie Sie sagen, und stieg in die Stadt hinunter. Auf meinem Wege geriet ich in eine immense Menschenmenge, welche sich durch alle Straßen einunddemselben Ziele zuwälzte und in ihrem ganzen Gebaren die wildeste Erregung zur Schau stellte. Urplötzlich, und aus einem unbegreiflichen Antriebe, packte mich ein brennendes persönliches Interesse an dem, was da vor sich ging. Mir war's auf einmal, als hätte ich eine wichtige Rolle dabei zu spielen, ohne daß mir jedoch entschieden klar geworden wäre, worin sie bestand. Gegen die Menschenmasse, die mich umbrandete, empfand ich freilich alsbald ein tiefes Gefühl der Animosität. Ich zog mich aus ihrer Mitte zurück, und rasch, auf einem Umwegspfad, erreichte und betrat ich die Stadt. Hier war alles ein einziger wilder und zänkischer Tumult. Eine kleine Gruppe von Männern, halb indisch und halb europäisch gewandet, und befehligt von teils britisch uniformierten Herren, war aufs heftigste mit dem Pöbel handgemein geworden, der sich lärmend zusammengerottet hatte. Ich schloß mich der schwächeren Partei an, indem ich mich mit den Waffen eines gefallenen Offiziers versah und mit dem wilden Mute der Verzweiflung focht – ich weiß nicht, gegen wen. Bald jedoch mußten wir der Übermacht weichen und in einer Art Kiosk Zuflucht suchen. Dort verbarrikadierten wir uns und waren fürs erste sicher. Durch ein Guckloch im Dachbau des Kiosks erblickte ich eine ungeheure Menschenmenge, welche in unbändigem Rasen einen stolzen, nach dem Flusse hinausgebauten Palast umzingelte und bestürmte. Nicht lange, so ließ sich aus einem der obern Fenster dieses Palasts mithilfe eines aus den Turbanen seiner Diener geknüpften Stranges ein weibisch furchtsam anmutender Mann herab. Ein Boot war zur Stelle, und mit ihm entkam er nach dem gegenüberliegenden Ufer des Stroms.

»Und nun ergriff ein neues Ziel Besitz von meiner Seele. Ich sprach ein paar hastige, doch zündende Worte zu meinen Gefährten, und nachdem es mir gelungen, ein paar wenige von ihnen für meinen Zweck zu gewinnen, verließen wir in einem wütenden Ausfall den Kiosk. Wir warfen uns mitten in die Menge, die ihn umbrandete. Zunächst wich sie vor uns zurück. Dann sammelte sie sich wieder, focht wie rasend, und mußte erneut zurück. Derweilen wurden wir von dem Kiosk weit abgedrängt und gerieten zu unserer Verwirrung und Bestürzung in enge Straßen und Gassen zwischen hohe, überhangende Häuser, in deren abgelegne Winkel noch nie ein Sonnenstrahl gefallen war. Der Pöbel drang stürmisch auf uns ein; schier unablässig flogen seine Speere, und wahre Schwärme von Pfeilen überschütteten uns. Diese letzteren waren sehr bemerkenswert: sie ähnelten in mancherlei Hinsicht dem gewundenen Kris der Malaien. Sie sollten den Leib einer kriechenden Schlange nachbilden, waren lang und schwarz und hatten an der Spitze einen vergifteten Widerhaken. Einer von ihnen traf mich in die rechte Schläfe. Ich taumelte und fiel. Im Augenblicke überkam mich fürchterliche Übelkeit. Ich rang – ich keuchte – ich starb.«

»Nun«, sagte ich lächelnd, *»jetzt* werden Sie wohl kaum noch darauf bestehen wollen, Ihr ganzes Abenteuer sei *kein* Traum gewesen. Oder wollen Sie uns ernstlich erzählen, daß Sie tot seien?«

Als ich diese Worte sprach, erwartete ich natürlich, daß Bedloe mir auf irgendeine witzig-spritzige Weise replizieren werde; doch zu meinem Erstaunen zögerte er, ein Zittern befiel ihn, er wurde erschreckend bleich und blieb still und stumm. Ich blickte zu Templeton hinüber. Der saß in seinem Stuhle, starr und steif – seine Zähne klapperten, und die Augen traten ihm aus den Höhlen. »Fahren Sie fort!« sagte er schließlich mit heiserer Stimme zu Bedloe.

»Minutenlang«, so nahm der letztere seinen Bericht wieder auf, »minutenlang empfand ich, fühlt' ich nichts denn Dunkelheit und Nicht-Sein, verbunden mit dem Bewußtsein des Todes. Dann schließlich war's mir, als zucke ein heftiger und jäher Schock mir durch die Seele, wie von

Elektrizität. Mit ihm zugleich durchdrang mich ein Gefühl von Spannkraft und von Licht. Dies letztere empfand ich – ohne daß ich's sah. Im Augenblicke schien ich mich vom Boden zu erheben. Doch ich besaß kein körperliches, kein sichtbar-, hörbar-, greifbares Vorhandensein. Die Menge war verschwunden. Der Tumult verebbt. Die Stadt befand sich in verhältnismäßiger Ruhe. Unter mir lag mein Leichnam mit dem Pfeil in der Schläfe, der ganze Kopf verschwollen und entstellt. Doch all dies fühlt' ich nur – ich sah es nicht. Ich nahm an nichts Interesse. Selbst der Leichnam erschien mir als ein Etwas, mit dem ich nicht das mindeste zu schaffen hatte. Ich war gänzlich ohne Willenskraft, doch fühlte ich mich in Bewegung gesetzt, und gleichsam schwerelos, fast wie auf Flügeln trug es mich aus der Stadt – auf dem nämlichen Umwegspfade, auf welchem ich sie betreten. Und kaum hatte ich jene Stelle in der Bergesschlucht erreicht, wo mir die Hyäne begegnet war, da erfuhr ich erneut einen Schock wie von einer galvanischen Batterie; das Gefühl der Schwere, des Willens, der Körperlichkeit kehrte zurück. Ich wurde wieder zu dem, was ich ursprünglich gewesen, und lenkte meine Schritte rüstig heimwärts – doch das Geschehene hatte nichts von seiner Real-Lebendigkeit verloren – und selbst jetzt noch vermag ich's nicht, und sei's auch nur für einen Augenblick, meinen Verstand zu der Ansicht zu nötigen, es sei das alles nur ein Traum gewesen.«

»Das war es auch nicht«, sprach Templeton da mit tief feierlichem Ausdruck, »wiewohl es schwer sein würde zu sagen, wie anders man es nennen sollte. Lassen wir es bei der Annahme sein Bewenden haben, daß die Seele des Menschen von heute an der Schwelle zu stupenden psychischen Entdeckungen steht. Mit dieser Annahme wollen wir zufrieden sein. Was den Rest betrifft, so habe ich eine Erklärung abzugeben. Hier ist eine Aquarell-Zeichnung: ich hätte sie Ihnen schon früher zeigen sollen, doch hielt mich ein wohl verantwortliches Gefühl des Grauens bislang davon ab.«

Wir blickten auf das Bild, das er uns bot. Ich konnte nichts von außergewöhnlichem Charakter daran sehen, doch seine Wirkung auf Bedloe war gewaltig. Fast schwanden ihm die Sinne, da er's sah. Und dennoch war es nichts denn nur ein Miniatur-Porträt – von wundersam akkurater Ausführung freilich –, das seine eignen, sehr bemerkenswerten Züge wiedergab. Dies jedenfalls war mein Gedanke, als ich's mir betrachtete.

»Sie werden«, sagte Templeton, »das Entstehungsdatum dieses Bildes lesen können – es steht, kaum sichtbar, hier in dieser Ecke – 1780. In diesem Jahre ward das Porträt abgenommen. Es ist das Ebenbild eines toten Freundes – eines Mr. Oldeb – dem während der Amtszeit von Warren Hastings zu Kalkutta meine innige Ergebenheit gehörte. Ich zählte damals grad erst zwanzig Jahre. Als ich Sie, Mr. Bedloe, in Saratoga zum erstenmal erblickte, da war's die wundersame Ähnlichkeit zwischen Ihnen und der Malerei, was mich bewog, mich Ihnen zu nähern, Ihre Freundschaft zu suchen und jene Abmachungen mit Ihnen zu treffen, in deren Folge ich Ihr ständiger Begleiter ward. Dies zu bewirken, trieb mich zum Teil, und vielleicht in der Hauptsache, die kummervolle Erinnerung an den Verblichenen, doch anderenteils insgleichen eine nagende und durchaus schaudervolle Neugier bezüglich Ihrer selbst.

»Mit Ihrer Schilderung der Vision, welche sich Ihnen inmitten der Hügel bot, haben Sie, und in der minuziösesten Genauigkeit, die indische Stadt Benares beschrieben, gelegen am Heiligen Strome. Der Aufruhr, der Kampf, das Massaker waren tatsächliche Ereignisse beim Aufstand des Cheyte Sing, der im Jahre 1780 stattfand und bei dem Hastings in drohende Lebensgefahr geriet. Der Mann, der an dem aus Turbanen geknüpften Seil entkam, war Cheyte Sing selbst. Die Männer im Kiosk waren Sepoys und britische Offiziere unter der Führung von Hastings. Zu ihnen gehörte auch ich, und ich tat alles, was ich konnte, um den tollkühnen und verhängnisvollen Ausfall des Offiziers zu verhindern, der dann im Straßengewühl durch den vergifteten Pfeil eines Bengalen fiel. Dieser Offizier war mein liebster Freund. Es war Oldeb. Aus diesen Manuskripten« (hier zog der Sprecher ein Notizbuch hervor, in welchem offenbar mehrere Seiten frisch beschrieben worden waren) »werden Sie ersehen, daß zu genau dem Zeitpunkt, da in den Bergen diese Dinge vor Ihre Einbildung traten, ich hier zu Haus beschäftigt war, sie zu Papier zu bringen.«

Etwa eine Woche nach diesem Gespräch erschien in einer Charlottesviller Zeitung der folgende Artikel:

»Wir haben die schmerzliche Pflicht, das Hinscheiden von Mr. Augustus *Bedlo* zu vermelden, einem vortrefflichen Manne, der durch sein liebenswürdiges Wesen und viele Tugenden den Bürgern von Charlottesville seit langem teuer war.

»Mr. B. litt bereits seit mehreren Jahren an Neuralgie, und oftmals schon drohte diese Krankheit einen verhängnisvollen Ausgang zu nehmen; doch kann sie nur als mittelbare Ursache seines Hinscheidens angesehen werden. Die unmittelbare Ursache stellt eine seltsame Einzigheit dar. Bei einer Exkursion in die Rauhen Berge vor erst wenigen Tagen hatte sich der Verstorbene eine leichte Erkältung und Fieber zugezogen, und ein starker Blutandrang zum Kopfe setzte ein. Diesen zu lindern, nahm Dr. Templeton zu einem örtlichen Aderlasse seine Zuflucht. Blutegel wurden an den Schläfen angesetzt. Doch in erschrekkend kurzer Zeit verstarb der Patient, und es stellte sich heraus, daß in das Gefäß, welches die Blutegel enthielt, durch Zufall eine der giftigen wurmartigen *sangsues* geraten war, die hin und wieder in den umliegenden Teichen gefunden werden. Dieses Tier saugte sich an einer kleinen Arterie in der rechten Schläfe fest. Seine ausnehmende Ähnlichkeit mit dem medizinischen Blutegel ließ den Irrtum unbemerkt bleiben, bis es zu spät war.

»N. B. – Die giftige *sangsue* von Charlottesville läßt sich vom medizinischen Blutegel stets durch ihre Schwärze unterscheiden, dann aber auch besonders durch ihre gewundenen oder wurmartigen Bewegungen, welche denen einer Schlange überaus ähnlich sehen.«

Ich unterhielt mich gerade mit dem Herausgeber des in Rede stehenden Blattes über diesen bemerkenswerten Unfall, als mir die Frage beifiel, wie es geschehen sei, daß man den Namen des Verstorbenen als *Bedlo* angegeben habe.

»Ich nehme an«, sagte ich, »Sie haben einen Gewährsmann für diese Schreibung, doch war ich eigentlich stets der Meinung, der Name schreibe sich mit einem *e* am Ende.«

»Einen Gewährsmann? – aber nein«, erwiderte er. »Es handelt sich um einen bloßen Druckfehler. Der Name Bedloe schreibt sich in der ganzen Welt mit einem *e* am Ende, und nie im Leben noch sah ich ihn anders buchstabiert als so.«

»Dann«, murmelte ich, als ich mich auf dem Absatze umwandte, »dann hat sich wahrhaftig wieder einmal bestätigt, daß eine einzige Wahrheit wunderlicher ist denn alle Erfindung – denn Bedlo ohne *e,* was ist es anders denn ein umgekehrtes Oldeb? Und da erzählt mir dieser Mann, es handle sich um einen Druckfehler!«

DAS VORZEITIGE BEGRÄBNIS

Es gibt gewisse Themen, welche zwar allseits ein tiefes Interesse finden, doch aber zu schauerlich sind, als daß sie in die höhere Literatur Eingang finden könnten. Der bloße Romantiker muß sie fliehen, wenn er nicht verletzen will oder abstoßen. Sie lassen sich nur da geziemend behandeln, wo Ernst und Majestät der Wahrheit sie heiligen und tragen. Wir gruseln uns zum Beispiel, mit einem Höchstmaß an ›lustvollem Schauder‹, bei den Berichten vom Übergang über die Beresina, vom Erdbeben zu Lissabon, von der Pest in London, vom Massaker der Bartholomäus-Nacht, oder vom Ersticken der hundertunddreiundzwanzig Gefangenen im Schwarzen Loch zu Kalkutta. Doch in all diesen Berichten ist es die Tatsache – ist es die Wirklichkeit – ist's das Historische, was uns erregt. Wär' es Erfindung, so würden wir alsbald die Nase darob rümpfen.

Ich habe hier ein paar der prominentern und erhabnern Unglücksfälle erwähnt, die uns überkommen sind; doch bei diesen ist es das Ausmaß nicht weniger denn der Charakter des Unglücks, was der Phantasie so lebhaft Eindruck macht. Ich muß den Leser nicht erinnern, daß ich aus dem langen und unheimlichen Kataloge menschlichen Elendes gar leicht hätte manchen Einzelfall auslesen können, welcher ein tieferes Leid in sich birgt denn irgend nur eine von diesen ungeheuern Massenkatastrophen. Denn wahrlich, das furchtbarste Unheil – das äußerste, letzte Weh – das trifft den Einzelnen, nicht die Gemeinschaft. Und daß die gräßlichen Extreme der Seelenqual vom Menschen als Person ertragen werden, und nimmer vom Menschen als Masse, – dafür wollen wir einem barmherzigen Gotte danken!

Lebendigen Leibes begraben zu werden, ist fraglos das schrecklichste dieser Extreme, das je dem Sterblichen zum Lose ward. Daß solches häufig schon, sehr häufig, vorgekommen ist, wird mir wohl kaum ein Denkender bestreiten. Die Grenzen, die das Leben vom Tode scheiden, sind besten Falles schattenhaft und vag. Wer könnte sagen, wo das eine endet und wo das andere beginnt? Wir wissen, es gibt Krankheiten, bei welchen ein totales Erlöschen aller sichtbaren Lebensfunktionen eintritt – und wo dies Erlöschen doch bloß ein Aussetzen, eine Suspension im Grundsinne des Wortes ist. Ein zeitweiliges Pausieren des rätselhaften Mechanismus. Ist eine gewisse Spanne verstrichen, so setzt ein unsichtbar geheimnisvolles Prinzip das magische Getriebe, das zaubrische Räderwerk wieder in Bewegung. Das Silberband war nicht auf immer gelöst, noch die goldene Schüssel unwiederbringlich zerbrochen. Doch wo war unterweil die Seele – wo?

Aber ganz abgesehen einmal von dem unvermeidlichen Schlusse *a priori,* daß solche Ursachen auch entsprechende Wirkungen zeitigen müssen – daß solche wohlbekannten Fälle von Lebens-Suspension, also Schein-Tod, natürlicher Weise dann und wann eine vorzeitige Bestattung zur Folge haben müssen –, abgesehen von dieser Überlegung besitzen wir das unmittelbare Zeugnis der medizinischen als auch der gewöhnlichen Erfahrung zum Beweise, daß in der Tat eine Unzahl solcher Beerdigungen stattgefunden hat. Ich könnte sogleich, wenn notwendig, ein rundes Hundert einwandfrei beglaubigter Fälle anführen. Einer von sehr bemerkenswertem Charakter, dessen Umstände manchen meiner Leser vielleicht noch frisch in Erinnerung sind, ereignete sich, vor noch gar nicht langer Zeit, in der benachbarten Stadt Baltimore, wo er in weiten Kreisen eine heftige und schmerzliche Aufregung hervorrief. Die Gattin eines der angesehensten Bürger – eines ausgezeichneten Advokaten und Mitglieds des Kongresses – ward jählich von einer rätselhaften Krankheit befallen, die alle Kunst der Ärzte vollkommen zuschanden machte. Nach vielem Leiden endlich schied sie hin – das heißt, man hielt dafür, sie sei gestorben. Tatsächlich faßte keiner irgend Argwohn, noch zeigte sich ein Grund zu dem Verdacht, sie sei nicht wirklich tot. Sie bot all die gewöhnlichen Anzeichen des Todes. Ihr Gesicht nahm das übliche verkniffene und eingesunkene Aussehn an. Die Lippen zeigten die bekannte Marmorblässe. Die Augen waren glanzlos. Der Leib hatte keine Wärme mehr. Der Pulsschlag war verstummt. Drei Tage lang ließ man sie unbestattet, während welcher Zeit eine steinerne Starre eintrat. Um es kurz zu machen – als schließlich das, was man für Verwesung hielt, rapide fortschritt, wurde die Beerdigung sehr eilig betrieben.

Die Dame wurde in ihrer Familiengruft beigesetzt, welche drei folgende Jahre lang ungestört blieb. Nach Ablauf dieser Zeit aber ward sie geöffnet, um einen weiteren Sarkophag aufzunehmen; – und ach! welch grauenvoller Schlag erwartete den Ehegatten da, der in Person die Türe offen warf! Als die Portale auseinanderschwangen, fiel ihm ein weißgekleidet' Klapper-Etwas in die Arme. Es war das Skelett seines Weibes im noch nicht mitvermoderten Totenhemd.

Eine sorgfältige Nachforschung machte es gewiß, daß die Dame innert zweier Tage nach ihrer Bestattung wieder zum Leben erwacht war und daß der Sarg aufgrund ihres konvulsivischen Ringens darin von seinem Sockel oder Gestelle zu Boden gestürzt sein mußte, wo er so zerbrochen war, daß sie sich daraus befreien konnte. Eine Lampe, welche gefüllt mit Öl versehentlich in dem Gewölb zurückgelassen worden, fand man leer; doch mag es immerhin sein, daß Verdunstung den Brennstoff verzehrte. Auf der obersten der Stufen, welche in die Schreckenskammer niederführten, lag ein großes Bruchstück des Sarges, mit dem die Unglückselige, so schien es, an die eiserne Tür geschlagen hatte, um Aufmerksamkeit zu erwecken. Währenddem waren ihr vermutlich die Sinne geschwunden, oder vielleicht gar starb sie auch dabei, aus schierem Entsetzen; und im Fallen verfing sich ihr Leichenhemd in irgendeinem drinnen vorragenden Eisenwerk. So blieb sie hangen, und so, aufrecht hangend, verfaulte sie.

Im Jahre 1810 trug sich in Frankreich ein Fall von lebendiger Inhumierung zu, begleitet von Umständen, welche weitgehend dazu angetan sind, die alte Behauptung zu erhärten, daß in der Tat die Wahrheit seltsamer sei denn alle Erfindung. Die Heldin der Geschichte war eine Mademoiselle Victorine Lafourcade, ein junges Mädchen aus hervorragender Familie, wohlhabend und von großer persönlicher Schönheit. Unter ihren zahllosen Bewerbern befand sich auch Julien Bossuet, ein armer Pariser *littérateur* oder Journalist. Sein Talent und seine allgemeine Liebenswürdigkeit hatten ihn der Aufmerksamkeit der Erbin empfohlen, welche ihn, so scheint es, alsbald innig liebte; doch bestimmte sie schließlich der Stolz auf ihre Geburt, ihn abzuweisen und einem Monsieur Renelle, einem Bankier und Diplomaten von einigem Ruhm und Range, ihre Hand zu reichen. Nach der Hochzeit jedoch ward sie von diesem Herrn vernachlässigt und vielleicht gar ausgesprochen schlecht behandelt. Nachdem sie nun ein paar jammervolle Jahre mit ihm verbracht hatte, starb sie hin – oder zum mindesten doch ähnelte ihr Zustand in einer Weise dem Tode, daß jeder, der sie sah, davon getäuscht ward. Man setzte sie bei – nicht in einer Gruft, sondern in einem gewöhnlichen Grabe auf dem Kirchhof ihres Geburtsdorfes. Erfüllt von Verzweiflung und immer noch entflammt von der Erinnerung an eine tiefe Neigung, reist nun der Liebhaber aus der Hauptstadt in die entlegne Provinz, in welcher das Dorf liegt, und hat sich's in den romantischen Sinn gesetzt, die Leiche auszugraben und sich in den Besitz ihrer üppigen Locken zu bringen. Er kommt zum Grab. Um Mitternacht hebt er den Sarg heraus, eröffnet ihn und ist grad eben dabei, die Haare abzutrennen, als er in jählichem Schrecken innehält, denn die Geliebte hat die Augen aufgeschlagen. Man hatte die Dame wahrhaftig lebend begraben. Doch war die Lebenskraft noch nicht zur Gänze entflohen, und so erweckten sie die Zärtlichkeiten ihres Liebhabers aus der Lethargie, welche man für Tod mißdeutet hatte. Wie schier von Sinnen trug er sie zu seinem Logis im Dorfe. Hier wandte er gewisse machtvolle Stärkungsmittel an, welche ihm von nicht geringer medizinischer Erfahrung angeraten wurden. Am Ende lebte sie denn wieder auf. Sie erkannte ihren Erretter. Sie blieb bei ihm, bis sie, gradweise nach und nach, voll die ursprüngliche Gesundheit wiedergewonnen hatte. Ihr Frauenherz war nicht von Stein, und dieser letzte Liebesbeweis genügte, es zu erweichen. Sie schenkte es Bossuet. Zu ihrem Gatten kehrte sie nicht mehr zurück, sondern verbarg ihm ihre Auferstehung und floh mit ihrem Geliebten nach Amerika. Zwanzig Jahre danach kamen die Beiden wieder nach Frankreich, in der Überzeugung, die Zeit habe der Dame Erscheinung so stark verändert, daß ihre Freunde sie nicht wiederzuerkennen vermöchten. Doch darin irrten sie; denn schon beim ersten Zusammentreffen erkannte Monsieur Renelle tatsächlich sein Weib und machte Ansprüche geltend. Diese Ansprüche wies sie zurück, und ein Gerichtsverfahren gab ihr darin Recht, indem entschieden ward, daß die besondern Umstände, in eins mit den seither verfloßnen langen Jahren, nicht nur nach dem Rechte der Billigkeit, sondern auch nach dem Gesetz die Ansprüche des Gatten auf immer hätten erlöschen lassen.

Das Leipziger ›Chirurgische Journal‹, eine Zeitschrift von hohem Ruf und Verdienste, welche übersetzen zu lassen und nachzudrucken unsere amerikanischen Verlagsbuchhändler gut täten, berichtet in einer seiner letzten Nummern von einem sehr betrüblichen Ereignis aus dem uns hier beschäftigenden Bereiche.

Ein Offizier der Artillerie, ein Mann von hünenhafter Statur und robuster Gesundheit, ward von einem unlenksamen Pferde abgeworfen und empfing dabei eine so schwere Kontusion am Kopfe, daß er auf der Stelle das Bewußtsein verlor; der Schädel zeigte eine leichte Fraktur, doch stand keine unmittelbare Gefahr zu befürchten. Die Trepanation verlief erfolgreich. Man ließ den Kranken zur Ader und wendete viele andere der gewöhnlichen Mittel zu seiner Erleichterung an. Schrittweis jedoch verfiel er in einen immer trostlosern Zustand der Betäubung, und schließlich hielt man dafür, daß er gestorben sei.

Es herrschte schwüle Witterung, und so begrub man ihn mit unziemlicher Hast auf einem der öffentlichen Friedhöfe. Das Leichenbegängnis fand an einem Donnerstage statt. Am Sonntag darauf wimmelten die Friedhofsgefilde wie üblich von Besuchern, und gegen Mittag erhob sich eine gewaltige Aufregung ob der Erklärung eines Bauern, er habe, derweil er am Grabe des Offiziers gesessen sei, ganz deutlich eine heftige Bewegung der Erde gespürt, grad so, als ringe darunter ein Mensch um sein Leben. Anfänglich zollte man des Mannes Beteuerung nur wenig Aufmerksamkeit, doch sein offenbares Entsetzen und die störrische Verbissenheit, mit welcher er auf seiner Geschichte bestand, übten am Ende ihre natürliche Wirkung auf die Menge. Man schaffte eilends Spaten herbei, und innerhalb weniger Minuten war das, schandbar flach nur ausgehobene, Grab so weit eröffnet, daß der Kopf des beerdigten Offiziers erschien. Er war allem Anschein nach tot; doch saß er nahezu aufrecht in seinem Sarge, dessen Deckel er bei seinen wilden Anstrengungen, sich zu befreien, teilweise emporgedrückt hatte.

Man schaffte ihn nun alsbald in das nächste Hospital, und dort erklärte man, daß er tatsächlich noch am Leben sei, wenn auch in asphyktischem Zustande. Erst nach mehreren Stunden kam er wieder zu sich, erkannte befreundete Menschen und berichtete, in abgerissenen Sätzen, von seinen Qualen im Grabe.

Aus dem, was er erzählte, wurde klar, daß er noch länger als eine Stunde nach seiner Inhumierung das Bewußtsein mußte gehabt haben, lebend zu sein, ehe Ohnmacht ihn überkam. Das Grab war achtlos und locker mit überaus porösem Erdreich gefüllt worden; und so hatte notwendigerweise etwas Luft Zutritt. Er hörte die Schritte der Menge zu seinen Häupten droben und mühte sich seinerseits, sich ihr vernehmlich zu machen. Es war das Getümmel auf den Friedhofswegen, so sagte er, welches ihn offenbar aus tiefem Schlafe erweckt; doch kaum noch habe er sich wachend befunden, da seien ihm die grausenvollen Schrecken seiner Lage voll zu Bewußtsein gekommen.

Der Patient, wird berichtet, kam wieder gut zu Kräften und schien sich auf dem Wege zur völligen Genesung zu befinden, doch fiel er dann zum schlechten Ende noch den Quacksalbereien medizinischer Experimente zum Opfer. Man wendete die galvanische Batterie an, und er verschied ganz plötzlich in einem jener ekstatischen Paroxysmen, welche bei dieser Behandlung gelegentlich auftreten.

Die Erwähnung der galvanischen Batterie bringt mir nichtsdestoweniger einen wohlbekannten und sehr außergewöhnlichen Fall zu unserm Thema in Erinnerung, bei dem sich ihre Tätigkeit als Mittel erwies, einem jungen Londoner Anwalt, welcher zwei Tage lang im Grabe gelegen, wieder zum Leben zu bringen. Dies trug sich im Jahre 1831 zu und schuf damals eine wahre Sensation, wo immer man darüber debattierte.

Der Patient, Mr. Edward Stapleton, war allem Augenschein nach gestorben, und zwar an Typhus-Fieber, welches derart anomale Symptome im Gefolge hatte, daß die Neugier seiner medizinischen Betreuer wachgeworden war. Bei seinem vermeintlichen Hinscheiden wurden seine Freunde gebeten, in eine Obduktion seines Leichnams zu willigen, doch lehnten sie's ab, ihre Erlaubnis zu geben. Und wie es im Falle solcher Weigerungen oft geschieht, beschließen die praktischen Männer denn, den Körper privatim wieder auszugraben und in aller Muße auseinanderzunehmen. Leicht wurden Vereinbarungen mit einer der zahllosen Vereinigungen von Leichenräubern getroffen, von welchen London wimmelt; und in der dritten Nacht nach dem Begräbnis ward der vermeintliche Leichnam aus einem acht Fuß tiefen Grabe gehoben und in den Operationsraum eines Privathospitales gebracht.

Man hatte tatsächlich bereits einen nicht unbeträchtlichen Schnitt in den Unterleib vorgenommen, als die frische und ganz unverweste Erscheinung der Leiche eine Anwendung der Batterie nahelegte. Ein Experiment folgte dem andern, und die gewöhnlichen Wirkungen stellten sich ein, ohne nur irgend Außerordentliches zu bringen – nur daß, bei ein oder zwei Gelegenheiten, die konvulsivischen Zuckungen einen mehr denn üblichen Grad von Lebensähnlichkeit zeigten.

Es wurde spät. Schon dämmerte der Tag; und so hielt man es denn schließlich für ratsam, nun alsogleich zur Sektion zu schreiten. Ein Student jedoch war besonders darauf erpicht, eine eigene Theorie zu erproben, und bestand darauf, die Batterie noch an einen der Brustmuskeln anzuschließen. Man machte einen derb klaffenden Schnitt und brachte in aller Eile einen Draht in Kontakt, – da erhob sich der Patient auf einmal in einer jähen, doch ganz und gar nicht zuckungsähnlichen Bewegung vom Tische, trat in die Mitte des Raums, starrte ein paar Sekunden lang ängstlich in die Runde und – sprach! Was er sagte, war nicht verständlich; doch Worte waren es; die Silbenbildung ließ sich nicht verkennen. Nachdem er gesprochen, stürzte er schwer zu Boden.

Einige Augenblicke lang waren alle wie gelähmt vor Grauen – doch die Dringlichkeit des Falles gab ihnen bald ihre Geistesgegenwart zurück. Man sah, daß Mr. Stapleton am Leben, wenn auch nicht bei Bewußtsein war. Nachdem man ihm Äther verordnet, erholte er sich rasch und ward der Gesundheit und der Gesellschaft seiner Freunde wiedergegeben – denen man jedoch alle Kenntnis von seiner Erweckung vorenthielt, bis ein Rückfall nicht länger mehr zu befürchten stand. Ihre Verwunderung – ihr stürmisches Erstaunen – mag man sich leicht wohl vorstellen.

Was an diesem Vorfall am meisten erschüttert und erschauern läßt, liegt nichtsdestoweniger in dem, was Mr. S. selber aussagt. Er erklärt nämlich, er sei zu keinem Zeitpunkt gänzlich ohne Empfindung gewesen – sondern habe vielmehr, dumpf und verworren, alles wahrgenommen, was ihm widerfuhr, vom Augenblicke an, da seine Ärzte ihn *für tot* erklärten, bis hin zu jenem, da er im Hospitale ohnmächtig zu Boden sank. »Ich bin am Leben«, waren die unverstandenen Worte, die er, als er die Örtlichkeit des Sektionsraumes erkannte, in seiner äußersten Not hervorzubringen sich gemüht hatte.

Es wäre eine leichte Sache, Geschichten wie diese in vielfacher Anzahl hier zu bringen – doch ich versage es mir – denn wahrlich, wir bedürfen solcher Vielzahl nicht, um die Tatsache zu belegen, daß vorzeitige Bestattungen vorgekommen sind. Wenn wir uns überlegen, wie überaus selten es, nach Lage der Dinge, in unserer Macht steht, sie zu entdecken, so müssen wir zugeben, daß sie möglicherweise sogar *häufig* ohne unsere Kenntnis stattfinden. In Wahrheit wird kaum je ein Friedhof zu irgend einem Zweck in größerm Umfang aufgegraben, ohne daß man Skelette in Stellungen fände, welche den allerfürchterlichsten Verdacht nahelegen.

Fürchterlich, fürwahr, der Verdacht – doch fürchterlicher noch solch' Schicksal! Man darf wohl ohne Zögern behaupten, daß *kein* Ereignis so entsetzlich dazu angetan ist, das Äußerste und Letzte an körperlicher und geistiger Qual hervorzurufen, als es die Bestattung vor dem Tode ist. Die unerträgliche Bedrückung der Lungen – die erstickenden Dünste der feuchten Erde – das Kleben der Totenkleider – die unnachgiebige Umarmung des engen Hauses – die Schwärze der absoluten Nacht – die wie ein Meer überwältigende Stille – die unsichtbare, doch so greifbare Gegenwart des Eroberers Wurm – all dies, im Verein mit den Gedanken an die Luft und das Gras dort über uns, mit der Erinnerung an liebe Freunde, die herbeifliegen würden, uns zu erretten, wären sie nur von unserm Schicksal unterrichtet, und mit dem Bewußtsein, daß *nichts* sie je von diesem Schicksal wird mehr unterrichten können – daß unser hoffnungsloses Teil das der wirklich Toten ist – diese Erwägungen, sag' ich, erfüllen das Herz, das immer noch pochende, zuckende, mit einem Grade von qualvollem, unerträglichem Entsetzen, den auch die wagendste Imagination nicht auszudenken vermag. Nichts Furchtbareres wissen wir auf dieser Erde – nichts halb so Gräßliches kann uns von den Reichen der untersten Hölle träumen. Und so besitzen denn alle Erzählungen zu diesem Thema ein tiefes Interesse; ein Interesse, welches freilich aufgrund des geheiligten Grauens, das von dem Thema selber ausgeht, ganz eigentümlicherweise, und auch ganz zu Recht, von unserer Überzeugung abhängig ist, daß uns *die Wahrheit* erzählt werde. Was ich nunmehr zu berichten habe, beruht auf meiner eignen tatsächlichen Kenntnis – auf meiner eignen gewissen und persönlichen Erfahrung.

Mehrere Jahre lang hatten mich Anfälle jenes eigenartigen Übels heimgesucht, welches die Ärzte, aus Ermangelung eines entschiedneren Titels, Katalepsie – Starrsucht – zu nennen überein gekommen sind. Obschon sowohl die unmittelbaren als die prädisponierenden Ursachen, ja selbst die Diagnosen dieses Leidens noch immer rätselhaft und unsicher sind, ist doch sein äußerer, sein augenscheinlicher Charakter hinreichend wohl bekannt. Es scheint hauptsächlich dem Grade nach zu variieren. Manchmal liegt der Patient nur einen Tag lang, oder gar noch kürzere

Zeit, in einer Art verstärkter Lethargie. Er ist empfindungs- und äußerlich bewegungslos; doch läßt sich der Pulsschlag seines Herzens immer noch schwach vernehmen; Spuren von Körperwärme bleiben; ein winziges Bißchen Farbe hält sich im Mittelpunkt der Wange; und bringt man einen Spiegel an die Lippen, so können wir eine schlaffe, ungleichmäßige und flackernde Tätigkeit der Lungen entdecken. Bei wieder anderm Male hat die Trance eine Dauer von Wochen – ja gar von Monaten; derweil die peinlichste Untersuchung und die genauesten medizinischen Tests nicht imstande sind, irgend nur einen wesentlichen Unterschied zwischen dem Zustande des Leidenden und dem wahrzunehmen, was wir unter dem absoluten Tode begreifen. Gewöhnlich bleibt er vor verfrühter Bestattung einzig deßwegen bewahrt, weil seine Freunde wissen, daß er schon einmal von Katalepsie heimgesucht wurde, weil sie folglich Argwohn hegen, es könne sich auch diesmal darum handeln, und vor allem schließlich, weil sich keinerlei Verwesungserscheinungen zeigen. Glücklicherweise schreitet die Krankheit nur langsam fort. Die ersten Manifestationen sind, obschon recht ausgeprägt, doch unzweideutig. Die Anfälle werden allmählich immer heftiger und dauern jedesmal länger als zuvor. Darin liegt die erste Sicherung gegenüber einer versehentlichen Inhumierung. Der Unglückselige, dessen *erste* Attacke gleich von so extremem Charakter wäre, wie man ihn gelegentlich sieht, würde so gut wie unvermeidlich lebend dem Grabe überantwortet werden.

Mein eigener Fall unterschied sich in keiner wichtigen Einzelheit von den Modellfällen der medizinischen Literatur. Manchmal verfiel ich, ohne irgend ersichtliche Ursache, nach und nach in einen Zustand halber Ohnmacht oder halber Bewußtlosigkeit; und in diesem Zustande – ohne Schmerzen, ohne die Fähigkeit, mich zu regen oder – streng genommen – zu denken, doch mit einem dumpfen lethargischen Bewußtsein des Lebens und der Gegenwart derer, die mein Bett umstanden – in diesem Zustande blieb ich, bis die Krisis des Leidens mir ganz plötzlich die volle Besinnung wiedergab. Zu andern Zeiten traf mich der Anfall jäh wie aus heiterem Himmel. Mir wurde übel, Benommenheit überkam mich, Frostgefühl, und Schwindel, und auf einmal stürzte ich der Länge nach zu Boden. Dann, wochenlang, war alles leer und schwarz, und schweigend, und das Nichts wurde zum Universum. Vollständige Vernichtung konnte mehr nicht sein. Aus diesen letztern Attacken erwachte ich jedoch, verglichen mit der Jählichkeit des Anfalls, relativ langsam. Just wie der Tag dem freund- und heimatlosen Bettler dämmert, wenn er in einer langen, desolaten Winternacht durch die Straßen gestrichen ist, – just ganz so säumig – ganz so matt – doch aber auch ganz so heiter und beglückend kehrte das Licht der Seele mir wieder.

Abgesehen von dieser Neigung zur Starrsucht schien meine allgemeine Gesundheit jedoch gut zu sein; und ich vermochte auch nicht zu erkennen, daß sie von der einen mächtigen Krankheit im mindesten beeinträchtigt worden wäre – es sei denn in der Tat, man wollte eine Eigentümlichkeit meines gewöhnlichen *Schlafes* als von ihr herrührend ansehen. Erwachte ich nämlich aus dem Schlummer, so vermochte ich's niemals sogleich, ganz Herr meiner Sinne zu werden, und lag stets noch minutenlang voller Verwirrung und Verstörung da – wobei meine Denkfähigkeit im allgemeinen, doch in Sonderheit mein Gedächtnis sich in einem Zustande absolut erstarrter Untätigkeit befand.

Bei allem, was ich erduldete, war kein körperliches Leiden, doch eine Unendlichkeit geistiger Qual. Meine Einbildungskraft ward zu einer wahren Grabesphantasie. Ich sprach nurmehr von »Würmern, Grüften und von Epitaphen«. Ich verlor mich in Todesträumereien, und der

Gedanke an ein vorzeitiges Begrabenwerden ergriff von meinem Hirne dauernden Besitz. Die gräßliche Gefahr, die mich bedrohte, verfolgte mich bei Tage und bei Nacht. Bei Tage kämpft' ich ohne Unterlaß gegen die Folter meiner Grübeleien; nächtens erlag ich ihr. Wenn grimm und häßlich Finsternis bedeckte das Erdreich, dann ließ mich jeder Gedanke wie ein Schock erschauern – ließ mich erbeben wie die zitternden Federn auf dem Leichenwagen. Und wenn die Natur das Wachsein nicht länger ertragen konnte, geschah's nur unter Sträuben, daß ich mich darein schickte, zu schlafen – denn es grauste mir bei der Vorstellung, ich könnte, beim Erwachen, mich als Grabsbewohner finden. Und wenn ich dann endlich in Schlummer sank, so war's nur, um sogleich in eine Welt von Wahngebilden zu stürzen, über welcher, alles beherrschend, mit riesig schwarzen, überschattenden Schwingen der eine Gedanke schwebte – der an Begräbnis und Grab.

Aus den unzähligen Bildern der Düsterheit, welche mich so in Träumen heimsuchten, erles' ich zum Zeugnis hier nur ein einzig Gesicht. Mir däuchte, ich wäre in kataleptische Trance von mehr denn gewöhnlicher Dauer und Tiefe gesunken. Da plötzlich legte sich mir eine eisige Hand auf die Stirn, und eine Stimme, schnatternd, voll Ungeduld, flüsterte mir im Ohr – »Erhebe Dich!«

Ich richtete mich auf. Das Dunkel war ohne Ende. Ich konnte die Gestalt des, der mich aufgerufen, nicht erkennen. Auch war ich's nicht imstande, mich der Zeit, da ich in Trance gefallen, zu entsinnen – noch des Orts, wo ich dann lag. Derweil ich reglos blieb und mich angestrengt mühte, meine Gedanken zu sammeln, ergriff die kalte Hand mich heftig am Gelenke, schüttelte es dreist, und wieder erscholl die Schnatterstimme:

»Erhebe Dich! – vernahmst Du nicht mein Gebot?«

»Und wer«, begehrte ich zu wissen, »gebot mir?«

»Ich habe keinen Namen in den Regionen, da ich hause«,

erwiderte die Stimme, voller Gram; »Ich war einst sterblich, doch bin Dämon nun. Ich habe kein Erbarmen, doch bin elend. Du fühlest, daß ich schaudre. Du hörst, wie mir die Zähne klappen, da ich spreche, doch ist das nicht der schüttelnde Frost der Nacht – der Nacht ohn' Ende. Doch diese Gräßlichkeit ist unerträglich. Wie kannst *Du* ruhig schlafen? Ich kann nicht ruhn, hör ich den Aufschrei dieser großen Qualen. Und was ich seh, ist mehr, als ich ertrage. Erhebe Dich! Komm mit mir hinaus in die Nacht und laß mich Deinem Blick die Gräber weisen. Ist's nicht ein Schauerspiel des Wehs? – Sieh hin!«

Ich blickte hin; und die unsichtbare Gestalt, die mich immer noch am Handgelenke hielt, hatte die Gräber der ganzen Menschheit aufspringen lassen; und von jedem ging aus der schwache Phosphorschimmer der Verwesung; also daß ich sehn konnte in die innersten Winkel und sah dort die Leiber in ihren Laken, im traurigfeierlichen Schlummer mit dem Wurm. Doch ach! die wirklich schliefen, warn um Millionen minder an Zahl denn die nicht Schlummer fanden; und es war da ein schwaches Ringen; und es war da eine allgemeine und schlimme Unrast; und aus den Tiefen der zahllosen Gruben und Grüfte drang voller Schwermut zu mir herauf das Rascheln der Gewänder der Begrabenen. Und auch von denen, die da friedlich zu ruhen schienen, hatte, so sah ich's, eine schier ungeheure Zahl in mehrerm oder minderm Grade die starre und unbequeme Lage verändert, in welcher sie ursprünglich warn hingebettet worden. Und da ich noch schaute, sprach die Stimme abermals und sagte:

»Ist's nicht – oh, ist es nicht ein jammervoller Anblick?« Doch ehe ich noch Antwort finden konnte, hatt' die Gestalt mein Handgelenk losgelassen; die Phosphorlichter erloschen, und die Gräber schlossen sich wieder mit jählichem Schlage; derweil von ihnen sich ein Tumult erhob verzweiflungsvoller Schreie, die da wiederholten:

»Ist's nicht – o Gott! ist's nicht ein jammervoller Anblick?«

Phantasien wie diese, die mich zur Nachtzeit heimsuchten, erstreckten ihren entsetzlichen Einfluß noch weit auf meine Wachstunden. Meine Nerven verloren vollkommen ihre Widerstandsfähigkeit, und ich fiel einem unablässigen Grauen zur Beute. Ich zögerte, auszureiten, spazieren zu gehen, oder mir irgend sonst Bewegung zu machen, die mich von Hause fortführen konnte. Tatsächlich wagte ich mich nicht mehr aus der unmittelbaren Nähe jener zu trauen, die von meiner Anlage zur Katalepsie Kenntnis hatten, aus lauter Angst, ich könnte wieder einen meiner gewöhnlichen Anfälle erleiden und würde dann, ehe man meines wirklichen Zustandes inne geworden sei, begraben werden. Ich setzte Zweifel in die Sorgfalt, die Treulichkeit meiner engsten Freunde. Ich fürchtete, sie könnten sich vielleicht, bei einer Starre von mehr denn gewohnter Dauer, bewegen lassen, mich für unwiederherstellbar zu halten. Ich ging gar so weit zu befürchten, sie könnten, da ich ihnen doch so viel Mühsal und Ärger bereitete, am Ende froh sein, wenn irgendeine länger währende Attacke ihnen hinreichenden Vorwand bot, sich meiner auf immer zu entledigen. Es war vergebens, daß sie sich bemühten, mich mit den feierlichsten Versprechungen zu beschwichtigen. Ich verlangte ihnen die heiligsten Schwüre ab, daß sie mich unter gar keinen Umständen bestatten lassen würden, ehe die Zersetzung meines Leibes so wesentlich fortgeschritten sei, daß weitere Erhaltung unmöglich wäre. Und selbst dann noch wollten meine Todesängste auf keine Stimme der Vernunft hören – wollten keine Tröstung annehmen. Ich traf eine Reihe sorgfältiger Vorsichtsmaßnahmen. Unter anderem ließ ich die Familiengruft so umbauen, daß sie sich leicht von innen öffnen ließ. Der leiseste Druck auf einen langen Hebel, der tief ins Innere des Gewölbes reichte, mußte die eisernen Portale aufspringen lassen. Auch gab es Vorrichtungen für den freien Zutritt von Luft und Licht sowie passende Behältnisse für Nahrung und Wasser innerhalb unmittelbarer Reichweite des Sarges, welcher meinen Leib aufzunehmen bestimmt war. Dieser Sarg war mollig und weich gepolstert und hatte einen Deckel, der nach dem Prinzip der Grufttür gefertigt war, dazu noch Federn, welche so angebracht waren, daß die schwächste Bewegung hinreichen mußte, dem Körper die Freiheit zu geben. Neben all dem war auf dem Dache des Gruftbaus noch eine große Glocke aufgehängt, deren Läuteseil, so hatt' ich's bestimmt, durch ein Loch im Sarge niederreichen und an einer der Hände des Leichnams festgebunden werden sollte. Doch ach! was nützt dem Menschen alle Wachsamkeit gegen sein Geschick? Nicht einmal diese wohlersonnenen Sicherheitsvorkehrungen waren dazu ausreichend, vor den unsäglichen Qualen, lebendig begraben zu sein, einen armen Schelm zu bewahren, dem diese Qualen sein Schicksal vorherbestimmt hatte!

Und dann kam ein Zeitpunkt – wie er schon oft zuvor gekommen war – da tauchte ich aus totaler Bewußtlosigkeit ins erste schwache und unbestimmte Daseinsempfinden auf. Langsam – wie eine Schildkröte kriechend – nahte sich mir das blaßgraue Dämmern des seelischen Tags. Ein stumpfes Unbehagen. Ein apathisches Dulden dumpfer Pein. Kein Wollen – kein Hoffen – kein Bemühn. Dann, erst nach langer Zeit, ein Klingen in den Ohren; dann, nach noch längerer, ein prickelndes oder kribbelndes Gefühl in den Extremitäten; dann, scheinbar ewig dauernd, angenehme Ruhe, während welcher die erwachenden Empfindungen mit Macht dem Gedanken zustreben; dann wieder kurzes Versinken in das Nicht-Sein; dann plötzliches Genesen. Schließlich das leichte Erzittern eines Augenlids, und unmittelbar darauf ein elektrischer Schock des Entsetzens, tödlich und unbestimmt, welcher das Blut in Strömen von den Schläfen zum Herzen treibt. Und nun die erste entschiedne Anstrengung, zu denken. Und nun das erste Bemühn, sich zu erinnern. Und nun ein teilweiser, nurmehr erst winzig flüchtiger Erfolg. Und nun hat das Gedächtnis seine Herrschaft so weit wiedergewonnen, daß ich in einigem Maße meines Zustands inne werde. Ich fühle, daß ich nicht aus gewöhnlichem Schlafe erwache. Ich entsinne mich, ich hatte einen Anfall von Katalepsie. Und nun endlich wird mein schaudernder Geist, wie von einem heranschäumenden Ozean, von der einen gräßlichen Gefahr überwältigt – von dem einen gespenstischen und alles beherrschenden Gedanken.

Minutenlang, nachdem diese Vorstellung von mir Besitz ergriffen, blieb ich ohne Bewegung. Und warum? Ich konnte einfach den Mut dazu nicht aufbringen. Ich wagte's nicht, die Anstrengung zu unternehmen, welche mir Klarheit über mein Schicksal bringen sollte –, und doch gab es ein Etwas in meinem Herzen, welches mir zuflüsterte, *es sei gewiß.* Verzweiflung – von einem Ausmaß, wie keine andre Art des Elends sie je ins Leben rufen kann – Verzweiflung allein drängte mich, nach langer Unschlüssigkeit, die schweren Lider meiner Augen zu heben. Ich tat's. Es war dunkel – alles dunkel. Ich wußte, daß der Anfall vorüber war. Ich wußte, daß ich die Krisis meines Übels lange schon hinter mir hatte. Ich wußte, daß ich mein Sehvermögen jetzt vollständig wiederbesaß – und doch war es dunkel – war alles ringsum dunkel – herrschte die tiefe, schwarze, strahlenlose Nacht, die da auf immer währet.

Ich mühte mich zu schreien; und meine Lippen und meine ausgedörrte Zunge bewegten sich konvulsivisch bei dem Versuch – doch kein Stimmlaut entkam den höhligen Lungen, welche, wie unter dem Druck eines auf ihnen lastenden Berges, bei jedem Atemholen, jedem Nach-Atem-Ringen, keuchten und mit dem Herzen zuckend klopften.

Die Bewegung der Kinnbacken, die dieser Versuch, laut

aufzuschreien, mit sich brachte, zeigte mir, daß sie hochgebunden worden waren, wie es bei den Toten üblich ist. Auch fühlte ich, daß ich auf irgend etwas Hartem lag; und daß auch meine Seiten ein Ähnliches eng zusammenpreßte. Bis hierher hatte ich noch nicht gewagt, auch nur ein Glied zu regen, – doch jetzt warf ich mit einer heftigen Bewegung die Arme in die Höhe, die mit gekreuzten Gelenken lang ausgestreckt gelegen hatten. Sie trafen auf festes Holz, welches in einer Höhe von nicht mehr denn sechs Zoll über meinem Gesichte dahinlief. Ich konnte nicht länger zweifeln, daß ich in einem Sarge ruhte.

Und nun, mitten in meinem unendlichen Elende, erschien mir holdselig der Cherub Hoffnung – denn ich gedachte der Vorsichtsmaßnahmen, die ich getroffen. Ich krümmte, ich wand mich und strengte mich krampfhaft an, den Deckel gewaltsam aufzubringen: – er wollte sich nicht bewegen. Ich tastete meine Handgelenke nach dem Läuteseil ab: – es war nirgends zu finden. Da enfloh der Tröster auf immer, und eine schier noch grimmere Verzweiflung trat triumphant die Herrschaft an; denn ich konnte nicht umhin, das Fehlen der Polsterungen zu bemerken, die ich so sorgsam vorbereitet hatte, – und dann auch drang mir plötzlich der starke, eigentümliche Geruch von feuchter Erde in die Nüstern. Die Schlußfolgerung drängte sich unabweislich auf. Ich befand mich *nicht* in meiner Gruft. Ich hatte einen Trance-Anfall gehabt, derweil ich von Hause abwesend war – unter fremden Menschen – wann oder wie, daran vermochte ich mich nicht zu erinnern – und sie waren es gewesen, die mich verscharrt hatten wie einen Hund – mich eingenagelt in einen ganz gemeinen Sarg – und mich tief, tief, und für immer und ewig, in irgendein gewöhnliches und namenloses *Grab* geworfen hatten.

Als diese furchtbare Überzeugung sich bis in die innersten Kammern meiner Seele Bahn gebrochen hatte, unternahm ich's noch einmal mit allen Kräften, laut aufzuschreien. Und bei diesem zweiten Versuch war mir Erfolg beschieden. Ein langer, wilder, anhaltender Schrei, ein Gellen der Qual, hallte durch die Reiche der unterirdischen Nacht.

»Halloh! nanu, was ist denn?« kam als Erwiderung eine barsche Stimme.

»Zum Teufel nochmal, was ist denn jetzt bloß los!« rief eine zweite.

»Raus da, verschwinde!« ließ sich eine dritte vernehmen.

»Was soll das heißen, hier rumzujaulen wie'n angestochenes Schoßhündchen?« brummte eine vierte; und hierauf ward ich von einem Verein recht derb dreinblickender Individuen gepackt und mehrere Minuten lang ohne feierliche Umstände durchgeschüttelt. Sie rissen mich nicht aus dem Schlummer – denn ich war hellwach, als ich schrie – wohl aber brachten sie mich wieder in den vollen Besitz meines Gedächtnisses.

Dieses Abenteuer trug sich nahe Richmond, in Virginia, zu. Begleitet von einem Freunde, hatte ich mich, auf einem Jagdausfluge, ein paar Meilen den James River an seinen Ufern hinabbegeben. Die Nacht brach herein, und wir wurden von einem Sturm überrascht. Die Kajüte einer kleinen Schaluppe, die im Strom vor Anker lag und Gartenerde geladen hatte, bot uns den einzig verfügbaren Unterschlupf. Wir fanden uns so gut als möglich damit ab und verbrachten die Nacht an Bord. Ich schlief in einer der beiden einzigen Kojen des Schiffes – und wie die Kojen einer Schaluppe von sechzig oder siebzig Tonnen aussehen, bedarf wohl kaum der Beschreibung. Die von mir belegte besaß keinerlei Bettzeug irgend welcher Art. Ihre äußerste Breite betrug achtzehn Zoll. Boden und Deck hatten genau den nämlichen Abstand. Ich fand es über die Maßen schwierig, mich hineinzuzwängen. Nichtsdestoweniger schlief ich fest und gesund; und meine ganze Vision – denn ein Traum war es nicht, noch ein Nachtmahr – entstand natürlicherweise aus den Umständen meiner Lage – aus meiner gewöhnlichen Gedankenrichtung – und aus der bereits kurz erwähnten Schwierigkeit, die es mir noch längere Zeit nach dem Erwachen aus dem Schlummer bereitete, meine Sinne zu sammeln und, in Sonderheit, mein Gedächtnis wiederzugewinnen. Die Männer, die mich schüttelten, waren die Besatzung der Schaluppe und ein paar zum Entladen bestellte Arbeiter. Von der Ladung selbst kam der erdige Geruch. Die Binde um mein Kinn war ein seidenes Taschentuch, welches ich mir, in Ermangelung meiner gewohnten Nachtmütze, um den Kopf geschlungen hatte.

Die Qualen, die ich ausgestanden, warn für den Augenblick jedoch unzweifelhaft denen gleich, die ich in einem wirklichen Grabe erlitten hätte. Sie waren fürchterlich – sie waren unvorstellbar gräßlich; doch aus dem Übeln ging das Gute hervor; denn grad ihr Übermaß bewirkte in meinem Geist eine unvermeidliche Wandlung. Meine Seele gewann an Spannkraft – gewann an Gleichmut. Ich ging auf Reisen. Ich schaffte mir herzhaft Bewegung. Ich atmete die freie Himmelsluft. Ich dachte wieder an andere Dinge denn den Tod. Ich legte meine medizinischen Bücher weg. *Buchan* verbrannte ich. Ich las keine *Nachtgedanken* mehr – keinen Schwulst über Kirchhöfe – keine Gruselgeschichten – *so wie diese hier.* Kurzum, ich ward ein neuer Mensch und führte eines Menschen Leben. Seit jener denkwürdigen Nacht gab ich auf immer meiner Grabesfurcht Valet, und mit ihr verschwand auch die Neigung zur Katalepsie, die vielleicht weniger ihre Ursache denn vielmehr ihre Folge gewesen war.

Es gibt Augenblicke, wo die Welt unserer traurigen Menschheit selbst für das nüchterne Auge der Vernunft einer Hölle Gestalt annehmen kann – doch ist die Imagination des Menschen nicht Carathis, daß es ihr erlaubt wäre, ungestraft eine jegliche ihrer Höhlen zu erforschen.

Ach! die gräßlich große Schar der Grabesschrecken darf leider ganz und gar nicht als Phantasiegebild betrachtet werden – doch wie die Dämonen, in deren Gesellschaft Afrasiab seine Reise den Oxus hinab unternahm, müssen sie schlafen, oder sie werden uns verschlingen, – muß man sie schlummern lassen, oder wir gehen zugrunde.

DER STIBITZTE BRIEF

Nil sapientiae odiosius acumine nimio.
Seneca

Es war zu Paris, just nach Dunkelheit an einem sturmwindigen Abend im Herbst des Jahres 18--, daß ich mich in Gesellschaft meines Freundes C. Auguste Dupin dem zwiefachen Genusse der Meditation und einer Meerschaumpfeife hingab, und zwar in Dupins kleiner, nach hinten heraus gelegener Bibliothek oder Bücherstube, *au troisième, No. 33, Rue Dunôt, Faubourg St. Germain.* Wenigstens eine Stunde lang hatten wir tiefes Stillschweigen bewahrt; derweil wir beide einem jeden zufälligen Beobachter hätten beflissen und ausschließlich mit den gekräuselten Rauchwirbeln beschäftigt scheinen mögen, welche die Atmosphäre der Kammer drucklastig machten. Ich selber freilich war damit befaßt, gewisse Themen, die zu früherer Stunde am Abend Gesprächsstoff zwischen uns gebildet hatten, im Geiste noch einmal durchzugehen; ich meine die Affäre in der Rue Morgue und das Geheimnis um den Mord an Marie Rogêt. Ich sah's daher geradezu als eine Art Koinzidenz, als die Türe unseres Gemachs jetzt aufgestoßen ward und unsere alte Bekanntschaft, Monsieur G---, den Präfekten der Pariser Polizei, hereinließ.

Wir hießen ihn herzlich willkommen; denn mochte er auch zur Hälfte ein verächtlicher Tölpel sein, so war doch seine andere Hälfte ganz unterhaltsam, und außerdem hatten wir ihn mehrere Jahre nicht gesehen. Wir waren im Dunkel gesessen, und nun erhob sich Dupin, um eine Lampe anzuzünden, setzte sich jedoch, ohne es zu tun, wieder hin, als G--- bemerkte, er sei vorbeigekommen, um unsern Rat – oder vielmehr die Ansicht meines Freundes –

in einer amtlichen Angelegenheit einzuholen, die ihm arges Kopfzerbrechen bereitet habe.

»Wenn es sich um eine Sache handelt, die Nachdenken erfordert«, meinte Dupin, indem er es unterließ, den Docht zu entzünden, »so werden wir sie zweckmäßiger im Dunkeln untersuchen.«

»Das ist wieder einer Ihrer komischen Einfälle«, sagte der Präfekt, der die Gewohnheit hatte, alles ›komisch‹ zu nennen, was ihm über die Begriffe ging, und folglich inmitten förmlicher Fluten von ›Komik‹ lebte.

»Sehr wahr«, erwiderte Dupin; er versorgte seinen Besucher mit einer Pfeife und schob ihm einen bequemen Stuhl hin.

»Und wo liegt nun die Schwierigkeit?« fragte ich. »Hoffentlich geht es nicht schon wieder um einen Mord!«

»Oh nein; nichts dergleichen. Tatsächlich ist die Sache ganz simpel, und ich hege keinerlei Zweifel, daß wir sie leidlich wohl allein bewältigen können; doch dachte ich dann, Dupin würde wohl gern die Einzelheiten hören, denn das Ganze ist so überaus komisch.«

»Einfach und komisch, soso«, sagte Dupin.

»Nunja, genau genommen beides auch wieder nicht. In der Tat sind wir alle ein bißchen durcheinander, eben *weil* die Affäre so einfach ist und uns doch weidlich zum Narren hält.«

»Vielleicht ist es gerade die Einfachheit der Sache, die Ihnen den Blick trübt«, meinte mein Freund.

»Nana, was reden Sie denn da für Unsinn!« antwortete der Präfekt herzlich lachend.

»Vielleicht ist das Geheimnis ein bißchen *zu* schlicht«, sagte Dupin.

»Ach du guter Gott! – hat man so etwas schon gehört?«

»Ein bißchen *zu* selbst-verständlich.«

»Ha! ha! ha! – ha! ha! ha! – ho! ho! ho!« brüllte unser

Besucher, zutiefst belustigt, »oh, Dupin, Sie werden noch mein Tod sein!«

»Und worum handelt es sich nun eigentlich?« fragte ich.

»Also gut, ich will es Ihnen erzählen«, antwortete der Präfekt; nachdenklich gab er einen langen und gleichmäßigen Rauchstoß von sich und setzte sich in seinem Stuhl zurecht. »Ich will Ihnen in wenigen Worten berichten; doch bevor ich beginne, lassen Sie mich die Warnung aussprechen, daß diese Affäre die größte Diskretion erfordert und daß ich höchstwahrscheinlich meine Stellung verlöre, die ich jetzt innehabe, würde es bekannt, daß ich die Sache jemandem anders anvertraut.«

»Fahren Sie fort«, sagte ich.

»Oder auch nicht«, sagte Dupin.

»Nun denn; ich habe von sehr hoher Seite die persönliche Information erhalten, daß ein gewisses Dokument von oberster Wichtigkeit aus den königlichen Gemächern entwendet worden ist. Die Person, die es an sich nahm, ist bekannt; da besteht kein Zweifel; sie ward dabei gesehen. Bekannt ist ebenfalls, daß es sich noch immer in ihrem Besitz befindet.«

»Wieso ist das bekannt?«

»Es geht eindeutig aus der Natur des Dokuments hervor«, erwiderter der Präfekt, »und daraus, daß gewisse Folgen ausgeblieben sind, die sich augenblicklich eingestellt hätten, wäre es aus dem Besitz des Diebes weitergelangt; – das heißt, wenn er es so verwendet hätte, wie er es letzten Endes zu verwenden die Absicht haben muß.«

»Ach, drücken Sie sich doch ein bißchen deutlicher aus«, sagte ich.

»Nun gut, ich darf riskieren, soviel zu sagen, daß jenes Papier seinem Besitzer eine gewisse Macht verleiht – und zwar an einer Stelle, wo eine solche Macht ungeheuer wertvoll ist.« Der Präfekt liebte den Jargon der Diplomatie.

»Ich verstehe immer noch nicht ganz«, sagte Dupin.

»Nicht? Ja – also wenn das Dokument einer dritten Person, die ungenannt bleiben soll, vor Augen käme, so geriete die Ehre einer Persönlichkeit von allerhöchstem Stande in Gefahr; und diese Tatsache verschafft dem Besitzer des Dokuments einen übergewichtigen Einfluß auf die erlauchte Persönlichkeit, deren Ehre und Seelenruhe so auf dem Spiele stehen.«

»Aber dieser gefährliche Einfluß«, warf ich ein, »würde doch zur Voraussetzung haben, daß dem Dieb mit Sicherheit bekannt sei, daß wiederum er dem Bestohlenen bekannt sei. Wer aber würde es wagen –«

»Der Dieb«, sagte G---, »ist der Minister D---, der schlechthin alles wagt, ob es nun einem Manne wohlansteht oder nicht. Die Methode des Diebstahls war ebenso ingeniös wie kühn. Die beraubte Persönlichkeit hatte das fragliche Dokument – einen Brief, um offen zu sein – erhalten, während sie allein im königlichen *boudoir* weilte. Als sie ihn eben durchlas, wurde sie plötzlich vom Eintreten der andern hohen Persönlichkeit unterbrochen, vor der sie ihn vorzüglich zu verbergen wünschte. Nach einer hastigen, doch vergeblichen Anstrengung, ihn in eine Schublade zu werfen, war sie gezwungen, ihn – offen, wie er war – auf den Tisch zu legen. Die Adresse befand sich jedoch obenauf, und da der Inhalt somit dem Blick nicht ausgesetzt war, entging der Brief der Beachtung. In diesem kritischen Moment tritt der Minister D--- herein. Sein Luchsauge entdeckt sogleich das Papier, erkennt die Handschrift auf der Adresse, bemerkt die Verwirrung der Persönlichkeit, an die er gerichtet, und ermißt ihr Geheimnis. Nach Abwicklung einiger Dienstgeschäfte, die er in seiner gewöhnlichen Hast erledigt, zieht er einen Brief hervor, der dem in Rede stehenden in etwa ähnlich sieht, öffnet ihn, stellt sich, als läse er, und legt ihn dann dicht neben den anderen hin. Wiederum redet er einige fünfzehn Minuten lang über die öffentlichen Angelegenheiten. Schließlich nimmt er Abschied und zugleich vom Tisch den Brief, auf den er gar kein Anrecht besaß. Sein rechtmäßiger Eigentümer sah es mit an, doch wagte er – in Gegenwart der dritten Person, die dicht danben stand – natürlich nicht, auf die Tat aufmerksam zu machen. Der Minister brach nun rasch auf und ließ seinen eigenen Brief – ein Papier ohne jede Bedeutung – auf dem Tische liegen.«

»Na also«, sagte Dupin zu mir, »da haben Sie genau, was Sie fordern: die Bedingungen sind vollkommen erfüllt – dem Dieb ist bekannt, daß wiederum er dem Bestohlenen bekannt ist.«

»Ja«, setzte der Präfekt hinzu; »und die Gewalt, die damit in seine Hände gelangte, ist in den letzten Monaten in sehr gefährlichem Maße zu politischen Zwecken ausgenutzt worden. Die bestohlene Persönlichkeit ist von Tag zu Tag dringender von der Notwendigkeit überzeugt, ihren Brief zurückzugewinnen. Aber das läßt sich natürlich nicht offen bewerkstelligen. Schließlich hat sie denn, zur Verzweiflung getrieben, die Angelegenheit mir übertragen.«

»Und damit einem Sachwalter«, sagte Dupin inmitten eines förmlichen Wirbels von Rauch, »wie man ihn sich scharfsinniger, so nehme ich an, kaum wünschen, ja wohl nicht einmal vorstellen konnte.«

»Sie schmeicheln mir«, erwiderte der Präfekt; »doch mag es immerhin zutreffen, daß man sich von einer solchen Meinung leiten ließ.«

»Klar ist jedenfalls«, sagte ich, »daß sich der Brief, wie Sie bemerken, immer noch im Besitz des Ministers befindet; denn es ist dieser Besitz, und nicht die Verwendung des Briefes, auf dem die ganze Macht beruht. Mit der Verwendung wäre die Macht zu Ende.«

»Richtig«, sagte G---; »und diese Überzeugung bestimmte mein Vorgehen. Meine erste Sorge war, das Palais des Ministers gründlich durchsuchen zu lassen; und hierbei lag mein Haupthindernis in der Notwendigkeit, dies ohne seine Kenntnis zu tun. Vor allem nämlich hatte man mich vor der Gefahr gewarnt, die entstehen würde, gäben wir ihm nur irgend Anlaß, unser Vorhaben zu argwöhnen.«

»Aber in solchen Durchsuchungen«, sagte ich, »sind Sie doch ganz *au fait.* Die Pariser Polizei macht dergleichen ja nicht zum ersten Male.«

»Jaja; und aus diesem Grunde verzweifelte ich auch nicht. Die Gewohnheiten des Ministers gaben mir zudem einen großen Vorteil. Er ist häufig die ganze Nacht lang von Hause abwesend. Auch ist seine Dienerschaft gar nicht einmal besonders zahlreich. Sie schläft in einiger Entfernung vom Gemach ihres Herrn, und da es sich hauptsächlich um Neapolitaner handelt, kann man sie leicht betrunken machen. Wie Sie wissen, habe ich Schlüssel, mit denen ich jedes Zimmer oder Schrankgelaß in Paris öffnen kann. Seit drei Monaten ist nun keine Nacht vergangen, die ich nicht größtenteils damit verbracht habe, in Person das Minister-Palais zu durchstöbern. Meine Ehre steht zum Pfande, und – damit lüfte ich ein großes Geheimnis, es winkt eine enorme Belohnung. So gab ich keine Ruhe und suchte, bis ich die volle Gewißheit hatte, daß der Dieb gerissener ist als ich. Ich bilde mir ein, nicht eine Ecke, nicht einen Winkel des Grundstücks ausgelassen zu haben, wo die Möglichkeit bestünde, das Papier könnte dort verborgen sein.«

»Aber wäre es nicht möglich«, gab ich zu bedenken, »daß der Minister den Brief, der sich fraglos noch in seinem Besitz befindet, irgendwo anders, außerhalb seines eigenen Anwesens, versteckt hat?«

»Das dürfte kaum der Fall sein«, sagte Dupin. »So wie die Verhältnisse gegenwärtig bei Hofe liegen – und besonders jene Kabalen, in welche D--- bekannterweise verwickelt ist –, hat die augenblickliche Verfügbarkeit des Dokuments – die Möglichkeit, es jederzeit im Moment zur

Hand zu haben, nahezu gleiche Bedeutung wie sein Besitz.«

»Die Möglichkeit, es zur Hand zu haben?« fragte ich.

»Gewiß – nämlich, um es zu *vernichten«,* sagte Dupin.

»Richtig«, bemerkte ich; »dann befindet sich das Papier noch einwandfrei auf dem Grundstück. Daß es der Minister am Leibe bei sich trägt, dürfen wir wohl als ausgeschlossen betrachten.«

»Ganz und gar«, sagte der Präfekt. »Es ist ihm zweimal aufgelauert worden, dem Anschein nach von Straßenräubern, und dabei wurde er unter meiner eigenen Aufsicht rigoros durchsucht.«

»Diese Mühe hätten Sie sich sparen können«, sagte Dupin. »D--- ist, so möchte ich doch annehmen, kein kompletter Narr, und so muß er ganz selbstverständlich diese Wegelagerei vorausgesehen haben.«

»Kein *kompletter* Narr – das mag sein«, sagte G---, »aber dann schreibt er auch Gedichte, und von da ist's bis zum Narren bloß noch ein kleiner Schritt, meiner Meinung nach.«

»Schon recht«, sagte Dupin nach einem langen und gedankenvollen Zug aus seiner Meerschaumpfeife, »obgleich ich mich selber schon einmal einiger Reimereien schuldig gemacht habe.«

»Ich schlage vor«, sagte ich, »Sie erzählen uns jetzt einmal im einzelnen von Ihrer Suche.«

»Schön, also wir haben uns wirklich Zeit genommen und schlechthin *alles* durchsucht. Ich habe ja in solchen Sachen lange Erfahrung. Ich nahm mir das ganze Gebäude vor, Raum für Raum, und widmete einem jeden davon die Nächte einer ganzen Woche. Zuerst untersuchten wir das Mobiliar eines jeden Gemachs. Wir öffneten jedes nur mögliche Schubfach; und Sie werden ja wohl wissen, daß es für einen richtig geschulten Polizei-Agenten so etwas wie *Geheimfächer* gar nicht gibt. Wer sich bei einer Durchsuchung dieser Art ein ›geheimes‹ Fach entgehen läßt, ist ein Tölpel. Die Sache ist ja *so* einfach. In jedem Schrank muß ein gewisses Raumvolumen in Betracht gezogen werden. Dann geht alles nach genauen Regeln. Nicht der fünfzigste Teil einer Linie könnte uns entgehen. Nach den Schränken nahmen wir uns die Stühle vor. Die Kissen wurden mit jenen feinen langen Nadeln geprüft, die Sie mich schon verwenden sahen. Von den Tischen entfernten wir die Platten.«

»Wieso das?«

»Manchmal wird die Platte eines Tisches oder eines andern ähnlich gebauten Möbelstücks von der Person abgenommen, die einen Gegenstand verstecken will; dann wird das Bein ausgehöhlt, der Gegenstand in der Höhlung deponiert und die Platte wieder an Ort und Stelle gebracht. Fuß und Knauf von Bettpfosten finden in der nämlichen Weise Verwendung.«

»Aber könnte die Höhlung nicht am Klang erkannt werden – durch Abklopfen?« fragte ich.

»Durchaus nicht, wenn man sie, nachdem der Gegenstand hineingelegt ist, rundum genügend mit Baumwolle ausstopft. Im übrigen waren wir ja in unserm Fall gehalten, ganz ohne Geräusch vorzugehen.«

»Aber Sie haben doch nicht sämtliche Platten entfernen können – haben doch nicht *jedes* Möbelstück in seine Teile zerlegen können, das in der von Ihnen geschilderten Weise für ein Versteck geeignet gewesen wäre! Ein Brief läßt sich zu einer dünnen Rolle zusammenpressen, die sich nach Gestalt oder Volumen nicht sonderlich von einer dickeren Stricknadel unterscheidet, und in dieser Form ließe er sich zum Beispiel in der Verstabung eines Stuhls unterbringen. Sie haben doch nicht etwa sämtliche Stühle zerlegt?«

»Natürlich nicht; doch wir machten es besser – wir untersuchten sämtliche Stäbe an sämtlichen Stühlen im Palais und tatsächlich die Fugenteile an jeder Art Mobiliar mit der Hilfe eines höchst starken Mikroskops. Wären nur irgend Spuren einer kürzlichen Beschädigung daran gewesen, so hätten wir's im Augenblick entdeckt. Ein einziges Körnchen Bohrstaub zum Beispiel wäre gradso aufgefallen wie ein Apfel. Jede schadhafte Stelle in der Verleimung – jeder ungewöhnliche Riß in den Fugen – hätte mit Sicherheit zur Entdeckung geführt.«

»Ich darf wohl annehmen, Sie sahen sich auch die Spiegel an, taten einen Blick zwischen Rückwand und Platten, und untersuchten die Betten und das Bettzeug ebenso wie die Vorhänge und Teppiche.«

»Gewiß, gewiß; und als wir dann auf diese Weise jedes Stückchen Möbel um und um gewendet hatten, kam das Haus selber an die Reihe. Wir teilten seine sämtlichen Flächen in Abschnitte auf, die wir numerierten, damit kein einziger ausgelassen werden konnte; dann suchten wir jeden einzelnen Quadratzoll auf dem ganzen Grundstück wie zuvor mit dem Mikroskop ab – einschließlich der beiden unmittelbar angrenzenden Häuser.«

»Die auch noch?« rief ich aus; »da haben Sie aber wirklich eine Menge zu tun gehabt!«

»Das hatten wir; aber die ausgesetzte Belohnung ist auch entsprechend beträchtlich.«

»Sie schlossen auch den Grund und Boden der Häuser mit ein?«

»Alle Höfe sind mit Backsteinen gepflastert. Damit hatten wir vergleichsweise wenig Mühe. Wir untersuchten das Moos zwischen den Ziegeln und fanden es unbeschädigt.«

»Sie stöberten doch gewiß auch in D - - -'s Papieren und sahen sich die Bücher seiner Bibliothek an?«

»Aber sicher; wir öffneten jeden Pack und jedes Päckchen; wir öffneten ferner nicht nur jedes Buch; sondern wendeten auch noch jedes Blatt in jedem Bande um, indem wir uns nicht, wie's bei einigen unserer Polizeibeamten Mode ist, mit einfachem Ausschütteln zufrieden gaben. Wir maßen auch die Dicke eines jeden Buch-*Deckels* aus, mit der größten Akkuratesse, und unterzogen einen jeden der peinlichsten mikroskopischen Untersuchung. Hätte sich jemand an irgendeinem der Einbände letzterzeit zu schaffen gemacht, es wäre unmöglich unserer Aufmerksamkeit entgangen. Einige fünf oder sechs Bände, die eben vom Buchbinder gekommen waren, prüften wir in aller Sorgfalt der Länge nach mit den Nadeln.«

»Sie richteten Ihr Forschen auch auf die Böden unter den Teppichen?«

»Versteht sich. Wir rollten jeden Teppich auf und setzten das Mikroskop auf die Bohlen an.«

»Auch auf die Tapeten an den Wänden?«

»Ja.«

»Sie sahen sich die Keller an?«

»So ist es.«

»Dann«, sagte ich, »haben Sie sich einfach verkalkuliert, und der Brief befindet sich *nicht* auf dem Grundstück, wie Sie's annehmen.«

»Ich fürchte, da haben Sie recht«, erwiderte der Präfekt. »Und nun, Dupin, was würden denn Sie mir raten?«

»Das Grundstück noch einmal gründlich durchzukämmen.«

»Das wäre absolut nutzlos«, gab G--- zurück. »Meine Überzeugung, daß ich atme, ist allmählich kaum noch größer als die, daß sich der Brief nicht im Palais befindet.«

»Einen besseren Rat kann ich Ihnen nicht anbieten«, sagte Dupin.

»Sie haben natürlich doch eine genaue Beschreibung des Briefes?«

»Oh ja!« – Und hier zog der Präfekt ein Notizbuch hervor und hob an, mit lauter Stimme einen peinlich genauen Bericht über die innere und besonders die äußere Erscheinung des abhanden gekommenen Dokuments zu verlesen. Bald nachdem er die Deklamation dieser Beschreibung vollbracht hatte, empfahl er sich, und zwar so vollkommen niedergeschlagen, wie ich den guten Mann noch nie zuvor gesehen hatte.

Etwa einen Monat später stattete er uns einen erneuten Besuch ab und fand uns in fast gleicher Weise beschäftigt wie ehedem. Er nahm sich eine Pfeife und einen Stuhl und ließ sich dann auf eine allgemeine Konversation ein. Schließlich sagte ich – »Schön und gut, – aber, G---, wie steht es denn nun eigentlich mit dem stibitzten Brief? Ich nehme an, Sie sind am Ende doch zu der Einsicht gekommen, daß es nichts damit ist, den Minister zu prellen?«

»Hol' ihn der Kuckuck, sag' ich – ja; immerhin aber habe ich noch einmal alles um und um gedreht, wie's Dupin mir anriet, – doch ich wußte's ja im voraus: es war alles bloß verlorene Mühe.«

»Wie hoch, sagten Sie doch, war die ausgesetzte Belohnung?« fragte Dupin.

»Naja, eine ganze Menge – eine *sehr* großzügige Belohnung – ich möchte nicht gern genau sagen, wieviel; aber *eins will* ich sagen, daß ich mich nicht bedenken würde, meinerseits eine Privatanweisung über fünfzigtausend Francs dem auszustellen, der mir den Brief beizuschaffen vermöchte. Tatsache ist, daß die Sache von Tag zu Tag immer mehr Wichtigkeit gewinnt; und die Belohnung ist auch kürzlich noch verdoppelt worden. Aber selbst wenn sie verdreifacht würde, – ich könnte nicht mehr tun, als ich getan habe.«

»Nun – ja«, sagte Dupin gedehnt zwischen paffenden Zügen aus seiner Meerschaumpfeife, »ich – glaube – wirklich, G---, Sie – haben sich – in dieser Sache – nicht bis zum Äußersten bemüht. Sie sollten – noch ein bißchen mehr – tun, – meine ich, eh?«

»Aber was denn – wie?!«

»Nun – paff, paff – Sie sollten – paff, paff – in der Sache vielleicht einen Rat einholen, eh? – paff, paff, paff. – Erinnern Sie sich der kleinen Geschichte, die man sich von Abernethy erzählt?«

»Nein; an den Galgen mit Abernethy!«

»Schon recht, an den Galgen mit ihm, und von Herzen gern. Aber – also da war einmal ein reicher Filz, der faßte den Entschluß, diesem Abernethy einen ärztlichen Rat abzuschnorren. Indem er in einer privaten Gesellschaft zu diesem Zweck eine gewöhnliche Konversation anfing, trug er dem Doktor seinen Fall ganz wie zufällig als den einer imaginären Person vor.

›Nehmen wir doch einmal an‹, sagte der Geizhals, ›seine Symptome wären so und so; nun, Doktor, was hätte er nach *Ihrer* Meinung da tun sollen?‹

›Tun?‹ antwortete Abernethy, ›na – ärztlichen Rat einholen natürlich.‹«

»Aber«, sagte der Präfekt ein wenig verdattert, »ich bin ja ganz und gar willens, einen Rat einzuholen und dafür zu bezahlen. Ich würde *wirklich* einem jeden fünfzigtausend Francs geben, der mir in der Sache hülfe.«

»In diesem Fall«, erwiderte Dupin, indem er ein Schubfach aufzog und ein Scheckbuch herausnahm, »können Sie mir gleich eine Anweisung auf die erwähnte Summe ausstellen. Sobald Sie die unterschrieben haben, gebe ich Ihnen den Brief.«

Ich war erstaunt. Der Präfekt aber schien förmlich wie vom Donner gerührt. Einige Minuten lang verblieb er sprach- und bewegungslos und starrte ungläubig auf meinen Freund, mit offenem Mund und offenen Augen, die aus ihren Höhlen zu treten schienen; dann gewann er offenbar einigermaßen seine Fassung wieder, ergriff eine Feder, und nach mehreren Pausen leeren Starrens füllte er schließlich einen Scheck über fünfzigtausend Francs aus, unterzeichnete ihn und reichte ihn Dupin über den Tisch hinüber. Mein Freund untersuchte ihn sorgsam und legte ihn in sein Taschenbuch; indem er sodann ein *ecritoire* aufschloß, entnahm er diesem einen Brief und gab ihn dem Präfekten. Der Beamte griff in förmlich agonischer Freude danach, öffnete ihn mit zitternder Hand, warf einen raschen Blick auf den Inhalt, und indem er sodann in taumelnder Hast zur Türe strebte, stürzte er schließlich ganz unfeierlich aus dem Zimmer und aus dem Haus, ohne auch nur noch eine Silbe geäußert zu haben, seit Dupin ihn aufgefordert, den Scheck auszufüllen.

Als er gegangen war, ließ sich mein Freund auf einige nähere Auskünfte ein.

»Die Pariser Polizei«, sagte er, »ist auf ihre Weise überaus befähigt. Sie ist ausdauernd, erfinderisch, gerissen und gründlich versiert in allem, was ihre Pflichten hauptsächlich zu erfordern scheinen. Als denn G--- uns schilderte, wie er auf dem Grundstück des Ministers verfahren sei, war ich vertrauensvoll überzeugt, daß er zufriedenstellende Arbeit geleistet habe – so weit jedenfalls, wie diese Arbeit reichte.«

»Soweit diese Arbeit reichte?«

»Ja«, sagte Dupin. »Die angewendeten Maßnahmen waren nicht nur die besten ihrer Art, sondern wurden in absolut vollkommener Weise durchgeführt. Hätte sich der Brief im Bereich der Durchsuchung befunden, so hätten ihn die Burschen ganz fraglos gefunden.«

Ich lachte bloß, – doch ihm schien es mit allem, was er sagte, völlig ernst zu sein.

»Die Maßnahmen selber also«, fuhr er fort, »waren gut in ihrer Art und wurden trefflich ausgeführt; sie hatten nur einen Fehler: für diesen Fall und für diesen Mann waren sie ungeeignet. Ein gewisser Vorrat an raffiniert erdachten Hilfsmitteln ist für den Präfekten eine Art Prokrustes-Bett, dem er seine Absichten mit Gewalt einpaßt. Aber er irrt sich permanent, indem er die jeweilige Angelegenheit entweder zu tief oder zu flach behandelt; und manch ein Schuljunge weiß mit seinem Verstand Besseres anzufangen als er. Ich kannte einen von etwa acht Jahren, der durch seine Erfolge im Raten beim Spiel ›Grad oder Ungrad‹ breiteste Bewunderung erregte. Das Spiel ist ganz simpel; man nimmt dazu nur ein paar Murmeln. Ein Spieler hält eine Anzahl dieser Dinger in der Hand und fragt einen andern, ob diese Zahl grad oder ungrad sei. Wenn richtig geraten wird, gewinnt der Rater eine Murmel; wenn falsch, verliert er eine. Der Junge nun, den ich meine, gewann alle Murmeln der Schule. Natürlich hatte er beim Raten ein System; und dieses bestand darin, daß er einfach die Gewitztheit seiner Gegenspieler beobachtete und abschätzte. Nehmen wir einmal an, er hat einen heillosen Einfaltspinsel zum Gegner, und der hebt die geschlossene Hand und fragt: ›Grad oder ungrad?‹ Unser Schuljunge erwidert ›ungrad‹ und verliert; doch beim zweiten Versuch gewinnt er, denn da sagt er sich – ›Beim erstenmal hatte der Dummkopf eine gerade Zahl, und seine Schlauheit reicht nun eben dazu aus, ihn beim zweitenmal eine ungerade wählen zu lassen; darum werd' ich auf »ungrad« raten‹; – er tut es und gewinnt. Bei einem Bürschchen nun, das einen Grad schlauer als das erste ist, würde er die folgende Überlegung angestellt haben: ›Dieser Tölpel weiß, ich habe beim erstenmal ›ungrad‹ geraten, und so wird er sich jetzt, im ersten Impuls, einen einfachen Wechsel von grad auf ungrad vornehmen, wie's der andere Simpel eben tat; aber dann wird ihm ein zweiter Gedanke sagen, daß das eine zu einfältige Variation wäre, und schließlich wird er sich entscheiden, wieder grad zu wählen wie zuvor. Also werd' ich jetzt auf »grad« raten‹; – er tut es und gewinnt. Was eigentlich geht da nun im Kopf des Schuljungen vor sich, den seine Kameraden einen ›Glückspilz‹ nannten, – woraus besteht seine Denkarbeit, wenn wir sie aufs letzte analysieren?«

»Sie besteht ganz einfach darin«, sagte ich, »daß er sich mit dem Intellekt seines Gegenspielers identifiziert.«

»Genau«, sagte Dupin; »und als ich den Jungen ausforschte, mit welchen Mitteln er diese *gänzliche* Identifizierung zuwege brächte, auf der sein Erfolg beruhte, erhielt ich die folgende Antwort: ›Wenn ich herausfinden will, wie schlau oder wie dumm, wie gut oder wie böse jemand ist, oder was ihm im Augenblick so durch den Kopf geht, dann passe ich meinen Gesichtsausdruck so getreu als möglich dem seinigen an und warte einfach ab, welche Gedanken oder Empfindungen nun *mir* im Kopf oder im Herzen aufsteigen – gleichsam paßgerecht dazu, in Übereinstimmung mit diesem Ausdruck.‹ Diese Antwort des Schuljungen begründet und erklärt zuletzt den ganzen vorgeblichen Tiefsinn, den man Rochefoucauld, La Bougive, Macchiavelli und Campanella nachgesagt hat.«

»Und die intellektuale Identifizierung mit dem Gegner«, sagte ich, »hängt, versteh' ich Sie recht, von der Präzision ab, mit welcher der Intellekt des Gegners eingeschätzt wird.«

»Ihr praktischer Wert, ihr praktisches Gelingen beruht darauf, ja«, erwiderte Dupin; »und der Präfekt und seine Schar versagen eben darum so häufig, weil ihnen einmal diese Identifikationsmöglichkeit abgeht und weil sie zum anderen den Intellekt, mit dem sie es zu tun haben, falsch oder vielmehr überhaupt nicht einschätzen. Sie haben bloß ihre eigenen Begriffe von Verstandeswitz im Kopf; und wenn sie nach irgendetwas Verstecktem suchen, so ziehen sie nur die Verfahrensweise in Betracht, nach der *sie* selber es versteckt haben würden. Damit haben sie freilich insofern durchaus recht, als ihre eigene Findigkeit ein getreues Abbild des *Massen*-Verstandes ist; doch wenn die Schläue des individuellen Verbrechers einmal in wesentlichen Zügen von ihrer eigenen abweicht, so ziehen sie natürlich sofort den Kürzeren. Das geschieht stets, wenn sie der ihren überlegen ist, sehr häufig aber auch, wenn sie unter der ihren liegt. Ihre Prinzipien haben keinen Spielraum bei ihren Nachforschungen; bestenfalls dehnen sie, wenn eine ungewöhnliche Notlage sie zwingt – oder wenn ihnen eine außerordentliche Belohnung winkt, ihre alten *Praktiken* aus oder übertreiben sie, ohne daß jedoch das Grundsätzliche davon berührt würde. Was ist zum Beispiel im Falle D--- getan worden, um die Verfahrensweise *im Prinzip* zu variieren? Was ist all dies Bohren und Prüfen, dies Abklopfen und mikroskopische Untersuchen, dies Aufteilen der Gebäudeflächen in registrierte Quadratzoll – was ist das alles, wenn nicht eine übertriebene Anwendung jenes einen Prinzips oder jener einen Prinzipiengruppe, die wieder auf jener einen Gruppe von Begriffen beruht, die sich der Präfekt im Verlaufe seiner langen Dienstroutine so im Umgang mit dem menschlichen Verstandeswitz gebildet hat? Sehen Sie nicht, daß er einfach als gegeben und bewiesen voraussetzt, *alle* Menschen suchten sich als Versteck für einen Brief – nun, wenn auch nicht gerade das Bohrloch eines Stuhlbeins – so aber doch wenigstens *irgendeinen* ganz abseitigen Winkel aus, ein Plätzchen also, das von derselben Denkhaltung angeraten ward, die einen Menschen auch veranlassen würde, einen Brief in einem ausgebohrten Stuhlbein zu verbergen? Und sehen Sie nicht ebenfalls, daß solche ausgesucht abseitigen Versteckswinkel nur für gewöhnliche Gelegenheiten taugen und nur von gewöhnlichen Köpfen gewählt werden? – denn in allen Fällen, wo etwas versteckt ward, läßt sich ja von vornherein vermuten, nach welchem Gesichtspunkt der betreffende Gegenstand versteckt wurde – nach dem nämlich, einen ausgesucht abseitigen Winkel zu benutzen; und so hängt seine Entdeckung überhaupt nicht mehr vom Scharfsinn der Suchenden ab, sondern allemal bloß noch von ihrer Sorgfalt, Geduld und Entschlossenheit; und wo es sich um einen Fall von Wichtigkeit handelt – oder, was in den Augen der Polizei auf das gleiche hinausläuft, die Belohnung besonders gewichtig ausfällt –, haben die genannten Eigenschaften denn auch bekanntlich *niemals* versagt. Sie werden nun verstehen, was ich meine, wenn ich feststelle: wäre der stibitzte Brief irgendwo im Untersuchungsbereich des Präfekten versteckt gewesen – mit anderen Worten, wäre er nach einem Prinzip versteckt worden, das mit zu den Prinzipien des Präfekten gehörte, – seine Entdeckung hätte ganz und gar außer Frage gestanden. Nun ist aber dieser Beamte gründlich düpiert worden; und diese Niederlage hat er mittelbar der Unterstellung zu verdanken, daß der Minister ein Narr sei, weil er sich ja einen Ruf als Dichter erworben hat. Alle Narren sind Dichter; so *empfindet's* der Präfekt; und er macht sich bloß einer *non distributio medii* schuldig, wenn er sich daraus ableitet, daß nun auch alle Dichter Narren wären.«

»Aber ist denn *er* auch wirklich der Dichter?« fragte ich. »Soviel ich weiß, gibt es zwei Brüder; und beide genießen literarischen Ruf. Der Minister hat, glaube ich, wissenschaftlich über die Differentialrechnung geschrieben. Er ist Mathematiker und kein Dichter.«

»Da irren Sie; ich kenne ihn recht wohl; er ist beides. Als Dichter *und* Mathematiker wußte er seinen Verstand glänzend zu gebrauchen; als bloßer Mathematiker hätte er damit überhaupt nichts zuwege gebracht und wäre folglich dem Präfekten auf Gedeih und Verderb ausgeliefert gewesen.«

»Sie setzen mich in Erstaunen«, sagte ich, »denn diese Ansichten stehen im krassen Widerspruch zur Meinung der Welt. Sie werden doch nicht im Sinn haben, die wohldurchdachte Auffassung von Jahrhunderten einfach in den Wind zu schlagen! Der mathematische Verstand hat lange für *den* Verstand *par excellence* gegolten.«

»›Il y a à parier‹«, erwiderte Dupin mit einem Zitat aus Chamfort, *»›que toute idée publique, toute convention reçue, est une sottise, car elle a convenu au plus grand nombre.‹* Die Mathematiker, das versichere ich Ihnen, haben ihr bestes getan, den volkstümlichen Irrtum zu verbreiten, den Sie da vor-

bringen und der nicht dadurch weniger unsinnig wird, daß er breithin für Wahrheit gilt. Mit einer Kunstfertigkeit, die einer bessern Sache würdig gewesen wäre, haben sie zum Beispiel den Ausdruck *›analysis‹* ganz unter der Hand für die Algebra in Anwendung gebracht. Die Franzosen sind die Urheber dieser exemplarischen Irreführung; doch wenn ein Ausdruck nur irgend von Bedeutung ist – wenn Worte nur irgend Wert aus ihrer Anwendbarkeit herleiten –, dann drückt *›analysis‹* die ›Algebra‹ ungefähr ebenso exakt aus, als im Lateinischen *›ambitus‹* den Ehrgeiz in sich beschließt, *›religio‹* die Religion oder *›homines honesti‹* ein Häufchen Ehrenmänner.«

»Wie ich sehe«, sagte ich, »haben Sie grad einen Streit mit einigen Pariser Algebraikern auf dem Halse; doch fahren Sie fort.«

»Ich bestreite die Gültigkeit und damit den Wert eines jeden Verstandes, der in einer andern Spezialform als der abstrakt-logischen ausgebildet wird. Ich bestreite im besondern jeden Verstand, der sich aus mathematischen Studien entwickelt. Die Mathematik ist die Wissenschaft von Form und Größe; mathematisches Denken ist lediglich eine auf die Beobachtung von Form und Größe angewandte Logik. Der große Irrtum liegt in der Annahme, daß die Wahrheiten dessen, was *reine* Algebra heißt, gar abstrakte oder allgemeine Wahrheiten seien. Und dieser Irrtum ist so faustgrob, daß ich bestürzt bin ob der Universalität, mit der er hingenommen wurde. Mathematische Axiome sind *nicht* Axiome allgemeiner Wahrheit. Was für Verhältnisse – Form und Größe – zutrifft, ist oft ganz gröblich falsch im Hinblick auf zum Beispiel die Ethik. In dieser letztern Wissenschaft ist es sehr häufig einfach *unwahr,* daß die addierten Teile gleich dem Ganzen seien. Auch in der Chemie stimmt das Axiom nicht. Und nehmen wir die Frage von Motivierungen: zwei Motive von je einem gegebenen Wert haben nicht notwendigerweise auch vereint einen Wert, welcher der Summe ihrer Einzelwerte gleich wäre. Es gibt zahlreiche andere mathematische Wahrheiten, die einzig innerhalb der Grenzen der *Verhältnisse* Wahrheiten sind. Doch der Mathematiker schließt und folgert rein gewohnheitsmäßig aus seinen *begrenzten Wahrheiten,* als wären sie von absolut allgemeiner Anwendbarkeit – was sich die Welt ja tatsächlich auch von ihnen einbildet. Bryant erwähnt in seiner sehr gelehrten ›Mythologie‹ eine analoge Irrtumsquelle, wenn er sagt: ›Obwohl die heidnischen Sagen gar nicht geglaubt werden, vergessen wir uns doch fortwährend und ziehen aus ihnen Folgerungen, ganz als handle es sich dabei um existente Realitäten.‹ Bei den Algebraikern jedoch, die selber Heiden sind, *werden* die ›heidnischen Sagen‹ geglaubt, und daß man daraus Folgerungen zieht, geschieht also nicht so sehr aus Gedächtnisschwäche, als vielmehr aus schierer Hirnlosigkeit. Ich bin noch nie einem Nur-Mathematiker begegnet, dem man – kurz gesagt – außerhalb von Gleichungslösungen hätte trauen können, oder einem, der es nicht insgeheim für einen Glaubensartikel hielt, daß $x^2 + px$ absolut und bedingungslos gleich q sei. Probieren Sie's einmal und sagen Sie einem dieser Herren, wenn's gefällt, *Sie* wären des Glaubens, es könnten Fälle eintreten, wo $x^2 + px$ *nicht* gänzlich gleich q sei, und wenn Sie ihn so weit haben, daß er begreift, was Sie meinen, so begeben Sie sich aber ja so rasch als eben angängig aus seiner Reichweite, denn er wird zweifelsohne trachten, Sie mit Faustschlägen zu widerlegen.

»Ich möchte deutlich machen«, fuhr Dupin fort, indessen ich bloß lachte über seine letzten Bemerkungen, »daß dem Präfekten die saure Notwendigkeit, mir diesen Scheck auszustellen, erspart geblieben wäre, hätte er es bei dem Minister mit nichts als einem Mathematiker zu tun gehabt. Ich jedoch kannte ihn als Mathematiker *und* Dichter, und meine Maßnahmen richteten sich entsprechend auf diese seine Kapazität ein – unter Berücksichtigung noch der

Umstände, von denen er umgeben war. Ebenfalls kannte ich ihn als Höfling und als kühnen Intriganten. Solch ein Mann, so erwog ich, mußte sich unfehlbar über die üblichen Polizeimaßnahmen im klaren sein. Unmöglich, daß er nicht im voraus ahnte – und er ahnte es ja auch, wie die Ereignisse zweifelsfrei bewiesen haben –, man werde ihm auflauern, ihn überfallen. Er mußte auch, so überlegte ich, die geheimen Durchsuchungen seines Grundstücks vorausgesehen haben. Seine häufige Abwesenheit von Hause bei Nacht, die der Präfekt als sichere Hilfe zum Erfolg begrüßte, betrachtete ich einzig als List, der Polizei Gelegenheit zu gründlicher Nachsuche zu verschaffen und ihr damit umso eher die Überzeugung beizubringen, zu der G--- tatsächlich ja am Ende gelangte, – die Überzeugung nämlich, daß der Brief nirgends auf dem Gelände versteckt sei. Ich fühlte insgleichen, daß der ganze Gedankengang, den ich Ihnen soeben mit einiger Mühe auseinandersetzte, bezüglich des starren Prinzips der Polizeimaßnahmen bei der Suche nach versteckten Gegenständen, – ich fühlte, daß dieser ganze Gedankengang notwendigerweise auch dem Minister durch den Kopf gehen würde. Er würde ihn kategorisch dazu veranlassen, alle gewöhnlichen Versteckwinkel zu verschmähen. *Er* konnte, so grübelte ich, nicht so schwachköpfig sein zu übersehen, daß noch das entlegenste und vertrackteste Versteck seines Palais für die Augen, die Sonden, die Bohrer und die Mikroskope des Präfekten so offen zugänglich sein würde wie der erstbeste Schrank. Kurz, es zeigte sich mir, daß er ganz wie selbstverständlich zur *Simplizität* getrieben werden würde, wenn er nicht gar von vornherein aus freien Stücken darauf kam. Sie erinnern sich vielleicht, wie schrecklich der Präfekt lachen mußte, als ich bei unserer ersten Unterredung durchblicken ließ, es sei sehr wohl möglich, daß dies Geheimnis ihm grad darum soviel Ärger mache, weil es so sehr selbstverständlich sei.«

»Ja«, sagte ich, »ich entsinne mich recht wohl noch seiner Heiterkeit. Ich dachte wirklich, er würde noch in Krämpfe fallen.«

»Die materielle Welt«, fuhr Dupin fort, »strotzt förmlich von strikten Analogien zur immateriellen; und so ist schon etwas Wahres an dem rhetorischen Dogma, daß Metapher oder Gleichnis dazu dienlich sein kann, sowohl ein Argument zu bestärken als auch eine Beschreibung auszuschmücken. Das Prinzip des *vis inertiae* zum Beispiel scheint in Physik wie in Metaphysik gleicherweise gültig zu sein. In der ersteren gilt, daß ein großer Körper mit mehr Schwierigkeit in Bewegung zu setzen ist als ein kleinerer und daß seine nachherige Schubkraft zu dieser Schwierigkeit im Verhältnis steht; und nicht weniger gilt in der Metaphysik, daß Intellekte höherer Größenordnung zwar kräftiger, stetiger und wirksamer in ihren Bewegungen sind als die geringeren Grades, doch dafür schwieriger in diese Bewegung zu bringen: die ersten Schritte ihres Vorgehens sind verlegener und zögernder. Und noch etwas: Haben Sie schon einmal darauf geachtet, welche Straßenschilder über den Ladentüren die meiste Aufmerksamkeit an sich ziehen?«

»Darauf habe ich noch nie einen Gedanken gewendet«, sagte ich.

»Es gibt da ein Vexier-Spiel«, setzte er fort, »das wird auf einer Landkarte gespielt. Eine Spielpartei fordert eine andere auf, ein gegebenes Wort zu suchen – den Namen einer Stadt, eines Flusses, Staates oder Reichs – kurz, irgendeinen Silbenfall auf der buntscheckigen und verwickelten Kartenfläche. Ein Neuling im Spiel sucht nun generell seine Opponenten dadurch zu verwirren, daß er ihnen die am kleinsten gedruckten Namen aufgibt; doch der Eingeweihte wählt grad solche Worte aus, die sich in großen breiten Charakteren vom einen Ende der Karte zum andern hinziehen. Diese entgehen, wie die übergroß beschrifteten Schilder und Plakate an der Straße, eben darum der Aufmerksamkeit, weil sie gar so sehr ins Auge fallen; und hier entspricht das physische Übersehen genau dem geistigen Nicht-Aufnehmen: was allzu aufdringlich und allzu handgreiflich selbst-verständlich ist, läßt der Intellekt unregistriert vorüber. Doch das ist, scheint's, ein Punkt, der dem Präfekten ein bißchen über – oder unter – die Begriffe geht. Er hat es nicht ein einzigesmal für wahrscheinlich oder möglich gehalten, der Minister könnte den Brief ganz offen aller Welt vor die Nase gelegt haben, um gerade so am ehesten zu verhindern, daß auch nur einer ihn erblickte.

»Aber je mehr ich über den waghalsigen, eleganten und scharf wägenden Verstandeswitz D---'s nachdachte; über die Tatsache, daß er das Dokument jederzeit *zur Hand* haben mußte, wollte er's zu gutem Zweck gebrauchen; und über die entschiedene Überzeugung des Präfekten, es sei nicht im Bereich der üblichen Durchsuchung versteckt gewesen, die der würdige Mann veranstaltete; – je mehr ich mir das alles überlegte, desto gewisser ward ich, daß der Minister, um diesen Brief zu verbergen, auf den bündigen und scharfsinnigen Ausweg verfallen sein mußte, gar nicht erst den Versuch zu unternehmen, ihn zu verbergen.

»Von diesen Gedanken erfüllt, rüstete ich mich mit einer grünen Brille aus und sprach eines schönen Morgens rein wie zufällig beim Palais des Ministers vor. Ich traf D--- zu Hause an, gähnend, trödelnd, faulenzend, wie üblich: er stellte sich, als plage ihn das letzte Extrem von *ennui*. Dabei ist er in Wirklichkeit vielleicht der tatkräftigste Mensch, der jetzt lebt – doch das nur, wenn niemand ihn sieht.

»Um mit ihm gleichzuhalten, klagte ich über meine schwachen Augen und bejammerte die Notwendigkeit der Brille, unter deren Schutz ich behutsam und gründlich das Gemach musterte, derweilen meine Obacht scheinbar nur auf die Unterhaltung mit meinem Gastgeber gerichtet war.

»Besondere Aufmerksamkeit zollte ich einem großen Schreibtisch, in dessen Nähe er saß und auf dem allerlei Briefe und andere Papiere in wirrem Durcheinander lagen, im Verein mit ein oder zwei Musikinstrumenten und ein paar Büchern. Doch auch nach einer langen und sehr bedächtigen Unterredung erblickte ich hier nichts, was irgend besonderen Verdacht hätte erregen können.

»Schließlich fielen meine Blicke, die das Zimmer im Kreise durchschweiften, auf ein schäbiges Filigran-Gestell aus Pappkarton, das an einem schmutzigen blauen Band von einem kleinen Messingknopf just in der Mitte unter dem Kaminsims baumelte. In diesem Gestell, das drei oder vier Fächer hatte, befanden sich fünf oder sechs Visitenkarten und ein einzelner Brief. Dieser letztere war stark verschmutzt und verknittert. Er war fast mittendurch gerissen – wie wenn die Absicht, ihn als wertlos gänzlich zu zerreißen, im zweiten Augenblick geändert oder aufgegeben worden wäre. Er trug ein großes schwarzes Siegel, das überaus auffällig die D--- Initiale zeigte, und war, in winziger Frauenhandschrift, an D---, den Minister selber, adressiert. Achtlos, und wie es schien, gar verächtlich war er in eine der obern Abteilungen des Gestells geworfen worden.

»Kaum war mir dieser Brief vor den Blick gekommen, so wußte ich schon, daß ich gefunden hatte, was ich suchte. Sicherlich, allem Anschein nach war er grundverschieden von dem, dessen so minuziöse Beschreibung der Präfekt uns vorgelesen hatte. Hier war das Siegel groß und schwarz und trug die D---Initiale; dort war es klein und rot gewesen und hatte das herzogliche Wappen der S---Familie gezeigt. Hier wieder war die Adresse des Ministers winzig und in weiblichem Duktus geschrieben; dort hatte die Anschrift an eine gewisse königliche Persönlichkeit betont kühne und energische Züge getragen; allein das Format bildete einen Punkt der Übereinstimmung. Aber gerade die

Ausgeprägtheit dieser Unterschiede, die förmlich ins Auge stach; der Schmutz; der besudelte und zerrissene Zustand des Papiers, der so gar nicht zu D---'s *wahren,* nämlich sehr methodischen Gewohnheiten paßte und geradezu die Absicht durchblicken ließ, den Betrachter zu verleiten, das Dokument für wertlos zu halten; – all dies, zusammen mit dem schon mehr als aufreizenden Lageort dieses Dokuments, voll im Blickfeld eines jeden Besuchers – und damit genau in Übereinstimmung mit den Schlüssen, zu denen ich zuvor gelangt war, – dies alles, sagte ich, war aufs stärkste dazu angetan, den Verdacht zu bestätigen – bei einem, der ja nur in der Absicht hergekommen war, solche Bestätigung für seinen Argwohn zu finden.

»Ich dehnte meinen Besuch so lange als möglich aus, und während ich eine höchst angeregte Diskussion mit dem Minister unterhielt, über einen Gegenstand, der ihn, das wußte ich, stets interessiert und gereizt hatte, hielt ich in Wirklichkeit mein Augenmerk ganz auf den Brief gerichtet. Während dieser Prüfung prägte ich meinem Gedächtnis seine äußere Erscheinung und Lage in dem Gestelle ein und kam schließlich auf eine Entdeckung, die endgültig beseitigte, was ich an winzigem Zweifel noch nähren mochte. Als ich nämlich die Kanten des Papiers in Augenschein nahm, bemerkte ich, daß sie viel *abgewetzter* waren, als mich's nötig dünkte. Sie sahen so *gebrochen* aus, wie es sich zeigt, wenn ein steifes, bereits einmal gefaltetes und mit einem Falzbein gepreßtes Papier nach der andern Seite umgefalzt wird, und zwar in denselben Kniffen oder Kanten, welche die ursprüngliche Falte gebildet hatten. Diese Entdeckung gab den Ausschlag. Es war mir klar, daß der Brief gewendet worden war wie ein Handschuh, das Innere nach außen, und sodann neu adressiert und gesiegelt. Unverzüglich wünschte ich dem Minister einen guten Morgen und empfahl mich, nicht ohne eine goldene Schnupftabakdose auf dem Tisch liegen zu lassen.

»Am nächsten Morgen sprach ich wieder vor, um die Schnupftabakdose zu holen, und eifrig nahmen wir die Unterhaltung vom Vortage wieder auf. Während wir so noch beschäftigt waren, erscholl jedoch ein lauter Knall, wie von einem Pistol, und anschließend eine Reihe furchtsamer Schreie und das Lärmen des Pöbels. D--- eilte zu einem Fenster, stieß es auf und sah hinaus. Derweilen trat ich zu dem Kartengestell, nahm den Brief, steckte ihn in die Tasche und ersetzte ihn durch eine – was das Äußere betraf – getreue Nachbildung, die ich zuvor in meiner Wohnung sorgfältig hergestellt hatte; das D---'sche Initial war dabei sehr bequem mit Hilfe eines aus Brot geformten Siegels nachzuahmen gewesen.

»Der Tumult auf der Straße war durch das tolle Benehmen eines Mannes mit einer Flinte verursacht worden. Er hatte sie mitten in einen Haufen Weiber und Kinder abgefeuert. Wie sich jedoch erwies, war sie nicht scharf geladen gewesen, und so ließ man den Burschen als geistesgestört oder betrunken laufen. Als er fort war, kam D--- vom Fenster zurück, zu dem ich ihm unmittelbar gefolgt war, nachdem ich mich des fraglichen Gegenstands versichert hatte. Bald danach verabschiedete ich mich. Der vorgebliche Geistesgestörte war ein Mann, der in meinem Solde stand.«

»Doch welchen Zweck verfolgten Sie damit«, fragte ich, »daß Sie den Brief durch eine Nachbildung ersetzten? Wäre es nicht besser gewesen, ihn schon beim ersten Besuch ganz offen zu nehmen und damit zu verschwinden?«

»D---«, erwiderte Dupin, »ist ein desperater Mann, und er riskiert allerhand. Auch ist sein Palais nicht ohne Dienerschaft, die seinen Interessen blind ergeben ist. Hätte ich den irrwitzigen Versuch unternommen, den Sie mir da anraten, ich hätte die ministerliche Gegenwart niemals lebend verlassen. Das gute Völkchen von Paris hätte wohl nie mehr wieder etwas von mir gehört. Doch es gab für mich ganz unabhängig von diesen Erwägungen einen Grund. Meine politischen Vorurteile kennen Sie ja. In dieser Angelegenheit handle ich als Parteigänger der betroffenen Dame. Achtzehn Monate lang hat der Minister sie in seiner Gewalt gehabt. Nun hat sie ihn in der ihren; denn da er ganz ahnungslos ist, daß der Brief sich nicht mehr in seinem Besitz befindet, wird er mit seinen Erpressungen fortfahren, wie wenn es noch der Fall wäre. So wird er sich unvermeidlich selber jäh in sein politisches Verderben bringen. Und sein Sturz wird nicht weniger plump als plötzlich erfolgen. Vom *facilis descensus Averni* ist leicht reden; doch bei jeder Sorte Klettern fällt es, wie's die Catalani vom Singen sagte, weit leichter, hinauf zu kommen, als wieder nieder. Im vorliegenden Fall hege ich keinerlei Mitgefühl – oder wenigstens kein Mitleid – für den Stürzenden. Er ist ein *monstrum horrendum,* ein Genie ohne Grundsätze. Ich bekenne jedoch, daß ich sehr gern genau wissen würde, was ihm so durch den Kopf geht, wenn er, herausgefordert von ihr, die der Präfekt ›eine gewisse Persönlichkeit‹ nennt, genötigt ist, den Brief zu öffnen, den ich in dem Kartengestell für ihn zurückließ.«

»Wie? Sie taten etwas Besonderes hinein?«

»Nunja, – es schien mir doch nicht ganz richtig, das Innenblatt leer zu lassen – das wäre beleidigend gewesen. D--- spielte mir einst in Wien einen üblen Streich, und damals habe ich ihm in aller Gemütlichkeit versprochen, ihm den zu gedenken. Und da ich denn wußte, daß ihn doch einige Neugier plagen würde, wer ihn da wohl überlistet habe, fand ich's schade, ihn ohne einen Fingerzeig zu lassen. Meine Handschrift ist ihm wohlbekannt, und so schrieb ich denn einfach mitten auf das leere Blatt die Worte –

›– – – *Un dessin si funeste,*
S'il n'est digne d'Atrée, est digne de Thyeste.‹

Sie finden sie im ›Atreus‹ Crébillon's.«

DIE METHODE DR.THAER & PROF. FEDDERS

Im Herbst des Jahres 18.., auf einer Reise durch die südlichsten Provinzen von Frankreich begriffen, geschah es, daß meine Route mich auf einige wenige Meilen nur an einer gewissen *Maison de Santé,* einer Privat=Irrenanstalt, vorüber führte, von der ich durch meine Mediziner=Freunde in Paris viel gehört hatte. Da ich noch nie eine Einrichtung dieser Art besucht hatte, dünkte mir die Chance allzu günstig, um sie ungenützt zu lassen; und ich proponierte folglich meinem Reisegefährten – einem Gentleman, mit dem ich vor ein paar Tagen zufällig Bekanntschaft geschlossen hatte – für 1 Stündchen oder so einen kleinen Abstecher zu machen, und das Etablissement kurz zu besichtigen. Er erhob Einspruch dagegen – indem er einmal Eile vorschützte, und zum zweiten den bekannten normalen Abscheu vorm Anblick eines Wahnsinnigen. Indes bat er mich angelegentlich, ja nicht etwa aus reiner Höflichkeit ihm gegenüber auf die Befriedigung meiner Neubegier zu verzichten; und versprach auch, nur ganz gemächlich fürbaß zu reiten, so daß ich ihn im Verlauf dieses Tages, auf jeden Fall aber spätestens des morgigen, wieder einholen könnte. Während er sich verabschiedete, fiel mir ein, daß sich hinsichtlich der Erlaubnis zum Betreten der Anstalt möglicherweise einige Schwierigkeiten ergeben möchten, und ich lieh meinen diesbezüglichen Befürchtungen Worte. Er erwiderte, wie ich mich – falls ich mit dem Direktor, Monsieur Maillard, nicht persönlich bekannt sei, oder mich sonst irgendwie, etwa vermittelst eines Empfehlungsschreibens, ausweisen könne – allerdings auf etwelche Schwierigkeiten gefaßt halten müsse; seien doch die Vorschriften für diese Privat=Irrenhäuser beträchtlich strenger, als die für die öffentlichen Hospitäler. Er selbst hätte, fügte er hinzu, Maillard vor diversen Jahren persönlich kennen gelernt, und wolle mir insoweit gefällig sein, bis zum Eingang mitzureiten und mich dort vorzustellen; obgleich seine Gefühle bezüglich Wahnsinn & was damit zusammenhängt, ihm auf keinen Fall erlaubten, die Anstalt selbst zu betreten.

Ich dankte ihm; und wir bogen von der Hauptstraße auf einen grasüberwachsenen Seitenpfad ab, der sich binnen einer halben Stunde nahezu gänzlich in einem dichten Forste verlor, der den Fuß eines Berges einhüllte. In diesem Wald, in dem es näßte & finster war, mußten wir weitere 2 Meilen dahinreiten, bis die *Maison de Santé* in Sicht kam. Es war ein fantastisches, weitgehend verfallenes *château,* und so alt & vernachlässigt, daß es tatsächlich kaum noch bewohnbar sein konnte. Der Anblick flößte mir buchstäblich Furcht ein; ich zügelte mein Pferd, und war schon halb entschlossen, wieder umzudrehen. Gleich darauf jedoch begann ich mich meiner Schwäche zu schämen, und ritt weiter.

Während wir an der Einfahrt vorritten, bemerkte ich, daß der eine Torflügel leicht offen stand und das Gesicht eines Mannes durch den Spalt lugte. Nur einen Augenblick darauf aber trat dieser Mann auch schon heraus; redete meinen Begleiter mit Namen an, schüttelte ihm herzlich die Hand, und bat ihn, abzusteigen. Es war Monsieur Maillard selbst – ein stattlicher, sehr seriös wirkender Gentleman von der alten Schule, mit weltmännisch=abgeschliffenen Manieren, und überhaupt einem äußerst eindrucksvollen Air, gemischt aus Gravität, Würde & Autorität.

Nachdem mein Bekannter mich vorgestellt, mein Verlangen, die Anstalt zu besichtigen vorgetragen, und Monsieur Maillard's Versicherung, wie mir all & jede bevorzugte Behandlung zuteil werden solle, erhalten hatte, nahm er seinerseits Abschied, und entschwand meinen Blicken.

Als er fort war, führte der vorangehende Direktor mich in ein kleines, überaus gefällig eingerichtetes Besuchszimmer, das – unter anderen Anzeichen von feingebildetem Geschmack – viele Bücher enthielt, Gemälde, Blumen in Töpfen und Musikinstrumente. Ein lustiges Feuer knisterte im Kamin, und am Klavier saß eine junge, auffallend schöne Frau, die eine Arie von Bellini sang; sich bei meinem Eintritt jedoch unterbrach und mich mit anmutiger Höflichkeit empfing. Ihre Stimme klang gedämpft, und über ihrem ganzen Wesen lag es wie Niedergeschlagenheit. Auch vermeinte ich, Spuren von Kummer in ihrem Antlitz wahrnehmen zu können, das ganz auffällig (obwohl für meinen Geschmack nicht unangenehm) bleich war. Sie war in tiefer Trauerkleidung, und erregte in meinem Busen ein Gefühlsgemisch aus Respekt, Interesse & Bewunderung.

Ich hatte in Paris gehört, daß Monsieur Maillard's Institut nach Grundsätzen geleitet werde, für welche sich die populäre Bezeichnung ›Humane Methode‹ eingebürgert hat – daß also jegliche Bestrafung vermieden würde – man selbst zur Einsperrung nur ganz selten griffe – den Patienten vielmehr beträchtliche scheinbare Freiheiten gelassen, und sie heimlich=unauffällig beobachtet würden – ja, daß den Meisten von ihnen erlaubt wäre, sich im Haus & auf dem Grundstück in der normalen Tracht von im Vollbesitz ihrer Vernunft befindlichen Personen, frei zu bewegen.

Dieser Andeutungen ständig eingedenk, war ich behutsam in allem, was ich vor den Ohren der jungen Dame hier äußerte; konnte ich doch mit nichten sicher voraussetzen, daß sie bei Verstande sei, (und um ihre Augen war auch tatsächlich etwas wie ein gewisses rastloses Funkeln, aufgrund dessen ich mir halb & halb einbildete, sie sei es nicht). Ich beschränkte mich in meinen Bemerkungen deshalb auf die allgemeinsten Gegenstände; und auch da nur auf solche, von denen ich annahm, daß sie selbst Wahnsinnigen weder mißfallen noch sie aufregen könnten. Sie entgegnete auf alles, was ich vorbrachte, in untadelig rationaler Weise; und auch die Äußerungen, die sie spontan von sich aus machte, legten Zeugnis ab von dem gesündesten Menschenverstand; aber eine lange, theoretische Beschäftigung mit Manien aller Art, hatte mich gelehrt, auf solche Indizien scheinbarer Verständigkeit kein Gewicht zu legen; und ich fuhr deshalb im Verlauf unsres ganzen Zwiegesprächs ruhig fort, all die Vorsicht zu beobachten, mit der ich es eingeleitet hatte.

Bald erschien ein adretter livrierter Bedienter, und bot ein Tablett mit Obst, Wein & anderen Erfrischungen herum, von denen ich einiges zu mir nahm, während die Dame unlängst darauf das Zimmer verließ. Als sie uns den Rücken wandte, richtete ich den Blick in einer Art stummer Frage auf meinen Gastgeber:?

»Nein«, sagte er, »oh, nicht doch – ein Mitglied meiner Familie – meine Nichte, und eine ausgesprochen hochgebildete Frau.«

»Ich bitte tausendmal um Vergebung ob meines Argwohns«, erwiderte ich, »aber Sie werden mich natürlich zweifellos zu entschuldigen wissen. Die vorbildliche Art Ihrer Amtsführung hier, wird in Paris voll & ganz gewürdigt; und ich hielt es allenfalls für im Bereich der Möglichkeit, Sie verstehen mich –«

»Aber ja, ja – kein Wort mehr darüber – oder vielmehr: ich wäre Derjenige, der sich ob der von Ihnen entfalteten lobenswerten Bedachtsamkeit zu bedanken hätte. Wir treffen bei jungen Männern selten so viel Vorbedacht an; und mehr als einmal schon ist, infolge von Gedankenlosigkeit seitens unserer Besucher, das ein= oder andre unselige *contre-temps* vorgefallen. Als meine ehemalige Methode noch in Anwendung war, und die Patienten also das Vorrecht genossen, sich relativ frei zu bewegen, sind sie von unbesonnenen Leuten, die die Anstalt zu besichtigen kamen, oftmals bis zu gefährlicher Wut gereizt worden. Ich habe mich deshalb genötigt gesehen, systematisch & mit aller Strenge eine Aussiebung vorzunehmen, und Niemandem mehr Erlaubnis zum Betreten der Anstalt zu gewähren, auf dessen Taktgefühl ich mich nicht unbedingt verlassen konnte.«

»Als Ihre *ehemalige* Methode noch in Anwendung war?!« rief ich, indem ich seine Worte wiederholte – »muß ich Sie demnach so verstehen, daß Sie damit sagen wollen, jene ›Humane Methode‹, von der ich so viel gehört habe, sei nicht länger in Kraft?«

»Es sind nun«, erwiderte er, »mehrere Wochen her, daß wir uns entschlossen haben, ihr für immer zu entsagen.«

»Tatsächlich?! Sie machen mich ganz erstaunt!«

»Tja, Sir; wir mußten«, sagte er mit einem Seufzer, »die absolute Notwendigkeit erkennen, zu den älteren Behandlungsweisen zurückzukehren. Die *Gefährlichkeit* der Humanen Methode hat ja allzeit geradezu schreckhaft auf der Hand gelegen; und ihre Vorzüge sind doch beträchtlich überschätzt worden. Ich glaube, Sir, daß man es, wenn überhaupt irgendwo, dann hier in dieser Anstalt, ernstlich & fair damit versucht hat. Wir haben wirklich Alles getan, was Verstand gepaart mit Menschlichkeit nur immer ersinnen konnten. Es tut mir leid, daß Sie uns nicht zu einem etwas früheren Zeitpunkt einen Besuch haben abstatten, und sich aufgrund dessen ein eigenes Urteil haben bilden können. Aber ich nehme an, Sie sind vertraut mit der Technik der Humanen Behandlung – mit deren Einzelheiten.«

»Nicht hundertprozentig. Was ich darüber gehört habe, ist immer nur aus dritter oder vierter Hand gewesen.«

»Dann darf ich die Methode, ganz allgemein ausgedrückt, wohl als eine solche definieren, bei der die Patienten *menagés* waren, d. h. man ging auf sie ein. Es wurde prinzipiell *keiner* Grille widersprochen, die sich im Gehirn eines Irren festgesetzt hatte. Im Gegenteil, wir duldeten solche nicht nur, sondern bestärkten sie sogar noch; und nicht wenige unserer dauerhaftesten Heilungen sind dergestalt bewirkt worden. Es gibt ja kein Argument, das dem geschwächten Verstand eines Tollen nur annähernd so einleuchtete, wie ein *argumentum ad absurdum*. Wir hatten zum Beispiel Fälle hier, wo die Betreffenden sich einbildeten, Kücken zu sein. Die Kur bestand dann darin, daß mit der Sache, und zwar beharrlich, voller Ernst gemacht wurde – daß man den Patienten der Dummheit beschuldigte, den Tatbestand nicht genugsam erkannt & gewürdigt zu haben – und ihm anschließend einmal eine Woche lang jegliche andere Kost verweigerte, ausgenommen die, die einem Kücken angemessenerweise gebührt. Auf solche Art haben wir mit ein paar Handvoll Maisschrot oft wahre Wunder verrichtet.«

»Und diese Form des ›Daraufeingehens‹ war alles?«

«Aber keineswegs. Wir setzten große Hoffnungen auf Zerstreuungen einfachster Art, wie etwa Musik, Tanz, gymnastische Übungen allgemein, Kartenspiele, bestimmte Sorten von Büchern, undsoweiterundsoweiter. Wir stellten uns überdem so, wie wenn wir jedweden Einzelnen lediglich irgendeines ganz normalen körperlichen Leidens halber hier in Behandlung hätten, und das Wort ›Irrsinn‹ war aufs schärfste verpönt. Ein wichtiger Einzeltrick bestand darin, jeden Geisteskranken insgeheim anzuweisen, die Handlungen aller Anderen doch, bitte, mit zu überwachen: dadurch daß man Vertrauen in die Verständigkeit oder Diskretion eines Tollen setzt, kann man ihn ja förmlich im Sturm nehmen! Und wir unsrerseits wurden dadurch in den Stand gesetzt, ein kostspieliges Wächterkontingent weitgehend einzusparen.«

»Und es gab keinerlei Strafen irgendwelcher Art?«

»Nein; keine.«

»Sie haben Ihre Patienten niemals eingesperrt?«

»Ganz selten nur. Dann & wann, sobald sich im Leiden des Ein= oder Anderen eine Krisis abzuzeichnen begann, oder es in nichtvorherzusehende chronische Formen von Wut umschlug; dann wurde er wohl, damit seine Unruhe nicht die Übrigen anstecke, in eine abgelegene Einzelzelle überführt, und dort solange in Gewahrsam gehalten, bis wir ihn den Seinigen übergeben konnten – denn für reine Tobsuchtsfälle sind wir hier nicht zuständig; die werden im allgemeinen an die staatlichen Sanatorien abgegeben.«

»Und das haben Sie nunmehr alles wieder geändert – und Ihrer Ansicht nach zum Besseren?«

»Ganz entschieden. Das System hatte seine Nachteile, ja sogar seine Gefahren. Es ist jetzt glücklicherweise, und zwar in sämtlichen *Maisons de Santé* von ganz Frankreich, als total überholt abgeschafft worden.«

»Sie sehen mich aufs äußerste überrascht«, sagte ich, »ob dessen, was Sie mir da mitteilen; däuchte ich mir doch, bis zu diesem Augenblick noch, vollkommen sicher, daß überall, im ganzen Lande, keine andre Methode der Behandlung von Geisteskrankheiten geübt werde.«

»Sie sind noch jung, lieber Freund«, gab mein Wirt zurück; »aber die Zeit wird kommen, wo Sie lernen werden, aus eigner Anschauung zu beurteilen, was in der Welt vor sich geht, ohne auf fremdes Geschwätz zu vertrauen. Glauben Sie nichts von dem, was Sie hören; und von dem, was Sie sehen, auch immer nur die Hälfte. – Was nun unsre *Maisons de Santé* anbelangt, liegt es klar auf der Hand, daß irgendein Ignorant Sie irregeführt hat. Nachher, sobald das Dinner vorbei ist, und Sie sich von der Anstrengung Ihres Ritts hinlänglich erholt haben, werde ich mich glücklich schätzen, Sie im Hause herumzuführen, und mit einer Methode bekannt zu machen, die meiner Meinung nach – wie auch nach der jedes Anderen, der bisher Zeuge des Verfahrens war – die unvergleichlich wirksamste ist, die je ersonnen wurde.«

»Ihre eigene etwa?« erkundigte ich mich – »eine von Ihrer eigenen Erfindung?«

»Mit eigenem Stolz«, versetzte er, »darf ich gestehen, daß dem so ist – zumindest in gewissem Grade.«

Auf solche & ähnliche Weise unterhielt ich mich mit Monsieur Maillard gute 1 oder 2 Stunden lang, in deren Verlauf er mir auch die Gärten und Treibhäuser der Anlage zeigte.

»Patienten direkt vorführen«, sagte er, »möchte ich Ihnen im Augenblick allerdings noch nicht. Für ein sensibles Gemüt sind dergleichen Schaustellungen doch immer mehr oder minder schockierend; und es liegt nicht entfernt in meiner Absicht, Ihnen den Appetit auf's Dinner zu verderben. Essen wir also erst. Ich kann Ihnen etwas Kalbfleisch *à la Menehoult* vorsetzen, mit Blumenkohl in *velouté* Soße – hinterher ein Gläschen *Clos de Vougeot* – dann werden Ihre Nerven hinreichend gestählt sein.«

Um 6 Uhr wurde gemeldet, daß das Dinner angerichtet sei, und mein Gastgeber führte mich in einen geräumigen *salle à manger,* wo wir bereits eine recht zahlreiche Gesellschaft versammelt fanden – 25 oder 30 insgesamt. Es handelte sich augenscheinlich um Angehörige der oberen Klassen – unverkennbar von hoher Bildung obschon der Kleiderprunk mir etwas extravagant vorkam; ein bißchen zu betont auf Glanz & Pracht des *vieille cour* ausgerichtet. Mir fiel auf, daß, schlecht gerechnet, 2 Drittel der Gäste Damen waren, von denen sich Einige auf eine Art herausgeputzt hatten, die ein moderner Pariser keineswegs als geschmackvoll bezeichnet haben würde. So waren zum Beispiel viele der weiblichen Anwesenden, deren Alter mindestens 70 betragen mußte, verschwenderisch mit Juwelen, Ringen, Armbändern, Ohrringen, überdeckt; trugen dafür aber Busen & Arme geradezu schamlos nackt. Auch bemerkte ich, daß von den Kleidern selbst nur sehr wenige *haute couture* waren – beziehungsweise, daß sie nur in den seltensten Fällen den Trägerinnen gut saßen. Während ich mich so umsah, entdeckte ich auch jenes interessante Mädchen wieder, dem mich Monsieur Maillard vorhin in dem kleinen Besuchszimmer vorgestellt hatte; aber wie groß war meine Überraschung, sie jetzt in einem Reifrock, einer veritablen Krinoline, zu erblicken, dazu hochhackige Schuhe und eine Haube aus Brüsseler Spitzen; aber angeschnutzt & in einem Grade zu groß für sie, daß ihr Gesicht darin einen Ausdruck von wahrhaft lächerlicher Winzigkeit bekam. Als ich sie zuerst sah, hatte sie, was ihr ausgezeichnet stand, tiefe Trauer getragen. *Enfin,* über den Trachten der ganzen Gesellschaft lag ein derartiges Odium von Extravaganz, daß ich zuerst doch wieder auf meine ursprüngliche Idee des ›Humanen Systems‹ zurückkam, und mir einbildete, Monsieur Maillard wolle mich absichtlich bis nach dem Dinner in meiner Täuschung erhalten, auf daß mir während der Mahlzeit das unbehagliche Gefühl erspart bleibe, umgeben von Irrsinnigen zu dinieren. Andererseits fiel mir wiederum ein, wie man mich schon in Paris darauf vorbereitet hatte, daß diese südlichen Provinzler ein ganz eigentümlich excentrisches Völkchen seien, mit einer enormen Menge antiquierter Anschauungen; und überdem wurde mein Argwohn, nachdem ich mich mit diversen Mitgliedern der Gesellschaft ein wenig unterhalten hatte, bald voll & ganz zerstreut.

Der Speisesaal selbst hatte – obschon vielleicht ausreichend komfortabel, und vor allem prächtig geräumig – doch eigentlich nicht allzuviel Elegantes an sich. Zum Beispiel war der Fußboden unbeteppicht; (freilich enträt man in französischen Wohnungen häufig der Teppiche). Auch sah ich keine Gardinen vor den Fenstern; vielmehr waren die Läden geschlossen, und sorgfältig mit diagonal angeordneten Eisenstangen abgesichert, in der Art wie es bei unsern normalen Schaufensterläden üblich ist. Der Saal selbst bildete, wie ich erkannte, einen der Flügel des *château;* und also nahmen die Fenster 3 der Seiten des langen Rechtecks ein, während sich auf der letzten die Tür befand; (alles in allem zählte ich nicht weniger denn 10 Fenster).

Die Tafel war süperb besetzt – förmlich beladen mit Silber; und mehr als beladen mit Leckerbissen. Die Verschwendung war absolut barbarisch. An Fleischsorten war genügend vorhanden, daß sämtliche Enakssöhne sich hätten gütlich tun können. Nie noch, in meinem ganzen Dasein nicht, hatte ich einer derart wüsten, üppigen Vergeudung all dessen, was im Leben gut & teuer ist, persönlich gegenübergestanden. Immerhin schien, was Dekoration der Tafel angeht, sehr wenig Geschmack gewaltet zu haben; auch wurden meine an ruhige Beleuchtung gewöhnten Augen durch den ungeheuerlichen Überschimmer einer wahren Armee von Wachskerzen beleidigt, die nicht nur in silbernen Kandelabern über die ganze Tafel hin verteilt war; sondern auch, wo immer es nur möglich gewesen war, ein Plätzchen dafür ausfindig zu machen, den gesamten Raum übervölkerten. Als Aufwärter fungierten einige Diener, und auf einem großen, massiven Tisch am entfernten Ende des Saales saßen 7 oder 8 Leute mit Fiedeln, Querpfeifen, Posaunen und 1 Trommel. Diese Letzterwähnten fielen mir, während wir speisten, von Zeit zu Zeit nicht wenig dadurch beschwerlich, daß sie eine unendliche Vielfalt von Geräuschen hervorbrachten, die wohl Musik darstellen sollten, und die sämtlichen Anwesenden, mich allein ausgenommen, großes Vergnügen zu bereiten schienen.

Alles in Allem konnte ich mich des Eindrucks nicht erwehren, daß über jeglichem, was ich hier erblickte, ein derber Hauch von Bizarrerie läge – aber die Welt besteht nun einmal aus allen möglichen Sorten von Menschen, mit allen möglichen Denkweisen, und allen möglichen Sitten & Gebräuchen. Auch war ich schließlich weitgereist genug, um ein rechter Adept des *nil admirari* geworden zu sein; nahm also völlig kaltblütig zur Rechten meines Wirtes

Platz, und ließ, da ich ausgezeichneten Appetit verspürte, dem leckeren Schmaus, der mir vorgesetzt wurde, volle Gerechtigkeit widerfahren.

Die ganze Zeit über fand allgemein die angeregteste Unterhaltung statt; vor allem redeten, wie üblich, die Damen eine ganze Menge. Ich erkannte bald, daß nahezu alle Anwesenden gut erzogen & gebildet sein mußten; und was meinen Gastgeber anbelangt, so war er allein ein ganzer Mikrokosmos launigster Anekdoten. Er schien vollauf bereit, sich über seine Stellung als Direktor eines *Maison de Santé* zu verbreiten; wie denn speziell der Irrsinn, sehr zu meinem Erstaunen, ein Lieblingsthema aller Anwesenden bildete. Zumal wurde eine große Menge amüsanter Geschichten erzählt, die sich auf die *idées fixes* von Patienten bezogen.

»Einen Kunden hatten wir mal hier«, sagte der kleine fette Herr, der mir zur Rechten saß, – »einen Kunden, der sich einbildete, er wäre ein Teekessel – äußerst merkwürdig übrigens, wie oft sich grad' diese spezielle Wahnvorstellung im Hirn eines Irren einnistet, wie? Gibt es doch schwerlich 1 Heilanstalt in ganz Frankreich, die nicht mit einem menschlichen Teekessel aufwarten könnte. Bei *unserem* Herrn handelte es sich um einen aus Britanniametall; und er trug große Sorge, sich allmorgendlich mit Lederlappen & Schlämmkreide blank zu putzen.«

»Und dann«, sagte ein langer Mann, mir genau gegenüber, »jener Andere, den wir hier hatten, es ist noch gar nicht lange her, der sich in den Kopf gesetzt hatte, daß er ein Esel sei – was, allegorisch ausgedrückt, völlig richtig war, werden Sie sagen. Er war ein beschwerlicher Patient; und wir hatten alle Hände voll zu tun, daß er nicht über die Stränge schlug. Zuerst wollte er, längere Zeit hindurch, nichts als Disteln zu sich nehmen; aber von der Idee haben wir ihn geschwinde kuriert, indem wir darauf bestanden, daß er nichts anderes äße. Dann schlug er auch noch pausenlos nach hinten aus – so ungefähr – so –«

»Ms. de Kock! Wollen Sie sich gefälligst etwas benehmen, wenn ich bitten dürfte!« unterbrach ihn hier eine alte Dame, die unmittelbar neben dem Sprecher saß. »Behalten Sie Ihre Füße doch bitte für sich selbst! Sie haben mir mein Brokatkleid ganz ruiniert! Ich bitt' Sie, ist es denn unbedingt nötig, eine schlichte Bemerkung nun gleich so handgreiflich zu illustrieren? Unser Freund hier kann Sie sicherlich auch ohne dergleichen verstehen. Mein Wort darauf: Sie sind beinah' ein ebenso großer Esel, wie jener arme Unselige zu sein sich einbildete. Ihre Pantomimik ist maßlos naturgetreu, so wahr ich lebe.«

»Mille pardons, Mam'selle!«, entgegnete der also apostrofierte Monsieur de Kock – »Tausendmal um Verzeihung! Ich habe Sie nicht im entferntesten beleidigen wollen. Mam'selle Laplace – Monsieur de Kock wird es sich zur Ehre anrechnen, ein Glas Wein mit Ihnen zu trinken.« Worauf Ms. de Kock sich tief verneigte, mit großem Zeremoniell seine Fingerspitzen küßte, und er und Mam'selle Laplace einander zutranken.

»Darf ich, *mon ami«,* wandte sich Monsieur Maillard jetzt an mich, »darf ich Ihnen ein Stück von diesem Kalbfleisch *à la St-Menehould* geben lassen – Sie werden es ganzganz delikat finden.«

Gerade war es nämlich 3 stämmigen Aufwärtern gelungen, eine enorme Schüssel, oder richtiger Mulde, sicher auf der Tafel abzusetzen, deren Inhalt ich zunächst für das bekannte *›monstrum horrendum, informe, ingens, cui lumen ademptum‹* hielt. Eingehendere Untersuchung jedoch brachte mir die Erkenntnis, wie es sich lediglich um ein Kälbchen handle, das man im Ganzen geröstet, dann auf die Knie gestellt & ihm einen Apfel ins Maul gegeben hatte; etwa wie es englischer Brauch ist, einen Hasen herzurichten.

»Danke, nein«, erwiderte ich; »um die Wahrheit zu gestehen, ich hege keine sonderliche Vorliebe für Kalbfleisch *à la St.* – wie sagten Sie? Scheint mir doch nach allem, daß es mir schwerlich bekommen dürfte. Dennoch will ich gern die Teller wechseln, und von dem Kaninchen dort versuchen.« Es standen nämlich diverse Beischüsseln auf der Tafel, die anscheinend etwas enthielten, was das normale französische Kaninchen war – ein köstliches *morceau* übrigens, das ich nur empfehlen kann.

»Pierre«, rief mein Wirt sogleich: »dem Herrn hier einen anderen Teller; und geben Sie ihm ein Seitenstück von dem Kaninchen-*au-chat.«*

»Au-was?«, sagte ich.

»Diesem Kaninchen-*au-chat.«*

»Oh, danke, aber – wenn ich mir's recht überlege: bitte nein. Ich nehm' mir lieber etwas von diesem Schinken hier.«

Man weiß tatsächlich nie, dachte ich bei mir, was man an den Tafeln dieser Provinzler so alles in sich hinein ißt – ich danke für deren ihr Kaninchen-*au-chat,* beziehungsweise für eine Katze-*au-lapin* nicht minder.

»Und dann,« sagte indes ein ziemlich leichenhaft dreinschauendes Individuum am unteren Ende der Tafel, und nahm damit den Faden der Unterhaltung dort wieder auf, wo er vorhin abgerissen war – »dann erfreuten wir uns, es war einmal, unter anderen botanischen Kuriositäten, auch eines Patienten, der auf's hartnäckigste behauptete, er sei ein Cordoba-Käse; und der infolgedessen ständig mit einem Messer in der Hand herumlief, und alle seine Bekannten dringend einlud, doch einmal ein Scheibchen aus seinem Dickbein zu kosten.«

»Das war, da gilt kein Zweifel, ein großer Narr,« warf ein Anderer ein, »obschon nicht mit einem gewissen Quidam zu vergleichen, den wir Alle kennen – den fremden Herrn dort ausgenommen. Ich meine jenen Außerordentlichen, der sich für eine Champagnerflasche hielt, und der immerfort, Popp-Fsss!, los ging; ungefähr so –«

Hier steckte sich der Sprecher, (ungebührlich plump,

wie mir däuchte), den rechten Daumen tief in die linke Backentasche; wuppte ihn heraus, mit einem Geräusch wie ein Pfropfenknall; und erzeugte anschließend, durch erzgeschicktes Zusammenspiel von Zung' & Zähnen, ein minutenlang anhaltendes scharfes Zischen und Pfischen, das dem Brüsseln von Champagner frappant ähnelte. Ich merkte deutlich, daß dergleichen Betragen gar nicht den Beifall von Monsieur Maillard fand; dennoch sagte er nichts weiter dazu, und die Unterhaltung wurde von einem sehr hageren, kleinen Herrn mit einer großen Perücke wieder aufgenommen.

»Und dann war ein Ignorant darunter«, sagte er, »der sich mit einem Frosch verwechselte – dem er, nebenbei bemerkt, sowieso nicht wenig ähnlich sah. Ich wollte, Sie hätten ihn in Augenschein nehmen können, Sir« – hier wandte sich der Sprecher direkt an mich – »das Herz wäre Ihnen bei dem Anblick aufgegangen, wie natürlich Der seine Sache machte. Sir, wenn der Mann *kein* Frosch gewesen ist, tja, dann kann ich nur sagen, es ist ein Jammer, daß er keiner war. Wenn er anhub zu quaken, so – o-o-o-ck: o-o-o-ck! – B-Moll übrigens, schönste Tonart von der Welt; oder wenn er die Ellbogen auf den Tisch pflanzte, so ungefähr – nachdem er 1 oder 2 Glas Wein intus hatte – und dann den Mund breit zog: so; und die Augen nach oben verdrehte: so; und dann noch in einem unwahrscheinlichen Tempo damit blinzelte: so – also, Sir, ich verbürge mich dafür, so wahr ich hier sitze, Sie hätten sich in Bewunderung verloren ob der Genialität des Menschen!«

»Ich zweifle nicht daran«, sagte ich.

»Und dann«, sagte ein Anderer, »dieser Petit Gaillard, den wir mal hatten; der sich für eine Prise Schnupftabak hielt, und immer so ehrlich niedergeschlagen war, daß er sich nicht selber zwischen Daumen & Zeigefinger nehmen konnte.«

»Und dann Jules Desoulières nicht zu vergessen, der ja

nun wirklich ein sehr ausgefallenes Genie war, und dem die Idee zu Kopfe stieg, daß er ein Kürbis geworden sei. Er setzte dem Koch beständig zu, ihn doch einmal zu Pastetchen zu verarbeiten – ein Anliegen, was der Koch entrüstet von sich wies. Was mich anbelangt, bin ich mir so sicher gar nicht, daß eine Kürbispastete *à la Desoulières* nicht vielleicht doch ein kapitales Essen hätte ergeben können.«

»Sie machen mich ganz erstaunt!« rief ich, und warf Monsieur Maillard einen forschenden Blick zu.

»Ha! ha! ha!« machte jener Herr –: »he! he! he! – hi! hi! hi! – ho! ho! ho! – hu! hu! hu! – wirklich ausgezeichnet! Sie müssen nicht erstaunt sein, *mon ami;* unser Freund hier ist ein Witzbold – *un drôle* – Sie dürfen, was er sagt, nicht buchstäblich nehmen.«

»Und dann«, mischte sich ein Anderer der Tischgesellschaft ein, »dann wollen wir doch Bouffon le Grand nicht vergessen – auch eine außergewöhnliche Persönlichkeit in seiner Art. Bei ihm war es die Liebe, die seinen Geist zerrüttet hatte, und er bildete sich ein, 2 Köpfe zu besitzen. Von dem einen behauptete er, es sei der Kopf Ciceros; den andern bezeichnete er als ›zusammengesetzt‹, und zwar Demosthenes vom Scheitel bis zum Mund, und vom Mund bis zum Kinn dann Lord Brougham. Es ist nicht gänzlich ausgeschlossen, daß er Unrecht hatte; aber er hätte auch Sie davon überzeugt, daß er im Recht sei, denn er war ein Mann von erstaunlicher Eloquenz. Seine Leidenschaft für die Kunst der Rede war unbezähmbar, und er mußte sie ausüben, er mochte wollen oder nicht. Zum Beispiel hatte er die Angewohnheit, auf die Dinner-Tafel zu springen, so etwa – und – und –«

An dieser Stelle legte ein Freund, der ihm zur Seite saß, dem Sprecher die Hand auf die Schulter, und flüsterte ihm ein paar Worte ins Ohr; worauf Jener überaus unvermittelt zu reden aufhörte, und auf seinen Stuhl zurücksank.

»Und dann«, fuhr der Freund fort, der eben geflüstert

hatte, »dann gab es ja auch noch Boullard, den Drehwürfel. Ich nenne ihn deshalb schlicht den ›Drehwürfel‹, weil er von der putzigen, obschon nicht hundertprozentig abwegigen Grille durchdrungen war, daß er in einen Drehwürfel verwandelt worden sei. Hätten Sie ihn rotieren sehen, Sie hätten gebrüllt vor Lachen! Der Mann pirouettierte Ihnen stundenlang auf 1 Hacke, in der Art etwa – so –«

Hier leistete ihm sein Freund, den er kurz zuvor durch ein Flüstern unterbrochen hatte, genau den gleichen Liebesdienst.

»Aber«, schrie eine alte Dame dazwischen, so laut sie nur konnte: »Ihr Monsieur Boullard war schließlich ein Irrer, und zwar ein sehr dümmlicher Irrer, milde gesagt; denn wer, darf ich Sie fragen, hat je von einem menschlichen Drehwürfel gehört? Die Sache ist doch völlig absurd. Da war Madame Joyeuse schon verständiger, wie Sie ja wohl selbst wissen werden. Auch sie hatte ihre Grille, zugegeben; aber die war doch förmlich prall von gesundestem Menschenverstand, und bereitete Allen, die die Ehre ihrer Bekanntschaft genossen, nur Vergnügen. Sie hatte nach reiflicher Überlegung eingesehen, daß sie, infolge irgendeines Umstandes, in ein Junghähnchen transformiert worden sei; aber, einmal ein solches, benahm sie sich auch angemessen & mit Würde. Sie schlug die Flügel, wundersam & mitreißend – so – so – so – und, ach, ihr Krähen erst: also ein Genuß!: Kickeriki-i! – Kickeri-Ki! – : Kickeriki-i-i-ihhh!!!«

»Madame Joyeuse; ich wäre Ihnen ungemein verbunden, wenn Sie sich etwas zusammennehmen wollten!«, unterbrach sie hier unser Wirt sehr erzürnt: »Also entweder benehmen Sie sich, wie es einer Lady geziemt; oder aber Sie verlassen auf der Stelle die Tafel – nun wählen Sie.«

Die alte Dame (die als ›Madame Joyeuse‹ angeredet zu hören mich doch sehr verwunderte; nach der Imitation einer Madame Joyeuse, mit der sie uns gerade regaliert hatte) errötete bis über die Augenbrauen, und schien äußerst beschämt ob solcher Rüge. Sie ließ den Kopf hängen, und erwiderte nicht 1 Silbe. Aber eine andere, jüngere Dame griff dafür das Thema wieder auf – es war meine mädchenhafte Schöne, aus dem kleinen Besuchszimmer von vorhin!

»Oh, Madame Joyeuse *war* eine Törin!«, rief sie aus; »aber wenn es überhaupt wirklich Einleuchtendes gibt, dann waren dies ja wohl die Theorien von Eugénie Salsafette. Das war eine sehr schöne & peinlich sittsame junge Dame, der die hergebrachte Art sich zu kleiden indezent erschien; und die sich deshalb logischerweise stets so anzog, daß sie nicht in ihre Kleider hinein, sondern aus denselben heraus fuhr. Es ist übrigens auch ganz leicht! Man braucht nur so zu machen – und dann so: – so: – so: – und dann noch so: ! – so: – so: – und endlich –«

»Mon Dieu! Mam'selle Salsafette!«, riefen hier ein Dutzend Stimmen auf einmal: »Was *tun* Sie denn da? – Aufhören! – Genug! – Wir sehen ja schon, ganz deutlich, wie man's macht! – Halt, halt!«, und mehrere Personen waren eben im Begriff, von ihren Plätzen aufzuspringen, um Mam'selle Salsafette daran zu verhindern, sich mit der Mediceischen Venus auf eine Stufe zu stellen, als ihre Absicht plötzlich & ganz frappant anderweitig bewirkt wurde, nämlich durch eine Folge von lauten gellenden Schreien, die irgendwo aus dem Mittelbau des Schlosses her zu kommen schienen.

Auch meine Nerven wurden, ich gesteh' es, von dem Gekreisch ziemlich arg mitgenommen; aber was den Rest der Gesellschaft betrifft, mußte ich sie nur bemitleiden: derartig erschrocken hatt' ich eine Sippschaft von erwachsenen, vernünftigen Leuten in meinem Leben noch nicht gesehen! Sie wurden, durch die Bank, leichenblaß; sanken auf ihre Stühle zurück; hockten dort, bibbernd & schnatternd vor Entsetzen, und lauschten, ob sich das Geräusch wiederhole:? Da kam es schon wieder – lauter & scheinbar näher – und nun ein drittes Mal, *sehr* laut! – – und dann, ein viertes Mal, mit unverkennbar verminderter Kraft. Auf dies einwandfreie Verhallen des Geräusches hin erholten sich die Lebensgeister der Gesellschaft schlagartig, und alles war wieder Munterkeit & Anekdote wie zuvor. Ich wagte es nun, mich nach der Ursache solch gewaltsamer Unterbrechung zu erkundigen.

»Eine reine *bagatelle«,* sagte Monsieur Maillard. »Wir sind an derlei Dinge schon gewöhnt, und machen uns imgrunde herzlich wenig daraus. Die Irren stimmen ab & zu immer wieder einmal ein vereintes Geheul an, wo denn Einer den Andern anzustecken pflegt, etwa wie Hunde in der Nachtstille das wohl tun. Zuweilen freilich tritt auch das ein, daß, anschließend an solch Kreisch-Konzert, mit vereinten Kräften ein Ausbruchsversuch unternommen wird; wo dann natürlich eine gewisse kleinere Gefahr zu befürchten steht.«

»Und wieviel solcher Fälle haben Sie im Augenblick?«

»Zur Zeit im Ganzen nicht mehr als 10.«

»Überwiegend Frauen, nehme ich an?«

»Oh nein – alles lauter Männer, und stämmige Burschen dazu, das kann ich Ihnen versichern.«

»Was Sie nicht sagen! Ich bin bisher der Ansicht gewesen, daß das zarte Geschlecht die Mehrzahl der Irren stelle.«

»Im allgemeinen ist das schon so; aber nicht immer. Vor einiger Zeit hatten wir wohl auch 27 Patienten hier, bei denen es sich in nicht weniger als 18 Fällen um Frauen handelte; aber in letzter Zeit haben sich die Dinge beträchtlich geändert, wie Sie sehen.«

»Ja – beträchtlich geändert, wie Sie sehen«, unterbrach uns hier der Herr, der Mam'selle Laplace vorhin die Schienbeine poliert hatte.

»Ja – beträchtlich geändert, wie Sie sehen!«, pflichtete ihm die ganze Gesellschaft sogleich im Chore bei.

»Wollt Ihr vielleicht sofort Eure Zungen still halten?!«, sagte mein Gastgeber ungemein aufgebracht. Worauf die ganze Gesellschaft schier eine volle Minute lang Todtenstille bewahrte. (Die 1 der Damen gehorchte Monsieur Maillard sogar buchstäblich; indem sie ihre Zunge herausstreckte – die zudem noch unmäßig lang war – und sie, resignierter Miene, bis zum Ende der Lustbarkeit mit beiden Händen festhielt.)

»Und diese Dame dort«, sagte ich im Flüsterton, mich näher zu Monsieur Maillard hinüber beugend: »die gute Dame, die da eben gesprochen, und uns vorhin das hübsche ›Kikeriki-ih!‹ zum Besten gegeben hat – sie ist harmlos, nehme ich an – vollkommen harmlos, ja?«

»Harmlos?!«, stieß er in ungekünsteltem Erstaunen aus: »ja aber – aber was *können* Sie damit nur meinen?«

»Nur ganz leicht affiziert?«, sagte ich, indem ich mir an den Kopf tippte. »Ich nehme es für gewiß an, daß sie nicht übermäßig – nicht gefährlich erkrankt ist, wie?«

»Mon Dieu! In welchem Irrtum *sind* Sie nur befangen? Besagte Dame, Madame Joyeuse, ist eine besonders gute alte Freundin von mir, und genau so bei Verstande wie ich selbst. Sie ist ein klein wenig excentrisch, zugegeben – aber, Sie wissen ja selbst, alle älteren Frauen, alle *sehr* alten Frauen, sind grundsätzlich mehr oder weniger excentrisch.«

»Zugegeben«, sagte ich – »sicher, zugegeben – und alle diese übrigen Damen und Herren –«

»Sind meine Freunde und Wärter«, fiel Monsieur Maillard mir ins Wort, und richtete sich voller *hauteur* auf –: »meine allerbesten Freunde & Assistenten.«

»Was?! Einer wie der Andre?« fragte ich – »die Frauen und Alle?«

»Ja, zweifellos«, sagte er – »wir konnten nicht daran denken, die Frauen total auszuschalten; sie sind die besten Irren=Pflegerinnen von der Welt; sie haben so ihre ganz eigene Art, wissen Sie; ihre schimmernden Augen tun erstaunliche Wirkung – ungefähr der Faszination durch Schlangen zu vergleichen, wissen Sie?«

»Sicher«, sagte ich – »Jaja, sicher! Sie benehmen sich nur etwas kurios, wie? – sie sind etwas *wunderlich,* wie? Meinen Sie nicht auch?«

»›Kurios‹! – ›Wunderlich‹! – ja, sind Sie *tatsächlich* der Ansicht? Wir sind nicht übermäßig formell hier im Süden, sicher – tun weitgehend was uns behagt – genießen unser Leben, mit allem Drum & Dran, wissen Sie – –«

»Sicher«, sagte ich – »Jaja, sicher.«

»Und dann macht vielleicht auch dieser *Clos de Vougeot* hier etwas=ä kopflastig, wissen Sie – ein bißchen *stark* – Sie verstehen, gelt?«

»Sicher«, sagte ich – »Jaja, sicher. Nebenbei, Monsieur, ich habe Sie doch vorhin insofern richtig verstanden, als die neuerdings von Ihnen angewandte Methode – die an die Stelle der berühmten ›humanen‹ getreten ist – eine von rigorosester Strenge sei?«

»Aber nicht im geringsten. Die Absperrung wird notwendigerweise ziemlich straff gehandhabt; aber die Behandlung selbst – ich meine jetzt die ärztliche Behandlung – ist für die Patienten eher angenehmer geworden.«

»Und diese Neue Methode ist also von Ihrer eigenen Erfindung?«

»Nicht gänzlich. Teile davon fanden sich bereits vorgebildet bei Dr. Thaer, von dem Sie ja wohl zwangsläufig gehört haben müssen, und was gewisse kleinere Modifikationen meiner Grundkonzeption anbelangt, gestehe ich öffentlich & mit Stolz, daß hier das Primat dem berühmten Fedders gebührt, mit dem Sie ja, wenn ich nicht irre, intim bekannt zu sein die Ehre haben.«

»Ich bin tief beschämt, gestehen zu müssen«, erwiderte ich, »daß ich bis heut nicht einmal den Namen auch nur eines der Herren vernommen habe.«

»Gütiger Himmel!« rief mein Wirt, indem er die Hände in die Luft warf & jählings mit dem Stuhl zurückfuhr: »Ich habe wohl nicht recht verstanden! Sie haben doch nicht etwa sagen wollen, wie?, Sie hätten noch niemals auch nur *gehört,* weder von dem gelehrten Dr. Thaer, noch von dem gefeierten Professor Fedders?!«

»Ich sehe mich genötigt, meine Unwissenheit zu bekennen«, entgegnete ich; »aber man soll ja die unverfälschte reine Wahrheit über alles stellen. Nichtsdestoweniger fühle ich mich in Grund & Boden beschämt ob meiner Unbekanntschaft mit den Werken jener zweifellos außerordentlichen Männer. Ich will mir aber ihre Schriften unverweilt beschaffen, und sie mit Fleiß & Sorgfalt studieren. Monsieur Maillard, Sie haben – ich will's nur gestehen – Sie haben *wirklich* erreicht, daß ich mich vor mir selber schäme!«

Und so war es tatsächlich.

»Aber kein Wort mehr, mein lieber junger Freund«, sagte er wohlwollend, und drückte mir dabei die Hand – »kommen Sie, trinken wir ein Glas *Sauterne* zusammen.«

Wir tranken. Die Gesellschaft folgte unserm Beispiel wie ein Mann. Man schwatzte – man scherzte – man lachte – man beging tausend Tollheiten – die Fiedeln schrillten – die Trommel rum=pumperte – die Posaunen brüllten, und jede davon wie der eherne Stier des Phalaris – kurzum, die ganze Szene gestaltete sich immer ärger & ärger je mehr der Wein die Oberhand bekam und wurde am Ende zu einer Art Pandämonium *in petto;* während zwischendurch=zwischenein Monsieur Maillard & Ich, über ein paar Buddeln Sauterne und Vougeot hinweg, unser gelehrtes Gespräch mit äußerstem Stimmaufwand fortsetzten, (denn ein Wort, in normaler Lautstärke gesprochen, hätte keine größere Chance gehabt, verstanden zu werden, als die Stimme eines Fisch's im tiefsten Grund der Niagarafälle).

»Und, Sir«, sagte ich, indem ich ihm ins Ohr brüllte: »Sie deuteten vorm Essen etwas an, hinsichtlich der Gefahr, der man sich bei der alten Humanen Methode aussetzte: wie steht es damit?«

»Tja«, erwiderte er, »gelegentlich ergaben sich da tatsächlich ungemeine Gefahren. Die Gedankensprünge der Irren sind ja platterdings nicht vorauszuberechnen; und meiner persönlichen Meinung nach – die auch Dr. Thaer und Prof. Fedders teilen – ist es *nie & nimmer* rätlich, sie auf freiem Fuß & relativ unbewacht sich selbst zu überlassen. Ein Irrer mag zeitweilig ›beschwichtigt‹ werden, wie der Fachausdruck lautet; in letzter Instanz jedoch ist die Tendenz zur Tobsucht latent immer vorhanden. Hinzu tritt seine große, sprüchwörtliche Verschlagenheit. Wenn sich bei ihm ein Projekt erst einmal festgesetzt hat, dann tarnt er seine Absichten mit meisterlicher Raffinesse; und die taschenspielerische Gewandtheit mit der er Normalität simuliert, liefert dem Betrachter menschlicher Psyche eines der allereigenartigsten Schauspiele: sobald ein Irrer *von Grund auf geheilt* erscheint, ist es höchste Zeit, ihn in die Zwangsjacke zu stecken.«

»Aber die *Gefahr,* verehrter Herr, von der Sie sprachen – aus Ihrer eigenen Erfahrung – während Sie hier dieser Anstalt vorstanden – haben Sie jemals im Falle eines Irren konkreten Grund gehabt, seine Bewegungsfreiheit für riskant zu erachten?«

»Hier? – aus eigner Erfahrung? – oh, das kann ich wohl sagen, ja. Zum Beispiel: – es ist noch gar nicht so *sehr* lange her, daß sich in eben diesem Hause ein merkwürdiger Vorfall ereignete. Damals wendete man, wie Sie wissen, noch allgemein die ›Humane Methode‹ an, und die Patienten liefen so gut wie frei herum. Sie betrugen sich bemerkenswert korrekt – auffällig korrekt – jeder halbwegs Verständige hätte erspüren müssen, daß an irgendeinem höllischen Komplott geschmiedet werde, allein aus dem einen Umstand, daß die Kerls sich so erstaunlich korrekt betrugen. Und, siehe da, eines schönen Morgens fanden sich die Wärter an Händen & Füßen gebunden, und in die Zellen gesperrt; allwo sie nunmehr behandelt wurden, wie wenn *sie* die Irren wären: von den Irren selbst, die das Wärteramt an sich gerissen hatten.«

»Was Sie nicht sagen! Dergleichen Absurdität hab' ich in meinem Leben noch nicht gehört!«

»Tatsache – ausgelöst wurde das Ganze durch einen stupiden Gesellen – einen Verrückten – der es sich irgendwie & =wann in den Kopf gesetzt hatte, eine bessere Verwaltungsmethode erfunden zu haben, als alle bisher bekannten – Verwaltung der Irrenangelegenheiten, mein' ich. Er wollte seine Erfindung einmal praktisch erproben, nehme ich an – und überredete also die übrigen Patienten, sich ihm bei einer Verschwörung zwecks Umsturz der regierenden Gewalten anzuschließen.«

»Und er hatte tatsächlich Erfolg damit?«

»Zweifellos. Wächter und Bewachte hatten nur zu bald die Plätze getauscht. Was noch nicht einmal exakt ausgedrückt ist – denn die Verrückten waren frei gewesen; während die Wärter unverzüglich in die Zellen gesperrt, und dort, wie ich leider sagen muß, ziemlich *cavalièrement* traktiert wurden.«

»Aber ich nehme doch an, daß sehr bald eine Gegenrevolution erfolgt sein wird? Solcher Stand der Dinge konnte schließlich nicht von langer Dauer sein. Die Landbevölkerung der Umgegend – Besucher, die die Anstalt besichtigen kamen – müssen doch Alarm geschlagen haben.«

»Da sind Sie auf dem Holzwege. Dafür war der Chef=Rebell viel zu gerissen. Er ließ einfach keine Besucher mehr herein – nur eines Tages machte er 1 Ausnahme, bei einem besonders dümmlich wirkenden jungen Herrlein, vor dem sich irgend zu fürchten er keinen Grund sah. Den ließ er ein und sich die Anstalt besehen – nur um der lieben Abwechslung halber – um sich einen kleinen Spaß mit ihm zu machen. Sobald er ihn hinreichend gefoppt hatte, ließ er ihn wieder 'raus, und schickte ihn seiner Wege.«

»Und *wie lange,* insgesamt, haben die Verrückten so regiert?«

»Oh, eine erstaunlich lange Zeit – einen Monat mindestens – wieviel länger noch, kann ich im Moment gar nicht 'mal genau angeben. Inzwischen ging es bei den Irren nun natürlich hoch her – darauf können Sie einen Eid leisten. Sie hingen ihre eigenen schäbigen Kleider an den Nagel, und bedienten sich freisamlich der Familiengarderobe & =juwelen. Die Keller des *château* waren trefflich mit Wein versorgt; und gerade diese Verrückten verstehen sich ja auf's Trinken, wie die baaren Teufel. Die haben vielleicht gelebt, das kann ich Ihnen versichern.«

»Ja, aber die Behandlung – worin bestand die besondere Behandlung, die der Anführer der Rebellen jetzt praktisch einführte?«

»Nun, was das betrifft, so muß – ich bemerkte es bereits – ›Irrer‹ nicht unbedingt identisch mit ›Trottel‹ sein; und es ist meine aufrichtige Überzeugung, daß seine Behandlungsweise, im Vergleich mit derjenigen, die durch sie abgelöst wurde, die mit Abstand bessere war. Es war tatsächlich eine kapitale Methode – einfach – klar – keinerlei Mühe mehr – war wirklich ganz köstlich – es war –«

An diesem Punkt wurden die Aufschlüsse meines Gastgebers neuerlich durch eine Brüllserie unterbrochen, von derselben Art, wie sie uns zuvor schon so außer Fassung gebracht hatte. Diesmal jedoch schien sie von Personen herzurühren, die rapide näher kamen.

»Gütiger Himmel!«, rief ich aus – »die Irren sind zweifellos ausgebrochen!«

»Ich fürchte sehr, es ist so«, entgegnete Monsieur Maillard, der gleichzeitig ungewöhnlich bleich wurde. Er hatte kaum seinen Satz beendet, als auch schon, unmittelbar unter den Fenstern, laute Schreie & Verwünschungen vernehmlich wurden; und gleich darauf wurde offenkundig, daß draußen Leute bemüht waren, sich gewaltsam Zutritt in den Saal zu erzwingen. Die Tür wurde bearbeitet, anscheinend mit einem Schmiedehammer; und an den Fensterläden wurde gerissen & gerüttelt mit wahrhaft ungeheuerlicher Wut!

Eine Szene der allerschrecklichsten Verwirrung erfolgte. Monsieur Maillard warf sich, zu meinem unsagbaren Erstaunen, unter die Anrichte. Gerade von ihm hätte ich mehr Entschlossenheit erwartet. Die Mitglieder des Orchesters, die in den letzten 15 Minuten dem Anschein nach zu betrunken gewesen waren, um ihre Schuldigkeit zu tun, sprangen sämtlich mit einem Schlag auf die Füße und an ihre Instrumente; erkrabbelten sich ihre Tischplattform, und stimmten dort wie ein Mann den ›Yankee Doodle‹ an; den sie dann, wenn auch nicht ganz in Ton & Takt, so doch zumindest mit übermenschlicher Energie, während des ganzen anschließenden Getümmels durchhielten.

Indes war auf unsere eigentliche Dinnertafel, mitten zwischen Flaschen & Gläser hinein, jener Herr gesprungen, der mit solcher Mühe daran verhindert worden war, schon früher dorthin zu steigen. Sobald er hinreichend festen Fuß gefaßt hatte, begann er eine Rede, die ohne Zweifel ganz herrlich gewesen wäre, wenn man sie nur hätte vernehmen können. Im gleichen Augenblick hatte der Herr mit der Schwäche für Drehwürfel sich in Bewegung gesetzt, und kreiselte jetzt, die Arme rechtwinklig vom Körper abgespreizt, mit ungeheuerlicher Energie durch den Saal; so daß er tatsächlich & unbestreitbar wie ein Drehwürfel wirkte, und überdem Jeden, der ihm irgendwie in den Weg kam, glatt umkegelte. Auch hörte ich, daß plötzlich ein unglaubliches Knallen & Zischen, wie von Champagner, begonnen hatte; und erkannte endlich, daß es von der Person ausging, die schon während des Mahles als Flasche jenes köstlichen Getränkes aufgetreten war. Und zusätzlich quakte der Froschmann wieder los, wie wenn das Heil seiner Seele von jedem einzelnen Ton abhinge, den er herausunkte; und mitten in all dies hinein & über alles hinweg erhob sich das Dauergebräll eines Esels. Was meine alte Freundin, Madame Joyeuse, anbetrifft, rührte die arme Lady mich fast bis zu Tränen, so grausam verblüfft schaute sie drein. Alles was sie ihrerseits unternahm, bestand jedoch lediglich darin, daß sie sich in eine Ecke neben den Kamin stellte, und dort unaufhörlich, so laut sie nur konnte, ihr »Kikeriki-i-iiihhh!« ausstieß.

Und dann kam der Klimax – die Katastrofe des Dramas. Da außer Indianergeheul, I-Ah-en & Kikeriki, dem rüstig fortschreitenden Angriff Derer draußen weiter kein Widerstand entgegengesetzt wurde, waren die 10 Fenster sehr rasch, und nahezu im selben Augenblick eingeschlagen. Aber niemals werde ich das Gefühl von Staunen plus Entsetzen vergessen, vor dem mein Blick starr wurde, als durch diese Fenster her, und mitten zwischen uns hinein, *pêle-mêle* boxend stampfend kratzend johlend, ein ganzes Heer von Wesen stürzte, die ich für Schimpansen hielt, für Orang=Utans oder große schwarze Paviane vom Kap der Guten Hoffnung.

Ich erhielt eine fürchterliche Tracht Prügel – worauf ich mich anschließend unter ein Sofa wälzte, und dort still liegen blieb. Nachdem ich mich ungefähr eine Viertelstunde ausgeruht, währenddem aber nach allem, was im Saale vor sich ging, aus Leibeskräften die Ohren gespitzt hatte, gelangte ich allmählich zu einem einigermaßen befriedigenden *dénouement* dieses Trauerspiels. Monsieur Maillard hatte, wie es schien – als er mir von jenem Irren erzählte, der seine Leidensgenossen zum Rebellieren anstiftete – ganz schlicht von seinen eigenen Heldentaten berichtet. Der Herr war tatsächlich vor 2 oder 3 Jahren einmal Vorsteher dieser Anstalt gewesen; dann aber begann sein eigener Verstand zu leiden, und er war selber zum Patienten geworden – ein Umstand, der dem Reisegefährten, der mich ihm vorgestellt hatte, unbekannt gewesen war. Die Wärter, 10 an der Zahl waren, nachdem man sie plötzlich überrumpelt hatte, erst brav eingeteert, dann sorgsam gefedert, und endlich in unterirdische Zellen eingesperrt worden. Dort hatten sie über einen Monat als Gefangene verbracht; während welcher Zeit Monsieur Maillard ihnen großzügigerweise nicht nur den Teer & die Federn ließ (in denen seine ›Methode‹ bestand); sondern auch etwas Brot, und Wasser im Überfluß (dies letztere war täglich über sie gepumpt worden). Am Ende gelang es Einem, durch die Kanalisation zu entkommen; der dann alle Übrigen befreite.

Im *château* herrscht nun wieder, obschon mit erheblichen Abwandlungen, die ›Humane Methode‹; und dennoch kann ich mir nicht helfen, ich muß Monsieur Maillard insofern zustimmen, als seine ›Behandlung‹ in ihrer Art ganz kapital war. Wie er sie, sehr richtig, charakterisiert hat: sie war »einfach – klar – und machte keinerlei Mühe mehr – nicht die geringste.«

Ich habe nur noch hinzuzufügen, daß allen Recherchen in jeglicher Großbibliothek Europas zum Trotz, meine Bemühungen, der Werke Dr. Thaer's und Professor Fedders' habhaft zu werden, bis auf den heutigen Tag gänzlich zum Scheitern verurteilt gewesen sind.

MESMERISCHE OFFENBARUNG

Welche Zweifel auch immer noch die vernunftsmäßige *Erklärung* des Mesmerismus umgeben mögen, seine verblüffenden *Tatsachen* sind heute fast weltweit anerkannt. Die an diesen letztern noch zweifeln, sind bloß wieder die ewigen Zweifler aus Profession – eine nichtsnutzige und wenig reputierliche Sippschaft. Man kann sich wahrhaftig keine größere Zeitvergeudung vorstellen als den Versuch, zu *beweisen,* heutigentags zu beweisen, daß der Mensch durch bloße Willensübung imstande ist, seinen Mitmenschen in einen abnormen Zustand zu versetzen, dessen Phänotypus überaus ähnlich dem des *Todes* sieht – oder zumindest doch erheblich ähnlicher als dem irgend eines andern normalen Zustandes innerhalb unseres Erfahrungsbereichs; daß die solcherart beeinflußte Person während dieses Zustands die äußern Sinnesorgane nur unter Anstrengung, und dann auch nur schwächlich, benutzt, doch mit unendlich verfeinertem Wahrnehmungsvermögen, und durch als unbekannt geltende Kanäle Dinge erspürt, welche jenseits des Spielraums der Körperorgane liegen; daß überdem seine intellektualen Fähigkeiten ganz wunderbarlich gehoben und gestärkt werden; daß ihn ein inniges Band der Sympathie mit der Person verbindet, welche ihn solcherart beeinflußt; und schließlich, daß seine Empfänglichkeit für diesen Einfluß wächst, je häufiger er auf ihn ausgeübt wird, derweil, im nämlichen Verhältnis, der dadurch hervorgerufene Befindenstypus entschiednere und prägnantere Gestalt gewinnt.

Dies alles – und das heißt in großen Zügen: die Gesetze des Mesmerismus – umständlich zu demonstrieren, wäre, sag' ich, ein unnützliches Unterfangen; und ganz gewißlich werd' ich meine Leser heut nicht mit einer so überflüssigen Demonstration behelligen. Was mir gegenwärtig vorschwebt, ist wahrhaftig ein sehr Anderes. Mich treibt's, einer ganzen Welt von Vorurteilen ins Angesicht hinein, und ohne jeden Kommentar meinerseits, den Inhalt eines sehr bemerkenswerten Gesprächs wiederzugeben, das zwischen einem Hypnotisierten und mir stattfand.

Ich pflegte die in Rede stehende Person (Mr. Vankirk) bereits seit längerem zu mesmerisieren, und die übliche überschärfte Empfänglichkeit und Exaltation des mesmerischen Wahrnehmungsvermögens hatte sich eingestellt. Monatelang schon kämpfte er mit einer verstärkten Lungenschwindsucht, deren immer qualvollere Auswirkungen sich durch meine Manipulationen hatten lindern lassen; und in der Nacht am Mittwoch, dem fünfzehnten laufenden Monats, ward ich an sein Lager gerufen.

Der Kranke litt an stechenden Schmerzen in der Herzgegend und atmete nur mit großer Schwierigkeit: alle Symptome von Asthma waren gegeben. Bei Krämpfen wie diesen hatte er gewöhnlich von einem Senfpflaster Linderung erfahren, welches er auf die Nervenzentren legte, doch heute nacht war dies vergebens versucht worden.

Als ich sein Zimmer betrat, begrüßte er mich mit einem heiteren Lächeln, und wiewohl er offenbar viel körperliche Pein litt, schien er sich geistig doch bei rechter Frische zu befinden.

»Ich schickte heute nacht nach Ihnen«, sagte er, »nicht so sehr, weil mich's nach Ihrem Beistande bei meinem körperlichen Leiden verlangte, als vielmehr damit Sie mir Ruhe und Gewißheit bezüglich einiger psychischer Eindrücke geben, welche mir in letzter Zeit viel Staunen und Bestürzung verursachten. Ich muß Ihnen nicht eigens sagen, wie skeptisch ich bislang einem Gegenstande wie der Unsterblichkeit der Seele gegenübergestanden habe. Ich kann's nun nicht bestreiten, daß es tief in mir, gleichsam in eben jener Seele, welche ich so lang geleugnet habe, allzeit bereits ein vages Halbgefühl gab, daß sie existiere.

Doch dieses Halbgefühl gedieh zu keiner Zeit zur wirklichen Überzeugung. Mit der Vernunft in mir hatte es nichts zu schaffen. Alle Versuche logischer Erforschung endeten denn auch damit, daß ich skeptischer war denn zuvor. Man hatte mir geraten, Cousin zu studieren. Ich tat's und nahm mir nicht nur seine eignen Werke vor, sondern auch die seiner europäischen und amerikanischen Nachbeter. So geriet mir zum Beispiel der *Charles Elwood* von Mr. Brownson in die Hände. Ich las das Buch mit tiefer Achtsamkeit. Im Ganzen fand ich's logisch, doch unglücklicherweise bildeten grad die Teile, welche logisch nicht ganz hieb- und stichfest waren, die Grundargumentation des zweifelnden Helden. Bei seinem Resümee dann schien es mir am Tage, daß der wackere Denker nicht einmal sich selbst erfolgreich überzeugt habe. Sein Ende hatte schlicht und einfach seinen Anfang vergessen, wie beim Commonwealth des Trinculo. Kurz gesagt, ich brauchte wahrlich nicht lange, um zu erkennen, daß der Mensch, soll er intellektual von seiner eignen Unsterblichkeit überzeugt werden, diese Überzeugung niemals durch die bloßen Abstraktionen gewinnen wird, welche bei den Moralisten Englands, Frankreichs und Deutschlands so lange die Mode gewesen sind. Abstraktionen mögen ja ganz amüsant sein und auch einen gewissen Etüdenwert besitzen, aber der Geist kann mit ihnen nicht viel anfangen. Hier auf Erden wenigstens, davon bin ich überzeugt, wird die Philosophie uns allezeit vergebens aufrufen, Wesenseigenschaften, Qualitäten als Dinge anzusehen. Der Wille mag sich darein finden – die Seele – der Intellekt nimmer.

»So wiederhol' ich denn, daß ich nur halb fühlte, doch niemals mit dem Intellekte glaubte. Nun ist aber neuerdings eine gewisse Vertiefung des Gefühls eingetreten, und zwar hat es sich dem, was die Vernunft akzeptieren könnte, so weit genähert, daß ich es regelrecht schwierig finde, noch zwischen beiden zu unterscheiden. Ich weiß auch durchaus eine Erklärung dafür, nämlich die: daß diese Wirkung ganz einfach auf den mesmerischen Einfluß zurückzuführen ist. Ich kann, was ich meine, nicht besser erklären als mit der Hypothese, daß die mesmerische Exaltation mich in den Stand setzt, eine Schlußfolgerungsreihe zu erspüren, welche im Bereich meines abnormen Befindens völlig überzeugt, jedoch – gemäß dem mesmerischen Phänotypus – nicht in meinen Normalzustand herüberreicht, es sei denn durch ihre *Wirkungen.* In der Hypnose sind das Denken und der aus ihm gezogene Schluß – die Ursache und ihre Wirkung – gemeinsam gegenwärtig. In meinem natürlichen Zustande, in welchem die Ursache verschwindet, unwahrnehmbar wird, bleibt einzig, und vielleicht auch nur partiell, die Wirkung.

»Diese Erwägungen haben mich nun auf den Gedanken gebracht, es könnte einige gute Resultate erbringen, würde mir, während ich mesmerisiert bin, einmal eine Reihe von wohlgezielten Fragen vorgelegt. Sie haben oftmals schon die tiefe Selbsterkenntnis bemerkt, die der Hypnotisierte dartut – die ausgedehnte Kenntnis, welche er auf allen Gebieten entfaltet, die irgendwie mit dem mesmerischen Befinden selbst in Zusammenhang stehen; – vielleicht verhilft uns diese Selbst-Kenntnis zu Fingerzeigen, aus denen sich ein Katechismus zusammenstellen läßt.«

Natürlich willigte ich sogleich ein, dieses Experiment vorzunehmen. Ein paar wenige Striche versetzten Mr. Vankirk in den mesmerischen Schlaf. Er atmete alsbald mit größerer Leichtigkeit und schien an keinerlei körperlichen Beschwerden zu leiden. Und nun entstand das folgende Gespräch (wobei V. im Dialog den Patienten und P. mich selber darstellt):

P: Schlafen Sie?

V: Ja – nein; mein Schlaf könnte fester sein.

P: (nach ein paar weiteren Strichen) Schlafen Sie jetzt?

V: Ja.

P: Wie, glauben Sie, wird Ihre gegenwärtige Krankheit enden?

V: (nach langem Zögern und in einem Ton, als bereite ihm das Sprechen große Anstrengungen) Ich muß sterben.

P: Und ist Ihnen der Gedanke an den Tod sehr schmerzlich?

V: (überaus rasch) Nein – nein!

P: Freuen Sie sich gar über die Aussicht?

V: Wenn ich in wachem Zustand wäre, würde mir der Tod willkommen sein, doch jetzt gilt er mir nichts. Das mesmerische Befinden ist dem Tode so nahe, daß es mich befriedigt.

P: Ich wünschte, Sie wollten sich näher erklären, Mr. Vankirk.

V: Das will ich gern, doch erfordert es eine Anstrengung, die, so fühl ich's, im Augenblick über meine Kräfte geht. Sie fragen mich nicht in der rechten Weise.

P: Was denn soll ich Sie fragen?

V: Sie müssen mit dem Anfang beginnen.

P: Mit dem Anfang! – ja, doch wo ist der Anfang?

V: Sie wissen es: der Anfang – das ist GOtt. *(Dies ward mit leiser, schwankender Stimme gesprochen und mit allen Anzeichen der tiefsten Ehrfurcht.)*

P: Was denn ist Gott?

V: (nach langen Minuten des Zögerns) Ich kann's nicht sagen.

P: Ist Gott nicht Geist?

V: Da ich noch wachend war, wußte ich, was Sie mit dem Worte ›Geist‹ meinten, doch jetzt erscheint's mir einzig als ein Wort – ein Wort, wie's etwa ›Wahrheit‹, ›Schönheit‹ ist – ein Eigenschafts-Wort, meine ich.

P: Und ist denn Gott nicht immateriell?

V: Nein – denn es gibt nichts Immaterielles – das ist bloß ein Wort. Was nicht Materie ist, das existiert nicht – wofern nicht Qualitäten Dinge sind.

P: Ist Gott denn materiell?

V: Nein.

(Diese Antwort verblüffte mich doch einigermaßen.)

P: Was dann ist er?

V: (nach einer langen Pause und mit kaum vernehmlicher Stimme) Ich verstehe – doch ist das schwer zu formulieren. *(Eine weitere lange Pause.)* Er ist nicht Geist, denn er existiert. Auch ist er nicht Materie *in dem Sinne, wie Sie's begreifen.* Aber es gibt *Gradationen* von Materie, von denen der Mensch nichts weiß; das Gröbere treibt das Feinere, das Feinere durchdringt das Gröbere. Die Atmosphäre zum Beispiel treibt das elektrische Prinzip, indessen das elektrische Prinzip die Atmosphäre durchdringt. Diese Gradationen der Materie nehmen an Dünn- oder Feinheit zu, bis wir schließlich zu einer *partikellosen* – das heißt, nicht mehr aus Teilchen bestehenden – unteilbaren – Materie kommen; und hier ist das Gesetz von Antrieb und Durchdringung modifiziert. Die letzte, nicht mehr in Teilchen auflösbare Materie durchdringt nicht nur alle Dinge, sondern ist auch aller Dinge Antrieb – und ist mithin das Alles in sich selbst. Diese Materie ist Gott. Was die Menschen mit dem Wort ›Gedanke‹ zum Ausdruck bringen, ist diese Materie in Bewegung.

P: Die Metaphysiker behaupten, alles Handeln sei zurückführbar auf Bewegung und Denken, und das letztere sei der Ursprung des erstern.

V: Ja; und nun erkenn' ich die Wirrnis dieser Vorstellung. Bewegung ist das Handeln des *Geistes* – nicht des *Denkens.* Was aber die Menschen Geist nennen, das ist (soweit wir es mit unsern Begriffen zu fassen vermögen) die unteilbare Materie, also Gott, im Ruhezustand. Und die Kraft zur Selbstbewegung, zum Eigen-Antrieb (in der Wirkung äquivalent der menschlichen Willenskraft) ist bei der unteilbaren Materie das Ergebnis ihres Eins-Seins und ihrer Allwirksamkeit; *wie*, das weiß ich nicht und werd' ich, wie ich jetzt klar sehe, auch niemals wissen. Doch die in Bewegung gebrachte unteilbare Materie – in Bewegung gebracht durch ein Gesetz oder eine Qualität, die in ihr selber existiert – ist Denken.

P: Können Sie mir keinen präzisen Begriff von dem geben, was Sie die unteilbare Materie nennen?

V: Die Materien, von welchen der Mensch Kenntnis hat, entziehen sich in ihrer Gradation den Sinnen. Wir haben da zum Beispiel ein Metall, ein Stück Holz, einen Wassertropfen, die Atmosphäre, ein Gas, eine Wärmeeinheit, die Elektrizität, den Licht spendenden Äther. Nun bezeichnen wir all diese Dinge als Materie und begreifen alle Materie in einer einzigen allgemeinen Definition; aber trotzdem liegen keine zwei Begriffe im Wesen weiter auseinander als der, den wir uns von einem Metalle bilden, und das Bild, welches wir uns vom Licht fortpflanzenden Äther machen. Wenn wir uns dem letztern nähern, so empfinden wir eine fast unwiderstehliche Neigung, ihn als Geist zu klassifizieren oder als Nihilität. Die einzige Betrachtungsweise, welche uns davon zurückhält, ist unsere Auffassung, daß er atomische Struktur habe; und selbst hier sind wir auf unsern Begriff vom Atom als einem Etwas von unendlicher Kleinheit, Dichtigkeit, Greifbar- und Gewichtigkeit angewiesen. Zerstören wir die Idee der atomischen Struktur, so sind wir alsbald nicht mehr in der Lage, den Äther als Einsheit zu betrachten, oder zumindest als Materie. In Ermangelung eines bessern Wortes möchten wir ihn vielleicht als Geist terminieren. Gehen wir nun einen Schritt über den Licht fortpflanzenden Äther hinaus – stellen wir uns eine Materie vor, welche um so vieles dünner und feiner denn der Äther ist, als dieser Äther dünner und feiner ist denn das Metall, so kommen wir (allen Schul-Dogmen zum Trotz) sogleich zu einer einsheitlichen Masse – einer partikellosen, unteilbaren Materie. Denn wenn wir den Atomen selbst auch unendliche Kleinheit zugestehen mögen, so wäre es doch absurd, ein Gleiches von den Räumen zwischen ihnen zu denken. Es gibt einen Punkt – es gibt einen Grad von Dünnheit und Feinheit, bei dem die Interspatien, wofern die Atome in hinreichender Anzahl vorhanden sind, verschwinden müssen und die Masse absolut verschmelzen muß. Doch wenn wir nun die falsche Vorstellung von der atomischen Struktur beiseite geräumt haben, so gleitet die Natur der Masse unweigerlich in Richtung dessen, was wir als Geist begreifen. Es ist jedoch klar, daß sie in grad ebenso vollem Umfang Materie bleibt als zuvor. In Wahrheit läßt sich Geist unmöglich begreifen, da es unmöglich ist, sich ein Etwas vorzustellen, was nicht ist. Wenn wir uns schmeicheln, uns eine Vorstellung von seinem Wesen gebildet zu haben, so haben wir unseren Verstand lediglich mit dem Begriff der unendlich verdünnten und verfeinerten Materie getäuscht.

P: Nun scheint mir aber dem Gedanken eines absoluten Verschmelzens ein unübersteigliches Hindernis im Wege zu sein; – und dies besteht in dem sehr geringen Widerstand, welchen die Himmelskörper auf ihren Umläufen durch den Raum erfahren – einem Widerstand, der zwar, wie jetzt erwiesen ist, in *einigem Grade* besteht, doch gleichwohl so geringfügig ist, daß ihn selbst der Scharfsinn eines Newton ganz und gar übersah. Wir wissen, daß der Widerstand von Körpern in der Hauptsache im Verhältnis zu ihrer Dichtigkeit steht. Absolutes Verschmelzen ist absolute Dichtigkeit. Wo keine Interspatien mehr sind, kann auch kein Nachgeben mehr sein. Ein Äther von absoluter Dichte würde der Fortbewegung eines Sterns einen unendlich wirksamern Einhalt tun, als es ein Äther von noch so hartem Stein oder Eisen tun könnte.

V: Ihr Einwand ist mit einer Leichtigkeit zu widerlegen, welche geradezu im direkten Verhältnis zu seiner scheinbaren Unwiderleglichkeit steht. – Was die Fortbewegung des Sternes betrifft, so kann es gar keinen Unterschied machen, ob der Stern den Äther passiert *oder der Äther den Stern*. Es gibt kaum einen weniger erklärlichen astronomischen Irrtum denn jenen, welcher die bekannte Verzögerung der Kometen mit der Vorstellung in Einklang bringt, daß sie einen Äther passieren: denn wie dünn man diesen Äther auch immer annähme, er würde jedenfalls allen siderischen Umläufen in weitaus kürzerer Zeit Einhalt tun, als jene Astronomen sie gelten lassen, welche sich redliche Mühe gegeben haben, über einen sie unbegreiflich dünkenden Punkt hinwegzugehen. Die tatsächlich ermittelte Verzögerung entspricht andererseits etwa einem Wert, wie man ihn von der *Reibung* des Äthers im Augenblick des Durchgangs durch den Himmelskörper erwarten dürfte. Im einen Falle wirkt die Verzögerungskraft nur momentlang und dann in voller Intensität – im andern wächst sie endlos immer weiter an.

P: Liegt aber nicht in all diesem – in dieser Identifikation der bloßen Materie mit Gott – eine große Unehrerbietigkeit?

(Ich mußte diese Frage wiederholen, ehe der Hypnotisierte voll verstanden hatte, was ich meinte.)

V: Vermögen Sie mir zu sagen, *warum* der Materie weniger Achtung zukommen sollte denn dem Geiste? Aber Sie vergessen ganz, daß die Materie, von welcher ich rede, in jeder Hinsicht doch genau dem ›Geist‹ der Schulen entspricht (in welchem Sinne Sie das Wort auch nehmen), jedenfalls was ihre/seine hohen Kapazitäten angeht, *und* überdem zugleich der ›Materie‹ eben dieser Schulen. Gott ist, mit all den Kräften, welche dem Geiste zugeschrieben werden, nichts als der höchste, vollkommene Grad der Materie.

P: Sie haben dann behauptet, die unteilbare Materie im Bewegungszustande sei der Gedanke?

V: Im allgemeinen ist diese Bewegung der universale Gedanke des universalen Geistes. Dieser Gedanke erschafft. Alle erschaffenen Dinge sind nichts denn die Gedanken Gottes.

P: Sie sagen ›im allgemeinen‹.

V: Ja. Der universale Geist ist Gott. Für neue Individualitäten ist *Materie* notwendig.

P: Doch Sie sprechen von ›Geist‹ und ›Materie‹ ganz so, als die Metaphysiker es tun.

V: Ja – um etwaiger Wirrnis zu steuern. Wenn ich ›Geist‹ sage, so meine ich die letzte, die unteilbare Materie; unter ›Materie‹ aber begreife ich die gesamte übrige.

P: Sie sagten eben, daß »für neue Individualitäten Materie notwendig« sei.

V: Ja; denn Geist, unverkörpert existierend, ist bloß Gott. Um individuelle, denkende Wesen zu erschaffen, war es notwendig, Teile des göttlichen Geistes Fleisch werden zu lassen. So wird der Mensch individualisiert. Entkleidet der körperlichen Investitur wäre er Gott. Die Einzelbewegung der Fleisch gewordenen Teile der unteilbaren Materie nun ist der Gedanke des Menschen; wie die Bewegung des Ganzen der Gedanke Gottes ist.

P: Sie sagen, seines Leibes entkleidet werde der Mensch Gott sein?

V: (nach langem Zögern) Das kann ich nicht gesagt haben; das ist eine Absurdität.

P: (nimmt Einblick in seine Notizen) Sie sagten wörtlich: Entkleidet der körperlichen Investitur wäre der Mensch Gott.

V: Und dies ist wahr. Der Mensch, solcherart entkleidet, *würde* Gott sein – würde ent-individualisiert sein. Doch das kann er niemals sein – das *wird* er zum mindesten niemals sein – denn sonst müßten wir uns ein Handeln Gottes vorstellen, welches sich selber wieder aufhebt – ein zweckloses und unnützes Handeln. Der Mensch ist Geschöpf. Geschöpfe aber sind Gedanken Gottes. Es ist die Natur des Gedankens, irrevozierbar zu sein.

P: Das faß' ich nicht. Sie sagen, der Mensch werde nie seinen Leib ablegen?

V: Ich sage, er wird niemals körperlos sein.

P: Erklären Sie.

V: Es gibt zwei Körper – den rudimentären und den vollkommenen; entsprechend den beiden Zustandsformen von Raupe und Schmetterling. Was wir ›Tod‹ nennen, ist nur die schmerzvolle Metamorphose. Unsere gegenwärtige Inkarnation bildet nurmehr ein Anfangsstadium, ein Vorbereitendes, Einstweiliges. Erst die Zukunft bringt uns die Vollendung, das Letzte, die Unsterblichkeit. Erst das letzte Leben erfüllt unsere Bestimmung.

P: Doch die Metamorphose der Raupe liegt uns greifbar vor den Augen.

V: Uns – ja, gewiß – doch nicht der Raupe selbst. Die Materie, aus welcher unser rudimentärer Leib besteht, liegt innerhalb des Erkenntnisbereichs der Organe dieses Leibes; beziehungsweise, ein wenig deutlicher, unsere rudimentären Organe sind genau auf die Materie eingerichtet, aus welcher der rudimentäre Leib gebildet ist; nicht aber auf die, welche den letzten, den ewigen bilden wird. Der ewige Leib entzieht sich unseren rudimentären Sinnen, und wir erkennen einzig die äußere Hülle, die im Verscheiden von der innern Gestalt abfällt; nicht aber diese innere Gestalt selbst; – sie wird erst, ebenso als die Hülle, jenen merklich, welche das letzte, das ewige Leben erlangten.

P: Sie haben oftmals gesagt, das mesmerische Befinden sei dem Tode sehr nahe. Wie soll ich dies verstehen?

V: Wenn ich sage, es ist dem Tode nahe, so meine ich damit, daß es dem ewigen Leben ähnelt; denn wenn ich in Trance versetzt bin, befinden sich die Sinne meines rudimentären Lebens im Zustande der Untätigkeit, und ich erschaue die außer mir liegenden Dinge unmittelbar, ohne die Hilfe von Organen, durch ein Medium, welches mir im letzten, ewigen, un-organischen Leben eigen und dienstbar sein wird.

P: Sagten Sie ›un-organisch‹?

V: Ja; die Organe sind Einrichtungen, welche das Individuum für ganz bestimmte Klassen und Formen der Materie empfänglich machen – unter Ausschluß anderer Klassen und Formen. Die Organe des Menschen entsprechen nach Anlage und Möglichkeiten ganz seinem rudimentären Zustande – und nur ihm; erst das letzte, das ewige Leben ist un-organisch, ist ohne alle Organe und bringt das letzte, unbegrenzte Erkennen – bis auf einen Punkt: die Willenskraft Gottes – das heißt, die Bewegung der unteilbaren Materie. Sie werden einen deutlichen Begriff vom ewigen Leibe gewinnen, wenn Sie sich vorstellen, er sei zur Gänze Hirn. Das ist er zwar *nicht;* doch eine Vorstellung dieser Art wird Sie näher an das Begreifen dessen heranführen, was er wirklich ist. Ein leuchtender Körper teilt dem Licht fortpflanzenden Äther Schwingung mit. Die Schwingungen erzeugen ähnliche auf der Retina; diese ähnlichen wiederum geben abermals ähnliche an den Sehnerv weiter. Der Nerv vermittelt ähnliche dem Gehirn; das Gehirn insgleichen ähnliche der unteilbaren Materie, welche es durchdringt. Die Bewegung dieser letztern ist Gedanke; dessen erste Wellenbewegung bildet die Wahrnehmung. Auf diese Weise steht der Geist des rudimentären Lebens mit der Außenwelt in Verbindung; und diese Außenwelt ist, für das rudimentäre Leben, begrenzt – durch die Idiosynkrasie seiner Organe. Doch im letzten, ewigen, un-organischen Leben erreicht die Außenwelt den gesamten Körper (welcher, wie ich schon sagte, aus einer dem Hirn verwandten Substanz besteht), und nichts tritt dazwischen denn ein Äther, unendlich dünner und feiner noch als selbst der Licht fortpflanzende; und im Einklange mit diesem Äther schwingt der ganze Leib und setzt die unteilbare Materie in Bewegung, die ihn durchdringt. Das Fehlen jeglicher idiosynkratischen Organe ist es daher denn, welchem wir die nahezu unbegrenzte Wahrnehmungsfähigkeit des ewigen Lebens zuschreiben müssen. Für die rudimentären Wesen sind die Organe der Käfig, welcher sie notwendig umfängt, bis sie flügge geworden sind.

P: Sie sprechen von rudimentären ›Wesen‹. Gibt es denn andere rudimentäre denkende Existenzen noch außer dem Menschen?

V: Die unermeßliche Ballung von dünner und feiner Materie zu Nebeln, Planeten, Sonnen und zu anderen Körpern, welche weder Nebel, noch Sonnen, noch Planeten sind, besteht zu dem einzigen Zwecke, einer unendlichen Zahl von rudimentären Wesen für die Idiosynkrasie ihrer Organe *Nahrung* zu schaffen. Wäre nicht die Notwendigkeit des rudimentären, dem ewigen vorangehenden Lebens, so würde es solche Körper gar nicht geben. Einen jeden von ihnen bewohnt eine ganz bestimmte Varietät von organischen, rudimentären denkenden Wesen. Bei allen variieren die Organe je nach den Charakteristika der bewohnten Stätte. Beim Tode, also bei der Metamorphose, erfreuen sich diese Geschöpfe des ewigen, letzten Lebens – der Unsterblichkeit – und der Erkenntnis aller Geheimnisse *außer dem einen* – und handeln und bewegen sich all überall durch bloßen Willensakt: – sie bewohnen – ja, nicht die Sterne, welche uns als die einzigen Greifbarkeiten erscheinen, um deren Akkomodation willen, so bilden wir uns in unserer Blindheit ein, der Raum eigens geschaffen sei – sondern *den Raum selbst* – jene Unendlichkeit, von deren wahrlich wesenhafter Weite der Schein der Sterne verschlungen wird und verschluckt – also daß sie vergehen vor dem Angesichte der Engel und sind ein Nichts.

P: Sie sagen, »wäre nicht die *Notwendigkeit* des rudimentären Lebens«, so würde es gar keine Sterne geben. Doch warum diese Notwendigkeit?

V: Im anorganischen Leben, ebenso als in der anorganischen Materie allgemein, gibt es nichts, was das Wirken des einen schlichten, einzigen, einmaligen Gesetzes behindern könnte – das der Göttlichen Willenskraft. Um aber eine solche Behinderung zu schaffen, wurde das organische Leben und die organische Materie (die komplexe, substantiell dichte, von Gesetzen beschränkte) konzipiert.

P: Doch noch einmal – warum denn mußte diese Behinderung überhaupt erst geschaffen werden?

V: Das Ergebnis eines unverletzt wirkenden Gesetzes ist Vollkommenheit – Recht – negative Glückseligkeit. Wird das Gesetz verletzt, so resultiert daraus Unvollkommenheit, Unrecht, positives Leid. Durch die Behinderungen, welche aus der Vielfältigkeit, Komplexität und Substantialität der Gesetzmäßigkeiten des organischen Lebens und der organischen Materie erwachsen, wird die Verletzung des Gesetzes bis zu einem gewissen Ausmaße erst praktikabel gemacht. So ist das Leid, das im anorganischen Leben unmöglich ist, möglich im organischen.

P: Aber warum muß das Leid möglich sein? Welchem guten Sinn und Endzweck soll es dienen?

V: Alle Dinge sind entweder gut oder böse erst durch Vergleichung. Eine hinreichende Analyse würde erweisen, daß Lust in allen Fällen nur der Gegensatz von Leid ist. Positive, absolute Lust ist eine bloße Idee. Um an irgend einem Punkte glücklich zu sein, müssen wir zuvor einmal an dem nämlichen gelitten haben. Niemals gelitten zu haben hieße auch niemals selig gewesen zu sein. Es ward gezeigt, daß es im anorganischen Leben Leid nicht geben kann; daher denn die Notwendigkeit des organischen. Das Leid dieses Lebens auf Erden ist die einzige Basis, auf welcher die Seligkeit jenes Lebens im Himmel gründet.

P: Da ist nun noch einer Ihrer Ausdrücke, den ich unmöglich zu begreifen vermag – ich meine »die wahrlich *wesenhafte* Weite der Unendlichkeit«.

V: Daß Sie's nicht fassen, kommt vermutlich daher, daß

Sie keine hinreichend generische Vorstellung von den Begriffen ›Wesen‹, ›Substanz‹, ›Wirklichkeit‹ etc. besitzen. Dies ›Wesen‹ dürfen wir nicht als eine Qualität betrachten, sondern müssen es als Empfindung sehen: – es ist, bei denkenden Existenzen, die Wahrnehmung der Adaptation von Materie an ihre, der Existenzen, Organisation. Es gibt auf der Erde viele Dinge, welche die Bewohner der Venus eine Nichtigkeit bedünken würden, – und viele Dinge auf der Venus, dort sichtbar und handgreiflich, die überhaupt als existent anzuerkennen man uns wohl schwerlich zu bewegen vermöchte. Doch für die anorganischen Wesen – für die Engel – ist die gesamte unteilbare Materie Substanz und Wirklichkeit; das heißt, das Ganze dessen, was wir ›Raum‹ nennen, besitzt für sie unzweifelhafte Substantialität; – die Sterne derweil entgehen grad aufgrund dessen, was wir als ihre Materialität ansehen, der engelischen Sinneswahrnehmung – ganz wie die unteilbare Materie eben durch das, was wir als ihre Immaterialität betrachten, sich der organischen entzieht.

Als der Hypnotisierte diese letztern Worte mit schwacher Stimme vorbrachte, gewahrte ich auf seinen Zügen einen eigenartigen Ausdruck, welcher mich einigermaßen beunruhigte und mir Anlaß gab, ihn alsbald aufzuwecken. Doch kaum hatte ich dies getan, da sank er mit einem hell-heitern Lächeln, welches sein ganzes Antlitz überstrahlte, in die Kissen zurück und verschied. Ich bemerkte, daß in weniger denn einer Minute hernach sein Leichnam starr wie Stein geworden war. Seine Stirn hatte die Kälte des Eises. So hätte sie sich normalerweise erst anfühlen dürfen, nachdem bereits längere Zeit Asraels drückende Hand darauf gelegen. Sollte ich's glauben, daß des Mesmerisierten Stimme während des ganzen letztern Teiles seines Vortrags schon aus dem Reich der Schatten zu mir hergedrungen sei? Wer will das sagen …

Ich will nun den Ödipus spielen für das Rätsel von Schwetzersburg. Ich will Ihnen – denn ich allein vermag's – das Geheimnis der Maschinerie aufklären, die das Wunder von Schwetzersburg bewirkte – das eine, das echte, das anerkannte, das unbestrittene, das unbestreitbare Wunder, das dem Unglauben unter den Schwetzersbürgern ein entschiedenes Ende setzte und alle Sinnlich-Gesinnten, die zuvor noch skeptisch zu sein gewagt hatten, zum rechten Glauben der Großmütter bekehrte.

Dies Ereignis – und es sollte mir doch sehr leid tun, erörterte ich's im Tone unpassender Leichtfertigkeit – trug sich im Sommer des Jahres 18 -- zu. Mr. Barnabas Shuttleworthy – einer der wohlhabendsten und angesehensten Bürger des Fleckens – wurde seit mehreren Tagen vermißt, und die Umstände ließen den Verdacht aufkommen, es könnte ihm etwas Übles zugestoßen sein. Mr. Shuttleworthy war, sehr früh an einem Samstagmorgen, zu Pferde von Schwetzersburg mit der ausdrücklichen Absicht aufgebrochen, nach *** zu reiten, einer etwa fünfzehn Meilen entfernten Stadt, um noch am Abend des selbigen Tages zurückzukehren. Zwei Stunden nach seiner Abreise jedoch kehrte sein Pferd allein zurück, ohne ihn und ohne die Satteltaschen, die man dem Tier beim Aufbruch auf den Rücken geschnallt hatte. Es war zudem verwundet und mit Kot bedeckt. Diese Umstände lösten natürlich viel Unruhe unter den Freunden des Vermißten aus; und als dieser am Sonntag morgen immer noch nicht wieder aufgetaucht war, erhob sich der ganze Flecken *en masse* und zog los, nach seinem Leichnam zu suchen.

Der Vorderste dabei, der diese Suche mit größter Energie ins Werk setzte, war der Busenfreund von Mr. Shuttleworthy – ein Mr. Charles Goodfellow oder, wie er allgemein genannt wurde, ›Charley Goodfellow‹ oder ›Old Charley Goodfellow‹. Ob es sich nun um eine wundersame Koinzidenz handelt, oder ob gar der Name selber eine unmerkliche Wirkung auf den Charakter besitzt, habe ich nie noch mit Sicherheit erfahren können; doch fraglos ist es ein Faktum, daß es noch nie einen Menschen mit dem Namen Charles gegeben hat, der nicht ein offener, männlicher, ehrlicher, gutmütiger und aufrichtiger Patron war, mit einer volltönend klaren Stimme, die zu hören einem wohltat, und Augen, die einem stets grad in das Gesichte blickten, ganz als wollten sie sagen: ›Ich hab' ein reines Gewissen, fürchte Niemanden und bin gänzlich darüber erhaben, eine gemeine Tat zu tun.‹ Und so hören denn auch unfehlbar alle herzigen, heitern Statisten bei der Bühne auf den Namen Charles.

Obschon nun ›Old Charley Goodfellow‹ noch nicht länger als sechs Monate oder so ungefähr in Schwetzersburg weilte und Niemand das Geringste von ihm wußte, ehe er sich in der Nachbarschaft angesiedelt, war es ihm doch nicht im mindesten schwergefallen, die Bekanntschaft sämtlicher angesehenen Leute im Flecken zu machen. Nicht Einer war unter den Männern, der nicht zu jeder Zeit sein bloßes Wort für tausend genommen hätte; und was die Weiblichkeit betrifft, so ist gleich gar nicht zu sagen, was sie ihm nicht alles zu Gefallen getan hätte. Und das kam nur daher, daß er auf den Namen Charles getauft war und, konsequenterweise, jenes freimütige Gesicht besaß, das schon sprichwörtlich der ›allerbeste Empfehlungsbrief‹ ist.

Ich habe bereits gesagt, daß Mr. Shuttleworthy einer der angesehensten Männer in Schwetzersburg war, und zweifelsfrei war er der wohlhabendste, während ›Old Charley Goodfellow‹ mit ihm auf so vertrautem Fuße stand, wie wenn er sein eigener Bruder gewesen wäre. Die beiden alten Herren wohnten unmittelbar benachbart, und obwohl Mr. Shuttleworthy nur selten, wenn überhaupt, den

›alten Charley Goodfellow‹ besuchte und niemals, soweit bekannt, eine Mahlzeit in seinem Hause einnahm, so verhinderte dies die Beiden doch nicht, eine überaus intime Freundschaft zu pflegen, wie ich eben bemerkte; denn nie ließ ›Old Charley‹ einen Tag vorüber, ohne zu drei oder vier Malen bei seinem Nachbarn einzutreten, um nachzusehen, wie es ihm so ginge, und sehr oft blieb er dann zum Frühstück oder zum Tee und fast immer zum Mittagessen; und was für Massen Wein bei so einer Sitzung dann von den beiden Kumpanen vertilgt wurden, das wäre wirklich schwer genau zu bestimmen. ›Old Charleys‹ Lieblingstropfen war *Chateau Margaux,* und Mr. Shuttleworthy tat's ganz offenbar von Herzen wohl, ihn dem alten Knaben durch die Kehle rinnen zu sehen, eine Viertelgallone nach der andern; so daß er denn eines Tages, als der Wein ihnen schon etwas zu Kopfe gestiegen war, wo ihm – in ganz natürlicher Konsequenz – der Verstand entsprechend Platz gemacht hatte, seinem Kumpan auf den Rücken klopfte und sprach: »Ich sag' dir's, wie's ist, Old Charley, du bist – bei allen Göttern! – der netteste alte Knabe, der mir nur je mein Lebtag über'n Weg gekommen ist; und weil du das Weinchen nun gar so gern nach der Façon suffelst, so will ich doch gleich verdammicht sein, wenn ich dir nicht eine große Kiste Chateau Margaux schenken muß! Hol' mich der Henker«, – (Mr. Shuttleworthy hatte die arge Gewohnheit des Fluchens, obwohl er selten über Ausdrückungen hinausging wie ›Hol' mich der Henker‹ oder ›Herr-Jott-nochmal‹ oder ›Potz Element‹) – »Hol' mich der Henker«, sagte er, »wenn ich nicht heute nachmittag noch eine Bestellung auf eine Doppelkiste vom Besten, was man kriegen kann, zur Stadt schicke, und die werd' ich dir schenken, jawohl! – du brauchst kein Wort jetzt zu sagen – ich schenk' sie dir, sag' ich, und damit basta; paß nur auf – eines schönen Tages, wenn du am wenigsten damit rechnest, kommt sie dir ins Haus!« Ich erwähne diese kleine Freigebigkeit Mr. Shuttleworthy's nur, um Ihnen darzutun, welch ein inniges Verständnis zwischen den beiden Freunden herrschte.

Nun, als man an dem fraglichen Sonntagmorgen zu der klaren Überzeugung kam, daß Mr. Shuttleworthy etwas Übles zugestoßen sein müsse, sah ich niemanden so gründlich davon getroffen wie ›Old Charley Goodfellow‹. Als er zum erstenmal hörte, das Pferd sei ohne seinen Herrn heimgekommen und ohne seines Herrn Satteltaschen, und es sei ganz blutig von einem Pistolenschusse, der dem armen Tiere glatt durch die Brust gegangen wäre, ohne es gänzlich zu töten, – als er dies alles hörte, erbleichte er, als wäre der Vermißte sein eigner teurer Bruder oder Vater gewesen, und zitterte und erschauerte am ganzen Leibe wie vom Schüttelfrost gepackt.

Zuerst war er viel zu sehr von Kummer überwältigt, um überhaupt etwas zu unternehmen oder einen Plan zu fassen, nach dem gehandelt werden konnte; und so plagte er sich langezeit damit ab, Mr. Shuttleworthy's andern Freunden auszureden, großes Getöse um die Sache zu machen; denn er hielt es für das Beste, ein Weilchen abzuwarten – so eine Woche oder zwei – und zu sehen, ob irgendetwas passieren würde oder Mr. Shuttleworthy auf natürliche Weise wieder zum Vorschein kommen und erklären möchte, aus welchen Gründen er sein Pferd vorausgeschickt habe. Ich denke, Sie haben diesen Hang zum Zaudern oder Aufschieben schon oft bei Menschen bemerkt, die ein schlimmer Kummer niederdrückt. Ihre Geisteskräfte scheinen wie betäubt, so daß sie einen Graus vor allem haben, was irgendwie Aktivität verlangt, und in aller Welt nichts lieber tun als gemächlich im Bette liegen und ›ihren Kummer hätscheln‹, wie's die alten Damen ausdrücken – das heißt, über ihren Schmerz dahingrübeln.

Die Leute von Schwetzersburg hatten tatsächlich eine so hohe Meinung von der Weisheit und dem Taktgefühl des ›alten Charley‹, daß sie zum größten Teil geneigt waren, ihm beizustimmen und kein großes Getöse um die Sache zu machen, ›bis irgendetwas passiert wäre‹, wie der ehrenwerte alte Herr es ausdrückte; und ich glaube, dabei hätte man es schließlich allgemein belassen, wäre nicht Mr. Shuttleworthy's Neffe auf so sehr verdächtige Weise dazwischengekommen, ein junger Mann von recht liederlichen Manieren und auch sonst ziemlich schlechtem Charakter. Dieser Neffe, er hieß Pennifeather, wollte in puncto ›gemächlich im Bette liegen‹ keine Vernunft annehmen, sondern bestand darauf, unmittelbare Nachforschungen nach dem ›Leichnam des Ermordeten‹ anzustellen. Dies war der Ausdruck, den er gebrauchte; und Mr. Goodfellow bemerkte dazu mit Schärfe, es wäre das doch ›ein recht *eigenartiger* Ausdruck, um nicht mehr zu sagen‹. Diese Bemerkung des ›alten Charley‹ hatte insgleichen beträchtliche Wirkung auf die Menge; und Einer von der Partei stellte, so hörte man, sehr nachdrücklich die Frage, ›wie es wohl käme, daß der junge Mr. Pennifeather so innig vertraut mit den Umständen wäre, die mit seines reichen Onkels Verschwinden in Zusammenhang stünden, daß er sich berechtigt fühle, ganz unzweideutig und bestimmt von einem »Ermordeten« zu reden‹. Hierauf gab's ein bißchen Zank und Kabbelei zwischen verschiedenen Leuten und besonders zwischen ›Old Charley‹ und Mr. Pennifeather – obwohl dergleichen nun wirklich nichts sonderlich Neues war, denn schon seit drei oder vier Monaten hatte nur wenig Zuneigung zwischen den Parteien bestanden, und einmal war es gar so weit gekommen, daß Mr. Pennifeather tatsächlich seines Onkels Freund zu Boden geschlagen hatte – um irgendeiner angeblich unmäßigen Freiheit willen, die sich der Letztere in des Onkels Hause, zu dessen Bewohnern der Neffe zählte, herausgenommen hatte. Bei dieser Gelegenheit soll sich ›Old Charley‹ mit exemplarischer Sanftmut und christlicher Milde benommen haben. Er stand nach dem Schlage wieder auf, ordnete seine Kleider und unternahm nicht den allermindesten Versuch, dem Anderen mit Gleichem zu vergelten, – sondern murmelte nur ein paar Worte vor sich hin, des Inhalts, er werde ›bei der ersten Gelegenheit summarisch Rache nehmen‹, – ein nur natürlicher und sehr gerechter Ausbruch des Zorns, der jedoch nichts zu besagen hatte und zweifellos ebenso rasch wieder vergessen war, wie er sich Luft gemacht hatte.

Wie immer es aber mit diesen Sachen stand (die gar nichts mit dem nunmehr umstrittenen Punkte zu tun hatten) – ganz sicher ist jedenfalls, daß die Leute von Schwetzersburg schließlich, und zwar vornehmlich durch die Überredungen Mr. Pennifeathers, zu dem Entschluß kamen, sich über das angrenzende Land zu zerstreuen und nach dem verschwundenen Mr. Shuttleworthy zu suchen. Ich sagte, sie kamen zuerst einmal zu diesem Entschluß. Nachdem dann endgültig entschieden war, daß eine Suche unternommen werden sollte, verstand es sich fast von selbst, daß die Suchenden sich zur gründlicheren Erforschung der ringsum liegenden Regionen zerstreuen – das heißt, in Gruppen aufteilen – sollten. Vergessen habe ich jedoch, mit welchem findigen Gedankengange ›Old Charley‹ es schließlich vollbrachte, die Gemeinde zu überzeugen, es wäre doch dies der unbesonnenste Plan, nach dem man nur vorgehen könnte. Aber zu überzeugen vermochte er sie jedenfalls – allesamt mit Ausnahme von Mr. Pennifeather; und am Ende wurde verabredet, daß eine Suche, und zwar mit Sorgfalt und aller Gründlichkeit, von den Bürgern *en masse* unternommen und ›Old Charley‹ dabei höchstselbst den Anführer machen sollte.

Was das betraf, so hätte man keinen besseren Pionier haben können als den ›alten Charley‹, von dem Jedermann wußte, daß er das Auge eines Luchses besaß; doch obschon er sie in alle möglichen abgelegenen Löcher und Winkel führte, auf Wegen, von deren Existenz in der Nachbarschaft Niemand auch nur eine Ahnung hatte, und obgleich die Suche nahezu eine Woche lang pausenlos bei Tag und Nacht betrieben ward, konnte doch keine Spur von Mr. Shuttleworthy ausgemittelt werden. Wenn ich ›keine Spur‹ sage, so darf man das freilich nicht buchstäblich nehmen; denn ›Spuren‹ waren gewiß in einigem Maße vorhanden. Die des armen Gentleman hatten sich an den (unverwechselbaren) Hufeindrücken seines Pferdes bis zu einer Stelle verfolgen lassen, die etwa drei Meilen östlich des Fleckens an der zur Stadt führenden Hauptstraße lag. Hier bog die Fährte in einen Seitenpfad ab, der durch ein Stück Waldgelände lief, um dann wieder auf die Hauptstraße zu münden und so etwa eine halbe Meile der regulären Entfernung abzuschneiden. Indem sie nun den Hufspuren dieses Weges folgte, gelangte die Gesellschaft schließlich an einen Teich, ein stehendes Gewässer, rechts vom Pfad halb im Gestrüpp verborgen, und jenseits dieses Pfuhls war nicht das mindeste von einer Spur mehr zu erblicken. Freilich mußte, so zeigte es sich, hier ein Kampf irgendwelcher Art stattgefunden haben, und es schien, als sei ein großer und schwerer Körper, viel größer noch und schwerer als der eines Menschen, vom Weg herüber nach dem Teich geschleift worden. Dieser letztere ward zweimal sorgfältig durchdreggt; doch fand man nichts; und schon wollte die Gesellschaft daran verzweifeln, noch zu einem Resultat zu kommen, und ihrer Wege ziehen, als die Vorsehung Mr. Goodfellow den Gedanken eingab, wie nützlich es doch wäre, würde man das Wasser einmal ganz und gar ablassen. Bei Beifall ward diese Idee aufgegriffen, und zahlreiche hohe Komplimente ehrten den scharfsinnigen Denker ›Old Charley‹. Da viele der Bürger gleich Spaten mitgebracht hatten, in der Annahme, sie möchten vielleicht aufgefordert werden, eine Leiche auszugraben, war der Abfluß leicht und rasch geschaffen; und kaum ließ sich der Grund erblicken, so entdeckte man mitten im noch verbliebenen Schlamm eine schwarze Weste aus Seidensamt, die nahezu Jeder der Anwesenden augenblicklich als das Eigentum von Mr. Pennifeather erkannte. Diese Weste war stark zerrissen und mit Blut befleckt, und in der Gesellschaft befanden sich mehrere Personen, die sich mit Bestimmtheit erinnerten, sie sei von ihrem Besitzer just an jenem Morgen getragen worden, da Mr. Shuttleworthy nach der Stadt aufbrach; indessen wieder Andere bereit waren, auf Wunsch mit ihrem Eide zu bezeugen, daß Mr. Pennifeather das fragliche Kleidungsstück hernach an jenem denkwürdigen Tage keinen Augenblick mehr getragen habe; und Niemand ließ sich finden, der ausgesagt hätte, es überhaupt noch irgendwann nach Mr. Shuttleworthy's Verschwinden an der Person des Mr. Pennifeather gesehen zu haben.

Die Sache sah für Mr. Pennifeather nun doch recht ernstlich aus, und man konnte – als eine unzweifelhafte Bekräftigung des gegen ihn aufgereizten Verdachts – bemerken, wie er überaus bleich ward und auf die Frage, was er denn für sich vorzubringen habe, gleich gänzlich unfähig war, auch nur ein Wort zu äußern. Hierauf zogen sich die wenigen Freunde, die ihm bei seinem ausschweifenden Wandel noch verblieben waren, alsbald bis auf den letzten Mann von ihm zurück und schrien gar noch eifernder als seine alten und erklärten Feinde nach seiner augenblicklichen Arretierung. Doch auf der andern Seite erstrahlte die Großherzigkeit des Mr. Goodfellow durch Kontrast in umso brillanterem Glanze. Er hielt eine warme und dringlich beredsame Verteidigung Mr. Pennifeathers, in welcher er mehr denn einmal darauf hinspielte, wie doch er selber in seines Herzens Lauterkeit dem wilden jungen Herrn – ›dem Erben des würdigen Mr. Shuttleworthy‹ – die schmähliche Behandlung verziehen habe, die er (der junge Herr), ganz zweifelsohne in der Hitze jäher Leidenschaft, für angebracht gehalten, ihm (Mr. Goodfellow) angedeihen zu lassen. Er (Mr. Goodfellow) habe ihm denn auch, so führte er aus, von Herzensgrunde vergeben; und was nun ihn (Mr. Goodfellow) betreffe, der weit davon entfernt sei, den sich aus den Umständen ergebenden Verdacht auf die Spitze zu treiben, wie es, das sage er voller Bedauern, tatsächlich ja gegen Mr. Pennifeather geschehen sei, – er (Mr. Goodfellow) werde keine Anstrengung scheuen, soweit es nur in seinen Kräften stünde, er werde die ganze geringe Beredsamkeit aufwenden, die in seinem Besitze sei, um – um – um die schlimmsten Züge dieser wirklich überaus bestürzenden Obliegenheit zu – zu – zu mildern, soweit er es nur immer mit seinem Gewissen vereinbaren könne.

In dieser schönen Weise fuhr Mr. Goodfellow eine gute halbe Stunde lang fort, zur höhern Ehre seines Kopfes wie seines Herzens; doch Menschen von so warmer Herzlichkeit haben selten Geschick in ihren Bemerkungen – sie verrennen sich in alle möglichen Mißgriffe, *contre-temps* und *mal-à-propos*-ismen – alles im hitzigen Ungestüm ihres Eifers, einen Freund zu retten – und richten dessen Sache damit nur, oft in der freundlichsten Absicht von der Welt, unendlich viel mehr Schaden an, denn daß sie ihr förderlich sind.

Zu solchem Ende kam's denn auch bei aller Beredsamkeit des ›alten Charley‹ im vorliegenden Falle; denn obschon er sich redlich zum Frommen des Verdächtigen plagte, geschah's doch irgendwie, so oder so, daß jede Silbe, die er von sich gab (und deren unmittelbarer Zweck doch ganz gewiß nicht, es sei denn unbewußt, darauf gerichtet war, den Sprecher in der guten Meinung seines Auditoriums zu erheben), die Wirkung hatte, den bereits an dem Manne, dessen Sache er führte, haftenden Verdacht noch zu vertiefen und gegen ihn die Volkswut zu entfesseln.

Einer der unverantwortlichsten Fehler, die der Redner

beging, war die Bemerkung, der Verdächtige sei ›der Erbe des würdigen alten Herrn, Mr. Shuttleworthy‹. Denn daran hatten die Leute bis dahin wirklich überhaupt noch nicht gedacht. Es war ihnen lediglich in Erinnerung, daß der Onkel (der außer seinem Neffen keinen lebenden Anverwandten besaß) ein oder zwei Jahre zuvor gewisse Drohungen mit Enterbung geäußert hatte, und darum hatten sie diese Enterbung stets als eine abgemachte Sache betrachtet – so redlich dachten die Schwetzersbürger: ein Völkchen ohne Falsch. Doch des ›alten Charley‹ Bemerkung veranlaßte sie nun alsogleich, über diesem Punkte nachzusinnen, und führte ihnen die Möglichkeit vor Augen, es könnten diese Drohungen am Ende gar nichts mehr als eben bloß Drohungen gewesen sein. Und stracks erhob sich hierauf die naheliegende Frage des *Cui bono?* – eine Frage, die gar noch mehr als die Weste dazu angetan war, dem jungen Mann das scheußliche Verbrechen anzuheften. Und damit ich nicht mißverstanden werde, erlauben Sie mir, einen Moment abzuschweifen, um rasch doch die Bemerkung zu machen, daß der so überaus knappe und einfache lateinische Ausdruck, den ich gebrauchte, beständig falsch übersetzt und mißdeutet wird. *Cui bono?* – das heißt in all unsern famosen Romanen und auch sonstwo – in denen von Mrs. Gore zum Beispiel (der ›Cecil‹-Autorin), einer Dame, die in sämtlichen Zungen zitiert, vom Chaldäischen bis zum Tschikasa, und zu ihrer Gelehrsamkeit ›je nach Bedarf‹ und nach systematischem Verfahren bei Mr. Beckford Hilfe findet, – in *all* unsern famosen Romanen, sagte ich, von Bulwer und Dickens bis zu Ainsworth und andern Speckulamini, heißen die beiden kleinen lateinischen Worte *cui bono?* hartnäckig ›zu welchem Zweck?‹ oder (als wäre's dasselbe wie *quo bono*) ›zu welchem Nutzen?‹ Ihre wahre Bedeutung ist nichtsdestoweniger ›zu *wessen* Vorteil?‹ *Cui* – wem; *bono* – dient's zum Gewinne? Das ist ein reiner Rechts-Satz – und genau in Fällen anwendbar wie dem, der hier zur Debatte steht: wo nämlich die Frage, mit welcher Wahrscheinlichkeit Jemand als Täter einer Tat in Frage komme, davon abhängt, wieweit dem Betreffenden ein Gewinn aus dem Begehen der Tat zufließe. Im vorliegenden Falle nun betraf die Frage *cui bono?* ganz entschieden Mr. Pennifeather. Sein Onkel hatte ihm, nachdem er erst ein Testament zu seinen Gunsten aufgesetzt, mit der Enterbung gedroht. Aber er hatte die Drohung nicht wirklich wahrgemacht; das ursprüngliche Testament, so zeigte sich, war nicht geändert worden. *Wäre* es umgestoßen worden, so käme als einzig denkbares Mordmotiv auf Seiten des Verdächtigen ordinäre Rachsucht in Betracht; und selbst dieser hätte die Hoffnung entgegengewirkt, vielleicht doch wieder noch vom Onkel in Gnaden aufgenommen zu werden. Da aber das Testament ungeändert blieb, indessen die Drohung, es zu ändern, weiterhin über dem Haupt des Neffen hing, zeigt sich sogleich der stärkstmögliche Beweggrund für die Bluttat; und zu diesem Schluß gelangten denn auch, sehr scharfsinnig, die würdigen Bürger des Schwetzer-Dorfes.

Entsprechend wurde Mr. Pennifeather vom Fleck weg verhaftet, und die Menge machte sich, nach einigem weiteren Suchen, auf den Heimweg, den Beschuldigten bei sich in Gewahrsam. Auf dem Wege jedoch trat ein weiterer Umstand ein, geeignet, den gefaßten Verdacht zu bestärken. Mr. Goodfellow, den der Eifer trieb, stets der Gesellschaft ein weniges voraus zu sein, lief plötzlich, so sah man, ein paar Schritte vor, bückte sich und hob dann augenscheinlich einen kleinen Gegenstand aus dem Grase auf. Nachdem er ihn hastig untersucht, bemerkte man insgleichen, daß er einen halben Versuch machte, ihn in seiner Rocktasche zu verbergen; doch ward diese Handlung erspäht, wie ich schon sagte, und folglich verhindert, und da stellte sich denn der aufgehobene Gegenstand als ein spanisches Messer heraus, welches alsbald ein Dutzend Personen als

Eigentum von Mr. Pennifeather rekognoszierten. Zudem warn seine Initialen auf dem Griffe eingraviert. Die Klinge dieses Messers war aufgeklappt und blutig.

Nun blieb kein Zweifel mehr an der Schuld des Neffen, und unmittelbar nach Eintreffen in Schwetzersburg ward er zur Einvernahme vor einen Untersuchungsrichter gebracht.

Hier nahm die Sache erneut eine höchst ungünstige Wendung. Als der Gefangene befragt wurde, was er am Morgen von Mr. Shuttleworthy's Verschwinden getrieben habe, besaß er vollends die Kühnheit einzugestehen, er sei an eben jenem Morgen mit seiner Büchse auf die Pirsch gegangen, und zwar in der unmittelbaren Umgebung des Teiches, wo die blutbefleckte Weste durch den Scharfsinn von Mr. Goodfellow entdeckt worden war.

Dieser Letztere trat nun vor, und mit Tränen in den Augen bat er um die Erlaubnis, aussagen zu dürfen. Ein strenges Pflichtgefühl, so sprach er, nicht weniger gegenüber seinem Schöpfer denn seinen Mitmenschen erlaube ihm nicht länger, schweigend zu bleiben. Bislang habe das aufrichtigste Wohlwollen für den jungen Mann (ganz ohngeachtet der übeln Behandlung, welche der Letztere ihm, Mr. Goodfellow, habe angedeihen lassen) ihn bewogen, jede Annahme zu setzen, die seine Phantasie ihm nur eingegeben, um doch irgendwie zu rechtfertigen, was an den so ernstlich wider Mr. Pennifeather zeugenden Umständen verdächtig scheine; doch diese Umstände seien nun insgesamt denn doch *zu* überwältigend, *zu* verdammend; da wolle er nicht länger zaudern – wolle er alles sagen, was er wisse, obgleich es ihm selber (Mr. Goodfellow) schier das Herz entzwei reißen werde. Er fuhr dann fort auszusagen, es habe am Nachmittage, der Mr. Shuttleworthy's Abreise nach der Stadt vorausging, der würdige alte Herr vor *seinen* (Mr. Goodfellow's) Ohren seinem Neffen gegenüber erwähnt, der Grund seiner Reise zur Stadt am folgenden Morgen sei der, bei der ›Arbeiter- und Bauernbank‹ eine ungewöhnlich große Geldsumme einzulegen; wobei besagter Mr. Shuttleworthy dem besagten Neffen auf das bestimmteste auch seinen unwiderruflichen Entschluß erklärt habe, das ursprüngliche Testament umzustoßen und ihn leer ausgehn zu lassen. Er (der Zeuge) appellierte nun feierlich an den Angeklagten, er möge sich deutlich äußern, ob die Aussage, die er (der Zeuge) soeben getan, in jeder wesentlichen Einzelheit die Wahrheit sei oder nicht. Sehr zum Erstaunen aller Anwesenden räumte Mr. Pennifeather offen ein, sie sei es.

Der Richter hielt es nun für seine Pflicht, ein paar Konstabler auszusenden, um das Zimmer des Angeklagten im Hause des Onkels durchsuchen zu lassen. Von dieser Suche kehrten sie fast unmittelbar mit der wohlbekannten, stahl-gefaßten braunledernen Brieftasche zurück, die der alte Herr seit Jahren bei sich zu tragen pflegte. Ihr wertvoller Inhalt war jedoch entwendet, und der Richter plagte sich vergeblich, dem Gefangenen ein Geständnis zu entreißen, welchen Gebrauch er von dem Raube gemacht oder an welchem Ort er ihn verborgen habe. Tatsächlich leugnete Mr. Pennifeather hartnäckig jede Wissenschaft von der Sache. Die Konstabler entdeckten aber zwischen Bett und Pfühl des unglücklichen Mannes ein Hemd und ein Halstuch – beide mit den Initialen seines Namens gezeichnet und beide scheußlich mit dem Blute des Opfers beschmiert. In diesem kritischen Augenblick wurde gemeldet, das Pferd des Ermordeten sei soeben im Stalle an den Folgen der Wunde verschieden, die es empfangen, und Mr. Goodfellow schlug vor, es möchte doch sofort eine Leichenöffnung an dem Tiere vorgenommen werden, um nach Möglichkeit das Geschoß zu entdecken. Dieser Vorschlag wurde befolgt; und wie um die Schuld des Angeklagten über allen Zweifel hinaus zu demonstrieren, war's Mr. Goodfellow nach gewissenhafter Suche im Brustkorb des Pferdes imstande, eine Kugel von ganz außerordentlicher Größe zu entdecken und hervorzuziehen, die – wie sich bei einer Probe herausstellte – haargenau dem Kaliber von Mr. Pennifeathers Büchse entsprach, indessen sie für die Waffen jeder andern Person im Flecken oder seiner Nachbarschaft viel zu groß war. Um den Tatbestand jedoch noch sicherer werden zu lassen, entdeckte man zudem, daß diese Kugel rechtwinklig zur gewöhnlichen Sutur einen Riß oder eine Schramme aufwies; und bei genauer Untersuchung paßte dieser Riß präzis zu einer zufälligen Unebenheit oder Erhöhung in einem Paar Gießformen, die vom Angeklagten als sein Eigentum anerkannt wurden. Kaum war diese Kugel gefunden, so lehnte es der Untersuchungsrichter ab, sich irgend weitere Bezeugung anzuhören, und überantwortete den Gefangenen dem Strafgericht – indem er es entschieden von sich wies, in diesem Falle Kaution zu nehmen, obschon sich Mr. Goodfellow sehr warm gegen diese Härte wandte und sich erbot, selber die Bürgschaft in jeder geforderten Höhe zu leisten. Diese Generosität des ›alten Charley‹ stimmte nur zu wohl mit dem ganzen Tenor seines liebenswürdigen und ritterlichen Verhaltens überein, das er stets bewiesen, solang' er nur im Schwetzer-Flecken weilte. Im vorliegenden Fall ließ sich der würdige Mann so vollkommen hinreißen von der schier überquellenden Wärme seines Mitgefühls, daß es schien, als habe er, als er sich für seinen jungen Freund zum Bürgen anbot, gänzlich vergessen, daß ja er selber (Mr. Goodfellow) in der ganzen Welt nicht für einen einzigen Dollarswert Eigentum besaß.

Was den Angeklagten vorm Strafgericht erwartete, läßt sich unschwer voraussehen. Unter den lauten Verwünschungen von ganz Schwetzersburg wurde Mr. Pennifeather bei der nächsten Gerichtssitzung der Prozeß gemacht, und so bruch- und lückenlos zeigte sich die Kette der Indizienbeweise (bestärkt zudem noch von diversen zusätzlich verdammenden Tatsachen, die dem Gerichte vorzuenthalten Mr. Goodfellow seine empfindsame Gewissenhaftigkeit verbot), daß die Geschworenen, ohne ihre Sitze zu verlassen, unmittelbar ihren Spruch fällten: ›*Schuldig des Mordes im ersten Grade.*‹ Bald danach empfing der unglückliche Schelm das Todesurteil und wurde in das Landesgefängnis geschafft, um daselbst die unerbittliche Rache des Gesetzes zu erwarten.

Inzwischen hatte den ›alten Charley Goodfellow‹ sein nobles Verhalten den ehrbaren Bürgern des Fleckens doppelt teuer gemacht. Er wurde zehnmal so beliebt als je; und in natürlicher Folge der Gastfreundlichkeit, mit der er behandelt wurde, mäßigte er, gleichsam notgedrungenerweise, die äußerst knauserigen Gewohnheiten, zu denen ihn seine Armut bislang getrieben, und sehr häufig nun hielt er kleine *réunions* in seinem eigenen Hause, wo Witz und Lustigkeit zuoberst herrschten – gedämpft *natürlich* etwas vom gelegentlichen Gedenken an das widrige und betrübende Schicksal, welches über dem Neffen des Mannes schwebte, der – vielbeweint, nun selig – des generösen Gastgebers Busenfreund gewesen war.

Eines schönen Tages überraschte diesen hochherzigen alten Herrn recht gefällig das Eintreffen des folgenden Briefes:

»Herrn Charles Goodfellow, Wohlgeb.

Schwetzersburg

Betr.: Cat. Mar. A – Nr. 1–6 Dtzd. Fl.

Sehr geehrter Herr!

In Erledigung eines Auftrages, welcher unserer Firma vor etwa zwei Monaten von unserem geschätzten Korrespondenten Mr. Barnabas Shuttleworthy zuging, haben wir die Ehre, heute morgen an Ihre Adresse eine Doppelkiste Chateau-Margaux, Sorte ›Antilope‹, violettes Siegel, abzusenden. Kiste numeriert und bezeichnet wie oben.

Wir verbleiben, geehrter Herr, mit dem Ausdruck vorzgl. Hochachtg. Hoggs, Frogs, Bogs & Co.
- - -, den 21. Juni 18 - -

PS: Die Kiste wird Sie einen Tag nach Empfang dieses Schreibens per Fracht erreichen. Unsere Empfehlungen an Mr. Shuttleworthy. H., F., B. & Co.«

Tatsache ist, daß Mr. Goodfellow seit dem Tode von Mr. Shuttleworthy jegliche Erwartung aufgegeben hatte, je noch den versprochenen Chateau-Margaux zu empfangen; so sah er *nun* darin eine Art von besonderm Walten der Vorsehung zu seinem Frommen. Er war natürlich hochentzückt und lud in seiner überschwenglichen Freude auf den folgenden Tag eine große Gesellschaft von Freunden zu einem *petit souper,* um mit ihnen des guten alten Mr. Shuttleworthy Geschenk anzuzapfen. Nicht daß er irgendetwas vom ›guten alten Mr. Shuttleworthy‹ *sagte,* als er die Einladungen ausgehen ließ. Tatsächlich machte er sich allerlei Gedanken und beschloß, gleich überhaupt nichts zu sagen. *Niemandem* gegenüber erwähnte er – wenn ich mich recht entsinne –, daß er Chateau-Margaux *geschenkt* erhalten habe. Er bat lediglich seine Freunde, zu ihm zu kommen und ihm eine bemerkenswert feine Qualität mit köstlicher Blume trinken zu helfen, die er sich vor ein paar Monaten aus der Stadt bestellt habe und morgen in Empfang nehmen werde. Ich habe mir oft den Kopf darüber zerbrochen, *wieso* wohl ›Old Charley‹ sich entschlossen hatte, nichts davon verlauten zu lassen, daß der Wein von seinem alten Freunde stamme, doch konnte ich den Grund für sein Schweigen nie eigentlich genau erkennen, obschon er zweifellos einen ausgezeichneten und sehr edelmütigen Grund dafür hatte.

Der nächste Tag kam schließlich heran, und mit ihm nahte Mr. Goodfellow's Hause eine umfangreiche und hochachtbare Gesellschaft. Tatsächlich war die halbe

Ortschaft da – ich selber mit darunter –, doch sehr zum Verdrießen des Gastgebers traf der Chateau-Margaux nicht ein, bis die Zeit bereits vorgerückt war und die Gäste dem üppigen Abendessen, das ›Old Charley‹ gereicht, ausgiebig zugesprochen hatten. Doch dann kam er endlich an, – da stand die Kiste, riesig groß, – und weil die ganze Gesellschaft sich in überaus guter Laune befand, wurde *nem. con.* entschieden, man sollte sie auf den Tisch heben und alsogleich ihren Inhalt freilegen.

Kaum gesagt, so geschehen. Ich legte helfend Hand mit an; und im Nu hatten wir die Kiste auf dem Tisch, mitten zwischen all den Flaschen und Gläsern, von denen nicht wenige im Getümmel zu Bruche gingen. ›Old Charley‹, der ganz hübsch betrunken war und überaus rot im Gesichte, nahm nun mit einer Miene blasierter Würde zu Häupten der Tafel Platz und hämmerte wild mit einer Karaffe darauf herum, indem er auf diese Weise die Gesellschaft aufrief, ›während der feierlichen Enthüllung des Schatzes‹ Ordnung zu bewahren.

Nach einigem Gebrüll ward volle Ruhe wiederhergestellt, und es folgte – wie's so oft in ähnlichen Fällen geschieht – eine tiefe und auffallende Stille. Der Aufforderung, den Deckel aufzubrechen, kam ich natürlich ›mit dem allergrößten Vergnügen‹ nach. Ich setzte ein Stemmeisen an, und indem ich ein paarmal mit einem Hammer darauf schlug, flog der Kistendeckel plötzlich herunter, und heraus sprang – in sitzende Stellung – dem Gastgeber grad gegenüber – im selben Augenblick die zerschundene, blutige und nahezu schon verweste Leiche des ermordeten Mr. Shuttleworthy selbst. Ein paar Momente lang glotzte sie stier und bekümmert mit ihren faulig matten Augen voll Mr. Goodfellow ins Gesicht, äußerte langsam, doch klar und nachdrucksvoll die Worte »Du bist der Mann!« – und fiel dann, wie vollkommen zufriedengestellt, über die

Seitenwandung der Kiste und streckte zitternd die Glieder auf dem Tische aus.

Die Szene, die nun folgte, geht gänzlich über alle Beschreibung. Ein schreckliches Drängen nach Türen und Fenstern entstand, und viele der robustesten Menschen im Raum fielen vor schierem Entsetzen sogleich in Ohnmacht. Doch nach dem ersten wilden, schrillen Ausbruch des Schreckens richteten sich alle Augen auf Mr. Goodfellow. Und wenn ich tausend Jahre lebte, nie könnt' ich die schon mehr als mörderische Seelenqual vergessen, die sich auf seinem gräßlich-geisterbleichen, soeben noch von Trunkenheit und Triumph geröteten Gesichte malte. Mehrere Minuten lang saß er steif und starr da wie ein Marmorbild; in ihrer stieren Blickesleere schienen seine Augen wie nach innen gewendet und versunken in die Betrachtung seiner eigenen elenden Mörderseele. Schließlich geschah's, daß ihr Ausdruck jäh wieder in die Außenwelt hinausblitzte, und mit einem plötzlichen Satz sprang er vom Stuhle auf und stürzte schwer mit Kopf und Schultern auf den Tisch, und in Berührung mit dem Leichnam stieß er in reißender Schnelle ein ausführliches Geständnis des scheußlichen Verbrechens hervor, für welches Mr. Pennifeather im Gefängnis saß, zum Tod verurteilt.

Was er erzählte, war im wesentlichen dies: – Er folgte seinem Opfer bis in die Nähe des Teiches; erschoß dort das Pferd mit einem Pistol; tat den Reiter mit dem Kolben ab; setzte sich in den Besitz der Brieftasche; und in dem Glauben, das Pferd sei tot, schleifte er es mit großer Anstrengung in das Gestrüpp bei dem Teiche. Auf sein eigenes Tier schlang er den Leichnam von Mr. Shuttleworthy und schaffte ihn solcherart weit weg durch die Wälder zu einem sicheren Versteck.

Die Weste, das Messer, die Brieftasche und die Kugel waren von ihm selber an ihren Fundort in der Absicht manipuliert worden, sich an Mr. Pennifeather zu rächen.

Insgleichen hatte er die Entdeckung des blutbefleckten Halstuchs und Hemdes arrangiert.

Gegen Ende des schauerlichen Berichts wurden die Worte des schuldigen Wichtes stammlig und hohl. Als das Geständnis dann endlich ganz heraus war, stand er auf, taumelte vom Tisch zurück und – stürzte *tot* zu Boden.

Die Mittel, mit denen dies noch eben zur günstigen Stunde abgelegte Geständnis erpreßt ward, waren – wenngleich recht wirksam – tatsächlich simpel. Mr. Goodfellow's unmäßige Freimütigkeit hatte mich angewidert und gleich zu Anfang meinen Verdacht erweckt. Ich war dabei, als Mr. Pennifeather ihn geschlagen, und der teuflische Ausdruck, der damals auf seinem Gesichte erschien, wenngleich auch nur für einen Augenblick, gab mir die Gewißheit, daß seine Rachedrohung so unnachsichtig als möglich in Erfüllung gehen werde. Ich war mithin vorbereitet, ›Old Charleys‹ Manöver in einem sehr anderen Lichte zu sehen, als es die guten Schwetzersbürger taten. Ich erkannte sogleich, daß all die belastenden Entdeckungen mehr oder minder direkt von ihm selber herrührten. Doch die Tatsache, die mir für den wahren Stand des Falles deutlich die Augen öffnete, war die Geschichte mit der Kugel, die Mr. Goodfellow *im Kadaver des Pferdes* fand. *Ich* hatte *nicht* – wie die Schwetzersbürger – vergessen, daß *zwei* Wundlöcher vorhanden gewesen waren, nämlich eines, wo das Geschoß in die Brust des Pferdes eingedrungen, und eins, wo es wieder *herausgetreten* war. Wenn es denn also in dem Tiere gefunden wurde, nachdem es dieses doch wieder verlassen, so mußte es – das sah ich klar – von der Person, die es fand, dort hingebracht worden sein. Das blutige Hemd und Halstuch bestätigten mir den Gedanken, den mir die Kugel eingab; denn das Blut erwies sich bei der Untersuchung als kapitaler Rotwein und nichts mehr. Als ich über all das nun nachsann und auch die seit kurzem bedeutend gewachsene Freigebigkeit und Verschwendung auf Seiten Mr. Goodfellow's bedachte, faßte ich einen Argwohn, der nicht im mindesten dadurch schwächer ward, daß ich ihn gänzlich für mich behielt.

Inzwischen unternahm ich auf eigene Faust eine rigorose Suche nach Mr. Shuttleworthy's Leichnam, und zwar suchte ich, aus guten Gründen, in Gegenden, die so weit als möglich denen abgelegen waren, zu denen Mr. Goodfellow seine Partei geführt hatte. Das Resultat war, daß ich nach einigen Tagen auf einen alten ausgetrockneten Brunnenschacht stieß, der fast ganz verborgen im Gestrüpp lag; und hier, auf seinem Grund, entdeckte ich, was ich suchte.

Nun hatte ich zufällig von Anfang bis Ende das Gespräch zwischen den beiden Kumpanen mit angehört, in dem es Mr. Goodfellow fertig gebracht hatte, seinen Gastgeber so weit zu beschwatzen, daß er ihm eine Kiste Chateau-Margaux versprach. Auf diesen Wink hin ging ich denn ans Werk. Ich besorgte mir ein steifes Stück Fischbein, stieß es dem Leichnam durch die Speiseröhre nieder und deponierte ihn sodann in einer alten Weinkiste, indem ich darauf bedacht war, mit dem Körper zugleich auch das Fischbein zusammenzukrümmen. In dieser Weise hatte ich kräftig auf den Deckel zu drücken, um ihn niederzuhalten, während ich ihn mit Nägeln sicherte; und natürlich berechnete ich voraus, daß er, sobald diese letzteren entfernt würden, auffliegen und der Körper hervorschießen würde.

Nachdem ich die Kiste solcherart vorgerichtet, bezeichnete, numerierte und adressierte ich sie, wie bereits erzählt; sodann setzte ich im Namen der Weinhändler, mit denen Mr. Shuttleworthy zu tun hatte, einen Brief auf und erteilte meinem Diener Instruktionen, die Kiste auf ein von mir selber gegebenes Signal hin auf einer Schubkarre vor Mr. Goodfellow's Haustüre zu schaffen. Was die Worte betraf, die der Leichnam nach meinem Plane von sich geben sollte, so verließ ich mich zuversichtlich auf mein bauchrednerisches Talent; für ihre Wirkung rechnete ich auf das Gewissen des Mordbuben.

Ich denke, es bleibt nichts weiter zu erklären. Mr. Pennifeather ward auf der Stelle freigelassen, erbte das Vermögen seines Onkels, ließ sich die schlimme Erfahrung zur Lehre dienen, besserte seinen Wandel und führte glücklich stets danach ein neues Leben.

DER BALLON-JUX

(Verblüffende Nachrichten per Expreß via Norfolk! – ATLANTIK IN DREI TAGEN ÜBERQUERT! RIESENTRIUMPH FÜR MR. MONCK MASON UND SEINE FLUGMASCHINE! – MR. MASON, MR. ROBERT HOLLAND, MR. HENSON, MR. HARRISON AINSWORTH UND VIER ANDERE NACH EINER REISE VON FÜNFUNDSIEBZIG STUNDEN VON LAND ZU LAND IM STEUER-BALLON ›VICTORIA‹ AUF SULLIVAN'S ISLAND BEI CHARLESTON, SÜD-CAROLINA, EINGETROFFEN! SONDERBERICHT ÜBER ALLE EINZELHEITEN DER REISE!

Das nachfolgende *Jeu d'esprit* mit der obenstehenden Überschrift in prunkvollen Versalien, wohlgespickt mit Ausrufungszeichen, erschien tatsächlich erstmals in der *New York Sun,* einer Tageszeitung, und erfüllte daselbst vollauf den Zweck, während der paar Stunden von einer Charleston-Post zur andern sämtlichen *quidnuncs* einen Brocken vorzuwerfen, der ihnen rechte Verdauungsschwierigkeiten bereitete. Die Nachfrage nach dem ›einzigen Blatte, welches über die Neuigkeit berichtete‹ grenzte ans schier Wunderbare; und wenn die ›Victoria‹ in Wirklichkeit (wie manche steif und fest behaupten) die besagte Reise auch ganz und gar nicht unternommen hat, so dürfte sich doch schwerlich ein Grund anführen lassen, weshalb ihr dieselbe nicht hätte gelungen sein *können.)*

Endlich ist das große Problem gelöst! Die Luft hat sich, so wohl als die Erde und das Meer, der Wissenschaft unterworfen und wird nun bald der Menschheit ganz gewöhnliche und bequeme Verkehrswege bieten. *Der Atlantik ist wirklich und wahrhaftig in einem Ballon überquert worden!* und dies zudem noch ohne Schwierigkeit – ohne irgend ersichtliche große Gefahr – bei gänzlicher Kontrolle über die Maschine – und innerhalb der unfaßbar kurzen Zeit von fünfundsiebzig Stunden von Küste zu Küste! Durch die Tatkraft eines Agenten in Charleston, Süd-Carolina, sind wir in den Stand gesetzt, als erste Zeitung dem Publikum einen eingehenden Bericht über diese höchst außergewöhnliche Reise vorzulegen, welche zwischen Samstag, dem 6. laufenden Monats, um 11 Uhr vormittags, und 2 Uhr nachmittags am Dienstag, dem 9. dieses, unternommen ward – und zwar von Sir Everard Bringhurst; Mr. Osborne, einem Neffen von Lord Bentinck; Mr. Monck Mason und Mr. Robert Holland, den wohlbekannten Aeronauten; Mr. Harrison Ainsworth, Autor des *Jack Shepherd* etc.; und Mr. Henson, dem Projektor der kürzlich verunglückten Flugmaschine, – dazu zwei Seeleuten aus Woolwich – alles in allem also acht Personen. Auf die weiter unten mitgeteilten Einzelheiten darf man sich vollauf verlassen: sie sind insofern in jeder Hinsicht authentisch und korrekt, als sie – mit einer geringfügigen Ausnahme – *verbatim* aus den vereinigten Tagebüchern der Herren Monck Mason und Harrison Ainsworth übernommen wurden, deren gefälligem Entgegenkommen unser Agent überdem für zahlreiche mündliche Auskünfte, betreffend den Ballon selbst, seine Konstruktion, und andere Gegenstände von Interesse, verpflichtet ist. Die einzige Veränderung in dem erhaltenen Manuskripte ward in der Absicht vorgenommen, den eilig abgefaßten Bericht unseres Agenten Mr. Forsyth in eine zusammenhängende und faßliche Form zu bringen.

DER BALLON

»Zwei sehr entschiedene Fehlschläge in letzter Zeit – nämlich die von Mr. Henson und Sir George Cayley – hatten die öffentliche Teilnahme für das Thema Luftschiffahrt stark geschwächt. Mr. Henson's Plan (welcher zu Anfang sogar von Männern der Wissenschaft für durchaus erfolgversprechend gehalten wurde) gründete auf dem Prinzip einer schiefen Ebene, die von einer Anhöhe aus vermittels einer äußerlichen Kraft in Bewegung gesetzt werden sollte, und zwar durch die fortgesetzte Umdrehung von gegen den Wind gestellten, in Form und Anzahl dem Windrade einer Mühle ähnelnden Flügeln. Doch bei allen Versuchen, welche man mit Modellen auf der Adelaide-Galerie unternahm, mußte man feststellen, daß die Tätigkeit dieser Fächer die Maschine nicht nur nicht vorantrieb, sondern tatsächlich ihren Flug behinderte. Die einzige Antriebskraft, die dabei wirksam wurde, bestand in dem aus der Neigung der schiefen Ebene gewonnenen *impetus;* und dieser *impetus* trug die Maschine weiter, wenn die Flügel sich in Ruhe befanden, als wenn sie in Bewegung waren, – eine Tatsache, die ihre Unnützlichkeit hinreichend demonstriert; und bei Fehlen der antreibenden und damit zugleich der *tragenden* Kraft mußte das ganze Gebilde notwendigerweise abstürzen. Diese Einsicht brachte Sir George Cayley auf den Gedanken, doch einen Propeller lediglich an einer Maschine anzubringen, die sich unabhängig davon aus eigener Kraft in der Luft zu halten vermochte, – mit einem Wort: an einem Ballon; welche Idee freilich neu beziehungsweise originell nur insofern ist, als sie von Sir George in ganz eigener Weise auf die Praxis angewendet wurde. Ein Modell seiner Erfindung stellte er beim Polytechnischen Institute aus. Das Prinzip oder besser die Kraft des Antriebs war auch hier unterbrochenen Flächen oder Flügeln zugewiesen, die in Umdrehung versetzt wurden. Vier solcher Flügel waren vorhanden, doch stellten sie sich als vollkommen untauglich heraus, den Ballon zu bewegen oder seiner Aufstiegskraft zu Hilfe zu kommen. Das ganze Projekt war mithin ein vollendeter Fehlschlag.

»Bei dieser kritischen Lage der Dinge geschah es, daß Mr. Monck Mason (dessen Reise im ›Nassau‹-Ballon von Dover nach Weilburg im Jahre 1837 so viel Aufsehen erregte) auf den Gedanken kam, das Prinzip der Archimedischen Schraube für den Zweck der Fortbewegung durch die Luft zu verwenden, – indem er das Versagen der Apparaturen von Mr. Henson und Sir George Cayley sehr richtig der Tatsache zuschrieb, daß die voneinander unabhängigen Flügel eine durchbrochene Fläche bildeten. Er unternahm das erste öffentliche Experiment in den Willis'schen Räumen, brachte sein Modell hernach dann aber zur Adelaide-Galerie.

»Wie Sir George Cayley's Ballon war auch sein eigener ein Elipsoid. Seine Länge betrug dreizehn Fuß sechs Zoll – die Höhe sechs Fuß acht Zoll. Er enthielt gegen dreihundertundzwanzig Kubikfuß Gas, welches, wenn reiner Wasserstoff, beim ersten Aufblasen, ehe noch das Gas Zeit hat, sich zu verschlechtern oder zu entweichen, einundzwanzig Pfund tragen würde. Das Gesamtgewicht von Maschine und Apparat belief sich auf siebzehn Pfund – somit blieben noch etwa vier Pfund Spielraum. Unter dem Mittelpunkte des Ballons war ein Rahmen aus leichtem Holz von etwa neun Fuß Länge angebracht und in der gewöhnlichen Weise durch ein Netzwerk mit dem Ballon selbst vertäut. An diesem Rahmengestell hing als Gondel ein Weidenkorb.

»Die Schraube besteht aus einer achtzehn Zoll langen Achse aus hohlem Messingrohr, durch welches sich, an einer zu fünfzehn Grad geneigten Halbspirale, eine Reihe von Stahldraht-Radien bewegt, die zwei Fuß Länge haben und mithin an jeder Seite einen Fuß vorstehen. Diese Radien sind an den Außenenden durch zwei Bänder aus plattgewalztem Draht verbunden, – in dieser Weise bildet das Ganze das Grundgerüst der Schraube, vervollständigt noch durch einen Überzug aus geölter Seide, die in Dreieckstreifen geschnitten und so straff gespannt ist, daß sie eine leidlich gleichmäßige Fläche darstellt. An jedem Ende ihrer Achse wird diese Schraube von Trägern aus hohlem Messingrohr gehalten, die sich vom Reifen niedersenken. In den untern Enden dieser Rohre befinden sich Löcher, in welchen sich die Zapfen der Achse drehen. Von demjenigen Ende der Achse, das der Gondel am nächsten ist, verläuft eine Stahlwelle, welche die Schraube mit dem Getriebe eines in der Gondel montierten Federwerks verbindet. Durch die Kraft dieser Feder wird die Schraube dazu gebracht, sich mit großer Schnelligkeit zu drehen, wodurch wiederum das Ganze in eine progressive Bewegung gerät. Mit der Hilfe des Steuerruders ließ sich die Maschine bequem in jede Richtung lenken. Die Feder besaß große Kraft, verglichen mit ihren Außenmaßen, war sie's doch imstande, bei einem Federhaus von vier Zoll Durchmesser schon nach der ersten Drehung ganze fünfundvierzig Pfund zu heben, welche Leistung schrittweis' wuchs, je mehr sie aufgezogen wurde. Sie wog insgesamt acht Pfund sechs Unzen. Das Steuerruder war ein leichter Rahmen aus Bambusrohr, mit Seide bespannt und etwa wie ein Rakett gestaltet; es hatte gegen drei Fuß Länge, und seine größte Breite betrug einen Fuß. Sein Gewicht machte rund zwei Unzen. Es konnte *flach* gestellt und aufwärts oder niederwärts gerichtet werden, so wohl als nach der Rechten oder Linken; und setzte somit den Aeronauten in die Lage, den Widerstand der Luft, welchen es in geneigter Stellung während der Fahrt erzeugen mußte, nach jeder Seite zu verlagern, auf die er einzuwirken wünschen mochte; wodurch er den Ballon bestimmte, die entgegengesetzte Richtung zu nehmen.

»Dieses Modell (welches wir aus Zeitmangel notwendig nur in unvollkommener Weise beschrieben haben) ward auf der Adelaide-Galerie in Tätigkeit gesetzt, und es erzielte dort eine Geschwindigkeit von fünf Meilen in der

Stunde; trotzdem erweckte es, befremdlich zu vermelden, sehr wenig Interesse im Vergleich mit der frühern, recht komplizierten Maschine von Mr. Henson – so behaarlich ist die Welt geneigt, ein jegliches zu verachten, was seinem äußern Schein nach Simples an sich hat. Den großen Wunschtraum von der gelenkten Luftschiffahrt zu erfüllen, bedurfte es nach allgemeiner Ansicht auf jeden Fall der überaus komplizierten Anwendung irgendeines ungewöhnlich tiefgründigen Prinzips der Dynamik.

»So wohlzufrieden jedoch war Mr. Mason mit dem endlichen Erfolge seiner Erfindung, daß er beschloß, wenn möglich auf der Stelle einen Ballon von hinreichender Leistungsfähigkeit zu konstruieren, um dem Problem durch eine längere Reise auf den Grund zu kommen, – die ursprüngliche Absicht ging dahin, auch diesmal, wie zuvor im ›Nassau‹-Ballon, den Britischen Kanal zu überqueren. Um seine Absichten auszuführen, erstrebte und erlangte er die Protektion von Sir Everard Bringhurst und Mr. Osborne, zwei Herren, wohlbekannt für ihre wissenschaftliche Aufgeschlossenheit und im besondern für das Interesse, das sie stets am Fortschritt der Luftschiffahrtskunst genommen. Das Unternehmen ward, auf Wunsch von Mr. Osborne, zutiefst geheim gehalten vor der Öffentlichkeit – womit die einzigen Personen, die mit dem Vorhaben vertraut, jene waren, welche unmittelbar mit der Konstruktion der Maschine zu tun hatten; diese wurde (unter der Oberaufsicht von Mr. Mason, Mr. Holland, Sir Everard Bringhurst und Mr. Osborne) auf dem Landsitz des letztgenannten Herrn nahe Penstruthal in Wales gebaut. Mr. Henson wurde, begleitet von seinem Freunde Mr. Ainsworth, am letzten Samstag zu einer vertraulichen Besichtigung des Ballons zugelassen; dabei trafen die beiden Herren endgültige Verabredungen, sich an dem Abenteuer zu beteiligen. Wir sind nicht unterrichtet, aus welchem Grunde auch die beiden Seeleute noch hinzugezogen wurden, – doch in ein oder zwei Tagen werden wir unseren Lesern auch die minuziösesten Einzelheiten dieser außerordentlichen Reise mitteilen können.

»Der Ballon ist aus Seide zusammengesetzt und mit dem flüssigen Gummi Kautschuk gefirnist. Er besitzt riesige Maße, enthält er doch mehr denn 40,000 Kubikfuß Gas; doch da an Stelle des kostspieligern und unbequemern Wasserstoffs Kohlengas Verwendung fand, beträgt die Tragkraft der Maschine bei voller Füllung und unmittelbar nach dem Aufblasen nicht mehr denn etwa 2500 Pfund. Das Kohlengas ist nicht nur erheblich billiger, sondern auch leicht zu beschaffen und zu handhaben.

»Das Verdienst, es für die Zwecke der Luftschiffahrt allgemein nutzbar gemacht zu haben, gebührt Mr. Charles Green. Bis zu seiner Entdeckung war der Prozeß der Ballonfüllung nicht nur überaus kostspielig, sondern auch ungewiß. Zwei und selbst drei Tage sind häufig mit fruchtlosen Versuchen vergeudet worden, die erforderliche Menge Wasserstoff zu besorgen, der dann auch noch aufgrund seiner außerordentlichen Feinheit und seiner chemischen Verwandtschaft mit der umgebenden Atmosphäre die starke Neigung besaß, aus dem Ballon zu entweichen. In einer Hülle, welche hinreichend dicht wäre, um ihren Kohlengasinhalt sechs Monate lang unverändert in Qualität oder Quantität zu halten, könnte eine gleiche Menge Wasserstoff nicht einmal sechs Wochen in gleicher Reinheit bewahrt werden.

»Da die Tragkraft auf 2500 Pfund geschätzt wurde und aber das vereinigte Gewicht der Reisegefährten sich nur auf 1200 belief, blieb ein Überschuß von 1300, von denen wiederum 1200 für Ballast genutzt wurden – verteilt auf Säcke verschiedener Größe, auf denen die jeweiligen Gewichtszahlen vermerkt wurden – für Tauwerk, Barometer, Teleskope, Fässer mit Proviant für vierzehn Tage, Wasserfäßchen, Mäntel, Reisetaschen und alle möglichen anderen unerläßlichen Gegenstände, darunter ein Kaffee-Wärmer, der sinnreich so ersonnen war, daß er das Wärmen des Kaffees mit Hilfe von gelöschtem Kalk gestattete und damit, falls man es für angebracht halten sollte, gänzlich ohne Feuer auskommen ließ. All diese Gegenstände waren, mit Ausnahme des Ballasts und einiger weniger Kleinigkeiten, an dem Reifen über der Gondel aufgehängt. Die Gondel selbst ist viel kleiner und leichter im Verhältnis als diejenige, welche an dem Modellballon befestigt war. Sie besteht aus leichtem Korbgeflecht und ist erstaunlich haltbar für eine so gebrechlich anmutende Maschine. Ihr Rand liegt etwa vier Fuß hoch. Das Steuerruder wiederum ist im Verhältnis sehr viel größer als beim Modell; dafür ist die Schraube beträchtlich kleiner. Zur Ausrüstung des Ballons gehört ferner ein Dregganker und ein Leitseil; welch letzteres von ganz unentbehrlicher Bedeutung ist. Für diejenigen unserer Leser, denen die Einzelheiten der Luftschifffahrt nicht geläufig sind, werden hier ein paar Worte zur nähern Erklärung notwendig sein.

»Sobald der Ballon sich von der Erde erhebt, ist er dem Einfluß mannigfacher Umstände unterworfen, welche dahin wirken, eine Veränderung in seinem Gewichte zu schaffen, und somit seine Aufstiegskraft vermehren oder verringern. Zum Beispiel mag es einen Niederschlag von Tau auf der Seide geben, der sogar mehrere hundert Pfund ausmachen kann; dann hat man Ballast abzuwerfen, oder die Maschine müßte an Höhe verlieren. Ist man dieses Ballasts nun ledig und tritt klarer Sonnenschein ein, welcher den Tau verdunsten läßt und zugleich das Gas in der Seide ausdehnt, so wird das Ganze wiederum rapide ansteigen. Um diesem Aufstieg Einhalt zu tun, bleibt (oder vielmehr *blieb* – bis Mr. Green das Leitseil erfand) nichts anderes übrig, als durch das Ventil Gas abzulassen; doch der Verlust von Gas bedeutet eine entsprechende allgemeine Einbuße an Aufstiegskraft; so daß auch der bestkonstruierte

Ballon innerhalb einer vergleichsweise kurzen Zeit notwendigerweise all seine Mittel erschöpfen muß und wieder zur Erde kommt. Dies war bislang das große Hindernis für längere Reisen.

»Das Leitseil nun schafft bei dieser Schwierigkeit in der denkbar einfachsten Weise Abhilfe. Es besteht lediglich aus einem sehr langen Tau, welches man von der Gondel nachschleppen läßt und dessen Wirkung darin liegt, daß es den Ballon verhindert, seine Höhe in irgend wesentlichem Grade zu ändern. Sollte zum Beispiel ein Feuchtigkeitsniederschlag auf der Seidenhülle sein und die Maschine infolge dessen zu sinken beginnen, so besteht keinerlei Notwendigkeit, Ballast abzuwerfen, um die Gewichtszunahme auszugleichen, denn dieser wird in genau angemessenem Verhältnis dadurch abgeholfen beziehungsweise entgegengewirkt, daß von dem herabhängenden Seil grad so viel als notwendig auf den Erdboden zu liegen kommt. Wenn andererseits etwelche Umstände unangemessene Leichtigkeit und folglich ein Aufsteigen in größere Höhen bewirken sollten, so wird diese Leichtigkeit alsbald durch das zusätzliche Gewicht des von der Erde aufgehobenen Seiles ausgeglichen. Mithin kann der Ballon weder steigen noch fallen, es sei denn innerhalb sehr enger Grenzen, und seine Mittel bleiben, ob Gas, ob Ballast, verhältnismäßig ungemindert. Überquert er eine ausgedehnte Wasserfläche, so wird es notwendig, Fäßchen aus Kupfer oder Holz zu verwenden, gefüllt mit flüssigem Ballast, der von leichterer Natur ist als Wasser. Diese schwimmen auf dem Element und dienen allen Zwecken, die an Land ein bloßes Seil erfüllt. Eine weitere hochwichtige Aufgabe des Leitseils besteht darin, die Richtung des Ballons anzuzeigen. Das Tau wird, ob an Land oder auf See, stets nachgeschleppt, während der Ballon frei ist; folglich ist der letztere ihm dauernd voraus, gesetzt, er bewegt sich nur irgendwie von der Stelle: vergleicht man daher mit der Hilfe des Kompasses die relativen Positionen beider miteinander, so läßt sich jedesmal der *Kurs* feststellen. In der nämlichen Weise zeigt der Winkel, den das Seil mit der lotrechten Achse der Maschine bildet, die *Geschwindigkeit* an. Wenn gar kein Winkel da ist – in andern Worten, wenn das Seil senkrecht niederhängt, so steht der gesamte Apparat still; doch je größer der Winkel ist, das heißt je weiter der Ballon dem Seilende voraustreibt, desto größer ist die Geschwindigkeit – und umgekehrt.

»Da die ursprüngliche Absicht bestand, den Britischen Kanal zu überqueren und so nahe bei Paris als eben möglich niederzugehen, hatten sich die Reisenden vorsorglich mit Pässen für alle Teile des Kontinents versehen, worin ganz wie im Falle des ›Nassau‹-Unternehmens die Natur der Expedition spezifiziert und den Abenteurern Befreiung von den üblich-amtlichen Formalitäten erteilt wurde; unerwartete Ereignisse machten diese Pässe jedoch überflüssig.

»Mit der Füllung des Ballons wurde am Samstag, dem 6. des Monats, früh morgens bei Tagesanbruch in aller Ruhe begonnen, und zwar im Hofe von Weal-Vor House, dem etwa eine Meile von Penstruthal in Nord-Wales liegenden Landsitz Mr. Osborne's; und als um sieben Minuten nach elf alles zur Abfahrt bereit war, ließ man den Ballon los, der sich sanft, doch stetig in nahezu südlicher Richtung erhob; dabei wurde in der ersten halben Stunde weder von der Schraube noch vom Steuerruder Gebrauch gemacht. Wir geben nunmehr dem Tagebuch das Wort, wie es von Mr. Forsyth aus den vereinigten Manuskripten von Mr. Monck Mason und Mr. Ainsworth abgeschrieben wurde. Das Hauptstück des Journales zeigt die Handschrift von Mr. Mason, während das jedem Tage angehängte *postscriptum* von Mr. Ainsworth stammt, der einen noch eingehenderen und zweifelsohne höchst spannenden und aufschlußreichen Bericht von der Reise in Vorbereitung hat und in Kürze der Öffentlichkeit vorlegen will.«

»*Samstag, 6. April.* Nachdem alle Vorbereitungen, die uns noch hätten in Verlegenheit setzen können, über Nacht erledigt worden waren, begannen wir an diesem Morgen bei Tagesanbruch mit der Füllung; doch aufgrund eines dicken Nebels, welcher die Falten der Seidenhülle behinderte und die Handhabung erschwerte, wurden wir nicht vor nahezu elf Uhr damit fertig. Lösten dann in bester Laune die Haltetaue und erhoben uns sanft, doch beständig mit einer leichten Brise aus Nord, welche uns in Richtung des Britischen Kanals trug. Fanden die Auftriebskraft größer, als wir erwartet hatten; und als wir höher stiegen und so aus dem Bereich der Klippen kamen und mehr in den der warmen Sonnenstrahlen, ward unser Aufstieg sehr rapide. Ich wünschte jedoch nicht, bereits zu einem so frühen Zeitpunkt des Abenteuers Gas zu verlieren, und beschloß mithin, fürs erste weiterzusteigen. Bald entrollten wir unser Leitseil; doch selbst noch als wir es gänzlich von der Erde abgehoben hatten, ging es geschwinde mit uns nach oben. Der Ballon stieg ungewöhnlich gleichmäßig und bot einen herrlichen Anblick. Etwa zehn Minuten nach dem Start zeigte das Barometer eine Höhe von 15,000 Fuß an. Das Wetter war bemerkenswert schön, und die Landschaft unter uns – eine höchst romantische, von wo man sie auch besieht – machte jetzt einen besonders erhabenen Eindruck. Die zahlreichen tiefen Bergschluchten wirkten aufgrund der dichten Dünste, welche sie erfüllten, wie Seen, und die Gipfelzinnen und Felsspitzen, die sich im Süd-Osten wüst unentwirrbar türmten, ähnelten nichts so sehr als den gigantischen Städten des morgenländischen Märchens. Wir näherten uns mit Schnelle den Bergen im Süden, doch war unsere Höhe mehr denn hinreichend, um uns zu befähigen, sie in Sicherheit zu passieren. In wenigen Minuten schwebten wir hochelegant darüber weg; und Mr.

Ainsworth sowie die Seeleute waren überrascht, wie scheinbar gering ihre Höhe von der Gondel aus wirkte; das macht, daß bei großer Erhebung in einem Ballon die Unebenheiten des Geländes drunten stark nivelliert erscheinen, bis zu einer nahezu planen Fläche. Als wir um halb zwölf immer noch fast südlich forttrieben, gewannen wir unseren ersten Blick auf den Bristol-Kanal; und fünfzehn Minuten später zeigte sich unmittelbar unter uns die Brandung an der Küste, und wir befanden uns richtig draußen über dem Meere. Nunmehr beschlossen wir, genügend Gas abzulassen, um unser Leitseil mit den daran befestigten Bojen zu Wasser zu bringen. Dies war rasch geschehen, und wir begannen langsam zu sinken. Nach etwa zwanzig Minuten tauchte unsere erste Boje ein, und beim Auftreffen der zweiten bald danach blieben wir dann auf gleichmäßiger Höhe. Wir alle waren nun eifrig darauf erpicht, die Wirksamkeit des Steuerruders und der Schraube zu probieren, und so setzten wir beide alsbald in Bereitschaft, mit dem Zweck, unsere Richtung mehr nach Osten zu verlegen, auf Paris zu. Mit Hilfe des Ruders erreichten wir augenblicklich den notwendigen Richtungswechsel, und unser Kurs verlief nun nahezu im rechten Winkel zum Winde; worauf wir die Feder der Schraube in Bewegung setzten und voller Freude feststellten, daß sie uns ganz nach Wunsch mit Leichtigkeit voranbrachte. Hiernach brachen wir in ein neunmaliges herzliches Hurrah aus und ließen eine Flasche ins Meer fallen, in welcher ein Streifen Pergament mit einem Kurzbericht über das Prinzip der Erfindung enthalten war. Kaum jedoch waren wir mit unseren Freudenbezeugungen zu Ende gekommen, als ein unvorhergesehener Zufall eintrat, welcher uns in nicht geringem Grade entmutigte. Die Stahlstange, welche die Feder mit dem Propeller verband, ward plötzlich (durch ein Schwanken der Gondel, verursacht durch eine jähe Bewegung eines der beiden Seeleute, die wir mitgenommen hatten) aus ihrer Halterung am Gondelende gestoßen und hing nun außerhalb unserer Reichweite baumelnd am Achszapfen der Schraube. Während wir uns noch mühten, ihrer wieder habhaft zu werden, was unsere Aufmerksamkeit vollständig in Anspruch nahm, gerieten wir in eine starke Windströmung aus Ost, welche uns mit reißend wachsender Gewalt auf den Atlantik zutrug. Bald fanden wir uns mit einer Geschwindigkeit von gewiß nicht weniger denn fünfzig oder sechzig Meilen in der Stunde aufs Meer hinaustreiben, so daß wir einige vierzig Meilen nördlich von uns Kap Clear liegen hatten, ehe wir die Stange in Sicherheit gebracht und Zeit hatten, darüber nachzudenken, wie es nun eigentlich um uns stand. Da machte nun Mr. Ainsworth einen außerordentlichen, doch für meinen Geschmack keineswegs unvernünftigen oder schimärischen Vorschlag, bei welchem ihm augenblicklich Mr. Holland sekundierte – nämlich: wir sollten uns doch die steife Brise, die uns dahintrug, zunutze machen und, anstatt uns nach Paris zurückzulavieren, einen Versuch unternehmen, die Küste von Nordamerika zu erreichen. Nach leichtem Bedenken erteilte ich bereitwillig meine Zustimmung zu diesem kühnen Vorschlag, welcher (sonderbarerweise) einzig bei den beiden Seeleuten auf Widerstand stieß. Als die stärkere Partei überwanden wir jedoch ihre Befürchtungen und behielten entschlossen unseren Kurs bei. Wir steuerten genau nach Westen; doch da das Nachschleppen der Bojen unser Fortkommen wesentlich behinderte und wir den Ballon ja für Auf- und Abstieg gleicherweise reichlich in der Gewalt hatten, warfen wir zuerst einmal fünfzig Pfund Ballast ab und holten dann (mit Hilfe einer Winde) so viel von dem Seile ein, als nötig war, es frei über der Meeresfläche hängen zu lassen. Die Wirkung dieses Manövers zeigte sich unmittelbar in einer gewaltigen Steigerung unserer Reisegeschwindigkeit; und als die Brise auffrischte, flogen wir mit nahezu unfaßlicher Schnelle dahin; wobei das Leitseil hinter der Gondel dreinflatterte wie ein Wimpel an einem Seeschiffe. Es ist unnötig zu sagen, daß wir die Küste in allerkürzester Zeit aus den Augen verloren hatten. Wir zogen über unzählige Schiffe aller Arten dahin, von denen ein paar wenige sich mühten aufzukreuzen, die meisten aber beigedreht lagen. Bei allen verursachten wir an Bord die größte Aufregung – eine Aufregung, an der wir selber rechten Gefallen fanden, besonders unsere beiden Seehelden, die nunmehr unter dem Einfluß eines guten Schlucks Wacholderbranntwein entschlossen schienen, alle Skrupel oder Befürchtungen in den Wind zu schlagen. Viele der Schiffe feuerten Signalkanonen ab; und auf allen grüßte man uns mit lauten Hurrah-Rufen (die überraschend deutlich zu uns heraufdrangen) und mit dem Schwenken von Mützen und Taschentüchern. In dieser Weise ging es den ganzen Tag lang ohne wesentlichen Zwischenfall weiter, und als die Schatten der Nacht sich um uns schlossen, unternahmen wir eine grobe Schätzung der zurückgelegten Strecke. Sie konnte nicht weniger denn fünfhundert Meilen betragen haben, wahrscheinlich war es viel mehr. Der Propeller wurde pausenlos in Tätigkeit gehalten und trug ganz ohne Zweifel wesentlich zu unserem Fortkommen bei. Als die Sonne unterging, verwandelte sich die Brise in einen wahren Hurrikan, und der Ozean unter uns war aufgrund seines Phosphoreszierens klar zu sehen. Die ganze Nacht durch blies der Wind aus Ost: für uns ein prächtiges Omen des Gelingens. Wir litten nicht wenig unter der Kälte, und die feuchte Dumpfigkeit der Atmosphäre war alles andere als angenehm; doch bot uns die Geräumigkeit der Gondel genügend Platz, uns niederzulegen, und mit der Hilfe von Mänteln und ein paar Decken ging alles leidlich wohl.

»P. S. (von Mr. Ainsworth). – Die letzten neun Stunden sind fraglos die aufregendsten meines Lebens gewesen. Ich kann mir nichts Erhebenderes vorstellen als die unerhörte

Gefahr und Neuheit eines Abenteuers wie des gegenwärtigen. Geb's Gott, daß es gelinge! Nicht der bloßen Sicherheit meiner unbedeutenden Person wegen erbitte ich den Erfolg, ich flehe um der menschlichen Erkenntnis und – der großen Siegesfreude willen. Dabei ist dieses Kunststück so offensichtlich durchführbar, daß wunderlich mich einzig dies dabei bedünkt: weshalb die Menschen sich so lang bedachten, den Versuch zu wagen. Eine einzige steife Brise, wie sie uns jetzt so günstig begegnete – laßt einen solchen Sturm einen Ballon nur vier oder fünf Tage (und diese Brisen dauern oftmals länger) vorwärtswirbeln, und der Reisende wird in dieser Zeit gar leicht von Küste zu Küste getragen werden. Bei solch einer Brise wird der breite Atlantik zum bloßen See. Besonders betroffen bin ich grad jetzt ob des erhabnen Schweigens, welches ganz ungeachtet seines Tobens auf dem Meere unter uns herrscht; kein andres Phänomen, das sich uns zeigt, vermag so zu ergreifen. Kein Laut dringt von den Wassern auf zum Himmel. Der ungeheure flammende Ozean windet sich in Qualen, doch seine Qual bleibt stumm und ohne Klage. Die bergeshohen Sturzseen lassen an zahllose gigantische Unholde denken, die in lautloser, ohnmächtiger Agonie miteinander ringen. In einer Nacht, wie's diese für mich ist, *lebt* ein Mann – lebt er ein ganzes Jahrhundert ordinären Lebens – und ganz gewiß nicht würde ich dies packende Entzücken für das eines ganzen Jahrhunderts gewöhnlicher Existenz hingeben mögen.

»Sonntag, 7. April (Mr. Mason's MS.) – An diesem Morgen war der Sturm von zehn auf acht oder neun Knoten Stärke zurückgegangen (für ein Schiff auf See), und diese Brise trägt uns nun mit einer Geschwindigkeit von vielleicht dreißig Meilen in der Stunde oder mehr dahin. Der Wind ist freilich ganz beträchtlich nach Norden umgeschlagen; und wir halten jetzt, bei Sonnenuntergang, genauen West-

Kurs ein, hauptsächlich mit der Hilfe von Schraube und Steuerruder, die beide ihren Zweck bewundernswert erfüllen. Ich betrachte unser Vorhaben als durchaus erfolgreich und meine, daß die Einhaltung eines jeglichen Kurses in der Luftschiffahrt (gesetzt, man hat nicht eben gegen einen Sturm zu kämpfen) fürder keine Probleme mehr bietet. Wohl hätten wir uns gestern kaum gegen den starken Wind durchsetzen können; doch erforderlichen Falles wäre es uns freigestanden, uns durch weitern Aufstieg aus seinem Einflußbereich zu bringen. Gegen eine mittlere steife Brise läßt sich aber, davon bin ich überzeugt, durchaus mit dem Propeller ankommen. Heute mittag gingen wir, indem wir Ballast abwarfen, auf eine Höhe von nahezu 25,000 Fuß. Dies geschah in der Absicht, eine direktere Luftströmung zu suchen, doch fanden wir keine, die so günstig war als die, worin wir uns jetzt befinden. Wir haben Gas im Überfluß, um über diesen kleinen Teich zu kommen, und sollte unsre Reise auch drei Wochen dauern. Mir ist ums Resultat nicht im geringsten bange. Die Schwierigkeit des Unternehmens wurde bislang ganz befremdlich übertrieben und falsch eingeschätzt. Ich kann mir meine Strömung wählen, und sollte ich ja *alle* Luftströme gegen mich haben, so vermag ich immer noch recht leidlich mit dem Propeller voranzukommen. An mitteilenswerten Zwischenfällen geschah nichts weiter. Die Nacht verspricht gutes Wetter.

»P. S. (von Mr. Ainsworth). – Ich habe nur wenig zu berichten, außer der Tatsache (einer für mich sehr überraschenden), daß ich in einer Höhe, die der des Cotopaxi entspricht, weder besondere Kälte, noch Kopfschmerz, noch Atemnot verspürte; nicht anders ging es, wie ich sehe, Mr. Mason, Mr. Holland und Sir Everard. Mr. Osborne klagte über Brustbeklemmung – doch ging dies bald vorüber. Wir sind den ganzen Tag über mit großer Geschwindigkeit geflogen und müssen bereits mehr als den halben Weg über den Atlantik zurückgelegt haben. Wieder begegneten uns unten einige zwanzig oder dreißig Schiffe von verschiedener Art, und alle zeigten freudiges Verwundern. Den Ozean in einem Ballon zu überqueren, ist letzten Endes gar nicht so sehr schwierig. *Omne ignotum pro magnifico.* Notabene: Bei einer Höhe von 25,000 Fuß erscheint der Himmel nahezu schwarz, und die Sterne sind deutlich sichtbar; hingegen wirkt das Meer als Fläche keineswegs konvex (wie man doch annehmen sollte), sondern absolut und eindeutig *konkav.**

»*Montag, 8. April* (Mr. Mason's MS). – Heute morgen hatten wir wieder etwas Ärger mit der Propellerstange, die vollkommen umgewandelt werden muß, will man nicht mit einem ernstlichen Unglücksfall rechnen – ich meine dabei aber nur die Stahlstange, nicht die Flügel; die letzteren könnten gar nicht besser sein. Der Wind blies den ganzen

* Anmerkung: – Mr. Ainsworth hat nicht versucht, eine Erklärung für dieses Phänomen zu finden, das dabei doch durchaus erklärlich ist. Denkt man sich aus einer Erhebung von 25,000 Fuß eine Linie senkrecht zur Oberfläche der Erde (oder des Meeres) nieder, so bildet diese Linie die Senkrechte eines rechtwinkligen Dreiecks, dessen Basis vom rechten Winkel zum Horizont und dessen Hypothenuse vom Horizont zum Ballon verlaufen würde. Doch die 25,000 Fuß Höhe sind wenig oder nichts im Vergleich zur Weite des Gesichtsfeldes. In anderen Worten, Basis und Hypothenuse des angenommenen Dreiecks würden, verglichen mit der Höhensenkrechten, so lang sein, daß man sie als nahezu parallel ansehen könnte. Auf diese Weise müßte der Aeronaut den Eindruck haben, der Horizont befinde sich *auf einer Ebene* mit seiner Gondel. Doch da der Fußpunkt der gedachten Höhensenkrechten in riesiger Tiefe unter ihm nicht nur zu liegen scheint, sondern tatsächlich ja liegt, scheint derselbe natürlich ebenfalls tief unter dem Horizonte zu liegen. Daher denn der Eindruck der *Konkavität;* und dieser Eindruck muß bleiben, bis die Erhebung des Ballons ein solches Verhältnis zur Weite der Horizontaussicht erreicht hat, daß der scheinbare Parallelismus von Basis und Hypothenuse verschwindet – worauf der Erde wirkliche Konvexität augenfällig werden muß.

Tag über ständig und stark aus Nordost; und insofern scheint das Glück uns weiterhin begünstigen zu wollen. Kurz vor Tage wurden wir alle etwas von einigen sonderbaren Geräuschen und Erschütterungen im Ballon alarmiert, welche mit dem offenbar rapiden Absinken der ganzen Maschine einhergingen. Diese Phänomene wurden durch die Expansion des Gases verursacht, durch das Anwachsen der Hitze in der Atmosphäre und das folgliche Bersten der winzigen Eispartikelchen, mit denen sich das Netzwerk während der Nacht überzogen hatte. Wir warfen dann verschiedene Flaschen zu den Schiffen drunten hinunter. Sahen, wie eine davon aufgefischt wurde – von einem großen Schiffe, das allem Anschein nach zur New Yorker Postlinie gehörte. Bemühten uns, den Namen auszumachen, konnten ihn aber nicht mit Sicherheit erkennen. Mr. Osborne's Teleskop zeigte ein Wort wie ›Atalanta‹ oder ähnlich. Es ist jetzt zwölf Uhr nachts, und immer noch treiben wir mit rapidem Tempo nahezu westwärts. Das Meer zeigt ein besonders starkes phosphoreszierendes Leuchten.

»P. S. (von Mr. Ainsworth). – Es ist jetzt zwei Uhr früh und fast windstill, soweit ich urteilen kann – doch macht es rechte Schwierigkeit, diesen Punkt genau zu bestimmen, da wir uns so gänzlich *mit* der Luft bewegen. Ich habe, seit wir Weal-Vor verließen, kein Auge zugetan, doch kann ich's nun nicht länger aushalten und muß ein Schläfchen machen. Es dürfte aber nicht mehr weit sein bis zur amerikanischen Küste.

»Dienstag, 9. April (Mr. Ainsworth's MS). – *Ein Uhr mittags. Vor unseren Augen breitet sich die niedrige Küste von Süd-Carolina.* Das große Problem ist gelöst. Wir haben den Atlantik überquert – haben ihn leicht und elegant in einem Ballon überquert! Preis sei Gott! Wer dürfte hiernach noch sagen, es gebe ein Ding der Unmöglichkeit?«

Hier endet das Tagebuch. Einige Einzelheiten der Landung wurden unserem Mr. Forsyth jedoch von Mr. Ainsworth mitgeteilt. Es herrschte nahezu völlige Windstille, als die Reisenden die Küste zu Gesicht bekamen, die unmittelbar von den beiden Seeleuten und von Mr. Osborne erkannt wurde. Da der letztgenannte Herr Bekannte in Fort Moultrie hatte, wurde unmittelbar beschlossen, dort in der Nachbarschaft niederzugehen. Der Ballon wurde über den Strand gebracht (da gerade Ebbe herrschte und der Sand fest, glatt und trefflich für die Landung geeignet war); man ließ den Dregganker fallen, und er fand auch alsogleich sicheren Halt. Die Bewohner der Insel und des Forts drängten natürlich herbei, den Ballon zu sehen; doch machte es die größte Schwierigkeit, bei ihnen mit der Erzählung von der tatsächlichen Reise – *der Überquerung des Atlantiks* – Glauben zu finden. Der Anker faßte Grund genau um zwei Uhr mittags; und somit ward die Reise insgesamt in fünfundsiebzig Stunden vollendet – oder eher noch weniger, wenn man von Küste zu Küste rechnete. Kein ernstlicher Zufall hatte sich ereignet. Keine wirkliche Gefahr war zu irgendeiner Zeit zu fürchten gewesen. Der Ballon wurde ohne jede Beschwernis geleert und sichergestellt; und als das Manuskript, aus dem wir diese Erzählung zusammenstellten, von Charleston abging, weilte die Gesellschaft noch immer in Fort Moultrie. Über die weiteren Absichten der Herren bestand noch keine Gewißheit; doch dürfen unsere Leser, das können wir zuverlässig versprechen, entweder am Montag oder spätestens im Laufe des folgenden Tages weitere Nachrichten erwarten.

Dies ist unzweifelhaft die erstaunlichste, die interessanteste und die wichtigste Unternehmung, die je vom Menschen bewältigt oder auch nur in Angriff genommen wurde. Welche großartigen Ereignisse ihr noch folgen mögen –, es wäre nutzlos, das jetzt schon im mindesten absehen zu wollen.

DER ENGEL DES SONDERBAREN

EINE EXTRAVAGANZ

Es war an einem frostigen November-Nachmittag. Ich hatte just ein ungewöhnlich herzhaftes Mahl zu mir genommen, bei dem die dyspeptische *truffe* keine unwesentliche Rolle spielte, und saß nun allein im Speisezimmer, die Füße auf dem Kamingitter und unter meinen Ellbogen einen kleinen Tisch, den ich näher zum Feuer gerückt hatte und auf dem nun diverse Flaschen meiner harrten, als Ersatz einer Nachspeise: Wein, Liqueur und Schnaps. Am Morgen hatte ich verschiedentlicher Lektüre gepflogen: Glover's ›Leonidas‹, Wilkie's ›Epigoniade‹, Lamartine's ›Pilgerreise‹, Barlow's ›Columbiade‹, Tuckerman's ›Sizilien‹ und Griswold's ›Denkwürdigkeiten‹; ich bin daher durchaus bereit zu gestehen, daß ich mich ein bißchen dösig fühlte. Ich strengte mich an, mit Hilfe einer hochmögenden Dosis Lafitte wieder auf die Beine zu kommen, und als dies alles nichts fruchten wollte, griff ich voller Verzweiflung nach einem herumliegenden Zeitungsblatt. Nachdem ich mit Gründlichkeit die Spalten ›Zu vermieten‹ und ›Entlaufene Hunde‹ studiert und anschließend noch die beiden Spalten ›Entflohene Ehefrauen und Dienstboten‹, nahm ich mit Todesverachtung den redaktionellen Teil in Angriff, las ihn von Anfang bis Ende, ohne auch nur eine Silbe zu verstehen, sah gefaßt der Möglichkeit ins Auge, es könnte sich um Chinesisch handeln, und las ihn also noch einmal, von Anfang bis zum Ende, doch mit keinerlei befriedigenderm Resultate. Schon stand ich im Begriff,

dies Folio von vier Seiten, glücklich' Werk,
das selbst die Kritiker nicht kritisieren,

voller Ekel von mir zu schleudern, als meine Aufmerksamkeit vom Anblick der folgenden Zeilen ein wenig gehoben wurde:

»Die Wege zum Tode sind vielfältig und wunderlich. Ein Londoner Blatt berichtet vom Ableben eines Menschen, das aus recht einzigartiger Ursache erfolgte. Er beschäftigte sich eben mit ›Pfeilblasen‹, einem Spiel, welches darin besteht, daß man eine lange, mit etwas Kammgarn umsponnene Nadel durch ein Blechröhrchen nach einer Zielscheibe bläst. Nun steckte er aber die Nadel in das verkehrte Ende des Rohrs, und indem er heftig Luft holte, um den Bolzen mit aller Kraft hinauszustoßen, fuhr ihm derselbe in die Kehle. Er geriet in die Lunge und führte nach wenigen Tagen zum Tode des Mannes.«

Als ich dies überlesen, bemächtigte sich meiner große Wut, ohne daß ich eigentlich genau wußte, warum. »Diese Meldung«, rief ich aus, »ist eine abscheuliche Fälschung – eine ganz armselige Zeitungsente – Abschaum der Phantasie eines jämmerlichen Zeilenschinders – eines nichtswürdigen Artikelschmierers aus Cockney-Land! Diese Kerls kennen die überspannte Leichtgläubigkeit des Zeitalters und setzen ihr ganzes bißchen Witz darein, sich alle möglichen Unwahrscheinlichkeiten aus den Fingern zu saugen – sonderbare Vorkommnisse, wie sie's nennen; doch für einen wägenden Geist (wie den meinen«, setzte ich, in Parenthese, hinzu, indem ich, ganz unbewußt, den Zeigefinger an die Nase legte), »für einen kritischen Verstand, wie er mir selber eignet, liegt es sogleich am Tage, daß das wundersame Überhandnehmen all dieser ›Sonderbaren Vorkommnisse‹ in letzter Zeit bei weitem das Allersonderbarste daran ist. Ich für meinen Teil habe die Absicht, von nun an grundsätzlich nichts mehr zu glauben, was irgend nur ›Einzigartiges‹ an sich hat.«

»Ja, Heilichäs naa, wos bis' du doch für a Depp!« entgegnete mir da eine der merkwürdigsten Stimmen, die ich je vernahm. Zuerst hielt ich sie schlicht für ein Ohrensausen – der Art, wie es Einem zuweilen widerfährt, wenn man zu tief ins Glas geblickt hat, – doch beim zweiten

Gedanken schon wollte sie mir eher jenem Geräusche ähneln, das von einem leeren Fasse ausgeht, wenn man mit einem Knüttel daran schlägt; und in der Tat hätte ich mich mit dieser Erklärung wohl beschieden, wäre nicht die Artikulation der Silben und Worte gewesen. Nun bin ich keineswegs von nervöser Natur, und die sehr wenigen Gläser Lafitte, die ich zu mir genommen, gereichten zudem meinem Mute eher zur Stärkung, so daß ich keinerlei Zittrigkeit spürte, sondern lediglich gelassen den Blick erhob und mich mit Sorgfalt im Raume nach dem Eindringling umsah. Doch war ich's nicht im Stande, auch nur das mindeste zu entdecken.

»Hoh!« ließ sich da die Stimme erneut vernehmen, als ich in meiner Inspektion fortfuhr, »du mußt ja säuisch bäsuffn sei, deß d' mich net sichst, wu ich doch doo gleich neber dir höck'.«

Hierauf entschloß ich mich, einen geraden Blick in Richtung meiner Nase zu tun, und siehe da, grad vor mir, dort am Tische, saß eine Persönlichkeit, wie sie wohl noch nie beschrieben wurde, wennschon sie unbeschreiblich durchaus nicht ist. Ihr Leib war ein Wein-Butt oder ein Rum-Puncheon oder irgend etwas der Art und bot einen förmlich Falstaffischen Anblick. An ihrem Unterleibe waren zwei Herings-Fäßchen angesetzt, die sämtlichen Zwecken der Beine zu genügen schienen. Als Arme baumelten am obern Teil des Leibgehäuses zwei leidlich lange Flaschen, die Hälse auswärts gerichtet als Hände. Was schließlich den Kopf betraf, von dem das Monstrum beherrscht ward, so erblickte ich einzig eine jener hessischen Feldflaschen, welche großen Schnupftabakdosen, mit einem Loch in der Mitte des Deckels, ähnlich sehen. Diese Feldflasche (mit einem Trichter obendrauf, der wie eine Reitermütze feschschlampig über die Augen gezogen war) saß mit der Randkante auf dem fässernen Leib, das Loch mir zugekehrt; und durch dieses Loch, das runzelig und verkniffen wirkte wie der Mund einer sehr pedantischen alten Jungfer, entsendete das Geschöpf jene brummelnden und grummelnden Geräusche, mit welchen es offenbar die Absicht faßlicher Mitteilung verband.

»Ich hobs ja gsocht«, so wiederholte es, »du mußt säuisch bäsuffn sei, deß d' doohöckst und mich net sitzen sichst; und ich soch der, du mußt noch närrischer sei als a Gaas, deß d' net glabst, wos im Druck gädruckt is. Is alläs die reina Wohrheit – des issäs – jeds Wort dävon is wohr.«

»Wer sind Sie, bitte?« gab ich voller Würde zurück, wenngleich doch einigermaßen verdutzt; »wie sind Sie hierher gekommen? und was ist, wenn's beliebt, der Sinn Ihrer Rede?«

»Wie ich doo herkumma bin«, erwiderte die Gestalt, »des geht dich an Dreck oo; und wos der Sinn vo meinä Red' is, so red' ich, wos und wie mer's paßt; und wer ich bin – des issäs ja grod, weswegn ich herkumma bin, deß de's nochät selber sichst.«

»Sie sind ein betrunkener Vagabund«, sagte ich, »und ich werde läuten und meinen Diener anweisen, Sie auf die Straße zu setzen.«

»He! he! he!« rief der Bursche, »hu! hu! hu! – des brings' du long net fertich!«

»Nicht fertig?« fragte ich, »wie meinen Sie das? – was soll ich nicht fertig bringen können?«

»Läut' halt amol«, erwiderte er, indem sein kleiner garstiger Mund sich an einem Grinsen versuchte.

Auf dieses hin unterzog ich mich der Anstrengung, auf meine Beine zu kommen, um meiner Drohung die Tat folgen zu lassen; doch der Rüpel langte ganz einfach gemächlich über den Tisch und versetzte mir mit einem seiner Flaschenhälse einen derartigen Taps vor die Stirn, daß ich sogleich wieder in meinen Armstuhl zurückbefördert ward, von dem ich mich zur Hälfte schon erhoben. Ich war ausgesprochen verblüfft und, für einen Augenblick, so ziemlich ratlos, was ich tun sollte. Inzwischen setzte der Eindringling sein Gewäsche fort.

»Do sichst es«, so sagte er, »stillhöckn is des besta; und etzet kost äs aa wissn, wer ich bin. Schau mich oo! Schau her! Ich bin dä Engl von'n Sonderbarn.«

»Und selber wahrlich sonderbar genug«, wagte ich zu erwidern; »bislang war ich stets von der Ansicht befangen, ein Engel hätte Flügel.«

»Flügl?« schrie er da, gar höchstlich aufgebracht, »wos soll ich'n bloß mit Flügl? Jessäs naa, ja glabst'n du, ich bin a Gögerla?«

»Nein – oh nein!« entgegnete ich sehr bestürzt, »ein – ein Huhn sind Sie nicht – gewiß nicht.«

»No olso, nochät höck still und bänimm dich, sons' krichs' d' nuch aana nei der Goschen. Die Göger, die hom Flügl, und die Euln hot Flügl, und dä Kobold hot Flügl, und dä Oberteufl hot aa Flügl. Die Engl ober hom kaa Flügl, und ich bin dä Engl von'n Sonderbarn.«

»Und gegenwärtig führen Sie welche Geschäfte zu mir –?«

»Gschäfter!« stieß das Ding hervor, »wos bist fei für a blöder Hunt, deß d' an Schentlmänn und Engl noch sein' Gschäftn frochst!«

Diese Sprache überstieg doch so ziemlich das Maß dessen, was ich vertragen konnte, selbst vonseiten eines Engels; so faßte ich mir denn ein Herz, ergriff ein Salzfaß, das innerhalb meiner Reichweite stand, und schleuderte es nach des Eindringlings Haupt. Doch entweder wußte er auszuweichen, oder ich hatte nicht akkurat gezielt; jedenfalls erreichte ich nichts, als daß die Kristallscheibe zu Bruch ging, die das Zifferblatt der Uhr auf dem Kaminsims bedeckte. Was den Engel betrifft, so tat er seine Meinung von meinem Angriff dadurch kund, daß er mir zu zwei oder drei weitern Malen hart wie zuvor gegen die Stirne stieß. Dies ließ mich augenblicklich demütig werden, und fast schäme ich mich zu bekennen, daß mir – sei's vor Schmerz oder Verdruß – ein paar Tränen in die Augen traten.

»Ja Sackrament nuch amol«, sagte da der Engel des Sonderbaren, von meinem Elend offensichtlich sehr besänftigt; »Heilichäs, der Moo is entweder ganzägor bäsuffn oder sehr bätrübt. Du mußt net so a starks Zeuch saufn – du mußt halt a Wasser nei dein' Wein tun. Geh zu, trink des doo, sei halt braav – und grein' nimmer!«

Hierauf füllte der Engel des Sonderbaren meinen Humpen (der etwa noch zu einem Drittel Portwein enthielt) mit einer farblosen Flüssigkeit nach, die einer seiner Handflaschen entfloß. Ich bemerkte, daß diese Flaschen Etiketten um die Hälse trugen und daß auf diesen Etiketten geschrieben stand: ›Kirschenwasser‹.

Die rücksichtsvolle Freundlichkeit des Engels stimmte mich in nicht geringem Maße weich; und mit dem Beistand des Wassers, mit welchem er meinen Portwein mehr denn einmal verdünnte, gewann ich am Ende genügend Gleichmut wieder, um seinem sehr außergewöhnlichen Diskurs zu lauschen. Ich will keinen Anspruch erheben, alles wiedergeben zu können, was er mir erzählte, doch erntete ich aus seiner Rede die Erkenntnis, daß er der Genius sei, welcher über die *contretemps* der Menschheit gesetzt und dessen Geschäft es war, all jene *sonderbaren Vorkommnisse* zu Wege zu bringen, welche den Skeptiker immer wieder verblüffen. Ein oder zwei Mal wurde er, als ich so kühn war, meine vollkommene Ungläubigkeit hinsichtlich seiner Prätensionen zum Ausdruck zu bringen, tatsächlich sehr ärgerlich, so daß ich es schließlich für die weisere Taktik erachtete, überhaupt nichts mehr zu sagen und ihn ganz nach Gusto fortfahren zu lassen. Dies tat er denn auch reichlich, des längern und des breitern, indessen ich mich nur in meinem Stuhl zurücklehnte, die Augen geschlossen, und mich damit vergnügte, Rosinen zu kauen und die Stengelchen im

Zimmer umherzuschnipsen. Doch bald legte der Engel plötzlich dies Betragen meinerseits als ein Zeichen von Mißachtung aus. Er sprang in schrecklichem Ungestüm auf, riß sich den Trichter über die Augen nieder, stieß einen ellenlangen Fluch hervor, äußerte sodann eine Drohung, welche ich nicht ganz genau verstand, machte mir schließlich eine Verbeugung und empfahl sich, indem er mir, mit den Worten des Erzbischofs im Gil-Blas, *»beaucoup de bonheur et un peu plus de bon sens«* wünschte.

Dieser Abgang verschaffte mir denn doch Erleichterung. Die sehr wenigen Gläser Lafitte, die ich zu mir genommen, hatten mich etwas schläfrig gestimmt, und ich verspürte die Neigung, ein Nickerchen von einigen fünfzehn oder zwanzig Minuten zu machen, wie es nach dem Essen meine Gewohnheit ist. Um sechs hatte ich eine Verabredung von Wichtigkeit, welche pünktlich einzuhalten ganz unerläßlich war. Die Versicherungspolice meines Wohnhauses war am Tag zuvor abgelaufen; und da einige Strittigkeiten aufgekommen, hatten wir vereinbart, daß ich um sechs die Direktoren-Kommission der Gesellschaft aufsuchen sollte, um die Bedingungen einer Erneuerung auszuhandeln. Als ich nun einen kurzen Blick nach der Uhr auf dem Kaminsims warf (denn ich fühlte mich zu schläfrig, um meine Taschenuhr hervorzuziehen), hatte ich das Vergnügen festzustellen, daß mir noch ganze fünfundzwanzig Minuten frei blieben. Es war halb sechs; zum Versicherungs-Bureau konnte ich gut und gern in fünf Minuten gelangen; und meine gewöhnlichen nachmahlzeitlichen Siestas hatten erfahrenermaßen nie die Dauer von fünfundzwanzig Minuten überschritten. Ich fühlte mich daher leidlich sicher und gab mich abermals dem Schlummer hin.

Nachdem ich diesen zu meiner Zufriedenheit beendet, blickte ich erneut nach dem Zeitmesser hin und war nun doch fast geneigt, an die Möglichkeit sonderbarer Vorkommnisse zu glauben, mußte ich doch feststellen, daß ich, statt meiner gewöhnlichen fünfzehn oder zwanzig Minuten, nur deren drei mit Dösen verbracht hatte; denn noch fehlten siebenundzwanzig an der verabredeten Stunde. Ich legte mich also wieder auf das Ohr und erwachte schließlich ein zweites Mal, als es, zu meiner ausgesprochenen Bestürzung, immer noch drei Minuten nach halb sechs war. Nun sprang ich auf, die Uhr zu untersuchen, und fand, daß sie ihren Lauf eingestellt hatte. Meine Taschenuhr unterrichtete mich, daß es bereits halb acht war; und da ich somit zwei Stunden geschlafen hatte, war es für die Verabredung natürlich zu spät geworden. »Das macht nichts«, sagte ich; »morgen früh kann ich ja im Bureau vorsprechen und mich entschuldigen; inzwischen will ich doch sehn, was mit der Uhr sein mag.« Ich untersuchte sie und entdeckte, daß einer der Rosinenstengel, die ich, während der Engel des Sonderbaren mir seinen Vortrag hielt, im Zimmer umhergeschnipst hatte, durch die zersplitterte Kristallscheibe geflogen war, sich – wunderlich genug – im Schlüsselloch niedergelassen und, indem er mit dem einen Ende ein wenig hervorsah, den Lauf des Minutenzeigers aufgehalten hatte.

»Ah!« rief ich da, »ich sehe, wie es steht. Diese Sache spricht für sich selber. Ein ganz natürlicher Unfall, wie er nun einmal hin und wieder vorkommt!«

Ich schenkte der Sache keine weitere Beachtung und begab mich zur gewöhnlichen Stunde zu Bett. Hier nun sank ich, nachdem ich eine Kerze auf ein Lesepult zu Häupten des Bettes gestellt und einen Versuch unternommen hatte, ein paar Seiten der ›Allgegenwart der Gottheit‹ durchzulesen, unglücklicher Weise in weniger denn zwanzig Sekunden in Schlaf, indessen das Licht brennen blieb, wie es brannte.

Meine Träume wurden schier schreckenerregend von Visionen des Engels des Sonderbaren verstört. Mir däuchte, er stünde am Fußende der Lagerstatt, schlüge die Vorhänge zur Seite und drohte mir, mit dem löchern hohlen, abscheulichen Dröhngetöne eines Rum-Fasses, die bitterste Rache für die Mißachtung an, mit welcher ich ihn behandelt hatte. Er beschloß seinen bombastischen Wortschwall, indem er seine Trichter-Mütze herabriß, mir die Röhre in den Schlund stieß und mich mit einem Ozean von Kirschenwasser überschwemmte, welches sich, in schier endloser Flut, aus einer der ihm als Arme dienenden, langhalsigen Flaschen ergoß. Meine Seelenqual wurde schließlich unerträglich, und ich erwachte just rechtzeitig, um noch eben zu bemerken, daß eine Ratte mit der brennenden Kerze vom Lesepult davonrannte, doch nicht mehr zeitig genug, sie zu verhindern, damit durch ein Loch zu entkommen. Sehr bald schon stieg mir ein scharfer, stickiger Geruch in die Nüstern: im Haus, so erkannte ich deutlich, war Feuer ausgebrochen. In wenigen Minuten fuhr der Flammenschein mit Macht hervor, und innerhalb unglaublich kurzer Zeit war das ganze Gebäude in eine Lohe eingehüllt. Jede Möglichkeit, aus meinem Zimmer zu entweichen, es sei denn durchs Fenster, war abgeschnitten. Die Menge jedoch, die sich eingefunden hatte, besorgte geschwind eine lange Leiter und legte sie an. Mit ihrer Hilfe stieg ich eilig nieder und befand mich scheinbar schon in Sicherheit, als ein riesiges Schwein, an dessen tonnigem Leibe und tatsächlich ganzem *air* und Physiognomie ein Etwas war, das mich an den Engel des Sonderbaren erinnerte, – als dieses Schwein, so sagte ich, das bis jetzt ganz friedlich im Schlamm geschlummert hatte, sich urplötzlich in den Kopf setzte, daß seine linke Schulter dringend der Kratzung bedürfe, und nun keinen passendern Reib-Pfosten finden konnte als den, welchen der Fuß der Leiter darstellte. Im Augenblick ward ich herabgestürzt und hatte das Unglück, mir den Arm zu brechen.

Dieser Unfall, verbunden mit dem Verlust meiner

Versicherung und dem noch ernsteren Verlust meines Haars, das mir zur Gänze vom Feuer weggesengt worden war, machte mich für ernste Stimmungen empfänglich, so daß ich mich schließlich entschloß, ein Weib zu nehmen. Es gab da eine reiche Witwe, untröstlich über dem Verlust ihres siebenten Ehegesponses, und ihrer wunden Seele bot ich den Balsam meiner Schwüre. Und widerstrebend schenkte sie meinen Bitten Gehör. Ich kniete in Dankbarkeit und Anbetung zu ihren Füßen nieder. Sie errötete und neigte ihre üppigen Locken zu näherer Berührung über die, mit welchen mich Grandjean einstweilen ausgestattet hatte. Ich weiß nicht, wie es zuging, daß sie sich verwickelten; doch taten sie's jedenfalls. Ich erhob mich mit kahl glänzendem Schädel, perückenlos; sie voller Widerwille und Wut, halb unter fremdem falschen Haar begraben. So endeten meine Hoffnungen auf die Witwe durch einen Unfall, wie er sich gewißlich nicht hatte voraussehen lassen, den jedoch die natürliche Folge der Ereignisse mit sich gebracht.

Ohne jedoch zu verzweifeln, unternahm ich nunmehr die Belagerung eines weniger unversöhnlichen Herzens. Und wieder waren die Parzen mir für kurze Zeit geneigt; doch kam mir dann erneut ein geringfügiger Zufall dazwischen. Als ich einmal die mir Anverlobte auf einer Straße traf, auf welcher die *élite* der Stadt sich drängte, eilte ich eben, sie mit einer meiner wohl- ja bestüberlegten Verbeugungen zu begrüßen, – da ließ mich ein winziger Fremdkörper, welcher mir in den Augenwinkel geriet, für den Moment vollkommen erblinden. Ehe ich noch mein Sehvermögen wiedergewinnen konnte, war die Dame meines Herzens verschwunden – irreparabel beleidigt über mein grußloses Vorübergehen, das sie als eine vorbedachte Ungezogenheit von mir zu betrachten sich nicht nehmen ließ. Während ich noch dastand, ganz verwirrt ob der Plötzlichkeit dieses übeln Zufalls (welcher immerhin ja einem

Jeden unter der Sonne hätte widerfahren können) und nach wie vor meiner Sehkraft nicht mächtig, ward ich ganz plötzlich vom Engel des Sonderbaren angesprochen, der mir seine Hilfe antrug, und zwar mit einer Höflichkeit, welche zu erwarten ich keinerlei Grund hatte. Er untersuchte mein gestörtes Auge mit großer Zartheit und Geschicklichkeit, teilte mir mit, ich hätte einen guten Tropfen darin, und (was immer er mit dem ›Tropfen‹ meinen mochte) entfernte ihn und verschaffte mir Erleichterung.

Ich fand nun, es sei an der Zeit zu sterben (da das Schicksal es derart darauf angelegt hatte, mich zu verfolgen), und nahm mithin denn meinen Weg zum nächsten Flusse. Nachdem ich mich hier meiner Kleider entledigt (denn es gibt keinen Grund, weshalb wir nicht sterben könnten, wie wir geboren wurden), stürzte ich mich kopfüber in die Strömung; einziger Zeuge meines Geschicks war eine einzelne Krähe, welche sich hatte verführen lassen, von brandy-gesättigtem Mais zu essen, und so von ihren Gefährten weggewankt war. Kaum war ich nun in das Wasser getaucht, so setzte es sich dieser Vogel in den Kopf, mit dem unentbehrlichsten Stück meiner Gewandung davonzufliegen. Indem ich daher fürs erste meine Selbstmordabsichten hintansetzte, schlüpfte ich einfach mit meinen untern Extremitäten in die Ärmel meines Rockes und machte mich mit all der Flinkheit, die der Fall erforderte und seine Umstände zulassen wollten, an die Verfolgung der Verbrecherin. Doch des Geschickes Mächte wollten mir immer noch nicht wohl. Eben rannte ich in voller Geschwindigkeit dahin, die Nase in die Luft gestreckt und Blick und Sinn auf nichts gerichtet denn die Diebin meiner Habe, da bemerkte ich plötzlich, daß meine Füße nicht mehr auf *terra firma* ruhten; Tatsache ist, ich geriet über einen Abgrund und wäre unweigerlich hinabgestürzt und in Stücke zerschellt, hätte ich nicht zum guten Glück noch das Ende eines langen Leitseils ergreifen können, das von einem vorüberziehenden Ballon herniederhing.

Kaum hatte ich meine Besinnung leidlich genug wiedergewonnen, um die schlimme Klemme voll zu fassen, in der ich steckte – oder vielmehr hing, da strengte ich auch schon alle Kraft meiner Lungen an, besagte Klemme dem Aeronauten über mir zur Kenntnis zu bringen. Doch lange Zeit mühte ich mich vergebens. Entweder konnte der Narr mich nicht bemerken, oder er wollte nicht, der Schurke. Unterweil erhob sich der Apparat rapide in die Höhe, indessen meine Kräfte, womöglich noch rapider, abnahmen. Schon war ich nahe daran, mich resigniert in mein Schicksal zu finden und gemächlich ins Meer hinabzustürzen, als meine Lebensgeister jäh von neuem belebt wurden, indem ich nämlich von oben eine hohle Stimme vernahm, welche gemütlich müßig eine Opernarie zu summen schien. Ich sah auf und erkannte den Engel des Sonderbaren. Er lehnte mit verschränkten Armen über dem Rand des Ballonkorbs; und mit einer Pfeife im Mund, aus welcher er in aller Muße paffte, schien er sich in bestem Einvernehmen mit sich und der Welt zu befinden. Ich war zu erschöpft, um zu sprechen; so sah ich ihn denn nur mit einem flehentlichen Blicke an.

Einige Minuten lang sagte er nichts, obschon er mir voll in das Gesicht blickte. Schließlich schob er sorgfältig seine Meerschaumpfeife vom rechten in den linken Mundwinkel und geruhte alsdann, das Wort an mich zu richten.

»Ja wer bist'n du?« fragte er, »und wos zän Teufl meggst'n du do?«

Auf dieses Stücklein Unverschämtheit, Grausamkeit und Heuchelei vermochte ich nur dadurch zu antworten, daß ich ein einziges Wort hervorstieß: »Hilfe!«

»Hiiil-fää?« echote der Lümmel – »naa, des host der so gädocht! Do is die Flaschn – hilf der när selbär und fohr nei der Höll'!«

Mit diesen Worten ließ er eine schwere Flasche Kirschenwasser fallen, welche mir, da sie präzise mitten auf meinen Scheitel traf, das Gefühl vermittelte, der Schädel wäre mir kurz und klein geschlagen. Unter dem Eindruck dieser Vorstellung stand ich eben im Begriff, meinen Halt fahren zu lassen und mit Anstand meinen Geist aufzugeben, als ein Schrei des Engels mir Einhalt tat.

»Halt amol!« so sagte er; »etzet derrenn dich fei net! Willst du vleicht noch die ander Flaschn – oder bist etz wieder klaar und gscheit worden?«

Ich beeilte mich, hierauf zwei Mal den Kopf zu bewegen – einmal verneinend, zum Zeichen, daß ich es vorziehen würde, gegenwärtig der anderen Flasche zu entraten, – und zum zweiten bejahend, um damit auszudrücken, daß ich in der Tat nüchtern geworden und zu schierer Vernunft gekommen sei. Hierdurch besänftigte ich den Engel ein wenig.

»Und du glabst etz«, so forschte er, »glabst etz endlich oo der Möglichkeit von'n Sonderbarn?«

Wiederum nickte ich mit dem Kopfe Zustimmung.

»Und du glabst aa oo *mich,* den Engl von'n Sonderbarn?«

Ich nickte erneut.

»Und gibst äs zu, deß d' a blöder Saufkopf bist und närrisch nuch aa?«

Auch darauf antwortete ich mit einem Nicken.

»No long halt mit deinä rechtn Hand nei deinä linkn Hosntaschn – zän Zeichn, daß d' dich den Engl von'n Sonderbarn ganzägor unterwerfn tust!«

Diese Weisung zu erfüllen, fand ich – aus naheliegenden Gründen – unmöglich. Erstens war mein linker Arm beim Fall von der Leiter gebrochen, und hätte ich denn meinen Halt mit der rechten Hand fahren lassen, so wäre ich gleich ganz und gar abgefahren. Zweitens standen mir meine Hosen erst wieder zur Verfügung, wenn wir die Krähe beim Schlafittchen hatten. Ich war daher – zu meinem größten Bedauern – genötigt, verneinend den Kopf zu schütteln – in der Absicht, dem Engel solchermaßen bekannt zu geben, daß ich es, im gegenwärtigen Augenblick, nicht für tunlich hielte, seinem ansonsten gewiß sehr vernünftigen Ansinnen zu entsprechen! Doch kaum hatte ich mein Kopfschütteln beendet, da – – –

»Nochät fohr halt nei der Höll'!« brüllte der Engel des Sonderbaren.

Indem er diese Worte prononcierte, zog er ein scharfes Messer über das Leitseil, an welchem ich hing, und da wir eben zufälliger Weise über meinem eignen Hause waren (das während meiner Irrfahrten recht ansehnlich wieder aufgebaut worden), traf es sich, daß ich kopfüber im weiten Kamin niedertrudelte und mitten auf dem häuslichen Herde im Speisezimmer landete.

Als ich wieder zu mir kam (denn der Sturz hatte mich doch reichlich benommen), fand ich, daß es etwa vier Uhr morgens war. Ich lag ausgestreckt da, wo ich aus dem Ballon niedergefallen war. Mein Kopf räkelte sich in der Asche eines erloschenen Feuers, indessen meine Füße auf dem Wrack eines umgestürzten kleinen Tisches ruhten und inmitten der Fragmente eines vermischten Desserts, darunter eine Zeitung, diverse zerbrochene Gläser und zerschellte Flaschen, sowie ein leerer Henkelkrug Schiedamer Kirschenwasser. So rächte sich der Engel des Sonderbaren.

DAS LITTERARISCHE LEBEN DES HERRN THINGUM BOB, HOCHWOHLGEBOREN,

FRÜHERN HERAUSGEBERS DES ›GRUNZERUMFUMMEL‹.

VON IHM SELBST.

Ich komme allmählich in die Jahre, und da mir bekannt ist, daß Shakespeare und Mr. Emmons verstorben sind, ist die Möglichkeit nicht von der Hand zu weisen, daß wohl auch ich dereinstmals sterben werde. Es ist mir daher beigefallen, daß ich mich nun eigentlich vom Felde der Literatur zurückziehen und auf meinen Lorbeeren ausruhen könnte. Doch habe ich den Ehrgeiz, die Niederlegung meines literarischen Szepters der Nachwelt durch ein bedeutendes Vermächtnis anzuzeigen; und vielleicht kann ich nichts Besseres für sie tun, als ihr Nachricht von meiner frühern Laufbahn zu geben. In der Tat ist mein Name so lange und nachhaltig vor dem öffentlichen Auge gewesen, daß ich nicht nur gewillt bin, das völlig Natürliche des Interesses anzuerkennen, das er allenthalben erregt hat, sondern mich auch gern bereit finde, die extreme Neugierde, welche er einflößte, zu befriedigen. Tatsächlich ist es ja nicht mehr denn nur eine Pflicht dessen, der Größe errang, bei seinem Aufstieg Marksteine hinter sich zu lassen, welche andern den Weg zur Größe weisen möchten. Die Absicht der vorliegenden Abhandlung (die ›Memoranda zur Beförderung der Amerikanischen Literatur‹ zu nennen mir vorschwebte) ist daher, genauen Bericht von jenen bedeutsamen, wenn auch noch schwachen und schwanken ersten Schritten zu geben, mit denen ich schließlich den hohen Pfad zum Gipfel menschlichen Ruhmes gewann.

Von eines Menschen *sehr* verflossenen Vorfahren des breitern zu reden, ist überflüssig. Mein Vater, Thomas Bob, Hochwohlgeboren, stand lange Jahre auf der Höhe seiner

Profession, welche die eines Barbiers war, in der Stadt Geckenhausen. Sein Salon war der Treffpunkt aller ersten Kreise am Ort und in Sonderheit des Redaktionsverbandes, – einer Körperschaft, welche überall um sich herum die größte Ehrfurcht und Scheu einflößt. Was mich selbst betrifft, so betrachtete ich ihre Mitglieder schier als Götter und trank mit Begier die reiche Weisheit und allen Witz in mich hinein, welche Gaben unaufhörlich im Verlaufe dessen, was man füglich ›Einseifen‹ nennt, von ihren erlauchten Lippen troffen. Mein erster Augenblick ausgesprochener Inspiration muß auf jenen ewig-denkwürdigen Zeitpunkt datiert werden, da der Leiter der ›Dasselfliege‹, in den Pausen des soeben erwähnten hochwichtigen Prozesses, mit lauter Stimme vor dem Konklave unserer Lehrjungen ein unnachahmliches Gedicht zu Ehren des ›Einzig Echten Bob'schen Öles‹ rezitierte (so genannt nach seinem begabten Erfinder, meinem Vater), für welchen Erguß der Herausgeber der besagten ›Fliege‹ von der Firma Thomas Bob & Cie., Barbiersalon, Bedarfsartikel aller Art, mit königlicher Freigiebigkeit belohnt ward.

Der Genius der dem ›Bob'schen Öl‹ gewidmeten Stanzen hauchte mir zuerst, so sagte ich, den göttlichen *afflatus* ein. Augenblicklich entschloß ich mich, ein großer Mann zu werden und damit zu beginnen, indem ich ein großer Dichter wurde. Jenen gleichen Abend noch fiel ich zu den Füßen meines Vaters auf die Knie nieder.

»Vater«, so sprach ich, »vergeben Sie mir! – doch ich habe eine Seele, die steht mir nach Höherem denn nach Seifenschaum. Es ist mein heiliger Vorsatz, den Laden dranzugeben. Gern würde ich Herausgeber – gern würde ich Dichter – ich würde gern Stanzen über das ›Bob'sche Öl‹ erdichten. Vergeben Sie mir und leihen Sie mir Ihren Beistand auf dem Weg zur Größe!«

»Mein teurer Thingum«, erwiderte mein Vater, (ich hatte in der Taufe diesen Vornamen nach dem eines wohlhabenden Verwandten empfangen) – »mein teurer Thingum«, sagte er, indem er mich an den Ohren vom Boden emporzog – »Thingum, mein Junge, du bist ein Prachtsmensch und, hinsichtlich des Besitzes einer Seele, das schiere Ebenbild deines Vaters. Auch hast du einen ungeheuern Kopf, und wahrlich, er muß eine große Menge Gehirn enthalten. Lange schon sah ich dies, und deshalb hatte ich Gedanken, einen Advokaten aus dir zu machen. Doch ist dies Geschäft recht unanständig geworden, und das eines Politikers macht sich nicht bezahlt. Im Ganzen ist dein Urteil also weise; – das Gewerbe eines Herausgebers ist das beste: – und wenn du zu gleicher Zeit auch noch Dichter sein kannst – wie es die meisten Herausgeber nebenbei sind –, ja, dann wirst du zwei Fliegen mit einer Klappe schlagen. Um dich im Anfang der Dinge zu ermutigen, will ich dir eine Dachstube gewähren; dazu Feder, Tinte und Papier; ein Reimlexikon; und ein Exemplar der ›Dasselfliege‹. Ich nehme an, mehr wirst du kaum verlangen.«

»Ich wäre ein undankbarer Schurke, täte ich's«, erwiderte ich mit Begeisterung. »Ihre Generosität ist eine grenzenlose. Ich werde sie Ihnen dadurch vergelten, daß ich Sie zum Vater eines Genies mache.«

So endete meine Unterredung mit dem besten der Menschen, und unmittelbar nachdem ich ihn verlassen, widmete ich mich mit Eifer meinen dichterischen Bemühungen; denn auf diese hauptsächlich gründeten sich meine Hoffnungen, dermaleinst zum Redakteursessel aufzusteigen.

Bei meinen ersten schöpferischen Versuchen mußte ich freilich feststellen, daß mir die Stanzen über das ›Bob'sche Öl‹ nur eher hinderlich waren. Ihr Glanz blendete mich mehr, als daß er mich erleuchtete. Die Betrachtung ihrer Vorzüglichkeit gereichte mir natürlich zur Entmutigung, verglich ich sie mit meinen eignen Frühgeburten; so mühte ich mich lange Zeit vergebens. Schließlich kam meinem Kopfe eine jener köstlich schöpferischen Ideen ein, welche eben zuweilen das Hirn eines genialen Menschen durchdringen. Sie bestand im Folgenden – oder wurde vielmehr folgender Maßen ins Werk gesetzt. Aus dem Plunder eines alten Bücherstandes, in einem sehr entlegnen Winkel der Stadt, holte ich mir verschiedene altertümliche und völlig unbekannte oder vergessene Bände zusammen. Der Händler ließ sie mir für einen Pappenstiel. Aus einem davon, welcher die Übersetzung von eines gewissen Dantes ›Inferno‹ zum Inhalt hatte, kopierte ich mir auf bemerkenswert geschickte und saubere Weise einen langen Abschnitt über einen Mann Namens Ugolino, der einen ganzen Pack Bälger besaß. Aus einem andern, welcher eine gute Menge alter Stücke enthielt, verfaßt von einer Person, deren Namen ich vergessen, extrahierte ich auf die selbe Weise und mit der selben Sorgfalt ein Schock Verszeilen über »Engel« und »herumstehende Boten Gottes« und einen »Kobold« und dergleichen mehr. Aus einem dritten, welcher das Dichtwerk irgend eines blinden Menschen war, eines Griechen oder eines Choctaw – ich kann mir nicht die Mühe machen, jede Kleinigkeit genau zu merken –, nahm ich etwa fünfzig Verse, die mit dem wüsten Zorn eines gewissen Paläologen »Achilles« oder ähnlich begannen. Aus einem vierten, welcher – wie ich mich erinnere – ebenfalls das Werk eines Blinden war, wählte ich eine Seite oder zwei, auf denen dauernd von »Heil« und »heilgem Licht« die Rede ging; und wenn es auch einem Blinden nun wirklich kaum ansteht, über Fragen der Beleuchtung zu schreiben, so waren die Verse doch in ihrer Art recht ordentlich.

Nachdem ich diese Dichtwerke säuberlich abgeschrieben hatte, zeichnete ich ein jedes von ihnen mit ›Oppodeldoc‹ (einem schön tönenden Namen), und indem ich wiederum jedes sorgsam in einen gesonderten Umschlag steckte, versandte ich sie, mit dem Ersuchen um schleunigen Abdruck und prompte Bezahlung, an die vier vornehmsten Zeitschriften. Das Ergebnis dieses wohlerwognen Plans jedoch (dessen Gelingen mir im spätern Leben viel Ungemach erspart hätte) diente mir zu der Überzeugung, daß manche Herausgeber sich nicht prellen lassen, und versetzte meinen eben zart keimenden Hoffnungen (wie man in der Stadt der Transzendentalisten sagt) den *coup-de-grâce* (wie man in Frankreich sagt).

Die Sache ist die, daß jede, aber auch jede einzelne der in Rede stehenden Zeitschriften Herrn ›Oppodeldoc‹ im ›Monatlichen Briefkasten‹ einen vollkommenen Verriß widmete. Das ›Quarkdahlsblatt‹ ließ ihm seine Abreibung in der folgenden Weise zuteil werden:

»›Oppodeldoc‹ (wer immer das ist) hat uns eine lange *tirade* über einen Wahnsinnigen eingesandt, welchen er ›Ugolino‹ nennt – einen Mann mit einer großen Menge Kinder, die man allesamt gründlich hätte verhauen und unter Entzug des Nachtmahls ins Bett stecken sollen. Die Sache ist ganz unmäßig zahm – um nicht zu sagen flach. ›Oppodeldoc‹ (wer immer das ist) gebricht es an jeglicher Phantasie – und Phantasie ist, unsrer bescheidenen Meinung nach, nicht nur die Seele der POESIE, sondern schier ihr Herz. ›Oppodeldoc‹ (wer immer das ist) besitzt die Kühnheit, für sein Gequaddel ›schleunigen Abdruck und prompte Bezahlung‹ von uns zu heischen. Wir drucken weder, noch kaufen wir gar irgend Zeug der Sorte. Kein Zweifel kann freilich sein, daß er mit all dem Gewäsche, das er noch zusammenkritzeln kann, beim ›Specktakel‹, beim ›Bäuerischen Courier‹ oder beim ›Grunzerumfummel‹ reißenden Absatz finden würde.«

All dieses, das wird man zugestehen müssen, war für ›Oppodeldoc‹ ausgesprochen hart – doch der unfreundlichste Hieb bestand darin, das Wort POESIE in Klein-Versalien zu setzen. In jenen sechs hervorstechenden Buchstaben – welch eine Welt von Bitternis liegt nicht darin beschlossen!

Doch mit gleicher Härte ward ›Oppodeldoc‹ vom ›Specktakel‹ gepönt, welcher sich also vernehmen ließ:

»Wir haben eine höchst ungewöhnliche und unverschämte Mitteilung von einem Menschen empfangen, welcher sich (sei er, wer er wolle) mit ›Oppodeldoc‹ unterzeichnet – auf diese Weise die Größe des berühmten römischen Kaisers gleichen Namens entweihend. In der Anlage zum Briefe des ›Oppodeldoc‹ (sei er, wer er wolle) finden wir allerhand Verszeilen von höchst abscheulicher und sinnloser Schwülstigkeit, betreffend ›Engel und Boten Gottes‹, welche ihm beistehen sollen, – einer Schwülstigkeit, wie sie wohl nicht einmal ein Wahnsinniger, ausgenommen einen Nat Lee oder eben einen ›Oppodeldoc‹, ähnlich zu Wege bringen könnte. Und für diesen Kehricht, für welchen wohl eher die Müllabfuhr zuständig wäre, sollen wir, so wird bescheiden von uns verlangt, ›prompt zahlen‹. Nein, mein Herr – dieses nicht! Wir zahlen für nichts von dieser Sorte. Wenden Sie sich doch an das ›Quarkdahlsblatt‹, den ›Bäuerischen Courier‹ oder den ›Grunzerumfummel‹. Diese Blätter werden zweifellos jeglichen litterarischen Auswurf akzeptieren, welchen Sie ihnen zustellen, und – ebenso zweifellos – Ihnen Zahlung dafür versprechen.«

Dies war für den armen ›Oppodeldoc‹ ausgesprochen bitter; doch trifft, in diesem Fall, das Schwergewicht der Satire ja eher das ›Quarkdahlsblatt‹, den ›Bäuerischen Courier‹ und den ›Grunzerumfummel‹, welche Blätter kurz und bündig als *›Blätter‹* bezeichnet werden – und das auch noch gesperrt –, eine Sache, die denselben tief in das Herz geschnitten haben muß.

Kaum weniger grausam war der ›Bäuerische Courier‹, welcher sich folgendermaßen ausließ:

»Ein Individuum, das sich der Benamsung ›Oppodeldoc‹ erfreut (zu welch niedern Zwecken müssen doch oft die Namen unserer illustren Toten herhalten!), hat uns einige fünfzig oder sechzig Verse beigeschlossen, beginnend nach folgender *façon:*

Singe den Zorn, o Göttin, des Peleiaden Achilleus,
Ihn, der entbrannt, &c., &c., &c., &c.

›Oppodeldoc‹ (wer dies auch sei) werde hiermit ergebenst in Kenntnis gesetzt, daß es in unseren Hallen keinen Setzerlehrling gibt, bei welchem es nicht zur täglichen Gewohnheit gehörte, bessere Versformen zu gestalten. Jene des ›Oppodeldoc‹ lassen sich nicht skandieren. ›Oppodeldoc‹ sollte zu zählen lernen. Doch wie er auf die Idee verfallen sein mag, wir (man denke! ausgerechnet wir!) würden unsere Spalten mit seinem unsäglichen Unsinn schänden, geht gänzlich über alles Begreifen. Ist doch das läppische Geplapper kaum gut genug für das ›Quarkdahlsblatt‹, den ›Specktakel‹, den ›Grunzerumfummel‹ – für Organe also, welche ja nicht einmal davor zurückschrecken, ›Mutter Gänsins Melodien‹ als Original-Lyrik zu veröffentlichen. Und ›Oppodeldoc‹ (wer dies auch sei) hat gar noch die Dreistigkeit, Bezahlung für sein Gefasel zu verlangen. Weiß ›Oppodeldoc‹ (wer dies auch sei) denn nicht – erkennt er nicht, daß wir das Zeug auch dann nicht bringen würden, wenn man uns dafür bezahlte?«

Als ich dies sorgsam durchlesen, spürte ich, wie ich kleiner und immer kleiner wurde, und als ich zu dem Punkte kam, an welchem der Herausgeber das Gedicht als *›Verse‹* verhöhnte, war wenig mehr denn eine Unze von mir übrig. Was ›Oppodeldoc‹ betrifft, so fühlte ich allmählich schieres Mitleid mit dem armen Burschen in mir aufsteigen. Doch der ›Grunzerumfummel‹ bezeigte womöglich weniger Erbarmen noch als der ›Bäuerische Courier‹. Es war der ›Grunzerumfummel‹, welcher äußerte:

»Ein elender Poetaster, der mit ›Oppodeldoc‹ zeichnet, ist irr genug, sich einzubilden, bei uns sowohl Abdruck wie auch Bezahlung für einen Mischmasch von unzusammenhängendem und ungrammatikalischem Bombast zu finden, welcher uns von ihm zugefertigt wurde und mit der folgenden, höchst intelligibeln Zeile anhebt:

›Heil heilig Licht! Des Himmels erster Sproß‹

Wir sagen: ›höchst intelligibel‹. ›Oppodeldoc‹ (wer immer das ist) wird vielleicht die Güte haben, uns zu erklären, wieso das ›heilige Licht‹ ausgerechnet ›heil‹ sein soll; – könnte es auch ein beschädigtes geben? Insgleichen wolle er uns aufklären, wieso das besagte ›heile Licht‹ zugleich ›heilig‹ (was immer das ist) und ein ›Sproß‹ sein mag – welch letzterer Ausdruck (wenn wir nur halbe Kenner sind) vorzüglich wohl auf Kleinstkinder von rund sechs Wochen Alter angewendet wird. (Oder sollte, in poetischer Verkürzung, die ›erste Sprosse der Himmelsleiter‹ (was immer das ist) gemeint sein? Der Sinn könnte schier kein dunklerer dadurch werden.) Doch es ist abgeschmackt, sich über solchen Unfug des breitern auszulassen, – obschon ›Oppodeldoc‹ (wer immer das ist) die beispiellose Unverschämtheit besitzt zu mutmaßen, wir würden seinen tollen Dunst nicht nur abdrucken, sondern vollends auch noch dafür bezahlen!

Nun, das ist stark – das ist schon mehr als stark –, und nicht übel hätten wir Lust, den jungen Schreiberling dadurch zu strafen, daß wir seinen Erguß wirklich in den Druck gäben, verbatim et litteratim, ganz wie er ihn geschrieben hat. Keine strengere Strafe könnten wir über ihn verhängen, und wahrlich, wir würden sie verhängen, wäre nicht die Rücksicht auf die Langeweile, welche wir unseren Lesern damit bereiten würden. Möge doch ›Oppodeldoc‹ (wer immer das ist) jegliches künftige Dichtprodukt ähnlichen Charakters dem ›Quarkdahlsblatte‹, dem ›Bäuerischen Courier‹ oder dem ›Specktakel‹ einsenden. Sie werden es abdrucken. Sie drucken jeden Monat solches Zeug. Mag es ihnen denn zukommen. WIR lassen uns nicht ungestraft beschimpfen.«

Dies gab mir den Rest; und was das ›Quarkdahlsblatt‹, den ›Bäuerischen Courier‹ und den ›Specktakel‹ anbetrifft, so konnte ich nie begreifen, wie sie es überlebten. *Sie* in der kleinstmöglichen Kolonel zu setzen (*das* war die eigentliche Tücke – die wie unter der Hand mit durchblicken ließ, wie niedrig – wie geringfügig sie seien), während das WIR in gigantischen Majuskeln dastand und auf sie herabsah! – oh, es war *zu* bitter! – es war Wermut – es war Galle! Wäre ich an Stelle einer dieser Zeitschriften gestanden, ich hätte nicht gerastet noch geruht, bis ich den ›Grunzerumfummel‹ vor Gericht gebracht. Schon das ›Gesetz zur Verhütung von Grausamkeiten gegenüber Tieren‹ hätte gewiß eine genügende Handhabe geboten. Und was ›Oppodeldoc‹ betraf, (wer immer das war), so hatte ich um diese Zeit alle Geduld mit dem Burschen verloren und hegte fürder keine Sympathie mehr für ihn. Er war ein Tropf, ganz zweifellos (wer immer er war), und er empfing kaum einen Fußtritt mehr, als er verdiente. Das Resultat meines versuchsweisen Unternehmens mit den alten Büchern pflanzte mir die Erkenntnis ein, daß erstens Ehrlich am längsten währe, und daß es zweitens, wenn ich nicht besser schreiben konnte als Mr. Dante und die beiden blinden Herren und der ganze restliche alte Klump, doch jedenfalls eine schwierige Sache sein würde, schlechter zu schreiben. Ich faßte mir deshalb ein Herz und entschloß mich, von nun an ›ausschließlich Original-Arbeiten‹ (wie es immer vorn auf den Zeitschriften heißt) herzustellen, mochte es auch an Studien und Qualen kosten, was es wollte. Erneut nun führte ich mir die glänzenden Stanzen über das ›Bob'sche Öl‹ als Modell vor Augen, geschaffen vom Herausgeber der ›Dasselfliege‹, und beschloß, eine Ode über das selbe erhabne Thema zu ersinnen – in feurigem Wettbewerb mit dem, was längst vergangen schon und vorbei.

Mit dem ersten Verse hatte ich keinerlei wesentliche Schwierigkeit. Er entströmte mir folgendermaßen:

Dem Öl der Firma Bob zum höchsten Lobe …

Nachdem ich mich jedoch auf das sorgfältigste unter allen legitimen Reimen auf ›Bob‹ sowohl als auf ›Lobe‹ umgesehen hatte, wollte mir der Fortgang der Dichtung schier unmöglich werden. In diesem Dilemma nahm ich zu väterlichem Beistand meine Zuflucht; und nach einigen Stunden reiflicher Gedankenarbeit schufen mein Vater und ich gemeinsam das folgende Gedicht:

Dem Öl der Firma Bob zum höchsten Lobe
schreibt diese Ode
Ihr *(gezeichnet)* SNOPP.

Gewiß, die Schöpfung war von nicht sehr großer Länge – doch ich »habe noch zu lernen«, wie es im ›Edinburgh Review‹ heißt, daß die bloße Ausdehnung eines literarischen Werkes überhaupt etwas mit seinem Wert zu schaffen habe. Was das Vierteljahrsgeschriftel über *»sustained effort«* anbetrifft, so ist der Sinn schon gar nicht einzusehen. Im Ganzen war ich daher durchaus zufrieden mit dem Erfolge meiner Jungfernfahrt ins Land der Größe, und nun verblieb mir nur die Frage der Verfügung zu bedenken, welche ich darüber treffen sollte. Mein Vater riet mir an, das Werk der ›Dasselfliege‹ einzusenden – doch gab es zwei

Gründe, welche mich bestimmten, davon Abstand zu nehmen. Einmal scheute ich die Eifersucht des Herausgebers – und zum andern hatte ich ermittelt, daß derselbe für Originalbeiträge grundsätzlich keine Zahlung leistete. Deshalb wies ich den Artikel, nach gebührlicher Überlegung, den würdigeren Spalten des ›Bäuerischen Couriers‹ zu und erwartete beklommen, doch mit Ergebung den Ausgang. Schon in der allernächsten Nummer hatte ich die stolze Genugtuung, mein Dichtwerk in voller Länge als Leitartikel abgedruckt zu sehen, voran – in Klammern – die nachstehenden, sehr bezeichnenden Worte:

(»Wir möchten die Aufmerksamkeit unserer Leser auf die beifolgenden bewunderungswürdigen Stanzen über das ›Bob'sche Öl‹ lenken. Über ihre Pracht, ihr Pathos brauchen wir kein Wort zu verlieren: – unmöglich, sie mit tränenlosem Auge zu lesen. Alle diejenigen, welche seinerzeit von einer traurigen Dosis Worte zum selben erhabnen Gegenstande aus dem Gänsekiel des Herausgebers der ›Dasselfliege‹ angeekelt wurden, werden gut daran tun, die beiden Gedichte zu vergleichen.

P. S. Wir werden von Verlangen verzehrt, das Geheimnis zu lüften, welches über dem ganz offenbar pseudonymen ›Snopp‹ waltet. Dürfen wir auf ein persönliches Interview hoffen?«)

All dieses war kaum mehr denn recht und billig, doch war es, ich bekenn' es, einiges mehr doch, als ich erwartet hatte: – ich gestehe dies, es sei bemerkt, zur immerwährenden Schande meines Landes und der Menschheit. Gleichwohl verlor ich keine Zeit, bei dem Herausgeber des ›Bäuerischen Couriers‹ vorzusprechen, und ein günstiger Zufall ließ mich den genannten Herrn zu Hause antreffen. Er begrüßte mich mit Gebärden des tiefsten Respektes, leicht vermischt mit väterlicher und gönnerhafter Bewunderung, welche ohne Zweifel die ungemeine Jugend und Unerfahrenheit meiner Erscheinung in ihm weckte. Indem er mich bat, Platz zu nehmen, ging er sofort auf den Gegenstand meines Gedichtes ein; – doch immer wird Bescheidenheit mir verbieten, die tausend schmeichelhaften Komplimente zu wiederholen, mit denen er mich schier verschwenderisch bedachte. Die Lobpreisungen des Herrn Holzhaupt (so war des Herausgebers Name) entflossen jedoch keineswegs nur peinlich blindem Schwärmen. Er analysierte meine Dichtung mit viel Freiheit und großer Geschicklichkeit – wobei er auch nicht zögerte, auf ein paar wenige unbedeutende Schwächen zu weisen – ein Umstand, welcher ihn in meiner Wertschätzung nur um so höher steigen ließ. Natürlich kam dann auch die ›Dasselfliege‹ aufs *tapis,* und niemals hoffe ich einer so bohrenden Kritik oder einem so vernichtenden Tadel unterworfen zu werden, wie sie von Herrn Holzhaupt auf jenen unglückseligen Erguß gewendet wurden. Ich hatte den Herausgeber der ›Dasselfliege‹ nie anders denn für ein Übermenschliches anzusehen gepflogen; doch dieserhalb belehrte mich Herr Holzhaupt bald nun eines Bessern. Er rückte den literarischen sowohl als den menschlichen Charakter des Fliegers (so bezeichnete Herr H. satirisch seinen Rivalen) in das rechte Licht. Er, der Flieger, war sehr wenig besser, als er sein sollte. Infame Sachen hatte er geschrieben. Er war ein Zeilenschinder und ein Reißer dummer Possen. Er war ein förmlicher Schurke. Er hatte eine Tragödie angefertigt, welche das ganze Land vor Lachlust fast ersticken ließ, und eine Farce, die das Universum in Tränenfluten zu ertränken drohte. Und obendrein noch hatte er die Schamlosigkeit besessen, auf ihn (Herrn Holzhaupt) eine – wie er meinte, tödliche – Schmähschrift zu verfassen, und die Tollkühnheit, ihn darin einen Esel zu titulieren. Sollte ich irgend nur je den Wunsch haben, meine Meinung über den Herrn Flieger zum Ausdruck zu bringen, so stünden die Spalten des

›Bäuerischen Couriers‹, dessen versicherte mich Herr Holzhaupt, zu meiner uneingeschränkten Verfügung. Da es nun ganz sicher sei, daß ich auf Grund meines Versuches, ein Konkurrenz-Gedicht auf das ›Bob'sche Öl‹ zu schaffen, in der ›Dasselfliege‹ würde angegriffen werden, wolle inzwischen er (Herr Holzhaupt) es übernehmen, meinen privaten und persönlichen Interessen die entschiedenste Fürsorge zu weihen. Würde sodann nicht bald schon ein gemachter Mann aus mir, – an ihm (Herrn Holzhaupt) sollte es nicht liegen.

Da Herr Holzhaupt nunmehr eine Pause in seinem Vortrage (dessen letztern Teil zu begreifen ich mich nicht imstande fand) hatte eintreten lassen, wagte ich einen kleinen Hinweis auf die Vergütung, welche für meine Dichtung erwarten zu dürfen ich belehrt worden war, und zwar durch eine Ankündigung auf dem Umschlag des ›Bäuerischen Couriers‹, die erklärte, daß er (der ›Bäuerische Courier‹) darauf bestehe, die Erlaubnis zu erhalten, für alle angenommenen Beiträge exorbitante Preise zu zahlen; – er werfe, so hieß es, sehr häufig für ein einziges kurzes Gedicht mehr Geld aus, als die gesamten Jahresauswürfe des ›Quarkdahlsblattes‹, des ›Specktakels‹ und des ›Grunzerumfummel‹ zusammen betrügen.

Als ich das Wort ›Vergütung‹ erwähnte, öffnete Herr Holzhaupt zuerst seine Augen und dann seinen Mund in überaus bemerkenswertem Maße, indem er seine persönliche Erscheinung veranlaßte, Ähnlichkeit mit einer höchstlich erregten ältlichen Ente beim Akt des Quakens anzunehmen; – und in diesem Zustand verharrte er (dann und wann, wie in verzweifelter Ratlosigkeit, die Hände dicht an seine Stirne pressend), bis ich mit dem, was ich zu sagen hatte, fast zu Ende war.

Beim Beschlusse meiner Rede sank er zurück in seinen Sitz, ganz als sei er völlig überwältigt, ließ seine Arme leblos an den Seiten niederfallen, und hielt jedoch dabei den

Mund noch unerbittlich nach Entenart geöffnet. Während ich noch in sprachlosem Erstaunen ob eines so Besorgnis erregenden Betragens verharrte, sprang er mit einem Male auf die Füße und stürzte dem Klingelzuge zu; doch als er diesen eben erreichte, schien er seinen Vorsatz geändert zu haben, welcher dieses auch sein mochte, denn er tauchte unter den Tisch und kehrte unmittelbar darauf mit einer Keule wieder. Diese zu erheben, stand er gerade im Begriffe (zu welchem Zweck, vermag ich beim besten Willen nicht zu erraten), als ganz plötzlich ein huldreiches Lächeln auf seine Züge trat und er in milder Gelassenheit zurück in seinen Sessel sank.

»Herr Bob«, so sprach er alsdann (denn ich hatte ihm meine Karte hinaufgeschickt, ehe ich selber zu ihm emporstieg), »Herr Bob, Sie sind ein junger Mann noch, darf ich annehmen – ein *sehr* junger Mann?«

Ich bejahte, indem ich die Bemerkung tat, daß ich mein drittes Lustrum noch nicht vollendet hätte.

»Ah!« erwiderte er, »sehr gut! Ich sehe, wie die Dinge liegen – nein, sagen Sie kein Wort mehr! Was nun diese Sache mit der – mit der Entschädigung berührt, so ist, was Sie bemerken, durchaus nur recht und billig: ja in der Tat, das ist es in schier ungemeinem Maße. Doch – also – ja, der *erste* Beitrag – der *erste,* sage ich – ihn niemals zu bezahlen, ist bei unsrer Zeitschrift ehernes Gesetz – verstehn Sie mich, eh? Ja – die Wahrheit ist – gewöhnlich sind ja *wir* in solchem Falle die *Empfänger.«* (Herr Holzhaupt lächelte mild, als er das letzte Wort mit Nachdruck sprach.) »Meistenteils nämlich werden *wir* bezahlt für den Abdruck eines Erstversuches – vorzüglich bei Lyrik. Und zum andern, Herr Bob, gehört es zu den unverbrüchlichen Prinzipien der Zeitschrift, niemals das auszuwerfen, was wir in Frankreich *argent comptant* nennen: – Sie können mir doch folgen? Ich zweifle nicht daran. Ein Vierteljahr oder auch zwei nach der Veröffentlichung des Artikels – oder auch ein Jahr danach oder zwei – nehmen wir keinerlei Anstand, einen Wechsel auf neun Monate auszugeben: – vorausgesetzt immer, es lassen sich unsere Verhältnisse so arrangieren, daß in sechsen unsre Firma mit Sicherheit ›kracht‹. Ich darf wohl hoffen, Herr Bob, daß Sie diese meine Ausführungen als zufriedenstellende betrachten.« Hier schloß Herr Holzhaupt seine Rede, und Tränen standen ihm in den Augen.

In tiefster Seele bekümmert, einem so ausgezeichneten und empfindsamen Manne – wenn auch unschuldig – Schmerz verursacht zu haben, eilte ich, mich zu entschuldigen und ihn wieder zu beruhigen, indem ich ihm meine vollkommene Übereinstimmung mit seinen Äußerungen ebenso ausdrückte wie meine völlige Würdigung des Delikaten seiner Lage. Nachdem ich dies alles in artiger Rede vorgetragen, empfahl ich mich.

Recht kurz darauf, an einem schönen Morgen, »erwachte ich und fand mich berühmt«. Am besten wird das Ausmaß meines Rufes sich wohl an Hand der Zeitungsmeinungen des Tags ermessen lassen. Diese Meinungen, so wird man sehen, kamen in kritischen Notizen über die Nummer des ›Bäuerischen Couriers‹ zum Ausdruck, in welcher mein Gedicht enthalten war, und sind vollkommen zufriedenstellend, schlüssig und klar – mit Ausnahme vielleicht der hieroglyphischen Zeichen »Sept. 15 – I t.«, welche sämtlichen Kritiken angefügt waren.

Die ›Eule‹, ein Journal von gründlichem Scharfsinn und wohlbekannt ob des bedachtsamen Ernstes ihrer literarischen Entscheidungen – die ›Eule‹, so hob ich an, äußerte sich wie folgt:

»Der ›Bäuerische Courier‹! Die Oktobernummer dieses herrlichen Magazines übertrifft alles Vorangegangene und bietet jeglicher Konkurrenz Trotz. In der Schönheit seines Druckes und Papiers – in der Zahl und Vortrefflichkeit seiner Stahlstiche – wie auch im literarischen Werte seiner

Beiträge – nimmt sich der ›Bäuerische Courier‹ neben seinen trägen Rivalen aus wie Hyperion neben einem Satyr. Das ›Quarkdahlsblatt‹, der ›Specktakel‹ und der ›Grunzerumfummel‹ exzellieren, das ist wahr, in Prahlerei, doch in allen andern Punkten gebt uns den ›Bäuerischen Courier‹! Wie dieses berühmte Journal seine offenbar enormen Auslagen zu tragen vermag, geht über unser Begreifen. Gewiß, es hat eine Verbreitung von 100 000, und die Zahl seiner regelmäßigen Bezieher ist während des letzten Monats um ein Viertel gewachsen; doch andererseits sind die Summen, welche es laufend für Beiträge auswirft, schier unfaßbar. Es erreicht uns die Nachricht, daß Herr Schlauesel nicht weniger als dreiundsiebenzigeinhalb Cents für seine unnachahmliche Arbeit über ›Das Kunstwerg‹ empfing. Mit Herrn HOLZHAUPT als Herausgeber und Namen wie SNOPP und Schlauesel auf der Liste der Mitarbeiter ist ein Wort wie ›Mißerfolg‹ für den ›Bäuerischen Courier‹ förmlich undenkbar. Geben Sie noch heute Ihre Bestellung auf. *Sept. 15 – 1 t.*«

Ich muß sagen, daß ich doch sehr angetan war von dieser hochgesinnten Notiz eines Blattes vom Ruf der ›Eule‹. Meinen Namen – das heißt meinen *nom-de-guerre* – dem des großen Schlauesel voran zu plazieren, war ein Kompliment, das mich um so glücklicher stimmte, als ich es verdient zu haben fühlte.

Als nächstes wurde meine Aufmerksamkeit von den folgenden Abschnitten in der ›Kröte‹ gefesselt – einem Druckwerk, rühmlichst bekannt für seine aufrechte Haltung und Unabhängigkeit – für seine gänzliche Freiheit von Speichelleckerei und Willfährigkeit gegenüber dinerspendenden Förderern:

»Das Oktoberheft des ›Bäuerischen Couriers‹ liegt vor allen gegenwärtigen Zeitschriften weit in Führung und übertrifft sie, selbstverständlich, grenzenlos in Hinsicht seiner blendenden Ausstattung wie auch seines reichen literarischen Gehaltes. Das ›Quarkdahlsblatt‹, der ›Specktakel‹ und der ›Grunzerumfummel‹ exzellieren, das geben wir zu, in Prahlerei, doch in allen andern Punkten gebt uns den ›Bäuerischen Courier‹! Wie dieses berühmte Magazin seine offenbar enormen Auslagen zu tragen vermag, geht über unser Begreifen. Gewiß, es hat eine Verbreitung von 200 000, und die Zahl seiner regelmäßigen Bezieher ist während der letzten vierzehn Tage um ein Drittel gewachsen, doch andererseits sind die Summen, die es monatlich für Beiträge auswirft, von schier schwindelnder Höhe. Erfahren wir doch, daß Herr Mummelmuller nicht weniger als fünfzig Cents für seinen kürzlichen ›Gesang der Männer im Backofen‹ erhielt.

Unter den Original-Beiträgen der vorliegenden Nummer bemerken wir (außer dem hervorragenden Herausgeber, Herrn Holzhaupt) Männer wie Snopp, Schlauesel und Mummelmuller. Abgesehen vom redaktionellen Teile ist nichtsdestoweniger der wertvollste Beitrag, so denken wir, ein poetisches Kleinod über das ›Bob'sche Ök‹, aus der Feder von ›Snopp‹ – doch wollen unsere Leser, auf Grund des Titels dieses unvergleichlichen *bijou,* nicht vermuten, dasselbe habe irgend nur eine Ähnlichkeit mit einem Geschreibsel über den nämlichen Gegenstand von einem gewissen verächtlichen Individuum, dessen Name unmöglich vor zarten Ohren genannt werden kann. Das vorliegende Gedicht ›Auf das Bob'sche Ök‹ hat bezüglich des Eigners des offenbaren Pseudonyms ›Snopp‹ allenthalben Unruhe und Neugierde erweckt – eine Neugierde, welche zu befriedigen glücklicherweise in unserer Macht steht. ›Snopp‹ ist der *nom-de-plume* des Herrn Thingum Bob, Mitbürgers unsrer Stadt, – eines Verwandten des großen Herrn Thingum (nach welchem er benannt wurde), eines Mannes zudem, welcher den edelsten Familien des Staates verbunden ist. Sein Vater, Hochwohlgeboren Thomas Bob, ist ein wohlhabender Kaufmann zu Geckenhausen. *Sept. 15 – I t.*«

Diese so freigiebig gespendete Zustimmung rührte mir an das Herz – und das nur um so mehr, als sie einer so ausgesprochen – so sprichwörtlich reinen Quelle entstammte wie der ›Kröte‹. Das Wort ›Geschreibsel‹, angewendet auf das ›Bob'sche Öl‹ des Fliegers, erachtete ich für einzigartig beißend und durchaus angemessen. Die Ausdrücke ›Kleinod‹ und ›*bijou*‹ freilich, in Bezug auf mein Gedicht gebraucht, wollten mir irgendwie doch noch zu schwächlich vorkommen. Sie schienen mir von unzureichender Kräftigkeit zu sein. Sie waren nicht hinlänglich *prononcés* (wie wir in Frankreich sagen).

Ich hatte kaum die Lektüre der ›Kröte‹ beendigt, als mir ein Freund ein Exemplar des ›Maulwurfs‹ in die Hände legte, eines Tageblattes, welches sich hoher Reputation ob seiner scharfsichtigen Betrachtungsweise im Allgemeinen und, im Besondern, ob des offenen, ehrlichen, lebensnahen Stils seiner Leitartikel erfreut. Der ›Maulwurf‹ ließ sich über den ›Bäuerischen Courier‹ wie folgt vernehmen:

»Soeben erhalten wir die Oktober-Ausgabe des ›Bäuerischen Couriers‹, und wir müssen sagen, daß wir noch niemals eine einzelne Nummer irgend einer Zeitschrift lasen, welche uns ein so erhabnes Glück bescherte. Wir sprechen dies mit ganzer Überlegung aus. Das ›Quarkdahlsblatt‹, der ›Specktakel‹ und der ›Grunzerumfummel‹ müssen sehr auf ihre Lorbeern Acht geben. Diese Druckwerke übertreffen zweifellos alles an Lautstärke und Anmaßlichkeit ihrer Behauptungen, doch in allen andern Punkten gebt uns den ›Bäuerischen Courier‹! Wie dieses berühmte Magazin seine offenbar enormen Auslagen zu tragen vermag, geht über unser Verständnis. Gewiß, es hat eine Verbreitung von 300 000, und die Zahl seiner regelmäßigen Bezieher ist während der letzten Woche um die Hälfte gewachsen, doch ist selbst dann die Summe, die es monatlich für Beiträge auswirft, staunenswert gewaltig. Wissen wir doch aus sicherer Quelle, daß Herr Fettich nicht weniger als zweiundsechzigeinhalb Cents für seine kürzliche Novelette ›Der Wischlappen‹ erhielt.

Die Beiträger der vor uns liegenden Nummer sind Herr HOLZHAUPT (der vorzügliche Herausgeber), SNOPP, Mummelmuller, Fettich und andere; doch nach den unnachahmlichen Schöpfungen des Herausgebers selbst geben wir einem diamantgleichen Ergusse aus der Feder eines aufstrebenden Dichters den Vorzug, welcher unter der Signatur ›Snopp‹ schreibt – ein *nom-de-guerre,* der – so sagen wir voraus – dereinst wohl noch den Glanz von ›Boz‹ verdunkeln wird. ›SNOPP‹, so erfahren wir, ist ein Herr THINGUM BOB, einziger Erbe eines wohlbegüterten Kaufmannes dieser Stadt, Hochwohlgeboren Thomas Bob, und ein naher Verwandter des vorzüglich bekannten Herrn Thingum. Titel von Herrn B's bewundernswertem Gedichte ist das ›Bob'sche Öl‹ – ein irgendwie unglücklicher Name, nebenbei, da ein gewisser jämmerlicher Vagabund, der mit der Groschenpresse im Zusammenhange steht, der Stadt bereits mit einem beträchtlichen Schwall Gefasel zum selben Gegenstande Ekel erweckte. Doch wird keine Gefahr bestehen, diese beiden Arbeiten miteinander zu verwechseln. *Sept 15 – I t.*«

Die generöse Zustimmung eines so klarsichtigen Journales wie des ›Maulwurfs‹ durchdrang meine Seele mit Entzücken. Einzig der Einwand kam mir bei, es hätte anstatt des »jämmerlichen Vagabunden« doch wohl ein *»abscheulicher und* jämmerlicher *Schurke, Wicht und* Vagabund« sich besser ausgenommen. Es hätte durchaus anmutiger geklungen, denke ich. Auch besaß das Beiwort ›diamantgleich‹, das wird man mir zugeben, kaum genügende Intensität, um auszudrücken, was der ›Maulwurf‹ doch offensichtlich über die Brillanz des ›Bob'schen Öles‹ *dachte*.

Am nämlichen Nachmittage, da ich diese Notizen in der ›Eule‹, der ›Kröte‹ und im ›Maulwurf‹ erblickte, kam mir zufällig ein Exemplar der ›Bachmücke‹ zu Gesicht, einer Zeitschrift – sprichwörtlich schon für das extreme Maß ihrer Einsichten. Und es war die ›Bachmücke‹, welche sich folgenderweise äußerte:

»Der ›Bäuerische Courier‹!! Dieses glänzende Magazin liegt mit seiner Oktober-Ausgabe bereits dem Publikum vor. Die Frage nach dem Vorrange ist damit für immer erledigt, und hiernach wäre es platterdings eine Albernheit, wollten das ›Quarkdahlsblatt‹, der ›Specktakel‹ oder der ›Grunzerumfummel‹ noch krampfhaft sich daran versuchen, hieneben zu bestehen. Diese Journale mögen den ›Bäuerischen Courier‹ in Sachen öffentlichen Radaues recht wohl übertreffen, doch in allen andern Punkten gebt uns denselben! Wie dieses berühmte Magazin seine offenbar enormen Auslagen zu tragen vermag, geht weit über alle Faßlichkeit. Gewiß, es hat eine Verbreitung von genau einer halben Million, und die Zahl seiner regelmäßigen Bezieher ist während der letzten paar Tage um fünfundsiebzig Perzent gewachsen; doch sind auch dann die Summen, die es monatlich für Beiträge auswirft, förmlich über aller Beschreibung; wir erhalten Kenntnis von der Tatsache, daß Mademoiselle Spickabissel für ihre kürzliche wertvolle Revolutions-Geschichte, ›Das York-Townische Heu-Pferd und die Grillen von Bunker-Hill‹ betitelt, nicht weniger als siebenundachtzigeinhalb Cents empfing.

Die weitaus befähigtsten Arbeiten in der vorliegenden Nummer sind natürlich die vom Herausgeber beigetragenen (dem hervorragenden Herrn Holzhaupt), doch finden wir zahlreiche glänzende Artikel von Namen wie

Snopp; Mademoiselle Spickabissel; Schlauesel; Frau Flunkerunke; Mummelmuller; Frau Stänkerstichel und – *last not least* – Fettich. Wohl mag die Welt herausgefordert werden, ein weiteres Mal eine solche Schar von Gestirnen des Geistes hervorzubringen.

Das mit ›Snopp‹ unterzeichnete Gedicht erweckt, so finden wir, allenthalben Lob und verdient womöglich, das müssen wir uneingeschränkt zugeben, noch weit mehr Beifall, als es schon erhielt. ›Das Bob'sche Öl‹ ist der Titel dieses Meisterwerkes der Beredsamkeit und Kunst. Ein oder zwei unserer Leser haben vielleicht noch eine sehr schwache, wenn auch hinreichend mit Ekel verbundne Erinnerung an ein Gedicht (?) ähnlichen Titels, verübt von einem elenden Zeilenschinder, Bettelbuben und Halsabschneider, welcher, so glauben wir, als Fußabtreter bei einem der obszönen Druckblätter in der Umgebung der Stadt Verwendung fand; sie bitten wir, die beiden Werke um des Himmels willen ja nicht zu verwechseln. Der Autor dieses ›Bob'schen Öles‹ ist, wie wir hören, Thingum Bob, Hochwohlgeboren, ein Herr von hohem Genie und ein Gelehrter. ›Snopp‹ ist lediglich ein *nom-de-guerre. Sept. 15 – 1 t.*«

Kaum vermochte ich meinem Unmut zu gebieten, während ich den Schluß dieser Schmähschrift überlas. Es war mir klar, daß die Ja-Nein-Manier – um nicht zu sagen: die Sanftheit – die hartnäckige Nachsicht, mit welcher die ›Bachmücke‹ von jenem Schwein, dem Herausgeber der ›Dasselfliege‹, sprach, – es war mir sonnenklar, sagte ich, daß diese Sanftmut der Rede von nichts Anderem herrühren konnte als von einer Parteilichkeit für den Flieger – welchen auf meine Kosten zu neuer Reputation zu erheben die offenbare Absicht der ›Bachmücke‹ war. In der Tat, schon mit nur einem Auge vermag es Jedermann zu sehen, daß – wäre der ›Mücke‹ wirkliches Anliegen gewesen, was sie vorzutäuschen wünschte – sie (die ›Mücke‹) sich in weit direktern, schärfern und insgesamt angemessenern Ausdrückungen hätte ergehen können. Die Worte ›Zeilenschinder‹, ›Bettelbube‹, ›Fußabtreter‹ und ›Halsabschneider‹ waren offensichtlich mit Absicht so ausdruckslos und mehrdeutig gehalten, daß sie, angewendet auf den Urheber der allerschlechtesten Stanzen, welche je von einem Angehörigen der menschlichen Rasse verfertigt, am Ende eigentlich so gut wie nichts besagten. Wir wissen doch wohl alle, was »mit schwachem Lob verdammen« heißt, – und wer vermöchte andererseits den geheimen, hinterlistigen Zweck der ›Mücke‹ nicht zu durchschauen – nämlich den, mit schwachem Tadel zu verherrlichen?

Was der ›Mücke‹ über den Flieger zu sagen beliebte, war indessen meine Sache nicht. Was freilich sie dann über mich selbst vermerkte, war ein ander Ding. Nach der nobeln Weise, in welcher die ›Eule‹, die ›Kröte‹ und der ›Maulwurf‹ sich über meine Fähigkeiten ausgelassen hatten, war es doch ein reichlich starkes Stück, redete so ein schnippisches Ding wie die ›Bachmücke‹ nur einfach kühl von einem »Herrn von hohem Genie« und einem »Gelehrten«. ›Hohes Genie‹ – was heißt das schon! Ich entschloß mich augenblicklich, entweder eine schriftliche Entschuldigung von der ›Bachmücke‹ zu verlangen oder aber sie zu fordern. Von diesem Vorhaben erfüllt, sah ich mich nach einem Freunde um, welchen ich mit einer Botschaft an ihre mückische Selbstherrlichkeit betrauen konnte, und da mir der Herausgeber des ›Bäuerischen Couriers‹ so sichtbarlich Zeichen seiner Hochachtung gegeben, beschloß ich schließlich, bei baldigster Gelegenheit um seinen Beistand nachzusuchen.

Niemals habe ich mir später in zufriedenstellender Weise eine Erklärung für das sehr *eigenartige* Mienenspiel und Betragen zu geben vermocht, mit welchem Herr Holzhaupt mir zuhörte, da ich ihm mein Anliegen entfaltete.

Wieder absolvierte er die ganze Szene mit dem Klingelzug und der Keule, um selbst die Ente dann nicht auszulassen. Einmal gar glaubte ich, er schicke sich wirklich an zu quaken. Doch legte sich der Anfall schließlich wie beim erstenmal, und er begann, seinem Verhalten und seinen Äußerungen die Gestalt der Vernunft zu geben. Mein Kartell zu tragen, lehnte er jedoch ab, und in der Tat redete er mir überhaupt aus, es abzusenden; doch war er uneigennützig genug, mir einzuräumen, daß die ›Bachmücke‹ schändlich im Unrecht sei – ganz besonders in Betreff der Epitheta »Genie« und »Gelehrter«.

Gegen Ende dieser Unterredung mit Herrn Holzhaupt, welcher wirklich ein väterliches Interesse an meiner Wohlfahrt zu nehmen schien, gab derselbe mir die Anregung, ich möge doch mein Geld auf ehrliche Weise verdienen und zugleich meine Reputation befördern, indem ich für den ›Bäuerischen Courier‹ den Thomas Hawk spiele.

Ich bat Herrn Holzhaupt, mir doch zu künden, wer Herr Thomas Hawk sei und wie ich denselben seiner Erwartung nach zu spielen hätte. Hier begab es sich ein weiteresmal, daß Herr Holzhaupt ›große Augen machte‹ (wie wir in Deutschland sagen), doch indem er sich schließlich von dem Erstaunen, welches ihn gründlich befallen, wieder erholte, versicherte er mich, daß er die Worte ›Thomas Hawk‹ gebrauche, um die vulgäre Form – nämlich Tommy – zu vermeiden, welche recht platt sei, – daß der wahre Begriff indessen Tommy Hawk laute – oder Tomahawk – und daß er sich mit dem Ausdruck »den Tomahawk spielen« auf das Skalpieren, Einschüchtern und sonstige Erledigen der Herde armer Autorenteufel bezogen habe.

Ich versicherte meinen Gönner sogleich, daß ich, wäre dies alles, mich der Aufgabe, den Thomas Hawk zu spielen, vollkommen gewachsen fühlte. Hierauf wünschte Herr Holzhaupt, ich möchte denn auf der Stelle doch einmal den Herausgeber der ›Dasselfliege‹ erledigen, und zwar in dem wildesten Stile, zu welchem mein Vermögen sich würde verstehen können, und gleichsam als eine erste Kraftprobe. Dies tat ich nun ohne Verzug, und zwar in einer Rezension des ursprünglichen ›Bob'schen Öles‹, welche sechsunddreißig Seiten des ›Bäuerischen Couriers‹ einnahm. Ich fand dabei, daß den Thomas Hawk zu spielen eine weit weniger mühselige Beschäftigung war als das Dichten selber; denn ich ging die Sache mit *System* an, und so fiel es mir leicht, sie gründlich und gut zu Wege zu bringen. Mein Verfahren war das folgende. Ich ersteigerte (sehr billig) Exemplare von ›Lord Broughams Reden‹, ›Cobbetts Gestammelten Werken‹, dem ›Neuen Lehrbuche des Roth-Welschen‹, der ›Kunst des Anschnauzens‹, ›Prentice's Dreckigsten Witzen‹ (Folio-Ausgabe) und ›Lewis G. Clarke über die Sprache‹. Diese Werke zerkleinerte ich mit einem Striegel und sonderte, indem ich die Schnitzel in ein Sieb warf, sorgfältig alles aus, was für anständig hätte gelten mögen (ein gar winzig Häuflein nur): worauf die harten Phrasen zurückblieben; dieselben tat ich nun in einen großen blechernen, mit länglichen Löchern versehnen Pfefferstreuer, so daß stets ein ganzer Satz ohne wesentliche Beschwer hindurchgelangen konnte. Dann war die Mischung zum Gebrauche fertig. Ward ich nun aufgerufen, Thomas Hawk zu spielen, so salbte ich einen Bogen Propatria-Papier mit dem Weißen eines Ganter-Eies; sodann zerschnitzelte ich das Ding, das es zu rezensieren galt, wie ich zuvor die Bücher zerschnitzelt hatte, – nur mit noch größerer Sorgfalt, damit ich ein jegliches Wort einzeln bekam, – warf die auf solche Art gewonnenen Schnitzel zusammen mit den andern, schraubte den Deckel auf die Pfefferbüchse, schüttelte diese und stäubte die Mischung auf das in der genannten Weise befeuchtete Papier; wo sie kleben blieb. Der Effekt war herrlich zu schauen. Ja, er war schier berückend. Tatsächlich sind die Rezensionen, welche ich mit diesem einfachen Hilfsmittel zustande brachte, nie hernach auch nur annähernd erreicht worden; sie waren geradezu ein Weltwunder. Zu Anfang war ich noch, zumal ja meine Unerfahrenheit einige Verschüchterung bedingte, ein wenig verwirrt im Angesichte einer gewissen Ungereimtheit – eines Fluidums von *bizarrerie* (wie wir in Frankreich sagen), welches von dem fertigen Werk als Ganzem ausging. Die Sätze und Satzteile waren nicht alle ganz *fit* (wie wir im Angelsächsischen sagen). Viele Begriffe lagen ziemlich schief. Einige gar standen ausgesprochen Kopf; und keiner war darunter, welcher nicht irgendwie doch durch die letztgenannte Art Unfall, trat derselbe ein, hinsichtlich seines Effektes einige Einbuße erlitten hätte: – mit Ausnahme freilich der Artikel des Herrn Lewis G. Clarke, welche so durchaus rüstig und solide waren, daß es den Anschein hatte, sie könnten gar von keiner noch so sonderbaren Lage aus der Fassung gebracht werden; vielmehr blickten sie unveränderlich fröhlich und zufrieden drein, ob sie nun auf dem Kopfe oder auf den Hacken standen.

Was aus dem Herausgeber der ›Dasselfliege‹ nach der Publikation meiner Kritik seines ›Bob'schen Öles‹ wurde, ist irgendwie schwierig auszumachen. Der plausibelste Schluß ist noch, daß ihn die eignen Tränen ertränkten. Nun, jedenfalls verscholl er augenblicklich vom Angesicht der Erde, und nie ist seither einem Menschen auch nur ein Hauch seines Geistes erschienen.

Nachdem diese Angelegenheit nun gründlich erledigt und das Wüten der Furien besänftigt war, stieg ich gar höchstlich in Herrn Holzhaupts Gunst. Er zog mich in sein Vertrauen, gab mir eine bleibende Beschäftigung als Thomas Hawk beim ›Bäuerischen Courier‹, und da er mir fürs erste noch kein Salär gewähren konnte, erlaubte er mir, nach jeglichem Belieben von seinem Rat zu profitieren.

»Mein teurer Thingum«, so sprach er eines Tages nach dem Mittagessen zu mir, »ich achte Ihre Fähigkeiten und liebe Sie als einen Sohn. Sie sollen mein Erbe sein. Sterbe ich dereinst, so will ich Ihnen den ›Bäuerischen Courier‹ vermachen. Machen aber will ich inzwischen einen ganzen Mann aus Ihnen – jawohl, das will und werde ich tun – vorausgesetzt, Sie folgen meinem Rate. Zuerst einmal müssen Sie von dem alten Keiler und Langweiler loskommen.«

»Keiler?« erwiderte ich fragend – »äh – Eber – meinen Sie? Ein Schwein? – *aper?* (wie wir Lateiner sagen) – wer – und wo?«

»Ihr Vater«, sagte er.

»Richtig«, entgegnete ich, – »ein Schwein.«

»Sie haben Ihr Glück zu machen, Thingum«, fuhr Herr Holzhaupt in seiner Rede fort, »und dabei hängt Ihnen der Alte nur wie ein Mühlenstein am Halse. Wir müssen ihn ein für alle Mal abschneiden.« (Hier zog ich mein Messer heraus.) »Wir müssen ihn abschneiden«, fuhr Herr Holzhaupt fort, »und zwar mit Entschiedenheit und für immer. Er paßt nicht zu Ihnen – ja, er stört. Bei reiflicher Erwägung würde ich sagen, Sie sollten ihm am besten einen Tritt geben oder ihn mit einem Stocke schlagen oder ihn in ähnlicher Weise entfernen.«

»Was meinen Sie«, regte ich bescheiden an, »sollte ich ihm vielleicht zuerst einmal einen Tritt geben, ihn sodann mit dem Stocke schlagen und zum Beschlusse an der Nase zupfen?«

Herr Holzhaupt blickte mich einige Augenblicke lang sinnend an und versetzte dann:

»Ich denke, Herr Bob, daß dieser Ihr Vorschlag die Sache leidlich wohl lösen würde – ja, bedenkt man es recht, sogar vorzüglich – das heißt, wenn es sich machen läßt – – denn Barbiere sind äußerst schwer zu schneiden, und wenn ich mir das Ganze überlege, so wäre es vielleicht ratsam, daß Sie – wenn Sie das erwähnte Verfahren an Thomas Bob vollzogen haben – ihm auch noch mit den Fäusten recht sorgfältig und gründlich beide Augen bläuen, um ihm die Möglichkeit zu benehmen, Sie je wieder bei eleganten Promenaden zu erblicken. Haben Sie diese Prozedur dann ausgeführt, so wüßte ich ehrlich nicht, was weiters Sie noch tun könnten. Eventuell – nun, vielleicht empfähle es sich noch, ihn zu ein oder zwei Malen in der Gosse zu wälzen und anschließend in polizeiliche Verwahrung zu geben. Am andern Morgen können Sie dann jederzeit auf dem Reviere vorsprechen und einen tätlichen Angriff beschwören.«

Ich war sehr angetan von dem freundlichen Mitgefühle mir persönlich gegenüber, welches aus diesem ausgezeichneten Rat des Herrn Holzhaupt sprach, und säumte nicht, mir denselben augenblicklich zu Nutz und Frommen dienen zu lassen. Das Ergebnis war, daß ich den alten Langweiler los wurde und mich ein wenig unabhängig und *gentleman-like* (wie ich wohl sagen darf) zu fühlen begann. Der Mangel an Geld freilich war für einige Wochen eine Quelle mancher Unbequemlichkeit; doch indem ich rüstig meine beiden Augen gebrauchte und beobachtete, was alles just vor meiner Nasenspitze vor sich ging, erkannte ich schließlich, wie die Sache zu deichseln wäre. Ich sage ›Sache‹ – wohlgemerkt – denn man erzählt mir, das lateinische Wort hierfür sei *rem*. Da wir übrigens gerade von Latein reden – kann mir jemand die Bedeutung von *quocunque* sagen – oder auch was *modo* heißt?

Mein Plan war ausgesprochen einfach. Ich erwarb, für ein Spottgeld, ein Sechzehntel der ›Schnappschildkröte‹: – das war schon alles. Die Sache war *gemacht,* und das Geld floß in meine Taschen. Es gab hernach noch ein paar geringfügige Maßnahmen zu treffen, gewiß; doch diese bildeten keinen eigentlichen Bestandteil des Planes selbst. Sie waren eher eine Konsequenz – ein Ergebnis. Zum Beispiel kaufte ich mir Feder, Tinte und Papier und setzte dieselben rasend in Betrieb. Hatte ich dann einen Zeitungsartikel vollendet, so gab ich ihm etwa den Titel »Blabarababba, vom *Autor des* ›Bob'schen Öles‹« und adressierte ihn an den ›Grunzerumfummel‹. Nachdem dieses Journal ihn jedoch im ›Monatlichen Briefkasten‹ als »bares Geschwätz« bezeichnet hatte, änderte ich den Titel in »Simmsalabimm, von Thingum Bob, Hochwohlgeboren, Autor der Ode auf das ›Bob'sche Öl‹ *und* Herausgeber der ›Schnappschildkröte‹«. Mit dieser Verbesserung sandte ich ihn dann wiederum an den ›Grunzerumfummel‹ und veröffentlichte, während ich der Antwort entgegenharrte, täglich in der ›Schildkröte‹ sechs Kolumnen lang einen Text, welchen man als philosophische und analytische Untersuchung der Verdienste des ›Grunzerumfummel‹ einerseits wie auch des persönlichen Charakters des Herausgebers des ›Grunzerumfummel‹ andererseits bezeichnen kann. Am Ende der Woche entdeckte dann der ›Grunzerumfummel‹, daß er, auf Grund eines ganz unerklärlichen Versehens, »einen schier schwachsinnigen Artikel mit der Überschrift ›Blabarababba‹, verfaßt von einem unbekannten Ignoramus, mit einem Juwel von förmlich blendendem Glanze, das ähnlich betitelt gewesen, verwechselt habe – letzteres das Werk von Thingum Bob, Hochwohlgeboren, dem gefeierten Autor des ›Bob'schen Öles‹«. Der ›Grunzerumfummel‹ »bedauerte dieses sehr natürliche Versehen« zutiefst und stellte darüberhinaus einen Abdruck des *echten* ›Simmsalabimm‹ für die allernächste Nummer des Magazines in Aussicht.

Tatsache ist, ich *glaubte* – ich glaubte *wirklich* – ich glaubte seinerzeit – glaubte *damals* – und habe keine Ursache, *jetzt* anders zu denken –, daß der ›Grunzerumfummel‹ sich den beschriebnen Irrtum wirklich unterlaufen ließ. Bei den allerbesten Absichten in der Welt wüßte ich nichts und niemanden, dem so viele wunderliche Irrtümer unterlaufen wären wie dem ›Grunzerumfummel‹. Von jenem Tage an faßte ich eine Vorliebe für denselben, und das Ergebnis war: sehr bald gewann ich Einsicht in die Tiefen seiner literarischen Verdienste und stand nicht an, mich darüber des breitern in der ›Schildkröte‹ auszulassen, wann immer nur eine passende Gelegenheit sich bot. Und man darf es als eine sehr sonderbare Koinzidenz betrachten – als eines jener ausgesprochen *bemerkenswerten* Zusammentreffen, welche den Menschen sehr ernst und nachdenklich stimmen –, daß gerade ein ebensolcher totaler Meinungsumschwung – ein so vollständiges *bouleversement* (wie wir auf Französisch sagen) – eine so durchgreifende *topsiturviness* (wenn ich einmal einen ziemlich kräftigen Ausdruck der Choctaws gebrauchen darf), wie sie hier erfolgt war, *pro* und *con,* zwischen mir selber auf der einen und dem ›Grunzerumfummel‹ auf der andern Seite, sich tatsächlich, eine kurze Weile danach – und unter genau ähnlichen Umständen, zwischen mir und dem ›Specktakel‹ und (ein weiteres Mal gleicherweise) zwischen mir und dem ›Quarkdahlsblatte‹ zutrug.

So kam es denn, daß ich, durch einen wahren Geniestreich, schließlich meine Triumphe damit krönte, daß ich »Geld in meinen Beutel tat«, und wahrlich mit Fug und Recht mag es heißen, daß hier jene glänzende und ereignisreiche Laufbahn begann, welche mich berühmt machte und mich heute in den Stand setzt, mit Chateaubriand zu sagen: »Ich habe Geschichte gemacht« – *»J'ai fait l'histoire«*.

Und in der Tat, das *habe* ich. Seit jener leuchtenden Epoche, die ich hier beschrieb, gehört mein Wirken – mein Werk – der Menschheit. Es ist der Welt vertraut. So mag es auch durchaus unnötig sein, im einzelnen zu berichten, wie ich, in steilem Höhenfluge, mich zum Erben des ›Bäuerischen Couriers‹ aufschwang – wie ich dieses Journal mit dem ›Quarkdahlsblatte‹ verschmolz – wie mir im weitern der Ankauf des ›Specktakels‹ glückte, wodurch ich die drei Zeitschriften vereinigte – und wie ich schließlich einen günstigen Handel mit dem einzig verbliebenen Rivalen abschloß und die gesamte Literatur des Landes in einem prächtigen Magazine vereinte, überall bekannt als der

»Bäuerische Courier,
Quarkdahlsblatt, Specktakel und
Grunzerumfummel«.

Ja; ich habe Geschichte gemacht. Mein Ruhm ist allverbreitet. Er reicht bis zu den Enden der Erde. Nicht ein gemeines Zeitungsblatt nimmt man zur Hand, ohne darin zumindest irgend eine Anspielung auf den unsterblichen Thingum Bob zu finden. Mr. Thingum Bob vertrat die Ansicht – Mr. Thingum Bob erklärte – Mr. Thingum Bob betonte. Doch bin ich leutselig und bescheiden geblieben, und sollte ich einst sterben, so wird es mit demütigem Herzen geschehen. Denn was ist es letztlich? – dieses unbeschreibliche Etwas, welches die Menschen ›Genie‹ zu nennen sich nicht nehmen lassen werden? Ich halte es mit Buffon – mit Hogarth – es ist zuletzt nur *Fleiß*.

Nehmen Sie *mich* zum Beispiele! – wie ich rang – wie sauer ich mich plagte – wie ich schrieb! Ihr Götter, schrieb ich *nicht?* Nicht kannte ich das Wort ›Muße‹. Bei Tage hockte ich vor meinem Pult, und bei der Nacht studierte ich im bleichen Schein des Lämpchens, bis das Öl zur Neige ging. Ach, hätten Sie mich einmal nur gesehen – ja, wahrlich, hätten Sie! Ich neigte mich rechts. Ich beugte mich links. Ich sank nach vorn. Ich schwankte nach hinten. Ich saß gar *tête baissée* (wie's im Kickapu heißt), indem ich mein Haupt dicht auf das alabasterne Weiß des Bogens senkte. Und was auch kam, ich – *schrieb*. Ob Freud, ob Leid, ich – *schrieb*. In Hunger und in Durst, ich – *schrieb*. Bei guter Zeitung und bei schlechter Zeitung, ich – *schrieb*. Ob Sonnenschein, ob Mondenschein, ich – *schrieb*. *Was* ich da schrieb, ist nicht zu sagen nötig. Der *Stil!* – das war die Sache. Ich nahm ihn mir von Fettich – flutsch! – witsch! – futsch! – und gebe Ihnen nun dafür ein Beispiel …

DIE TAUSENDUNDZWEITE ERZÄHLUNG DER SCHEHREZAD

Die Wahrheit ist wunderlicher denn alle Erfindung.
Altes Sprichwort

Als ich jüngst – es geschah im Verfolg etlicher orientalischer Forschungen – Gelegenheit hatte, das ›Sachmirdoch-Istesso‹ zu konsultieren, ein Werk, welches (wie der Zohar des Simeon Jochaides) schlechterdings so gut wie unbekannt ist, selbst in Europa, und meiner Kenntnis nach von keinem Amerikaner noch zitiert wurde, – wenn wir, vielleicht, den Autor der ›Denkwürdigkeiten amerikanischer Literatur‹ ausnehmen; – als ich Gelegenheit hatte, so sagte ich, einige Seiten des obgenannten, sehr bemerkenswürdigen Werkes umzuwenden, war ich nicht wenig erstaunt zu entdecken, daß die literarische Welt bislang auf das befremdlichste im Irrtum hinsichtlich des Geschicks der Schehrezad gewesen ist, der Tochter des Wesirs, wie es in den ›Tausendundein Nächten‹ abgeschildert steht, und daß das dort gegebne *dénouement* – wenn nicht, so weit es geht, geradezu ungenau zu nennen – so doch zu mindest dafür zu schelten ist, daß es nicht noch sehr viel weiter ging.

Um volle Unterrichtung in diesem interessanten Gegenstande muß ich den wissensdürstigen Leser auf das ›Sachmirdoch-Istesso‹ selber verweisen: derweil jedoch werde ich wohl Verzeihung finden, wenn ich eine summarische Übersicht dessen gebe, was ich entdeckte.

Es will daran erinnert sein, daß in der üblichen Version besagter Erzählungen ein gewisser Monarch, da er gute Ursache hat, auf seine Königin eifersüchtig zu sein, dieselbe nicht nur zu Tode bringen läßt, sondern überdies ein Gelübde tut, bei seinem Barte und dem Propheten, eine jegliche Nacht fortan die schönste Jungfrau in seinen Landen zum Gespons zu nehmen, um sie sodann am nächsten Morgen dem Henker zu überliefern. Nachdem er dies Gelübde viele Jahre lang auf den Buchstaben genau und mit religiöser Pünktlichkeit und Akkuratesse erfüllt, welche ihm den Ruf, ein Mann von Gottesfurcht und trefflich edlem Sinn zu sein, gebührend reichlich eingetragen hatte, ward er eines Nachmittags (er war, wer möchte zweifeln, eben im Gebete) vom Besuch seines Großwesirs unterbrochen, dessen Tochter, so zeigt sich, ein besonderer Einfall gekommen war.

Diese Tochter hieß Schehrezad, und ihr Einfall ging dahin, entweder das Land von der verheerenden Abgabenlast, welche so hart auf seiner Schönheit ruhte, zu erlösen oder aber selbst, nach dem bewährten Muster aller Heroinen, bei diesem Unternehmen zu Grunde zu gehen.

In diesem Sinne – und obschon, wie wir finden, kein Schaltjahr war (wodurch das Opfer noch weit verdienstlicher) – entsendet sie ihren Herrn Vater, den Großwesir, dem Könige ihre Hand zu offerieren. Diese Hand nimmt derselbe denn auch begierig an – (er hatte sie zu nehmen auf alle Fälle vorgehabt und nur die Sache noch von Tag auf Tag verschoben, einzig weil er sich vor dem Wesir besorgte) – doch indem er sie nunmehr empfängt, gibt er allseits auf das entschiedenste zu verstehen, er hege – Großwesir her oder hin – nicht die leiseste Absicht, auch nur ein Jota seines Gelübdes oder seiner Privilegien aufzugeben. Als denn die liebliche Schehrezad darauf bestand, den König zu ehelichen und ihn auch wirklich ehelichte, trotz ihres Herrn Vaters vorzüglichem Ratschlage, von dergleichen Taten doch lieber Abstand zu nehmen, – als, sagte ich, die Dinge nun wohl oder übel also lagen, geschah's doch immerhin nicht, ohne daß sie die entzückenden schwarzen Augen so weit offen hatte, wie's die Natur des Falles grad nur erlauben wollte.

Es scheint allerdings, als hätte dieses staatskluge Fräulein (das ohne Zweifel Macchiavell gelesen) ein recht ingeniöses kleines Komplott im Köpfchen gehabt. In der Hochzeitsnacht brachte sie es – mit welchem erheuchelten Vorwande, vergaß ich leider – zu Wege, ihre Schwester ein Ruhelager einnehmen zu lassen, das dem des königlichen Paares nah genug lag, um unbeschwerte Konversation herüber und hinüber zu gestatten; und ein weniges vor dem ersten Hahnenschrei trug sie Sorge, den wackeren Monarchen, ihren Herrn Gemahl, zu wecken (welcher ihr denn auch nicht im mindesten darob grollte, gedachte er ihr doch am Morgen das Hälschen umdrehn zu lassen), – sie brachte also, sagte ich, es fertig, ihn zu wecken (obschon er, auf Rechnung eines famosen Gewissens und einer leichten Verdauung, überaus wohl schlummerte), und zwar recht schlau verschmitzt mit Hilfe einer interessanten (von einer Ratte und einer schwarzen Katze, denk' ich, handelnden) Geschichte, welche sie (im Flüsterton, versteht sich) ihrer Schwester erzählte. Als der Tag nun anbrach, traf es sich just so, daß diese Geschichte noch nicht gänzlich zu Ende gekommen und somit Schehrezad, bei Lage der Dinge, auch nicht imstande war, sie zu vollenden, ward es doch hohe Zeit für sie, sich zu erheben und erdrosseln zu lassen – eine Sache, sehr wenig vergnüglicher denn das Hängen, nur eine Kleinigkeit vornehmer.

Des Königs Neubegier jedoch siegte, so muß ich leider vermelden, über seine untadlig frommen Grundsätze und veranlaßte ihn dies eine Mal, die Erfüllung seines Gelübdes bis zum nächsten Morgen noch hintanzustellen – mit dem Zweck und in der Hoffnung, während der kommenden Nacht zu vernehmen, welches Ende es mit der schwarzen Katze (und eine schwarze Katze, denk' ich, war es) und der Ratte genommen habe.

Die Nacht war gekommen, doch die Dame Schehrezad versetzte nicht nur der schwarzen Katze und der Ratte (welche blau war) den Gnadenstoß, sondern ehe sie sich's nur selber recht versah, steckte sie bereits tief in den Verwickelungen einer weiteren Erzählung, deren Gegenstand (wenn ich nicht gänzlich falsch berichtet bin) ein nelkenfarbiges Pferd (mit grünen Flügeln) war, welches von einem Uhrwerk zu schier rasendem Lauf angetrieben und mit einem Indigo-Schlüssel aufgezogen wurde. An dieser Geschichte nahm der König ein womöglich noch gründlicheres Interesse als an der andern, und als der Tag (ohngeachtet allen Bemühens der Königin, noch rechtzeitig bis zur Erdrosselung mit ihr zu Ende zu kommen) noch vor ihrem Beschlusse anbrach, gab es wiederum keinen Ausweg, als den feierlichen Brauch wie vorher um vierundzwanzig Stunden aufzuschieben. In der nun folgenden Nacht ereignete sich ein ähnliches Ungeschick, mit ähnlichem Ergebnis; und insgleichen in der nächsten – und der wieder nächsten; so daß am Ende der wackere Monarch, nachdem er unvermeidlich jeglicher Gelegenheit beraubt, sein Gelöbnis zu halten, und zwar durch einen Zeitraum von nicht weniger denn tausendundein Nächten, es entweder im Verlaufe dieser Zeit schier ganz und gar vergißt oder sich auf regulärem Wege davon entbinden läßt oder (was mich wahrscheinlicher bedünken will) es schlichtweg bricht – und den Hals seines Beichtvaters dazu. Schehrezad jedenfalls, die – da sie in gerader Linie von Eva abstammte – vielleicht gar Erbin jener ganzen sieben Körbevoll Geschwätzigkeit war, welche die genannte Dame, wir wissen's alle, sich im Garten Eden unter den Bäumen auflas, – Schehrezad, so sagte ich, siegte schließlich ob, und der Zolltarif, mit welchem die Schönheit dortzulande belegt war, wurde aufgehoben.

Nun ist dieser Beschluß (den die Geschichte nimmt, so wie sie uns überliefert ist) ganz ohne Zweifel hübsch und recht gefällig – doch, ach!, wie bei so vielem, was gefällt, ist er weitaus gefälliger denn wahr; und allezeit bin ich dem

›Sachmirdoch-Istesso‹ verpflichtet, daß es mir die Mittel an die Hand gab, den Irrtum zu berichtigen. *»Le mieux«,* sagt ein französisches Sprichwort, *»est l'ennemi du bien«,* und als ich erwähnte, daß Schehrezad die sieben Körbevoll Geschwätzigkeit ererbt, hätte ich wohl sollen hinzufügen, daß sie dieselben auf Zins und Zinses Zinsen anzulegen wußte, bis schließlich siebenundsiebzig draus geworden.

»Meine teure Schwester«, so sprach sie in der tausendundzweiten Nacht (und ich zitiere an diesem Punkt den Text des ›Sachmirdoch-Istesso‹ *verbatim),* »meine teure Schwester«, sagte sie, »nun, da die kleine Diffizilität mit dem Erdrosseln sich verflogen hat und die abscheuliche Schönheitssteuer so glücklich aufgehoben ist, fühle ich, daß ich mich einer groben Rücksichtslosigkeit schuldig gemacht habe, indem ich dir und dem Könige (welcher, ich muß es leider sagen, schnarcht – ein Ding, das eines gebildeten Herrn recht unwürdig) den vollen Schluß der Geschichte von Sindbad dem Seefahrer vorenthielt. Dieser Mensch durchlebte noch zahlreiche andere und interessantere Abenteuer, als jene waren, welche ich erzählte; doch die Wahrheit ist, ich wurde etwas schläfrig in jener Nacht ihrer Erzählung und ward somit verführt, sie etwas zu verkürzen – ein erbärmlich Stücklein schlechten Betragens, von welchem ich nur zuversichtlich hoffen kann, daß mir's Allah vergeben möge. Doch ist es ja selbst jetzt noch nicht zu spät, meinem großen Versäumnisse abzuhelfen, und sobald ich nur den König zu ein oder zwei Malen geknippen habe, um ihn so weit zu wecken, daß er davon abläßt, so schauderhaftes Getöse zu veranstalten, will ich sogleich dich (und ihn, wenn es ihm gütigst gefallen möchte) mit der weitern Fortsetzung dieser sehr merkwürdigen Geschichte unterhalten.«

Hierob äußerte die Schwester Schehrezads, wie ich dem ›Sachmirdoch-Istesso‹ entnehme, nicht eben sonderlich begeisterte Dankbarkeit; doch der König stand schließlich, nachdem er hinreichend geknippen worden, von seinem Schnarchen ab und sagte »Hem!« und sodann »Ho!«, als die Königin auch schon, indem sie diese Worte (welche zweifellos Arabisch sind) dahingehend verstand, sie seien die Versicherung, daß er ganz Ohr sowie nach besten Kräften bemüht sein wolle, nicht fürder mehr zu schnarchen, – als die Königin, so sagte ich, nachdem sie diese Dinge zu ihrer Zufriedenheit geregelt, auch schon ohne weitern Verzug mit ihrer Geschichte von Sindbad dem Seefahrer folgendermaßen anhob:

»›Im höhern Alter schließlich‹, (dies sind die Worte Sindbads selber, wie sie von Schehrezad nun nacherzählt wurden), – ›im höhern Alter schließlich, und da ich mich so mancher Jahre der Geruhsamkeit zu Hause erfreut, ward ich auf einmal von neuem besessen von dem Wunsche, fremde Länder zu besuchen; und eines Tages packte ich, ohne nur ein Mitglied meiner Familie mit meiner Absicht bekannt zu machen, aus allen solchen Waren, welche höchstlich wertvoll sind, dabei jedoch den wenigsten Raum einnehmen, einige Bündel zusammen, und indem ich mir für sie einen Träger mietete, zog ich mit demselben hinab zur Küste, um der Ankunft irgend eines Fahrzeugs zu harren, das mich aus dem Reiche fort und in irgend eine Region bringen möchte, die ich noch nicht erforscht.

»›Nachdem wir das Gepäck im Ufersande abgelegt hatten, ließen wir uns unter einer Baumgruppe nieder und blickten hinaus auf den Ozean, in der Hoffnung, es möchte sich ein Schiff sichten lassen; allein durch mehrere Stunden hin wollte sich uns keines zeigen. Schließlich däuchte es mir, als vernähme ich fern ein seltsames Summen und Sausen, und der Lastträger erklärte insgleichen, nachdem er ein Weilchen gelauscht, es sei auch seinem Ohre nicht entgangen. In kurzem ward es noch vernehmlicher und darauf immer noch lauter, so daß wir keinen Zweifel hegen konnten, es käme uns der Gegenstand, welcher seine

Ursache, dauernd näher. Schließlich entdeckten wir am Rand des Horizonts einen schwarzen Fleck, welcher in rasender Schnelle an Größe zunahm, bis wir ihn für ein riesiges Ungeheuer erkannten, das mit einem großen Teil seines Leibes über der Oberfläche des Meeres schwamm. Es kam auf uns zu mit schier unfaßlicher Geschwindigkeit, warf ungeheure Wogen von Gischt um seine Brust und beleuchtete den ganzen Teil des Meers, den es durchschnitt, mit einer langen Linie Feuers, welche bis weit hin in die Ferne zurück reichte.

»›Als das Ding nun immer näher kam, vermochten wir es deutlich zu erkennen. Seine Länge war gleich der von drei der höchsten Bäume, die nur wachsen, und breit war es schier wie der große Audienzsaal in deinem Palast, o du erhabenster und großmütigster der Kalifen. Sein Leib, welcher dem gewöhnlicher Fische ganz unähnlich, war so fest wie ein Felsen und von pechener Schwärze überall, so weit es über dem Wasser dahin schwamm, – mit Ausnahme nur eines schmalen blutroten Streifens, der es vollständig wie ein Gürtel umgab. Der Bauch, der unter der Wasserfläche lag und den wir nur dann und wann flüchtig zu schauen bekamen, denn das Monstrum hob und senkte sich mit den Wogen, war vollkommen mit metallischen Schuppen bedeckt, von einer Farbe wie der des Monds bei neblichtem Wetter. Der Rücken war flach und nahezu weiß, und von ihm ragten sechs Flossenstachel empor, so lang beinahe wie der halbe Leib.

»›Diese erschreckliche Kreatur besaß keinerlei Rachen, den wir hätten feststellen können; doch wie um diesen Mangel wett zu machen, war sie mit wenigstens viermal zwanzig Augen ausgerüstet, welche aus ihren Höhlen hervortraten wie die der grünen Libelle und in zwei Reihen, eine über der andern, rund um den Leib verliefen, parallel zu dem blutroten Streifen, welcher dem Zweck einer Augenbraue zu dienen schien. Zwei oder drei dieser fürchterlichen Augen warn sehr viel größer denn die andern und hatten die Erscheinung pur-gediegnen Goldes.

»›Obgleich sich diese Bestie uns, wie ich zuvor schon sagte, mit der reißendsten Schnelle näherte, so mußte sie gleichwohl doch von Zauberei getrieben worden sein – denn weder besaß sie Flossen wie ein Fisch, noch Schwimmhautfüße wie eine Ente, noch Schalenklappen wie die Seemuschel, die in der Weise eines Segelschiffs sich treiben läßt; auch wand das Untier sich nicht vorwärts, wie die Aale tun. Sein Kopf und Schwanz war gänzlich gleicher Weise gestaltet, nur daß sich, unweit des letztern, zwei schmale Löcher befanden, welche zu Nüstern dienten und durch die das Monstrum seinen dicken Atem mit gewaltiger Heftigkeit ausstieß und mit einem kreischenden und widrigen Geräusch.

»›Unser Entsetzen beim Anblick dieses scheußlichen Dinges war überaus groß; doch übertroffen ward es schier noch von Verwunderung, als wir, kaum daß wir einen nähern Blick darauf hatten, auf dem Rücken der Kreatur eine Unzahl Lebewesen in Größe und Gestalt von Menschen bemerkten, denen sie in der Tat ganz ungemein ähnlich sahen, nur daß sie keine Gewandung trugen (wie Menschen tun), sondern (zweifelsohne von der Natur) mit einer häßlichen, unbequemen Hülle ausgestattet waren, welche zu gutem Teil doch ganz wie Tuch anmutete, jedoch den Leib so hauteng dicht umschloß, daß sie die armen Schelme auf das lächerlichste plump machte und tölpelhaft und sie ersichtlich bittere Pein leiden ließ. Hoch oben auf ihren Köpfen waren quadratische Schachteln angebracht, welche, so dacht' ich auf den ersten Blick, wohl die Bestimmung erfüllen sollten, für Turbane zu dienen; doch bald entdeckte ich, daß sie ganz ungemein schwer und fest waren, und schloß daraus, sie seien eigens künstlich zu dem Plan erfunden, durch ihr großes Gewicht die Köpfe der Lebewesen standhaft und sicher auf den Schultern zu halten. Um die Nacken der Kreaturen waren schwarze Halsbande gelegt (Kennzeichen der Knechtschaft, ohne Zweifel), wie wir sie unsere Hunde tragen lassen, nur noch viel breiter und unendlich steifer, so daß es den armen Opfern schier unmöglich war, den Kopf in irgend nur einer Richtung zu bewegen, ohne den Körper zugleich mitbewegen zu müssen; wodurch sie denn verurteilt waren, in dauernder Beschaulichkeit auf ihre Nasen zu starren – ein Anblick, der in erstaunlichem, wenn nicht schlechterdings bestürzendem Maße möpsisch und abgestumpft wirkte.

»›Als nun das Monstrum nahezu schon das Gestade erreicht hatte, an welchem wir standen, ließ es plötzlich eines seiner Augen ganz unmäßig lang hervorquellen und entsendete aus ihm einen erschrecklichen Feuerblitz, begleitet von einer dichten Wolke Rauchs und einem Krach, welchen ich mit nichts als nur dem Donner vergleichen kann. Als sich der Qualm verzog, sahen wir eines der wunderlichen Menschenwesen nahe dem Kopf des riesigen Biestes stehen, eine Trompete in der Hand, durch welche es (indem es sie zum Munde führte) sich alsbald in lauter, rauher, mißtönend widerlicher Rede an uns wendete, die wir, vielleicht, noch fälschlich gar für eine Sprache gehalten hätten, wäre sie nicht ganz und gar durch die Nase gekommen.

»›Auf solche Weise ganz offensichtlich angesprochen, geriet ich in nicht eben geringe Verlegenheit, wie zu antworten wäre, konnt' ich doch um alles nicht verstehen, was gesprochen ward; und in dieser Schwierigkeit wendete ich mich an den Lastträger, dem vor lauter Entsetzen schon fast die Sinne schwanden, und begehrte von ihm die Meinung zu erfahren, welcher Spezies das Ungeheuer wohl zugehöre, was es begehre, und welche Art Geschöpfe jene wären, die dort auf seinem Rücken umherwimmelten. Auf dieses antwortete der Träger, so wohl er es vor Angst und

Zittern eben nur vermochte, er habe einmal schon von diesem Seegetüm gehört; ein grausamer Dämon sei es, dessen Eingeweide voll Schwefel wären und dessen Blut aus Feuer, geschaffen von schlimmen Dschinnen, um Trübsal und Elend auf die Menschheit zu bringen; die Wesen auf seinem Rücken aber seien ungeziefriges Geschmeiß, wie es zuweilen Katzen und Hunde plage, nur größer etwas und noch blutgieriger; und dieses Ungeziefer habe, wenn auch übel, seinen Zweck und Nutzen – denn durch die Marterung, welche es mit seinem Nagen und Stechen dem Untiere zufüge, werde dieses zu dem Grade von Grimm aufgestachelt, welcher erforderlich wäre, es aufbrüllen zu lassen und Unheil stiften und somit die rachsüchtigen und arglistigen Pläne der boshaften Dschinnen zu erfüllen.

»›Diese Mitteilungen bestimmten mich, alsbald die Beine in die Hand zu nehmen, und ohne auch nur einmal noch hinter mich zu sehen, rannte ich in voller Schnelle hügelan dahin, indessen der Träger die nämliche Eile entwickelte, freilich in fast entgegengesetzter Richtung, so daß er, just hierdurch, schließlich sein Entkommen fand, und zwar mit meinen Bündeln, denen er, da hab' ich keinen Zweifel, die vorzüglichste Fürsorge angedeihen ließ – ob dies auch schon ein Punkt ist, über welchen ich Bestimmtes nicht zu sagen weiß, denn ich erinnere mich nicht, ihn jemals wieder erblickt zu haben.

»›Was nun mich selbst betrifft, so ward ich dermaßen hitzig von einem Schwarm dieses Menschengeziefers verfolgt (es war unterweil in Booten ans Ufer gekommen), daß ich sehr bald schon eingeholt, an Händen und Füßen gebunden und hinüber auf die Bestie geschafft wurde, die unmittelbar darauf wieder hinaus auf die hohe See schwamm.

»›Nun gereute es mich bitterlich meiner Narrheit, ein trautes Heim verlassen zu haben, um mein Leben in Abenteuern wie diesem auf das Spiel zu setzen; doch da alles Klagen nutzlos war, suchte ich das Beste aus meiner Lage zu machen und mühte mich, mir die Gunst des Menschentieres zu erringen, welches die Trompete besaß und offenbar über seine Genossen Gewalt übte. Dieses Bemühen geriet mir denn auch so herrlich, daß mir das Geschöpf bereits nach wenigen Tagen verschiedentliche Zeichen seiner Huld spendete und sich am Ende gar dem Ungemach unterzog, mich die Anfangsgründe dessen zu lehren, was für seine Sprache zu bezeichnen es eitel genug war; so daß ich schließlich in den Stand versetzt ward, mich mit ihm recht flink und flüssig zu unterhalten, und Gelegenheit fand, ihm begreiflich zu machen, wie es mein brennend heißer Wunsch wäre, die Welt zu sehen.

»›*Hatschi kwatschi kwiek, Sindbad, ei diddeldikwaddel grummelmummel, hiss fiss wiss*‹, sagte er eines Tages nach dem Essen zu mir – doch ich bitte tausend Mal um Verzeihung, daß ich vergaß – Ew. Majestät sind mit dem Dialekte der Cockneys ja nicht vertraut (so nämlich wurden diese Menschenmischmaschtiere genannt; vermutlich weil ihre Sprache das Bindeglied zwischen der des Pferds und jener der Hähne bildete). Mit gütiger Erlaubnis will ich's verdolmetschen. ›*Hatschi kwatschi*‹ und so fort – das heißt: ›Ich sehe mit Vergnügen, mein teurer Sindbad, daß du ein wahrlich ganz famoser Bursche bist; nun haben wir da grad eine Sache vor, welche Erdumsegelung genannt wird; und da du so versessen darauf bist, die Welt zu sehen, will ich ein übriges tun und dir freie Passage auf dem Rücken dieses Ungetümes geben.‹«

Als die Dame Schehrezad bis hierher vorgedrungen, wendete sich der König, so berichtet das ›Sachmirdoch-Istesso‹, von der linken Seite auf die rechte und sprach –

»Es ist in der Tat *sehr* überraschend, meine teure Königin, daß du diese letztern Abenteuer Sindbads bis heute übergingst. Weißt du, daß ich sie für überaus unterhaltend und sonderbar erachte?«

Nachdem der König sich solchermaßen ausgesprochen, nahm die schöne Schehrezad, so werden wir berichtet, den Faden ihrer Historie mit den folgenden Worten wieder auf –

»Sindbad fuhr fort, dem Kalifen also zu berichten – ›Ich dankte dem Menschentiere für seine Freundlichkeit und fühlte mich recht bald ganz zu Hause auf dem Monstrum, welches mit schier wundersam gewaltiger Schnelligkeit durch den Ozean dahinschwamm; obgleich die Oberfläche des letztern in jenem Weltteil keineswegs flach und eben ist, sondern rund wie ein Granatapfel, so daß es – so zu sagen – fortwährend hügelauf und hügelab mit uns ging.‹«

»Das war, so däucht mir, doch recht eigentümlich«, unterbrach der König.

»Nichtsdestoweniger ist es die reine Wahrheit«, erwiderte Schehrezad.

»Ich habe da meine Zweifel«, versetzte der König; »doch, bitte, sei so gut und fahre fort mit der Geschichte.«

»Das will ich«, sagte die Königin. »›Das Ungeheuer‹, so berichtete Sindbad weiter dem Kalifen, ›schwamm, wie ich schon erzählte, bergauf und bergab, bis wir schließlich zu einem Eiland kamen, das viele hundert Meilen im Umfange maß, doch gleichwohl mitten im Meere von einer Kolonie kleiner Lebewesen erbaut worden war, so winzig wie die Raupen*.«

»Hem!« sagte der König.

»›Nachdem wir dieses Eiland verlassen‹, sagte Sindbad –« (und Schehrezad nahm – wohlverstanden – keinerlei Notiz von ihres Gatten unmanierlichem Zwischenruf) – »›nachdem wir dieses Eiland verlassen, kamen wir zu einem anderen, auf dem die Wälder von festem Steine waren und so

* Die Korallentierchen.

hart, daß auch die bestgehärteten Äxte daran zersplitterten, als wir uns damit mühten, sie umzuschlagen.‹«*

»Hem!« sagte der König abermals; doch Schehrezad beachtete ihn gar nicht und fuhr in der Erzählung Sindbads fort.

»›Als wir auch dieses Eiland hinter uns gelassen, erreichten wir ein Land, darin war eine Höhle, die ganze dreißig oder vierzig Meilen lang in den Eingeweiden der Erde verlief und eine größere Anzahl weit geräumigerer und herrlicherer Paläste barg, denn in Damaskus und Bagdad zusammen gefunden werden. Von den Gewölben dieser Paläste hingen Myriaden von Edelsteinen nieder, Diamanten gleich, doch von mehr denn Mannes Größe; und in den Straßen, mitten zwischen Türmen, Pyramiden und

* »Eines der allermerkwürdigsten Naturschauspiele in Texas ist – nahe der Quelle des Pasigno-Flusses gelegen – ein versteinerter Wald. Er besteht aus mehreren Hundert Bäumen, welche – aufrecht stehend – allesamt zu Stein geworden. Einige Bäume, die gegenwärtig noch wachsen, sind bereits teilweise versteint. Dies ist ein durchaus bestürzender Tatbestand für die Naturphilosophen und muß sie veranlassen, die bestehende Theorie über die Versteinerung zu modifizieren.« – *Kennedy*, Texas I, S. 120.

Dieser Bericht, der zuerst nur wenig Glauben fand, ist unterweil durch die Entdeckung eines vollkommen versteinerten Waldes nahe den Quellgewässern des Chayenne- oder Chienne-Flusses bekräftigt worden, welcher seinen Ursprung in den Black Hills der Felsengebirge hat.

Vielleicht gibt es auf dem gesamten Globus kaum ein Schauspiel – weder vom geologischen noch vom landschaftlich-malerischen Gesichtspunkt aus –, das merkwürdiger wäre als jenes, das der versteinerte Wald bei Kairo bietet. Der Reisende wendet sich, nachdem er die gleich vor den Toren der Stadt liegenden Kalifengräber hinter sich gelassen, im nahezu rechten Winkel zur nach Suez führenden Wüstenstraße gen Süden, wandert einige zehn Meilen weit in einem unfruchtbaren Tal dahin, das mit Sand bedeckt ist, mit Kies und mit Muscheln, so frisch noch, als sei erst gestern die Flut darüber gegangen, und überquert sodann eine niedere Kette von Sandhügeln, welche bereits eine Strecke weit

Tempeln, fluteten gewaltige Ströme dahin, so schwarz wie Ebenholz und wimmelnd belebt von Fischen, die keine Augen hatten.‹«*

»Hem!« sagte der König.

»›Wir schwammen sodann in eine Region des Meeres, wo wir einen hohen Berg fanden, an dessen Hängen reißende Ströme schmelzflüssigen Metalls herniederfluteten, einige davon zwölf Meilen breit und sechzig Meilen lang**; indessen aus einem Krater auf dem Gipfel eine solche Aschenmasse hervorbrach, daß am Himmel die Sonne davon vollkommen ausgelöscht ward und es dunkler wurde denn in der finstersten Mitternacht; so daß es, als wir auch nur erst hundertundfünfzig Meilen dem Berge nahe waren, sich für unmöglich zeigte, auch nur die hell-

parallel zu seinem Pfade verlaufen sind. Der Anblick, der sich ihm nun bietet, ist über alle Beschreibung seltsam und öd. Eine Menge von Baumüberresten, die sämtlich zu Stein geworden sind und wie Gußeisen erklirren, trifft sie der Huf des Pferdes, breitet sich, in Gestalt eines abgestorbenen und hingestreckten Waldes, Meilen und Meilen weit vor dem Blicke aus. Das Holz ist von dunkelbrauner Färbung, doch bewahrt es vollkommen seine Form; die Stücke sind dabei zwischen einem und fünfzehn Fuß lang und einen halben bis drei Fuß dick und liegen so dicht gestreut beieinander, wohin das Auge nur reicht, daß sich ein egyptischer Esel kaum seinen Weg zwischen ihnen hindurch bahnen kann, und so natürlich, daß, läge die Stätte in Schottland oder Irland, sie ganz ohne weiteres für ein ungeheures entwässertes Moor hingehen könnte, auf dem die wieder ausgegrabenen Bäume verfaulend in der Sonne liegen. Die Wurzeln und Ästereste sind in vielen Fällen vollkommen erhalten, und in einigen gar lassen sich leicht noch die unter der Rinde eingefressenen Wurmlöcher erkennen. Die zartesten Saftgefäße und -adern und überhaupt alle feinern Teile im Innern des Holzes sind vollkommen wohl bewahrt und halten der Prüfung mit dem stärksten Vergrößerungsglase stand. Das Ganze ist so durch und durch verkieselt, daß sich Glas damit ritzen läßt; auch kann man es auf hohen Glanz polieren. – ASIATIC MAGAZINE III, S. 359.

* Die Mammut-Höhle von Kentucky.

** Auf Island, 1783.

sten Gegenstände zu erkennen, so nah wir sie uns auch ans Auge brachten.‹«*

»Hem!« sagte der König.

»›Nachdem wir dieser Küste den Rücken gekehrt, setzte das Ungeheuer seine Reise fort, bis wir auf ein weiteres Land stießen, in welchem die Natur der Dinge sich schier verkehrt zu haben schien – denn hier erblickten wir einen großen See, auf dessen Grunde, mehr denn einhundert Fuß unter der Wasserfläche, ein hoch und üppig gewachsener Wald in vollem Blätterschmucke grünte.‹«**

»Ho!« sagte der König.

»›Einige hundert Meilen weiter brachten uns zu einem Himmelsstrich, da war die Luft so überaus dicht und dick, daß sie Eisen trug oder Stahl, ganz wie die unseren Federn.‹«***

»Papperlapapp«, sagte der König.

* »Beim Ausbruch des Hekla im Jahre 1766 erzeugten Wolken dieser Art einen solchen Grad von Verfinsterung, daß zu Glaumba, das mehr denn fünfzig Meilen von dem Berge entfernt liegt, die Menschen nur durch Tasten ihren Weg finden konnten. Beim Ausbruch des Vesuvs im Jahre 1794 konnte man zu Caserta, vier Seemeilen entfernt, einzig bei Fackellicht ausgehen. Am 1. Mai 1812 bedeckte eine Wolke aus vulkanischer Asche und Sand, die aus einem Krater auf der Insel St. Vincent hervorbrach, das gesamte Barbados, indem sie darüber ein so dichtes Dunkel breitete, daß man, zu Mittag und im Freien, weder Bäume noch andere Gegenstände in der Nähe wahrzunehmen vermochte, selbst nicht ein weißes Taschentuch, hielt man es sich nur sechs Zoll vom Auge ab.« – *Murray*, Encyclopaedia of Geography, Phil. Ed. S. 215.

** »Im Jahre 1790 sank in Caraccas während eines Erdbebens der granitene Boden ein und bildete einen See von achthundert Yards Durchmesser und achtzig bis hundert Fuß Tiefe. Ein Teil des Waldes von Aripao versank dabei, und die Bäume blieben noch mehrere Monate lang unter Wasser grün.« – *Murray*, Encyclopaedia of Geography, S. 221.

*** Der härteste Stahl, der je hergestellt wurde, läßt sich vor dem Lötrohr-Gebläse in unfühlbar feinen Staub verwandeln, der ohne weiteres in der atmosphärischen Luft schwebt.

»›Indem wir weiter immer der selben Richtung folgten, gelangten wir bald zu der allerherrlichsten Gegend der Welt. Durch sie hin wand sich, mehrere tausend Meilen lang, ein gar erhabner Fluß. Dieser Fluß war von unaussprechlicher Tiefe und einer Klarheit, reicher denn die des Bernsteins. Seine Breite schwoll von drei zu sechs Meilen; und seine Ufer, welche an beiden Seiten lotrecht zu zwölfhundert Fuß Höhe emporstiegen, wurden von immerblühenden Bäumen gekrönt und von unaufhörlich süßduftenden Blumen, welche das ganze Gebiet zu einem einzigen Prachtgarten machten; doch der Name dieses üppigen Landes lautete: das Reich des Schreckens, und es betreten hieß unrettbar dem Tode verfallen.‹«*

»Na, na!« sagte der König.

»›Dieses Reich verließen wir in großer Eile und kamen, nach einigen Tagen, zu einem anderen, darin wir zu unserm Erstaunen Myriaden Monster-Tiere mit sensenähnlichen Hörnern auf den Köpfen erblickten. Diese scheußlichen Bestien graben sich ungeheure Höhlungen von trichterförmiger Gestalt in den Erdgrund und säumen die Seiten dann mit Felsbrocken, welche so aufeinander geschichtet sind, daß sie augenblicklich zusammenstürzen, wenn ein anderes Tier daran rührt, und dieses hinabreißen in die Höhlengrube der Monstren, wo ihm alsbald das Blut ausgesogen und sein Leichnam hernach verächtlich fortgeschleudert wird – bis hin zu unermeßlicher Entfernung von den Höhlen des Todes.‹«**

* Das Gebiet des Niger. – Siehe *Simmond's* COLONIAL MAGAZINE.

** Der *Myrmeleon* – Ameisenlöwe. Der Ausdruck ›Monstrum‹ läßt sich sehr wohl auf kleine wie auf große Abnormitäten anwenden, indessen Eigenschaftsworte wie ›ungeheuer‹ nur relativ zu nehmen sind. Die Höhle des Myrmeleon ist durchaus ›ungeheuer‹ im Vergleich zum Loch der gemeinen roten Ameise. Entsprechend ist ein Körnchen Kieselerde eben auch ein ›Felsbrocken‹.

»Puh!« sagte der König.

»›Bei der Fortsetzung unserer Reise erblickten wir nun ein Gebiet, da wuchsen in überreichlichem Maße Pflanzen, welche nicht auf dem Erdboden gediehen, sondern in der Luft.* Andere auch fanden sich dort, die entsprossen den Substanzen anderer Pflanzen**; wieder andere sogen ihre Lebenssäfte aus den Leibern lebendiger Tiere***; und dann wieder gab es welche, die ganz und gar in gleißendem Licht erglühten****; welche, die ganz nach Behagen von Ort zu Ort wechselten*****; und schließlich – was wohl noch wunderbarer ist – entdeckten wir Blumen, die lebten und atmeten und ihre Kelchränder ganz nach Willen bewegen konnten; sie hatten überdies die abscheuliche Lei-

* Das *Epidendron flos aeris* aus der Orchideenfamilie wächst auf Bäumen oder andern Objekten, an deren Oberfläche bloß es seine Wurzeln klammert, ohne aus ihnen selber Nahrung zu beziehen; es lebt also durchaus von der Luft.

** Die Parasiten oder Schmarotzerpflanzen – wie etwa die wundervolle *Rafflesia Arnoldi.*

*** *Schouw* spricht für eine Pflanzengattung, die auf lebendigen Tieren wächst, die *Plantae Epizoae.* Zu ihr gehören die *Fuci* und *Algae.* Mr. J. B. *Williams* aus Salem, Mass., präsentierte dem ›National Institute‹ ein Insekt aus Neuseeland mit der folgenden Beschreibung: »Die *Hotte,* entschieden eine Raupe oder ein Wurm, siedelt am Fuße des Ratabaumes, wie man gefunden hat, und aus ihrem Kopfe wächst eine Pflanze. Dieses höchst wunderliche und außerordentliche Insekt wandert am Rata- wie auch am Puriribaume empor und frißt sich, indem es hoch droben im Wipfel eindringt, seinen Weg hernieder durch den ganzen Stamm des Baums, bis es die Wurzel erreicht; dort kommt es dann wieder hervor und stirbt oder verfällt in Schlaf, und die Pflanze wächst und gedeiht aus seinem Kopfe; der Leib bleibt vollkommen und ganz, nur ist er von härterer Substanz als zuvor im Leben. Aus diesen Insekten bereiten sich die Eingeborenen einen Färbestoff zum Tätowieren.«

**** In Bergwerken und natürlichen Höhlen findet sich eine Sorte kryptogamen *Fungus,* welcher ein hell phosphoreszierendes Leuchten aussendet.

***** *Orchis, scabius* und *vallisneria.*

denschaft der Menschheit, sich andere Geschöpfe zu Sklaven zu machen und sie in schauerliche und einsam-öde Kerkerzellen zu sperren, bis die Gefangenen die ihnen auferlegte Fronarbeit erfüllt hatten.‹«*

»Bah!« sagte der König.

»›Auch dieses Land verließen wir, um bald darauf in ein anderes zu gelangen, woselbst die Bienen und die Vögel Mathematiker von solch genialischer Gelahrtheit sind, daß sie alltäglich den Weisen des Reichs in der Wissenschaft der Geometrie Unterricht erteilen. Der dortige König hatte eine Belohnung ausgesetzt für die Lösung zweier ungemein kniffliger Probleme, und auf der Stelle wurden sie gelöst – das eine von den Bienen, das andre von den

* »Der Blütenkelch dieser Blume *(Aristolochia Clematitis),* der die Gestalt einer Röhre besitzt, doch nach oben in einem bandförmigen Rande endet, ist auf dem Grunde kugelartig aufgeblasen. Der Röhrenteil ist innen mit steifen Haaren besetzt, die niederwärts gerichtet sind. Der Kugelteil enthält den Stempel, der nur aus Fruchtknoten und Narbe besteht, sowie die ihn umgebenden Staubfäden. Doch da nun diese Staubfäden kürzer sind als selbst der Fruchtknoten, können sie den Blütenstaub nicht unmittelbar auf die Narbe bringen, da die Blüte bis nach der Befruchtung stets aufrecht steht. So muß denn, ohne zusätzliche Hilfe von außen, der Blütenstaub notwendigerweise nieder auf den Boden des Kelches fallen. Die Hülfe, welche die Natur in diesem Fall bereit gestellt hat, besteht nun in der Tätigkeit der *Tipula Pennicornis,* eines kleinen Insekts, welches auf der Suche nach Honig in die Kelchröhre gerät, bis auf den Boden niederdringt und dort herumstöbert, bis es am Ende ganz und gar mit Blütenstaub bedeckt ist; doch nun findet es seinen Weg nicht wieder hinaus, da doch die Haare nach innen niederwärts weisen und wie die Drähte einer Mausefalle zu einem Punkte zusammenlaufen; und indem es ungeduldig wird ob seiner Gefangenschaft, stiebt es rückwärts und vorwärts und versucht es in jedem Winkel, bis es, nachdem es solcher Art wiederholt über die Narbe hingestrichen ist, dieselbe mit zur Befruchtung hinreichendem Blütenstaub bedeckt hat, in Folge dessen die Blüte sich schlaff zu neigen beginnt und die Härchen in der Röhre zur Seite schrumpfen, so daß Raum entsteht, der das Insekt bequem entweichen läßt.« – *Rev. P. Keith*, SYSTEM OF PHYSIOLOGICAL BOTANY.

Vögeln; doch da der König ihre Lösungen geheim bewahrte, geschah's erst nach den gründlichsten Forschungen und Mühen, und nachdem unendlich viele dicke Bücher darob geschrieben waren, eine ganze Reihe von Jahren lang, daß die menschlichen Mathematiker schließlich bei der nämlichen Lösung anlangten, welche die Bienen und Vögel augenblicklich gefunden hatten.‹«*

»Ach du meine Güte!« sagte der König.

»›Kaum hatten wir dieses Imperium aus dem Gesicht verloren, als wir uns schon vor eines anderen Küste fanden, von der über unsere Köpfe weg ein Schwarm von Fluggetier dahinstrich – wohl eine Meile breit und zweihundertundvierzig Meilen in der Länge; so daß es, ob sie schon gleich eine Meile in jeder Minute zurücklegten, nicht weniger als vier Stunden brauchte, bis der ganze Zug über

* Die Bienen haben – von allem Anfang her – ihre Zellen stets mit solchen Seiten, in solcher Anzahl und mit solchen Winkeln konstruiert, wie – und das hat man bewiesen, in einem die tiefsten Grundsätze der Mathematik in sich beschließenden Problem – eben genau Seiten, Anzahl und Winkel beschaffen sein müssen, um den Geschöpfen größtmöglichen Raum bei größtmöglicher Festigkeit der Struktur zu bieten.

Im letzten Teil des verfloßnen Jahrhunderts ward unter Mathematikern die Frage aufgeworfen, »die beste Form zu bestimmen, welche sich den Flügeln einer Windmühle geben läßt – unter Berücksichtigung ihrer wechselnden Entfernung sowohl von den sich drehenden Gestellen als auch vom Mittelpunkte der Umdrehung.« Dies ist ein äußerst kompliziertes Problem, denn es heißt, in andern Worten, eben soviel als die bestmögliche Stellung bei einer unendlichen Zahl verschiedener Entfernungen und einer unendlichen Menge von Punkten am Hebelarme suchen. Wohl tausend fruchtlose Versuche wurden von Seiten der berühmtesten Mathematiker unternommen, die Frage zu beantworten; und als man endlich eine unwiderlegbare Lösung gefunden, da zeigte sich's, daß sie in den Flügeln des Vogels gelegen hatte – von Anbeginn schon, seit der erste Vogel die Lüfte durchschnitten.

uns hinweg war – und es flogen darin Millionen und Abermillionen Vögel.‹«*

»Ach du grüne Neune!« sagte der König.

»›Wir waren diese Vögel, welche uns beträchtlichen Verdruß verursachten, eben glücklich losgeworden, als wir ob der Erscheinung eines Vogels andrer Art erschraken, eines unendlich größern noch, als jene Ruchs waren, die mir auf meinen frühern Reisen begegneten; denn er war riesiger noch als die riesigste Kuppel deines Serails, o großmütigster der Kalifen! Dies schreckliche Geflügel hatte unseres Bemerkens keinerlei Kopf, sondern ganz und gar nur eines Bauches Gestalt, welcher auf das wundersamste fett und prall war und aus einem feinen, weichen, glänzenden und verschiedenfarbig gestreiften Stoffe zu bestehen schien. In seinen Klauen trug das Untier, hinauf zu seinem Horste in den Himmeln, ein ganzes Haus, von welchem es das Dach herabgeschlagen hatte und in dessen Innern wir mit aller Deutlichkeit menschliche Wesen gewahrten, die gewißlich in einem Zustand trostloser Verzweiflung ihrem schauerlichen Schicksal entgegenblickten. Wir schrien laut mit aller Macht, in der Hoffnung, es möchte der Vogel darob erschrecken und seine Beute fahren lassen; allein er gab nur – wie vor Wut – ein Schnauben oder Paffen von sich und ließ auf unsre Köpfe einen schweren Sack niederfallen, der, wie sich zeigte, mit Sand gefüllt war.‹«

»Dummes Zeug!« sagte der König.

»›Gleich nach diesem Abenteuer geschah's, daß wir uns einem Erdteil von unermeßlicher Ausdehnung und unge-

* »Er bemerkte einen Flug Tauben, der zwischen Frankfort und dem Indiana-Territorium dahinzog – wenigstens eine Meile breit; vier Stunden dauerte es, bis er vorüber war; das ergibt bei einer Geschwindigkeit von einer Meile auf die Minute, eine Länge von 240 Meilen; und nimmt man drei Tauben auf den Quadrat-Yard an, so hatte der Flug ganze 2 230 272 000 Tauben.« *Leutnant F. Hall,* TRAVELS IN CANADA AND THE UNITED STATES.

heuerlicher Massivität näherten; nichtsdestoweniger ruhte er vollkommen auf dem Rücken einer himmelblauen Kuh, die ganze vierhundert Hörner hatte.‹«*

»*Das* will ich wohl glauben«, sagte der König, »denn ich habe früher einmal etwas der Art in einem Buche gelesen.«

»›Wir nahmen unsern Weg unter diesem Erdteile her (indem wir nämlich zwischen den Beinen der Kuh hindurchschwammen) und fanden uns nach einigen Stunden in einem wahrlich wunderbaren Lande, welches, so ward ich von dem Menschentier berichtet, seine eigene Heimat war, bewohnt von Wesen seiner eignen Gattung. Dies ließ das Menschentier beträchtlich in meiner Hochachtung steigen; und in der Tat begann ich mich der geringschätzigen Vertraulichkeit zu schämen, mit der ich es behandelt; fand ich doch, daß diese Menschentiere insgesamt ein Volk höchst mächtiger Magier waren, in deren Hirnen Würmer lebten, unzweifelhaft dem Zwecke dienlich, sie durch ihr peinvolles Kribbeln und Krabbeln zu den allerwunderbarsten Taten der Imagination anzuregen.‹«**

»Unfug!« sagte der König.

»›Bei diesen Magiern lebten verschiedene Haustiere von recht eigentümlicher Art; zum Beispiel gab es da ein ungeheures Roß, dessen Gebein aus Eisen und dessen Blut aus kochendem Wasser bestand. An Stelle des Hafers erhielt es schwarze Steine zur gewöhnlichen Nahrung; und doch war es, trotz so unfreundlicher Kost, dermaßen stark und geschwind, daß es eine Ladung, gewichtiger noch als der gewaltigste Tempel in dieser Stadt, in einer Schnelle

* »Die Erde wird getragen von einer blaufarbenen Kuh, welche Hörner hat – vierhundert an Zahl.« *Sale's* Koran.

** »Die Entozoen oder Eingeweidewürmer sind wiederholt in den Muskeln und in der Hirnsubstanz von Menschen festgestellt worden.« Siehe *Wyatt's* PHYSIOLOGY, S. 143.

davontrug, welche gar den Flug der meisten Vögel übertraf.‹«*

»Eitel Geschwätz!« sagte der König.

»›Des weitern sah ich bei diesem Volk eine Henne ohne jegliches Gefieder, doch größer denn ein Kamel; an Stelle von Fleisch und Knochen hatte sie Eisen und Ziegelsteine; ihr Blut bestand, wie das des Rosses (welchem sie in der Tat nahe verwandt war), aus kochendem Wasser; und gleicherweise fraß sie nichts denn Holz oder schwarze Steine. Diese Henne brachte sehr häufig ein Hundert Küken am Tage hervor; und nach der Geburt wohnten diese noch mehrere Wochen lang im Bauche ihrer Mutter.‹«**

»Firlefanz!« sagte der König.

»›Einer aus diesem Volk von mächtigen Zauberern erschuf einen Menschen aus Messing, Holz und Leder und begabte ihn mit solchem Geiste, daß er im Schachspiel schier der ganzen Menschheit hätte obsiegen können – mit Ausnahme natürlich des großen Kalifen Harun al Raschid.*** Ein anderer Magus konstruierte (aus ähnlichem Material) ein Geschöpf, das gar den Geist seines Erfinders selber noch in den Schatten stellte; denn so gewaltig waren die Kräfte seiner Vernunft, daß es in einer Sekunde Berechnungen von so wüstem Ausmaß durchführte, wie die vereinigte Arbeit von fünfzigtausend Menschen von Fleisch und Blut sonst nur in vier Jahren hätte bewältigen mögen.**** Ein gar noch erstaunlicherer Zauberer aber formte sich ein mächtiges Ding, das weder Mensch noch Tier war, jedoch ein Hirn aus Blei besaß, vermischt mit

* Auf der *Great-Western-Railway* zwischen London und Exeter wurde eine Geschwindigkeit von 71 Meilen auf die Stunde erreicht. Ein Zug im Gewicht von 90 Tonnen raste von Paddington nach Didcot (53 Meilen) in 51 Minuten.

** Das Eccaleobion.

*** *Maelzel's* Automatischer Schachspieler.

**** *Babbage's* Rechenmaschine.

einem schwarzen, dem Peche gleichen Stoff, und Finger, welche es mit solcher Schnelle und Geschicklichkeit beschäftigte, daß es schier keinerlei Beschwer gehabt hätte, in einer Stunde wohl zwanzigtausend Mal den Koran abzuschreiben; und dies mit so erlesener Genauigkeit, daß gleich in keiner dieser Abschriften eine Abweichung von auch nur Haares Breite sollte gefunden werden. Dies Ding besaß so ungeheure Stärke, daß es auf einen Atemzug die mächtigsten Reiche aufrichtete oder stürzte; doch ward seine Macht gleicher Weise zum Übeln wie zum Guten verwendet.‹«

»Lächerlich!« sagte der König.

»›Unter diesem Volk der Schwarzkünstler gab es auch Einen, in dessen Adern floß das Blut der Salamander; denn er trug keinerlei Bedenken, sich in einen rotheißen Backofen zu setzen, um daselbst seinen Tschibuk zu rauchen, bis sein Essen auf der Herdsohle vollständig gar geworden war.* Ein Anderer besaß die Fähigkeit, die gemeinen Metalle in Gold zu verwandeln, ohne während dieses Vorganges auch nur einen Blick darauf zu tun.** Ein wieder Anderer hatte ein so delikates Tastgefühl, daß er einen Draht machte – so fein, daß er gleich unsichtbar war.*** Ein weiterer verfügte über eine so geschwinde Auffassungsgabe, daß er jede einzelne Bewegung eines elastischen Körpers zu zählen vermochte, indem derselbe mit einer Geschwindigkeit von neunhundert Millionen Malen in der Sekunde rückwärts und vorwärts sprang.‹«****

»Absurd!« sagte der König.

* *Chabert,* und nach ihm hundert Andere.

** Galvanostegie.

*** *Wollaston* stellte für das Fadenkreuz in einem Teleskope einen Draht aus Platin von einem Achtzehntausendstel Zoll Dicke her. Man konnte ihn nur mit der Hilfe eines Mikroskopes wahrnehmen.

**** *Newton* hat bewiesen, daß die Retina unter dem Einflusse des violetten Spektrum-Strahles 900 000 000 Mal in der Sekunde vibrierte.

»›Ein andrer dieser Magier vermochte es, mit der Hilfe eines Fluidums, das niemand je noch erblickte, die Leichname seiner Freunde dahin zu bringen, daß sie ihre Arme schwenkten, mit den Füßen ausstießen, boxten und fuchtelten oder gar noch sich erhoben und nach seinem Willen tanzten.* Ein andrer hatte seine Stimme zu solchem Maße ausgebildet, daß er sich hätte von einem Ende der Erde zum andern verständlich machen können.** Ein andrer besaß einen so langen Arm, daß er sich in Damaskus niedersetzen und zur selben Zeit in Bagdad einen Brief zu Papier bringen konnte – oder wo immer sonst, in welcher Ferne auch, es ihm gefiel.*** Ein anderer gebot dem Blitz, vom Himmel zu ihm herniederzukommen, und er kam auf seinen Ruf, und diente ihm zum Spielzeug, da er kam. Ein anderer nahm zwei laute Töne und schuf aus ihnen eine Stille. Ein anderer wieder stellte eine tiefe Finsternis aus zwei hellglänzenden Lichtstrahlen her.**** Ein andrer machte Eis in einem rotglühenden Schmelz-

* Die Voltaische Säule.

** Der Elektro-Telegraph übermittelt Nachrichten innerhalb eines Augenblicks – und zwar über jede Entfernung wenigstens auf der Erde hin.

*** Der Druck-Telegraph.

**** Geläufige Experimente in der Naturphilosophie. Wenn zwei rote Strahlen von zwei Lichtquellen aus in eine Dunkelkammer so entsendet werden, daß sie auf eine weiße Fläche treffen, und sie differieren in ihrer Länge um 0,0 000 258 eines Zolls, so wird ihre Intensität verdoppelt. Gleiches geschieht, wenn der Längenunterschied ein gerades Vielfaches dieses Bruches beträgt. Eine Multiplikation mit $2\frac{1}{4}$, $3\frac{1}{4}$ usf. ergibt eine Intensität, welche bloß einem Strahl entspricht; doch eine Vervielfältigung mit $2\frac{1}{2}$, $3\frac{1}{2}$ usf. erbringt das Resultat totaler Dunkelheit. Bei violetten Strahlen treten ähnliche Effekte auf, wenn der Längenunterschied 0,000 157 eines Zolls beträgt; und bei allen andern Strahlen sind die Resultate die selben – wobei die Differenz gleichmäßig wechselt von Violett nach Rot. Analoge Experimente in Bezug auf den Schall erbringen analoge Resultate.

tiegel.* Ein andrer hieß die Sonne sein Bildnis malen, und die Sonne tat's.** Ein andrer ließ sich vom Monde und den Planeten erleuchten, und nachdem er sie zuerst mit peinlicher Genauigkeit gewogen, drang er forschend in ihre innersten Tiefen und ermittelte die Dichtigkeit des Stoffes, aus welchem sie gemacht sind. Doch ist tatsächlich das ganze Volk von so überraschend zauberischen Fähigkeiten, daß weder seine Kinder noch seine gewöhnlichsten Katzen und Hunde irgend nur Schwierigkeit haben, Gegenstände zu sehen, welche überhaupt nicht existieren oder bereits zwanzigtausend Jahre vor der Geburt des Volkes selbst vom Angesicht der Schöpfung waren getilgt worden.‹«***

* Man stelle einen Platin-Tiegel über einen Spiritusbrenner und erhitze ihn bis zum Rotglühen; gieße sodann etwas Schwefelsäure hinein, und es wird sich zeigen, daß diese – obschon bei gewöhnlicher Temperatur der allerflüchtigste Stoff – in solch einem heißen Tiegel vollkommen erhalten bleibt und nicht ein Tropfen verdunstet; denn da sie von einer eignen Atmosphäre umgeben ist, so berührt sie selber tatsächlich die Wandungen gar nicht. Nun gibt man ein paar Tropfen Wassers zu, und alsbald kommt die Säure in Berührung mit den erhitzten Wänden des Tiegels, entweicht in schweflig-saurem Dampfe, und zwar so geschwind, daß der Wärmestoff des Wassers mit fortgerissen wird und dieses selbst als ein Klumpen Eises zu Boden fällt; ergreift man den Augenblick, ehe es noch wieder schmelzen kann, so mag tatsächlich ein Klumpen Eis aus einem glühheißen Gefäße genommen werden.

** Die Daguerreotypie.

*** Obgleich das Licht 200 000 Meilen in der Sekunde zurücklegt, ist doch die Entfernung des nach unserer Vermutung nächsten Fixsternes (Sirius) so unfaßlich groß, daß seine Strahlen *mindestens* drei Jahre brauchen würden, die Erde zu erreichen. Für Sterne jenseits davon wären zwanzig – oder gar tausend – Jahre noch eine müßige Schätzung. Wenn solche Sterne nun also vor 20 oder vor 1000 Jahren zu Nichts geworden wären, so möchten wir sie doch heute noch sehen, und zwar an dem Lichte, welches von ihnen – vor 20 oder vor 1000 Jahren in der Vergangenheit – ausging. Daß viele Gestirne, die wir täglich erblicken, in Wirklichkeit gar nicht mehr existieren, ist nicht unmöglich – ja, nicht einmal unwahrscheinlich. (Anmerkung des ›Broadway Journal‹.)

»Abgeschmackt!« sagte der König.

»›Die Weiber und Töchter dieser unvergleichlich großen und weisen Magier‹«, fuhr Schehrezad fort, ohne sich auch nur im mindesten von diesen häufigen und höchst ungezogenen Unterbrechungen von Seiten ihres Gatten beirren zu lassen, – »›die Weiber und Töchter dieser hervorragenden Zauberer sind der Inbegriff der Wohlerzogenheit und Bildung – und würden auch der Inbegriff bestrickender Schönheit sein, wäre nicht ein unseliges Verhängnis, welches über sie gekommen ist und von dem nicht einmal die wunderbaren Kräfte ihrer Ehegatten und Väter sie bislang zu erretten vermochten. Verhängnis naht in mancherlei Gestalt, hier so – dort anders, doch dieses, von dem ich spreche, kam in Gestalt einer Grille.‹«

»Einer was?« fragte der König.

»›Einer Grille‹«, sagte Schehrezad. »›Einer der bösen Dschinnen, welche fortwährend auf der Lauer liegen, Übles zu stiften, hat dieselbe den besagten wohlerzogenen Damen in die Köpfe gesetzt, indem er ihnen einblies, es bestehe jenes Ding, welches wir als persönliche Schönheit beschreiben, insgesamt im höckrigen Hervorragen jener Region, die nicht gar sehr weit unterhalb der Lendengegend liegt. – Der Gipfel der Lieblichkeit, so sagen sie, rage in direktem Verhältniß zum Ausmaß jenes Hümpels. Nachdem sie nun schon lange von dieser Idee besessen und Polsterkissen billig sind im Lande, ist lange bereits die Zeit dahin, da es noch möglich war, ein Weib von einem Dromedar zu unterscheiden –‹«

»Nun aber genug!« sagte der König, – »das kann und will ich nun nicht länger mehr ertragen. Du hast mir schon

Der ältere Herschel behauptet, es hätte das Licht der schwächsten Stern-Nebel, welche durch sein großes Teleskop sichtbar wurden, ganze 3 000 000 Jahre brauchen müssen, um die Erde zu erreichen. Einige, die Lord Ross' Instrument sichtbar machte, haben dann zumindest 20 000 000 gebraucht. (Anmerkung Griswold.)

einen schlimmen Kopfschmerz bereitet mit deinen Lügen. Auch bricht, so sehe ich, der Tag schon an. Wie lange waren wir verheiratet? – mein Gewissen beginnt, mir wieder beschwerlich zu fallen. Und dann noch diese Sache mit dem Dromedar – hältst du mich denn für einen baren Narren? Alles in allem – du stehst am besten denn doch gleich auf und läßt dich erdrosseln.«

Diese Worte, so erfahre ich aus dem ›Sachmirdoch-Istesso‹, betrübten und verwunderten Schehrezad in eins; doch da sie den König als einen Mann von gewissenhafter Redlichkeit kannte, der schwerlich sich sein Wort würde abdingen lassen, so fand sie sich mit Anstand in ihr Schicksal. Starke Tröstung jedoch empfing sie (derweilen sich die Schlinge um ihren Hals zusammenzog) aus dem Gedanken daran, daß ein beträchtlicher Teil ihrer Geschichte nun noch unerzählt geblieben war und daß ihr Scheusal von einem Ehemanne nur seinen gerechten Lohn geerntet hatte, indem er sich selber der Möglichkeit beraubte, noch viele unbegreiflichere Abenteuer zu erfahren.

DISPUT MIT EINER MUMIE

Das Symposium des vorhergehenden Abends war doch um ein Spürchen zu viel für meine Nerven gewesen. Ich hatte nichtswürdiges Kopfweh, und war hoffnungslos dösig. Infolgedessen – anstatt auszugehen & den Abend wie vorgeplant zu verbringen – kam mir auf einmal der Gedanke, wie ich eigentlich nichts klügeres tun könne, als flugs 1 Bißchen Abendbrot zu essen, und anschließend sofort ins Bett zu gehen.

Ein *leichtes* Abendbrot natürlich. Nun bin ich über die Maßen versessen auf Welsh Rabbit. Mehr als 1 Pfund davon auf einmal mag zwar nicht all= & jederzeit ratsam sein. Dennoch kann es keinen stichhaltigen Einwand gegen 2 geben. Und letztlich ist zwischen 2 und 3 auch nur ein Unterschied von 1 einzigen armen Einheit. Mag sein, daß ich 4 riskiert habe. Meine Frau behauptet selbstredend 5 – aber da sind ihr einwandfrei zwei gänzlich verschiedene Angelegenheiten durcheinander geraten: die abstrakte Zahl 5 gestehe ich willig zu; aber konkret bezieht sie sich auf Flaschen Brown Stout, ohne das, als Würze, man die Finger von Welsh Rabbit lassen sollte.

Nachdem ich dergestalt ein frugales Mahl beschlossen & die ›Nachtmütze‹ draufgesetzt hatte, in der frohen Hoffnung, mich ihrer bis zum morgigen Mittag erfreuen zu können, bettete ich mein Haupt aufs Kissen, und verfiel, unterstützt von einem kapitalen Gewissen, unverzüglich in tiefen Schlummer.

Aber wann sind die Hoffnungen der leidenden Menschheit schon je in Erfüllung gegangen? Ich konnte kaum meinen dritten Schnarcher vollendet haben, als ein furioses Klingeln an der Haustürschelle anhob, gefolgt von ungeduldigem Gebums des Klopfers, das mich auf der Stelle wach machte. Eine Minute später, während ich mir immer noch die Augen rieb, hielt mir meine Frau auch schon ein Briefchen meines alten Freundes, Doktor Ponnonner, unter die Nase. Es lautete wie folgt:

Kommen Sie unter allen Umständen zu mir, liebster bester Freund, und zwar so bald Sie dies in Händen haben. Kommen & helfen Sie uns feiern! Endlich, aufgrund ausdauernder unermüdlicher Diplomatie, habe ich von der Direktion des Städtischen Museums die Einwilligung zur Untersuchung der Mumie erlangt – Sie wissen, welche ich meine. Ich habe Erlaubnis, sie auszuwindeln; wie auch, falls nötig & wünschenswert, sie zu öffnen. Nur einige wenige Freunde werden anwesend sein – darunter natürlich Sie. Die Mumie befindet sich bereits bei mir im Haus; und wir werden heut Abend, Punkt 23 Uhr, mit dem Abrollen der Hüllen beginnen.

Stets Ihr
Ponnonner

Als ich bei diesem ›Ponnonner‹ angekommen war, hatte ich das Gefühl, so hellwach zu sein, wie es einem Manne nur immer ansteht. Ich tat einen ekstatischen Satz aus meinem Bett heraus; rannte alles um, was mir im Wege stand; kleidete mich in einem Tempo an, das wahrhaft wundersam war; und machte mich, mit Spitzengeschwindigkeit, auf den Weg zum Doktorhaus.

Dort fand ich eine angeregte Kumpanei versammelt. Sie hatten bereits mit großer Ungeduld auf mich gewartet; die Mumie lag ausgestreckt auf dem Eßtisch; und im Moment, wo ich eintrat, begann auch schon die Untersuchung.

Es handelte sich um 1 von Zweien, die Captain Arthur Sabretash, ein Vetter Ponnonner's, vor ein paar Jahren mitgebracht hatte; und zwar stammten sie aus einer Gruft bei Eleithias, in den lybischen Bergen, ein gutes Stück oberhalb von Theben am Nil. Die Grotten an dieser Stelle sind, obzwar weniger pompös als die thebanische Nekropole, so doch deswegen von höherem Interesse, weil sie weit mehr Aufschlüsse über das Privatleben der alten Ägypter liefern. Die Grabkammer, der unser Exemplar hier entnommen war, sollte in dieser Beziehung besonders reichhaltig sein, wie es geheißen hatte; die Wände von oben bis unten mit Fresken & Basreliefs bedeckt, während Statuen, Vasen, und feingearbeitete Mosaiken auf einen beträchtlichen Wohlstand des Abgeschiedenen hindeuteten.

Dies Kleinod war im Museum in genau demselben Zustand aufbewahrt worden, in dem Captain Sabretash es aufgefunden hatte – das heißt, der Sarg war absolut unangerührt geblieben. Seit 8 Jahren hatte er solchermaßen gestanden, den Augen der Öffentlichkeit lediglich von außen preisgegeben. Wir hatten infolgedessen nunmehr die komplette Mumie zu unserer Verfügung; und Denjenigen, die im Bilde sind, wie äußerst selten Altertümer dieser Art unser Land ungeplündert erreichen, wird unschwer begreiflich sein, daß wir beträchtlichen Grund hatten, uns ob des raren Glücksfalls zu gratulieren.

Als ich mich dem Tisch näherte, erblickte ich darauf eine große Kiste, oder ein Behältnis, etwa 7 Fuß lang, und schätzungsweise 3 Fuß breit, bei $2^1/_2$ Fuß Tiefe. Sie hatte nicht Sarg-Gestalt, sondern war ein Oblongum. Den Stoff aus dem sie bestand, hielten wir zunächst für Sycomorenholz *(platanus);* als wir jedoch den ersten Einschnitt vornahmen, merkten wir, daß es sich um Pappe handeln müsse; noch korrekter: um eine Art *Papiermaché* aus Papyrus hergestellt. Sie war über & über mit Malerei verziert, die Begräbnis=Szenen & andere bedauernswerte Ereignisse darstellten; jedoch immer wieder durchmischt mit einer ganz bestimmten Folge hieroglyphischer Schriftzeichen in allen denkbar möglichen Konstellationen, die fast unbezweifelt den Namen des Dahingeschiedenen angeben mußten. Glücklicherweise befand sich unter den Anwesenden auch

Mister Gliddon, für den es keine Schwierigkeit bedeutete, die Buchstaben zu übersetzen, die übrigens simpel fonetisch waren, und vereint das Wort *›Allamistakeo‹* ergaben.

Wir hatten einige Schwierigkeiten, dieses erste Behältnis unbeschädigt zu eröffnen; stießen jedoch, nachdem wir solche Aufgabe endlich gelöst hatten, auf eine zweite, diesmal sarggestaltige Hülle, die zwar von wesentlich geringerer Größe als die äußere war, ihr aber in jeder anderen Beziehung aufs genaueste ähnelte. Der Raum zwischen den beiden war mit einer Art Harz ausgefüllt, das in gewissem Grade die Farben des inneren Behältnisses entstellt hatte.

Als wir dieses letztere öffneten, (was sich ganz leicht bewerkstelligen ließ), stießen wir auf ein drittes Behältnis, dito sarggestaltig, und von dem vorhergehenden in nichts unterschieden, ausgenommen einzig das Material; es war nämlich Zeder, und strömte noch immer den spezifischen, hocharomatischen Duft jener Holzart aus. Zwischen dem zweiten und dritten Behältnis bestand übrigens keinerlei Zwischenraum; sie waren absolut genau ineinander gepaßt.

Als wir das dritte Behältnis entfernt hatten, trafen wir auf den Körper selbst, und nahmen ihn heraus. Wir hatten erwartet, ihn, wie es üblich ist, in vielfache Lagen oder Binden aus Leinen gewickelt zu finden; stießen jedoch statt dessen auf eine Art Futteral aus Papyrus, überzogen mit einer dick vergoldeten und bemalten Gipsschicht. Die Schildereien stellten Vorgänge dar, die sich auf die verschiedenen mutmaßlichen Pflichten der Seele im Jenseits bezogen, und wie sie diversen Gottheiten vorgestellt wurde; die weiteren zahlreichen, ganz identischen menschlichen Gestaltchen, waren höchstwahrscheinlich als Porträts der betreffenden einbalsamierten Person gedacht. Vom Kopfende bis zu den Füßen erstreckte sich ein Columnar, eine senkrechte Inschrift in fonetischen Hieroglyphen, die ein weiteres Mal Namen & Würden angab, sowie die Namen & Würden seiner Verwandten.

Um den solchermaßen festumscheideten Hals lag ein Band aus zylindrischen, verschiedenfarbigen Glasperlen, dergestalt angeordnet, daß sich Symbole von Gottheiten ergaben, der Scarabäus etc., auch der geflügelte Globus. Um die Taille lag ein ganz ähnliches Band, beziehungsweise ein Gürtel.

Nachdem wir den Papyrus abgehoben hatten, erwies sich das eigentliche Fleisch als ganz ausgezeichnet erhalten, und ohne wahrnehmbaren Geruch. Die Farbe war rötlich. Die Haut fest, glatt & glänzend. Zähne und Haare in untadeligem Zustand. Die Augen waren (wie es schien) entfernt, und durch solche aus Glas ersetzt worden; die aber sehr schön & wundervoll lebensecht wirkten; abgesehen davon, daß sie ein bißchen sehr resolut dreinstierten. Die Nägel an Fingern & Zehen waren auf's prächtigste vergoldet.

Mr. Gliddon äußerte die Meinung, wie sich aus der Rötung der Epidermis schließen lasse, daß die Einbalsamierung hier gänzlich vermittelst Asphaltes bewirkt worden sei; als wir jedoch die Oberhaut mit einem Stahlinstrument vorsichtig beschabten, und von dem solchermaßen gewonnenen Pulver etwas ins Feuer warfen, wurde sogleich ein Geruch unverkennbar, von Kampher & anderen wohlriechenden Harzen.

Wir suchten als nächstes den Leichnam mit größter Sorgfalt nach den üblichen Öffnungen ab, durch welche die Eingeweide entnommen wurden; konnten aber zu unserem Erstaunen nicht 1 entdecken. Keinem Mitglied unserer Gesellschaft war es damals bekannt, daß man gar nicht so selten auch heile, d. h. ungeöffnete Mumien antrifft. (Das Gehirn war es Sitte durch den Nasentrakt herauszuziehen; die Eingeweide durch eine Öffnung in der Flanke; dann wurde der Körper rasiert, gewaschen, eingesalzen, und anschließend für ein paar Wochen beiseite gelegt; erst dann begann der Prozeß dessen, was man eigentlich unter ›Einbalsamieren‹ versteht.)

Da keine Spur einer Öffnung ermittelt werden konnte, machte Doktor Pononner seine Instrumente zur Sektion bereit, als ich mir die Bemerkung erlaubte, wie es schon nach 2 Uhr sei. Worauf allgemein beschlossen wurde, die internen Untersuchungen auf den nächsten Abend zu verschieben; und wir standen bereits im Begriff, uns für heute zu trennen, als Irgendjemandem plötzlich einfiel: doch noch das ein= oder andere Experiment mit der Volta'schen Säule anzustellen.

Eine wenigstens 3, wenn nicht gar 4 tausend Jahre alte Mumie dem elektrischen Strom auszusetzen, war ein, wenn auch nicht besonders genialer, so doch immerhin origineller Einfall, der bei uns Allen sofort größten Anklang fand. Zu 10% im Ernst, zu 90% als Witz, bauten wir im Studio des Doktors eine entsprechende Batterie zusammen, und überführten den Ägypter anschließend dorthin.

Nur mit beträchtlicher Mühe gelang es uns, einen Teil der Schläfenmuskulatur bloßzulegen, die von nicht gänzlich so steinerner Rigidität schien, wie andere Teile der Gestalt; jedoch – wie wir selbstredend schon vorausgesehen hatten – ergab sich, als wir sie mit dem Draht in Berührung brachten, keinerlei Anzeichen einer etwaigen galvanischen Reaktion mehr. Gleich dieser erste Versuch schien ja wohl entscheidend genug; und wir wünschten einander, unter herzlichem Gelächter ob unsrer eignen Ungereimtheit, soeben eine Gute Nacht, als meine Augen, ganz beiläufig, noch einmal auf die der Mumie fielen – und dort sogleich wie angeschmiedet haften blieben: der flüchtige Blick hatte in der Tat genügt, mich zu versichern, daß die Augäpfel, die wir Alle für Glas gehalten hatten, und die uns ursprünglich nur aufgefallen waren, weil sie uns gewissermaßen energisch fixierten – daß diese nunmehr soweit von den Lidern bedeckt waren, daß nur ein kleiner Teil der *tunica albuginea* noch sichtbar blieb.

Mit einem Ruf lenkte ich die Aufmerksamkeit auf diesen Umstand, der jetzt auch sogleich von sämtlichen Anderen bestätigt wurde.

Ich kann nicht sagen, daß ich ob des Fänomens *alarmiert* gewesen wäre; denn ›alarmiert‹ ist in meinem Fall nicht das richtige Wort. Es ist theoretisch möglich, daß ich, ohne das Brown Stout, vielleicht ein klein wenig nervös geworden wäre. Was die übrige Gesellschaft anbetrifft, so machte eigentlich Keiner einen Versuch, die nackte Furcht zu bemänteln, die sie Alle befiel. Doktor Pononner wirkte wahrhaft mitleiderregend; Mr. Gliddon machte sich, vermittelst eines eigentümlichen Verfahrens, unsichtbar; Mr. Silk Buckingham wird, wie ich annehmen möchte, schwerlich die Stirn haben, abzustreiten, daß er sich, und zwar auf allen Vieren, unter den Tisch verfügte.

Nachdem jedoch erster Schock & Bestürzung abgeklungen waren, beschlossen wir selbstredend, die Versuchsreihe unverzüglich fortzusetzen. Unsere Operationen richteten sich nunmehr gegen die große Zehe des rechten Fußes. Wir machten einen Einschnitt in die Haut; auf der Außenseite des *os sesamoideum pollicis pedis,* und gelangten dergestalt zum Ansatz des *abductor* Muskels. Wir setzten die Batterie erneut in gebrauchsfertigen Zustand, und ließen den Strom durch die angeschnittenen Nervenbahnen fließen – worauf die Mumie, mit einer Bewegung von überwältigender Lebensechtheit, erst das rechte Knie anzog, so hoch, daß es beinahe den Unterleib berührte; und dann, indem sie das Glied mit unwahrscheinlicher Gewalt wiederum streckte, Doktor Pononner einen Tritt versetzte, der bewirkte, daß der genannte Herr, dem Pfeil aus einem Katapulte gleich, durchs Fenster und auf die Straße befördert wurde.

Wir stürzten *en masse* hinaus, die unkenntlichen Überreste des Opfers zu bergen; hatten jedoch die Freude, ihm bereits wieder auf der Treppe zu begegnen, die er in erstaunlichem Tempo heraufgestürmt kam, randvoll der brilliantesten Theorien, und durchdrungener denn je von der Notwendigkeit, unsere Experimente mit Eifer & allem Nachdruck voranzutreiben.

Auf seine Anregung ging es denn auch hauptsächlich zurück, daß auf der Stelle ein tiefer Einschnitt in die Nasenspitze des Individuums vorgenommen wurde; worauf der Doktor selbst ungestüm Hand an das Organ legte, und es auf's derbste in Kontakt mit dem Leitungsdraht brachte.

Moralisch & physisch – bildlich gesprochen & buchstäblich – war die Wirkung ›elektrisierend‹.

Als allererstes schlug der Leichnam die Augen auf, und blinzelte diverse Minuten lang mit größter Geschwindigkeit, (ungefähr wie Mister Barnes in der Pantomime); zweitens nieste er; drittens setzte er sich aufrecht; viertens hielt er Doktor Pononner die Faust drohend unter die Nase; fünftens endlich wandte er sich den Herren Gliddon und Buckingham zu, und redete sie, in ganz kapitalem Ägyptisch, also an:

»Ich muß schon sagen, meine Herren, daß ich zumindest ebenso überrascht wie gekränkt bin, ob Ihres Betragens. Von Doktor Pononner stand nicht viel mehr zu erwarten; er ist ein armer=kleiner=fetter Tropf, der es nicht besser *versteht* – ich bemitleide ihn; ich vergebe ihm. Aber Sie, Mister Gliddon – und Sie, Silk – die Beide in Ägypten gereist sind & sich dort aufgehalten haben, daß man Sie quasi Kinder des Hauses nennen könnte – Sie, ich wiederhole es, die so lange unter uns geweilt haben, daß Sie ägyptisch genau so gut sprechen, wie Sie, meinethalben, Ihre Muttersprache schreiben – Sie, die ich bisher immer als verläßliche Freunde aller Mumenheit zu betrachten gewohnt war – von *Ihnen* hätte ich nun wirklich ein etwas gentlemanlike'eres Benehmen erwartet! Was soll ich denn davon denken, wenn Sie ruhig daneben stehen bleiben, und zusehen, wie man mit mir hier derart cavalièrement umgeht? Was für einen Eindruck muß es auf mich machen, wenn Sie jedem Hans & Franz erlauben, mich meines Sargs & meiner Kleidung zu entledigen, und noch dazu bei einem solch nichtswürdigen klammen Klima? In was für einem Licht (um zum Kern der Sache zu kommen) soll ich es wohl ansehen, wie Sie diesen kümmerlichen kleinen Ganoven, diesen Doktor Pononner, der mich an der Nase zupft, förmlich anstiften, ja ihm Vorschub leisten?!«

Man wird es zweifellos für ausgemacht halten, daß wir sämtlich – unter solchen Umständen, und auf derartige Weise apostrofiert – uns entweder türwärts retiriert, beziehungsweise hysterische Anfälle bekommen hätten oder aber schlicht in Ohnmacht gefallen wären – eines von diesen dreien hätte, ich gebe das zu, zu erwarten gestanden. Wäre doch wirklich nichts plausibler gewesen, als entweder ein, oder eventuell auch alle dieser Verhaltensweisen durchzuexercieren. Ich bin auch, auf Ehrenwort, heute noch nicht imstande, mir zu erklären, wieso nicht 1 von uns sich für das ein= oder andre davon entschied. Aber vielleicht ist ja der wahre Grund hierfür einfach im ›Geist unsrer Zeit‹ zu suchen, der bekanntermaßen gänzlich nach dem Satz vom Widerspruch verfährt; und heute auch überall dort, wo ein Paradoxon oder eine Unmöglichkeit auftaucht, als die organischste Erklärung akzeptiert wird. Oder vielleicht lag es in letzter Instanz auch an dem so frappant natürlichen & selbstverständlichen Auftreten der Mumie, das seine Worte in praxi alles Schreckhaften entkleidete. Wie dem aber auch immer sein möge, das Faktum als solches bleibt bestehen: kein Mitglied unsrer Gesellschaft laborierte an übertriebenem Zittern, oder schien sonst der Ansicht, daß diesmal irgendetwas ganz besonders schief gegangen sei.

Ich meinerseits war sogar überzeugt, es sei alles in bester

Ordnung; und trat lediglich etwas zur Seite, außer Reichweite der Faust des Ägypters. Doktor Pononner schob die Hände tief in die Hosentaschen, sah die Mumie scharf an, und wurde allmählich blutrot im Gesicht. Mr. Gliddon strich sich den Backenbart, und zog seinen Hemdkragen höher. Mr. Buckingham ließ den Kopf hängen, und steckte seinen rechten Daumen in den linken Mundwinkel.

Der Ägypter betrachtete ihn minutenlang mit strengem Gesichtsausdruck, und sagte endlich naserümpfend:

»Warum erwidern Sie nichts, Mister Buckingham? Haben Sie gehört, was ich Sie gefragt habe, oder nicht? Und *nehmen* Sie endlich den Daumen aus dem Mund!«

Worauf Mr. Buckingham leicht zusammenzuckte, den rechten Daumen aus dem linken Mundwinkel zog; dafür aber, wie zur Schadloshaltung, seinen linken Daumen in den rechten Winkel der oben erwähnten Öffnung einführte.

Da es sich als unmöglich erwies, von Mr. B. eine Antwort zu bekommen, wandte die Figur sich mürrisch Mr. Gliddon zu; und verlangte in entschiedenem Ton & rundheraus, zu wissen: was das Ganze nun eigentlich bedeuten solle?!

Mr. Gliddon erwiderte ihm zuguterletzt und sehr ausführlich; und es würde mir – stünde dem nicht der bedauerliche Mangel an Hieroglyphen=Typen in unseren amerikanischen Druckereien entgegen – ein Vergnügen sein, seine ganz ausgezeichnete kleine Rede in der Originalsprache & in extenso wiederzugeben.

Ich kann bei dieser Gelegenheit gleich noch nachtragen, daß die gesamte anschließende Unterhaltung, soweit die Mumie daran Teil nahm, in altem ursprünglichem Ägyptisch erfolgte; durch Vermittlung (was meine Wenigkeit & die anderen ebenfalls nicht weitgereisten Mitglieder der Gesellschaft anbelangt) – durch Vermittlung, sagte ich, der Firma Gliddon & Buckingham als Dolmetscher. Beide

Herren bedienten sich der Muttersprache der Mumie in unnachahmlich fließender & anmutiger Weise; obschon ich gelegentlich die Bemerkung machte, daß die beiden Reisenden (zweifellos aufgrund der Nötigung, moderne Metafern zu verwenden, die dem Fremdling natürlich gänzlich neu & ungewohnt sein mußten) sich wiederholt gezwungen sahen, auf optische Hülfen zurückzugreifen, um gewisse Spezialbedeutungen Jenem voll faßlich werden zu lassen. So vermochte, zum Beispiel, Mr. Gliddon an einer Stelle dem Ägypter platterdings nicht den Sinn von ›Politik‹ begreiflich zu machen; bis er endlich mit einem Stück Holzkohle ein kleines kolbennasiges Männchen an die Wand zeichnete, das mit zerrissenen Ellbogen auf einer behelfsmäßigen Rednertribüne stand, den linken Fuß nach rückwärts gesetzt, den rechten Arm mit geballter Faust vorwärts=aufwärts gestoßen, die Augen gen Himmel verdreht & den Mund in einem Winkel von 90° offen stehend. Auf genau dieselbe Weise gelang es Mr. Buckingham zuerst nicht, die so absolut moderne Idee der ›Perückenhaftigkeit‹ auszudrücken; bis er (auf eine Anregung Dr. Pononners hin) plötzlich sehr blaß im Gesicht wurde, und sich dazu verstand, seine eigene abzunehmen.

Man wird unschwer verstehen, daß Mr. Gliddon's Diskurs zunächst hauptsächlich der unschätzbaren Segnungen Erwähnung tat, die der Wissenschaft durch das Abwickeln & Ausweiden von Mumien organisch zuwüchsen; was er geschickt dazu benützte, um all= & jede Unannehmlichkeit zu entschuldigen, die speziell *ihm,* der individuellen Mumie, genannt Allamistakeo, dadurch zugefügt worden sei; worauf er mit dem leichten Hinweis (denn mehr konnte man es schwerlich nennen) endigte: wie man, da diese kleineren Begleitumstände nunmehr bereinigt seien, die geplanten Untersuchungen ja sicherlich weiter vorantreiben dürfe. (Hier machte Doktor Pononner seine Instrumente wieder einsatzbereit.)

Hinsichtlich dieser letzten Anregung des Sprechers, machte es den Eindruck, wie wenn Allamistakeo gewisse Bedenklichkeiten oder Vorurteile hege, (deren eigentliche Natur ich aber nie habe in Erfahrung bringen können); immerhin erklärte er sich durch die vorgebrachten Entschuldigungen als zufriedengestellt, stieg vom Tisch herunter, und schüttelte Jeglichem von uns in der Runde die Hand.

Nachdem diese Zeremonie beendet war, gingen wir unverzüglich ans Werk, die Beschädigungen auszubessern, die unser Studiensubjekt durch's Skalpell erlitten hatte. Wir nähten seine Schläfenwunde wieder zu; verbanden ihm die Zehe; und versahen seine Nasenspitze mit dem entsprechenden Quadratzoll Heftpflaster.

Man machte nunmehr auch die Bemerkung, daß den Conte (dies war der eigentliche Titel Allamistakeo's, wie es schien) ein leichtes Frösteln überkommen hatte – unzweifelhaft ob der Kälte. Der Doktor verfügte sich sogleich in seine Garderobe; und kehrte bald darauf zurück mit einem schwarzen Frack, gearbeitet in Jennings' bester Manier, einem Paar langer himmelblauer Flanellbeinkleider mit Stegen, einem *chemise* aus rosa Gingham, einer langschößigen Brokatweste, einem leichten weißen Überrock, einem Spazierstock mit Hakengriff, einem randlosen Hut, Lackstiefeln, strohfarbenen Glacéhandschuhen, einem Monokel, einem falschen Backenbart à la morbleu, und einer Kaskadenkravatte. Infolge des Größenunterschiedes zwischen dem Conte und Pononner (Verhältnis etwa 2 : 1) ergaben sich einige kleine Schwierigkeiten dabei, genannte Kleidungsstücke an der Person des Ägypters zu befestigen; aber als dann alles arrangiert war, hätte man ihn durchaus als angezogen bezeichnen können. Weshalb Mr. Gliddon ihm auch sogleich den Arm bot und ihn zu einem bequemen Sessel am Kamin führte; während der Doktor unverzüglich läutete, und Zigarren & Wein aufzutragen befahl.

Die Unterhaltung wurde bald recht angeregt. Man

drückte selbstredend besondere Neugier aus, hinsichtlich des einigermaßen bemerkenswerten Umstandes, daß Allamistakeo immer noch so lebendig sei.

»Ich hätte meinen mögen«, bemerkte Mr. Buckingham, »daß es allmählich hohe Zeit würde, Sie wären tot.«

»Wieso?« entgegnete der Conte mit ungekünsteltem Erstaunen, »ich bin schließlich erst wenig über 700 Jahre alt! Mein Vater ist 1000 geworden, und war, als er starb, noch nicht im mindesten kindisch.«

Hier schloß sich ein lebhaftes Hin & Her von Erkundigungen & überschlägigen Rechnungen an, aus denen mit Evidenz hervorging, wie man sich bezüglich des Alters der Mumie auf's gröblichste verschätzt hatte: es waren 5050 Jahre & ein paar Monate her, daß man sie in die Katakomben von Eleithias überführt hatte.

»Aber meine Anmerkung eben«, nahm Mr. Buckingham seine Rede wieder auf, »bezog sich noch nicht einmal auf Ihr persönliches Lebensalter zur Zeit Ihrer Beerdigung – ich bin durchaus willens, Ihnen zu konzedieren, daß Sie noch ein relativ junger Mann sind – meine Anspielung sollte vielmehr dem ungeheuerlichen Zeitraum gelten, während dem Sie, Ihrer eigenen Aussage nach, in Asfalt verpackt gewesen sein müssen.«

»In was?«, fragte der Conte.

»In Asfalt«, wiederholte Mr. B. hartnäckig.

»Ah, ja; ich habe eine blasse Ahnung, was Sie meinen; es *könnte* den Zweck eventuell auch erfüllen, sicher – aber zu meiner Zeit verwendeten wir kaum etwas anderes als Quecksilberchlorid.«

»Aber was wir am allerwenigsten begreifen können«, sagte Doktor Ponnonner, »ist, wie es zugeht, daß Sie in Ägypten gute 5000 Jahre tot & begraben sein konnten; und heute trotzdem quicklebendig hier sitzen, und dabei noch so erfreulich glänzend aussehen.«

»Wäre ich, wie Sie sich ausdrücken, *tot* gewesen«, erwiderte der Conte, »dann ist es mehr als bloß wahrscheinlich, daß ich auch heute noch tot sein würde; denn, wie ich verspürt habe, befinden Sie sich noch in der Kindheit der Elektrizität, und können damit nicht entfernt das ausrichten, was in der guten alten Zeit bei uns gang & gäbe war. Aber die Sache ist die, daß ich damals in Starrkrampf verfallen bin; daß meine besten Freunde zu der Überzeugung kamen, ich sei tot, beziehungsweise hätte es zu sein, und sie mich ergo kurzerhand einbalsamierten – ich nehme an, die Technik des Einbalsamierens ist Ihnen, zumindest in großen Umrissen, geläufig?«

»Mn-ä – nicht absolut.«

»Ah, ich sehe schon – bedauerlicher Zustand von Ignoranz. Nun, ich kann mich im Augenblick nicht auf Einzelheiten einlassen; aber die 1 Erklärung scheint mir notwendig, daß bei uns in Ägypten die präzise Definition von ›einbalsamieren‹ die war: *alle* von dem Prozeß betroffenen animalischen Funktionen zeitlich unbegrenzt auf Null zu stellen. Ich gebrauche das Wort ›animalisch‹ jetzt einmal im weitesten Sinne; so daß es nicht nur die physische, auch psychische, sondern die gesamte *Lebenseinheit* des Betreffenden in sich begreifen soll. Ich wiederhole also, wie der eigentliche Leitgedanke des Einbalsamierens bei uns der war, *sämtliche* durch den Prozeß erfaßbare animalische Funktionen schlagartig gegen Nil hin konvergieren zu machen, und dort in immerwährender Schwebe zu erhalten. Enfin, in was für einem Zustand das Individuum im Zeitpunkt des Einbalsamierens sich auch immer befinden mochte: in diesem Zustande verharrte es. – Da ich nun das Glück & die Ehre habe, vom Blute des Skarabäus zu stammen, bin ich *lebendig* einbalsamiert worden, so wie Sie mich jetzt vor sich sehen.«

»Vom Blute des Skarabäus!?« rief Doktor Ponnonner.

»Ja. Der Skarabäus war das *insignium* – beziehungsweise ›Wappen‹, ›Totem‹ – einer sehr distinguierten & wenig zahlreichen Patrizierfamilie. ›Vom Blute des Skarabäus‹ zu sein, bedeutet schlicht: 1 jener Familie zu sein, die den Skarabäus als *insignium* hat. Ich drücke mich bildlich aus.«

»Aber was hat das damit zu tun, daß Sie jetzt lebendig sind?«

»Weil es in Ägypten zwar allgemein der Brauch war, bei Leichen vorm Einbalsamieren Gehirn & Eingeweide zu entfernen; einzig & allein der Clan des Skarabäus jedoch war von diesem Brauch ausgenommen. Wäre ich ergo kein Skarabäus gewesen, hätte ich jetzt weder Gehirn noch Eingeweide; und ohne beides ist es ja nicht gerade angenehm zu leben.«

»Das leuchtet mir ein«, sagte Mr. Buckingham, »und ich folgere also weiter: daß alle *unverletzten* Mumien, die im Laufe der Zeit anfallen, vom Clan des Skarabäus sind.«

»Ohne Zweifel.«

»Ich hatte immer gedacht«, äußerte Mr. Gliddon sehr schüchtern, »der Skarabäus wäre einer der ägyptischen Götter gewesen.«

»Einer der ägyptischen *was?!«* rief die Mumie, und sprang dabei auf.

»Götter –« wiederholte der Reisende.

»Mister Gliddon, ich bin wirklich erstaunt, Sie in solchem Stil daherschwätzen zu hören«, sagte der Conte, indem er seinen Platz wieder einnahm. »Kein Volk der ganzen weiten Erde hat jemals mehr als nur 1 Gott gekannt. Der Skarabäus, der Ilis undsoweiter, waren bei uns (ebenso wie ähnliche Geschöpfe bei anderen Nationen) lediglich die Symbole, oder *media,* vermittelst deren wir einem Schöpfer – zu erhaben, um sich ihm auf direkterem Wege zu nähern – Anbetung zollten.«

Hierauf trat eine Pause ein. Endlich nahm Doktor Pononner die Unterhaltung wieder auf.

»Nach dem, was Sie uns erklärt haben, wäre es also nicht unmöglich«, sagte er, »daß sich in jenen Katakomben, in

Nähe des Nils, gegebenenfalls noch weitere Mumien vom Geschlecht des Skarabäus, in ähnlichem Zustande der Belebbarkeit, befinden könnten.«

»Das kann überhaupt keine Frage sein«, entgegnete der Conte: »sämtliche Skarabäen, die durch Zufall lebendig einbalsamiert worden sind, leben auch heute noch. Ja, es besteht sogar die Möglichkeit, daß Einige von den *absichtlich* so Einbalsamierten von ihren Nachlaßverwaltern übersehen worden sind, und noch in den Grüften harren.«

»Würden Sie vielleicht die Güte haben, und uns erklären«, sagte ich, »was Sie mit ›absichtlich so einbalsamiert‹ meinen?«

»Mit dem größten Vergnügen«, antwortete die Mumie, nachdem er mich ausgiebig durch sein Monokel gemustert hatte; (denn es war das erste Mal, daß ich mich erkühnt hatte, eine direkte Frage an ihn zu richten).

»Mit dem größten Vergnügen«, wiederholte er. – »Die normale Lebensdauer des Menschen betrug zu meiner Zeit rund 800 Jahre. Wenige Leute nur starben früher als 600, es sei denn infolge irgendeines exorbitanten Unfalles; Wenige lebten länger als 1 Dekade von Centurien – 8 galten als naturgegebene Spanne. Nach gewonnener Einsicht in das Grundprinzip des Einbalsamierens, wie ich es Ihnen bereits kurz geschildert habe, kam unsern Filosofen der Gedanke, daß nicht nur eine löbliche Neugier befriedigt, sondern gleichzeitig auch die Interessen der Wissenschaft entscheidend dadurch befördert werden könnten, wenn man besagte naturgegebene Spanne in Raten ablebe. Im Spezialfall der Geschichtsschreibung bewies die Erfahrung, daß etwas der Art eigentlich unerläßlich sei. Ein Historiker zum Beispiel, der das Alter von 500 Jahren erreicht hatte, verfaßte mit Fleiß & Mühe sein Buch, und ließ sich dann sorgfältig einbalsamieren; wobei er seinen Nachlaßverwaltern *pro. tem.* Anweisung hinterließ, ihn nach Ablauf einer bestimmten Periode – sagen wir 5 oder

600 Jahre – wieder zu beleben. Wenn er dann, nach Verfluß dieses Zeitraums, sein Dasein erneut aufnahm, fand er grundsätzlich sein Großes Buch in eine buntdurcheinandergewürfelte Sammlung von Notizen & Anekdoten pervertiert vor – mit andern Worten, in eine Art literastischer Arena verwandelt, wo sich die widerstreitenden Vermutungen, Konjekturen & persönlichen Katzbalgereien ganzer Rudel von phrenetischen Kommentatoren austobten. Diese Rätselratereien undsoweiter – die sich mit dem tönenden Namen von Annotationen oder Emendationen schmückten – hatten den eigentlichen Text derart total umnebelt, verzerrt & überwältigt, daß der betreffende Autor mit der Laterne herumlaufen mußte, um sein eigenes Buch überhaupt wieder zu entdecken. Und wenn er es dann entdeckt hatte, erwies es sich als nicht der Mühe des Suchens wert. Nachdem er es jedenfalls noch einmal von Grund auf neu geschrieben hatte, wurde es als zu den heilgen Obliegenheiten des Historikers gehörig betrachtet, nun auch unverzüglich an eine nächste Arbeit zu gehen, und, auf der Basis seiner eigenen privaten Information & Erfahrung, die dann im Schwange befindlichen Überlieferungen von der Epoche, in der er ursprünglich gelebt hatte, zu rektifizieren. Und einzig dieses Verfahren – das der Zweit=Niederschrift, & der persönlichen Berichtigung von Zeit zu Zeit, durch diverse einzelne Koryphäen – hat es ermöglicht zu verhindern, daß unsre Geschichte zur bloßen Fabel herunterkomme.«

»Entschuldigen Sie«, sagte Doktor Pononner an dieser Stelle, während er gleichzeitig mit seiner Hand sacht den Arm des Ägypters anrührte – »Entschuldigen Sie, Sir; aber darf ich so frei sein, Sie einen Moment zu unterbrechen?«

»Selbstverständlich, *Sir«,* erwiderte der Conte, indem er sich stolz emporrichtete.

»Ich wollte lediglich eine Frage an Sie richten«, sagte der

Doktor. »Sie erwähnten, daß der Historiker die dann im Schwange befindlichen *Überlieferungen* von seiner eigenen, früheren Epoche persönlich berichtigte. Bitte, Sir: wieviel Prozent dieser Kabbala pflegten sich durchschnittlich noch als korrekt zu erweisen – ganz rund gerechnet?«

»Besagte Kabbala, wie Sie es sehr richtig nennen, Sir, erwies sich im allgemeinen als genau gleichrangig mit den in den un-neugeschriebenen Geschichtswerken berichteten Tatsachen – das heißt mit andern Worten: weder in der einen noch dem andern war auch nur 1 einziges Jota zu entdecken, das nicht in jeglicher Beziehung total & radikal falsch gewesen wäre.«

»Aber da es einwandfrei klargestellt ist«, begann der Doktor von neuem, »daß seit Ihrer Beisetzung mindestens 5000 Jahre verstrichen sind, darf ich ja wohl als ausgemacht annehmen, daß die Geschichtswerke Ihrer Zeit, geschweige denn die Überlieferungen, sich hinreichend ausführlich verbreitet haben werden, über jenen einen Gegenstand von wahrhaft kosmischem Interesse, die Schöpfung; die ja, wie ich als Ihnen bekannt voraussetzen darf, höchstens 10 Jahrhunderte zuvor stattgefunden hatte.«

»Sir!« sagte Conte Allamistakeo.

Der Doktor wiederholte seine Bemerkung; aber es gelang erst nach beträchtlichen zusätzlichen Erläuterungen, sie dem Fremdling annähernd begreiflich zu machen. Der Letztere äußerte schließlich zögernd:

»Die von Ihnen hier eben vorgetragenen Gedankengänge sind mir, ich gestehe es, gänzlich neu. Während meiner Zeit habe ich niemals von Jemandem vernommen, der die kuriose Idee bei sich genährt hätte, daß das Universum (beziehungsweise diese Welt, wenn Ihnen der Ausdruck lieber ist) überhaupt je einen Anfang gehabt habe. Ich entsinne mich, einmal und *nur* 1 Mal, von einem besonders theorienreichen Mann eine entfernte Andeutung dieser Art gehört zu haben, die sich allerdings nur auf den

Ursprung des *Menschengeschlechtes* bezog; und von eben diesem Individuum wurde auch genau das Wort *Adam* (also Rote Erde) verwendet, dessen Sie sich bedienen. Er gebrauchte es jedoch lediglich im genetischen Sinne, in Bezug auf die Urzeugung aus fettem Erdreich (ähnlich wie tausende der niederen Arten der Wesen sich entwickeln) – die Urzeugung also, sagte ich, von 5 vielköpfigen Horden von Menschen, die an 5 gesonderten & nahezu flächengleichen Teilgebieten des Erdballs schlagartig & gleichzeitig entstanden seien.«

An dieser Stelle fand ein allgemeines Achselzucken der Gesellschaft statt, und 1 oder 2 von uns tippten sich sogar mit sehr bezeichnendem Ausdruck an die Stirn. Mr. Silk Buckingham, nachdem er erst flüchtig das Occiput, und anschließend das Sinciput Allamistakeo's begutachtet hatte, äußerte sich darauf wie folgt: –

»Die lange Dauer des menschlichen Lebens zu Ihrer Zeit – zumal im Verein mit der Praktik, es, wie Sie uns schilderten, gelegentlich in Raten zu verbringen – müßte in der Tat eine starke Tendenz ergeben haben, die Entwicklung & Aufhäufung von Wissen allgemein zu bewirken. Ich nehme deshalb an, daß man die notorische Unterlegenheit der alten Ägypter in allen Zweigen des Wissens, verglichen mit den Neueren und ganz besonders mit den Yankees, folglich hauptsächlich der unvergleichlich größeren Massivität der ägyptischen Hirnschale wird zuschreiben müssen.«

»Ich gestehe erneut,« entgegnete der Conte mit beträchtlicher Urbanität, »daß ich einigermaßen in Verlegenheit bin, Sie zu verstehen. Bitte, auf welche speziellen Wissenszweige spielen Sie jetzt an?«

Hier begann unsre ganze Gesellschaft, ebenso ausführlich wie durcheinander, ihm mit vereinten Stimmen die Postulate der Schädellehre und der Wunder des Tierischen Magnetismus zu schildern.

Nachdem er uns zu Ende gehört hatte, steuerte der Conte seinerseits ein paar Anekdoten bei, aus denen sich mit Evidenz ergab, daß Vorläufer von Gall & Spurzheim vor so grauen Jahren in Ägypten geblüht & wieder das Zeitliche gesegnet hatten, um nahezu vergessen zu sein; und was die Mesmer'schen Prozeduren anbetraf, so handelte es sich wahrlich um ziemlich kümmerliche Tricks, wenn man sie mit den positiven Wundern der Thebanischen *savans* zusammenhielt, die Läuse erschufen und eine große Zahl anderer ähnlicher Dinge mehr.

Ich erkundigte mich jetzt beim Conte, ob man bei ihnen imstande gewesen wäre, Finsternisse vorauszuberechnen? Er lächelte ziemlich verächtlich, und sagte, ja, das wäre man.

Das brachte mich etwas aus dem Konzept; aber ich begann gerade weitere Erkundigungen hinsichtlich seiner astronomischen Kenntnisse anzustellen, als ein Mitglied unserer Gesellschaft, das bisher noch nicht 1 Mal den Mund aufgetan hatte, mir ins Ohr flüsterte, daß ich, was Anfragen dieser Art beträfe, besser vorher im Ptolemäus nachschlüge (wer immer dieser Ptolemäus sein mag), nicht zu vergessen eines gewissen Plutarch *de facie lunae*.

Ich erkundigte mich nunmehr bei der Mumie nach Brenngläsern & Linsen, sowie nach dem Stande der Glasfabrikation allgemein; aber ich war noch nicht einmal recht zu Ende mit meinen Fragen, als das stumme Mitglied schon wieder unauffällig meinen Ellenbogen berührte, und mich um GOttes willen bat, doch 1 Blick in Diodorus Siculus zu werfen. Was den Conte betrifft, stellte er mir als Antwort lediglich die Frage, ob wir Modernen Mikroskoptypen entwickelt hätten, die uns in den Stand setzten, Cameen nach Art der Ägypter zu schneiden? Während ich aber noch darüber nachdachte, was ich ihm auf solche Frage antworten könnte, stellte sich bereits der kleine Doktor Pononner auf die allermerkwürdigste Weise bloß.

»Sehen Sie sich unsre Baukunst an!« rief er, (zum großen Verdruß unsrer beiden Reisenden, die ihn grün & blau kniffen, aber ohne Erfolg).

»Schauen Sie«, rief er schwärmerisch, »sich die Bowling Green Fountain in New York an! Oder, falls das eine zu hohe Kraft der Kontemplation erfordern sollte, betrachten Sie einen Moment das Capitol in Washington, D. C.!« – und der biedre kleine Medizinmann ging dazu über, die genauen Maße & Proportionen des von ihm genannten Gebildes anzugeben. Er erläuterte, wie allein den Portikus nicht weniger denn 24 Säulen schmückten, jedwede von 5 Fuß Durchmesser, mit 10 Fuß Abstand zwischen ihnen.

Der Conte entgegnete, wie er bedaure, im Augenblick aus dem Gedächtnis nicht die exakten Abmessungen auch nur eines der bedeutenderen Bauwerke der Stadt Aznac angeben zu können, deren Grund in grauester Vorzeit gelegt sei; deren Ruinen aber zur Zeit seiner Beisetzung noch auf einer weiten Sandebene, westlich von Theben, gestanden hätten. Er entsinne sich jedoch (da das Wort Portikus gefallen sei), an einen, vor einem der kleineren Palais, in einer Art Vorstadt namens Karnak, der aus 144 Säulen bestanden habe, jegliche von 37 Fuß Umfang, mit 25 Fuß Abstand zwischen ihnen. Den Zugang zu besagtem Portikus, vom Nil her, hätte eine 2 Meilen lange Prachtstraße gebildet, flankiert von Sfinxen, Statuen & Obelisken, 20, 60 & 100 Fuß hoch. Das Palais selbst sei (soweit er sich erinnern könne) in der einen Richtung 2 Meilen breit gewesen, und der Gesamtumfang dürfte, schätzungsweise, 7 betragen haben. Die Wände seien, innen wie außen, über & über mit Hieroglyphen geschmückt gewesen. Er wolle nicht soweit gehen und uns direkt *schriftlich* geben, daß man von des Doktors ›Capitolen‹ gut 50 oder 60 innerhalb seines Mauerkranzes hätte errichten können; sei sich aber keineswegs sicher, ob man nicht, mit einiger Mühe, auch 2 oder 300 davon hineingezwängt hätte. Übrigens habe es sich bei besagtem Karnak'schem Palais nur um ein unbedeutendes, kleineres Gebäude gehandelt. Immerhin könne er (der Conte) wenn er gewissenhaft sein wolle, nicht umhin, die sinnreiche Erfindung, Pracht & Überlegenheit jener Bowling Green Fountain, so wie sie ihm der Doktor beschrieben habe, zuzugeben: nichts dergleichen – das sei er gezwungen zu gestehen – habe man je in Ägypten erblickt, oder auch anderswo.

An dieser Stelle fragte ich den Conte, was er zu unsern Eisenbahnen zu sagen habe.

»Nichts besonderes«, erwiderte er. Sie seien relativ leicht, relativ übel geplant, und kümmerlich zusammenmontiert. Ließen sich also selbstredend nicht mit den breiten, gut nivellierten, schnurgeraden, eisenschienigen Transport-Fernbahnen vergleichen, auf denen die Ägypter ganze Tempel befördert hätten, oder auch Obelisken aus einem Stück von 150 Fuß Höhe.

Ich sprach von unseren gigantischen mechanischen Mitteln.

Er gab zu, daß wir auf diesem Gebiet einiges wüßten; erkundigte sich jedoch, wie ich wohl vorgegangen sein würde, um am Portalbogen nur des erwähnten kleinen Palais' zu Karnak, die Kämpferblöcke an Ort & Stelle zu bringen?

Diese Frage beschloß ich, nicht gehört zu haben; forderte vielmehr zu erfahren, ob er einen Begriff von Artesischen Brunnen habe – er aber hob nur die Augenbrauen; während Mr. Gliddon mir nachdrücklichst zuzwinkerte, und mit unterdrückter Stimme mitteilte, wie die mit den Trinkwasserbohrungen für die Große Oase beauftragten Ingenieure, neulich erst wieder einen entdeckt hätten.

Ich erwähnte jetzt unseres Stahls; aber der Fremdling hob nur die Nase & fragte zurück, ob sich mit unserm Stahl die tiefen scharfen Gravierungen ausführen ließen, wie man sie auf den Obelisken sieht, und zu denen man übrigens grundsätzlich Schneidwerkzeuge aus Kupfer verwendet hätte.

Dies brachte uns dermaßen außer Fassung, daß wir es für rätlich hielten, den Angriff in metaphysische Gefilde zu verlegen. Wir ließen also einen Band einer Zeitschrift genannt ›The Dial‹ kommen, und verlasen daraus 1 oder 2 Kapitel über etwas, was zwar nicht sonderlich klar ist; von den Bostonesen jedoch Die Große Bewegung oder Der Fortschritt genannt wird.

Der Conte merkte dazu lediglich an, daß Große Bewegungen auch in seinen Tagen widerlich häufig gewesen wären; und was den Fortschritt anbelangt, so sei er eine Zeit lang eine rechte Plage gewesen, aber fortgeschritten sei er nie.

Hierauf brachten wir die hohe Schönheit & Wichtigkeit der Demokratie zur Sprache; und gaben uns alle Mühe, dem Conte einen vollen Begriff der Vorteile zu vermitteln, die wir dadurch genössen, daß wir in einem Lande wohnten, wo es Wahlen *ad libitum* gäbe und keinen König.

Er lauschte uns mit unverkennbarem Interesse, und schien in der Tat nicht wenig belustigt. Als wir geendet hatten, sagte er, wie – es sei nun schon langelange her – einmal etwas ganz ähnliches vorgefallen wäre. 13 ägyptische Provinzen hätten auf einmal beschlossen, nunmehr frei sein zu wollen, und so der übrigen Menschheit ein großartiges Beispiel zu geben. Ihre Weisen mußten sich zusammensetzen und die ingeniöseste Verfassung aushecken, die vorzustellen sich nur möglich ist. Eine zeitlang wirtschafteten sie erstaunlich gut; nur hatten sie die Angewohnheit, wahrhaft wundersam aufzuschneiden. Das Ende der Affäre freilich bestand darin, daß sich besagte 13 Staaten, zusammen mit noch 15 oder 20 anderen, zu der abscheulichsten & unerträglichsten Despotie vereinigten, von der man jemals auf dem Angesicht der Erde vernommen habe.

Ich erkundigte mich, wie der Name des betreffenden tyrannischen Usurpators gewesen sei?

Soweit der Conte sich zu entsinnen vermochte, hatte er MOB geheißen.

Da ich nicht wußte, was ich hierzu sagen sollte, erhob ich lieber die Stimme und beklagte die ägyptische Ignoranz bezüglich der Dampfkraft.

Der Conte blickte mich mit großem Erstaunen an, gab jedoch keine Antwort. Dafür versetzte mir der stille Herr mit seinem Ellbogen einen heftigen Knuff in die Rippen – informierte mich, wie ich mich für diesmal nun wohl genug bloßgestellt hätte – und wollte hören, ob ich tatsächlich ein solcher Trottel sei, nicht zu wissen, daß unsre moderne Dampfmaschine sich aus der Erfindung Heron's, via Salomon de Caus, entwickelt hat?

Wir waren jetzt in der dringendsten Gefahr, endgültig geschlagen zu werden; aber unser gutes Glück wollte, daß Doktor Ponnonner, der sich wieder erholt hatte, zum Entsatz herbeieilte, und Antwort heischte: ob das ägyptische Volk sich im Ernst einbilde, mit uns Modernen in dem allwichtigen Punkte der Bekleidung wetteifern zu können?

Woraufhin der Conte erst den Blick an sich herunter, zu den Stegen seiner Hosen wandern ließ; anschließend das Ende eines seiner Frackschöße ergriff und es sich, minutenlang, dicht vor die Augen hielt. Als er es endlich sinken ließ, verlängerte sich sein Mund ganz allmählich, bis er von einem Ohr zum andern reichte; aber daß er irgendetwas erwidert hätte, kann ich mich eigentlich nicht erinnern.

Hierauf faßten wir neuen Mut; und der Doktor forderte, indem er sich der Mumie mit imposanter Würde näherte, diese auf, nunmehr ganz freimütig & auf seine Ehre als Gentleman es auszusprechen: ob die Ägypter, zu *irgendeinem* Zeitpunkt ihrer Geschichte, die Herstellung von Ponnonner-Pastillen verstanden hätten, oder, sei's drum, von Brandreth-Pillen?

Wir harrten in ängstlicher Spannung auf eine Antwort – – aber vergeblich. Es erfolgte keine. Der Ägypter errötete, und ließ den Kopf hängen. Nie war ein Triumph vollkommener; nie wurde eine Niederlage mit so wenig Grazie ertragen. Ich konnte tatsächlich das Schauspiel der armen gedemütigten Mumie nicht länger aushalten. Ich griff nach meinem Hut, machte Jenem eine steife Verbeugung, und nahm Abschied.

Als ich nachhause kam, sah ich, daß es schon nach 4 war, und ging unverzüglich zu Bett. Im Augenblick ist es 10 Uhr vormittags. Ich bin seit 7 auf den Beinen, und habe den vorliegenden Bericht zu Papier gebracht, zum Besten meiner Familie & der Menschheit. Von der erstgenannten werde ich nichts mehr erblicken. Mein Weib ist ein Drache. Auch bin ich, ehrlich gesagt, dieses Daseins, sowie des ganzen 19. Jahrhunderts allgemein, von Herzen überdrüssig. Ich lebe der Überzeugung, daß Alles falsch & schief geht. Außerdem bin ich neugierig zu wissen, wer 2045 Präsident sein wird. Sobald ich mich ergo rasiert & einen Schluck Kaffee getrunken habe, werde ich die paar Schritte zu Pononner's hinüber tun, und mich für ein paar hundert Jahre einbalsamieren lassen.

Oinos: Verzeihe, Agathos, die Schwäche eines Geistes, dem die Unsterblichkeit grad eben erst neue Schwingen lieh.

Agathos: Du sprachest nichts, mein Oinos, dafür Verzeihung erbeten sein müßte. Nicht einmal hier ist Erkenntnis ein Ding der Intuition. Um Weisheit frage die Engel frei, auf daß sie dir geschenkt werde!

Oinos: Doch in diesem Dasein, träumt' ich, würde ich auf einmal aller Dinge wissend sein und würde glückselig sein in eins durch dieses Wissen um alles.

Agathos: Ah, nicht in der Erkenntnis liegt das Glück, sondern im Erwerb der Erkenntnis! Im ewigen Erkennen finden wir ewigen Segen; doch aber alles zu wissen, wäre ein teuflischer Fluch.

Oinos: Weiß aber nicht der Allerhöchste alles?

Agathos: Das muß (da er ja auch der Allerglücklichste ist) das *Eine* sein, um das selbst ER nicht weiß.

Oinos: Doch da wir ja stündlich an Erkenntnis zunehmen, müssen am Ende nicht alle Dinge erkannt sein?

Agathos: Sieh nieder in die abgrundtiefen Fernen! – versuche deinem Blick eine Gasse zu bahnen, hinab in die Unermeßlichkeit der Sternenbilder, durch deren Weiten wir also dahinfliegen, hier – und da – und dort! Selbst das geistige Schauen, wird ihm nicht allerorten Einhalt getan von den ununterbrochenen goldenen Mauern des Universums? – den Mauern aus Myriaden von strahlenden Körpern, welche die bloße Anzahl für den Blick hat zur Einheit verschmelzen lassen?

Oinos: Klar jetzt erkenn' ich's: die Unendlichkeit der Materie ist kein Traum.

Agathos: Es gibt keine Träume in Eden – doch geht ein Flüstern hier, es liege dieser Materienunendlichkeit *einziger* Zweck darin, der Seele unerschöpfliche Quellen zu schaffen, daran sie ihren *Wissensdurst* stillen mag, welcher auf ewig unstillbar in ihr ist – denn ihn löschen hieße der Seele Selbst auslöschen. Frage mich denn, mein Oinos, frei und ohne Furcht. Komm! wir wollen die laute Harmonie der Plejaden zur Linken lassen und herniederfahren vom hohen Throne zu den Sternenwiesen jenseits des Orion, wo statt Veilchen, Stiefmütterchen und Herzenstrost die Beete der dreifachen und dreifarbenen Sonnen liegen.

Oinos: Und nun, Agathos, da wir dahinfliegen, unterweise mich! sprich mir in den vertrauten Tönen der Erde! Ich habe nicht verstanden, was du mir, grad eben, von Art und System dessen andeutetest, was wir, als wir noch sterblich, Schöpfung zu nennen gewohnt warn. Willst du denn etwa sagen, der Schöpfer sei nicht Gott?

Agathos: Ich wollte sagen, daß die Gottheit nicht erschaffe.

Oinos: Erkläre!

Agathos: Einzig im Anfang erschuf sie. Die scheinbaren Geschöpfe, welche jetzt fortwährend und unablässig, hin durch das ganze Universum, ins Da-Sein treten, können nur als mittelbares oder indirektes, nicht aber als direktes oder unmittelbares Ergebnis der Göttlichen Schöpferkraft angesehen werden.

Oinos: Unter den Menschen, mein Agathos, würde man diesen Gedanken für häretisch im Extrem halten.

Agathos: Unter den Engeln, mein Oinos, sieht man: er ist einfach wahr.

Oinos: So weit noch kann ich dich begreifen – daß gewisse Operationen dessen, was wir Natur nennen, oder Die Naturgesetze, unter gewissen Bedingungen das entstehen lassen, was in jeder Weise als Schöpfung *erscheint.* Kurz vor dem endlichen Untergange der Erde gab es, wie ich mich recht wohl entsinne, viele sehr erfolgreiche Experimente auf einem Gebiet, welches manche Philosophen schwach genug warn, als die Erschaffung von *animalculae* zu bezeichnen.

Agathos: Die Fälle, von denen du redest, warn in der Tat Beispiele der sekundären Schöpfung – und gehörten der *einzigen* Schöpfungsart an, welche es stets gegeben hat, seit das erste Wort das erste Gesetz ins Dasein rief.

Oinos: Sind nicht die Sternenwelten, die aus dem Schlunde des Nichts allstündlich hinausbersten in die Himmel, – sind diese Sterne, Agathos, nicht unmittelbar das Werk der Hände des Herrschers?

Agathos: Ich will mich mühn, mein Oinos, dich Schritt um Schritt zu der Vorstellung zu führen, die ich im Sinne habe. Dir ist recht wohl bekannt, daß gleichso wie kein Gedanke vergehen kann, auch keine Tat ohne unendlich fortwirkende Folge ist. Wir bewegten zum Beispiel die Hände, als wir noch auf Erden wohnten, und durch solches Tun versetzten wir die Atmosphäre, die sie umgürtete, in Schwingung. Diese Schwingung wirkte grenzenlos weit fort, bis sie ihren Impuls einem jeden Teilchen der Erdenluft mitgeteilt hatte, welche hinfort *und auf ewig* von der einen Bewegung der Hand beeinflußt war. Diese Tatsache war den Mathematikern unseres Globus durchaus bekannt. Tatsächlich machten sie die besondern Wirkungen, die durch besondere Impulse in dem Fluidum entstanden waren, zum Gegenstand exakter Berechnung – so daß es leicht ward zu bestimmen, in präzis welcher Zeit ein Impuls von gegebener Stärke den Erdball umgreifen und ein jedes Atom der Atmosphärenhülle (auf immer) beeinflussen würde. Umgekehrt bereitete es ihnen keine Schwierigkeit, von einer gegebenen Wirkung aus, und unter gegebenen Bedingungen, den Stärkegrad des ursprünglichen Impulses zu bestimmen. Nun sahen die Mathematiker, daß die Folgen eines jeden gegebenen Impulses absolut endlos waren, – sie sahen, daß einem Teil von diesen Folgen mit Hilfe der algebraischen Analysis akkurat auf die Spur zu kommen war, – sie sahen auch die Leichtigkeit des umgekehrten Verfahrens – und so sahen sie zu gleicher Zeit, daß diese Art von Analysis in sich selber die Möglichkeit zu unbegrenztem Fortgange trug – daß sich für ihre Fortführung und Anwendbarkeit keinerlei Grenzen denken ließen, es seien denn die, welche im Intellekte dessen lagen, der sie fortführte oder anwendete. Doch an diesem Punkte blieben unsere Mathematiker halten.

Oinos: Und warum, Agathos, hätten sie weitergehen sollen?

Agathos: Weil es jenseits noch einige Betrachtungen von tiefem Interesse gab. Von dem, was sie wußten, ließ sich deduzieren, daß es für ein Wesen von unbegrenztem Verstande – also eines, vor dem die algebraische Analysis *in ganzer Vollkommenheit* ausgebreitet lag – keine Schwierigkeit geben konnte, jedem Impuls, welcher der Luft erteilt ward – und durch die Luft dem Äther –, bis hin zu seinen fernsten Konsequenzen zu jedem sei's unendlich weit entlegnen Zeitpunkte zu verfolgen. Tatsächlich läßt sich nachweisen, daß jeder derartige Impuls, *der Luft mitgeteilt, am Ende* ein jegliches Ding, welches *innerhalb des Universums* existiert, beeinflussen muß; – und das Wesen von unbegrenztem Verstande – das Wesen, das wir uns vorgestellt haben – könnte die fernen Schwingungswellen des Impulses verfolgen – könnte ihnen aufwärts und vorwärts folgen bei ihrem Einfluß auf alle Teilchen der gesamten Materie – aufwärts und vorwärts und ewig weiter bei ihrer Modifikation der alten Formen – oder in anderen Worten, *bei ihrer Erschaffung von Neuem* – bis es, das Wesen, sie – *zuletzt nun einflußlos* – zurück vom Throne der Gottheit reflektiert fände. Und nicht nur könnte solch ein Wesen dies tun, sondern zu jeder Zeit, wo man ihm ein gegebenes Resultat vorlegte – wo zum Beispiel einer dieser zahllosen Kometen sich ihm zur Prüfung stellte –, würde es ihm ein Leichtes sein, mit Hilfe der rückläufigen Analyse zu bestimmen, durch welchen ursprünglichen Impuls dies Ergebnis zustande kam. Diese analytische Kraft in ihrer absoluten

Vollkommenheit und Fülle – diese Fähigkeit, zu *allen* Zeiten *alle* Wirkungen auf *alle* Ursachen zurückzuführen – ist natürlich das Vorrecht der Gottheit allein – doch in jeder Gradstufung, ausgenommen nur die absolute Vollkommenheit, wird die Kraft selbst vom ganzen großen Heere der Engelischen Intelligenzen ausgeübt.

Oinos: Doch du sprichst lediglich von Impulsen, welche auf die Luft einwirken.

Agathos: Wenn ich von der Luft sprach, so bezog ich mich einzig auf die Erde: – doch die allgemeine Behauptung meint Einwirkungen auf den Äther – welcher, da er, und er allein, den gesamten Raum durchdringt, mithin das große *Medium der Schöpfung* darstellt.

Oinos: Dann erschafft also alle Bewegung, von welcher Natur sie auch sei?

Agathos: Sie muß es: doch eine wahre Philosophie hat lange schon gelehrt, die Quelle aller Bewegung sei der Gedanke – und die Quelle aller Gedanken sei – –

Oinos: – – Gott.

Agathos: Ich habe, Oinos, zu dir als zu einem Kinde der schönen Erde gesprochen, welche jüngst zugrunde ging, – und ich sprach von Einwirkungen auf die Atmosphäre der Erde.

Oinos: Das tatest du, ja.

Agathos: Und derweil ich so sprach, kreuzte da nicht ein Gedanke dein Hirn – der Gedanke an die *physikalische Macht der Worte?* Ist denn nicht jedes Wort für die Luft ein Impuls?

Oinos: Doch warum, Agathos, weinst du? – und warum – oh, warum sinken dir die Schwingen, da wir über diesen schönen Stern hinschweben – der da der grünste ist und doch der schrecklichste von allen, denen wir auf unserem Fluge begegneten? Seine leuchtenden Blumen wirken auf mich wie ein zaubrischer Traum – doch seine wilden Vulkane wie die Leidenschaften eines aufgewühlten Herzens.

Agathos: Sie *sind's!* – sie *sind es!* Dieser wilde Stern – es ist nun drei Jahrhunderte her, seit ich ihn – mit gefalteten Händen und strömenden Augen zu den Füßen meiner Geliebten – durch ein paar wenige leidenschaftliche Sätze ins Leben rief. Seine leuchtenden Blumen *sind* die teuersten aller unerfüllten Träume, und seine rasenden Vulkane *sind* die Leidenschaften eines aufgewühlten und heillosen Herzens!

DER ALB DER PERVERSHEIT

Bei der Betrachtung der Fähigkeiten und Triebe – der *prima mobilia* der menschlichen Seele haben die Phrenologen es leider verabsäumt, einem ganz bestimmten natürlichen Hange Raum zu lassen, welcher, obschon er unverkennbar als eine angeborene, unwandelbare Ur-Empfindung existiert, gleicherweise von allen Ethikern, die ihnen vorausgingen, übersehen worden ist. Im typischen Dünkel der Vernünftelei haben wir alle ihn übersehen. Wir haben's geduldet, daß seine Existenz unseren Sinnen entging, – einzig weil wir des Glaubens, des Vertrauens ermangeln, sei's nun der Glaube an Offenbarung, sei's der an die Kabbala. Nie ist uns der Gedanke daran gekommen, einfach weil wir keinen stichhaltigen Anlaß dafür sahen. Wir sahen keine Triebnotwendigkeit für diese Neigung. Wir vermochten keinen zwingenden Grund dafür zu erkennen. Wir waren ohne jedes Verständnis dafür, das heißt wir wären ohne Verständnis gewesen, hätte sich dieses *primum mobile* unserer Wahrnehmung jemals aufgedrängt; – wir hätten nicht verstehen können, in welcher Weise es eigentlich darauf angelegt sein sollte, die Zwecke der menschlichen Natur zu befördern, seien es nun die zeitlichen oder die ewigen. Es läßt sich nicht bestreiten, daß die Phrenologie und in großem Maße die ganze Metaphyselei hier *a priori* ein ausgesprochen faules und abgefeimtes Spiel getrieben haben. Der intellektuelle oder logische Mensch war – viel leichter übrigens als der praktisch verständige, obachtsame – sehr rasch damit bei der Hand, sich Zweckbestimmungen einzubilden – das heißt, Gott ganz bestimmte Absichten zu unterstellen. Nachdem er solcherart den Intentionen Jehovas auf den Grund gekommen war, und zwar durchaus zu seiner Zufriedenheit, machte er sich daraus seine unzähligen Denksysteme zurecht. Bei der Phrenologie zum

Beispiel setzten wir, und natürlich genug, als erstes fest, es sei ein göttlicher Ratschluß, daß der Mensch esse. Darauf denn schrieben wir dem Menschen ein Organ zu, welches für die Ernährung zuständig sei, und dieses Organ ist die Geißel, mit dem die Gottheit den Menschen zwingt, *nolens volens* Nahrung zu sich zu nehmen. Zweitens stellten wir nicht faul die These auf, es sei der Wille Gottes, daß der Mensch seine Art erhalte, und entdeckten alsogleich in seinem Gehirn ein Organ der Sinnlichkeit. Und gleicherweise verfuhren wir bei der Kampfeslust, der Idealität, der Kausalität, dem Bausinn, – kurz gesagt, bei jedem Organ, ob es nun eine Neigung, ein sittliches Empfinden oder ein reines Erkenntnisvermögen repräsentiert. Bei diesen Arrangements der *principia* menschlichen Handelns haben sich die Spurzheimianer – ob zu Recht oder nicht – teilweise oder aufs Ganze gesehen im Grundsätzlichen nur an die Fußstapfen ihrer Vorgänger gehalten, indem sie in allen Dingen von der präkonzipierten Bestimmung des Menschen ausgingen und sich stets auf die vermeintlichen Absichten seines Schöpfers stützten.

Es wäre klüger gewesen, es wäre auch sicherer gewesen, die Klassifizierung (wenn wir ohne sie nun einmal nicht auskommen können) auf das zu gründen, was der Mensch gewöhnlich oder hin und wieder tat und allezeit gelegentlich getan hat, statt auf das, was ihm nach unserer felsenfesten Einbildung die Gottheit an Tätigkeiten zudiktiert haben sollte. Wenn wir GOtt in seinen sichtbaren Werken nicht begreifen können, wie denn in seinen unfaßlichen Gedanken, welche die Werke ins Leben rufen? Wenn wir ihn nicht in seinen gegenständlichen Geschöpfen zu verstehen vermögen, wie denn in den abstrakten Konzeptionen und Phasen seiner Schöpfung?

Induktives Denken, *a posteriori,* hätte die Phrenologie hingegen darauf gebracht, als ein angeborenes Urprinzip menschlichen Handelns ein wunderliches Etwas zuzulassen, welches wir in Ermangelung eines treffendern Ausdrucks *Perversheit* nennen wollen. In dem Sinne, den ich hier im Auge habe, handelt es sich dabei tatsächlich um ein *mobile* ohne Motiv, um ein Motiv ohne ›Motivirung‹. Durch sein Wirken handeln wir ohne ersichtlichen Zweck; beziehungsweise, wenn man dies als eine *contradictio in adjecto* verstehen will, so dürfen wir den Satz dahingehend modifizieren, daß wir sagen, sein Wirken veranlaßt uns zu einem Handeln, das einzig aus dem Grunde kommt, daß wir *nicht* so handeln sollten. Theoretisch läßt sich kaum ein weniger begründeter Grund denken; doch in Wirklichkeit gibt es keinen von größerer Stringenz. Bei gewissen Vorhaben, unter gewissen Bedingungen wirkt er schier unwiderstehlich. So gewiß ich bin, daß ich atme, so sicher weiß ich, daß gerade die feste Überzeugung, eine Tat sei falsch, sei unrecht oder irrig, oftmals *die* eine unbesiegliche Macht ist, welche uns treibt, und alleinig treibt, sie zu begehen. Und dieser überwältigende Drang, das Unrechte zu tun um des Unrechten willen, läßt keinerlei Analyse, keinerlei Zerlegung in anderweitige, tiefer gelegene Elemente zu. Er ist selber ein Grund-, ein Urtrieb – ist selber elementar. Nun wird man mir, ich weiß es wohl, darauf erwidern, es sei, wenn wir so hartnäckig auf einer Tat bestehen, nur weil unser Empfinden uns sagt, wir sollten sie *nicht* begehen, unser Verhalten lediglich eine Modifikation dessen, was gewöhnlich der *Kampflust* der Phrenologie entspringt. Doch ein kurzer Blick schon wird uns das Trugschlüssige dieses Gedankens zeigen. Die phrenologische Kampflust enthält, als wesentlichen Kern, das Zwangsbedürfnis der Selbstverteidigung. Sie ist unser Schutz gegen Unbill und Schaden. Ihr Prinzip ist auf unsere Wohlfahrt gerichtet; und so wird das Verlangen, es möchte uns wohlgehen, stets gleichzeitig mit ihrem Aufkommen in uns erweckt. Daraus folgt, daß das Verlangen nach Wohlfahrt gleichzeitig mit jeglichem Prinzip entstehen muß, welches bloß eine Modifikation der Kampflust sein soll; doch im Fall jenes Etwas, welches ich *Perversheit* nenne, entsteht nicht nur nicht das mindeste Verlangen nach Wohlsein, sondern es liegt ein ganz und gar entgegengesetzliches Empfinden vor.

Eine Anrufung des eignen Herzens ist, nach allem, die beste Antwort auf die soeben vorgetragene Sophisterei. Niemand, der vertrauensvoll bei seiner eignen Seele Rat sucht und sie bis zum Grunde erforscht, wird das Urtriebhafte der in Rede stehenden Neigung leugnen wollen. So unbegreiflich sie ist, so eigentümlich und auffällig ist sie zugleich. Es lebt, zum Beispiel, wohl kein Mensch, welchen nicht schon zu irgend einer Zeit das inbrünstige Verlangen geplagt hat, einen Zuhörer durch umschweifendes Reden zu peinigen. Der Sprecher merkt durchaus, daß er mißfällt; auch hat er jeglichen Willen, zu gefallen; er ist gewöhnlich kurz, präzis und klar; die markanteste und glänzendste Sprache drängt und ringt danach, auf seiner Zunge laut zu werden; nur schwer gelingt's ihm, ihrem Strome Einhalt zu gebieten; er scheut, er fürchtet den Unwillen dessen, den er anspricht; und doch durchzuckt ihn jählich der Gedanke, er könnte doch einmal, vermittels gewisser Verwickelungen und Parenthesen, grad eben diesen Unwillen erwecken. Ein solcher einziger Gedanke ist genug. Der erste Antrieb wächst und wird zum Wunsche, der Wunsch wird zum Verlangen, das Verlangen zum unstillbaren Drang, und diesem Drange gibt der Sprecher (zu seinem eignen tiefen Leide und Verdruß – und allen Folgen zum Hohne) denn schließlich nach.

Wir haben eine Aufgabe vor uns, die rasch erledigt sein muß. Wir wissen, jeder Verzug würde verderblich sein. Der wichtigste, der alles entscheidende Augenblick unseres Lebens ist da und ruft, posaunengleich, nach unmittelbarer Tatkraft, nach unmittelbarer Tat. Wir glühen, wir verzehren uns vor Eifer und Begierde, das Werk zu beginnen, dessen glorreicher Ausgang unsre Seele im vorhinein entflammt. Es soll, es muß noch heute unternommen werden, und doch – doch schieben wir es auf morgen; und warum? Es gibt keine Antwort, außer eben der: daß unser Fühlen an *Perversheit* leidet – das Wort hier ohne jedes Begreifen des Prinzips gebraucht. Der neue Tag ist da und mit ihm neue, mehrere Ungeduld, unsere Pflicht zu tun; doch je mehr diese Ungeduld wächst, desto größer wird zugleich auch eine namenlose, eine wahrhaft fürchterliche, da unergründliche, Süchtigkeit nach neuerlichem Aufschub. Und diese Sucht erstarkt, je weiter die Zeit verrinnt. Schon kommt die letzte Stunde, die zum Handeln bleibt. Wir zittern – so heftig tobt tief in uns der Konflikt, – des klar Bestimmten mit dem Unbestimmten – des Wesentlichen mit dem Schattenhaften. Doch, wenn der Widerstreit so weit gediehen ist, so ist's der Schatten, welcher Oberhand gewinnt, – wir kämpfen umsonst. Der Stundenschlag ertönt – und ist das Grabgeläute unsres Wohlergehns. Zur nämlichen Zeit aber ist's auch der Hahnenschrei für den Geist, der uns so lang beherrscht hat. Er flieht – er ist verschwunden – wir sind frei. Die alte Tatkraft kehrt wieder. Jetzt wollen wir ans Werk. Doch ach, – *zu spät!*

Wir stehen am Rande eines Abgrunds. Wir spähen hinab in den Schlund – es wird uns schlimm und schwindlig. Unser erster Antrieb ist, zurückzuweichen vor der Gefahr. Doch unerklärlicherweise bleiben wir. Ganz langsam gehen Übelkeit und Schwindel und Schauder in einem Gewolk von unbenennbarem Fühlen auf. Stufenweis', doch gar unmerklicher noch, nimmt dies Gewolk Gestalt an, wie's der Dunstrauch bei der Flasche tat, aus welcher sich der Geist in den ›Arabischen Nächten‹ erhob. Doch aus dieser *unserer* Wolke an des Abgrunds Rand erwächst, zum Greifen deutlich bald, eine Gestalt, weit schrecklicher denn jeder Dämon oder gute Geist in einem Märchen, und dennoch ist's nur ein Gedanke, wennschon ein fürchterlicher, dessen Horror in uns so wildes Entzücken weckt, daß wir ins Mark unserer Knochen hinein erschauern. Es ist bloß die Vorstellung, was wir beim rasend jähen Sturz aus solcher Höhe wohl empfinden würden. Und dieser Sturz ins Nichts, in das Vernichtet-Sein – aus eben dem Grunde, daß er das eine allergräßlichste und -widerwärtigste von all den gräßlichen und widerwärtigen Bildern des Todes und des Leidens in sich beschließt, die je vor unsrer Einbildung aufgestiegen sind, – aus eben dieser einen Ursache verlangt es uns nun um so heftiger danach. Und *weil* uns unsre Vernunft mit aller Macht von der Kante zurückreißen will, *darum* grad zieht es uns nur um so ungestümer zu ihr hin. Es gibt in der ganzen Natur keine Leidenschaft von so dämonischer Gewalt, wie sie ein Mensch empfindet, der schaudernd am Rande eines Abgrunds steht und solcherart dann einen Sprung erwägt. Auf einen Augenblick nur der Versuchung des *Gedankens* daran nachzugeben, heißt unentrinnbar verloren sein; denn ruhige Überlegung drängt uns, davon abzustehen, und eben *darum,* sag' ich, *können wir es nicht.* Wenn dann kein Freundesarm zur Stelle ist, uns zurückzuhalten, oder wenn es uns nicht gelingt, uns in jäher Anstrengung aller Kräfte rückwärts vom Schlunde weg niederzuwerfen, so springen wir – und springen ins tiefste Verderben.

So sehr wir diese und ähnliche Verhaltensweisen auch untersuchen mögen, stets werden wir finden, daß sie einzig aus dem *Geiste der Perversheit* resultieren. Wir handeln nur darum so, weil unser Gefühl uns sagt, wir sollten's *nicht.* Dahinter steht keinerlei intelligibles Prinzip; und tatsächlich läge der Gedanke nicht fern, es sei diese Perversheit ein direktes Werk des Erzfeinds, wüßten wir nicht von ihr, daß sie gelegentlich durchaus dem Guten zur Förderung wirke.

Ich habe so weit ausgeholt, um Ihrer Frage wenigstens in einigem Maße Antwort zu stehen – um Ihnen zu erklären, warum ich hier bin – um Ihnen irgendetwas zu nennen, das zumindest den schwachen Schatten einer Begründung dafür bieten soll, daß ich diese Fesseln trage und hier in der Todeszelle sitze. Wäre ich nicht derart umständlich gewesen, so hätten Sie mich leicht entweder gänzlich mißverstanden oder aber, mit dem Pöbel, für verrückt gehalten. So jedoch werden Sie ohne Schwierigkeit erkennen, daß ich eines der vielen ungezählten Opfer bin des Alben der Perversheit.

Unmöglich kann je eine Tat mit größerer Vor- und Umsicht ins Werk gesetzt worden sein. Wochen, ja Monate lang sann ich über den Mitteln des Mordes nach. Ich verwarf wohl an die tausend Pläne, denn allesamt enthielten sie im Falle der Ausführung immerhin noch eine vage *Möglichkeit* der Entdeckung. Schließlich denn stieß ich bei der Lektüre einiger französischer Memoiren auf einen interessanten Krankheitsbericht: einer Madame Pilau war die Wirkung einer zufällig vergifteten Kerze um ein Haar verderblich geworden. Diese Idee zündete alsbald in meiner Phantasie. Ich kannte meines Opfers Gewohnheit, im Bette zu lesen. Ich wußte auch, sein Zimmer war eng und schlecht belüftet. Doch ich brauche Sie nicht mit Einzelheiten zu behelligen, die nichts zur Sache tun. Ich brauche nicht die Schliche zu beschreiben, mit denen es mir leicht gelang, auf dem Kerzenständer seines Schlafgemachs ein Wachslicht meiner eignen Fabrikation mit demjenigen auszutauschen, welches ich dort vorfand. Am nächsten Morgen ward er tot in seinem Bett entdeckt, und des Leichenbeschauers Spruch lautete – »Verstorben durch göttliche Heimsuchung.«

Nachdem ich sein Vermögen geerbt, ging jahrelang alles gut mit mir. Nie stahl sich der Gedanke an Entdeckung auch nur einmal in mein Hirn. Die Überreste der verhängnisvollen Leuchte hatte ich selber mit aller Sorgfalt beseitigt. Kein Schatten eines Anhaltspunktes war mehr da, durch welchen es möglich gewesen wäre, mich des Verbrechens zu überführen oder auch nur zu verdächtigen. Es ist unvorstellbar, welch reiches Empfinden der Genugtuung mir im Busen aufwallte, gedachte ich der absoluten Sicherheit, in der ich mich befand. Lange Zeit war ich's gewohnt, in dieser Empfindung zu schwelgen. Sie brachte mir mehr wirkliches Entzücken als all die bloßen weltlichen Vorteile, die mir aus meiner Sünde zuflossen. Doch schließlich nahte eine Zeit, da wandelte sich das so köstliche Gefühl ganz langsam, kaum bemerklich stufenweis', in einen immer wiederkehrenden und quälenden Gedanken. Er quälte mich, zermürbend, *weil* er immer wiederkehrte. Kaum einen Augenblick noch vermocht' ich mich seiner ledig zu machen. Es ist ein ganz gewöhnlich Ding, auf solche Art davon geplagt zu werden, daß der Kehrreim irgendeines alltäglichen Liedes oder irgendwelche gar nicht besonders eindrückliche Fetzen aus einer Oper uns im Ohr oder vielmehr im Gedächtnis unablässig widerklingen. Und unsere Pein wird keineswegs dadurch geringer, daß das Lied an sich vielleicht ganz gut oder die Opernmelodie verdienstvoll ist. In dieser Weise jedenfalls geschah's mir nun, daß ich mich unaufhörlich dabei ertappte, wie ich über meiner Sicherheit nachgrübelte und dabei mit leis' gedämpfter Stimme das Sätzchen wiederholte – »Ich bin sicher«.

Eines Tags nun, da ich so durch die Straßen für mich hin schlenderte, verhielt ich plötzlich Schritt und Stimme, als ich eben wieder dabei war, halblaut diese gewohnten Silben zu murmeln. In einem Anfall von keckem Übermut wandelte ich sie folgendermaßen ab: »Ich bin sicher – ich bin sicher – ja – jawohl – wenn ich nicht Narrs genug bin, offen zu bekennen.«

Kaum hatte ich diese Worte gesprochen, da fühlte ich, wie mir ein eisiger Schauder zu Herzen kroch. Ich hatte ja einige Erfahrung in diesen Anfällen der Perversheit (deren Natur zu erklären ich weiter oben bemüht war), und ich erinnerte mich wohl, daß mir's in keinem Fall gelungen war, ihren Attacken Widerstand zu leisten. Und nun trat mir meine eigne, ganz zufällige Selbst-Suggestion, ich könnte möglicherweise Narrs genug sein, den Mord, dessen ich schuldig geworden, offen zu bekennen, auf einmal in den Weg, als sei's der Geist des' selber, welchen ich gemordet, – und rief mich zu sich, forderte mich zum Tode.

Zuerst noch unternahm ich's angestrengt, diesen Albtraum meiner Seele abzuschütteln. Ich schritt nach Kräften aus – ging schneller – immer schneller – schließlich rannte ich. Ich spürte ein schier rasendes Verlangen, schrill aufzuschrein. Jede neue Gedankenwelle überschwemmte mich mit neuem Schrecken, denn ach! zu gut, zu gut nur wußte ich, daß *denken* in meiner Lage hieß: verloren sein. Noch immer beschleunigte ich meinen Schritt. Wie ein Verrückter sprang ich durch die belebten Straßen. Schließlich denn wurde die Bevölkerung meines alarmierenden Treibens gewahr und verfolgte mich. Da fühlt' ich die Vollendung meines Schicksals. Hätt' ich mir nur die Zunge ausreißen können, ich hätte es getan, – doch eine wilde Stimme schallte an mein Ohr – ein wilderer Griff noch packte mich an der Schulter. Ich fuhr herum – ich rang, ich schnappte nach Atem. Momentlang litt ich alle Qualen des Erstickens; ich wurde blind, und taub, und schwindelig; und dann, so dacht' ich, schlug mir irgend ein unsichtbarer Feind mit der flachen Hand auf den Rücken. Da brach das lange eingekerkerte Geheimnis mir aus der Seele.

Man sagt, ich hätte in deutlicher Ausdrucksweise, doch mit auffallender Emphase und leidenschaftlicher Hast gesprochen, gleichsam als sei's meine Angst gewesen, unterbrochen zu werden, ehe die kurzen, doch inhaltsschweren Sätze ganz heraus waren, welche mich dem Henker überantworteten und der Hölle.

Nachdem ich alles erzählt, was nötig war, mich voll vor dem Gericht zu überführen, fiel ich in Ohnmacht auf den Boden nieder. Doch was soll ich mehr sagen? Heut' trage ich diese Ketten – und bin *hier!* Schon morgen werde ich fessellos sein! – *doch wo?*

Selbstredend gedenke ich mich nicht so zu stellen, als fände ich's besonders erstaunlich, daß der so außergewöhnliche ›Fall Valdemar‹ mannigfache Diskussion hervorgerufen hat. Es wäre ein Wunder gewesen, hätte er's nicht – zumal unter den gegebenen Umständen. Aufgrund des Wunsches aller Beteiligten, der Öffentlichkeit die Affäre zumindest fürs erste, oder bis wir weitere Gelegenheiten zur Untersuchung fanden, vorzuenthalten – aufgrund unserer diesbezüglichen Bemühungen gelangten nur sehr entstellte oder übertriebene Berichte in die Gesellschaft und wurden zur Quelle vieler peinlicher Falschdarstellungen, die sehr natürlicher Weise auch auf entsprechende Ungläubigkeit stießen.

So ist es denn notwendig geworden, daß ich einmal die *Tatsachen* mitteile – so weit, als ich selbst sie verstehe. Es sind, kurz und bündig, die folgenden:

In den letzten drei Jahren hatte wiederholt die Sache des Mesmerismus meine Aufmerksamkeit auf sich gezogen; und vor etwa neun Monaten nun kam mir ganz plötzlich der Einfall, daß in der Reihe der bislang unternommenen Experimente bemerkenswerter und höchst unerklärlicher Weise *eines* stets doch unterlassen worden sei: – kein Mensch war bis zur Stunde je *in articulo mortis* mesmerisiert worden. Es blieb zu untersuchen – erstens, ob in dem Patienten bei solchem Zustande überhaupt noch irgend Empfänglichkeit für den magnetisch Einfluß vorhanden war; zweitens, ob diese Empfänglichkeit, gesetzt, sie war vorhanden, vom genannten Zustande beeinträchtigt oder gesteigert wurde; drittens, in welchem Maße – beziehungsweise, für wie lange Zeit – sich vielleicht die Hand des Todes durch die Prozedur mochte zurückhalten lassen. Es gab noch diverse andere Punkte, die aufzuklären waren, doch diese erregten meine Neugier am meisten – in Sonderheit der letzte, von dem ja wahrlich Ungeheures abhing.

Als ich mich nun nach einem Kranken umsah, mit dessen Hilfe ich diese Einzelheiten würde erproben können, kam mir der Gedanke an meinen Freund M. Ernest Valdemar, den wohlbekannten Kompilator der *Bibliotheca Forensica* und Autor der polnischen Fassungen des ›Wallenstein‹ und des ›Gargantua‹, die er unter dem *nom de plume* Issachar Marx veröffentlichte. M. Valdemar, welcher seit dem Jahre 1839 hauptsächlich in Harlem gewohnt hat, N. Y., fällt (oder fiel) besonders durch die extreme Magerkeit seiner Person auf – seine untern Extremitäten konnten sich durchaus mit denen von John Randolph messen – und ebenfalls durch die Weißheit seines Backenbarts, der in grellem Kontrast zu seinem schwarzen Haupthaar stand, welches letztere man folglich – doch ganz zu Unrecht – weit und breit für eine Perücke hielt. Seine Gemütsart war ausgesprochen nervös und machte ihn also zu einem guten Objekt für mesmerische Experimente. Bei zwei oder drei Gelegenheiten hatte ich ihn bereits ohne große Schwierigkeit in Schlaf versenkt, war aber hinsichtlich anderer Resultate, welche mich seine eigentümliche Konstitution natürlich zu erwarten verleitet hatte, enttäuscht worden. Zu keiner Zeit gelang es mir, seinen Willen voll und ganz unter meine Kontrolle zu bringen, und was die *clairvoyance* betrifft, so vermochte ich nichts mit ihm zuwege zu bringen, worauf Verlaß gewesen wäre. Ich schrieb mein Versagen in diesen Punkten stets seinem zerrütteten Gesundheitszustande zu. Einige Monate, bevor ich mit ihm bekannt wurde, hatten seine Ärzte eine chronische Lungenschwindsucht bei ihm festgestellt. Tatsächlich war es seine Gewohnheit, in aller Seelenruhe von seiner bevorstehenden Auflösung zu sprechen, ganz so, als sei das eine Sache, die weder zu vermeiden noch zu bedauern war.

Als mir die oben angeführten Ideen zum erstenmal

kamen, war es selbstredend nur zu natürlich, daß ich dabei an M. Valdemar denken mußte. Ich kannte den stetigen Geistesgleichmut des Mannes gut genug, um von *seiner* Seite keinerlei Skrupel zu befürchten; und Verwandte, die uns vermutlich in die Quere gekommen wären, besaß er in Amerika nicht. Ich sprach mit ihm ganz offen über das Thema; und zu meiner Überraschung schien sein Interesse lebhaft geweckt. Ich sage: zu meiner Überraschung; denn obschon er mir seine Person stets frei für meine Experimente zur Verfügung gestellt hatte, deuteten doch nie irgend welche Anzeichen daraufhin, daß er selber meinem Tun mit Sympathie gegenüberstand. Sein Leiden war von jener Art, die präzise Voraussagen und Berechnungen bezüglich des Zeitpunktes gestattete, da der Tod ihm ein Ende setzen würde; und so ward schließlich zwischen uns vereinbart, daß er etwa vierundzwanzig Stunden vor der Zeit, welche ihm seine Ärzte als die seines Hinscheidens nennen würden, nach mir schicken wollte.

Es ist jetzt etwas mehr denn sieben Monate her, daß ich von M. Valdemar selbst die nachfolgenden Zeilen empfing:

Mein lieber P--,
am besten kommen Sie doch jetzt gleich. D--- und F--- sind übereinstimmend der Ansicht, daß ich über die morgige Mitternacht hinaus kaum mehr werde aushalten können; und ich denke, sie haben den Zeitpunkt ziemlich genau getroffen. Valdemar.

Ich erhielt diese Nachricht eine halbe Stunde, nachdem sie geschrieben war, und nach weiteren fünfzehn Minuten stand ich im Zimmer des Sterbenden. Ich hatte ihn seit zehn Tagen nicht mehr gesehen und erschrak ob der schrecklichen Veränderung, die innerhalb dieser kurzen Spanne mit ihm vorgegangen war. Sein Gesicht zeigte eine grau-bleierne Färbung; die Augen waren gänzlich ohne

Glanz; und die Abzehrung war so weit fortgeschritten, daß die gespannte Haut über den Backenknochen aufgeplatzt war. Er hatte ungemein starken Auswurf. Der Puls war kaum noch wahrzunehmen. Gleichwohl hatte er, sehr bemerkenswerter Weise, sowohl seine Geisteskraft als auch einen gewissen Grad von Körperstärke zurückbehalten. Er sprach mit Deutlichkeit – nahm ein paar lindernde Arzneien ohne fremde Hilfe – und war, als ich ins Zimmer trat, damit beschäftigt, Notizen in ein Taschenbuch zu machen. Kissen stützten ihn im Bette auf. Die Herren Doktoren D--- und F--- waren bereits anwesend.

Nachdem ich Valdemar die Hand gedrückt hatte, nahm ich die genannten Herren beiseite und erhielt von ihnen einen genauen Bericht über des Patienten Zustand. Die linke Lunge war schon seit achtzehn Monaten halb verknöchert oder verknorpelt und somit natürlich für alle Lebenszwecke vollkommen unnütz. Die rechte war in ihrem obern Teile ebenfalls teilweise, wenn nicht gänzlich knöchern geworden, derweil die untere Region nurmehr aus einer einzigen Masse von eitrigen Tuberkeln bestand, welche eine in die andere übergingen. Verschiedene ausgedehnte Perforationen waren vorhanden; und an einer Stelle hatte eine bleibende Verlötung an den Rippen stattgefunden. Diese Erscheinungen im rechten Flügel stammten aus vergleichsweise jüngster Zeit. Die Verknöcherung war mit sehr ungewöhnlicher Schnelle fortgeschritten; noch vor einem Monat hatte man keinerlei Anzeichen dafür entdeckt; und die Verlötung wurde erst vor etwa drei Tagen festgestellt. Unabhängig von der Schwindsucht vermutete man bei dem Patienten noch ein Aortenaneurysma; doch was dies betraf, so machten die Verknöcherungssymptome eine exakte Diagnose unmöglich. Es war die Meinung beider Ärzte, daß M. Valdemar anderntags (einem Sonntag) gegen Mitternacht sterben würde. Jetzt hatten wir sieben Uhr am Samstag abend.

Als sie des Kranken Bett verließen, um sich mit mir zu unterreden, hatten die Doktoren D--- und F--- ihm den letzten Abschiedsgruß entboten. Es war nicht ihre Absicht gewesen, noch einmal zurückzukehren; doch auf meine Bitte hin willigten sie ein, am nächsten Abend gegen zehn hereinzukommen und nach dem Patienten zu sehen.

Als sie gegangen waren, sprach ich mit M. Valdemar ganz offen über seine bevorstehende Auflösung, ebenso als, in Sonderheit, über das Experiment, welches ich mir vorgesetzt hatte. Er beteuerte nach wie vor seine Bereitwilligkeit dazu, ja schien geradezu begierig, es stattfinden zu lassen, und drängte mich, alsogleich damit zu beginnen. Ein Krankenpfleger und eine Schwester standen in Bereitschaft; doch fand ich es ganz und gar nicht unbedenklich, mich einer Aufgabe von diesem Charakter ohne verläßlichere Zeugen zu unterziehen, als es diese Leute im Falle eines plötzlichen Unglücks möglicherweise waren. Daher denn verschob ich meine Operationen auf etwa acht Uhr nächsten Abends, wo die Ankunft eines Medizinstudenten, mit dem ich einigermaßen bekannt war (Mr. Theodore L---l), mich vor etwaigen Verwicklungen bewahrte. Ursprünglich hatte ich die Absicht gehabt, auf die Ärzte zu warten; doch sah ich mich dann veranlaßt, sogleich ans Werk zu gehen, – einmal, weil M. Valdemar gar so dringlich bat, und zum anderen, weil ich die Überzeugung gewann, daß ich keinen Augenblick mehr zu verlieren hatte; denn er verfiel sichtlich rasch.

Mr. L---l war so freundlich, meinem Wunsche zu entsprechen, alles aufzuzeichnen, was sich ereignete; und seinen Notizen ist es zu verdanken, daß der größte Teil dessen, was ich nun zu berichten habe, entweder wörtliches Zitat oder ein Kondensat aus solchen Zitaten darstellt.

Es fehlten noch etwa fünf Minuten an acht Uhr, als ich des Patienten Hand nahm und ihn bat, sich so deutlich, als er es vermöchte, Mr. L---l gegenüber zu erklären, ob er

(M. Valdemar) voll und ganz damit einverstanden sei, daß ich das Experiment, ihn in seinem gegenwärtigen Zustande zu mesmerisieren, vornähme.

Er erwiderte schwach, doch ganz vernehmlich, »Jawohl, ich wünsche mesmerisiert zu werden« – und fügte unmittelbar danach hinzu, »ich fürchte nur, Sie haben es schon zu lange hinausgeschoben.«

Während er so noch sprach, begann ich bereits mit den Strichen, welche ich stets am wirksamsten gefunden hatte, sein Bewußtsein zu dämpfen. Ersichtlich ward er auch vom ersten seitlichen Streichen meiner Hand über seine Stirne beeinflußt; doch obschon ich alle meine Kräfte anstrengte, wollte sich kein weiterer erkennbarer Effekt erzielen lassen – bis einige Minuten nach zehn Uhr, wo, verabredungsgemäß, die Herren Doktoren D--- und F--- sich einstellten. Ich setzte ihnen mit wenigen Worten auseinander, was ich im Sinne hatte, und da sie keinen Einwand erhoben und sagten, daß der Patient bereits im Todeskampfe liege, machte ich mich ohne Zögern wieder ans Werk – indem ich jedoch von den seitlichen Strichen zu solchen niederwärts überwechselte und meinen Blick mit voller Konzentration auf das rechte Auge des Leidenden richtete.

Um diese Zeit war sein Puls unwahrnehmbar geworden, und sein Atem ging rasselnd und in Intervallen von einer halben Minute.

Dieser Zustand hielt eine Viertelstunde lang nahezu unverändert an. Bei Ablauf dieser Frist jedoch entkam ein natürlicher, wenn schon sehr tiefer Seufzer dem Busen des sterbenden Mannes, und das rasselnde Atmen hörte auf – das heißt, das Rasseln verstummte; die Intervalle änderten sich nicht. Die Extremitäten des Patienten waren von eisiger Kälte.

Um fünf Minuten vor elf gewahrte ich unzweideutige Anzeichen des mesmerischen Einflusses. Das glasige Rollen des Augs wandelte sich in jenen Ausdruck zwanghafter *innerer* Prüfung, welcher nie außer in Fällen von hypnotischem Schlafwachen zu sehen ist und ganz unmöglich mißdeutet werden kann. Mit ein paar raschen seitlichen Strichen brachte ich die Lider zum Flattern, wie's bei beginnendem Schlafe geschieht, und mit ein paar weiteren schloß ich sie ganz. Ich war hiermit zwar gar nicht sehr zufrieden, setzte die Manipulationen aber energisch und mit der vollsten Willensanstrengung fort, bis ich die Glieder des Schlummernden, nachdem ich sie in eine anscheinend bequeme Lage gebracht, vollständig hatte erstarren lassen. Die Beine lagen in voller Länge ausgestreckt; die Arme fast ebenso – sie ruhten in mäßigem Abstand von den Lenden auf dem Bett. Der Kopf war ganz leicht hochgebettet.

Als ich dies vollbracht hatte, war es voll Mitternacht, und ich ersuchte die anwesenden Herren, M. Valdemars Zustand zu untersuchen. Nach ein paar Versuchen erklärten sie sich dafür, daß er in ungewöhnlich vollkommener mesmerischer Trance liege. Die Neugier der beiden Ärzte war aufs höchste erweckt. Dr. D--- entschloß sich sofort, die ganze Nacht hindurch bei dem Patienten zu bleiben, indessen Dr. F--- mit dem Versprechen Abschied nahm, sich gleich bei Tagesanbruch wieder einzustellen. Mr. L---l und die beiden Pfleger blieben da.

Wir ließen M. Valdemar bis gegen drei Uhr am Morgen gänzlich ungestört; dann trat ich zu ihm und fand ihn in präzis dem selben Zustand als zu der Stunde, da Dr. F--- gegangen war – das heißt, er lag in ganz der selben Position; der Puls war nicht zu spüren; der Atem ging winzig schwach (ja, er ließ sich kaum wahrnehmen, sofern man nicht einen Spiegel an die Lippen brachte); die Augen waren in natürlicher Weise geschlossen; und die Glieder zeigten sich so steif und kalt als Marmor. Immer noch aber war das allgemeine Erscheinungsbild ganz entschieden nicht das des Todes.

Als ich zu M. Valdemar getreten war, unternahm ich eine

Art halbe Anstrengung, seinen rechten Arm dahin zu beeinflussen, daß er meinem eignen folge, als ich diesen letztern behutsam über seiner Person hin und her bewegte. Bei solchen Experimenten mit diesem Patienten hatte ich niemals zuvor vollkommen Erfolg gehabt, und gewißlich dachte ich mir kaum dabei, daß es mir jetzt gelingen werde; doch zu meinem Erstaunen folgte sein Arm sehr bereitwillig, wennschon schwach, jeder Richtung, welche ich ihm mit dem meinigen wies. Da beschloß ich, eine Unterhaltung von ein paar wenigen Worten zu riskieren.

»M. Valdemar«, sagte ich, »schlafen Sie?«

Er gab keine Antwort, doch bemerkte ich ein Zittern um seine Lippen, und dies veranlaßte mich, die Frage zu wiederholen, einmal und noch einmal. Bei der dritten Wiederholung durchrann seinen ganzen Körper ein leises Erschauern; die Augenlider öffneten sich so weit, daß sie einen weißen Strich des Apfels freigaben; die Lippen bewegten sich schwerfällig, und zwischen ihnen hervor drangen, in kaum vernehmlichem Flüstern, die Worte:

»Ja; – ich schlafe jetzt. Wecken Sie mich nicht! – lassen Sie mich so sterben!«

Ich befühlte daraufhin seine Glieder und fand sie so starr und steif als je. Der rechte Arm gehorchte wie zuvor der Richtung meiner Hand. Ich stellte dem Hypnotisierten eine weitere Frage:

»Spüren Sie noch Schmerzen in der Brust, M. Valdemar?«

Die Antwort kam jetzt unmittelbar, doch wohlmöglich noch mehr wie ein Hauch denn zuvor:

»Keine Schmerzen – ich sterbe.«

Ich hielt es nicht für ratsam, ihn grad jetzt noch weiter zu stören, und nichts wurde mehr gesprochen oder getan, bis Dr. F--- eintraf, der ein wenig vor Sonnenaufgang kam und uns sein schrankenloses Erstaunen darüber zum Ausdruck brachte, daß er den Patienten noch am Leben fand.

Nachdem er ihm den Puls gefühlt und einen Spiegel an die Lippen gehalten, ersuchte er mich, den Hypnotisierten erneut anzusprechen. Das tat ich, indem ich die Frage stellte:

»M. Valdemar, schlafen Sie immer noch?«

Wie zuvor vergingen einige Minuten, ehe eine Antwort kam; und während dieser Zeit schien der Sterbende all seine Kräfte zu sammeln, um zu sprechen. Erst als ich die Frage zum viertenmal wiederholt hatte, sagte er sehr schwach, und nahezu unhörbar:

»Ja; ich schlafe noch – ich sterbe.«

Es war nunmehr die Meinung, oder vielmehr der Wunsch, der Ärzte, man solle M. Valdemar doch ungestört lassen in seinem gegenwärtigen, anscheinend ruhigen Zustande, bis der Tod eintrete – was, so befanden alle einhellig, nun innerhalb weniger Minuten geschehen mußte. Ich beschloß jedoch, ihn ein weiteres Mal anzusprechen, und wiederholte lediglich meine vorangegangene Frage.

Während ich sprach, ging mit den Zügen des Hypnotisierten eine auffällige Veränderung vor sich. Langsam rollten die Augen auf, wobei die Pupillen nach aufwärts verschwanden; die Haut nahm allgemein eine leichenhafte Färbung an, ähnlich nicht so sehr dem Pergamen als weißem Papiere; und die kreisrunden Flecke, welche sich bis hierher hektisch grell auf dem Mittelpunkte einer jeden Wange abgezeichnet hatten, *erloschen* mit einem Male. Ich gebrauche diesen Ausdruck, weil die Plötzlichkeit, mit der sie verschwanden, mich an nichts so sehr erinnerte als an eine Kerze, welche durch ein Pusten des Atems ausgeht. Gleichzeitig kroch die Oberlippe von den Zähnen, die sie zuvor vollkommen bedeckt hatte; derweil der Unterkiefer mit hörbarem Ruck herabfiel, so daß der Mund nun weit offen stand und dem Blick in vollem Maße die geschwollene und schwarz angelaufene Zunge preisgab. Ich nehme an, daß keinem der hier Anwesenden die Schrecken des Totenbettes fremd waren; doch so über alles Begreifen gräßlich war die Erscheinung M. Valdemars in diesem Augenblick, daß man allgemein aus dem Bereich seines Bettes zurückfuhr.

Ich fühle jetzt, ich habe in dieser Erzählung einen Punkt erreicht, an welchem jeder Leser in echter Ungläubigkeit auffahren wird. Gleichwohl obliegt es mir, in aller Schlichtheit fortzufahren.

An M. Valdemar ließ sich jetzt kein noch so schwaches Zeichen von Leben entdecken; und da wir zu dem Schlusse kamen, er sei tot, wollten wir ihn eben der Obhut der Pfleger überantworten, als an seiner Zunge eine heftige Vibrierbewegung bemerkbar ward. Sie dauerte vielleicht eine Minute lang an. Nach Ablauf dieser Zeit kam auf einmal zwischen den reglos klaffenden Kinnbacken eine Stimme hervor – eine Stimme, deren Beschreibung zu versuchen, reiner Wahnsinn von mir wäre. Sicherlich, es gibt wohl zwei oder drei Epitheta, die man dafür teilweise als passend ansehen könnte; so ließe sich zum Beispiel etwa sagen, daß der Klang rauh war, und gebrochen, und hohl; doch das gräßliche Ganze ist unbeschreibbar, und zwar einfach deshalb, weil noch niemals ähnliche Laute das Ohr der Menschheit zittern machten. Allerdings gab es hier zwei Eigentümlichkeiten, welche, so dacht' ich damals und so denk ich noch heut, getrost als charakteristisch für die Modulation bezeichnet werden könnten – wie auch als wohlgeeignet, einen gewissen Begriff von ihrer unirdischen Absonderlichkeit zu vermitteln. Erstens schien die Stimme unsere Ohren – zum mindesten die meinen – wie aus weiter Ferne oder aus irgendeiner tiefen Höhle im Erdinnern zu erreichen. Und zweitens wirkte sie auf mich (wobei ich freilich fürchte, daß es mir nicht gelingen wird, mich verständlich zu machen), wie gallertartige oder klebrige Substanzen auf den Tastsinn wirken.

Ich habe sowohl von ›Klang‹ als von ›Stimme‹ gesprochen. Ich will damit sagen, daß es sich um Laute von deutlicher – ja, von schier wundersam, schauerlich deutlicher – Silbengliederung handelte. M. Valdemar *sprach* – ersichtlich in Beantwortung der Frage, welche ich wenige Minuten zuvor an ihn gerichtet hatte. Ich hatte ihn, man wird sich erinnern, gefragt, ob er noch immer schlafe. Jetzt sagte er:

»Ja; – nein, – ich *habe* geschlafen – und jetzt – *bin ich tot.*«

Keiner der Anwesenden versuchte den unaussprechlich grauenvollen Schauder zu verleugnen oder zu unterdrükken, welchen diese wenigen Worte, in dieser Weise gesprochen, zwangsläufig allseits bewirken mußten. Mr. L---l (der Student) verlor das Bewußtsein. Die beiden Pfleger verließen unmittelbar die Kammer und waren nicht zur Rückkehr zu bewegen. Meine eigenen Eindrücke will ich dem Leser gar nicht erst begreiflich zu machen versuchen. Nahezu eine Stunde lang beschäftigten wir uns schweigend – ohne auch nur ein Wort zu äußern – damit, Mr. L---l wieder zu beleben. Als er schließlich zu sich gekommen war, widmeten wir uns erneut einer Untersuchung von M. Valdemars Zustand.

Er blieb in jeder Hinsicht so, wie ich ihn zuletzt beschrieben habe, mit der einen Ausnahme nur, daß der Spiegel keinerlei Nachweis mehr dafür erbrachte, daß noch Atem vorhanden sei. Ein Versuch, Blut aus dem Arme zu ziehen, blieb ergebnislos. Ich sollte auch erwähnen, daß dieses Glied nicht länger mehr meinem Willen folgte. Vergebens mühte ich mich, es der Richtung meiner Hand gehorchen zu lassen. Das einzige wirkliche Anzeichen für eine Wirkung des mesmerischen Einflusses bestand jetzt tatsächlich in der Vibrierbewegung der Zunge, die immer dann einsetzte, wenn ich M. Valdemar eine Frage vorlegte. Er schien sich jedesmal anzustrengen, mir zu antworten, doch besaß er nicht mehr hinreichende Willenskraft. Für Fragen, welche ihm von irgendeinem Andern denn mir gestellt wurden, schien er völlig unempfindlich zu sein – obschon ich mich bemühte, ein jedes Mitglied der Gesellschaft in mesmerischen *rapport* mit ihm zu bringen. Ich glaube, ich habe jetzt alles berichtet, was nötig ist, den Zustand des Hypnotisierten zu diesem Zeitpunkt zu verstehen. Andere Pfleger wurden besorgt; und um Schlag zehn Uhr verließ ich in Gesellschaft von Mr. L- - -l und den beiden Ärzten das Haus.

Am Nachmittage sprachen wir alle wieder vor, um den Patienten zu sehen. Sein Zustand war nach wie vor präzis der selbe. Wir erörterten nun, ob es schicklich und möglich sei, ihn aufzuwecken; doch kamen wir unschwer dahin überein, daß keinem guten Zweck damit gedient wäre. Es war evident, daß der Tod (beziehungsweise das, was gewöhnlich als Tod bezeichnet wird) bislang durch den mesmerischen Prozeß aufgehalten worden war. So dünkte es uns alle klar, daß M. Valdemar erwecken bloß seine augenblickliche oder zumindest doch sehr rasche Auflösung zur Gewißheit machen hieße.

Von diesem Zeitpunkt bis zum Ende letzter Woche – *also über eine Spanne von nahezu sieben Monaten hin* – fuhren wir fort, tagtäglich bei M. Valdemars Hause vorzusprechen, hin und wieder begleitet von medizinisch interessierten und anderen Freunden. Während dieser ganzen Zeit blieb der Hypnotisierte in *genau* dem Zustande, wie ich ihn zuletzt beschrieb. Die Pfleger weilten unablässig bei ihm.

Es war am letzten Freitag, daß wir uns endlich entschlossen, das Experiment zu wagen und ihn zu wecken – beziehungsweise dies zu versuchen; und es ist das (vielleicht) unglückliche Ergebnis dieses letztern Experiments gewesen, was in privaten Kreisen soviel Diskussion ausgelöst hat – und im Volke soviel von dem, was ich nicht umhin kann, für ganz ungerechtfertigte Gefühlsduselei zu halten.

Zum Zwecke, M. Valdemar aus der mesmerischen Trance zu lösen, machte ich von den gewohnten Strichen

Gebrauch. Diese waren eine Zeitlang ohne jede Wirkung. Das erste Anzeichen von wiederkehrendem Leben bestand in einem teilweisen Heruntersinken der Iris. Als vornehmlich bemerkenswert wurde beobachtet, daß diese Pupillensenkung vom reichlichen Ausfluß eines gelb-eitrigen Blutwassers (unter den Lidern her) begleitet war, welches einen scharfen und höchst widerwärtigen Geruch verbreitete.

Es wurde nun angeregt, ich solle wie seinerzeit noch einmal versuchen, des Patienten Arm zu beeinflussen. Ich unternahm diesen Versuch, doch schlug er fehl. Darauf äußerte Dr. F--- den Wunsch, ich möchte noch eine Frage stellen. Das tat ich denn auch, wie folgt:

»M. Valdemar, können Sie uns erklären, was gegenwärtig Ihre Gefühle und Wünsche sind?«

Im Augenblick erschienen die hektischen Kreise auf den Wangen wieder; die Zunge zitterte oder vielmehr rollte heftig im Munde hin und her (obschon die Kinnbacken und Lippen so starr blieben als zuvor); und schließlich brach die nämliche grauenvolle Stimme aus ihm heraus, die ich bereits beschrieben habe:

»Um Gottes willen! – rasch! – rasch! – versenken Sie mich wieder in Schlaf – oder, rasch! – wecken Sie mich auf! – rasch! – *Ich sage Ihnen, ich bin tot!«*

Ich war wie vor den Kopf geschlagen und blieb einen Augenblick lang völlig ratlos, was ich tun sollte. Zuerst unternahm ich einen angestrengten Versuch, den Patienten wieder zu beruhigen; doch als mir dies aufgrund totaler Willenserschöpfung nicht gelingen wollte, ging ich den umgekehrten Weg und versuchte nun mit ebensolcher Anspannung, ihn aufzuwecken. Bald sah ich auch, daß ich damit Erfolg haben würde – oder wenigstens bildete ich mir ein, daß mein Erfolg vollkommen sein würde – und ich bin sicher, daß alle im Raume Anwesenden damit rechneten, den Patienten erwachen zu sehen.

Aber was dann wirklich geschah – nein, damit hatte kein

menschliches Wesen auch nur im entferntesten rechnen können.

Als ich in aller Schnelle die mesmerischen Striche machte, derweil von der Zunge – nicht von den Lippen – des Leidenden die Ausrufe »tot! tot!« förmlich *hervor brachen,* geschah's auf einmal, innerhalb einer einzigen Minute, oder gar noch schneller, daß mir sein ganzer Leib unter den Händen schrumpfte – verfiel – *verweste.* Dort auf dem Bette, vor der ganzen Gesellschaft, da lag eine nahezu flüssige Masse von widerlicher – von abscheulicher Fäulnis.

DIE SPHINX

Zur Zeit, da die Cholera in New York so furchtbar herrschte, hatte ich die Einladung eines Verwandten angenommen, vierzehn Tage bei ihm in der Abgeschiedenheit seines *cottage orné* an den Ufern des Hudson zu verbringen. Hier standen alle gewöhnlichen Mittel sommerlicher Zerstreuung zu unsrer Verfügung; und mit Streifzügen in den Wäldern, mit Zeichnen, Bootfahren, Fischen, Baden, Musik und Büchern hätten wir die Zeit wohl behaglich genug verbracht, wäre nicht die schreckliche Kunde gewesen, die einen jeglichen Morgen neu aus der volkreichen Stadt zu uns kam. Nicht ein Tag verstrich, der uns nicht Nachricht vom Hinscheiden irgendeines Bekannten brachte. Dann, als das unabwendliche Verhängnis wuchs, lernten wir jeden Tag den Verlust eines Freundes erwarten. Schließlich erzitterten wir schon, nahte sich nur ein Bote. Die ganze Luft von Süden dünkte uns todgeschwängert. Tatsächlich ergriff dieser lähmende Gedanke vollständig Besitz von meiner Seele. Von nichts anderm mehr konnt ich sprechen, denken, träumen. Mein Gastgeber war von weniger erreglichem Temperamente und stets bestrebt, obschon zutiefst bedrückten Gemütes selber, meinem eigenen Stütze zu sein. Keinerlei Irreales vermochte seinen reichen philosophischen Geist jemals anzufechten. Für die Wirklichkeiten des Schreckens war er genugsam empfänglich, doch ihrer Schatten auch gewahr zu werden, war ihm nicht gegeben.

Seine Bemühungen, mich aus der Lage abnormalen Trübsinns zu erheben, in welchen ich verfallen, scheiterten großenteils an gewissen Büchern, die ich in seiner Bibliothek gefunden hatte. Diese waren nur zu geeignet, gewaltsam zum Keimen zu bringen, was immer an Saaten ererbten Aberglaubens mir latent im Busen schlummerte. Ich hatte ohne sein Wissen über der Lektüre dieser Bände gesessen, und so war er des öftern ratlos, sich die heftigen Eindrücke zu erklären, die sich meiner Phantasie eingegraben hatten.

Ein Lieblingsgegenstand war mir der volkstümliche Glaube an Omina, an üble Vorbedeutungen – ein Glaube, welchem ich zu dieser einen Zeit meines Lebens fast ernstlich das Wort zu reden geneigt war. Wir hatten lange und lebhafte Diskussionen zu diesem Thema – in denen er die bare Grundlosigkeit eines Glaubens an derlei Sachen behauptete, ich aber ihm streitbar erwiderte, es trage ein mit absoluter Spontaneität aufgekommenes Volksempfinden – das heißt, ein Empfinden ohne ersichtliche Spuren von Suggestion – in sich selbst schon die unmißverständlichen Elemente von Wahrheit und habe Anspruch auf doch einige Achtung. Tatsache ist, daß bald nach meiner Ankunft bei dem Landhause mir selber ein Erlebnis widerfahren war – so vollkommen unerklärlich und von so deutlich unheilkündendem Charakter, daß meine Überzeugung, es müsse ein Omen sein, wohl auf Nachsicht rechnen darf. Es entsetzte, bestürzte und verwirrte mich zu gleicher Zeit derart, daß viele Tage vergingen, ehe ich mich entschließen konnte, den Umstand meinem Freunde mitzuteilen.

Gegen Ende eines unmäßig warmen Tages saß ich, ein Buch in der Hand, an einem offenen Fenster, dessen Aussicht auf die Flußufer hinausging und mir den Anblick eines fernen Hügels bot; seine mir zugewendete Seite war aus Ursache dessen, was man einen Erdrutsch nennt, von einem Großteil ihres Baumbestands entblößt. Lange waren meine Gedanken von dem Buche vor mir zu der trostlosen Düsternis und Verwüstung der Nachbarstadt gewandert. Indem ich meinen Blick nun von den Seiten hob, fiel er plötzlich auf die kahle Lehne des Hügels und auf ein Wesen darauf – ein lebendiges Ungetüm von scheußlicher Gestaltung, das in großer Schnelligkeit seinen Weg vom

Gipfel zu Tale nahm und schließlich im dichten Forste drunten verschwand. Als mir diese Kreatur das erstemal zu Gesicht kam, wollte ich schier an der Gesundheit meines Verstandes zweifeln – oder zumindest doch am Zeugnis meiner Augen; und mehrere Minuten gingen hin, ehe ich mich erfolgreich überzeugt hatte, daß ich weder verrückt sei noch in einem Traume befangen. Doch wenn ich nun das Ungeheuer beschreibe (das ich entschieden deutlich sah und während der ganzen Zeit mit gelassenem Blick auf seinem Weg verfolgte), so werden, fürcht ich, meine Leser leicht mehr noch Schwierigkeiten haben, zu dieser Überzeugung zu gelangen, denn ich selber.

Indem ich die Größe der Kreatur am Durchmesser der gewaltigen Bäume, an denen sie vorüber kam, vergleichend einschätzte, – der wenigen Giganten des Forsts, die der Gewalt des Erdrutsches standgehalten –, kam ich zu dem Schluß, sie müßte weit größer noch sein als jedes heute bekannte Linienschiff. Ich gebrauche den Ausdruck ›Linienschiff‹, weil die Gestalt des Untiers mir dieses Bild förmlich antrug; – der Schiffsrumpf eines unserer Vierundsiebziger vermöchte wohl eine recht leidliche Anschauung seiner ungefähren Umrisse bieten. Der Rachen des Tiers befand sich am äußern Ende eines Rüssels, der einige sechzig oder siebzig Fuß in der Länge maß und so dick war wie der Leib eines gewöhnlichen Elefanten. An der Wurzel dieses Rüssels befand sich eine Unmasse schwarzen zottigen Haars – mehr noch, als die Häute einer ganzen Stiege Büffel hätten liefern können; und seitlich niederwärts aus diesem Haargestrüpp ragten zwei schimmernde Stoßzähne, nicht unähnlich denen des wilden Ebers, doch von unendlich größern Dimensionen. Nach vorn, gleichlaufend mit dem Rüssel und ihm zu beiden Seiten, reckte sich je ein gigantischer Pfahl von wohl dreißig oder vierzig Fuß Länge, gebildet allem Anschein nach aus purem Kristall und in Gestalt eines vollkommenen

Prismas; – es spiegelte auf höchst glänzende Weise die Strahlen der scheidenden Sonne wider. Der Rumpf war gestaltet wie ein Keil, dessen Spitze der Erde zugewandt ist. Von ihm aus breiteten sich zwei Paar Schwingen – davon eine jede an hundert Ellen lang – das eine Paar über das andre gelagert, und alles dick bedeckt mit metallischen Schuppen; jede dieser Schuppen hatte offenbar einige zehn oder zwölf Fuß Durchmesser. Ich bemerkte, daß die obenauf gelagerten Schwingen mit den untern durch eine starke Kette verbunden waren. Doch das Allerwunderlichste an diesem gräßlichen Dinge war die Darstellung eines *Totenkopfes,* welche nahezu die gesamte Oberfläche der Brust bedeckte und in schimmerndem Weiß auf dem dunkeln Grunde des Körpers so akkurat gezeichnet war, als habe ein Künstler sie dort mit aller Sorgfalt ausgeführt. Indem ich dies entsetzliche Wesen, und in Sonderheit die Erscheinung auf seiner Brust, noch betrachtete, mit einem Gefühl von Schauder und Grausen – einer Vorahnung herannahenden Unheils, die sich mit keinem Aufwand der Vernunft wollte dämpfen lassen, erschaute ich, wie die ungeheuren Kieferbacken am Ende des Rüssels sich plötzlich auftaten, und es erscholl aus ihnen ein so lauter und ausdrucksstarker Weheschrei, daß es wie Grabgeläute meinen Nerven klang und ich, als das Monstrum dann am Fuße des Hügels verschwand, in jäher Ohnmacht zu Boden stürzte.

Als ich mich wieder erholt, war natürlich mein erster Antrieb, meinem Freunde mitzuteilen, was ich gesehn und gehört hatte, – und kaum vermag ich zu erklären, welch ein Gefühl des Widerstands es war, das mich am Ende dann doch daran verhinderte.

Eines Abends schließlich, wohl drei oder vier Tage nach dem Erlebnis, saßen wir zusammen in dem Zimmer, in dem mir die Erscheinung zu Gesicht gekommen, – ich auf dem selben Sitz am Fenster, und er in müßiger Haltung auf einem Sofa nah dabei. Die Assoziation von Ort und Zeit gab mir nun Anlaß, ihm von dem Phänomene zu berichten. Er hörte mir zu bis zum Ende – zuerst dann lachte er herzlich – um anschließend freilich in so überaus ernste Nachdenklichkeit zu verfallen, als stünde eine Störung meines Geistes außer aller Frage. In diesem Augenblick erschien mir ein weiteresmal ganz deutlich der Anblick des Untiers – auf das ich nun, mit einem Schrei unvermischten Entsetzens, sein Aufmerken lenkte. Wohl blickte er sogleich mit Eifer hin – doch behauptete er, daß er nichts sähe, – ich mochte ihm gleich noch so minuziös den Weg der Kreatur beschreiben, die eben auf der kahlen Hügellehne abwärts kroch.

Nun bemächtigte sich maßlose Aufregung meiner, denn ich betrachtete die Vision entweder als ein Omen meines Todes oder gar, was schlimmer gewesen wäre, als Vorboten eines Anfalls von Irrsinn. Ich warf mich aufgewühlt zurück in meinen Sessel und barg für Augenblicke das Gesicht in meinen Händen. Als ich dann die Augen wieder freigab, war die Erscheinung schon nicht mehr zu sehen.

Mein Gastfreund jedoch hatte die Gelassenheit seines Betragens einigermaßen zurückgewonnen und befragte mich nun mit rechter Strenge, wie die phantastische Kreatur gestaltet gewesen sei, die ich erschaut. Als ich ihn dieserhalb voll zufriedengestellt hatte, seufzte er tief, ganz wie von einer unerträglichen Last erleichtert, und hob an, mit einer, wie mich dünken wollte, schier grausamen Gelassenheit über verschiedene Punkte spekulativer Philosophie zu sprechen, die zuvor Gegenstand unserer Diskussion gewesen waren. Ich entsinne mich, daß er unter anderm auf dem Gedanken beharrte, es liege die Hauptquelle des Irrtums bei allem menschlichen Forschen darin, daß man nicht davon loskomme, die Bedeutung eines Gegenstandes durch bloßes Mißbemessen seiner Nähe zu unterschätzen oder überzubewerten.

»Wollte man beispielsweise einmal veranschlagen«, sagte er, »welchen Einfluß die ungehinderte und vollständige Ausbreitung der Demokratie einmal auf die Menschheit üben wird, so dürfte die zeitliche Ferne der Epoche, in der eine solche Verbreitung möglicherweise stattgefunden hat, keineswegs als Faktor in der Berechnung fehlen. Doch kannst du mir auch nur einen Schriftsteller auf staatspolitischem Gebiete nennen, der jemals eben diese Seite des Gegenstandes überhaupt der Diskussion für würdig befunden hätte?«

Hier hielt er einen Augenblick inne, trat an einen Bücherschrank und brachte einen ganz gewöhnlichen Abriß der Naturgeschichte hervor. Indem er mich sodann ersuchte, mit ihm den Platz zu tauschen, damit er den zierlichen Druck des Bandes besser erkennen möchte, setzte er sich in meinen Armstuhl am Fenster, öffnete das Buch und nahm den Faden seiner Rede in ganz demselben Ton wieder auf.

»Wärest du bei der Beschreibung des Untiers nicht so überaus genau gewesen«, sagte er, »so hätte es nie in meiner Macht gestanden, dir handgreiflich zu beweisen, was es war. Zunächst nun laß mich dir aus diesem Schulbuche eine Beschreibung des genus *Sphinx* vorlesen: Familie *Crepuscularia,* Ordnung *Lepidoptera,* Klasse *Insecta* oder Insekten. Sie lautet folgendermaßen:

›Vier häutchenartige Flügel, bedeckt mit kleinen farbigen Schuppen von metallischem Aussehen; Mund in Form einer rüsselartigen Rollzunge, gebildet aus einer Verlängerung der Kiefer; an deren Seiten Rudimente von Kinnladen und weiche Fühler; die unteren Flügel mit den oberen durch ein starkes Haar verbunden; Fühlhörner in Form einer lang ausgestreckten Keule, prismatisch; Hinterleib zugespitzt. Die Totenkopf-Sphinx hat zu Zeiten manchen Schrecken im Volke erweckt durch den schwermütigen Schrei, welchen sie ausstößt, und die Abzeichen des Todes, die sie auf dem Thorax trägt.«

Hier schloß er das Buch wieder und beugte sich im Stuhle vor, indem er sich genau in die Stellung brachte, welche ich selbst im Augenblick, da ich ›das Untier‹ erblickte, eingenommen hatte.

»Ah, da ist sie!« rief er sogleich aus – »eben ist sie dabei, den Hügel wieder hinan zu klettern, und wirklich, das gesteh' ich zu, sie sieht ja einigermaßen unheimlich aus. Jedoch – mitnichten ist sie so gewaltig und so weit entfernt, wie du es dir einbildetest; denn die Sache ist die – wie sie sich da an diesem Faden hinaufwindet, den irgendeine Spinne am Fensterrahmen entlanggezogen hat, stelle ich fest, daß ihre Länge äußersten Falles ein Sechzehntel Zoll beträgt und daß sie ebenfalls nur wohl ein Sechzehntel Zoll von der Pupille meines Augs entfernt ist.«

DAS GEBINDE AMONTILLADO

Wohl tausendfältige Unbill hatt' ich von Fortunato ertragen, so gut ich's nur vermochte, doch als er gar so dreist ward, schweren Schimpf auf mich zu häufen, gelobt' ich Rache. Ihr, die ihr meiner Seele Innres so wohl kennt, werdet freilich nicht vermuten, ich hätte etwa einer Drohung Ausdruck gegeben. Nein, *irgendwann einmal,* ganz unerwartet, sollte die Vergeltung kommen; das war ein Punkt, der felsenfest entschieden; – und ebenso entschieden war dabei, daß es für mich keinerlei Risiko geben durfte. Ich wollte nicht nur strafen, sondern straflos strafen. Denn das ist nicht die rechte Ahndung eines Unrechts, wenn dann den Rächer selbst die Wiedervergeltung erreicht. Und gleicherweise halb nur bleibt die Sühne, wenn der Beleidiger, der jenes Unrecht tat, nicht fühlt, nicht weiß, von wem ihn Rache trifft.

Wohlverstanden, – ich hatte Fortunato weder in Wort noch Tat Ursache gegeben, an meinem Wohlwollen zu zweifeln. Ganz wie ich's lang gewohnt war, fuhr ich fort, ihm ins Gesicht zu lächeln, und er bemerkte nicht im mindesten, daß dieses mein Lächeln *jetzt* nur noch der Gedanke an seine baldige Opferung nährte.

Er hatte übrigens einen schwachen Punkt – dieser Fortunato – obschon er in anderer Hinsicht durchaus ein Mann war, den man achtete, ja gar ein wenig fürchtete. Er hielt sich nämlich arg viel darauf zugute, ein Weinkenner zu sein. Nun trifft es sich freilich nur selten, daß die Herren Italiener auf diesem Gebiete einiges vermögen. Meistenteils ist ihr Enthusiasmus vollauf damit beschäftigt, Zeit und Gelegenheit abzupassen und einzurichten, um die britischen und österreichischen Millionäre nach Takt und Noten zu begaunern. Was Malerei und Schmuckkunst anbetrifft, so war Fortunato ganz wie seine Landsleute bloß ein Schwadroneur; jedoch mit alten Weinen kannte er sich aus. In diesem Betrachte unterschied ich mich übrigens nicht wesentlich von ihm; – ich verstand mich selber ganz leidlich auf die italiänische Lese und kaufte in großem Stil, wann immer ich es konnte.

Es war an einem Abende gegen Dämmerung, zur Zeit des tollsten und aberwitzigsten Karnevals, als ich meinem Freunde ganz unverhofft begegnete. Er begrüßte mich mit schier überschwänglicher Herzlichkeit, denn er hatte bereits eine Menge getrunken. Der Mensch trug sich wie ein rechter Narr. Er hatte ein dicht sitzendes buntscheckiges Gewand an, und seinen Dummkopf krönte eine spitze Schellenkappe. Ich war so überglücklich, ihn zu sehen, daß ich schon dachte, ich würde überhaupt nicht mehr damit fertig werden, ihm die Hand zu drücken.

»Mein lieber Fortunato!« sprach ich zu ihm; »Welch ein Glück, daß ich Sie treffe! Sie sehen ja aus wie das blühende Leben heute! Es ist nämlich so – ich habe eben ein Butt Wein bekommen, der angeblich Amontillado sein soll, bin aber leider gar nicht ohne Zweifel.«

»Wie?« rief er. »Amontillado? Ein ganzes Butt? Unmöglich! Und das mitten im Karneval?«

»Eben, ich habe ja auch meine Zweifel«, erwiderte ich; »und leider war ich töricht genug, den vollen Amontillado-Preis zu zahlen, ohne zuvor Ihr Gutachten einzuholen. Aber Sie waren einfach nicht aufzufinden, und ich hatte Sorge, es könnte mir ein Geschäft entgehen.«

»Amontillado!«

»Ich habe meine Zweifel.«

»Amontillado!«

»Und ich muß mir Gewißheit verschaffen.«

»Amontillado!«

»Da Sie beschäftigt sind, will ich mich zu Luchresi begeben. Wenn irgend wer ein kritisches Urteil hat, dann ist es er. Er wird mir sagen – –«

»Luchresi kann ja nicht einmal Amontillado von Sherry unterscheiden.«

»Und doch gibt es ein paar Narren, die behaupten, sein Geschmack vermöge den Ihrigen durchaus in die Schranken zu fordern.«

»Kommen Sie, gehn wir gleich.«

»Aber wohin denn?«

»In Ihre Kellerei.«

»Nicht doch, mein Freund; ich will Ihre Liebenswürdigkeit nicht ausnutzen. Ich sehe ja, Sie sind beschäftigt. Luchresi – –«

»Aber ich bin nicht beschäftigt; – kommen Sie!«

»Nein, mein Freund. Auch wenn Sie keine Abhaltung haben, – ich sehe doch, daß Sie an einer schweren Erkältung leiden. Die Gewölbe sind unerträglich feucht und dumpfig. Alles ist mit Salpeter überzogen.«

»Gleichviel, lassen Sie uns gehen. Die Erkältung ist gar nicht der Rede wert. Amontillado! Da hat man Sie ganz schön hinter das Licht geführt. Und was Luchresi betrifft, der kann keinen Sherry von Amontillado unterscheiden.«

Bei diesen Worten bemächtigte sich Fortunato meines Arms; und indem ich eine Maske von schwarzer Seide anlegte und eine *roquelaure* fest um mich zog, litt ich's, daß er mich eilends nach meinem Palazzo drängte.

Es waren keinerlei Bedienstete daheim; sie hatten sich heimlich alle davongemacht, um sich der Jahreszeit entsprechend auf dem Karneval zu vergnügen. Ich hatte ihnen gesagt, daß ich nicht vor dem Morgen zurückkehren würde, und ausdrücklich Befehl gegeben, sich nicht aus dem Hause zu rühren. Diese Anordnungen reichten hin, so wußt' ich wohl, mit Sicherheit ihr unmittelbares Verschwinden zu bewirken, bis auf den letzten Mann, sowie ich ihnen nur den Rücken gekehrt hatte.

Ich nahm zwei Fackeln aus ihren Wandhaltern, gab Fortunato eine und geleitete ihn durch verschiedene

Zimmer-Suiten zu dem Bogengang, der in die Gewölbe führte. Dann stieg ich eine lange und gewundene Treppe hinab, wobei ich ihn ersuchte, ja nur recht vorsichtig zu sein, wenn er mir folge. Schließlich kamen wir unten an und standen auf dem dumpfigen Boden der Katakomben der Montresors.

Der Gang meines Freundes war unsicher, und die Schellen an seiner Kappe klingelten, während er dahinschritt.

»Das Butt«, sagte er.

»Das befindet sich weiter hinten«, sagte ich; »doch sehen Sie nur, wie weiß der Überzug auf diesen Höhlenmauern schimmert!«

Er wandte sich mir zu und starrte mich mit zwei glasigen Augen an, aus denen die Tränen der Trunkenheit quollen.

»Salpeter?« fragte er schließlich.

»Salpeter«, antwortete ich. »Wie lange haben Sie diesen Husten eigentlich schon?«

»Huch! huch! huch! – huch! huch! huch! – huch! huch! huch! – huch! huch! huch! – huch! huch! huch!«

Minutenlang war es meinem armen Freunde unmöglich, eine Antwort zu geben.

»Ach, das hat nichts zu sagen«, keuchte er schließlich. »Kommen Sie«, sagte ich mit Bestimmtheit, »wir wollen doch lieber umkehren; Ihre Gesundheit ist zu kostbar. Sie sind reich, man achtet, man bewundert, ja man liebt Sie; Sie sind glücklich, wie ich's einstens war. Ein Mann wie Sie muß uns erhalten bleiben. Um mich ist's ja nicht weiter schade. Wir wollen zurückgehen; denn Sie werden sich noch eine Krankheit holen, und die Verantwortung kann ich nicht tragen. Im übrigen ist da ja immer noch Luchresi – –«

»Genug«, sagte er; »mit dem Husten hat es gar nichts auf sich; der wird mich nicht umbringen. An einem Husten sterbe ich bestimmt nicht.«

»Das ist nun auch wieder wahr – sehr wahr sogar«, erwiderte ich; »und ich hatte wirklich nicht die Absicht, Sie unnötig zu beunruhigen – doch sollten Sie immerhin so vorsichtig sein, als es möglich ist. Ein Schluck von diesem Medoc wird uns vor den schädlichen Dünsten schützen.«

Mit diesen Worten zog ich aus einer langen Reihe von Flaschen, die auf dem Gestelle lagerten, eine heraus und schlug ihr den Hals ab.

»Trinken Sie«, sagte ich dann und reichte ihm den Wein.

Mit einem Blinzeln hob er die Flasche an die Lippen. Dann hielt er inne und nickte mir vertraulich zu, während seine Schellen klingelten.

»Ich trinke«, sagte er, »auf die Begrabenen, die um uns ruhen.«

»Und ich auf Ihr langes Leben.«

Wieder nahm er meinen Arm, und wir schritten weiter. »Diese Gewölbe«, sagte er, »sind ja ziemlich ausgedehnt.«

»Die Montresors«, sagte ich, »waren eine große und zahlreiche Familie.«

»Ach, ich vergaß – wie war doch gleich Ihr Wappen?«

»Ein riesiger menschlicher Fuß – Gold in azurnem Feld; er zertritt eine sich aufbäumende Schlange, deren Zähne ihn in die Ferse stechen.«

»Und der Wahlspruch?«

»Nemo me impune lacessit.«

»Nicht übel!« sagte er.

In seinen Augen funkelte der Wein, und die Schellen klingelten. Auch mir erwärmte der Medoc die Phantasie. Wir waren an langen Mauern von gestapelten Skeletten, untermischt mit Weinfässern aller Art, vorübergekommen und gelangten nun in die innersten Winkel und Bezirke der Katakomben. Da hielt ich erneut inne, und diesmal nahm ich mir die Freiheit, Fortunato am Arme oberhalb des Ellenbogens festzuhalten.

»Der Salpeter!« sagte ich; »sehn Sie doch, er wird immer

dichter! Er hängt wie Moos an den Gewölben. Wir befinden uns unter dem Flußbette. Die Nässe tröpfelt zwischen das Gebein. Kommen Sie, wir wollen umkehren, ehe es zu spät ist. Denken Sie an Ihren Husten – –«

»Damit ist es nichs«, sagte er; »gehen wir nur weiter. Aber zuvor noch einen Schluck Medoc!«

Ich erbrach eine Flasche De Grâve und reichte sie ihm. Er leerte sie auf einen Zug. In seinen Augen blitzte ein wildes Licht. Er lachte und warf die Buddel mit einer Bewegung in die Höhe, auf die ich mir keinen Reim machen konnte.

Erstaunt sah ich ihn an. Er wiederholte die Bewegung – ein grotesker Anblick.

»Sie verstehen nicht?« fragte er.

»Leider nein«, erwiderte ich.

»Dann gehören Sie also nicht der Bruderschaft an.«

»Was meinen Sie?«

»Sie gehören nicht zu den Maurern.«

»Aber ja doch«, sagte ich; »ja doch, ja.«

»Sie? Unmöglich! Ein Maurer?«

»Ein Maurer«, antwortete ich.

»Dann geben Sie ein Zeichen«, forderte er, »ein Zeichen!«

»Bitte sehr«, war meine Antwort, indem ich unter den Falten meiner *roquelaure* eine Maurerkelle hervorzog.

»Sie spaßen«, rief er aus und wich ein paar Schritte zurück. »Aber lassen Sie uns nun endlich zu dem Amontillado kommen!«

»Sei's drum«, sagte ich, indem ich das Werkzeug wieder unter meinem Mantel barg und ihm erneut den Arm bot. Er stützte sich schwer darauf. Wir folgten weiter unserem Weg auf der Suche nach dem Amontillado. Wir schritten durch eine Reihe von niedrigen Gewölben, stiegen abwärts, gingen weiter und stiegen wieder abwärts, um schließlich tief unten in einer Krypta anzulangen, in welcher die Luft so moderig und stickig war, daß unsere Fackeln kaum mehr brannten als glühten.

Am entlegensten Ende der Krypta zeigte sich ein weiteres, doch weniger geräumiges Gewölb. Die Wände waren ganz nach Art der großen Katakomben zu Paris von hoch zur Decke aufgetürmten Gebeinresten gesäumt worden. Drei Seiten dieser inneren Krypta waren immer noch in dieser Weise geschmückt. Von der vierten Seite hatte man die Knochen fortgeräumt; sie lagen jetzt in wirrem Durcheinander auf der Erde und bildeten an einer Stelle einen Hügel von einiger Höhe. In der auf diese Weise durch die Entfernung der Knochen freigelegten Wand erblickten wir noch eine weitere innere Krypta oder Nische, die wohl vier Fuß tief, drei breit und sechs oder sieben hoch war. Sie schien zu keinem besondern Eigenzweck gebaut zu sein, sondern bildete lediglich den Zwischenraum zwischen zwei der kolossalen Pfeiler, die das Gewölbe der Katakomben trugen; ihre Rückwand bestand aus einer der sie umgebenden, massiv granitenen Mauerwände.

Es war vergebens, daß Fortunato seine düstertrübe Fackel hob und sich mühte, in die Tiefe des Nischenwinkels zu spähen. Seine Begrenzung erlaubte uns das schwache Licht nicht zu erkennen.

»Treten Sie nur näher«, sagte ich; »dort drinnen befindet sich der Amontillado. Was übrigens Luchresi anbelangt – –«

»Der ist ein armseliger Ignorant«, unterbrach mich mein Freund und tat ein paar torkelnde Schritte vorwärts, indessen ich ihm auf dem Absatz folgte. Im selben Augenblick noch hatte er das Ende der Nische erreicht und stand, da er sein Weiterkommen von dem Felsen behindert fand, stumpfsinnig verwundert da. Im nächsten Augenblick schon hatte ich ihn an den Granit gefesselt. In diesen eingelassen waren zwei Eisenkrampen, waagrecht etwa zwei Fuß voneinander entfernt. Von einer dieser Krampen hing eine kurze Kette nieder; an der anderen befand sich ein

Vorhängeschloß. Die Kette um seinen Leib zu werfen und fest anzuschließen, war das Werk nur weniger Sekunden. Er war zu überrascht, um sich zu widersetzen. Den Schlüssel abziehend, trat ich aus der Nische zurück.

»Fahren Sie doch einmal mit der Hand über die Mauer«, sagte ich; »der Salpeter ist unverkennbar, nicht wahr? Tatsächlich ist es hier unten *sehr* feucht. Lassen Sie sich noch einmal *dringend* bitten, wieder umzukehren. Sie möchten nicht? Wie schade! – denn dann muß ich Sie leider jetzt allein hier lassen. Doch zuvor noch will ich Ihnen, soweit es in meiner Macht steht, ein paar kleine Gefälligkeiten erweisen.«

»Den Amontillado!« stieß mein Freund hervor, noch immer halb benommen von der Überraschung.

»Richtig«, erwiderte ich; »den Amontillado.«

Während ich diese Worte sprach, machte ich mich an dem Knochenstapel zu schaffen, den ich oben erwähnt habe. Ich warf das Gebein beiseite und legte bald eine Menge Bausteine und Mörtel frei. Mit diesen Materialien sowie mit Hilfe meiner Kelle begann ich alsbald nach Kräften den Eingang der Nische zu vermauern.

Ich hatte kaum die erste Lage Mauerwerk gelegt, als ich entdeckte, daß die Trunkenheit in großem Maße von Fortunato gewichen war. Das erste Anzeichen dafür war ein langer stöhnender Wehelaut, der aus der Tiefe des Gelasses drang. Das war nicht mehr die Stimme eines Trunkenen. Es folgte dann ein langes, verbissenes Schweigen. Ich legte die zweite Steinschicht und die dritte, und dann die vierte; und da auf einmal hörte ich das wilde Rasseln der Kette. Das Geräusch dauerte mehrere Minuten lang fort, während welcher ich, um mich mit ungestörter Genugtuung daran zu weiden, in meiner Arbeit innehielt und mich auf den Gebeinen niederließ. Als das Geklirr am Ende verstummte, griff ich wieder nach der Kelle und vollendete ohne Unterbrechung die fünfte, die sechste und die siebente Lage. Die Mauer reichte mir nun fast schon bis zur Brust. Wieder hielt ich da inne, und indem ich die Fackel über das Mauerwerk hob, ließ ich ein paar schwache Strahlen auf die Gestalt dort drinnen fallen.

Eine Folge von lauten und schrillen Schreien, die jählich aus der Kehle des Gefesselten hervorbrachen, wollte mich schier zurückschleudern. Einen kurzen Augenblick zögerte, zitterte ich. Meinen Stoßdegen ziehend, begann ich damit in dem engen Gelaß herumzutasten; doch die Überlegung eines weiteren Augenblicks gab mir meine Sicherheit und Ruhe zurück. Ich legte meine Hand auf das massive Mauerwerk der Katakomben und fühlte mich befriedigt. Ich trat wieder an die Mauer; ich gab dem Gellgebrüll des Schreiers Antwort. Ich schrie zurück, ich half ihm, ja ich übertraf ihn noch an Stimmgewalt und -stärke. Ich tat's, und siehe da – der Schreier wurde still.

Es war nun Mitternacht; mein Werk war bald getan. Ich hatte die achte, die neunte, die zehnte Lage vollendet. Schon hatt' ich einen Teil der elften und letzten bewältigt; es blieb nur noch ein einziger Stein zu setzen und zu vermauern. Ich plagte mich mit seinem Gewichte; ich brachte ihn nur zum Teil in die ihm zubestimmte Lage. Da aber drang aus der Nische ein leises, verhaltenes Lachen, daß mir die Haare zu Berge standen. Es ward gefolgt von einer traurigen Stimme, in welcher ich nur schwer diejenige des edlen Fortunato wiedererkannte. Die Stimme sagte – »Ha! ha! ha! – hi! hi! hi! – ein guter Witz, wahrhaftig – ein exzellenter Scherz! Wir werden im Palazzo noch oft und reichlich darüber zu lachen haben – hi! hi! hi! – über unsern Wein – hi! hi! hi!«

»Den Amontillado!« sagte ich.

»Hi! hi! hi! – hi! hi! hi! – ja, den Amontillado. Aber wird es nicht langsam etwas spät? Wird man nicht auf uns warten im Palast – die Lady Fortunato und die Andern? Mag's denn genug sein – machen wir ein Ende.«

»Ja«, sagte ich, »ja – machen wir ein Ende.«

»Um Gottes willen – Montresor!«

»Ja«, sagte ich, »um Gottes willen – ja!«

Doch diese Worte fanden keine Antwort; mein Lauschen war umsonst. Ich wurde ungeduldig. Ich rief laut –

»He – Fortunato!«

Nichts. Kein Laut zu hören. Ich rief noch einmal –

»He! – *Fortunato!«*

Keine Antwort mehr. Da stieß ich eine Fackel durch die Öffnung und ließ sie drinnen fallen. Zurück kam nur ein Klinggeklirr der Schellen. Mir wurde schlimm im Herzen, wurde schlecht; das machte die Dumpfigkeit der Katakomben. Ich hastete, mein Werk zu enden. Ich zwang den letzten Stein in seine Lage; ich mauerte ihn ein. Vor dieser neuen Wand häufte ich wieder den Wall von Knochen auf. Ein Halbjahrhundert lang hat kein Sterblicher sie gestört. *In pace requiescat!*

DER PARK VON ARNHEIM

»Gleich einer schönen Lady lag der Park,
die vor Entzücken ihre Lider schloß –
– der offnen Himmel Glanz war allzu stark.
Wohlpassend breites Ätherrund umfloß
das Ganze, und manch lichte Blume sproß.
Schwertlilien, mit runden Funken Tau
an den azurnen Kelchen, blinzten schlau,
wie Zwillingssterngezwinker hoch im Abendblau.«

Giles Fletcher, jun.;
›Christ's Victory & Triumph‹ II. Gesang

Von der Wiege bis zur Bahre führte ein wahrer Passat von Wohlergehen meinen Freund Ellison mit sich dahin. Und nicht, daß ich das Wort ›Wohlergehen‹ etwa in seinem bloß weltlichen Sinne hier brauchte; sondern es soll als schlicht gleichbedeutend für Glück stehen. Die Person, von der ich spreche, schien zu dem Zwecke geboren, die Theorien der Turgot, Price, Priestley und Condorcet vorwegzuleben – an 1 individuellen Beispiel praktisch zu demonstrieren, was man für reine Schimäre der Perfektionisten gehalten hat. An Ellisons kurzem Dasein bilde ich mir ein, jedes Dogma widerlegt gesehen zu haben, daß in der Menschennatur ein verborgenes Element, der Widersacher der Seligkeit, unvermeidlich liege. Vielmehr hat mir eine sorgfältige Durchmusterung seiner Laufbahn dargetan, daß im allgemeinen das Elend des Menschengeschlechtes auf die Verletzung einiger weniger, ganz einfältiger, Lebensregeln zurückzuführen ist – daß, als Gattung betrachtet, die bisher noch nicht herausgearbeiteten Elemente der Zufriedenheit durchaus zu unserm biologischen Besitz gehören – ja, daß selbst heutzutage, in der gegenwärtigen Verdunkelung & Raserei alles Theoretisierens über die große Frage der sozialen Zustände, es nicht unmöglich ist, daß der Mensch als

Individuum, unter gewissen, freilich sehr ungewöhnlichen & höchlichst zufälligen Voraussetzungen, glücklich sein könne.

Von Ansichten wie den eben vorgetragenen war auch mein junger Freund völlig durchdrungen; weshalb es des Anmerkens wert ist, daß der Zustand ununterbrochenen Genießens, durch den sein Leben sich auszeichnete, weitgehend das Ergebnis bewußter Vorplanung war. Liegt es doch unleugbar auf der Hand, daß Mr. Ellison, mit einem Weniger jenes philosophischen Instinktes, der dann & wann so trefflich für noch mangelnde Erfahrung einspringt, sich durch die ganz unwahrscheinlichen Glückszufälle seines Lebens, sehr bald in jenen gewöhnlichen Strudel des Elends hinabgestürzt gefunden hätte, der für alle Diejenigen gähnt, die sich hervorragender Gaben & Güter erfreuen. Aber es ist schließlich nicht meine Absicht, einen Essay über Glückseligkeit zu Papier zu bringen. Die Ideen meines Freundes lassen sich in wenigen Worten zusammenfassen. Er ließ nicht mehr als 4 fundamentale Grundlagen, oder, korrekter, Voraussetzungen, eines seligen Lebens gelten. Diejenige, die er als das Wichtigste betrachtete, war (merkwürdigerweise!) eine simple & rein physische, nämlich körperliche Bewegung in freier Luft. »Die Gesundheit, wie man sie durch andere Mittel erzielt«, pflegte er zu sagen, »ist kaum desselben Namens würdig.« Als Beleg für sich führte er die Wonnen des Fuchsjägers an; und verwies auf den Pflüger im Erdenschoß als den Einzigen, der, als Klasse betrachtet, mit Recht für glücklicher angesehen werden kann, denn Andere. Seine zweite Voraussetzung war die Liebe des Weibes. Die dritte (und am schwierigsten einzuhaltende) bestand in der Verachtung jeglichen Ehrgeizes. Die vierte war, daß ein Gegenstand unablässigen Trachtens vorhanden sei; und er behauptete, daß, wenn auch alles andre noch gleichmäßig verteilt wäre, das Ausmaß des erreichbaren Erdenglücks genau proportional sei der Vergeistigtheit eben dieses Trachtens.

Ellison war also einmal auffällig durch die verschwenderische Fülle guter Gaben, mit denen Fortuna ihn fortwährend überschüttete. An Schönheit & persönlicher Anmut übertraf er alle andern Männer. Sein Intellekt war von jenem Range, für den die Erwerbung von Kenntnissen weniger Arbeit bedeutet, als vielmehr eine Lebensnotwendigkeit, die intuitiv erfolgt. Seine Familie war eine der erlauchtesten des Empire. Seine Braut die lieblichste & hingebungsvollste der Frauen. Sein Besitz an Geld & Gut war allzeit vollauf gewesen; als er jedoch das Alter der Mündigkeit erreichte, entdeckte man, daß das Schicksal sich zu seinen Gunsten einen jener ungeheuerlichen grillenhaften Streiche geleistet hatte, wie sie die ganze soziale Welt inmitten deren sie vorfallen, in Aufruhr bringen; und die selten verfehlen, das sittliche Persönlichkeitsgefüge der davon Betroffenen von Grund auf zu verändern.

Es ergab sich, daß rund hundert Jahre bevor Mr. Ellison majorenn wurde, in einer der entlegeneren Randprovinzen ein gewisser Mr. Seabright Ellison gestorben war. Dieser Herr hatte ein fürstliches Vermögen angehäuft; und, da er keine direkten Nachkommen sein eigen nannte, den excentrischen Einfall gefaßt, die Summe nach seinem Dahinscheiden sich ein volles Jahrhundert lang vermehren zu lassen. Nachdem er erst noch scharfsinnig & bis ins kleinste die diversen Arten der Investierung angeordnet hatte, vermachte er den aufgehäuften Endbetrag dem nächsten seiner Blutsverwandten, der den Namen Ellison tragen & nach Ablauf jener hundert Jahre am Leben sein würde. Manche Versuche waren unternommen worden, dies eigentümliche Legat außer Kraft zu setzen – ihr *ex post facto* Charakter ließ sie grundsätzlich schon im Keime ersticken; aber die Aufmerksamkeit eines argwöhnischen Ministeriums war doch erregt, und im Endeffekt ein Zusatzparagraf zu dem hier einschlägigen Gesetz erlassen worden, der alle ähnlichen Kapitalaufhäufungen künftig unterband. Dennoch hinderte jener § den jungen Ellison nicht daran, an seinem 21. Geburtstage als Alleinerbe seines Vorfahren Seabright den Besitz eines Vermögens von *Vierhundertfünfzig Millionen Dollar* anzutreten.*

Nachdem es sich herumgesprochen hatte, daß der ererbte Reichtum derart enorm wäre, wurden natürlicherweise über die Art, wie damit umzugehen sei, zahllose Spekulationen angestellt. Die Riesigkeit der Summe & daß sie zur sofortigen baaren Verfügung stand, verwirrte Alle, die über den Fall nachdachten. Der Besitzer eines irgendwie noch überblickbaren Geldbetrages hätte ja, wie man sich vorstellte, nun irgend=1 von 1.000 Dingen damit beginnen können. Bei Reichtümern, welche diejenigen irgendeines Bürgers eben bloß ›überschritten‹, wäre es relativ leicht gewesen, sich vorzustellen, wie er die modischen Extravaganzen des Tages in etwelcher Richtung glorios zu übertreiben sich anschicke – oder sich mit politischen Intriguen abgäbe – oder vielleicht nach einem Ministerposten strebe – oder sich einen höheren Adelsrang zu erkaufen suche – oder ganze Museen voll kostbarer Antiquitäten sammele – oder den großzügigen Mäzen der Literatur, der

* Ein Vorfall, dem hier erfabelten in äußeren Umrissen ähnlich, hat sich, vor noch gar nicht sehr langer Zeit, in England tatsächlich ereignet. Der Name des glücklichen Erben war Thelluson. Ich habe den Bericht über dies Vorkommnis zuerst in einem der Reisebücher des Fürsten Pückler-Muskau gelesen; er läßt die ererbte Summe *Neunzig Millionen Pfund* sein, und merkt dazu sehr richtig an, daß ›in der sinnenden Betrachtung eines so gewaltigen Betrages, und all der Möglichkeiten, die sich durch seinen Einsatz realisieren ließen, etwas dem Erhabenen Ähnliches liegt.‹ Um der Absichten des vorstehenden Artikels willen, habe ich die Angaben des Fürsten übernommen, obschon sie gröblich übertrieben sind. Der Keim (beziehungsweise korrekter die Einleitung) der gegenwärtigen Abhandlung, ist bereits vor vielen Jahren von mir veröffentlicht worden – vor dem Erscheinen der 1. Nummer von Sue's bewunderungswürdigen *›Ewigen Juden‹*, zu dem er möglicherweise durch Fürst Pücklers Notiz angeregt worden sein könnte.

Wissenschaft, der Künste, spiele – oder auch großartige öffentliche Wohlfahrtseinrichtungen stifte, mit denen sein Name dann verknüpft bliebe. Aber bei dem unvorstellbaren Vermögen, das dem Erben faktisch zu Gebote stand, hatte männiglich das Gefühl, daß Unternehmungen wie die hergezählten, und überhaupt jede normale Unternehmung, ein allzu eingeschränktes Tätigkeitsfeld darstellen würde. Man nahm seine Zuflucht zu Zahlen; und die Zahlen erhöhten die Verwirrung der Gemüter nur. Man sah nun, daß, auch nur eine 3%ige Verzinsung angesetzt, das von der Erbschaft abgeworfene jährliche Einkommen nicht weniger als dreizehn Millionen fünfhunderttausend Dollar betragen würde; was Eine Million Einhundertfünfundzwanzigtausend pro Monat bedeutete; oder Sechsunddreißig Tausend Neunhundertsechsundachtzig pro Tag; oder Eintausendfünfhunderteinundvierzig pro Stunde; oder endlich Sechsundzwanzig Dollar für jede einzelne Minute, die vorüberfloh. Auch von dieser Seite her also riß es die normale Kette von Vorstellungen gründlich durch. Die Leute wußten nicht mehr, was sie sich jetzt noch einbilden sollten. Es gab sogar Einige, die darauf verfielen, Mr. Ellison würde sich mindestens der Hälfte seines Vermögens, als eines gänzlich belastenden Überflusses entledigen – etwa indem er ganze Rudel von Verwandten durch Verteilung seines Über=Überflusses zu reichen Leuten machte. (Den nächsten von diesen überließ er in der Tat den schon sehr ungewöhnlichen Wohlstand, der vor Anfall der großen Erbschaft sein eigen gewesen war.)

Was allerdings mich anbetrifft, überraschte mich die Wahrnehmung nicht, daß seine Entscheidung bezüglich einer Frage die seinen Freunden soviel Kopfzerbrechen bereitet hatte, längst schon getroffen war. Und auch die Art seiner Entscheidung frappierte mich mit nichten übermäßig. Hinsichtlich individueller Wohltätigkeit konnte sein

Gewissen beruhigt sein. Was die Möglichkeit einer Verbesserung, im eigentlichen Sinne des Wortes, angeht, die der Mensch selbst in den allgemeinen Lebensbedingungen des Menschen bewirken könne, so glaubte er (wie ich leider gestehen muß) nur wenig an dergleichen. Im Großen & Ganzen fand er sich, ob man dies nun ein Glück oder ein Unglück nennen will, im allerweitesten Maße auf sich selbst zurückverwiesen.

Er war ein Poet, in der umfassendsten & edelsten Bedeutung. Er hatte überdem, was mehr ist, volles Verständnis für den wahren Charakter, die erhabenen Ziele, die Würde & das allesüberragende Primat des poetischen Empfindens. Die vollgültigste, wenn nicht gar die einzig angemessene Befriedigung dieses Empfindens, bestand, wie er instinktiv fühlte, in der Erschaffung neu=ungewöhnlicher Formen des Schönen. Gewisse Eigentümlichkeiten, sei es frühester Erziehung, sei es ererbter Geistesanlagen selbst, hatten all seinen ethischen Spekulationen eine Schattierung von dem verliehen, was man ›Materialismus‹ nennt; und vielleicht war es diese einseitige Tendenz, die in ihm die Überzeugung befestigt hatte, daß zumindest das vorteilhafteste, wenn nicht gar das einzig legitime Feld poetischer Betätigung, in der Erschaffung neu=artiger Modi von rein *physischer* Lieblichkeit bestünde. Darauf ist es zurückzuführen, daß er weder Musiker noch Poet wurde – wenn wir diesen letzteren Ausdruck einmal in seiner Alltagsbedeutung gelten lassen. Oder es könnte theoretisch auch sein, daß er eines von Beiden zu werden lediglich deshalb verschmähte, seiner erwähnten vorgefaßten Idee zu Gefallen, wie eine der fundamentalen Voraussetzungen irdischer Glückseligkeit eben in der vornehmen Verachtung jeglichen Ehrgeizes bestehe. Wäre es nicht auch tatsächlich denkbar, daß, während der Genius hohen Ranges notwendigerweise ehrgeizig ist, der des *höchsten über* dem steht, was man gemeinhin Ehrgeiz nennt? Und könnte es also nicht wirklich eintreten, daß so mancher weit Größere als Milton zeitlebens zufrieden ›stumm & unberührt‹ verharre? Ich meinesteils glaube, daß die Welt bisher noch nie zu sehen bekommen hat – und, es sei denn, daß durch eine Verkettung zufälliger Ereignisse einmal ein Geist vom allererhabensten Range zu, ihm imgrunde verhaßten, Emanationen gezwungen werde, die Welt es auch nie zu sehen bekommen wird –, welch absoluten Vollausmaßes triumphaler Leistung die menschliche Natur in den eigentlichen ergiebigen Sektoren der Kunst überhaupt fähig ist.

Ellison also wurde weder Musiker noch Poet; obschon kein Lebender sich hätte rühmen können, Musik oder Poesie mit liebevollerem Verständnis zu würdigen. Unter anders gelagerten äußeren Umständen als die, deren er sich erfreute, ist es nicht unmöglich, daß aus ihm ein Maler geworden wäre. Die Bildhauerkunst, obgleich ihrer Natur nach konsequent poetisch, war was Anwendungsbereich & Möglichkeiten betrifft, doch allzu eingeschränkt, als daß er ihr seine Aufmerksamkeit irgendwann einmal sonderlich zugewandt hätte. Und damit wären ja nun eigentlich sämtliche Gebiete hergezählt, auf denen, herkömmlichen Begriffen nach, das poetische Gefühl imstande ist, sich frei zu emanieren. Ellison jedoch betonte beharrlich, wie das reichhaltigste, das echteste & natürlichste, wenn nicht überhaupt das umfänglichste dieser Gebiete, aufs unbegreiflichste vernachlässigt worden sei. Keine bisherige Definition hätte des Landschaftsgärtners als eines Poeten gedacht; und dabei schien es doch meinem Freunde, wie wenn die Erschaffung einer weiten Parklandschaft dem eigentlich musischen Menschen die grandioseste aller Wirkungsmöglichkeiten darböte. Hier, wahrlich, eröffne sich das weiteste Feld zur Entfaltung der Bildkraft der Seele in endlosen Kombinationen von Gebilden neuartiger Schönheit; wobei es sich bei den der Kombinierung fähigen

Einzelelementen sogar noch um die mit weitem Abstand prachtvollsten handele, welche die Erde überhaupt bereitstellen könne. In Multiform & Multicolor von Blume und Baum, erkannte er die direkteste & energischste Anstrengung der Natur in Richtung auf physische Lieblichkeit. Und in Dirigierung oder Konzentrierung eben dieser Anstrengung – beziehungsweise, angemessener formuliert, in ihrer behutsam=fördernden Anpassung an diejenigen Augen, die sie auf Erden betrachten sollen – erkannte er, daß er das beste Teil erwählen würde – auch unter den günstigsten Bedingungen arbeiten –, um nicht nur sein eigenes Kismet als Poet, sondern ebenso die erhabenen Zwecke getreulich zu erfüllen, um derentwillen die Gottheit dem Menschen das poetische Empfinden eingepflanzt hat.

›Ihre behutsam=fördernde Anpassung an diejenigen Augen, die sie auf Erden betrachten sollen‹ – in seiner Erläuterung solcher Ausdrucksweise lieferte Mr. Ellison einen großen Beitrag zur Lösung von etwas, das mir allezeit als Rätsel erschienen ist: – ich meine die Tatsache (die nur der Ignorant bestreitet), daß die Natur keine solche Landschaftskombinationen aufweisen kann, wie ein Malergenius sie hervorzubringen vermag. Paradiese wie sie auf den Gemälden eines Claude leuchten & glühen, sind in der Realität mit nichten anzutreffen. Auch in den bezauberndsten der natürlichen Landschaften wird stets ein Mangel oder eine Unmäßigkeit zu finden sein – meist viele Unmäßigkeiten & viele Mängel. Während jede einzelne Komponente, für sich betrachtet, auch der meisterlichsten Erfindung des Künstlers spotten mag; wird doch die Gruppierung dieser Einzelheiten prinzipiell der Verbesserung fähig sein. Mit einem Wort: auf der ganzen weiten Fläche der *natürlichen* Erde, kann kein Standpunkt eingenommen werden, von dem aus ein geschultes, sich mit Sorgfalt orientierendes Künstlerauge, nicht Grund zum Anstoß fände, bezüglich dessen, was man die ›Komposition‹ der betreffenden Landschaft nennt. Und dennoch, wie unbegreiflich ist dieser Umstand! In jedweder andern Hinsicht lehrt man uns, und mit Recht, die Natur als überlegen=vollkommen zu betrachten. Vom Wettbewerb mit ihren Details schrecken wir zurück. Wer maßte sich an, die Farbenglut der Tulpe nachzuahmen, oder die Proportionen der Maiglöckchengestalt zu verbessern? Diejenige Kritik, die von der Plastik oder dem Porträt dekretiert, hier müsse die Natur weniger nachgebildet, als vielmehr erhöht oder idealisiert werden, ist im Irrtum: keine malerische oder bildhauerische Kombinierung von Einzelzügen menschlicher Lieblichkeit vermag mehr, als sich lebenatmender Schönheit leidlich anzunähern. Einzig & allein was die Landschaft anbelangt, ist jene Forderung des Kritikers berechtigt; und da er in diesem 1 Fall ihre Wahrheit gefühlt hat, ist es nur der üblichen überstürzten Tendenz zu Verallgemeinerungen zuzuschreiben, wenn er sie nun gleich wieder in allen Bereichen der Kunst als wahr proklamiert. ›Da er in diesem 1 Fall ihre Wahrheit *gefühlt* hat‹, sage ich; denn Gefühl ist weder Affektiertheit noch bloße Schimäre. Die Mathematik ist keiner schlüssigeren Beweisführung fähig, als der instinktive Spürsinn dem Künstler in seiner Kunst leistet. Er glaubt nicht nur, vielmehr weiß er es positiv, daß die & die, scheinbar willkürliche, Anordnung des Stoffes, die wahre Schönheit herbeiführen wird, ja, daß einzig diese 1 es leistet. Seine Gründe dafür sind allerdings nicht bis zu bewußten Formulierungen gediehen. Es bleibt einer profunderen Analyse, als die Welt sie bisher gesehen hat, vorbehalten, sie zu untersuchen & in Worte zu fassen. Dessenungeachtet wird er in seiner instinkthaften Ansicht durch die Stimme aller seiner Brüder in Apoll bestärkt werden. Nehmen wir an, irgendeine ›Komposition‹ sei mangelhaft; nehmen wir an, eine Verbesserung sei angebracht worden, was die bloße formale Gruppierung anbetrifft; und nehmen wir weiter an, diese Verbesserung werde jedwedem Künstler auf der ganzen weiten Welt zur Begutachtung vorgelegt: jeder Einzelne würde ihre Notwendigkeit bestätigen. Ja, weit mehr noch als dieses: zur Behebung des kompositorischen Defekts würde jedes, auch das einzelgängerischste Mitglied der großen Bruderschaft, genau diese 1 identische Verbesserung vorgeschlagen haben.

Ich wiederhole, daß allein hinsichtlich des Arrangements von Landschaften die äußere Natur der Erhöhung fähig ist; und daß eben ihre Verbesserungsfähigkeit in diesem 1 Punkt, mir deshalb ein Mysterium blieb, das zu lösen ich nicht imstande gewesen war. Meine eigenen Überlegungen bezüglich des Gegenstandes, waren schließlich bei dem Einfall stehen geblieben, wie die ursprüngliche Absicht der Natur zwar die Erdoberfläche so durchgeformt haben möchte, daß der menschliche Sinn für Vollkommenheit in Bezug auf Schönheit, Erhabenheit, oder auch das Pittoreske, in jeglichem Punkte befriedigt worden wäre; daß aber diese, ursprünglich vorhanden gewesene Absicht, durch die bekannten geologischen Zerstörungen durchkreuzt worden sei – Zerstörungen von Gestaltungen & Farbenzusammenstellungen, in deren Berichtigung oder Milderung Ursprung & Seele der Kunst bestehe. Die Überzeugungskraft besagten Einfalls wurde freilich arg durch die daran hängende Notwendigkeit beeinträchtigt, die betreffenden Zerstörungen für mit keinem Zweck vereinbar und überhaupt für abnorm zu halten. Es war Ellison, der darauf verwies, daß man sie als Korrelata des *Todes* begreifen könne. Und zwar erklärte er sich folgendermaßen: – setzen wir voraus, daß die Erste Absicht die irdische Unsterblichkeit des Menschen gewesen sei. Dann wäre logischerweise die ursprüngliche Dekoration der Erdoberfläche solchem – zwar noch nicht eingetretenen, aber geplanten – glückseligen Zustand angemessen gewesen. Die Zerstörungen wiederum wären dann die Zubereitung der Kulisse für die nachträglich über ihn verhängte Sterblichkeit.

»Überdem« sagte mein Freund, »was wir als Verschönerung einer Landschaft ansehen, könnte in Wirklichkeit nur von einem allegorischen, *menschlichen Gesichtspunkt* aus betrachtet eine solche sein. Jegliche Veränderung der natürlichen Szenerie könnte möglicherweise auch einen Makel im Gesamtbild bewirken, wenn wir uns dieses Bild einmal als im Großen betrachtet vorstellen – *en masse* – von einem entfernt von der Erdoberfläche, obschon noch nicht außerhalb der Grenzen ihrer Atmosphäre befindlichen Punkt aus. Man sieht leicht ein, wie das, was ein aus nächster Nähe gemustertes Detail verbessern mag, zu gleicher Zeit die allgemeine oder aus größerer Distanz gewürdigte Gesamtwirkung schwer schädigen könnte. Wäre es doch *möglich,* daß es eine Klasse von Wesen gäbe, einst menschlich, nun aber der Menschheit unsichtbar, denen, aus ihrer Weite her, unsere Unordnung als Ordnung – unser Unmalerisches als Malerisch erscheine – mit einem Wort: die Erd=Engel, für deren forschende, der unsrigen weit überlegene, Betrachtung, für deren todverfeinertes Schönheitsempfinden, Gott vielleicht die weiten Landschaftsgärten beider Halbkugeln eigentlich hergerichtet & aufgeputzt hat.«

Im weiteren Verlaufe der Diskussion zitierte mein Freund einige Stellen aus einem Autor über Landschaftsgärtnerei, von dem es allgemein heißt, daß er sein Thema recht ordentlich behandelt habe:

›Es gibt im Grunde nur 2 Stile in der Landschaftsgärtnerei, den natürlichen und den künstlichen. Der erstere ist bemüht, die ursprüngliche Schönheit einer ländlichen Gegend dadurch wieder herzustellen, daß er sich in seinem Vorgehen der Umgebung nach Kräften organisch anpaßt; Baumarten bevorzugt, die mit den Hügeln & Ebenen des benachbarten Landes harmonieren; und diejenigen feinen Proportionen hinsichtlich Größe, Gestalt & Kolorit erkennt & praktisch verwertet, die sich, einem gewöhnlichen

Betrachter verborgen, dem erfahrenen Lehrling der Natur allerorten offenbaren. Das Endergebnis dieses natürlichen Stils in der Gartenkunst, erkennt man mehr an der Abwesenheit aller Mangelhaftigkeiten und Mißverhältnisse – an dem Überwiegen einer gesunden Harmonie & Ordnung – als in der Hervorbringung spezieller Wunder oder Mirakel. Der künstliche Stil dagegen begreift so viele Varietäten in sich, als es verschiedene Geschmäcker gibt, die befriedigt sein wollen. Er hat eine gewisse generelle Verwandtschaft mit den verschiedenen Stilen in der Baukunst – da gibt es die stattlich=gravitätischen Alleen und Laubengewölbe von Versailles; Italiänische Terrassen; und einen variantenreichen, gemischten altenglischen Stil, der eine gewisse Beziehung zur bürgerlichen Gothik oder zur Architektur des Elisabethanischen Zeitalters hat. Was immer sich auch gegen den Mißbrauch künstlicher Landschaftsgärtnerei vorbringen läßt, so trägt eine vorsichtige Zugabe reiner Kunst in einem Park, doch mächtig zu seiner Schönheit bei. Das gefällt einmal dem Auge, weil es von Ordnung & kluger Planung zeugt; zum andern Teil hat es psychologische Gründe: eine Terrasse mit einer alten mossbewachsenen Balustrade, suggeriert dem Auge sogleich die Gestalten der Schönen, die in früheren Tagen sich dort ergingen. Die kleinste Zurschaustellung von Kunst ist eben gleichzeitig der Beleg für Mühwaltung & menschliche Anteilnahme.‹

»Aus dem, was ich zuvor angemerkt habe,« sagte Ellison, »werden Sie schon entnommen haben, daß ich die hier propagierte Idee von ›Wiederherstellung der ursprünglichen Schönheit einer ländlichen Gegend‹ schlicht ablehne. Jene ursprüngliche Schönheit ist niemals so groß wie die, die sich herbeiführen ließe. Selbstredend hängt hier alles von der geschickten Wahl einer Stelle mit ›Möglichkeiten‹ ab. Was weiterhin doziert wurde über ›Erkenntnis & praktische Verwertung gewisser feiner Proportionen hinsichtlich

Größe, Gestalt & Kolorit‹, ist eine jener bloßen Verschwommenheiten im Ausdruck, die dazu dienen, die Ungenauigkeit des Gedankengangs zu verschleiern. Die zitierte Floskel kann Alles bedeuten, oder auch gar nichts; und ist nicht im geringsten richtungweisend. Daß das wahre ›Endergebnis des natürlichen Stils in der Gartenkunst mehr an der Abwesenheit aller Mangelhaftigkeiten & Mißverhältnisse zu erkennen sein solle, als in der Hervorbringung spezieller Wunder oder Mirakel‹, ist eine These, die besser zu den Vorstellungen der mit dem Gesicht am Boden dahinweidenden Heerde paßt, als zu dem gläsernglühenden Traumgesiede des Mannes von Genie. Das hier angepriesene negative Verdienst gehört in ein= & dieselbe Reihe mit jener Sorte hinkender Kritik, wie sie etwa, in der Literatur, Addison zum Range der höchsten Gottheit erheben möchte. In Wahrheit ist es so, daß, während jene Sorte Tugend, die in der bloßen Vermeidung des Lasters besteht, sich leicht in *Regeln* fassen läßt & ergo den nüchternen Verstand unmittelbar anspricht; jene höhere Art Tugend, die sich in flammenden Schöpfungen emaniert, erst nach eingetretenem Resultat beurteilt werden kann. Regeln sind nur zuständig für Verdienste der Enthaltung – für die gemäßigten Vollkommenheiten. Für das, was darüber hinausgeht, kann die kritische Kunst bestenfalls Vorschläge machen. Man kann uns allenfalls lehren, einen ›Cato‹ herzustellen; aber vergebens wird man uns vorschwadronieren, wie ein ›Inferno‹ zu erschaffen sei, oder ein ›Parthenon‹. Die Tat vollbracht jedoch, das Wunder einmal greifbar hingestellt – dann freilich wird die Fähigkeit es zu würdigen Allgemeingut. Und die Sophisten jener negativen Schule, die infolge ihrer schöpferischen Impotenz über all= & jede Schöpfung gespöttelt haben, wird man nunmehr, was Applaus betrifft, als die Lautesten erfinden. Was, im Puppenstand seiner Genesis, ihre Zimper=Räson verletzte, verfehlt in der Reife seiner Vollendung dann niemals auch ihrem Schönheitsinstinkt Bewunderung abzunötigen.«

»Die Bemerkungen des Verfassers über den Künstlichen Stil«, fuhr Ellison fort, »sind weniger zu beanstanden. ›Eine vorsichtige Zugabe reiner Kunst in einem Park, trägt mächtig zu seiner Schönheit bei‹ – das ist richtig; ebenso wie seine Berufung auf die ›menschliche Anteilnahme‹. Dem vorgetragenen Prinzip kann nicht widersprochen werden – aber es *wäre* vielleicht möglich, hier noch etwas tiefer zu gehen. Könnte es doch ein Ziel geben – völlig in Übereinstimmung mit jenem Prinzip – ein Ziel, mit den einem Sterblichen normalerweise zur Verfügung stehenden Mitteln nicht zu erreichen; welches aber, falls dennoch einmal erreicht, dem Landschaftsgarten einen Zauber verleihen würde, der das bloße Gefühl ›menschlicher Anteilnahme‹ weit überträfe. Eine Poetennatur, die über sehr ungewöhnliche pekuniäre Hülfsquellen geböte, könnte – unter voller Erhaltung jenes erforderlichen Gefühls von Kunst oder Kultur; oder, wie unser Autor es ausdrückt, von ›menschlicher Anteilnahme‹ – ihre Entwürfe gleichzeitig mit einer solchen Fülle neuartiger Schönheit durchtränken, daß sich zusätzlich noch der Eindruck spirituellen Eingreifens einstellte. Es liegt auf der Hand, daß bei gelungener Herbeiführung eines solchen Resultates sämtliche Gefühlsvorteile von menschlicher Anteilnahme oder *Planung* erhalten blieben; das Werk aber von dem Harten, dem Technoiden rein weltlicher *Kunstfertigkeit* entlastet würde. In den schroffsten Wildnissen – in den rauhesten Szenen der unberührten Natur – ist immer die *Kunst* eines Schöpfers wahrnehmbar; aber diese Kunst ist nur dem sinnenden Erwägen wahrnehmbar; in keiner Hinsicht hat sie die unmittelbar überzeugende Kraft eines Gefühls. Nun lassen Sie uns diese Empfindung einer Planung des Allmächtigen, als *um 1 Stufe herabgesetzt* annehmen – in etwas wie Harmonie oder Übereinstimmung mit menschlicher

Auffassung von Kunst gebracht – gleichsam einen Mittelwert zwischen den beiden bildend –: lassen Sie uns, zum Beispiel, eine Landschaft uns vorstellen, deren Weitenausdehnung & gleichzeitig Durchgearbeitetheit im Detail – deren vereinte Schönheit, Pracht & *Fremdartigkeit* sehr wohl Begriffe von Mühwaltung, oder Kultur, oder Überwachung suggerierte, *aber* seitens von Wesen, die dem Menschentum weit überlegen, obwohl ihm noch verwandt wären – dann bliebe das Element der *Anteilnahme* erhalten; während die eingeflossene Kunst das Aussehen einer intermediären, zweithöheren Natur beanspruchen könnte – einer Natur, die weder GOtt ist, noch eine Emanation aus GOtt; die vielmehr immer noch ›Natur‹ ist; aber im Sinne des Kunsthandwerks jener Engel, die zwischen Mensch und GOtt schweben.«

Dadurch, daß er seine enormen Gelder auf die Verkörperung einer Vision wie der beschriebenen verwendete – infolge der gesunden Bewegung im Freien, wie sie die persönliche Überwachung seiner Planungen organisch mit sich brachte – infolge des unausschöpfbaren Gegenstandes mit dem diese=seine Planung ihn versah – infolge der hochgradigen Vergeistigtheit dieses Zieles – in der Verachtung jeglichen Ehrgeizes, die ein solches Ziel ihm nun tatsächlich zu empfinden erlaubte – in dem immerwährend=springfedrigen Frühling, mit dem es die 1 allesübermeisternde Leidenschaft seiner Seele, den Durst nach Schönheit, beschenkte, ohne ihn jedoch jemals zu sättigen – vor allem aber infolge des sympathetischen Mitempfindens einer Frau, nicht unfraulich, deren Lieb' & Lieblichkeit sein Dasein wie in purpurne Paradiesesatmosfäre hüllte – erhoffte sich Ellison, eine Ausnahmestellung vom ordinärrischen Menschenlos zu finden, wie er sie denn *auch fand;* und zwar begleitet von einem weit größeren Facit an positivem Glücksgefühl, als jemals in den verzückten Tagträumen der De Staël aufglühte.

Ich verzweifele schier daran, dem Leser einen auch nur annähernd exakten Begriff von den Wundern zu vermitteln, die mein Freund tatsächlich bewirkt hat. Nur zu gern möchte ich beschreiben; finde mich jedoch durch die Schwierigkeit der Beschreibung entmutigt, und schwanke zögernd zwischen Gesamtüberblick oder Detail. Vielleicht wird der beste Kurs der sein, daß ich beider Extreme vereinige.

Mr. Ellison's erster Schritt betraf selbstredend die Wahl der Localität; und kaum hatte er über diesen Punkt nachzudenken begonnen, als auch schon die üppige Natur der pazifischen Eilande seine Aufmerksamkeit fesselte. Er hatte sich tatsächlich schon zu einer Reise in die Südsee entschlossen, als die Überlegung einer Nacht ihn bewog, die Idee doch wieder fallen zu lassen.

»Ja, wäre ich Misanthrop«, sagte er, »dann möchte ein solches *locale* für mich passen. In diesem Fall wäre das Absolute der Isolierung & Abgeschlossenheit, und die Erschwerung der Annäherung wie des Sich=Entfernens der Reiz aller Reize; aber bis jetzt bin ich noch kein Timon. Wohl will ich die Ruhe & Muße, aber nicht das Deprimierende der Einsamkeit. Ich wünsche mir ständig eine gewisse Kontrolle über Umfang & Dauer auch meines Ausruhens vorzubehalten. Der Stunden, in denen ich der Mitfreude Poetischgesinnter an dem, was ich geleistet habe, bedarf, werden auch nicht wenige sein. Ergo suche ich mir angemessenerweise eine Stelle, nicht weit von einer volkreichen Stadt – deren Nähe mich gleichzeitig am besten in den Stand setzen wird, meine Pläne auszuführen.«

Zwecks Aufsuchen einer dementsprechend gelegenen, passenden Stelle, begab sich Ellison nun einige Jahre auf Reisen; wobei mir erlaubt wurde, ihn zu begleiten. 1000 Fleckchen, die mich entzückten, verwarf er ohne Zögern; aus Gründen, die mich am Ende jedesmal überzeugten, daß er im Recht sei. Einmal kamen wir zu einem hochgelegenen

Tafelland von wundersamer Schönheit & Fruchtbarkeit, das eine panoramische Fernsicht von einer Weite gewährte, um ein ganz Minimales nur geringer, als die vom Ätna aus; und die sowohl nach Ellison's als auch nach meiner Meinung, den weitgerühmten Rundblick von jenem Berggipfel, was die wahren Elemente des Malerischen anbelangt, noch übertraf.

»Ich bin mir klar darüber«, sagte der Reisende mit einem Seufzer tiefen Entzückens, nachdem sein Blick fast eine volle Stunde lang wie gebannt auf dieser Scene geruht hatte, »ich weiß, daß unter meinen Umständen neun Zehntel der allerwählerischsten Menschen hier ihr Genüge finden würden. Das Panorama ist wirklich einmalig herrlich; und ich würde mich seiner voll zu erfreuen wissen, wäre eben nicht das Übermaß an Herrlichkeit. Der Geschmack aller Architekten, die ich jemals kennen gelernt habe, verführt sie, um der lieben ›Aussicht‹ willen, ihre Bauwerke grundsätzlich auf Hügelspitzen zu stellen. Dabei ist der Irrtum handgreiflich: Großartigkeit, in jeglicher ihrer Varianten, speziell aber in der der Ausgedehntheit, frappiert, regt an – und ermüdet anschließend & deprimiert. Für ein kurzes, vorübergehendes Bestaunen kann nichts besser sein – für den dauernden Anblick nichts schlimmer. Für den dauernden Anblick ist die beanstandenswerteste Form der Großartigkeit die der Ausgedehntheit; und die schlimmste Form der Ausgedehntheit wiederum die der Ferne. Sie liegt sofort im Widerstreit mit dem Empfinden & dem Sinn für *eingezogenes Leben* – das Empfinden & den Sinn eben, denen wir dadurch entgegen zu kommen versuchen, indem wir uns ›aufs Land zurückziehen‹. Wenn wir von einem Berggipfel Ausschau halten, fühlen wir uns, es ist unvermeidlich, *in der Fremde* in dieser Welt. Wer kranken Herzens ist, meidet weite Fernsichten wie die Pest.«

Nicht vor dem Ende des vierten Jahres unserer Suche sollte es geschehen, daß wir eine Lokalität ausfindig machen konnten, mit der Ellison sich befriedigt erklärte.

Es ist natürlich unnötig, anzugeben, *wo* diese Lokalität sich befand. Der jüngst erfolgte Tod meines Freundes, der zur Folge hatte, daß sein Reich sich bestimmten Klassen von Besuchern auftat, hat *Arnheim* eine Art von gedämpfter & interner, wenn nicht gar kultischer Berühmtheit verliehen, wie sie in ähnlichem, obschon unvergleichlich geringerem Grade, Fonthill so lange genossen hat.

Die übliche Art, sich Arnheim zu nähern, war auf dem Flußwege. Der Besucher verließ die Stadt morgens in aller Frühe. Während des Vormittags wurde er zwischen Ufern von einer ruhigen, häuslichen Schönheit dahingeführt, auf denen unzählige Schafe grasten, deren weiße Vließe das starke Grün leichtgewellter Wiesenweiten tüpfelten. Ganz allmählich minderte sich der Eindruck von Landbau, und machte dem bloßer schäferlicher Hutung Platz. Dieser verschmolz langsam mit einem aufkommenden Gefühl der Zurückgezogenheit – dieses wiederum mit dem bewußten Innewerden von Einsamkeit. Als es gegen Abend ging, wurde das Fahrwasser schmäler, die Ufer zunehmend steiler, das Laubwerk, das die letzteren bekleidete, reicher, verschwenderisch=wirrer & schwerfarbiger. Das Wasser nahm zu an Durchsichtigkeit. Der Strom beschrieb tausend Windungen, so daß seine schimmernde Fläche keinen Moment auf größere Entfernung zu übersehen war, als einige Ruten weit. Jedweden Augenblick schien das Schifflein eingefangen in einen Zauberzirkel, der unübersteigbare & undurchdringliche Wälle aus Blättrigem hatte, ein Dach von ultramariner Seide, und *keinen* Fußboden – balancierte sich der Kiel doch mit admiraliger Finesse auf dem einer Fantombarke, die, durch irgendeinen Zufall das Untere zu Oberst gekehrt, als ständiger Begleiter der materialisierten mit ihr dahintrieb, zum Zweck, sie zu unterstützen. Der Kanal wurde nunmehr zum *Schlunde* – obwohl der Ausdruck irgendwie unzuständig ist, und ich ihn nur deshalb verwende, weil die Sprache über kein Wort verfügt, das den frappierendsten – nicht den bezeichnendsten – Zug der Szenerie korrekter wiedergäbe. Der Schlundcharakter wurde hauptsächlich durch die Höhe und Parallelität der Steilufer hervorgebracht; nahezu jeder andere Einzelzug widersprach dem jedoch. Die Wände der Hohlschlucht, (durch die das klare Wasser aber immer ruhevoll dahinfloß), stiegen bis zu einer Höhe von 100, ja gelegentlich 150 Fuß auf, und neigten sich derartig gegeneinander, daß das Tageslicht in hohem Maße ausgesperrt wurde; während die dichten gefiederten Moosbärte, die aus dem ineinanderverrankten Strauchwerk zu Häupten reich & lang herniederschwankten, der ganzen Spalte etwas makaber Glummes verliehen. Die Flußschlingen wurden häufiger & immer verwickelter, und schienen oftmals wie in sich selbst zurückzukehren, so daß dem Reisenden längst schon jeglicher Sinn für Richtung verloren gegangen war. Auch hatte ihn, allmählich=zusätzlich, ein exquisites Gefühl der Fremdartigkeit eingehüllst. Der Eindruck der ›Natur‹ war durchaus noch vorhanden; aber ihr herkömmlicher Charakter schien eine Abwandlung erfahren zu haben: man gewahrte eine überirdische Symmetrie, eine aufpeitschende Uniformheit, eine verhexte Adrettität in ihren Werken hier. Kein abgestorbener Zweig, kein welkes Blatt, nicht 1 verirrter Kiesel, nicht 1 Fleckchen der braunen Erde war irgendwo zu sehen. Das krystallene Wasser strich an dem reinlichen Granit, an den makellosen Moosen, in so sauberer Linie entlang, daß es das Auge ebenso entzückte wie verwirrte.

Nachdem es sich durch die Irrgärten dieser Kanalhaftigkeiten mehrere Stunden lang hindurchgewunden, und das Düster mit jedem Augenblick an Tiefe zugenommen hatte, brachte 1 scharfe & unerwartete Schwenkung des Schiffleins, es, wie aus dem Himmel gefallen, in ein kreisrundes Becken von, mit der Enge des Schlundes verglichen, sehr beträchtlicher Ausdehnung. Es hatte an die

200 Yards im Durchmesser, und war an allen Punkten, außer 1 – demjenigen, beim Eintritt des Schiffleins ihm genau gegenüber – von Hügeln umgürtet, die gleiche durchschnittliche Höhe mit den Wänden der Spalte aufwiesen, ansonsten aber von grundauf verschiedenem Charakter waren. Ihre Hänge böschten sich vom Wasserrand aus in einem Winkel von rund 45° nach oben, und waren vom Fuß bis zum Gipfel – ohne daß auch nur 1 Pünktchen eine sichtbare Ausnahme gemacht hätte – in ein Gewand der allerprachtvollsten Blumenblüten gekleidet, sodaß in der ganzen weiten See von duftenden & wallenden Farben kaum ein grünes Blättchen zu erkennen war. Das Becken war von beträchtlicher Tiefe; aber so transparent war die Flut, daß sein Boden, der aus einer dichten Masse von kleinen rundlichen Alabasterkieseln zu bestehen schien, zuweilen, obschon flüchtig, ganz deutlich erkennbar wurde – das heißt sobald das Auge es sich einmal erlauben konnte, *nicht* also tief in den verkehrten Himmel, das Doppel der Blütenhügel, hineinzuschauen. Auf diesen letzteren befanden sich keinerlei Bäume, ja nicht einmal Buschwerk von nennenswerter Größe. Die beim Beschauer ausgelösten Impressionen waren zusammengesetzt aus Üppigkeit, Wärme, Farbigkeit, Stille, Gleichförmigkeit, Weichheit, Köstlichkeit, Eleganz, Wollüstigkeit, und ein wundersames Äußerstes von Kultur=allgemein, das Träume von einem neuen Geschlecht von Feen hervorrief, emsig geschmackvoll prachtliebend & wählerisch zugleich; aber wenn das Auge die Myriaden Tinten der Hänge aufwärts schweifend verfolgte, von der scharf durchgezogenen Wasserlinie, bis hinauf zu der verschwimmenden Begrenzung inmitten der Falten überhängenden Gewölks, dann wurde es wahrlich schwierig, sich nicht der Vision eines Rundumkataraktes aus Rubinen, Saphiren, Opalen und Goldonyxen hinzugeben, der lautlos aus dem Himmel auf Einen einrollte.

Der Besucher, der so unvermittelt aus dem Düster der

Hohlschlucht in diese Bay hinausschießt, ist entzückt aber mehr noch erstaunt, ob des vollen Runds der sinkenden Sonne, die er längst schon weit unterm Horizont vermutet hatte; die ihm jetzt jedoch gegenübertritt, und den einzigen Abschluß eines ansonsten unbegrenzten schmalen Durchblicks bildet, der sich durch einen zweiten spaltähnlichen Riß in den Hügeln auftut.

Hier aber verläßt der Reisende das Fahrzeug, das ihn so weit getragen hat, und steigt in ein leichtes Kanu aus Elfenbein, innen wie außen gefleckt mit reichen Arabesken vom intensivsten Scharlach. Schnabel und Poop dieses Bootes heben sich, in scharfe Spitzen ausgezogen, hoch übers Wasser empor, so daß sich als allgemeine Form die einer unregelmäßigen Mondsichel ergibt. Mit der stolzen Anmut eines Schwans liegt es auf der Oberfläche der Bay. Auf dem hermelinenen Boden ruht 1 einziges fiederfederleichtes Paddel aus Seidenholz; aber kein Ruderer noch Geleiter ist zu erblicken. Man bittet den Gast guten Mutes zu sein – die Schicksalsschwestern würden sich seiner huldvoll annehmen. Das größere Fahrzeug entfernt sich, und man läßt ihn allein im Kanu, das scheinbar regungslos inmitten des Sees liegt. Während er noch erwägt, welcher Kurs nunmehr einzuschlagen sei, wird er jedoch einer sanften Bewegung der Feenbarke gewahr. Langsam schwenkt sie herum, bis ihr Bug sonnenwärts zeigt. Beginnt auch mit sanfter, aber sich allmählich steigernder Geschwindigkeit dahinzugleiten, indes die dadurch erzeugten leichten Wellchen an ihren elfenbeinernen Seiten in die feinsten Melodien zerplätschern – die einzig mögliche sich darbietende Erklärung, scheint es, für das schmeichelnde obschon melancholische Musizieren, nach dessen unsichtbarem Ursprung der verwirrte *voyageur* vergebens um sich schaut.

Gleichmäßig dringt das Kanu fürder, und das Felsentor des Durchblicks ist so nahe gekommen, daß dessen Tiefen deutlicher erkannt werden können. Zur Rechten erhebt sich eine Kette stolzer Hügel, strotzend & üppig bewaldet. Trotzdem läßt sich wahrnehmen, daß dort, wo das Ufer sich ins Wasser senkt, das Merkmal exquisiter *Reinlichkeit,* immer noch vorwaltet. Auch nicht eines der bei Flüssen üblichen Anzeichen von *debris* ist vorhanden. Zur Linken hin ist der Charakter der Szene sanfter, und Kunst wird erkennbarer. Hier hebt sich das Ufer in ganz flacher Böschung aus dem Fluß, und bildet ein breites Band aus Gras, das nichts so sehr ähnelt wie einem Samtgewebe, und von einem derart strahlendem Grün, daß es den Vergleich mit dem Ton des reinsten Smaragden aushielte. Die Breite dieses *plateau* schwankt zwischen 10 und 300 Metern, vom Flußufer bis hin zu einer 50 Fuß hohen Felswand, die sich, der allgemeinen Richtung des Flußlaufs folgend, in einer Unzahl von Biegungen dahinschlängelt, bis sie sich nach Westen hin in die Ferne verliert. Diese Wand besteht aus einem einzigen durchgehenden Felsenzuge; und ist dadurch erzielt worden, daß man das einst holprige steile Südufer des Flusses nach dem Lote bearbeitet hat; aber man hat selbstredend nicht gelitten, daß irgendeine Spur der Anstrengung sichtbar bleibe. Der gemeißelte Stein ist wie altersgrau, und verschwenderisch überdeckt & überhangen von Efeu & korallenrotem Geißblatt, von Heckenrose & Waldrebe. Die Einförmigkeit der Linien von Ober= & Unterkante der Wandung wird voll & ganz aufgelockert, durch gelegentliche riesenhohe Bäume, die einzeln oder in kleineren Gruppen, sowohl entlängst des *plateau* als auch in den Bezirken hinter der Wand, aber immer in nächster Nähe von ihr, so aufragen, daß ihre Astglieder (zumal die der Schwarzwallnuß) häufig übers Wasser her reichen, und die äußersten hängenden Spitzen sich eintauchen. Einen tieferen Einblick in das Hinterland verwehren undurchdringliche Schirmwände aus Laub.

All dies wird vom Bewußtsein verzeichnet, während das Kanu sich fortschreitend dem nähert, was ich das Tor des

Durchblicks genannt habe. Je dichter man jedoch heran kommt, desto mehr schwindet sein spaltenhaftes Aussehen; ein neuerlicher Ausgang aus der Bay, nach links hin ist zu entdecken – in welcher Richtung man die Felswand ebenfalls sich schwenken sieht, die aber immer noch der großen Richtung des Flusses folgt. Diese neue Öffnung hinunter vermag das Auge freilich nicht sehr weit zu dringen; denn die von der Wand begleitete Strömung kurvt immer noch weiter nach links hin, bis beide der Blättertumult einschluckt.

Nichtsdestoweniger gleitet das Boot wie durch Magie in den gewundenen Kanal hinein; und man erkennt, daß das der Felswand gegenüberliegende Ufer Ähnlichkeit gewonnen hat, mit dem, das zuerst, in dem geraden Durchblick, der Wand gegenüber lag: stolze Hügel, die gelegentlich Bergausmaß erreichen, und die ein Pflanzenwuchs von wilder Üppigkeit überzieht, beschließen noch immer die Scene.

Während er, obschon mit leicht erhöhter Geschwindigkeit sänftlich fürder getragen wird, findet der *voyageur,* nach so manch kurzer Schlinge, seinem weiteren Vordringen anscheinend dadurch ein Ende gesetzt, daß sich ein gigantisches Tor, oder richtiger eine Pfortung aus poliertem Golde vor ihm erhebt, von feinstem durchbrochenem Maßwerk, das die Strahlen der nunmehr rasch=sinkenden Sonne unmittelbar, und mit einem Überschimmer, der all die umliegenden Forsten mit Flammen zu kränzen scheint, ihm in die Augen zurückstrahlt. Die Torflügel sind unmittelbar in die Felswand geangelt, die hier den Fluß im rechten Winkel zu überschneiden scheint. Wenigste Herzschläge danach erkennt man jedoch, daß die Hauptmasse des Gewässers in einer sanften & weitaushohlenden Kurve nach links fürder fließt, geleitet, wie vordem, von der Felswand; während ein Seitenarm von unverächtlichem Wasserreichtum hier vom Hauptstrome abzweigt, seinen Weg, leicht wellchenwerfend, unter dem Tor hindurch nimmt, und sich so dem Blick entzieht. In diesen minderen Kanal schwenkt das Kanu ein, und nähert sich dem Großen Tor. Dessen gewichtige Flügel dehnen sich langsam & musikalisch auseinander. Zwischen sie hinein gleitet das Boot, und beginnt seinen rapiden Abstieg in eine Art weiten Amfitheaters hinein, gänzlich von purpurnen Bergen umgürtet, deren Füße, im vollen Umkreis ihres Hingelagertseins, ein schimmernder Fluß bespült. Gleichzeitig indes offenbart sich das ganze Paradies von Arnheim dem Blick. Ein Erguß zaubrischer Melodien ertönt; ein beklemmendes Gefühl von fremdsüßem Duft stellt sich ein; – ein traumgleiches Sichvermischen hochschlank nahöstlicher Baumgestalten nimmt das Auge wahr – buschiges Blühgesträuch – Heerden von gold= & carminenen Vögeln – liliengesäumte Teiche – Wiesen aus Violen, Tulpen, Mohnen, Hyacinthen & Tuberosen – lange verhedderte Linien silbriger Wasserrillen – und, verworrengestaltig zwischen all dem aufschießend, eine halb=gotische halb=sarazenische Architekturmasse, die sich wie durch Wunderkraft schwebend in den Lüften erhält, glitzernd im rotesten Sonnenlicht mit Hundertschaften von Erkern, Minaretten & Zinnen, und einer Geisterhandarbeit ähnelnd, der vereinigten Sylphen, der Feen, der Genien & der Gnomen.

MELLONTA TAUTA

An den Herausgeber des Lady's Book: –

Ich habe die Ehre, Ihnen für ihre Zeitschrift einen Artikel zu übersenden, von dem ich hoffe, daß Sie ihn besser verstehen können, als es mir selber möglich ist. Es handelt sich um die von meinem Freunde Martin Van Buren Mavis (gelegentlich der ›Poughkeepsie Seer‹ genannt) angefertigte Übersetzung eines recht wunderlich anmutenden MS, welches ich, vor etwa einem Jahre, in dicht verkorkter Flasche auf dem *Mare Tenebrarum* treiben fand – einem vom Nubischen Geographen wohlbeschriebenen Meere, welches jedoch heutigentags nur selten aufgesucht wird, es sei denn von den Transzendentalisten und anderen auf Schrullen= und Grillenfang erpichten Tiefttauchern.

Ergebenst
EDGAR A. POE

An Bord der ›Himmelslerche‹, den 1. April 2848.

So, mein lieber Freund – nun sollst Du zur Strafe für Deine Sünden einen recht langen Schwatz- und Klatschbrief von mir bekommen! Ich sag's Dir gleich zu Anfang klipp und klar, daß ich Dir heute all Deine Unverschämtheiten heimzahlen werde – indem ich so langweilig, so weitschweifig, so lose, wirr und luftig schwadroniere, als ich's nur vermag. Außerdem bin ich hier oben in einem dreckigen Ballon mit einigen hundert oder zweihundert Vertretern der Gattung *canaille* zusammengepfercht, die sich allesamt auf einer *Vergnügungs*exkursion belustigen (was für komische Vorstellungen manche Leute doch vom Vergnügen haben!), und wenigstens einen Monat lang besteht für mich keine Aussicht, wieder festen Boden unter die Füße zu bekommen. Kein Mensch, mit dem man reden kann. Kein bißchen zu tun. Ja, und wenn man nichts zu tun hat, dann ist es an der Zeit, mit seinen Freunden zu korrespondieren. Du merkst also wohl, welchen Umständen Du diesen Brief verdankst – meinem *ennui* und Deinen Sünden.

So rücke Dir denn die Brille zurecht und mach Dich gefaßt, nach Kräften geplagt zu werden. Ich habe nämlich die Absicht, Dir täglich während dieser widerlichen Reise zu schreiben.

Ach Gott! wann wird wohl endlich einmal eine anständige *Erfindung* im menschlichen Dickschädel Einlaß finden?! Sollen wir denn für immer zu den tausend Unbequemlichkeiten des Ballons verdammt sein? Will *niemand* eine etwas weniger lahme Methode der Fortbewegung ersinnen? Dieser zockeltrabsige Schlendrian kommt, meines bescheidenen Dafürhaltens, einer reinrassigen Tortur gleich. Mein großes Ehrenwort darauf – wir haben, seit wir die teure Heimat verließen, nicht mehr denn hundert Meilen in der Stunde geschafft! Sogar die Vögel überrunden uns – wenigstens einige von ihnen. Ich versichere Dir, daß ich wahrhaftig nicht übertreibe. Nun wirkt unsere Fortbewegung freilich langsamer, als sie's tatsächlich ist – einfach deswegen, weil es keinerlei Gegenstände um uns gibt, an denen wir unsere Geschwindigkeit messen könnten, und weil wir *mit* dem Winde gehen. Gewiß, wenn immer wir einem anderen Ballon begegnen, so läßt sich unser Tempo durchaus merken, und dann, ich gebe's zu, erscheint die Sache nicht mehr gar so übel. So sehr ich übrigens an diese Reiseweise auch gewöhnt bin, – mich packt doch jedesmal wieder ein gelinder Schwindel, wenn ein Ballon in einer Luftströmung direkt über uns dahinstreicht. Er kommt mir immer wie ein ungeheurer Raubvogel vor, der im Begriff steht, sich auf uns zu stürzen und uns in seinen Fängen davonzutragen. Einer ging grad heute morgen bei Sonnenaufgang über uns weg, und zwar so nahe, daß sein Schlepptau tatsächlich das Netzwerk streifte, an dem unsere Gondel hängt, und uns doch recht beklommen zumute wurde. Unser Kapitän sagte, wenn unsere Ballonhülle aus dem Plunder bestanden hätte, den man vor fünfhundert oder tausend Jahren unter der Bezeichnung ›gefirniste Seide‹ verwendete, so wäre es uns unweigerlich schlimm ergangen. Diese Seide war, so erklärte er mir, ein Fabrikat, das sich aus den Eingeweiden einer bestimmten Sorte von Regenwürmern zusammensetzte. So ein armes Wurm wurde sehr pfleglich mit Maulbeeren gemästet – einer Fruchtart, ähnlich der Wassermelone – und sodann, wenn hinreichend fett geworden, in einer Mühle zu Brei zerquetscht. Die solcherart gewonnene Paste hieß in ihrem Urzustand *Papyrus* und machte dann noch diverse Prozesse durch, bis schließlich besagte ›Seide‹ daraus wurde. Wunderlicherweise erfreute sich dieselbe als Artikel der *Damenbekleidung* hoher Schätzung! Im allgemeinen stellte man auch eben Ballons daraus her. Eine bessere Materialart, scheint es, fand man dann später in dem Flaum, welcher die Samenkapseln einer volkstümlich *euphorbium* genannten, botanisch damals aber als Schwalbenkraut bezeichneten Pflanze umgab. Diese letztgenannte Seidenart trug ob ihrer stupenden Dauerhaftigkeit auch den Namen ›Buckingham-Seide‹ und wurde gewöhnlich zum Gebrauche präpariert, indem man sie mit einer Lösung aus Kautschuk-Gummi überzog – einer Substanz, welche in mancherlei Hinsicht dem heute allgemein gebräuchlichen Guttapercha ähnlich gewesen sein muß. Dieser Kautschuk wurde gelegentlich auch Gummielastikum oder auf Arabisch Gummiarabikum genannt und stellte ganz zweifelsohne eine der zahlreichen Fungus-Arten dar. So, nun komm Du mir ja nie wieder mit dem Einwand, ich sei kein rechter Kenner des klassischen Altertums!

Da wir eben vom Schlepptau sprachen – das unsere hat, so scheint es, gerade in diesem Moment auf einem der kleinen magnetischen Schraubendampfer, die auf dem Ozean unter uns herumschwärmen, einen Mann über Bord gerissen – ein Kahn von etwa sechstausend Tonnen übrigens, der nach allem, was man so hört, wieder einmal schandbar überfüllt sein muß. Man sollte doch diesen winzigen Barken grundsätzlich verbieten, mehr als eine ganz bestimmte Anzahl von Passagieren zu befördern. Dem Manne wurde natürlich nicht gestattet, wieder an Bord zu kommen; er und sein Rettungsgürtel waren bald außer Sicht. Ich finde es herrlich, mein lieber Freund, daß wir in einem Zeitalter leben, welches erleuchtet genug ist, um sich mit einer Bagatelle wie dem Individuum nicht mehr abzugeben. Die Masse ist es, worum sich die wahre Humanität zu kümmern hat. Apropos Humanität – weißt Du eigentlich, daß unser unsterblicher Wiggins mit seinen Ansichten über die Soziale Lage und so fort durchaus nicht so originell ist, wie seine Zeitgenossen mutzumaßen geneigt sind? Pandit versichert mir, daß die nämlichen Ideen vor etwa tausend Jahren schon in fast der nämlichen Weise von einem irischen Philosophen namens Furrier beim Kleinhandel mit Katzenfellen und anderem Pelzwerk in lukrativen Gewinst umgesetzt worden seien. Du weißt ja, Pandit kennt sich aus; es muß damit also wohl seine Richtigkeit haben. Wie wunderbarlich sehen wir an jeglichem Tage die tiefsinnige Bemerkung des Hindus Aries Trotteles bewahrheitet (wie Pandit sie zitiert) – »So müssen wir denn sagen, daß die nämlichen Gedanken nicht einmal nur oder zweimal oder wenige Male, sondern in fast unendlichem Kreislauf immer wieder neuerlich den Menschen einkommen.«

2. April. – Preiten heute die magnetische Schaluppe an, welcher im Abschnitt Mitte die Aufsicht über die schwimmenden Telegraphenleitungen obliegt. Wie ich erfahre, galt es, als diese Art Telegraph zum erstenmal von Horse in Tätigkeit gesetzt wurde, für ganz unmöglich, die Leitungen über See zu verlegen; dagegen werden wir heute fast verlegen, wenn wir uns vorstellen wollen, worin denn eigentlich die große Schwierigkeit gelegen habe! So geht's in der Welt. *Tempora mutantur* – entschuldige, daß ich auf Etruskisch zitiere. Was würden wir wohl ohne den atalantischen Telegraphen anfangen! (Pandit sagt, das alte Adjektiv habe ›atlantisch‹ gelautet). Wir drehten für ein paar Minuten bei, um der Schaluppe einige Fragen zu stellen, und erfuhren, unter anderen herrlichen Neuigkeiten, daß in Affrika der Bürgerkrieg wütet, während sowohl in Oirohpa als in Aasien die Pest ihr gutes Werk aufs prächtigste vollbringt. Ist es nicht wahrhaft merkwürdig, daß die liebe Menschheit in frühern Zeiten, als die Philosophie noch nicht im glänzenden Scheine der Humanität stand, tatsächlich die Gewohnheit hatte, Krieg und Pestilenz als ausgesprochene Kalamitäten anzusehen? Weißt Du, daß man gar in den alten Tempeln Gebetsveranstaltungen abhielt mit dem Ziel, daß diese *Übel* (!) die Menschheit nicht heimsuchen möchten? Fällt es einem nicht wirklich schwer zu begreifen, aus welchen Interessenprinzipien heraus unsere verehrlichen Vorväter eigentlich handelten? Waren sie so blind, nicht zu erkennen, daß die Vernichtung einer Myriade von Individuen doch für die Masse nur von Vorteil ist?!

3. April. – Es ist wirklich hochamüsant, die Strickleiter zu erklimmen, die auf den Gipfel der Ballonhülle führt, und von dort in die Runde zu blicken. Von der Gondel unten, weißt Du, ist die Aussicht gar so überwältigend nicht – man sieht eben vertikal nur wenig. Aber wenn man hier oben sitzt (wo ich dies schreibe), auf der luxuriös gepolsterten offenen Piazza der Gipfelplattform, so entgeht einem nichts, um welche Richtung es sich auch handelt. Grad eben ist ein förmliches Gewimmel von Ballons in Sicht, und sie bieten einen sehr animierten Anblick, während die Luft vom Summen so vieler Millionen Menschenstimmen widerhallt. Ich habe es glaubwürdig versichert bekommen, daß man dem alten Roth (oder hieß er Schwarz, wie Pandit will?), dem, wie man annimmt, ersten Luftschiffer überhaupt, als er die Behauptung aufstellte, es sei sehr wohl praktikabel, die Atmosphäre in allen Richtungen zu durchreisen, indem man nämlich bloß so lange auf- und niedersteige, bis man eine günstige Luftströmung gefunden habe, – daß man ihm, sagte ich, kaum auch nur Gehör schenkte bei seinen Zeitgenossen, die ihn bloß als die geniale Variante eines Irren ansahen, denn die Philosophen (?) jener Tage erklärten das Ganze für ein Ding der Unmöglichkeit. Heute faßt sich unsereins ja wirklich an den Kopf bei dem Gedanken, wie etwas so Selbstverständliches dem Scharfsinn der antiken Gelehrten habe nicht einleuchten können. Doch zu allen Zeiten sind ja dem Fortschritt in der Kunst die größten Steine stets von den sogenannten Männern der Wissenschaft in den Weg geworfen worden. Freilich, *unsere* Wissenschaftler sind nicht mehr ganz so vernagelt wie die der Antike: – ah, in dem Zusammenhang kann ich Dir noch etwas sehr Schnurriges erzählen! Ist Dir bekannt, daß die Herren Metaphysiker erst grad vor lumpigen tausend Jahren darein willigten, dem Volke endlich die verblasene Einbildung zu nehmen, es gebe *nur zwei mögliche Wege zur Erkenntnis der Wahrheit?!* Glaub es, wenn Du's vermagst! Es scheint, daß vor langen, langen Jahrtausenden, in grauer Vorzeit, einmal ein türkischer Philosoph (oder möglicherweise ein Hindu) namens Aries Trotteles lebte. Dieser Mensch brachte das in Mode – oder propagierte es jedenfalls –, was man die deduktive oder aprioristische Methode der Wahrheitsfindung nannte. Er startete mit von ihm so bezeichneten ›Axiomen‹ oder ›selbstverständlichen Wahrheiten‹ und zog sodann daraus per ›Logik‹ munter seine Schlüsse. Von seinen Jüngern waren die bedeutendsten ein gewisser Neuklid und ein ebenso gewisser Cant. Nun gut, der besagte Trotteles florierte als ausgesprochener Gipfel der Weisheit, bis ein gewisser Speckig auf den Plan trat, beibenamst der ›Ettrick-Schäfer‹, welchselbiger ein von Grund auf anderes System predigte, das er das aposterioristische oder *in*duktive nannte. Sein Verfahren gründete sich ganz und gar auf die Sinneswahrnehmung. Er beobachtete, analysierte und klassifizierte Tatsachen – *instantiae naturae,* wie sie in überflüssig gekünstelter Weise bei ihm heißen – und gelangte von da aus zu allgemeinen Gesetzen. Kurz gesagt, die Methode des Aries Trotteles basierte auf *noumena,* die Speckigs auf *phaenomena.* Na schön, die Bewunderung, welches dies letztere System, kaum daß es bekannt geworden, allenthalben erweckte, war jedenfalls derartig, daß Aries Trotteles ziemlich in Verruf kam; doch gewann auch er schließlich wieder an Boden und durfte das Reich der Wahrheit mit seinem etwas moderneren Rivalen teilen. Die Herren Gelehrten behaupteten nun, der aristotelische und der baconische Weg seien die einzig möglichen und mit Erfolg begehbaren Avenuen zur Erkenntnis. (Das Adjektiv ›baconisch‹ wurde, mußt Du wissen, als Synonym für ›speckig‹ ersonnen, da es weitaus wohliger und würdiger töne; – man kann es verstehen.)

Nun versichere ich Dir, mein lieber Freund, mit allem Nachdruck, daß ich diese Sache völlig objektiv darstelle und mich dabei auf die zuverlässigsten Quellen stütze; und so wirst Du Dir leicht vorstellen können, wie ein so umwerfender Blödsinn gewirkt haben muß, den Fortschritt aller wahren Erkenntnis zu verlangsamen – welch letztere doch ihren Weg fast ausnahmslos in intuitiven Sprüngen zurücklegt. Jener rauschebärtige Einfall beschränkte alles Forschen auf ein *Krabbeln;* und Hunderte von Jahren lang herrschte in Sonderheit hinsichtlich Speckig's eine derart gewaltige Verblendung, daß allem, was man noch einigermaßen als Denken bezeichnen konnte, nachdrücklich der

Garaus gemacht war. Kein Mensch wagte mehr eine Wahrheit zu äußern, die er einzig und allein dem Fühlen seiner Seele verdankte. Und mochte die betreffende Wahrheit auch zehnmal *nachweislich* eine Wahrheit sein, so hatte das doch nicht das mindeste zu sagen, denn die gelehrten Klotzköpfe jener Zeit betrachteten einzig den *Weg*, auf dem er zu ihr gelangt war. Für das Ziel, den Zweck hatten sie nicht einmal einen *Blick* übrig.

»Die Mittel laßt uns sehen«, so schrien sie, »die Mittel!« Und wenn sich dann bei der Untersuchung der Mittel ergab, daß sie weder in die Kategorie Trotteles einzuordnen waren noch in die Kategorie Speckig, na, dann war der Fall für die Herren Gelehrten sofort erledigt: sie hießen den ›Theoretiker‹ einen Narren und wollten mit ihm und seiner Wahrheit fürder nichts mehr zu tun haben.

Nun kann man ja wirklich nicht behaupten, daß ein derartiges Krabbel-System das rechte Verfahren gewesen sei, eine besonders namhafte Ausbeute an Wahrheiten zu erzielen, und mochte man es auch durch noch so lange Zeitalter hin praktizieren. Denn die Unterdrückung der *Imagination* war ein Übel, das keine noch so aufgeplusterte Zuversicht, ja *Gewißheit* bei den alten Methoden der Wahrheitssuche aufzuwiegen vermochte. Der Irrtum all jener ger-manischen, franz-hosigen, eng-ländischen und ammeerikahnischen Wahrheitsforscher (welche Letztgenannten übrigens unsere eigenen unmittelbaren Vorfahren waren) lag so ungefähr auf gleicher Ebene wie der jenes naseweisen Herrn, welcher sich einbildete, er müsse einen Gegenstand doch zwangsläufig desto besser sehen, je näher er ihn sich vor die Äuglein bringe. Diese Leute machten sich durch Einzelheiten selber blind. Wenn sie nun speckig vorgingen, waren ihre ›Tatsachen‹ leider keineswegs immer Tatsachen – was an sich ja noch ganz harmlos wäre, hätten die Leute nicht mit solcher Hartnäckigkeit den Fall gesetzt, daß es eben Tatsachen *wären* und Tatsachen sein müßten, bloß weil sie ihnen so vorkamen. Wenn sie aber auf dem Pfade des alten Aries wandelten, so wurde ihr Denken erst recht ein krabbliges, ja ausgesprochen widderborstiges, denn niemals noch besaßen sie ein Axiom, das wirklich ein Axiom gewesen wäre. Sie müssen selbst für die damalige Zeit ganz ungewöhnlich blind gewesen sein, um dies nicht zu sehen; denn selbst damals waren ja schon viele der lange ›gültigen‹ Axiome verworfen worden. Zum Beispiel – *»Ex nihilo nihil fit«;* »ein Körper kann nicht wirken, wo er nicht ist«; »es kann keine absoluten Gegensätze geben«; »Dunkelheit vermag nicht aus dem Lichte zu kommen« – all diese, und noch ein Dutzend andere, ähnliche Zumutungen, die man früher ohne jedes Zögern als Axiome hatte gelten lassen, waren selbst zu der Zeit schon, von der ich rede, für unhaltbar erkannt worden. Wie aberwitzig denn von diesen Leuten, nun weiterhin noch steif und fest an ›Axiome‹ als an unwandelbare Grundlagen der Wahrheit zu glauben! Doch selbst bei ihren vernünftigsten Denkern läßt sich die Belanglosigkeit, die Unfaßbarkeit ihrer Axiome im allgemeinen geradezu lachhaft leicht nachweisen. Wer war der tüchtigste ihrer Logiker? Moment! Ich laufe einmal rasch und frage Pandit; in einer Minute bin ich wieder da ... Ah, da haben wir es schon! Hier ist ein Buch, geschrieben vor nahezu tausend Jahren und kürzlich erst aus dem Eng-Ländischen übersetzt – was übrigens die Anfangsgründe des Ammeerikahnischen gebildet zu haben scheint. Pandit meint, es handelt sich dabei entschieden um das gescheiteste Werk des Altertums über den Gegenstand Logik. Der Autor (von dem man damals eine Menge hielt) war ein gewisser Müller oder Müll; und wir finden als besonders nennenswert von ihm berichtet, daß er ein Mühlenroß besaß, welches man Bentham rief. Doch sehen wir uns den Traktat doch einmal an!

Ah! – »Die Fähigkeit oder Unfähigkeit, etwas zu begreifen«, sagte Herr Müll sehr richtig, »ist in keinem Falle als

Kriterium axiomatischer Wahrheit anzuerkennen.« Welcher *moderne* Mensch, der seine Sinne beisammen hat, würde es sich je wohl einfallen lassen, diesen Gemeinplatz zu bestreiten?! Uns wundert daran nur das eine: wie es wohl hat geschehen können, daß Herr Müll (oder hieß er doch Müller?) es für notwendig erachtete, auf etwas so Selbstverständliches noch eigens den Finger zu legen. So weit gut – aber sehen wir uns doch noch eine weitere Seite an. Was haben wir hier? – »Gegensätze können nicht beide wahr sein – das heißt, sie können nicht beide in der Natur vorkommen.« Hier meint Herr Müll zum Beispiel, daß ein Baum entweder ein Baum sein muß oder aber kein Baum – daß er nicht zu gleicher Zeit ein Baum sein kann und kein Baum. Na schön, sehr schön sogar; nur möchte ich ihn gern fragen: wieso eigentlich? Seine Antwort besteht in dem folgenden Satze – und der soll nichts als eben eine Antwort und Begründung sein –: »Denn es ist unmöglich zu begreifen, daß Gegensätze beide wahr sein könnten.« Aber das ist gar keine Antwort, wie er selber dartut; denn hat er nicht eben noch den Gemeinplatz verkündet, daß »die Fähigkeit oder Unfähigkeit, etwas zu begreifen, in *keinem Falle* als Kriterium axiomatischer Wahrheit anzuerkennen« sei?!

Nun beschwere ich mich über diese alten Herren gar nicht einmal so sehr deswegen, weil ihre Logik, wie sie selber dartun, ausgesprochen basislos, phantastisch und einen Schmarren wert ist, als vielmehr aufgrund der hochtrabenden und imbezillen Art, wie sie alle *anderen* Wege zur Wahrheit in die Acht erklären und nichts gelten lassen als jene beiden abgeschmackten Pfade – den des Kriechens und den des Krabbelns – mit welchen sie der Seele, die doch nichts so sehr liebt, als sich frei emporzuschwingen, enge Grenzen zu setzen gewagt haben.

Übrigens, mein lieber Freund, findest Du nicht auch, daß diese alten Dogmatiker ganz schauderhaft in Verwirrung geraten wären, hätte man sie ersucht, doch einmal zu bestimmen, auf *welchem* ihrer beiden Wege denn eigentlich die wichtigste und erhabenste *aller* ihrer Wahrheiten tatsächlich gewonnen worden sei? Ich meine die Wahrheit der Gravitation. Newton verdankte sie Kepler. Kepler gab zu, daß seine drei Gesetze durch *Erraten* zustande gekommen seien, – diese drei obersten Gesetze, welche den großen eng-ländischen Mathematiker zu seinem Prinzip führten, dem Grundprinzip aller Physik – dem mit unserem Verstande zu folgen wir das Reich der Metaphysik betreten müssen. Kepler *riet* – das soll heißen, er ließ seiner *Imagination* freies Spiel. Er war im Grunde seines Wesens ein ›Theoretiker‹ – ein Wort, das heute so hohe Achtung gebietet, früher aber ein Epitheton der *Ver*achtung darstellte. Und wären diese alten Mondkälber nicht gleicherweise arg in Verlegenheit geraten, hätten sie erklären sollen, auf welchem der beiden ›Wege‹ ein Kryptograph ein mehr denn gewöhnlich vertracktes Kryptogramm enträtselt oder auf welchem der beiden Wege Champollion die Menschheit zu jenen unvergänglichen und fast unzählbaren Wahrheiten leitete, welche sich aus seiner Entzifferung der Hieroglyphen ergaben?

Ein Wort noch zu diesem Gegenstande, und ich höre auf, Dich zu langweilen. Ist es nicht überaus sonderbar, daß diese fanatischen Leute mit ihrem ewigen Gewäsche von den Wegen zur Wahrheit genau das verfehlten, was wir heute so klar und einhellig als *die* große Heerstraße zum Ziel erkennen – die Folgerichtigkeit? Bedünkt es nicht eigenartig, wie sie's unterließen, aus den Werken Gottes die hochnotwendige Tatsache abzuleiten, daß eine vollkommene Folgerichtigkeit eine absolute Wahrheit *sein muß?!* Wie einfach ist unser Fortschritt seit der späten Verkündigung dieses Lehrsatzes gewesen! Die Forschung ward den Maulwürfen aus den Händen genommen und den wahren und einzig wahren Denkern zur Aufgabe gemacht – den

Männern der feurigen Imagination. Diese letzteren *theoretisieren.* Nun stelle Dir einmal das Hohngeschrei vor, mit welchem unsere Vorfahren meine Worte aufnehmen würden, wäre es ihnen möglich, mir jetzt beim Schreiben über die Schulter zu blicken! Diese Männer, sage ich, *theoretisieren;* und ihre Theorien werden einfach nur korrigiert, reduziert, systematisiert – werden nach und nach von den Schlacken der Inkonsequenz gereinigt – bis am Ende eine vollkommene Folgerichtigkeit vor aller Augen steht, die – weil sie eine Folgerichtigkeit *ist* – auch der stupideste Esel als eine absolute und unzweifelhafte Wahrheit anerkennen muß.

4. April. – Das neue Gas tut Wunder, im Vereine mit der neuen Verbesserung des Guttapercha. Wie völlig sicher, bequem, lenksam und in jeder Hinsicht zweckdienlich sind doch unsere modernen Ballons! Just eben nähert sich uns ein ungeheures Exemplar mit einer Geschwindigkeit von wenigstens hundertundfünfzig Meilen in der Stunde. Es scheint von Menschen nur so zu wimmeln – vielleicht sind drei- oder vierhundert Passagiere an Bord – und doch schwingt es sich zu einer Höhe von nahezu einer Meile auf und blickt auf uns Arme mit souveräner Verachtung nieder. Dabei sind hundert oder selbst zweihundert Meilen in der Stunde immer noch ein durchaus lahmes Reisetempo. Entsinnst Du Dich noch unseres Fluges durch den kannadischen Kontinent mit der Eisenbahn? – volle dreihundert Meilen die Stunde – *das* nenne ich mir doch Reisen! Zu sehen war freilich nichts dabei – und zu tun gab es außer Scherzen, Schmaus und Tanz in den prächtigen Salons auch nicht das mindeste. Erinnerst Du Dich, wie eigentümlich es uns überlief, wenn wir zufällig einmal einen Blick nach draußen warfen, während die Wagen in vollem Tempo dahinflogen? Alles wirkte wie eine einzige, geschlossene Masse. Ich für meinen Teil kann dazu nur sagen, daß mir das Reisen mit dem Bummelzug, also zu hundert Meilen die Stunde, lieber war. Da durften wir Glasfenster haben – ja, sie sogar offen lassen – und konnten also einen einigermaßen deutlichen Ausblick auf die Landschaft gewinnen … Pandit sagt, daß die *Route* für die große kannadische Eisenbahn bereits vor etwa neunhundert Jahren ungefähr festgelegen haben müsse! Ja, er geht so weit zu behaupten, es seien tatsächlich heute noch Spuren eines Schienenweges erkennbar – Spuren, die einer Zeit angehörten, welche grad so weit zurückzudatieren sei, als eben erwähnt. Man hatte damals, so scheint es, nur *doppelte* Geleise; unsere laufen heute, Du weißt es, zwölffach nebeneinander, und drei oder vier neue Schienenstränge befinden sich in Vorbereitung. Die antiken Schienen waren sehr dünn und lagen so nahe beieinander, daß man diese Bauweise nach modernen Begriffen als überaus leichtsinnig, wenn nicht gar gefährlich im Extrem bezeichnen muß. Wird doch die gegenwärtige Spurweite – fünfzig Fuß – tatsächlich kaum für genügend sicher angesehen. Ich für meinen Teil hege keinerlei Zweifel, daß es in sehr weit zurückliegender Zeit irgendeinen Schienenweg gegeben haben *muß*, wie es Pandit behauptet; denn mir leuchtet es völlig ein, daß zu irgendeiner Zeit – freilich mit Sicherheit vor nicht weniger als sieben Jahrhunderten – der nord- mit dem süd-kannadischen Kontinent *vereinigt* war; die Kannadier wären dann von der Notwendigkeit geradezu gezwungen worden, quer durch den Kontinent eine große Eisenbahnlinie zu bauen.

5. April. – Mich frißt allmählich fast die Langeweile auf. Pandit ist der einzige unterhaltsame Mensch an Bord; und er, der traurige Schelm! kann von nichts anderm reden als von der Antike. Den ganzen Tag lang hat er sich heute mit dem Versuch geplagt, mich davon zu überzeugen, daß die alten Ammeerikahner *sich selbst regiert* hätten! – ist Dir ein solcher Unsinn jemals schon zu Ohren gekommen? – daß sie in einer Art Jedermann-für-sich-Konföderation gelebt hätten, also ganz nach der Weise der ›Präriehunde‹, von denen wir im Märchen lesen. Er sagt, sie hätten mit der krampfigsten Idee begonnen, die überhaupt denkbar ist, – nämlich der, daß alle Menschen frei geboren und gleich seien – und das allen Gradationsgesetzen zum Trotz, welche den Dingen sowohl im moralischen als im physikalischen Universum so sichtbarlich aufgeprägt sind. Jedermann ›wählte‹, wie sie's nannten, – das heißt, er murkste in den öffentlichen Angelegenheiten herum –, bis man schließlich die Entdeckung machte, daß Jedermanns Sache keines Sache ist und daß die ›Republik‹ (so nannte man das fratzenhafte Ding) überhaupt ohne jedes wirkliche Regiment war. Es wird jedenfalls berichtet, daß der erste Umstand, welcher in Sonderheit die Herren Philosophen (die Konstrukteure dieser ›Republik‹) aus ihrer selbstzufriedenen Ruhe aufstörte, in der verwirrenden Entdeckung bestand, daß ein allgemeines Stimmrecht Gelegenheit zu üppigsten Gaunereien bot, mit deren Nachhilfe jede beliebige Partei – gesetzt nur, sie war schurkisch genug, sich des Betruges nicht zu schämen – jederzeit jede gewünschte Stimmenzahl erlangen konnte, ohne daß eine Möglichkeit bestand, den Schwindel zu verhindern oder gar öffentlich zu entdecken. Ein wenig Nachdenken über diese Entdeckung reichte dann hin, die Konsequenzen evident zu machen, welche schlicht besagten, daß an die Spitze zwangsläufig die Schurkerei gelangen müsse – kurz gesagt, daß eine republikanische Regierung niemals etwas anderes sein *könne* als eine schurkische. Während die Philosophen jedoch noch damit beschäftigt waren, ob ihrer stupiden Unfähigkeit, diese unvermeidlichen Übel vorherzusehen, schamhaft zu erröten, und sich beflissen anschickten, neue Theorien auszubrüten, ward die Sache zu einem jähen Schluß gebracht, und zwar durch einen

Burschen namens *Mob*, der alles in seine eigenen Hände nahm und eine Gewaltherrschaft aufrichtete, mit der verglichen jene der sagenhaften Zeros und Hellofagabalusse direkt achtbar und erfreulich waren. Dieser Mob (ein Ausländer übrigens) soll der abscheulichste aller Menschen gewesen sein, welche je diese Erde plagten und behinderten. Er war ein Riese an Gestalt – unverschämt, räuberisch, unsittlich; er hatte die Galle eines Ochsen, das Herz einer Hyäne und das Hirn eines Spatzen. Er ging schließlich an sich selbst zugrunde, weil seine eigenen Energien ihn innerlich auslaugten. Dess' ungeachtet hatte er – wie alles, sei's auch noch so niedrig und gering – sein Gutes: erteilte er doch der Menschheit eine Lehre, welche sie bis auf den heutigen Tag nicht zu vergessen Gefahr gelaufen ist, – niemals so gänzlich den Analogien der Natur zuwider zu handeln. Was den Republikanismus anbetrifft, so ließ sich auf dem Angesicht der Erde keine Analogie dafür finden – es sei denn, wir nehmen den Fall der ›Präriehunde‹ aus; eine Ausnahme, welche, wenn überhaupt etwas, zu demonstrieren scheint, daß die Demokratie allerdings eine sehr admirable Regierungsform ist – für Hunde.

6. April. – Letzte Nacht hatten wir einen ausgezeichneten Blick auf Alpha Lyrae, dessen Scheibe im Fernrohr unseres Kapitäns einem Winkel von einem halben Grade gegenüber lag und ganz so aussah, wie unsere Sonne an einem neblichten Tage dem unbewaffneten Auge erscheint. Obschon er, nebenbei bemerkt, so *sehr* viel größer ist als unsere Sonne, ähnelt der Alpha Lyrae ihr frappant, was seine Flecken, seine Atmosphäre und viele andere Einzelheiten angeht. Erst im letzten Jahrhundert, erzählt mir Pandit, ist man langsam auf den Gedanken gekommen, daß zwischen diesen beiden Himmelskörpern eine binarische Beziehung bestehe. Die evidente Bewegung unseres Systems im

Himmelsraume ward befremdlicherweise der Kreisbahn um ein ungeheures Gestirn im Zentrum der Milchstraße zugeschrieben. Um diesen Stern, oder jedenfalls um ein Gravitationszentrum, das allen Globen der Galaxis gemeinsam sein und in der Nähe der Alkyone in den Plejaden liegen sollte, drehe sich, so erklärte man, jeder einzelne dieser Globen, wobei unser eigener den Umlauf in einer Zeitspanne von hundertundsiebzehn Millionen Jahren vollende! *Wir,* mit unseren heutigen Einsichten, mit unseren enorm verbesserten teleskopischen Möglichkeiten und so fort, finden naturgemäß einige Schwierigkeiten darin, den *Grund* eines solchen Einfalls zu begreifen. Sein erster Propagator war ein gewisser Mäkler. Er kam, so müssen wir wohl annehmen, zuerst durch bloße Analogie zu dieser wilden Hypothese; doch wenn das der Fall war, so hätte er's bei ihrer Entwicklung doch wenigstens auch weiterhin mit der Analogie halten sollen. Hinweise auf ein großes Zentralgestirn *waren* tatsächlich vorhanden; insofern dachte Mäkler konsequent. Dieser Zentralkörper jedoch hätte, dynamisch gesehen, größer sein müssen als alle ihn umgebenden Himmelskörper zusammengenommen. Und da hätte denn ja die Frage nahegelegen – »Warum sehen wir ihn nicht?« – gerade wir, dic wir uns in der mittleren Region des Schwarms befinden – in einer Gegend also, in deren *Nähe* immerhin doch diese unbegreifliche Zentralsonne situiert sein müßte. An diesem Punkte nahm der Astronom seine Zuflucht vielleicht bei der Annahme, es handle sich um ein nicht-leuchtendes Gestirn, – und ließ damit die Analogie ganz plötzlich fallen. Doch selbst wenn man ihm zugestünde, der besagte Zentralkörper besitze kein Eigenleuchten, – wie brachte er's fertig zu erklären, warum das Riesengestirn auch inmitten all der unberechenbaren Scharen herrlichster Sonnen, die überall ringsum erstrahlten, kein Geschick zeigte, sich sichtbar zu präsentieren? Zweifellos liefen die Behauptungen des Herrn Mäkler am

Ende darauf hinaus, es handle sich eben um ein allen kreisenden Himmelskörpern gemeinsames Gravitationszentrum, – doch auch hier muß die Analogie fallen gelassen worden sein. Wohl kreist unser System, das ist wahr, um ein gemeinsames Gravitationszentrum, doch es tut dies in Verbindung und in Folge einer materiellen Sonne, deren Masse das ganze übrige System mehr denn aufwiegt. Der mathematische Kreis ist eine Kurve, welche sich aus unendlich vielen Geraden zusammensetzt; doch dieser Begriff des Kreises – diese Vorstellung vom Kreise, welche wir in Hinsicht aller Erdgeometrie als die bloß mathematische betrachten, zur Unterscheidung von ihrem Gegensatz, der praktischen – ist, und daran läßt sich bei nüchterner Besichtigung nicht rütteln, eben die einzige *praktische* Konzeption, die wir auf jene titanischen Kreise anwenden dürfen, mit denen wir es, wenigstens in der Phantasie, zu tun haben, wenn wir annehmen, unser System mitsamt seinen Gefährten drehe sich um einen Punkt im Zentrum der Galaxis. Nun soll einmal die kühnste aller menschlichen Imagination den Versuch machen, sich dem Verständnis, dem Begreifen einer so ganz und gar unbegreiflichen Kreisbahn auch nur um einen Schritt zu nähern! Wohl schwerlich dürfte es paradox sein zu behaupten, daß ein Blitzstrahl selbst, wenn er sich *allezeit* genau auf der Peripherie dieses unfaßbaren Kreises bewegte, sich dabei immer noch *allezeit* genau auf einer Geraden bewegen würde. Daß der Lauf unserer Sonne entlang einer solchen Peripherie – daß die Richtung unseres Systems auf solch einer Kreisbahn für irgend ein menschliches Wahrnehmungsvermögen selbst in einer Million Jahre auch nur die leiseste Abweichung von einer Geraden zeigen könnte, ist ein unzulässiges Theorem, ja eine Zumutung; und dennoch schmeichelten sich diese antiken Astronomen, so scheint es, Grund zu dem Glauben zu haben, es sei während der kurzen Zeitspanne ihrer astronomischen Geschichte –

während des bloßen Punktes – des ausgesprochenen Nichts von zwei- oder dreitausend Jahren – eine entschiedene Krümmung offenbar geworden! Wie unbegreiflich, daß ihnen nicht Überlegungen wie diese augenblicklich den wahren Stand der Dinge klar werden ließen – nämlich die Tatsache der binarischen Umdrehung unserer Sonne und des Alpha Lyrae um ein gemeinsames Gravitationszentrum!

7. April. – Setzten letzte Nacht unsere astronomischen Vergnügungen fort. Hatten einen herrlichen Blick auf die fünf Trabanten des Neptun und sahen mit viel Interesse zu, wie ein ungeheurer Kämpfer auf einem Paar Oberbalken am neuen Tempel zu Daphnis auf dem Monde angebracht wurde. Es war doch amüsant, wie da so winzige Kreaturen, als es die Mondbewohner sind, die zudem so wenig Menschenähnlichkeit besitzen, eine der unsern haushoch überlegene mechanische Begabung bewiesen. Es fällt einem auch schwer, sich vorzustellen, daß die riesigen Massen, mit denen diese Leute derart mühelos hantieren, tatsächlich grad eben nur so schwer sind, wie's unser Verstand uns mitteilt, daß sie's seien.

8. April. – Heureka! Pandit schwelgt in Seligkeit. Ein Ballon aus Kannada sprach uns heute an und warf uns diverse neue Zeitungen an Bord: sie enthalten ein paar überaus kuriose Nachrichten im Zusammenhang mit der kannadischen oder vielmehr ammeerikahnischen Antike. Du weißt, nehme ich an, daß seit mehreren Monaten Arbeiter damit beschäftigt sind, den Grund für eine neue Fontänenanlage zu Paradisia vorzubereiten, dem größten der kaiserlichen Lustgärten. Paradisia ist, nüchtern gesprochen, allem Anschein nach vor unvordenklichen Zeiten einmal eine Insel gewesen – das heißt, seine nördliche Grenze bildete stets (soweit die Berichte darüber zurückreichen) ein Flüßchen oder vielmehr ein sehr schmaler Meeresarm. Dieser Arm wurde allmählich immer mehr erweitert, bis er seine gegenwärtige Breite gewann – eine Meile. Insgesamt ist die Insel neun Meilen lang; die Breite schwankt beträchtlich. Das ganze Gelände war (sagt Pandit) vor etwa achthundert Jahren dicht mit Häusern bepackt, von denen einige eine Höhe von zwanzig Stockwerken besaßen; aus irgendeinem unerfindlichen Grunde hielt man den Boden grad in dieser Gegend für besonders wertvoll. Das katastrophale Erdbeben vom Jahre 2050 jedoch zerstörte und verschüttete die Stadt (denn sie war fast zu groß, um noch ein Dorf genannt werden zu dürfen) so gründlich, daß auch die unermüdlichsten unserer Altertumsforscher nie noch imstande waren, aus dieser Gegend irgend hinreichende *data* zu gewinnen (in Gestalt von Münzen, Medaillen oder Inschriften), mit deren Hilfe sich auch nur der Schatten einer Theorie über die Sitten, Gewohnheiten usw. usw. usw. der Ureinwohner hätte aufbauen lassen. Imgrunde haben wir bislang von ihnen fast nichts weiter gewußt, als daß sie zum Knickerbocker-Stamme jener Wilden gehörten, welche den Kontinent zur Zeit seiner ersten Entdeckung durch Recorder Riker, einen Ritter vom Goldenen Vliese, unsicher machten. Sie waren jedoch mitnichten etwa unzivilisiert, sondern pflegten – auf freilich sehr eigene Weise – verschiedene Künste und gar Wissenschaften. Es wird von ihnen berichtet, daß sie in mancherlei Hinsicht über Geist und Scharfsinn geboten, doch von der wunderlichen Monomanie besessen waren, allüberall Gebäudlichkeiten zu errichten, welche auf Alt-Ammeerikahnisch ›Kirchen‹ hießen – eine Art von Pagoden, bestimmt zur Verehrung zweier Götzenbilder, die man ›Reichtum‹ und ›Mode‹ nannte. Am Ende bestand die Insel, so heißt es, zu neun Zehntel aus ›Kirche‹. Des weitern, scheint es, waren die Frauen recht sonderbar deformiert, und zwar durch einen natürlichen Auswuchs in der Gegend des verlängerten Rückens, – obschon diese Verunstaltung höchst unbegreiflicherweise durchaus als Zeichen der Schönheit galt. Wie durch ein Wunder sind ein oder zwei Bilder von diesen eigenartigen Frauen tatsächlich erhalten geblieben. Ich muß schon sagen, sie sehen sehr, sehr seltsam aus – so ungefähr wie eine Kreuzung aus einem Truthahn und einem Dromedar.

Nun wohl, diese wenigen Einzelheiten sind nahezu alles, was hinsichtlich der alten Knickerbocker auf uns gekommen ist. Nun scheint es jedoch, daß einige Arbeiter bei den Grabungen mitten im kaiserlichen Garten (der, wie Du weißt, die ganze Insel bedeckt) einen würfelförmigen und offenbar mit dem Meißel bearbeiteten Granitblock aus der Erde ans Tageslicht brachten, welcher mehrere hundert Pfund wog. Er befand sich in guter Erhaltung und hatte allem Anschein nach bei dem Beben, welches ihn begrub, nur wenig gelitten. Auf einer seiner Flächen fand sich nun eine Marmortafel mit (denke Dir nur!) *einer Inschrift – einer leserlichen Inschrift!* Pandit ist in Ekstase. Als man die Tafel entfernte, erschien eine Höhlung, und sie enthielt eine bleierne Hülse, gefüllt mit verschiedenen Münzen, einer langen Namenliste, diversen zeitungsähnlichen Dokumenten und anderen Dingen, die den Altertumsforscher auf das lebhafteste interessieren müssen! Es kann kein Zweifel bestehen, daß es sich dabei sämtlich um echte ammeerikahnische Überreste handelt, die einst dem Stamme der Knickerbocker gehörten. Die Zeitungen, die uns an Bord unseres Ballons geworfen wurden, sind voll von Faksimiles der Münzen, Manuskripte, Schriftbilder usw. usw. Damit Du auch Dein Vergnügen daran hast, schreibe ich Dir hier die Knickerbocker-Inschrift auf der Marmortafel rasch einmal ab: –

Dieser Eckstein eines Monumentes zur
Erinnerung an
GEORGE WASHINGTON
wurde in feierlichem Rahmen
am 19. Oktober 1847,
dem Jahrestage der Übergabe von
Lord Cornwallis an
General Washington
zu Yorktown, A. D. 1781,
unter dem Schutze der
George-Washington-Denkmals-Vereinigung
der Stadt New York
gelegt.

Das ist, wie es hier steht, eine wörtliche Übersetzung, die Pandit selber besorgte; – also *kann* es keinen Irrtum darin geben. Aus den so erhalten gebliebenen wenigen Worten ernten wir gleich mehrere Aufschlüsse von wissenschaftlichem Belang, worunter nicht zuletzt die interessante Tatsache fällt, daß vor tausend Jahren *wirkliche* Monumente aus dem Gebrauch gekommen waren – was man ja nur als recht und billig ansehen kann – und die Leute sich ganz wie wir heute damit zufrieden gaben, bloß ihre *Absicht,* in Zukunft irgendwann einmal ein Denkmal zu errichten, anzuzeigen, indem sie sachte und behutsam einen Eckstein legten, »öd abgesondert und allein« (verzeihe, daß ich den großen ammeerikahnischen Dichter Benton zitiere!), als dauerhaften Bürgen für die hochherzige Intention. Ferner erfahren wir aus dieser admirabeln Inschrift sehr genau das Wie sowohl als auch das Wo und das Was der in der Rede stehenden großen Übergabe. Was das *Wo* betrifft, so war das Yorktown (wo immer das war), und das *Was,* nun, das war General Cornwallis (zweifellos irgendein reicher

Kornhändler). *Er* wurde übergeben. Die Inschrift feiert das Gedenken an die Übergabe von – was? – nun, »von Lord Cornwallis«. Die einzige Frage, die sich da aufdrängt, lautet nun: Wozu bloß mochten die Wilden seine Übergabe wünschen? Doch wenn wir uns erinnern, daß die genannten Wilden ganz zweifelsohne Kannibalen waren, so können wir uns die Schlußfolgerung nicht ersparen, daß sie ihn zu Wurst zu verarbeiten gedachten. Was schließlich das *Wie* der Übergabe anbelangt, so könnte keine Sprache der Welt präziser formulieren. Lord Cornwallis ward übergeben (zur Wurstverarbeitung) »unter dem Schutze der George-Washington-Denkmals-Vereinigung« – zweifellos war das eine mildtätige Organisation zur Legung von Ecksteinen. – Doch, Himmelhilf! was ist?! Ah, ich sehe – der Ballon ist zusammengefallen, und so werden wir jetzt leider ins Meer hinuntertrudeln müssen. Ich habe darum nur noch eben Zeit genug, um anzufügen, daß ich nach einer hastigen Durchsicht der Zeitungsabbildungen usw. feststellen konnte, daß *die* großen Männer unter den Ammeerikahnern in jenen Tagen ein gewisser John, ein Schmied, und ein gewisser Zacharias, ein Schneider, waren.

Ade denn, bis wir uns wiedersehen! Ob Du diesen Brief hier je erhältst oder nicht, ist ein Punkt von geringer Bedeutung, da ich ja gänzlich zu meiner eigenen Belustigung schreibe. Immerhin aber werde ich das Manuskript in einer Flasche verschließen und diese ins Meer werfen.

Auf ewig die Deine –

Pandita.

LANDSCHAFT MIT HAUS

Vergangenen Sommer, im Lauf einer Fußwanderung durch den ein= & andern der Fluß=Kreise des Staates New York, geschah es mir, daß ich, als der Tag zur Neige ging, in einige Ungewißheit geriet, bezüglich des Weges, den ich eingeschlagen hatte. Das Gelände war beträchtlich wellig; und schon während der ganzen letzten Stunde hatte sich mein Pfad, nach Kräften bemüht in den Talgründen zu verlaufen, auf derart konfuse Weise hin & her verschlängelt, daß ich nicht mehr wußte, in welcher Richtung das reizende Dörfchen B. lag, in dem ich mir vorgesetzt hatte zu übernachten. Die Sonne hatte kaum *geschienen* – pedantisch genommen – den Tag über; der aber nichtsdestoweniger unangenehm warm gewesen war. Ein rauchiger Dunst, ähnlich dem des Altweibersommers, schleierte alle Gegenstände ein; und trug natürlich noch das seine zu meiner Unsicherheit bei. Nicht daß ich mir darob sonderlich Sorgen gemacht hätte. Falls ich wirklich nicht vor Sonnenuntergang oder gar vor Einbruch der Dunkelheit auf das Dörfchen stoßen sollte, war es immer noch mehr als wahrscheinlich, daß demnächst irgendein kleines holländisches Bauernhaus oder sonst etwas der Art auftauchen würde – obschon zugegebenermaßen die ganze Gegend hier notorisch dünn besiedelt war; (vielleicht eben deswegen, weil sie mehr malerisch als fruchtbar ist). Und im alleräußersten Falle war – mein Ränzel das Kissen, als Schildwacht mein Hund – ein Biwak im Freien genau das, was mir Spaß gemacht hätte. Ergo schlenderte ich ganz gemächlich fürbaß; (Ponto hatte sich meiner Flinte angenommen); bis mich zuguterletzt – gerade als ich zu überlegen begonnen hatte, ob die zahlreichen kleinen Schneisen, die nach hüben & drüben abzweigten, möglicherweise überhaupt Pfädlein darstellen sollten? – einer der meistversprechenden von ihnen zu etwas hinführte, was fraglos ein Wagengeleis war. Ein Irrtum war ausgeschlossen. Die Spuren leichter Räder waren unverkennbar; und obgleich die Großsträucher und das hochaufgeschossene Unterholz sich buchstäblich oben trafen, so hätte unten doch selbst ein Frachtwagen aus den Bergen Virginia's – meines Erachtens so ziemlich das anspruchvollste Vehikel seiner Gattung – keinerlei Fahrthindernis angetroffen. Dennoch wies dieser Weg hier – abgesehen davon, daß er offen durch den Wald hin lief – vorausgesetzt, daß ›Wald‹ nicht eine allzugewichtige Bezeichnung für eine solche Vereinigung leichter Baumarten ist – und abgesehen von dem besonderen Kennzeichen der Räderspuren – nicht die geringste Ähnlichkeit mit Wegen auf, wie ich sie sonst vordem gesehen hatte. Die erwähnten Wagengeleise waren nur schwach zu erkennen; da sie sich abgedrückt hatten auf der festen, jedoch angenehm feuchten Oberfläche von – ja, es sah mehr wie grüner genueser Samt aus, als sonst irgend etwas anderes. Es war selbstredend Gras – aber Gras, wie man es außerhalb Englands selten zu sehen bekommt – so kurzgeschoren, so dicht, so eben, und von so lebendiger Farbe. Nicht das allerkleinste Hindernis lag in der Wagenfurche – nicht einmal 1 Spänchen oder 1 dürres Zweiglein. Die Steine, die einst den Weg beschwerlich gemacht hatten, waren an die Seiten des Heckenweges achtsam *gelegt* – nicht etwa geworfen! – worden; so daß sie auf eine halb=korrekte halb=nachlässige. immer aber malerische Weise, den Boden entlang eine seitliche Begrenzung andeuteten. Große Buschen wilder Blumen sproßten verschwenderisch überall in den Zwischenräumen.

Was ich aus alledem machen sollte, wußte ich natürlich mit nichten. Hier war zweifellos *Kunst* am Werk – *das* überraschte mich nicht; (ist doch schließlich jeder Weg, im strengen Wortsinne, ein ›Werk der Kunst‹) – auch möchte ich nicht einmal sagen, daß der hier sichtbar gewordene

Überschuß an Kunst das so erstaunliche gewesen wäre; denn alles was geleistet zu sein schien, hätte sich *hier* mit sehr wenig Arbeitsaufwand & Kosten leisten lassen, bei so vielen ›natürlichen Möglichkeiten‹, (wie die Bücher über Landschaftsgärtnerei es gern ausdrücken). Nein; es war nicht die Quantität an Kunst, sondern ihre *Qualität,* die mich dazu vermochte, Platz auf einem der umblühten Steine zu nehmen, um mein benommenes staunendes Auge wohl eine halbe Stunde oder noch länger diese feenhafte Allee auf= & abschweifen zu lassen. Eines wurde mir, je länger ich schaute, desto mehr & mehr gewiß; ein Künstler, und zwar einer mit dem geschultesten Blick für Formen, hatte all diese Anordnungen überwacht. Die größte Sorgfalt war darauf verwendet worden, die angemessene Mitte einzuhalten, zwischen dem Netten & Anmutigen auf der einen, und dem *pittoresco,* in der eigentlichen Bedeutung des italiänischen Ausdrucks, auf der anderen Seite. Nur wenige gerade & dann nie für lange ununterbrochene Linienzüge waren anzutreffen. Ein= & derselbe Effekt von Kurvenführung & Farbe erschien im allgemeinen zweimal von jeglichem Standpunkt aus; aber keinesfalls öfter. Überall herrschte Mannigfaltigkeit in Gleichförmigkeit. Es war ein Stück ›Komposition‹, an dem auch der schwerst zu befriedigende kritische Geschmack kaum eine Verbesserung vorzuschlagen gewußt haben dürfte. Ich war nach rechts eingebogen, als ich diesen Weg betrat; und schritt nun, da ich mich erhoben hatte, in der gleichen Richtung fürder. Die Schlangenwindungen des Pfades waren von einer Art, daß ich seinen Verlauf zu keiner Zeit auf mehr als 2 oder 3 Schritt im voraus hätte angeben können. Was seinen sonstigen Charakter anbetrifft, erfuhr er keine nennenswerte Veränderung.

Es dauerte nicht lange, als das sänftliche Gemurmel von Wasser an mein Ohr drang – und wenige Augenblicke später, da der Weg & ich mit ihm eine etwas engere Kurve als bisher beschrieben, wurde ich gewahr, daß unmittelbar vor mir ein sanfter Hang begann, an dessen Fuß irgendein Gebäude lag. Deutlich erkennen konnte ich nichts, des Nebels wegen, der den ganzen kleinen Talgrund unten einnahm. Eben jedoch, da die Sonne sich zum Untergehen anschickte, erhob sich ein leises Lüftchen; und während ich am erhöhten Rande der Einsenkung stehen blieb, zerging der Nebel nach & nach in luftige Guirlanden, und schwebte über die Szene dahin.

Als sie, genau so *nach & nach* wie ich sie beschreibe, voll zum Vorschein kam – Stück um Stück: hier ein Baum; dort ein Wasserschimmer; und da wiederum die Spitze eines Rauchfangs – konnte ich kaum umhin, mir einzubilden, das Ganze sei nur eines jener Werke geistreicher Illusionisten, wie sie wohl zuweilen unter dem Namen ›Vergehender Bilder‹ vorgeführt werden.

Zu dem Zeitpunkt allerdings, da die Dünste sich endgültig gehoben hatten, war die Sonne ihres Wegs hinter die sanften Hügelkuppen gegangen; von dort her jedoch, gleichsam mit einem leichten *chassez* nach Süden, noch einmal voll in Sicht gekommen: funkelnd fiel ihr purpurner Überschimmer durch einen Spalt, der sich von Westen her in den Talgrund auftat. Gleichermaßen plötzlich – wie von zauberischer Hand berührt – wurde das gesamte Tal mit Allem was sich darin befand aufs prachtvollste sichtbar.

Dieser erste *coup d'œil,* da die Sonne in die geschilderte Position glitt, beeindruckte mich stärkstens auf dieselbe Art, wie ich als Junge etwa vom Schlußbild eines geschickt inszenierten Theaterstücks oder Melodrams beeindruckt worden bin. Ja selbst die monströse Farbigkeit mangelte mit nichten; denn das Sonnenlicht drang aus der Spalte in lauter Orange= & Purpurtönen hervor; während das intensive Grün des Grases im Tale, mehr oder minder auf alle Gegenstände zurückgestrahlt wurde, von der Decke aus Dämpfen, die mir noch immer zu Häupten hing; wie wenn sie unwillig zögerte, von einem so bezaubernd schönen Fleckchen endgültig Abschied zu nehmen.

Das intime Tälchen, in das ich, unterm Dunstbaldachin, dergestalt hinabspähte, konnte schwerlich mehr als 400 Meter lang sein; während seine Breite zwischen 50 und 150 oder allenfalls 200 schwankte. Am allerengsten war es an seinem nördlichen Ende, und wurde desto breiter, je mehr es sich nach Süden zu auftat, was jedoch nicht etwa sehr präzis & regelmäßig erfolgte. Die weiteste Stelle fand sich rund 80 Meter vom äußersten Südende. Die Abhänge, die den Talgrund einschlossen, konnten schwerlich als Hügel bezeichnet werden, es sei denn allenfalls an der Nordfront. Dort erhob sich ein abschüssiger Klippenrand von Granit zu einer Höhe von einigen 90 Fuß; und das Tal selbst war, wie ich bereits erwähnt habe, an dieser Stelle nicht mehr als 50 Fuß breit; in dem Maße jedoch, wie der Beschauer von dieser Klippenleiste aus den Blick nach Süden wandern ließ, fand er zur rechten wie zur linken Hand die Hänge gleichzeitig weniger hoch, weniger steil & weniger felsig werden. Mit 1 Wort: nach Süden hin wurde Alles flacher & sanfter; und dennoch war das ganze Tälchen von mehr oder minder hohen Erhebungen umgürtet, ausgenommen an 2 Punkten. Den 1 derselben habe ich bereits erwähnt. Er lag merklich über Westen hinaus & auf Norden zu; und zwar genau dort, wo, wie ich vorhin schon beschrieben habe, der sinkende Sonnenstrahl durch eine natürliche, fein säuberlich in den Granitdamm eingeschnittene Kluft, in das Amfitheater seinen Weg fand; (besagter Ritz mochte, soweit es sich mit dem Auge verfolgen ließ, an seiner weitesten Stelle 10 Meter breit klaffen. Er schien aufwärts zu führen, einem natürlichen Dammweg gleich, immer höher, hinein in die Abgeschiedenheit unerforschter Bergigkeiten & Forsten.) Die zweite der Öffnungen lag direkt am südlichen Ende des Tales. Hier waren die Hänge im allgemeinen nur noch ganz sanfte Bodenschwellungen, die sich, von Ost nach West, an die 150 Meter erstreckten. Inmitten dieser Ausdehnung befand sich eine kleine Vertiefung, bis in gleiches Niveau mit der normalen Talsohle. Auch was den Pflanzenwuchs anbelangt, wurde nach Süden hin All= & Jedes in jeglicher Beziehung *niedriger & sanfter*. Im Norden – auf dem Steilgeklippe – ein paar Schritte nur von seinem Rand – waren in prachtvoller Bildung die Stämme zahlreicher Hickories, schwarzer Wallnuß= & Kastanienbäume aufgeschossen, stellenweise untermischt mit Eichen; und besonders die von den Nußbäumen hervorgetriebenen starken Queräste ragten weit über den Klippenrand heraus. Weiter nach Süden hin vorschreitend, traf der Blick des Entdeckers zunächst auf dieselben Baumarten; aber stets minder stattlich & von weniger Salvatorischem Charakter; schon erschien die sanftre Ulme, gefolgt von Sassafras und Akazie – darauf die noch lieblichere Linde, sowie Judas=Baum, Katalpa & Ahorn – und diese wiederum gefolgt von noch anmutigeren und bescheideneren Arten. Die gesamte vordere Front der südlichen Abdachung war nur noch mit Wildsträuchern allein bedeckt – gelegentlich die ein= & andere Silberweide oder Weißpappel ausgenommen. Im eigentlichen Talgrund selbst – (denn man muß immer vor Augen behalten, daß ich bis jetzt nur die Vegetation beschrieben habe, die sich auf den Klippen oder an den Hügelhängen befand) – waren 3 einzeln stehende Bäume zu erblicken. Der erste eine Ulme von stattlicher Größe und erlesenen Formen: sie hielt Wacht am Südtor des Tales. Der andere war ein Hickory, beträchtlich größer als die Ulme, und überhaupt im ganzen ein weit eleganterer Baum, (obschon sie Beide außerordentlich schön waren): er schien die Obhut über den Nord=West=Eingang übernommen zu haben; wo er, buchstäblich im Engmaul der Schlucht, mitten aus einer Gruppe von Felsblöcken aufgeschossen war, und seinen grazievollen Leib in einem Winkel von nahezu 45° weit in den Sonnenschein des Amfitheaters hinaus getrieben hatte. Ungefähr 30 Meter ostwärts von ihm jedoch stand der eigentliche Stolz des Tales, ohne jede Frage der allerprachtvollste Baum, den ich mir jemals erschaut habe, (ausgenommen allenfalls die ein= oder andre unter den Cypressen des Itchiatuckanee). Es war ein dreistämmiger Tulpenbaum – das *Liriodendron Tulipiferum* – zu der natürlichen Ordnung der Magnolien gehörig. Die 3 Schäfte gingen ungefähr 3 Fuß über dem Boden von dem gemeinsamen Mutterstock ab; trennten sich jedoch nur ganz leicht & allmählich; und waren, an der Stelle, wo der dickste Stamm das erste Laubwerk ansetzte, noch nicht mehr als 4 Fuß auseinander, was in einer Erhebung von rund 80 Fuß geschah. (Die Gesamthöhe dieses stärksten Schaftes betrug 120 Fuß.) Nun kann ja nichts an Formenschönheit oder lebhaft grünem Glanz die Blätter des Tulpenbaums übertreffen. Im vorliegenden Falle waren sie volle 20 Zentimeter breit; aber selbst ihre Herrlichkeit wurde nahezu gänzlich verdunkelt von der grandiosen Pracht der Blütenüberfülle. Man stelle sich, auf engstem Raum versammelt, eine Million der größten & strahlendsten Tulpen vor! Nur so kann der Leser eine annähernde Idee von dem Bilde bekommen, das ich ihm vermitteln möchte. Und dann die stolze Anmut der reinlichen, delikat=aufgerauhten säulengleichen Schäfte, von denen der dickste, 20 Fuß vom Boden, volle 4 Fuß Durchmesser hatte. Die unzähligen Blüten, untermischt mit denen anderer, kaum weniger schöner, aber unendlich weniger majestätischer Bäume, füllten den Talgrund mit mehr als Wohlgerüchen Arabiens.

Der allgemeine Boden des Amphitheaters bestand aus *Gras,* vom gleichen Habitus, wie ich ihn bereits auf dem Wege angetroffen hatte: wenn möglich aber von noch köstlicherer Weichheit, Dichte, Samtigkeit & wundersamer Grüne. Es war schwer zu begreifen, wie eine solche Summe an Schönheit sich hatte erzielen lassen.

Ich habe der zwei Öffnungen in den Talgrund hinein Erwähnung getan. Aus der einen im Nordwesten ergoß sich ein Bächlein, und kam, unter sanftem Murmeln & leichtem Geschäum die enge Schlucht herab, bis es gegen die Gruppe von Felsblöcken anprallte, aus denen der isolierte Hickory entsprang. Hier, nachdem es einen Kreis um den Baum beschrieben hatte, floß es in östlicher Richtung (d. h. ein bißchen nach Nord) fürder, wobei es den Tulpenbaum einige 20 Fuß südlich liegen ließ, und änderte seinen Lauf dann nicht mehr nennenswert, bis es halbwegs in der Mitte zwischen der östlichen und der westlichen Begrenzung des Tales angekommen war. An diesem Punkt angelangt, bog es, nach einer Anzahl Kehren, in rechtem Winkel ab; und verfolgte ab hier die allgemeine Richtung nach Süden – immerfort mäandrischen Laufs – bis es sich in einem kleinen, unregelmäßig gestalteten See verlor (annähernd ein rohes Oval), der schimmernd in Nähe des unteren Talausgangs lag. Dies Seelein mochte, an seiner breitesten Stelle, vielleicht 100 Meter im Durchmesser haben. Kein Kristall konnte klarer als sein Gewässer sein. Der Boden, der deutlich zu erkennen war, bestand durchweg aus Rundkieseln von strahlendem Weiß. Die Ufer, aus dem sattsam beschriebenen Smaragdgras, *rundeten* sich mehr als daß sie sich flach abböschten, in den klaren Himmel unterwärts hinein; und *so* klar war dieser Himmel, mit derartiger Perfektion spiegelte er zuweilen alle Gegenstände über sich ab, daß es wahrlich keine geringe Schwierigkeit machte, zu entscheiden, wo das echte Ufer endete & das kopierte begann. Die Forellen & einige andere Arten von Fischen, mit denen der Weiher schier ungebührlich übervölkert schien, erweckten tatsächlich ganz den Eindruck von Fliegenden Fischen. Es war nahezu unmöglich zu glauben, sie seien nicht absolut hingehängt in Luft. Ein leichtes Birkenkanu, das ruhig auf dem Wasser lag, wurde auch seiner feinsten Maserung nach mit einer Treue abgebildet, die selbst der sorgsamst polierte Spiegel nicht hätte übertreffen können. Ein kleines Eiland, förmlich lachend in seiner vollprangenden Beblümtheit, und das kaum mehr Raum bot, als eben für ein malerisches Kleinstbauwerk hinreichte, (anscheinend ein Enten-Häuschen), erhob sich aus dem See, unweit des Nordufers; mit dem es vermittelst einer unwahrscheinlich leicht wirkenden und dennoch ganz primitiven Brücke verbunden war. Sie bestand aus 1 einzigen, breiten & dicken Planke aus Tulpenholz; die etwa 40 Fuß lang war, und den Raum zwischen Ufer & Ufer in einem ganz leichten, aber gut wahrnehmbaren Bogen überspannte, der jegliches Schwanken verhinderte. Aus dem südlichen Ende des Sees dann ging die Fortsetzung des Bächleins hervor; das, nach schätzungsweise weiteren 30 Metern Schlängelung, endgültig die (auch bereits geschilderte) ›Depression‹ inmitten der südlichen Senke passierte; dort über eine jähe Steilwand von 100 Fuß hinunterstürzte; und schließlich unbeachtet seinen krausen Weg in Richtung Hudson einschlug.

Der See war tief – an einigen Stellen 30 Fuß – während das Bächlein selten 3 überschritt, und die größte Breite annähernd 8 betragen mochte. Sein Bett & Ufer waren denen des Teiches gleich – wenn man ihnen schon, vom rein Malerischen aus, unbedingt einen kleinen Makel hätte nachsagen können, dann wäre das vielleicht die übertriebene *Reinlichkeit* gewesen.

Die Weite des grünen Rasens war hie & da enteintönigt, durch einen gelegentlichen auffälligen Strauch; etwa eine Hortensie, oder den gemeinen Schneeball, oder auch den aromatischen Kautschuk; noch häufiger aber durch große Buschen von Geranien, die in zahlreichen Varietäten verschwenderisch blühten. Diese Letzteren übrigens in *pots,* die man sorgfältig in den Boden eingegraben hatte, um den Pflanzen gänzlich das Aussehen des Einheimischen zu geben. Zusätzlich zu alledem war der grasige Teppich noch aufs erlesenste mit Schafen getüpfelt, von denen sich eine ansehnliche Heerde im Tale erging, in Gesellschaft von 3 zahmen Schmaltieren, und einer beträchtlichen Anzahl prachtvoll gefiederter Enten. Ein mächtiger Bullenbeißer schien all= & jedes dieser Tiere unter seine wachsame Obhut genommen zu haben.

Entlängst der östlichen & westlichen Klippenränder – dort, wo im oberen Abschnitt des Amfitheaters seine Begrenzung mehr oder minder abschüssig war – wucherte Efeu in großer Fülle; so daß man nur noch vereinzelt, hier & dort, ein Stück nackten Fels zu Gesicht bekam. Gleichermaßen war auch die nördliche Steilwand selbst fast gänzlich mit dem üppigsten Weinlaub bekleidet, von dem einige starke Stöcke dem Erdreich am Fuß der Klippe entsproßten, und andere den Leisten & Vorsprüngen an ihrer Front.

Die leichte Bodenschwellung, die die untere Begrenzung dieses kleinen Reiches bildete, war von einem adretten Steinmäuerchen gekrönt; hinreichend hoch, um ein Entkommen des Rehwildes zu verhindern. Nirgend sonstwo war etwas wie ein Zaun zu erblicken; denn nirgendwo sonst wäre eine künstliche Einfriedung erforderlich gewesen: jedwedem verlaufenen Lamm zum Beispiel, dem es hätte einfallen wollen, einen Ausweg aus dem Tale über die Engschlucht zu versuchen, wäre bei solchem Unterfangen ja schon nach einigen wenigen Metern durch die steile Felsleiste Einhalt geboten worden, über die jene Kaskade herniederschäumte, die zuallererst meine Aufmerksamkeit erregt hatte, als ich mich dem Anwesen hier näherte. Mit 1 Wort: der einzige Ein= beziehungsweise Ausgang erfolgte durch einen, vermittelst eines Gatters gesperrten, felsigen Engpaß, den der Privatweg ein paar Schritte unterhalb der Stelle bildete, wo ich jetzt inne hielt, um die Szene zu recognoscieren.

Ich habe von dem Bach bereits gesagt, daß er, und zwar

in seinem gesamten Lauf, aufs unregelmäßigste einhermäandert kam; ob wohl seine 2 *großen* Richtungen, wie ebenfalls schon erwähnt, zuerst die von West nach Ost, und dann die von Nord nach Süd waren. An eben jenem Wendepunkt beschrieb das Wässerchen eine nahezu vollkreisförmige Schleife nach rückwärts, so daß sich eine Peninsula bildete, die *um 1 Haar* ein Eiland gewesen wäre, und an Fläche rund den 16. Teil eines Acres umschließen mochte. Auf dieser Halbinsel nun stand ein Wohnhaus – und wenn ich jetzt sage, daß besagtes Wohnhaus, gleich der infernalischen Terrasse die Vathek erblickt, *»était d'une architecture inconnue dans les annales de la terre«* dann meine ich damit lediglich, daß sein *tout ensemble* mich schlagartig mit einem Gefühl von etwas Füllig=Neuartigem, vereint mit Genau=Passendem überfiel – mit 1 Wort: der *Poesie* – (denn ich hätte schließlich, mit dem eben benützten Wortmaterial, in abstracto schwerlich eine präzisere Definition des Poetischen geben können) – und ich möchte damit *keinesfalls* gesagt haben, daß in irgendeiner Hinsicht das bloße *outré* offenkundig geworden wäre.

Im Gegenteil hätte platterdings nichts einfältiger – nichts anspruchsloser sein können, als dieses Hüttlein. Sein dennoch wundersamer *effect* entstand einzig & allein infolge seiner hochkünstlerischen Anlage *als reines Bild.* Ich hätte mir, wie ich so darauf hinschaute, einbilden können, daß irgendein berühmter Landschaftsmaler es mit seinem Pinsel erbaut habe.

Der Aussichtspunkt, von welchem ich das Tal zum ersten Mal erblickte, war nicht *unbedingt* (ob schon doch ziemlich genau) die günstigste Position, von der aus man das Haus prüfend zu mustern gehabt hätte. Ich will es deshalb so beschreiben, wie ich es später sah – von einer Stelle auf dem Steinmäuerchen, am Südende des Amfitheaters aus.

Das Hauptgebäude war an die 24 Fuß lang und 16 breit –

mehr bestimmt nicht. Seine Gesamthöhe, vom Boden bis zum Dachfirst hinauf, konnte 18 Fuß schwerlich übersteigen. An das Westende dieses Hauses war ein anderes, in allen Abmessungen um etwa $^{1}/_{3}$ kleineres angebaut: – seine Frontlinie stand um rund 2 Meter von der des Hauptgebäudes zurück; und der First verlief natürlich auch um ein Beträchtliches tiefer, als der des anschließenden Daches. Im rechten Winkel zu diesen beiden, von der Hinterseite des Hauptgebäudes – nicht ganz genau von dessen Mitte – ging ein dritter, sehr kleiner Anbau ab – schätzungsweise wieder um $^{1}/_{3}$ kleiner als der Westflügel. Die Dächer der beiden größeren waren sehr spitz – schwangen sich in einer flach=langen Hohlkurve vom Firstbalken abwärts, und weiter noch, um mindestens 4 Fuß über die Vorderfronten hinaus, so daß sie gleichzeitig die Überdachung zweier Veranden bildeten. Diese letzteren vorgezogenen Dächer hätten selbstredend noch keine besondere Stützung gebraucht; da sie jedoch so *wirkten,* wie wenn sie einer bedürften, hatte man, aber lediglich unter die Außenecken, leichte, ganz schlichte Balkenpfeiler gestellt. (Die Überdachung des Nordanbaus bestand einfach aus der Weiterführung eines Teils des Hauptdaches.) Wo Hauptgebäude & Westflügel aneinanderstießen, erhob sich ein sehr hoher & relativ schlanker viereckiger Schornstein aus hartgebrannten holländischen Klinkern, abwechselnd schwarzen & roten: – an der Spitze abgesetzt durch ein leicht überstehendes Kranzgesims aus Ziegeln. Auch über die Giebelfronten stand das Dach ganz erheblich vor: am Hauptgebäude nach Osten hin um 4, nach West um 2 Fuß. Die Haupteingangstür lag nicht genau symmetrisch im Hauptgebäude, vielmehr ein wenig nach Ost gerückt – während sich die 2 Fenster westlich daneben befanden. Diese letzteren gingen zwar nicht bis ganz zum Boden hinunter; waren aber doch weit länger & schmaler als gewöhnlich – mit Läden aus nur je 1 Flügel, wie Türen –

die Butzenscheiben waren aus Rhomben, aber aus ungewöhnlich großen, zusammengesetzt. Die Haustür selbst bestand in ihrer oberen Hälfte ebenfalls aus solchem Rautenglas, das nachts mit einem abnehmbaren Laden gesichert werden konnte. Die Eingangstür zum Westflügel befand sich in dessen Giebel, und war ganz einfach – 1 einziges Fenster schaute nach Süden aus. Zum Nordanbau gab es keinen Extraeingang von außen; und auch er hatte nur 1 Fenster nach Osten hin.

Die glatte Wand des Ostgiebels wurde angenehm unterbrochen durch eine leichte Stiege (mit Geländer) die diagonal darüberhin verlief – ihr Fußende war im Süden. Unter dem Schutz des weit überstehenden Daches bildeten ihre Stufen den Zugang zu einer Tür in die Mansarde – korrekter wohl nur Boden; denn er erhielt Licht lediglich durch 1 einfaches, nach Norden zu gelegenes Fensterchen, und schien als Speicher= beziehungsweise Abstellraum zu dienen.

Die Veranden vor Hauptgebäude und Westflügel, wiesen nicht den üblichen Dielenfußboden auf; sondern hatten vor den Türen & jeglichem der Fenster große, flache, unregelmäßige Granitplatten, die in den köstlichen Rasen eingebettet lagen, und Einen bei jeder Witterung bequem Fuß zu fassen befähigten. Vorzügliche Pfade derselben Konstruktion – die Steine nicht fugenlos aneinander gepaßt; sondern überall mit Zwischenräumen, ausgefüllt durch die samtigen Soden – führten von Hause hierhin und dorthin: zu einem, circa 5 Schritt entfernten, kristallklaren Quell; zur Straße her; oder zu 1 oder 2 Schuppen, die überm Bach nach Norden hin lagen, durch einige Robinien & Katalpas sorgfältig dem Blick entzogen.

Nicht mehr als 6 Schritt von der Haupttür des Landhäuschens stand der abgestorbene Stammstrunk eines fantastischen Birnbaumes, von Kopf bis Fuß derart in prunkende Bignonia=Blüten vermummt, daß es keines geringen Scharfsinns bedurfte, festzustellen, um was für eine Art süßen Geheimnisses es sich handeln könnte. An mehreren Armen dieses Baumes hingen Käfichte von verschiedenen Arten. In dem einen, einem mächtigen Cylinder aus Rutengeflecht mit einem Ring an der Spitze, ließ sich's eine Spottdrossel geräuschvoll wohl sein; im nächsten ein Feuervogel; in einem dritten der unverschämte Bobolink – während 3 oder 4 weitere, delikate Kerkerlein laut von Kanarienvögeln schallten.

Die Pfeiler der Veranden waren umrankt mit Jasmin & Geißblatt; während in dem Winkel, den der Hauptbau vorn mit dem Westflügel bildete, ein Weinstock von beispielloser Üppigkeit aufgeschossen war. Allen Behinderungen zum Tort, war er erst auf das niedrige Dach geklettert – von dort auf das höhere; dann war er längs des Firstes dieses letzteren unaufhaltsam weitergekrochen, dabei immerfort Armranken nach rechts & links aussendend; bis er zuguterletzt endlich den Ostgiebel erreichte, und sich dort, über die Stiege fallend, nach unten schlängelte.

Das ganze Haus mitsamt seinen Anbauten war aus den altmodischen Holländischen Wandschindeln aufgeführt – den breiten, mit unrunden Ecken. Es ist eine Eigentümlichkeit dieses Materials, daß daraus gebaute Häuser den Eindruck machen, sie seien unten breiter als oben – etwa in der Art der Ägyptischen Architektur; und im vorliegenden Falle wurde dieser äußerst malerische Effekt noch durch eine große Zahl von Blumen in Töpfen befördert, die das Fundament der Gebäude nahezu lückenlos umgaben.

Besagte Schindeln waren mattgrau getüncht; und wie glücklich solch neutraler Farbton sich mit dem lebhaften Grün der Tulpenbaumblätter vermischte, die das Häuschen teilweis' überschatteten, wird jeder Künstler sich unschwer vorstellen können.

Von dem schon erwähnten Standpunkt, nahe des Steinmäuerchens, stellten sich die Baulichkeiten am vorteilhaftesten dar – da dann die Südostecke auf den Beschauer zugerichtet war – so daß der Blick mit 1 Male beide Vorderfronten erfaßte; dazu den pittoresken Ostgiebel; *und* zu gleicher Zeit noch einen hinreichenden Eindruck vom Nordanbau erhielt, samt Teilen vom hübschen Dächlein des Brunnenhäuschens, und nahezu die Hälfte einer leichtgezimmerten Brücke, die den Bach in nächster Nähe der Hauptgebäude überspannte.

Ich verweilte nicht übermäßig lang auf meinem Hügelrand; obschon lange genug, um einen gründlichen Überblick über die Szenerie zu meinen Füßen zu gewinnen. Es war klar, daß ich von der Straße zu jenem Dorf abgekommen, und ergo beste Wanderburschen=Entschuldigung hatte, das Gatter vor mir zu öffnen, und mich zumindest nach dem rechten Wege zu erkundigen – sonach schritt ich, ohne weiter groß Wesens zu machen, voran.

Jenseits des Gatters schien der Weg auf einem natürlichen Felsband zu verlaufen, das sich nach & nach an der nordöstlichen Klippenfront herniedersenkte. Er führte mich bis an den Fuß des nördlichen Steilhanges; und von da weiter, über das Brückchen, um den Ostgiebel herum, bis zur Vordertür. Während ich so förder ging, bemerkte ich mir sehr wohl, daß man von den Schuppen schlechterdings nichts zu sehen bekam.

Als ich um die Ecke der Giebelwand bog, sprang schon der Bullenbeißer streng & wortlos auf mich ein; aber mit dem Blick und dem ganzen Gebaren eines Tigers. Ich streckte ihm dennoch, zum Zeichen der Freundschaft, meine Hand hin – und bin eigentlich noch nie dem Hunde begegnet, der gegen einen solchen Appell an seine Courtoisie unempfindlich gewesen wäre. Der hier machte nicht nur den Mund zu, und wedelte mit dem Schweif; sondern gab mir buchstäblich die Pfote – und erstreckte anschließend seine Höflichkeiten sogar noch auf Ponto.

Da nirgends eine Klingel zu entdecken war, pochte ich mit meinem Stock gegen die Tür, die halb offen stand. Sogleich trat eine Gestalt auf die Schwelle – die einer jungen, etwa 28-jährigen Frau – schlank; oder vielmehr schmächtig, und etwas über Mittelgröße. Als sie sich näherte, mit einer gewissen züchtigen Entschiedenheit im Schritt, die schier unbeschreiblich ist, sagte ich zu mir selber: »Wahrlich, hier bin ich endlich der vollendeten natürlichen – zum Unterschied zur künstlich erworbenen – *Anmut* begegnet.« Der zweite Eindruck, den sie auf micht machte, jedoch der weit lebhaftere von beiden, war der von etwas *Schwärmerischem.* Ein derart konzentrierter Ausdruck von *Romantik* wie ich es vielleicht nennen sollte, oder auch von Unirdischheit, wie er aus ihren tiefliegenden Augen schimmerte, hatte sich mir noch nie zuvor ins innerste Herz gesenkt. Wie es zugeht, weiß ich nicht; aber gerade dieser eigenartige Ausdruck eines Auges & wie er sich gelegentlich zu den Lippen weiter fortpflanzt, ist für mich der mächtigste, wenn nicht gar der *einzige* Zauber, durch den eine Frau mein Interesse fesseln kann. *›Romantik‹* – vorausgesetzt, meine Leser verstehen voll & ganz, was ich unter diesem Wort alles in sich begriffen wissen möchte – ›Romantik‹ & ›Weiblichkeit‹ scheinen mir vertauschbare Ausdrücke: ist doch in allerletzter Instanz, das, was der Mann an der Frau wahrhaft liebt, eben ganz schlicht ihre *Fraulichkeit.* Die Augen Annie's – (ich hörte, wie sie Jemand, von drinnen her, »Annie, Liebste!« rief) – waren ›spirituell grau‹, ihr Haar von einem leichten Kastanienton: das ist Alles, was ich von ihr wahrzunehmen Zeit hatte.

Auf ihre überaus höfliche Aufforderung hin, trat ich ein – erst durch einen hinreichend geräumigen Flur. Da ich hauptsächlich gekommen war um zu *beobachten,* registrierte ich, daß sich, rechts von mir als ich hineinkam, noch ein Fenster befand, denen an der Hausfront gleich; zur Linken eine Tür, die in den Hauptwohnraum führte; während mir gerade gegenüber eine *offenstehende* Tür mich in den Stand setzte, ein kleineres Apartement zu erkennen, genau so groß wie der Vorraum hier, als Studio eingerichtet, und mit einem großen *gerundeten* Erkerfenster, das nach Norden hin schaute.

Ins Wohnzimmer tretend, fand ich mich *Mr. Landor* gegenüber – dies war, wie ich späterhin erfuhr, sein Name. Er war höflich, ja herzlich in seinem Benehmen; aber mir lag im Augenblick weit mehr daran, Einsicht in den Habitus eines Gebäudes, das mich so sehr interessierte, zu gewinnen, als mich mit der äußeren Erscheinung seines Besitzers zu befassen.

Der Nordanbau war, wie ich jetzt sah, der Schlafraum: seine Tür öffnete sich ins Wohnzimmer. Links dieser Tür war noch 1 einzelnes Fenster mit der Aussicht auf den Bach. An der westlichen Innenwand des Wohnzimmers befand sich ein Kamin; und daneben eine Tür, die in den Westflügel führte – vermutlich die Küche.

Nichts kann von konsequenterer Schlichtheit sein, als die Möblierung dieses Wohnzimmers war. Den Fußboden bedeckte ein erlesener Ingrain=Teppich – weißer Wollgrund, durchwebt mit kleinen grünen Kreisgestaltchen. Vor den Fenstern hingen schneeweiße Gardinen aus Jaconet=Musselin: sie wirkten schicklich füllig, und hingen energisch (vielleicht ein bißchen sehr förmlich), in scharfe, parallel=breite Falten gelegt, bis auf den Fußboden herunter – *genau* bis auf den Fußboden. Die Wände waren mit einer sehr delikaten französischen Tapete bezogen – silbriger Grund, in labyrinthischem Zickzack überlaufen von einem schwach=grünlichen Linienband. Ihre Weitungen wurden durch nichts aufgelockert, als durch 3 von Julien's exquisiten Lithographien *à trois crayons*, die ungerahmt an der Wand befestigt waren. Die erste dieser farbigen Grafiken stellte eine üppige, fast wollüstige Szene aus dem Orient dar; die andere eine, unvergleichlich geistreiche,

›Karnevals=Studie‹; die dritte war ein griechischer Frauenkopf – ein derart divin=schönes Gesicht, und das dennoch den Ausdruck einer so provozierenden Unbeteiligtheit trug, war mir bisher noch nie vorgekommen.

Das substantiellere Meublement bestand aus einem runden Tisch; einigen wenigen Stühlen (inclusive eines großmächtigen Schaukelstuhls), und einem Sofa, oder richtiger einer Polsterbank: das Gerüst ein einfaches Ahorngestell, sahnig=weiß gestrichen, mit leichten grünen Schmitzern; der Sitz aus Rohrgeflecht. Stühle & Tisch ›paßten dazu‹; aber die Formen von allen waren einwandfrei von demselben Gehirn entworfen, das ›Die Anlagen draußen‹ geplant hatte: es ist unmöglich, sich etwas anmutigeres auszusinnen.

Auf dem Tisch lagen ein paar Bücher; stand der große, kristallene Quader einer Flasche voll irgendeines neuen Parfüms; daneben eine schlichte *Astral*= (nicht Solar)=Lampe, mit mattgläsernem italiänischem Schirm; und endlich noch eine mächtige Vase voll überschimmernder Blütenpracht. Ja; Blumen, von prunkenden Farben und feinstem Odeur, bildeten das einzige im Raum, was man als bloße *Dekoration* hätte bezeichnen können. Die Kaminhöhlung war nahezu gänzlich ausgefüllt mit einer Vase voll der brilliantesten Geranien; auf dreieckigen Borden, in jeglicher Ecke des Raumes, stand je eine gleiche Vase; verschieden voneinander nur, was den lieblichen Inhalt betraf. 1 oder 2 kleinere *bouquets* schmückten den Kaminsims; und überall in den offenstehenden Fenstern sternhauften späte Violen.

Es ist nicht die Absicht dieser Arbeit, mehr zu geben, als eine leidlich detaillierte Skizze von Mr. Landor's Wohnsitz – *wie ich ihn fand.*

HOPP-FROSCH

Nie kannt' ich einen, der so hitzig auf Witze erpicht war wie der König. Er schien nur zum Witzereißen zu leben. Eine gute Witzgeschichte zu erzählen, und sie gut zu erzählen, war der sicherste Weg zu seiner Gunst. So kam es auch, daß seine sieben Minister sämtlich für ihre Leistungen als Witzereißer bekannt waren. Sie alle arteten dem Könige auch darin nach, daß sie dicke, korpulente, ölige Männer ebenso als unnachahmliche Witzbolde waren. Ob die Menschen vom Witzemachen fett werden, oder ob im Fett selber ein Irgendetwas liegt, das im voraus zum Witze disponiert, habe ich nie gänzlich zu bestimmen vermocht; für sicher aber kann gelten, daß ein dürrer Witzbold eine *rara avis in terris* ist.

Mit den Feinheiten oder, wie er sie nannte, den ›Pfiffen‹ des Witzes gab sich der König nicht sonderlich ab. Seine spezielle Bewunderung galt dem *Breiteneffekt* eines Spaßes, und um seinetwillen fand er sich dann oft auch mit *Längen* ab. Übermäßige Delikatessen ermüdeten ihn. Er hätte Rabelais' *Gargantua* dem *Zadig* Voltaire's vorgezogen: und im allgemeinen sagten handgreifliche Possen seinem Geschmack eher zu als spitze Wortwitze.

Zum Zeitpunkt meiner Erzählung waren berufsmäßige Possenreißer bei Hofe noch nicht gänzlich aus der Mode gekommen. Mehrere der großen festländischen ›Mächte‹ hielten immer noch an ihren ›Narren‹ fest, die ein buntes Gewand trugen, mit Kappe und Schellen, und von denen erwartet ward, daß sie allzeit, in jedem Augenblick, mit spitzigen Witzeleien zur Hand waren; – damit verdienten sie sich die Brosamen, die von der königlichen Tafel fielen.

Unser König jedenfalls behielt seinen ›Narren‹. Tatsache ist, er stellte schon durchaus einige Ansprüche *in puncto* Narrheit – und sei's nur, um der gewichtigen Weisheit der sieben weisen Männer, die seine Minister waren, ein Gegengewicht zu geben – gar nicht zu reden von ihm selbst.

Sein Narr, oder Berufs-Spaßmacher, war jedoch nicht *nur* ein Narr. Sein Wert verdreifachte sich in den Augen des Königs durch die Tatsache, daß er zugleich ein Zwerg war und ein Krüppel. Zwerge waren in jenen Tagen bei Hofe ganz ebenso gewöhnlich wie Narren; und viele Monarchen hätten es beschwerlich gefunden, ihre Tage (und bei Hofe sind die Tage einiges länger denn anderswo) ohne einen Spaßmacher hinzubringen, *mit* dem sie lachen, wie auch einen Zwerg, *über* den sie lachen konnten. Doch wie ich bereits bemerkt habe, sind Spaßmacher in neunundneunzig von hundert Fällen fett, rund und plumpig ungelenk – so daß unser König nicht wenig Anlaß hatte, sich für die Tatsache glücklich zu preisen, daß er in Hopp-Frosch (so war des Narren Name) gleich einen dreifachen Schatz in einer Person besaß.

Ich glaube kaum, daß der Name ›Hopp-Frosch‹ dem Zwerge von seinen Taufpaten verliehen worden war; vielmehr erhielt er ihn durch einmütigen Beschluß der sieben Minister zugesprochen, in Anerkennung seiner Unfähigkeit, sich in der Weise fortzubewegen, wie andere Menschen tun. Tatsächlich konnte Hopp-Frosch nur in einer Art ruckweisen Zuckens von der Stelle kommen – einem Etwas zwischen Sprung und Schlängeln – einer Bewegung, die dem Könige zu grenzenloser Heiterkeit und natürlich auch Tröstung gereichte, denn der König galt (ungeachtet seines auswüchsigen Leibes und einer natürlich bedingten Beulung seines Hauptes) bei seinem ganzen Hof als stattliche Erscheinung.

Doch obwohl sich Hopp-Frosch aufgrund der Verkrüppelung seiner Beine nur unter großen Schmerzen und Schwierigkeiten auf der Straße oder dem Parkett fortbewegen konnte, setzte ihn doch die wundersame Muskelkraft, mit welcher die Natur – wie zur Entschädigung für die Schwäche seiner untern Gliedmaßen – seine Arme begabt hatte, in den Stand, viele Kunststücke von stupender Gewandtheit auszuführen, wo immer es sich um Bäume oder Seile oder irgend sonst Erkletterliches handelte. Bei solchen Übungen ähnelte er gewiß weit mehr einem Eichhörnchen oder einem Äffchen denn einem Frosch.

Ich bin nicht in der Lage, mit Genauigkeit zu sagen, aus welchem Lande Hopp-Frosch ursprünglich kam. Es war jedoch irgendeine barbarische Region, von der noch nie ein Mensch zuvor vernommen hatte, – weit entfernt vom Hofe unseres Königs. Hopp-Frosch und ein junges Mädchen, das kaum weniger zwergenhaft war denn er selbst (obschon von erlesen ebenmäßiger Gestalt und eine glänzende Tänzerin), waren beide mit Gewalt aus ihrer Heimat, benachbarten Provinzen, fortgeführt und dem Könige von einem seiner immer-siegreichen Generäle als Geschenk übersandt worden.

Unter diesen Umständen ist es nicht verwunderlich, daß ein inniges Gefühl der Zusammengehörigkeit zwischen den beiden kleinen Gefangenen entstand. Tatsächlich wurden sie bald geschworene Freunde. Hopp-Frosch zwar war kaum in der Lage, Tripetta viele Dienste zu leisten, denn ob er schon eine Menge Späße machte, war er keineswegs besonders beliebt; doch *sie* ward aufgrund ihrer (wenn auch zwergenhaften) Anmut und vollkommenen Schönheit allgemein bewundert und gehätschelt: so besaß sie viel Einfluß, und nie vergaß sie, ihn Hopp-Frosch zum Wohle zu verwenden, wo immer sie's nur konnte.

Aus Anlaß irgendeiner großen Staatsaktion – mir ist entfallen, um was es sich da handelte – beschloß der König, ein Maskenfest zu geben; und immer wenn solch ein Maskenfest oder etwas Ähnliches bei Hofe sich zutragen sollte, wurden mit Sicherheit die Gaben von Hopp-Frosch und Tripetta ins Spiel gerufen. Hopp-Frosch im Besondern war, wenn es galt, Schauzüge auszustaffieren, neue Charaktere anzuregen und Kostüme für Maskenbälle herzurichten, so erfindungsreich, daß ohne seinen Beistand, so schien es, gar nichts anzufangen war. Die der *fête* zugewiesene Nacht war herangekommen. Eine prächtige Halle hatte man, unter Tripettas Aufsicht, mit allen Einfällen ausgestattet, die einem Maskenfeste nur *éclat* verleihen konnten. Der ganze Hof befand sich in einem Fieber der Erwartung. Was Kostüme und Charaktere betraf, so durfte mit Sicherheit angenommen werden, daß jedermann in dieser Frage zu einer Entscheidung gekommen war. Viele hatten sich bereits eine Woche oder gar einen Monat vorher entschlossen, welche *rôles* sie übernehmen wollten; und tatsächlich gab es nirgends auch nur die mindeste Unentschiedenheit – außer im Falle des Königs und seiner sieben Minister. Warum *sie* zögerten, ist mir nie klar geworden, es sei denn, sie taten es nur wieder um eines Spaßes willen. Wahrscheinlich dünkt, daß sie bei ihrer Fettheit Schwierigkeiten hatten, ihren Verstand zu einem Entschluß zu bewegen. Jedenfalls verging die Zeit wie im Fluge, und zu guter Letzt, als ihnen denn gar nichts einfallen wollte, schickten sie nach Hopp-Frosch und Tripetta.

Als die beiden kleinen Freunde der Ladung des Königs Folge leisteten, fanden sie ihn mit den sieben Mitgliedern seines Kabinetts-Rates beim Weine sitzen; doch war der Monarch ganz offenbar sehr übler Laune. Er wußte, daß Hopp-Frosch den Wein scheute; denn dieser regte den armen Krüppel fast bis zum Wahnsinn auf; und Wahnsinn ist ja nicht eben ein angenehmes Gefühl. Doch der König liebte nun einmal derbe Scherze und machte sich ein Vergnügen daraus, Hopp-Frosch zum Trinken und (wie's der König nannte) zum ›Lustigsein‹ zu zwingen.

»Komm her, Hopp-Frosch«, sagte er, als der Spaßmacher und seine Freundin den Raum betraten: »leere diesen Humpen auf die Gesundheit deiner abwesenden

Freunde« (hier seufzte Hopp-Frosch auf), »und dann beglücke uns mit deiner Erfindungskraft. Wir brauchen Charaktere – *Charaktere,* Mensch – etwas Neues, – etwas Außergewöhnliches. Wir haben dieses ewige Einerlei satt. Komm, trink! der Wein wird dir das Köpfchen klären!«

Hopp-Frosch bemühte sich wie stets, auf des Königs Ansinnen mit einem Scherz zu antworten; doch diesmal ging es über seine Kräfte. Zufällig war des armen Zwerges Geburtstag, und der Befehl, auf seine ›abwesenden Freunde‹ zu trinken, trieb ihm die Tränen in die Augen. Viele große, bittere Tropfen fielen in den Becher, als er ihn demütig aus der Hand des Tyrannen entgegennahm.

»Ah! ha! ha! ha!« brüllte der letztere, als der Zwerg nun mit Widerwillen den Kelch leerte. »Schau, was ein Gläschen guten Weins nicht alles zuwege bringen kann! Hei, deine Augen glänzen ja schon richtig!«

Der arme Kerl! seine großen Augen *glitzerten* eher denn daß sie glänzten, zeigte sich doch die Wirkung des Weins auf sein erregliches Hirn ebenso machtvoll wie augenblicklich. Er setzte nervös den Becher auf den Tisch und stierte mit halb irrem Blick in die Gesellschaftsrunde. Sie alle schienen überaus erbaut zu sein von des Königs so erfolgreichem ›Witz‹.

»Und nun zur Sache«, sagte der Premierminister, ein *sehr* fetter Mann.

»Ja«, sagte der König; »komm, Hopp-Frosch, leihe uns deinen Beistand. Charaktere, mein feiner Bursch; wir brauchen dringend Charaktere – wir alle – ha! ha! ha!« und da dies ernstlich als Witz gemeint war, antwortete seinem Lachen ein wahrer Gelächterchorus aller Sieben.

Auch Hopp-Frosch lachte, doch klang es schwach und irgendwie ganz leer.

»Nun komm schon, komm«, sagte der König ungeduldig; »hast du irgendeinen Vorschlag?«

»Ich mühe mich eben, mir etwas ganz *Neues* einfallen zu

lassen«, erwiderte der Zwerg zerstreut, denn der Wein hatte ihn ganz verwirrt.

»Du mühst dich?« schrie der Tyrann wütend, »was soll denn das heißen! Ah, ich begreife. Du bist bei schlechter Laune und brauchst noch etwas Wein. Hier denn, trink das!« und er goß einen weiteren Bechervoll ein und bot ihn dem Krüppel, der, nach Atem ringend, bloß einen starren Blick darauf warf.

»Trink, sag ich!« brüllte der Unmensch, »oder – bei allen Teufeln – – –«

Der Zwerg aber zögerte. Da lief der König purpurn an vor Wut. Die Höflinge schmunzelten. Tripetta, bleich wie ein Leichnam, näherte sich dem Stuhle des Monarchen, fiel vor ihm nieder auf die Knie und flehte, ihren Freund doch zu verschonen.

Einige Augenblicke lang musterte sie der Tyrann in offensichtlicher Verblüffung ob ihrer Dreistigkeit. Er schien geradezu ratlos, was er sagen sollte – wie er seinem Unmut am besten Ausdruck geben könnte. Schließlich stieß er sie, ohne eine einzige Silbe zu äußern, heftig von sich und schleuderte ihr den Inhalt des randvollen Bechers ins Gesicht.

Das arme Mädchen erhob sich, so gut es konnte, und nahm, ohne auch nur ein Seufzen zu wagen, seinen Platz am Ende der Tafel wieder ein.

Tiefe Stille herrschte wohl eine halbe Minute lang, während welcher man das Fallen eines Blattes oder einer Feder hätte hören können. Sie ward unterbrochen von einem leisen, doch scharfen und langanhaltenden *Knirschen,* das aus allen Ecken des Raums zugleich zu kommen schien.

»Was – was – *was* für ein Geräusch machst du da? Was soll das heißen?« fuhr der König den Zwerg an, indem er sich wild zu ihm herumwandte.

Es war, als habe Hopp-Frosch sich von seinem Rausch

nun weitgehend wieder erholt; fest blickte er, doch ruhig, in des Tyrannen Gesicht und stieß bloß die Worte hervor:

»Ich – ich? Wie sollte denn ich das gewesen sein können?«

»Der Laut schien von draußen zu kommen«, bemerkte einer der Höflinge. »Ich möchte denken, es war der Papagei am Fenster, der seinen Schnabel an den Gitterstäben wetzte.«

»Richtig«, erwiderte der Monarch, ganz als sei er sehr erleichtert von dieser Erklärung; »doch bei meiner Ritterehre, ich hätte schwören mögen, dieser Vagabund hier habe mit den Zähnen gemahlen.«

Da lachte der Zwerg (war doch der König viel zu sehr Witzbold, als daß er ein Lachen hätte übelnehmen können) und entblößte eine Reihe breiter, mächtiger und sehr abstoßender Zähne. Überdem erklärte er seine vollkommene Bereitschaft, soviel Wein zu trinken, als nur gewünscht werde. Der Monarch ward davon besänftigt; und mit Feuereifer entwickelte nun Hopp-Frosch, nachdem er einen weitern Humpen ohne erkennbare üble Wirkung geleert hatte, seine Pläne für die Maskerade. »Ich kann nicht sagen, was mich auf den Gedanken gebracht hat«, bemerkte er in aller Ruhe, und als hätte er nie in seinem Leben Wein geschmeckt, »doch eben als Ew. Majestät das Mädchen zurückgestoßen und ihm den Becher ins Gesicht geschleudert hatten – eben als Ew. Majestät dies getan, und während der Papagei draußen vor dem Fenster sein wunderliches Geräusch vollführte, kam mir der Gedanke an einen kapitalen Zeitvertreib – einen lustigen Streich aus meiner eignen Heimat – wir haben uns oft daran ergötzt, bei unsern Maskenfesten: doch hier wird er für alle gänzlich neu sein. Unglücklicherweise nur erfordert er eine Gesellschaft von acht Personen, und – – –«

»Aber das sind wir ja!« schrie da der König und wollte sich schier totlachen über seine scharfsinnige Entdeckung des Zusammentreffens; »acht auf einem Haufen – ich und meine sieben Minister! Los, komm, wie geht das Spiel?«

»Wir nennen es«, erwiderte der Krüppel, »die acht Orang-Utans in Ketten, und es bietet wirklich ausgezeichnete Kurzweil, wird es nur recht in Szene gebracht.«

»*Wir* werden es in Szene bringen«, bemerkte der König, indem er sich emporrichtete und seine Lider senkte.

»Das Hübsche bei dem Spiel«, fuhr Hopp-Frosch fort, »liegt in der Furcht, welches es unter den Frauen anrichtet.«

»Famos!« brüllten im Chore der Monarch und sein Ministerium.

»*Ich* werde euch als Orang-Utans herrichten«, führte der Zwerg weiter aus; »überlaßt das alles nur mir. Die Ähnlichkeit soll so frappant ausfallen, daß die Gesellschaft der Masken euch für wirkliche Bestien halten wird – und darob natürlich ebenso erschrocken ist als verblüfft.«

»Oh, das ist herrlich!« rief der König aus. »Hopp-Frosch! Ich mache noch einen Mann aus dir!«

»Die Ketten dienen dem Zweck, durch ihr Rasseln die Verwirrung noch zu vermehren. Man wird denken, Ihr seiet *en masse* Euren Wächtern entflohen. Ew. Majestät können sich gar nicht vorstellen, welchen Effekt es macht, wenn auf einem Maskenfeste plötzlich acht aneinander gekettete Orang-Utans erscheinen, von denen der größte Teil der Gesellschaft annehmen muß, daß sie echt seien, und die mit blutdürstigen Schreien mitten unter die delikat und prächtig gewandeten Männer und Frauen stürzen. Der *Kontrast* ist einfach unnachahmlich.«

»Er *muß* es sein«, sagte der König; und in Eile erhob sich der Staatsrat (denn schon wurde es spät), um in die Tat umzusetzen, was Hopp-Frosch ersonnen.

Sein Verfahren, die Herrschaften als Orang-Utans herzurichten, war sehr einfach, doch wirkungsvoll genug für seine Zwecke. Die in Rede stehenden Tiere waren damals, zur Zeit meiner Erzählung, in der ganzen zivilisierten Welt nur sehr selten zu sehen gewesen; und da die Nachahmungen, die der Zwerg schuf, hinreichend bestialisch ausfielen und noch mehr als hinreichend häßlich, durfte man wohl für sicher annehmen, daß sie einen naturgetreuen Effekt machen würden.

Der König und seine Minister wurden zunächst in dichtsitzende Stockinett-Hemden und -Hosen gezwängt. Diese sättigte man sodann mit Teer. Bei dieser Stelle des Verfahrens regte einer der Herren an, man könne doch Federn verwenden; doch ward der Vorschlag augenblicklich von dem Zwerge zurückgewiesen, der alle Acht bald durch den Augenschein überzeugte, daß sich die Behaarung eines Orang-Utans viel wirksamer durch *Flachs* vorstellen lasse. Eine dicke Schicht des letztern ward demgemäß über die Teerschicht geklebt. Nun schaffte man eine lange Kette herbei. Zuerst wurde sie dem König um die Hüfte geschlungen *und befestigt;* dann gleich dem nächsten der Herren, der ebenfalls fest angekettet ward; und in der nämlichen Weise folgten nacheinander alle andern. Als diese Verkettung dann vollzogen war und die Herren so weit als ihnen möglich auseinander traten, bildeten sie einen Kreis; und um die ganze Sache natürlich scheinen zu lassen, zog Hopp-Frosch das freie Ende der Kette nun in zwei Durchmessern, die rechtwinklig zueinander lagen, über den Kreis, wie es noch heutigentags üblich ist, wenn auf Borneo Schimpansen oder andere Großaffen gefangen werden.

Der große Saal, in dem das Maskenfest stattfinden sollte, war ein kreisrunder Raum von großer Höhe, welcher das Sonnenlicht nur durch ein einziges Fenster hoch droben im Deckgewölbe empfing. Bei Nacht (der Zeit, für die der Saal in Sonderheit bestimmt war) erhellte ihn hauptsächlich ein riesiger Kronleuchter, der an einer Kette vom Mittelpunkt des Oberlichts herabhing und mit der Hilfe eines Balancegewichts in üblicher Weise gesenkt oder gehoben wurde; doch lief dieses letztere (zur Vermeidung unschönen Anblicks) außerhalb der Kuppel und über das Dach hinab.

Die Ausstattung des Raums war der Oberaufsicht Tripettas überlassen worden; doch in einigen Einzelheiten hatte ihr, so scheint es, das gelassenere Urteil ihres Freundes, des Zwergs, den Weg gewiesen. Auf seine Anregung auch geschah es, daß bei dieser Gelegenheit der Kronleuchter entfernt wurde. Sein wächsernes Tropfen (das bei so warmem Wetter unmöglich zu verhindern war) hätte der reichen Kleidung der Gäste ernstlich Schaden tun können, durfte man doch angesichts der Überfüllung des Saals nicht von *allen* erwarten, daß sie sich aus seiner Mitte hielten – das heißt, die Stelle unter dem Kronleuchter frei ließen. Zusätzliche Wandkandelaber waren in verschiedenen Teilen der Halle angebracht worden, wo sie nicht hinderten; und allen Karyatiden, die – insgesamt wohl fünfzig oder sechzig – rund an den Wänden standen, ward eine süßen Wohlgeruch ausströmende Fackel in die rechte Hand gegeben.

Die acht Orang-Utans hielten sich an den Rat, den Hopp-Frosch ihnen erteilt, und warteten geduldig bis auf Mitternacht (wo die Masken den Saal zur Gänze füllten), ehe sie in Erscheinung traten. Kaum waren die Schläge der Uhr jedoch verklungen, so stürzten oder vielmehr rollten sie allesamt herein – denn die Behinderung der Ketten ließ die meisten Herren zu Fall kommen und alle aber straucheln, als sie eintraten.

Die Panik unter den Masken war ungeheuer und erfüllte das Herz des Königs mit Lust. Wie vorausgesehen, gab es nicht wenige Gäste, die der Ansicht waren, es seien die wild-blickenden Kreaturen tatsächlich Bestien irgendeiner Art, wenn nicht gar Orang-Utans selbst. Vielen der Frauen schwanden vor Schrecken die Sinne; und hätte der König nicht die Fürsichtsmaßregel getroffen, das Tragen von

Waffen im Festsaal zu verbieten, so hätte seine Gesellschaft ihren Streich wohl bald in ihrem Blute gebüßt. So aber entstand ein allgemeines Flüchten nach den Türen; doch der König hatte befohlen, diese sogleich nach seinem Eintreten zu verschließen; und auf des Zwerges Anregung hin waren die Schlüssel *ihm* in Obhut gegeben worden.

Während der Tumult auf seinem Höhepunkte war und eine jede der Masken nur noch auf die eigne Sicherheit bedacht (denn tatsächlich drohte viel *wirkliche* Gefahr vom Drängen der aufgeregten Menge), konnte man sehen, wie die Kette, an welcher gewöhnlich der Kronleuchter hing und die bei seiner Entfernung hochgezogen worden war, sich ganz langsam schrittweis' niedersenkte, bis der Haken an ihrem Ende sich nur noch drei Fuß über dem Boden befand.

Bald darauf fand sich der König mit seinen sieben Freunden, nachdem sie in allen Richtungen durch die Halle gewirbelt waren, schließlich in deren Mitte und somit natürlich in unmittelbarer Nähe der Kette. Und während sie noch standen, ergriff auf einmal der Zwerg, der ihnen dicht auf den Fersen geblieben war und sie ohne Unterlaß anfeuerte, dem Aufruhr keine Ruhe zu lassen, ihre eigne Kette beim Schnittpunkt der beiden Lagen, die diametral und rechtwinklig zueinander den Kreis kreuzten. Hier setzte er mit Gedankenschnelle den Haken ein, an welchem sonst gewöhnlich der Kronleuchter gehangen hatte; und im Augenblick zog eine unsichtbare Kraft die Leuchterkette so weit in die Höhe, daß der Haken außer Reichweite gerückt ward und mit ihm, in unausweichlicher Folge, auch die Orang-Utans, die dicht aneinander gedrängt und Gesicht zu Gesicht daran hingen.

Die Masken hatten sich um diese Zeit von ihrer panischen Bestürzung wieder einigermaßen erholt; sie fingen nun an, die ganze Sache als einen wohlersonnen Narrenstreich zu betrachten, und brachen angesichts der mißlichen Lage der Affen in ein schallendes Gelächter aus.

»Überlaßt sie *mir!«* schrie nun Hopp-Frosch, und mit seiner schrillen Stimme verschaffte er sich durch alles Getöse hin leicht Gehör. »Überlaßt sie *mir!* Ich glaube, *ich* kenne sie. Wenn ich nur einen guten Blick auf sie gewinnen kann, so will ich bald wohl sagen, wer sie sind.« Hier kletterte er auf Händen und Füßen über die Köpfe der Menge weg, und eben war er zur Wand gelangt, als er auch schon, einer der Karyatiden eine Fackel entreißend, in die Mitte des Raums zurückkehrte – dem Könige mit affenartiger Behendigkeit auf den Kopf sprang – von dort ein paar Fuß an der Kette in die Höhe kletterte – eine Fackel niederhielt, um die Gruppe der Orang-Utans anzuleuchten – und immer noch kreischend schrie: *»Ich* werde bald heraushaben, wer sie sind!«

Und indessen die ganze Gesellschaft (einschließlich der Affen) noch von Gelächter geschüttelt ward, stieß der Narr plötzlich einen schrillen Pfiff aus; und da flog die Kette mit heftigem Ruck wohl dreißig Fuß in die Höhe, riß die entsetzten und zappelnden Orang-Utans mit sich und ließ sie in der Mitte zwischen dem Oberlicht und dem Boden in der Luft baumeln. Hopp-Frosch hatte sich an die Kette geklammert, als sie emporstieg, und behauptete so seinen Abstand zu den acht Masken; und ganz als sei nichts geschehen, fuhr er fort, mit seiner Fackel auf sie niederzuleuchten, als mühe er sich immer noch zu entdecken, wer sie seien.

So ganz und gar verblüfft war die gesamte Gesellschaft bei diesem Aufstieg, daß eine Totenstille von wohl einer Minute Dauer eintrat. Sie wurde unterbrochen nur von einem ebensolchen leisen, scharfen Knirschlaut, wie er zuvor die Aufmerksamkeit des Königs und seiner Räte angezogen hatte, als der erstere Tripetta den Wein ins Gesicht schüttete. Doch in diesem Augenblick konnte es keinen Zweifel mehr geben, *woher* dieser Laut rührte. Er kam von den fangartigen Zähnen des Zwergs, die aufeinander mahlten und knirschten, als er nun mit Schaum vor dem Munde und einem Ausdruck wahnsinniger Wut in die emporgerichteten Gesichter des Königs und seiner sieben Kumpane starrte.

»Ah, ha!« rief schließlich wie von Sinnen der Narr. »Ah, ha! *Jetzt* sehe ich langsam, wer diese Leute sind!« Hier hielt er, unter dem Vorgeben, den König noch näher zu untersuchen, die Fackel an die Flachsschicht, die ihn einhüllte und sich nun im Augenblick in ein lebendiges Feuermeer verwandelte. In weniger als einer halben Minute standen alle acht Orang-Utans in lodernden Flammen, indessen ein Aufschrei durch die Menge ging, die von Entsetzen gepackt und ohnmächtig, ihnen auch nur den leisesten Beistand zu leisten, von unten zu ihnen emporstarrte.

Schließlich zwangen die jäh zu bösartigem Furor wachsenden Flammen den Narren, höher an der Kette hinanzuklimmen, um aus ihrer Reichweite zu kommen; und als er diese Bewegung vollführte, senkte sich für einen kurzen Augenblick wiederum Schweigen über die Menge. Der Zwerg ergriff diese seine Gelegenheit und nahm noch einmal das Wort:

»Nun sehe ich *gewiß«,* sagte er, »welch eine Sorte Menschen diese Masken sind. Wir sehen hier einen großen König und seine sieben geheimen Räte – einen König, der sich kein Gewissen daraus macht, ein wehrloses Mädchen zu schlagen, und seine sieben Räte, die ihm bei einer solchen Schandtat Vorschub leisten. Was mich betrifft, so bin ich einfach bloß Hopp-Frosch, der Spaßmacher, – und *dies ist mein letzter Spaß.«*

Der Zwerg war kaum mit seiner kurzen Rede zu Ende gekommen, als das Werk der Rache aufgrund der hohen Brennbarkeit des Flachses wie des Teers auch schon vollendet war. Die acht Leichname schwangen in ihren Ketten, eine stinkende, verkohlte, häßlich ekle und nicht mehr unterscheidbare Masse. Der Krüppel schleuderte seine

Fackel auf sie herab, kletterte gemächlich zur Decke empor und verschwand durch das Oberlicht.

Man vermutet, daß Tripetta sich auf dem Dache des Saales aufgehalten habe und die Verbündete ihres Freunds bei seiner feuerlichen Rache war, und daß sie gemeinsam in ihre Heimat entkamen; denn keins von beiden sah man jemals wieder.

Angesichts des ungemein genauen und gelehrten Referates von Arago, ganz zu schweigen von der Kurzfassung im ›Wissenschaftlichen Journal‹ mit Leutnant Maurys gerade veröffentlichter detaillierter Stellungnahme, wird niemand erwarten, daß die flüchtigen Bemerkungen zu von Kempelens Entdeckung, die ich hiermit vorlege, irgend den *wissenschaftlichen* Charakter der Sache betreffen. In der Tat beabsichtige ich denn auch nur, über von Kempelen selbst, den vor einigen Jahren flüchtig kennenzulernen ich die Ehre hatte, einige Worte zu sagen – muß doch in diesem Augenblick alles ihn Betreffende notwendig von Interesse sein –, und zweitens die *Folgen* seiner Entdeckung allgemein und spekulativ zu erörtern.

Doch scheint es nicht unangebracht, bevor ich zu meinen kursorischen Beobachtungen komme, gegen jene weit verbreitete Ansicht zu protestieren, die, wie stets in solchem Falle, ein Produkt der Presse ist, es sei diese fraglos höchst erstaunliche Entdeckung ganz unvorhergesehen erfolgt.

Ein Blick in das ›Tagebuch von Sir Humphrey Davy‹ (Cottle und Munroe, London, S. 53 und 82) zeigt, daß dieser illustre Chemiker nicht nur bereits den zu erörternden Einfall hatte, sondern auch *eben die Untersuchung,* die jetzt von Kempelen so triumphal zum Abschluß brachte, *auf experimentellem Wege ein gut Stück vorantrieb.* Und obwohl von Kempelen das ›Tagebuch‹ mit keiner Silbe erwähnt, verdankt er ihm zweifellos – ich sage es ohne Zögern und kann es, falls gewünscht, beweisen – zumindest den ersten Anstoß zu seinen eigenen Überlegungen. Auf die Gefahr hin, sehr speziell zu werden, kann ich es mir nicht versagen, zwei Abschnitte des ›Tagebuchs‹ und eine von Sir Humphreys Gleichungen anzuführen. (Da uns die erforderlichen algebraischen Typen nicht zur Verfügung stehen und das ›Tagebuch‹ zudem in der Bibliothek des Athenaeum vorhanden ist, haben wir Poes Manuskript an dieser Stelle leicht gekürzt. – Anmerkung der Herausgeber.)

Der Artikel aus dem ›Kurier und Tagblatt‹, der jetzt in allen Blättern nachgedruckt wird und angeblich die Ansprüche eines Mr. Kissam aus Brunswick, Maine, auf die Entdeckung geltend machen soll, scheint mir, ich gestehe es, ein wenig dubios, wenngleich er inhaltlich in keinem Punkt Unmögliches oder gar Unwahrscheinliches enthält. Ich kann mir eine detaillierte Darlegung ersparen. Mein Urteil über diesen Artikel wird vor allem von der *Art der Darstellung* bestimmt. Sie *sieht* nicht sehr nach Wahrheit aus. Wer *Fakten* zu berichten hat, nimmt es mit Tag und Jahr und Ort nur selten so genau wie Mr. Kissam es zu tun scheint. Und beiläufig gesagt, wenn Mr. Kissam *tatsächlich,* wie er behauptet, zu dem genannten Zeitpunkt, vor nahezu acht Jahren, die Entdeckung machte, warum unternahm er dann nicht *unverzüglich* Schritte, den unermeßlichen Segen zu sichern, der, wie jeder Tölpel sehen konnte, für ihn selbst, wenn nicht für die ganze Welt aus der Entdeckung hätte resultieren können? Daß jemand von auch nur mäßiger Intelligenz entdeckt haben könnte, was Mr. Kissam entdeckt haben *will* und sich dann in der Folge so naiv und borniert anstellen sollte, erscheint mir völlig unglaubwürdig. Und übrigens – wer *ist* denn dieser Mr. Kissam? Und ist der Aufsatz im ›Kurier und Tagblatt‹ nicht vielleicht ein Phantasieprodukt, das nur die Zungen in Bewegung setzen soll? Man wird doch zugeben, das Ganze riecht nach einem Riesenschwindel. Meiner bescheidenen Meinung nach ist nur wenig Verlaß darauf. Und wüßte ich nicht aus Erfahrung, wie *begriffsstutzig* Wissenschaftler sind, sobald es einmal nicht um ihr Spezialgebiet geht, so könnte es mich sehr verwundern, einen so bedeutenden Chemiker wie Professor Draper den Anspruch eines Mr. Kissam (oder heißt er

Mr. Quizzam?) auf die Entdeckung ernsthaft diskutieren zu hören.

Doch kommen wir zum ›Tagebuch‹ von Sir Humphrey Davy zurück. Daß dieses Büchlein *nicht* für die Öffentlichkeit bestimmt war, auch nicht beim Ableben seines Autors, wird jeder, der auch nur die primitivsten Voraussetzungen der Schriftstellerei kennt, schon bei flüchtigem Betrachten des Stiles sehen. So liest man Seite 13, etwa in der Mitte, mit Bezug auf seine Forschungen über Stickstoffoxydul: »In weniger als einer halben Minute bei fortdauernder Atmung, allmähliches Nachlassen, *denen* folgte ähnlich sanftem Druck auf alle Muskeln.« Daß nicht vom ›Nachlassen‹ der *Atmung* die Rede ist, ergibt sich nicht allein aus dem Kontext, sondern auch aus dem Plural ›denen‹. Kein Zweifel, der Satz sollte lauten: In weniger als einer halben Minute(,) bei fortdauernder Atmung, allmähliches Nachlassen (dieser Empfindungen), denen (ein Gefühl) folgte(,) ähnlich sanftem Druck auf alle Muskeln.« Hundert ähnliche Beispiele erhärten, daß das so unbedacht veröffentlichte Manuskript nichts war als ein *Konvolut ungeformter Notizen,* bestimmt nur für des Autors Auge, und nähere Betrachtung des Büchleins dürfte jeden Denkenden von der Richtigkeit meiner Vermutung überzeugen. Fest steht, daß Sir Humphrey Davy der letzte gewesen wäre, sich wissenschaftlich *eine Blöße zu geben.* Er hegte nicht nur außerordentlichen Abscheu für alle Stümperei, er war geradezu krankhaft bemüht, auch nicht den *Anschein* des Pfuschens zu erwecken. Selbst wenn er für sich fest überzeugt gewesen wäre, dem fraglichen Problem auf die Spur gekommen zu sein, *geäußert* hätte er sich doch erst dann, wenn für die sinnenfällige Demonstration alles bereit gewesen wäre. Ich glaube wahrlich, schon der Verdacht, man könnte seinen Wunsch nach Verbrennung des mit kruden Spekulationen angefüllten ›Tagebuches‹ mißachten, wie es doch wohl geschah, hätte ihm noch den letzten Augenblick vergällt. Ich sage ›seinen Wunsch‹, denn daß zu den vermischten Papieren, welche ›zu verbrennen‹ waren, auch sein Notizbuch gehörte, unterliegt meiner Ansicht nach keinem Zweifel. Ob es glücklicher- oder unglücklicherweise den Flammen entging, steht noch dahin. Daß die oben zitierten Abschnitte, mit ähnlichen anderen, an die ich denke, von Kempelen *einen Fingerzeig* gaben, braucht wohl nicht weiter erörtert zu werden. Doch wiederhole ich, es steht noch dahin, ob diese folgendschwere Entdeckung, und *folgenschwer* ist sie in jedem Falle, der Menschheit zum Nutzen oder zum Schaden gereichen wird. Nur ein Narr kann bezweifeln, daß von Kempelen und seine engeren Freunde einen beachtlichen Schnitt machen werden. Sie dürften kaum versäumen, ihn beizeiten durch den Kauf von Häusern, Ländereien und anderen *bleibenden* Werten zu realisieren.

In dem Bericht von Kempelen, der im ›Heimatblatt‹ erschien und inzwischen mehrfach nachgedruckt wurde, dürfte dem Übersetzer, der den Abschnitt angeblich einer neueren Nummer der Preßburger ›Schnellpost‹ entnahm, an mehreren Stellen die Bedeutung des deutschen Originals entgangen sein. ›Viele‹ wurde offenbar, wie oft, so auch hier, mißverstanden. Und was der Übersetzer mit ›sorrows‹ wiedergibt, sind wohl ›Leiden‹, richtig also ›sufferings‹, was wiederum den ganzen Bericht entscheidend nuancieren würde. Aber hier bin ich natürlich weitgehend auf Vermutungen angewiesen.

Auf keinen Fall aber ist von Kempelen ›ein Misanthrop‹, zumindest nicht dem Äußeren nach, was immer er in Wahrheit sein mag. Meine Bekanntschaft mit ihm war rein zufälliger Natur, und ich darf wohl kaum behaupten, ihn zu kennen. Doch einen Mann, der so *über alle Maßen* berühmt ist oder doch in wenigen Tagen *sein wird,* gesehen, gar sich mit ihm unterhalten zu haben, ist in unseren Zeitläuften wahrlich nichts Geringes.

Die ›Welt der Literatur‹ behauptet kühn, er *stamme* aus Preßburg; wahrscheinlich ließ sie sich durch den Bericht im ›Heimatblatt‹ dazu verleiten. Hingegen habe ich das Vergnügen, mit Entschiedenheit – weiß ich es doch von ihm selbst – sagen zu können, daß er in Utica im Staat New York geboren wurde, wenngleich beide Eltern wohl aus Preßburg kamen. Seine Familie ist irgendwie mit jenem Maelzel von Schachspiel-Automatenangedenken verwandt. (Irren wir nicht, so war der Name des Erfinders des Automaten Kempelen, von Kempelen oder ähnlich. – Anmerkung der Herausgeber.) Er selbst ist von kleiner, gedrungener Statur, hat große, *wäßrige,* blaue Augen, rötliches Haar und Backenbart, einen breiten, aber angenehmen Mund, gesunde Zähne und, erinnere ich mich recht, eine Römernase. Der eine Fuß ist mißgestaltet. Seine Art ist offen, sein ganzes Verhalten strahlt *bonhomie* aus. Kurzum, im Aussehen, Sprechen und Verhalten ist er so wenig ›Misanthrop‹ wie irgendeiner. Sechs Jahre mag es her sein, daß wir beide eine Woche lang zu Gast im Earl's Hotel in Providence, Rhode Island, waren und ich zu verschiedenen Malen mit ihm sprach, im ganzen wohl drei oder vier Stunden. Er redete hauptsächlich von Tagesereignissen, und keines seiner Worte ließ mich auf wissenschaftliche Kenntnis bei ihm schließen. Er reiste vor mir ab, wollte nach New York und weiter nach Bremen. An letzterem Orte wurde seine Entdeckung zuerst publik, oder vielmehr: dort verdächtigte man ihn zuerst, sie gemacht zu haben. Das ist alles, was ich persönlich über den jetzt unsterblichen von Kempelen weiß, doch scheint mir selbst diese karge Kenntnis von Interesse für das Publikum.

Die meisten der erstaunlichen Gerüchte, die über diese Sache umgehen, sind ohne Frage pure Erfindung und dürfen so viel Glauben beanspruchen wie die Geschichte von Aladins Wunderlampe. Und dennoch – in einem so gearteten Falle, wie etwa auch bei den Entdeckungen in

Kalifornien, bleibt zu bedenken, daß die Wahrheit befremdlicher *sein kann* als alle Erfindung. Die folgende Anekdote zumindest ist so gut verbürgt, daß wir sie vorbehaltlos glauben dürfen.

Während seines Aufenthaltes in Bremen erfreute sich von Kempelen nicht einmal leidlicher Lebensumstände, und man weiß, daß die Beschaffung kleiner Darlehen ihn oft in die peinlichsten Situationen brachte. Als nun die Betrügereien, von denen die Firma Gutsmuth & Co. betroffen wurde, allgemeines Aufsehen erregten, fiel der Verdacht auf von Kempelen, hatte er doch kürzlich eine beachtliche Liegenschaft in der Guldengasse erworben und weigerte sich, über die Herkunft der Kaufsumme Auskunft zu geben. Schließlich wurde er festgenommen, am Ende aber, da nichts Belastendes gegen ihn vorzubringen war, wieder freigelassen. Aber die Polizei beschattete ihn und stellte so fest, daß er häufig sein Haus verließ. Sein Weg war immer der gleiche, und immer entging er seinen Verfolgern in der Nähe jenes Labyrinthes enger und gewundener Gassen, die der Volksmund Dunnergatt nennt. Doch mit großer Beharrlichkeit gelang es ihnen schließlich, seine Spur bis in die Dachstube eines alten siebenstöckigen Hauses am Fleetplatz zu verfolgen, und da sie ganz überraschend auftauchten, glaubten sie, ihn auf frischer Fälschertat zu ertappen. Seine Erregung soll so groß gewesen sein, daß die Beamten an seiner Schuld nicht den geringsten Zweifel hegten. Sie legten ihm Handschellen an und durchsuchten das Zimmer, vielmehr die Zimmer, denn offenbar benutzte er die ganze *Mansarde*. An die Dachstube, in der sie ihn faßten, schloß sich ein Kabinett an, das zehn mal acht Fuß maß und eine chemische Apparatur bislang unbekannter Bestimmung enthielt. In einer Ecke des Kabinetts stand ein winziger Schmelzofen, in dem ein Feuer glühte, und auf diesem eine Art Zwillingstiegel, d.h. zwei Tiegel, die durch eine Röhre verbunden waren. Einer dieser Tiegel war ganz mit schmelzendem Blei gefüllt, das aber nicht bis zur Öffnung der nahe am Rande angebrachten Röhre reichte. In dem anderen Tiegel war eine Flüssigkeit, die sich beim Eintritt der Beamten gerade ungestüm in Dampf zu verwandeln schien. Der Bericht meldet, daß von Kempelen, als er sich ertappt sah, die Tiegel mit beiden Händen ergriff – wie sich später zeigte, trug er Handschuhe aus Asbest – und ihren Inhalt auf den gekachelten Boden stürzte. Das war der Augenblick, ihm die Handschellen anzulegen. Vor der Durchsuchung der Räumlichkeiten nahm man noch eine Leibesvisitation vor, fand jedoch nichts Bemerkenswertes außer einem Päckchen in seiner Rocktasche, das, wie später festgestellt wurde, eine Mischung aus Antimon und einer *unbekannten Substanz* zu fast, aber nicht genau gleichen Teilen enthielt. Zwar sind bisher alle Versuche, diese unbekannte Substanz zu identifizieren, fehlgeschlagen, doch gibt es keinen Zweifel, daß die Analyse zuguterletzt gelingen wird.

Nach dem Verlassen des Kabinetts gingen die Beamten mit ihrem Gefangenen durch eine Art Vorzimmer, in dem sich nichts Wesentliches fand, in das Schlafzimmer des Chemikers. Hier durchstöberten sie Schubläden und Kästen, fanden aber nur belanglose Papiere und ein paar gültige Gold- und Silbermünzen. Unter dem Bett entdeckten sie schließlich *einen großen, gewöhnlichen Koffer, mit Fell bezogen, ohne Scharniere, Haken oder Schloß,* dessen Deckel achtlos *über* das Unterteil gelegt war. Beim Versuch, diesen Koffer unter dem Bett hervorzuziehen, fanden sie, daß ihre vereinte Kraft (es waren ihrer drei und starke Männer) »nicht langte, ihn auch nur zollbreit zu bewegen«. Darob verwundert, kroch der eine unters Bett und sagte nach einem Blick in den Koffer:

»Was Wunder, daß wir ihn nicht bewegen konnten – ist er doch prall gefüllt mit altem Messingkram!«

Um festen Halt zu haben, stemmte er die Füße gegen die

Wand und schob mit ganzer Kraft, indessen seine Kameraden mit all der ihren zogen, und so wurde mit viel Mühe der Koffer unter dem Bett hervorexpediert und darauf sein Inhalt geprüft. Das mutmaßliche Messing, womit er gefüllt war, hatte die Gestalt kleiner, glatter Stücke von Erbsen- bis zu Dollar-Größe, doch waren sie, obschon sämtliche flach, von unregelmäßiger Form, und das ganze sah aus »als wenn man geschmolzenes Blei zu Boden wirft und dort erkalten läßt.« Wohlbemerkt, nicht einer der Beamten hielt das Metall auch nur einen Augenblick für irgend anderes denn Messing. Der Gedanke, es könne *Gold* sein, kam ihnen natürlich nicht in den Kopf – wie *hätte* auch solch phantastischer Gedanke dahin kommen sollen? Und man mag sich ihr Erstaunen ausmalen, als am nächsten Tag ganz Bremen wußte, daß das ›Messingzeugs‹, das sie so verächtlich zum Revier geschafft hatten, ohne auch nur das kleinste Stück einzustecken, nicht nur Gold war – wahres Gold –, sondern weit edleres Gold als das gemeinhin für Münzen verwandte – Gold fürwahr, absolut rein, jungfräulich, ohne jede Spur einer Beimengung.

Von Kempelens Geständnis, so weit davon überhaupt die Rede sein kann, und seine Freilassung brauche ich nicht detailliert zu schildern, sind sie doch der Öffentlichkeit wohlvertraut. Daß er im Geist und in der Tat, wenn nicht gar buchstäblich, den alten Wunschtraum der Weisen verwirklicht hat, wird kein vernünftiger Mensch bezweifeln können. Sicher verdienen Aragos Ansichten größte Beachtung, doch ist er wahrlich nicht unfehlbar. Und was er in seinem Bericht an die Akademie von *Bismuth* redet, ist *cum grano salis* zu nehmen. Ist doch die schlichte Wahrheit die, daß bis jetzt *jede* Analyse mißlungen ist. Und so lange von Kempelen sich nicht entschließt, uns den Schlüssel zu seinem publik gewordenen Geheimnis zu liefern, wird die Sache höchstwahrscheinlich jahrelang *in statu quo* verharren. Einstweilen kann gerechterweise nur gesagt werden, daß es möglich ist, »reines Gold ganz nach Wunsch und ohne Umstand aus Blei in Verbindung mit gewissen anderen, der Qualität und Proportion nach unbekannten Substanzen herzustellen«.

Natürlich beschäftigt sich die Spekulation mit den unmittelbaren und mittelbaren Auswirkungen dieser Entdekkung, einer Entdeckung, die mit dem Allgemeininteresse an Gold, das durch die kürzlich in Kalifornien erfolgten Schürfungen noch gesteigert ist, in Verbindung zu bringen, kaum einer zögern wird, der nachdenkt. Und diese Überlegung führt uns unweigerlich zu einer anderen – wie außerordentlich *ungelegen* doch von Kempelens Lösung des Problems kommt.

Ließen sich bisher schon viele von einer Teilnahme am kalifornischen Abenteuer durch die bloße Befürchtung abhalten, die Ergiebigkeit der dortigen Minen könnte den Goldwert so empfindlich senken, daß das Unterfangen, so weit entfernt danach zu suchen, höchst zweifelhaft würde – welchen Eindruck wird dann erst die Nachricht von der erregenden Entdeckung von Kempelens auf die haben, die gerade aufbrechen wollen, oder auf jene, die schon im Schürfgebiet sind? Besagt diese Entdeckung doch, daß Gold, abgesehen von seiner bleibenden Bedeutung für Industriezwecke, worin immer die bestehen mag, jetzt oder zumindest bald (denn *lange* wird von Kempelen sein Geheimnis nicht wahren können) keinen größeren Wert hat als Blei und weit geringeren als Silber. Es ist sicher äußerst schwierig, zukunftsträchtige Spekulationen über die Konsequenzen dieser Entwicklung anzustellen; aber eines kann mit Sicherheit behauptet werden: wäre die Nachricht von dieser Entdeckung vor einem halben Jahr gekommen, sie hätte erheblichen Einfluß auf die Besiedlung Kaliforniens gehabt.

In Europa waren die bemerkenswertesten Resultate bis jetzt ein Anziehen der Preise für Blei um zweihundert und für Silber um fünfundneunzig Prozent.

Wohlbekannt ist, daß ›die Weisen‹ seinerzeit ›aus dem Morgenlande‹ kamen, und da Herr Sausewind Knallkopp aus östlichen Gauen anrückte, folgt daraus schlicht und stichfest, daß Herr Knallkopp ein Weiser war; und sollte's dafür noch weitern Beweises bedürfen, so kann ich auch damit dienen: – Herr K. war von Berufe Redakteur. Jähzorn war seine einzige schwache Seite; denn der verbohrte Eigensinn, dessen die Menschheit ihn zieh, war in Wirklichkeit alles andere denn eine Schwäche, und ganz zu Recht betrachtete er denselben als seine ausgesprochen starke Seite. Sie machte seine Kraft aus – seine Tugend; und es hätte die ganze Logik eines Brownson erfordert, ihn zu überzeugen, sie wäre leider »alles andere, als«.

So steht denn fest, daß Sausewind Knallkopp ein Weiser war; und wenn es einen einzigen Zeitpunkt gab, an dem er sich als nicht ganz infallibel erwies, so war's an jenem Tage, da er den Osten, die legitime Heimat aller Weisen, im Stiche ließ und in den fernen Westen fortzog, nach Alexanderdergroßeonopolis oder irgendeinem Örtchen ähnlichen Namens.

Zum Steuer der Gerechtigkeit muß ich feststellen, daß er seinen Entschluß, sich in besagter Stadt niederzulassen, unter dem irrigen Eindruck faßte, es existiere in jenem Teile des Landes noch keinerlei Zeitung und konsequenterweise auch kein Redakteur. Er hoffte demnach, das Feld für sich allein zu haben, wenn er sich dort mit der ›Teekanne‹ etablierte. Nie hätte er, so sagt mir ein sicheres Gefühl, auch nur im Traum daran gedacht, seinen Wohnsitz in Alexanderdergroßeonopolis aufzuschlagen, wäre er der Tatsache gewahr gewesen, daß dort, in Alexanderdergroßeonopolis, ein Herr namens Johann Schmid weste (wenn ich mich recht entsinne), der daselbst durch jahrelanges Redigieren und Edieren der ›Alexanderdergroßeonopolitanischen Gazette‹ gutbürgerliches Fett angesetzt hatte. So geschah es denn einzig aufgrund einer Fehlunterrichtung, daß Herr Knallkopp sich nach Alex..... – ich denke, wir sagen künftig, ›der Kürze halber‹, schlicht und einfach Nopolis – begab, doch als er sich nun einmal dort befand, beschloß er, nun auch seinem Ruf als Mann von Eigen - - - - wollte sagen, von Charakterfestigkeit Ehre zu machen und zu bleiben. So blieb er denn; und er tat noch mehr: er packte seine Presse aus, seinen Setzerkasten usw. usw., mietete sich ein Bureau genau gegenüber dem der ›Gazette‹ und brachte am dritten Morgen nach seiner Ankunft die erste Nummer der ›Alex...‹ – will sagen der ›Nopolitanischen Teekanne‹ heraus: – so lautete, entsinn' ich mich noch recht, der neuen Zeitung Name.

Der Leitartikel, das muß ich zugeben, war einfach brillant – um nicht zu sagen, von klassischer Strenge. Er sparte nicht mit beißenden Glossen über die Dinge im allgemeinen, – und was im besondern den Redakteur der ›Gazette‹ betraf, so sah man förmlich die Fetzen fliegen. Einige von Knallkopps Bemerkungen waren in der Tat so feurighitzig, daß ich stets seither, sooft ich Johann Schmids gedachte (der immer noch am Leben ist), an einen Salamander denken mußte. Ich darf mir nicht anmaßen, hier *sämtliche* Auslassungen der ›Teekanne‹ *verbatim* wiederzugeben, doch eine von ihnen nahm den folgenden Gang:

»O ja! – oh wir begreifen! – oh, kein Zweifel mehr! Der Redakteur von drüben ist ein Prachtgenie! – O Gott! – o du gütiger Himmel! – oh! oh! oh! – *wohin* soll es mit dieser Welt noch kommen! O Tempora! O Moses!«

Eine so ätzende und zugleich klassische Philippika mußte unter den bis dato friedfertigen Bürgern von Nopolis wie eine Sprenggranate einschlagen. Gruppenweise sammelten sich aufgeregte Individuen an den Straßenecken. Jeder von ihnen erwartete in herzinnerlicher Angst die Antwort des würdigen Schmid. Dieselbe erschien am nächsten Morgen und hatte den nachfolgenden Wortlaut:

»Wir zitieren aus der ›Teekanne‹ von gestern untenstehenden Abschnitt: – ›*O* ja! – *oh,* wir begreifen! – *oh,* kein Zweifel mehr! – *O* Gott! – *o* du gütiger Himmel! – *oh! oh! oh!* – *O* Tempora! *O* Moses!‹ Also wirklich, das Kerlchen ist ein einziges riesiges O! Es mag das zum Grunde haben, daß er immerfort im Kreise denkt, und uns erklären, warum alles, was er von sich gibt, so ohne Anfang und Ende ist und ohne Hand und Fuß. Wirklich, wir glauben, dieser Vagabund vermag nicht ein einziges Wort zu schreiben, welches kein O in sich hätte. Man fragt sich, ob dies O-en wohl eine Angewohnheit von ihm ist! Zu denken gibt, daß er in auffälliger Eile aus dem hintersten Osten angereist kam. Ob er dort wohl ebenso viel ge-o-t hat, wie er's hier nun tut? ›Oh! es ist jammervoll!‹«

Den Unmut des Herrn Knallkopp über diese schändlichen Insinuationen werde ich gar nicht erst zu beschreiben versuchen. Doch da er grundsätzlich eines Aales Haut besaß, machte er nach außen den Eindruck, als sei er bei dieser Attacke auf seine Redlichkeit weit weniger ergrimmt, als man sich eigentlich wohl denken sollte. Es war das flotte Gespöttel über seinen *Stil:* das trieb ihn zur Verzweiflung. Was denn! – er, Sausewind Knallkopp! – er sollte's nicht vermögen, ein Wort ohne ein O darin zu schreiben?! Dem Lümmel wollte er es aber bald zeigen, daß er sich verrechnet hatte. Jawohl! er würde es ihm zeigen, *wie sehr* er sich verrechnet hatte, der Laffe! Er, Sausewind Knallkopp aus Froschteichium, wollte es diesem Herrn Johann Schmid schon demonstrieren, daß er, der Knallkopp, wann es ihm nur paßte, gleich einen ganzen Abschnitt – ach, was denn! einen ganzen Artikel – verfassen konnte, in welchem jener geschmähte Vokal nicht *einmal* – nicht ein *einzigesmal* – in Erscheinung treten sollte. Doch nein; – das hieße ja besagtem Johann nur weiter Wasser auf die Mühle schütten. Er,

Knallkopp, wollte *keinerlei* Veränderung in seinem Stil vornehmen, um den Kapricen irgendeines Mitchristen namens Schmid Genüge zu tun. Hinweg denn mit so garstigen Gedanken! Ein Hoch dem O! Nun würde er gerade drauf beharren. Er würde diesem Wicht da ein Oho bereiten, daß ihm die Augen übergehen sollten.

In glühender Begeisterung ob dieser heldenhaften Entschließung nahm der große Sausewind in der nächsten ›Teekanne‹ lediglich mit dem folgenden schlichten, doch resoluten Paragraphen auf die unglückselige Affäre Bezug:

»Der Redakteur der ›Teekanne‹ hat die *Ehre,* dem Redakteur der ›Gazette‹ hiermit anzukündigen, daß sie (die ›Teekanne‹) in ihrer morgigen Morgenausgabe Gelegenheit nehmen wird, sie (die ›Gazette‹) davon zu überzeugen, daß sie (die ›Teekanne‹) in Sachen des Stils *ihr eigener Herr* nicht nur sein kann, sondern auch sein und bleiben wird; – daß sie (die ›Teekanne‹) ihr (der ›Gazette‹) die extreme und tatsächlich vernichtende Verachtung, mit welcher ihrer (der ›Gazette‹) Rezension den unabhängigen Busen der unterzeichneten ›Teekanne‹ inspiriert, zu zeigen beabsichtigt, indem sie (die ›Teekanne‹) – ob ihr (der ›Gazette‹) zur besondern Erbauung, wird sich dann erweisen – einen Leitartikel von nicht unbeträchtlicher Länge schaffen wird, in welchem der besagte köstliche Vokal – das Sinnbild der Ewigkeit – und bisher ihrem (der ›Gazette‹) hyperexquisiten Zartgefühle gänzlich unanstößig – mit höchster Sicher- und Gewißheit *nicht vermieden* werden wird von ihrer (der ›Gazette‹) gehorsamster, demütigster Dienerin, der ›Teekanne‹. ›Soviel für Buckingham!‹«

Die fürchterliche Drohung zu erfüllen, die solcherart eher nur dunkel angedeutet denn klar entschieden angekündigt worden, verschloß der große Knallkopp allen Bitten um ›Manuskript‹ sein Ohr und forderte seinen Setzermeister schlicht auf, ›zum Teufel zu gehen‹, als er (der Setzer) dringend zu bedenken gab, es sei für sie (die

›Teekanne‹) höchste Zeit, ›in Druck zu gehen‹, – der große Knallkopp also, sagte ich, verschloß gegen alles und jedermann sein Ohr und hockte, unter maßlosem Ölverbrauch, bis Tagesanbruch über der Komposition des wahrhaft unvergleichlichen Artikels, der nun folgt:

»Hoho, Johann! Wo juckt dich heut der Floh! Noch immer toll? Zum Wohl denn! Wohl bekommt's dir so! Ein Kopf voll Stroh, was sollte der schon loben! Den Morgen vor dem Abend, – na dann Prost! Du schmollst wohl noch, du bist erbost? Du oller Knollenkoch! Du Tropf mit deinem Kropf! Oho, kommst du mir so, du Wiedehopf? Der Onkel wird dir den Popo versohlen! Spann an, Johann, und fort von diesem Ort! Troll dich davon, sonst komm ich dich holen, du Hinterhof-Philosoph! Fort nach Concord, wo du geboren! Wer soviel Bockmist boll, wer so von tollem Groll besoffen überquoll, der hat hier nichts verloren. Der ist doof. Der ist bekloppt. Du wolltest uns wohl foppen, oller Depp? Nun bell den Mond an, Mops! Dein Maß ist voll. Johle nicht, Dohle! Hopp im Galopp! Du Groschenfrosch! Du Schmock und Possenbock! Ich komm dir mit dem Stock! Jedem Hohn seinen Lohn! Für jede Glosse was auf die Flosse! Du schofler Schwafler, roll dich in die Gosse! Scher dich ins Moor, du Molch! Du paßt bloß in Morast! Räume die Redaktion! Dein Hohn ist schon bankrott, du Strolch! Gewonnen, zerronnen. Glotze nicht so! Oh! Großer Gott, Johann, sieh dich bloß an! Erst trotzen und protzen mit zotigen Pfoten, dann selber im Kot! Famoser Stoß das, was? Vorige Woche noch rot, heute ohne Brot, und morgen schon tot: das ist dein Los, Zelot!«

Ganz natürlicherweise erschöpft von einer so stupenden Geistesanstrengung, vermochte sich der große Sausewind in jener Nacht keinerlei anderer Arbeit mehr zu widmen. Mit Festigkeit und wohlgesetzter Ruhe, doch auch mit einer Miene voller Machtbewußtsein, händigte er das MS.

dem wartenden Setzerlehrling aus und begab sich sodann, nachdem er in Muße heimwärts gewandert, mit unbeschreiblicher Würde zu Bett.

Inzwischen rannte der Setzerlehrling, dem das Manuskript anvertraut worden war, mit Windeseile die Treppe hinauf zu seinem Setzkasten und machte sich unverzüglich daran, das MS. ›abzusetzen‹.

Zuerst einmal stürzte er sich natürlich – da das Eröffnungswort ›Hoho‹ lautete – auf das Fach mit den großen H's und zog voller Triumph ein solches großes H hervor. Erhoben von diesem Erfolge, warf er sich in blindem Ungestüm sogleich nun auf den Kasten mit den kleinen O's; – doch wer beschreibt seinen Schrecken, als seine Finger ohne den erhofften Buchstaben im Griffe wieder hervortauchten? wer malt sein Erstaunen und seine Wut, als er, seine Knöchel reibend, erkennen mußte, daß er sich dieselben lediglich und durchaus nutzlos am Boden eines *leeren* Kastens angeschlagen hatte? Nicht ein einziges kleines O befand sich in dem Fach der kleinen O's; und als er nun, von Sorge beschlichen, in die Abteilung der großen O's blickte, fand er zu seinem äußersten Entsetzen, daß sie in ganz ähnlicher Weise des Inhalts entriet. Von Schreck gepackt, war's nun sein erster Antrieb, zum Setzermeister zu laufen.

»Meester!« rief er, nach Atem ringend, »ick kann Ihn' dat Zeug aber nicht absetzen, wenn ick keene O's habe.«

»Was willst du damit sagen?« knurrte der Setzer, der sich bei übler Laune befand, weil er so spät noch aufbleiben mußte.

»Nu, Meester, wa ham keen eenzijes O mehr im Büro, keen jroßes nich un keen kleenes!«

»Was – zum T- - -l ist denn aus denen geworden, die im Kasten waren?«

»Weeß *ick* doch nich«, sagte der Junge, »bloß eens von den Bürschchen von der Jazette, der hat die janze Nacht hier rumjemacht, und da denk ick mir ma jleich, der hat se sich alle untern Najel jerissen.«

»Hol' ihn der Henker! Ich zweifle keinen Augenblick«, erwiderte der Setzer und wurde purpurrot vor Wut – »aber ich sag dir, was du machen wirst, Bob, sei ein guter Junge – du gehst bei der ersten Gelegenheit rüber, und dann klaust du ihnen ihre sämtlichen I's und (verd - - - sie!) ihre Zets dazu.«

»Wird jemacht«, antwortete Bob, blinzelnd mit finsterem Blick – »ick wer den' ma zeijen, wat ne Harke is; aber wat machen wa denn mit diesem Ardikkel hier? Der *muß* in Satz jehn, heute nacht noch, sonst ham wa'n D - - - -l auf'm Hals, und – – –«

»– – – und das wahrhaftig nicht zu knapp«, unterbrach ihn der Meister mit einem tiefen Seufzen, und indem er das ›knapp‹ sorgenschwer betonte. »Ist er *sehr* lang, der Artikel, Bob?«

»Dat würd ick nu auch wieder nich sajen«, sagte Bob.

»Ah, schön! dann sieh zu, was du daraus machen kannst! Wir *müssen* in die Presse damit«, sagte der Setzer, der bis über die Ohren in Arbeit steckte; »setz einfach irgeneinen andern Buchstaben ein für das O; liest ja sowieso keiner den Quatsch, den der Kerl verzapft hat.«

»Jut«, antwortete Bob, »wird jemacht!« und schon stürzte er an seinen Kasten; und unterwegs murmelte er – »Dat sind mir ja schöne Sachen hier, diese Ausdrücke, besonders für een Mann, der dat Fluchen nich jelernt hat! Na, den' wer' ick aber ma so eene Nummer zeijen oder zweie, wat? Die solln sich noch krumm und dämlich ärjern. Für sowat ist unsereens jrad der richtije Mann.« Tatsache ist, daß Bob, wenn er auch erst zwölf Jahre zählte und eben vier Fuß hoch war, sich doch jeder Balgerei gewachsen fühlte – solange sie sich in seinen Grenzen hielt.

Die hier beschriebene kritische Lage ist in Druckereien keineswegs ein seltenes Vorkommnis; zwar weiß ich keine

Erklärung dafür abzugeben, doch das Faktum ist unbestreitbar, daß fast immer, *wenn* eine solche Notlage eintritt, das X als Ersatz für den fehlenden Buchstaben genommen wird. Der eigentliche Grund liegt vielleicht einfach darin, daß X diejenige Letter ist, die am wenigsten gebraucht und darum so ziemlich am reichlichsten in den Setzerkästen vorhanden ist – oder jedenfalls, in frühern Zeiten, *war* – lange genug, um das in Rede stehende Ersatzverfahren bei den Druckern zur festen Gewohnheit zu machen. Was Bob betraf, so hätte er es einfach für ketzerisch gehalten, in einem Fall wie diesem einen anderen Buchstaben zu verwenden als das X, an dessen Gebrauch er sich längst gewöhnt hatte.

»Ick wer' ma diesen Ardikkel x-en müssen«, sprach er bei sich, nachdem er ihn voller Verblüffung durchgelesen, »aber dat is ja so unjefähr dat fürchterlichste Zeug, wat ick je jesehn hab«: so x-te er ihn unnachgiebig, und ge-x-t wanderte er in die Presse.

Am nächsten Morgen ergriff die gesamte Bevölkerung von Nopolis maßlose Bestürzung, als man in der ›Teekanne‹ den folgenden außerordentlichen Leitartikel las:

»Hxhx, Jxhann! Wx juckt dich heut der Flxh? Nxch immer txll? Zum Wxhl denn! Wxhl bekxmm's dir sx! Ein Kxpf vxll Strxh, was sxllte der schxn lxben! Den Mxrgen vxr dem Abend, – na dann Prxst! Du schmxllst wxhl nxch, du bist erbxst? Du xller Knxllenkxch! Du Trxpf mit deinem Krxpf! Xhx, kxmmst du mir sx, du Wiedehxpf? Der Xnkel wird dir den Pxpx versxhlen! Spann an, Jxhann, und fxrt vxn diesem Xrt! Trxll dich davxn, sxnst kxmm ich dich hxlen, du Hinterhxf-Philxsxph! Fxrt nach Cxncxrd, wx du gebxren! Wer sxviel Bxckmist bxll, wer sx vxn txllem Grxll besxffen überquxll, der hat hier nichts verlxren. Der ist dxxf. Der ist beklxppt. Du wxlltest uns wxhl fxppen, xller Depp? Nun bell den Mxnd an, Mxps! Dein Maß ist vxll. Jxhle nicht, Dxhle! Hxpp im Galxpp! Du Grxschenfrxsch!

Du Schmxck und Pxssenbxck! Ich kxmm dir mit dem Stxck! Jedem Hxhn seinen Lxhn! Für jede Glxsse was auf die Flxsse! Du schxfler Schwafler, rxll dich in die Gxsse! Scher dich ins Mxxr, du Mxlch! Du paßt blxß in Mxrast! Räume die Redaktixn! Dein Hxhn ist schxn bankrxtt, du Strxlch! Gewxnnen, zerrxnnen. Glxtze nicht sx! Xh! Grxßer Gxtt! Jxhann, sieh dich blxß an! Erst trxtzen und prxtzen mit zxtigen Pfxten, dann selber im Kxt! Famxser Stxß das, was? Vxrige Wxche nxch rxt, heute xhne Brxt, und mxrgen schxn txt: das ist dein Lxs, Zelxt!«

Der Aufruhr, den dieser mystische und kabbalistische Artikel verursachte, ist unvorstellbar. Der erste bestimmte Gedanke, den die Bevölkerung faßte, bestand darin, es müsse irgendeine überaus teuflische Tücke in den Hieroglyphen verborgen liegen; und in Scharen rannte man zu Knallkopps Wohnung, mit dem Zweck, ihn den Volkszorn fühlen zu lassen; doch der besagte Herr war nirgends aufzufinden. Er war verschwunden, – wie, das vermochte keiner zu sagen; und nie seither ist auch nur sein Geist wieder gesichtet worden.

Unfähig, ihr rechtmäßiges Opfer zu fassen, verebbten die Wogen der Volkswut schließlich wieder, – um hinter sich, als eine Art Ablagerung, einen wahren Mischmasch verschiedenster Ansichten über diese unglückselige Affäre zu lassen.

Ein Herr fand, das Ganze sei ein x-zellenter Witz.

Ein anderer bekundete, Knallkopp habe eine ausgesprochen x-altierte Phantasie bewiesen.

Ein dritter wollte X-zentrizität gelten lassen, doch nicht mehr.

Ein vierter konnte darin nur des Yankee's Absicht vermuten, ganz allgemein einmal seinen Grimm zu x-hibieren.

»Sagen Sie lieber: der Nachwelt ein X-empel zu setzen«, schlug ein fünfter vor.

Daß Knallkopp zum Äußersten getrieben worden sei, war allen klar; und tatsächlich ging die Rede, man sollte, da der eine Redakteur nun nicht mehr greifbar war, dann doch den andern, noch vorhandenen, lynchen.

Die allgemeinere Meinung ging jedoch dahin, daß die Affäre schlicht x-zeptionell und in-x-plikabel wäre. Selbst der Stadtmathematiker bekannte, er vermöge aus einem so dunkeln Problem nichts zu machen. X, das wisse ja jedermann, sei eine unbekannte Größe; doch in diesem Fall handle es sich (wie er sehr richtig bemerkte) ja gleich um eine unbekannte Anzahl unbekannter Größen.

Die Meinung Bobs, des Setzerlehrlings (der mit Fleiß verschwieg, daß er selber »den Ardikkel je-x-t« hatte), fand nicht so viel Beachtung, wie sie nach meinem Dafürhalten verdiente, obschon sie ohne Furcht und in aller Offenheit geäußert ward. Er sagte, was ihn betreffe, so hege er überhaupt keinen Zweifel in der Sache; der Fall sei gänzlich klar; denn der Herr Knallkopp, »der hat ja nie schön orntlich wie de andern Leute jebechert; der mußte immer wat besonderes ham und hat sich dauernd dies verflickste XXX-Bier einjeträufelt; dat hat ihm dann so ins Hemde jehauen, daß er nachher bloß noch X-e jesehn hat; – tja, und die hat er ja irjendwo loswer'n müssen.«

ANMERKUNGEN

Zur Gliederung und Anlage der Anmerkungen vgl. die Erläuterungen im ersten Band dieser Ausgabe, *König Pest,* Seite 313.

The Mystery of Marie Rogêt. In: *Snowden's Ladies' Companion,* November und Dezember 1842, Februar 1843; **Tales,* 1845.

Quelle: In einem Brief an seinen Freund Snodgrass vom 4. Juni 1842 sagt Poe, die Erzählung basiere auf dem Mord an Mary Cecilie Rogers, der kurz zuvor New York erregte. »Unter dem Vorwand, daß ich zeige, wie Dupin (der Held der Rue Morgue) das Geheimnis um Maries Ermordung aufklärt, gebe ich eine rigorose Analyse der *wirklichen* Tragödie in New York. *Kein Punkt* ist ausgelassen. Nacheinander prüfe ich jede Meinung, jedes Argument unserer Presse zu dem Fall und zeige (zufriedenstellend, wie ich glaube), daß man bisher dem Fall nicht beigekommen ist. Die Presse war auf falscher Fährte. Ich bin überzeugt, daß ich nicht nur die Abwegigkeit des Gedankens, das Mädchen sei einer Bande zum Opfer gefallen, gezeigt, sondern auch den *Mörder gefunden* habe. Sie werden aber verstehen, daß es mir vor allem um die Analyse der *Prinzipien* der *Untersuchung* in Fällen dieser Art ging.« Poes Erzählung steht am Anfang einer langen Reihe von Versuchen, das Geheimnis um den Tod von Mary Rogers zu klären. Ausführlich berichtet darüber William K. Wimsatt, Jr., *Poe and the Mystery of Mary Rogers.* In: *Publications of the Modern Language Association of America.* Bd. LV (1941), S. 30–48. – Die Fußnoten fügte Poe beim Abdruck von 1845 hinzu.

SEITE 15
dem zweiundzwanzigsten Juni. Poe irrt sich im Datum; es war der 25. Juli. Vgl. Samuel C. Worthen, *Poe and the Beautiful Cigar Girl.* In: *American Literature.* Bd. XX (1948–1949), S. 308.

SEITE 24
Zwei kleine Knaben, Sohne einer Madame Deluc. In Wirklichkeit hieß sie Mrs. Loss. Ihre Söhne waren allerdings alt genug, selbst der Tat verdächtigt zu werden. Einer von ihnen erschoß kurz darauf die Mutter. Vgl. Worthen, *a. a. O.,* S. 309.

SEITE 26
fand man einen Brief. Er lautete: »Dies ist der Ort. Gott vergib mir mein vergeudetes Leben.« Vgl. Worthen, *a. a. O.,* S. 310.

SEITE 42
de lunatico inquirendo. ›um zu ermitteln, wer hier der Verrückte ist‹.

SEITE 50
Lothario. Der sprichwörtliche Wüstling in Nicholas Rowes Tragödie *The Fair Penitent* (1703).

SEITE 70
Et hinc illae irae? ›Daher also jener Zorn?‹ (abgewandelt aus Juvenal, *Satiren* I, 168).

SEITE 72

entweder … oder aber. Diese Stelle fügte Poe 1845 ein. Als er 1844 nach New York kam, muß er von der dort herrschenden Ansicht gehört haben, Mary Rogers sei an den Folgen einer Abtreibung gestorben. Mit dem Zusatz berücksichtigt er eine Alternative, an die er selbst nicht glaubt. Vgl. William K. Wimsatt, Jr.; *Mary Rogers, John Anderson, and Others.* In: *American Literature.* Bd. XXI (1949–1950), S. 483. Seitdem hat sich herausgestellt, daß Poe mit Recht den ›Mann mit der dunklen Gesichtsfarbe‹ verdächtigte; nur war dieser kein Seeoffizier, sondern Abtreiber. Der Sohn von Mrs. Loss gestand, daß der Eingriff in der Schenke seiner Mutter stattfand (New Yorker *Herald,* 20. November 1842). Neu aufgefundene Dokumente ergaben auch, daß Mary Rogers sich bereits bei ihrem ersten Verschwinden einer Abtreibung unterzog, für die ihr Arbeitgeber John Anderson verantwortlich war. Vgl. die genannten Arbeiten von Worthen und Wimsatt.

DAS VERRÄTERISCHE HERZ

The Tell-Tale Heart. In: *The Pioneer,* Januar 1843; **The Broadway Journal,* 23. August 1845; *Spirit of the Times,* 27. August 1845.
Poes Honorar für den Erstdruck: $ 10.

Quellen. Für diese Erzählung und für *The Black Cat* (August 1843) benutzte Poe offenbar Charles Dickens, *The Clock-Case: A Confession Found in a Prison in the Time of Charles the Second.* In: *Master Humphrey's Clock* (1840–1841). Vgl. Edith Smith Krappe, *A Possible Source for Poe's ›The Tell-Tale Heart‹, and ›The Black Cat‹.* In: *American Literature.* Bd. XXI (1940–1941), S. 84–88. – Parallelen bestehen zu E. T. A. Hoffmann, *Die Elixiere des Teufels* (1815–1816) und *Das Fräulein von Scuderi* (1820). Vgl. Henry A. Pochmann, *German Culture in America.* Madison, Wis. 1957, S. 399.

SEITE 80

Wie der Gedanke zum erstenmal in mein Hirn drang … Vgl. bei Dickens: »Wann das Gefühl mich zum erstenmal überkam, kann ich kaum genau sagen … aber ich glaube, als es begann, dachte ich nicht daran, ihm Unbill zuzufügen … Auch kam der Gedanke nicht plötzlich über mich, sondern ganz allmählich … wurde dann ein fester Bestandteil … meines täglichen Denkens …«

Sooft dessen Blick auf mich fiel … Vgl. Dickens: »Nie erhob ich zu solchen Zeiten meinen Blick, ohne ihre Augen auf mich gerichtet zu finden … Ich fühlte, daß sie mich ständig ansah … sie verfolgte mich; ihr unbewegter und starrer Blick kommt jetzt wieder über mich wie die Erinnerung an einen dunklen Traum und läßt mein Blut erkalten.«

SEITE 81

Blendlaterne. Vgl. *William Wilson* (1840; Bd. II, S. 75).

DER GOLDKÄFER

The Gold Bug. In: *Dollar Newspaper,* 21. und 28. Juni 1843; *Saturday Courier,* 24. Juni, 1. und 8. Juli 1843; *Dollar Newspaper,* 12. Juli 1843; *The Volunteer,* 3., 10. und 17. August 1843; **Tales,* 1845. *Le Scarabée d'Or.* In: *Revue Britannique,* November 1845. *The Gold Bug.* London: A. Dyson, 1846 oder 1847. *Le Scarabée d'Or.* In: *La Démocratie Pacifique,* 23., 25., 27. Mai 1848. *The Gold Bug.* In: *Boston Museum,* 22. Juli 1848.

Von den zahlreichen Bearbeitungen der Legende von Captain Kidd kannte Poe Washington Irving, *The Devil and Tom Walker* (in den 1824 veröffentlichten *Tales of a Traveller),* und Robert Montgomery Bird, *Sheppard Lee* (1836). Er reichte die Erzählung zu einem Wettbewerb des *Dollar Newspaper* ein und gewann den ausgesetzten Preis von $ 100 – das höchste Honorar, das er je für eine Erzählung erhielt. Die Wettbewerbsbedingungen schrieben unter anderem die Lokalisierung des Geschehens in Amerika vor.

SEITE 88

Sullivan's Island. Poe war dort als Soldat vom 18. November 1827 bis zum 11. Dezember 1828 stationiert. Die im Text folgende Beschreibung der Insel ist exakt. Vgl. Arthur H. Quinn, *Edgar Allan Poe.* New York 1941, S. 130.

den Gartenbaukünstlern. Im Oktober 1842 hatte Poe *The Landscape Garden* veröffentlicht, seinen ersten Beitrag zur Landschaftsgärtnerei.

SEITE 89

nach Muscheln oder entomologischen Proben. Auf Sullivan's Island hatte Poe möglicherweise Edmund Ravenel kennengelernt, einen bedeutenden Conchologen. 1839 veröffentlichte Poe seine Bearbeitung eines Handbuches der Conchologie. Vgl. Arthur H. Quinn, *a. a. O.*

Swammerdam. Jan Swammerdam (1637–1680), holländischer Entomologe.

SEITE 90

Skarabäus. Vgl. a. *Some Words with a Mummy.*

SEITE 93

scarabaeus caput hominis. ›Menschenkopf-Skarabäus‹.

SEITE 99

Es war ein prachtvoller Skarabäus. Entomologen sind der Ansicht, daß Poes Phantasie die Charakteristika zweier Käfer, die sich tatsächlich auf Sullivan's Island finden (Callichroma splendidum und Alaus oculatus) miteinander verbunden hat. Vgl. Ellison A. Smythe, Jr., *Poe's Gold Bug from the Standpoint of an Entomologist.* In: *Sewanee Review.* Bd. XVIII (1910), S. 67–72. Möglich ist aber auch, daß er eine ›Death's head Moth‹ unterschriebene

Illustration im *Saturday Magazine* vom 25. August 1832 gesehen hatte, die eben die von ihm genannten Kennzeichen aufweist. Carroll Laverty, *The Death's-Head on the Gold Bug*. In: *American Literature*. Bd. XII (1940–1941), S. 90.

SEITE 102
wilde und trostlose Strecke Landes. Im Unterschied zur Beschreibung der Insel ist die des Festlandes stark von der Phantasie bestimmt. Vgl. Arthur H. Quinn, *a. a. O.*, S. 131.

SEITE 124
Kapitän Kidd. William Kidd (1645–1701), schottischer Kapitän, lebte in New York. 1696 beauftragte ihn der englische Gouverneur mit der Bekämpfung der Piraten. Als seine Mannschaft durch Krankheit dezimiert wurde, ging Kidd selbst auf Piraterei aus. 1701 wurde er in London gehenkt. Sein Nachlaß erwies sich als so überraschend ärmlich, daß die Legende von einem verborgenen Schatz aufkam. Nach Carlton Harbour ist Kidd allerdings nie gekommen.

SEITE 126
ich spülte also das Pergament sauber. Das hätte sicher auch die Geheimschrift zerstört. Vgl. J. Woodrow Hassell, Jr., *The Problem of Realism in ›The Gold Bug‹*. In: *American Literature*. Bd. XX–V (1953–1954), S. 181.

alle Juwelen von Golkonda. Die Stadt in der Nähe des indischen Haiderabad war ein Zentrum der Diamantenschleiferei.

SEITE 127
ich habe schon andere Chiffreschriften gelöst. Besonders 1840 und 1841 hatte Poe sich intensiv mit Kryptographie beschäftigt. Vgl. William K. Wimsatt, Jr., *What Poe Knew about Cryptography*. In: *Publications of the Modern Language Association of America*. Bd. LVIII (1943), S. 754–779.

SEITE 128
zu der folgenden Tabelle. Sie enthält mehrere Ungenauigkeiten. Besonders fällt auf, daß das Zeichen "(" zwar in der Geheimschrift selbst benutzt, hier aber nicht aufgeführt wird. Vgl. J. Woodrow Hassell, Jr., *a. a. O.*, S. 183.

Danach geht die Reihenfolge: Poe übernahm diese fehlerhafte Häufigkeitstabelle aus Ree's *Cyclopaedia*. Richtig müßte sie lauten: e, t, o, a, n, i, r, s, h, d, l, c, f, u, m, p, y, w, g, b, v, k, x, j, q, z. Vgl. William K. Wimsatt, Jr., *a. a. O.*, S. 771 f.

SEITE 132
twenty-one degrees. Sämtliche Drucke zu Poes Lebzeiten haben ›forty-one degrees‹. Das würde aber bedeuten, daß die Entfernung des Beobachters vom Gegenstand nicht viel größer wäre als dessen Höhe über dem Erdboden. Im J. Lorimer Graham-Exemplar der *Tales* von 1845 findet sich

Poes handschriftliche Änderung ›twenty-one degrees‹. Vgl. J. Woodrow Hassel, Jr., *a. a. O.,* S. 187.

SEITE 136
durch das rechte Auge statt durch das linke. Auch dann wäre die Abweichung unmöglich so groß gewesen, wie Poe angibt. Vgl. J. Woodrow Hassell, Jr., *a. a. O.,* S. 181.

SEITE 137
der gesunde Menschenverstand. Die Begründung, warum ein Schädel benutzt wurde, ist ein weiterer handschriftlicher Zusatz Edgar Allan Poes im J. Lorimer Graham-Exemplar der *Tales.*

DER SCHWARZE KATER

The Black Cat. In: *United States Saturday Post,* 19. August 1843; **Tales,* 1845.

Quellen. Vgl. Anmerkung zu *The Tell-Tale Heart,* S. 612. Margaret Alterton, *Origins of Poe's Critical Theory.* Iowa 1925, S. 17f. weist auf Parallelen mit einem Fall hin, der 1838 in *The Medico-Chirurgical Review, and Journal of Practical Medicine* berichtet worden war.

SEITE 142
der Geist der PERVERSHEIT. Vgl. *The Imp of the Perverse* (Juli 1845; S. 472 ff.).

SEITE 149
wie eine Handelsware in eine Kiste zu packen. Vgl. *The Oblong Box* (September 1844; S. 209 ff.).

die Leiche im Keller einzumauern. Vgl. *The Cask of Amontillado* (November 1846; S. 502 ff.).

DER ELCH

Morning on the Wissahiccon. In: **The Opal,* 1844.

In einer Notiz zur Poe-Biographie von James R. Lowell, die im Februar 1845 mit Genehmigung Poes in *Graham's Lady's and Gentleman's Magazine* veröffentlicht wurde, wird das Stück unter dem Titel *The Elk* genannt.

Quellen. John W. Robertson, *Bibliography of the Writings of Edgar A. Poe.* San Francisco 1934. Bd. 1, S. 226 hat darauf hingewiesen, daß der *Southern Literary Messenger* unter Poes Leitung einen Artikel *The Wissahiccon* veröffentlichte, der offensichtlich nicht von Poe stammt, ihm aber vielleicht als Basis diente. Arthur Hobson Quinn, *Edgar Allan Poe.* New York 1941, S. 395 nimmt an, daß Poe den Wissahickon (so die allgemein übliche Schreibweise) häufig selbst besuchte.

SEITE 156
Fanny Kemble in ihrem drolligen Buch über die Vereinigten Staaten. France Anne Kemble (1809–1893) entstammte einer berühmten englischen Schauspieler-Familie. 1832 ging sie mit ihrem Vater auf Tournee nach Amerika, heiratete dort 1834 den Plantagenbesitzer Pierce Butler. Ihr *Journal* veröffentlichte sie 1835 unter dem Namen Frances Anne Butler. Poe besprach das Werk im Mai 1835; dabei verpackte er seine kritischen Einwände in Courtoisie der Schauspielerin und Dame gegenüber. Als einen der schönsten Teile des Werkes hob er dort die Beschreibung einer Reise auf dem Hudson hervor *(Virginia Edition.* Bd. VIII, 29).

SEITE 157
den ›schönen Melrose‹. Zitat aus Sir Walter Scotts (1771–1832) Gedicht *The Lady of the Lake* (1810):

If thou would'st view fair Melrose aright,
Go visit it by the pale moonlight;
For the gay beams of lightsome day
Gild, but to flout, the ruins grey.
(Canto II. I.)

SEITE 158
in einer Villa wohnte. Nach Angaben von Arthur Hobson Quinn, *a. a. O.,* S. 397 steht die Villa noch. 1838 diente sie als Sanatorium; zum Zeitvertreib seiner Patienten hielt der Leiter eine Anzahl zahmer Tiere, darunter auch einen Elch.

DIDDELN

Raising the Wind; or, Diddling Considered as One of the Exact Sciences. In: *The Saturday Courier,* 14. Oktober 1843. *Diddling Considered as One of the Exact Sciences.* In: *Lloyd's Entertaining Journal,* 14. Januar 1845; **The Broadway Journal,* 13. September 1845.

Der Titel ist eine Ironisierung von Thomas De Quinceys *On Murder Considered as One of the Fine Arts* (erschienen ab Februar 1827 in *Blackwood's Edinburgh Magazine).*

SEITE 159
Jeremy Bentham. Gemeint ist seine Abhandlung *Defence of Usury* (1787). In *Marginalia* (November 1844) verwirft Poe das Denken a priori über den Staat mit der Begründung, alle Argumente, die für Bentham sprächen,

könnten auch gegen ihn angeführt werden *(Virginia Edition,* Bd. XVI, S. 38).

Mr. John Neal. Amerikanischer Schriftsteller (1793–1876), ging 1823 nach England, publizierte 1824–1825 in *Blackwood's Magazine* Aufsätze über amerikanische Autoren, wurde Sekretär von Bentham, dessen ökonomische Theorien er nach seiner Rückkehr in Amerika propagierte. Im September 1835 hatte Poe seinen Stil kritisiert *(Virginia Edition,* Bd. VIII, S. 49), im Februar 1848 lobt er ihn als philosophisch geschulten Denker *(ebd.* Bd. XVI, S. 131).

Jeremy Diddler. Hauptfigur in James Kenneys Farce *Raising the Wind* (1803), von deren geschäftlichen Manipulationen sich wahrscheinlich das Verb ›to diddle‹ in der Bedeutung ›betrügen‹ herleitet. In der Erstfassung übernahm Poe auch Kenneys Titel, ließ ihn aber später fallen.

SEITE 160

›Der Mensch ist zum Trauern geschaffen‹. Gedicht von Robert Burns (1759–1796), *Man Was Made to Mourn.*

Brobdingnag-Format. In Jonathan Swifts *The Travels of Lemuel Gulliver* (1726) ist Brobdingnag das Land der Riesen.

Flaccus. Im März 1843 schrieb Poe: »Unter dem Beinamen Flaccus verbirgt sich keineswegs unser antiker Freund Quintus Horatius, nicht einmal sein Geist, sondern nur ein Mr. – Ward aus Gotham« *(Virginia Edition.* Bd. XI, S. 160). In der gleichen Rezension tadelte er auch die angeblich humoristischen Stücke des Autors, der ein Protégé der Brüder Clark war (für diese vgl. Anmerkungen zu *The Literary Life of Thingum Bob, Esq.,* S. 633).

SEITE 161

Ut canis … ›Wie kein Hund vom schweißgetränkten Felle läßt‹

einen großangelegten konstruktiven Sinn. Eine Anspielung auf das phrenologische System (vgl. Anmerkung zu *Lionizin,* Bd. I, S. 334). Allerdings ist Poe im Gegensatz zu den Phrenologen der Ansicht, daß die Fähigkeit, das Beste aus den Dingen zu machen, nicht angeboren, sondern erworben ist.

Wäre er nicht Alexander … Vgl. Anmerkung zu *The Duc de L'Omelette,* Bd. I, S. 319.

Dick Turpin. Richard Turpin (1706–1739), berühmter englischer Straßenräuber, Held vieler Legenden. Zu Poes Zeit figuriert er in William Harrison Ainsworths Roman *Rockwood* (1834). Im August 1836 hatte Poe gesagt, allein das Recht des Stärkeren bringe es zuwege, daß man jeden Napoleon einen Eroberer, jeden Dick Turpin aber einen Dieb nenne *(Virginia Edition.* Bd. XIV, S. 39).

Daniel O'Connell. Genannt ›the Liberator‹, irischer Staatsmann (1775 bis 1847).

Karl der Zwölfte. Vielleicht eine Anspielung auf Voltaires Biographie des Schwedenkönigs.

Lady Bury. Charlotte Maria Bury (1775–1861), schottische Schriftstellerin, empfing in ihrem Salon die literarischen Größen der Zeit, die ihren Charme und ihre Schönheit priesen. Ihren Roman *The History of a Flirt* hatte Poe im Juli 1841 besprochen.

SEITE 173

Bogs, Hogs, Logs, Frogs & Co. Möglicherweise eine Anspielung. Als ›Frogs‹ bezeichnet Poe die Einwohner Bostons; die Stadt selbst heißt bei ihm ›Frogpondium‹ (vgl. Anmerkung zu *X-ing a Paragrab,* S. 655). James Hogg (1770–1835) figuriert in den *Noctes Ambrosianae* von *Blackwood's Magazine* als ›Ettrick Shepherd‹. Bogton heißt eine Figur in Henry Cocktons Roman *Stanley Thorn,* den Poe im Januar 1842 besprochen hatte *(Virginia Edition.* Bd. XI, S. 13 f.). Im März 1842 schrieb Poe: »Auf einen Fouqué kommen fünfzig Molières; auf einen Angelo fünfhundert Jan Steens; auf einen Dickens fünf Millionen Smolletts, Fieldings, Marryatts, Arthurs, Cocktons, Bogtons and Frogtons« *(Virginia Edition.* Bd. XI, S. 89 f.). Alle im obigen Firmennamen Genannten sind nach Poes Ansicht Schwindler. Den einzigen nicht belegbaren (wohl nur des Wortspiels wegen eingefügten) Namen, ›Logs‹, läßt er bei erneuter Erwähnung der Firma in *Thou Art the Man* fort.

SEITE 174

›Henneknie‹! Im Original ›hen knee high‹. Für 1824 ist in Amerika der Ausdruck ›knee high to a duck‹ belegt, 1841 findet sich bei William Gilmore Simms ›knee high to a splinter‹ – in jedem Fall eine herablassende Umschreibung für ›Jugend‹. Poe hat die Phrase wohl auch variiert, um im gleichen Satz mit ›n. e. i.‹ lautspielen zu können.

DIE BRILLE

The Spectacles. In: *The Dollar Newspaper,* 27. März 1844; **The Broadway Journal,* 22. November 1845.

Die Anregung zu dieser Verwechslungskomödie könnte Poe einer Erzählung *The Portrait* entnommen haben, die im August 1841 im *Knickerbocker Magazine* erschienen war. Vgl. Cornelia Varner, *Notes on Poe's Use of Contemporary Materials in Certain of His Stories.* In: *Journal of English and Germanic Philology.* Bd. 32 (1933), S. 79 f. Parallelen finden sich auch in E. T. A. Hoffmanns Erzählungen *Klein Zaches* (1819), *Prinzessin Brambilla* (1821), *Meister Floh* (1822) und *Der Sandmann* (1817). Vgl. Henry A. Pochmann, *German Culture in America.* Madison, Wis. 1953, S. 44.

SEITE 175

Froissart. Jean Froissart (1337 bis ca. 1400), schrieb eine *Chronique de France, d'Angleterre, d'Ecosse et d'Espagne.* Vgl. Anmerkung zu *Hop-Frog,* S. 653.–

Ein ähnliches Wortspiel wie im folgenden hat Voltaire in *Zadig* (1747). Vgl. Haldeen Braddy, *Glorious Incense*. Washington, D.C. 1953, S. 44.

SEITE 178

ventus textilis. ›gewebte Luft‹. Die Formel findet sich oft bei Poe. Im Januar 1840 hatte er dem irischen Dichter Thomas Moore vorgeworfen, er habe den Ausdruck ›woven snow‹ vom ›ventum textilem‹ des Apuleius gestohlen *(Virginia Edition.* Bd. x, S. 70).

SEITE 181

»Wer sie nicht kennt ...« John Milton, *Paradise Lost* IV, 830.

SEITE 188

Ninon de L'Enclos. Ninon de Lenclos (1616–1706), galante Pariserin, in deren Salon prominente Gelehrte und Schriftsteller der Zeit als freigebig bedachte Günstlinge verkehrten. Die Anspielung hier: Einer ihrer Söhne verliebte sich in sie, ohne zu ahnen, daß sie seine Mutter war, und erschoß sich dann, als er es erfuhr. Der Vorfall wurde von Lesage im *Gil Blas* (1715–1735) benutzt.

SEITE 196

Otello. Oper von Gioacchino Rossini (1816).

Capuletti. I Capuletti ed i Montecchi, Oper von Vincenzo Bellini (1830).

fioriture. Verzierungen in der Vokal- und Instrumentalmusik.

Sonnambula. La Sonnambula, ebenfalls von Bellini (1830).

in Nachahmung der Malibran. Maria Félicité Malibran (1808–1836), eine der berühmtesten Opernsängerinnen der Zeit, gastierte in New York, wo ihr Vater Direktor der Oper war. Sie war berühmt durch ihren phänomenalen Stimmumfang. Im Mai 1840 hatte Poe eine Biographie der Malibran besprochen. Was in dieser Erzählung über die Gesangskünste von Mme Lalande gesagt wird, übernahm er wörtlich aus jener Rezension (vgl. *Virginia Edition.* Bd. x, S. 93 f.). In *Marginalia* (Dezember 1844) kommt er noch einmal auf die Malibran zu sprechen. Dort wird sie ihm zum Inbegriff größten künstlerischen Erfolges und früher Vollendung. »In Stunden preßte sie Zeitalter hinein. Als sie mit fünfundzwanzig die Welt verließ, hatte sie Tausende von Jahren gelebt« *(Virginia Edition.* Bd. XVI, S. 45).

DIE LÄNGLICHE KISTE

The Oblong Box. In: *Godey's Lady's Book,* September 1844; **The Broadway Journal,* 13. Dezember 1845.

SEITE 213

Kopie von Leonardos ›Abendmahl‹ ... ausgeführt von Rubini dem Jüngeren zu Florenz. Identifiziert werden konnte nur ein Rubini, der um 1650 in Treviso lebte; nähere Angaben über ihn waren nicht zu erhalten.

A Tale of the Ragged Mountains. In: *Godey's Lady's Book,* April 1844; *The Columbia Spy,* 27. April 1844; **The Broadway Journal,* 29. November 1845.

Die Erzählung arbeitet, wie *Mesmeric Revelation* (August 1844) und *The Facts in the Case of M. Valdemar* (Dezember 1845) mit Mesmerismus und Seelenwanderung – beliebten Motiven der deutschen Romantiker. Besonders auffällig ist die Übereinstimmung zwischen Poe und E. T. A. Hoffmann. Vgl. Paul Wächtler, *Edgar Allan Poe und die deutsche Romantik.* Leipzig 1911, S. 47–53; Henry A. Pochmann, *German Culture in America.* Madison, Wis. 1957, S. 393–396. – Enge Parallelen bestehen zwischen dieser Erzählung und Hoffmanns *Der Magnetiseur* (1814). Vgl. Palmer Cobb, *The Influence of E. T. A. Hoffmann on the Tales of Edgar Allan Poe.* Chapel Hill 1908, S. 50 f. – Neben Friedrich Mesmer selbst (vgl. Anmerkung zu S. 460) setzte sich besonders der Franzose Joseph P. F. Deleuze (1753–1835) für die wissenschaftliche Fundierung der Lehre vom tierischen Magnetismus ein. Eine Übersetzung seines wichtigsten Werkes erschien 1837 in Amerika: *Practical Instruction in Animal Magnetism.* Auf Deleuze bauen viele mesmeristische Publikationen auf, so z. B. die im Juni 1842 in New York gegründete Zeitschrift *Magnet: Devoted to the Investigation of Human Physiology, Embracing Vitality, Pathetism, Psychology, Phrenopathy, Neurology, Physiognomy and Magnetism.* Ebenfalls die im April 1843 gegründete Londoner Zeitschrift *The Zoist: A Journal of Cerebral Physiology and Mesmerism.* 1841 hatte in Boston ein Komitee von Honoratioren den mesmeristischen Experimenten des Dr. Robert H. Collyer beigewohnt. Collyer berichtete darüber in *Psychography.* New York 1843. Vgl. Sidney E. Lee, *Poe and Magnetism.* In: *Publications of the Modern Language Association of America.* Bd. LXII (1947), S. 1077–1094. – Poe hatte den Magnetismus erstmals in *The Spectacles* (März 1844) erwähnt. Vgl. S. 175.

SEITE 226

Charlottesville, Virginia. Dort hatte Poe 1826 studiert. Möglicherweise sind eigene Erinnerungen eingearbeitet. Vgl. Arthur Hobson Quinn, *Edgar Allan Poe.* New York 1841, S. 113 f.

Bedloe. So heißt die New Yorker Insel, auf der 1886 die Freiheitsstatue errichtet wurde.

SEITE 227

Saratoga. Im Bundesstaat New York.

die heftigen Schmerzen seines Patienten erfolgreich hatte erleichtern können. Die Publikationen der Zeit berichten viele Fälle, in denen neuralgische und andere Leiden durch mesmeristische Behandlung gemildert wurden. Über Vorbedingungen und Art der Beziehung zwischen dem Magnetiseur und seinem Patienten heißt es bei Charles P. Johnson, *A Treatise of Animal Magnetism.* New York 1844, S. 18: »Vor Beginn einer magnetischen Behandlung sollte der Magnetiseur sich selbst prüfen. Er sollte sich fragen, ob er die Behandlung auch fortsetzen kann und ob der Patient oder diejenigen, die Einfluß auf ihn haben, ihm Hindernisse in den Weg legen werden. Wenn er einen Widerwillen spürt oder fürchtet, er selbst könnte sich mit der Krankheit infizieren, sollte er die Behandlung nicht übernehmen. Um erfolgreich wirken zu können, muß er sich zu der Person, die seine Behandlung erbittet, hingezogen fühlen, an ihr interessiert sein und den Wunsch und die Hoffnung haben, sie zu heilen oder ihr zumindest Erleichterung zu verschaffen. Sobald er sich entschieden hat, was nie leichtfertig geschehen darf, sollte er den Magnetisierten als Bruder betrachten – als Freund. Er muß so an ihm hängen, daß er die Opfer, die er sich selbst auferlegt, gar nicht bemerkt. Keine andere Erwägung, kein anderes Motiv, als allein der Wunsch, Gutes zu tun, sollten ihn zur Übernahme einer Behandlung veranlassen.« Vgl. Sidney E. Lind, *a. a. O.*, S. 1079–1083.

SEITE 228

auch wenn dem Kranken seine Gegenwart gar nicht bewußt war. Eine von Zeitgenossen häufig geäußerte Überzeugung. So heißt es z. B. in dem anonymen Werk *The Animal Magnetiser*. Philadelphia 1841: »Wenn zwischen den Personen eine perfekte Kommunikation besteht, kann der Magnetismus auch auf große Entfernungen übermittelt werden.« Zitiert bei Sidney E. Lind, *a. a. O.*, S. 1082.

im Jahre 1845. Das Datum wurde beim Nachdruck der Erzählung aktualisiert. Im Erstdruck hieß es: 1843.

SEITE 231

aus Furcht, ich könnte jählich in einen Abgrund stürzen. Vgl. *A Descent into the Maelström* (Mai 1841; Bd. II, S. 292 f.) und *The Imp of the Perverse* (Juli 1845; S. 476).

SEITE 234

Novalis. Denkspruch Nr. 121 aus den *Paralipomena zum Blütenstaub* (1798). Poe zitiert wahrscheinlich nach Thomas Carlyles Essay über Novalis, der im Juni 1829 in der *Foreign Review* erschienen war. Vgl. Henry A. Pochmann, *German Culture in America.* Madison, Wis. 1957, S. 713. 1842 hatte Poe schon ein Wort von Novalis als Motto für *The Mystery of Marie Rôget* benutzt. Vgl. S. 7.

SEITE 237

wie von einer galvanischen Batterie. Vgl. Anmerkung zu *Loss of Breath* (November 1832; Bd. I, S. 38).

SEITE 238

Warren Hastings (1732–1818), erster Generalgouverneur von Britisch Indien. Thomas Babington Macaulay hatte im Oktober 1841 einen Essay veröffentlicht, in dem der von Poe weiter unten genannte Aufstand des Cheyte Sing ausführlich behandelt wird. Poe folgt ihm in der Beschreibung des Kampfgetümmels. Vgl. Thomas Babington Macaulay, *Critical and Historical Essays.* London 1907, Bd. 1, S. 603 ff. (Everyman's Library. 225). Poe erwähnt Macaulay mehrfach, schrieb allerdings nicht die Rezension der Essays, die im Juni 1841 in *Graham's Lady's and Gentleman's Magazine* erschienen (abgedruckt in der *Virginia Edition.* Bd. X, S. 156–160). Vgl. Killis Campbell, *The Mind of Poe and Other Studies.* Cambridge, Mass. 1933, S. 222. In *Fifty Suggestions* (Juni 1845) äußert er Zweifel an Macaulays kritischer Methode (*Virginia Edition.* Bd. XIV, S. 180); in *Marginalia* (Dezember 1846) dagegen heißt es: »Ich scheue mich nicht zu sagen, daß ich selbst Voltaire Goethen vorziehe und meine, Macaulay habe mehr vom wahren kritischen Geist als Augustus William und Frederick Schlegel zusammen.« (*Virginia Edition.* Bd. XVI, S. 117).

SEITE 240
in der rechten Schläfe fest. Weiter oben im Text traf der Speer ebenfalls die rechte Schläfe – im Original: »temple« – der Name des Arztes ist *Templeton.* Vgl. Sidney E. Lind, *a. a. O.,* S. 1085.

DAS VORZEITIGE BEGRÄBNIS

The Premature Burial. In: *Dollar Newspaper,* 31. Juli 1844; *The Rover,* 17. August 1844; **The Broadway Journal,* 14. Juni 1845.

Quellen. Im Januar 1844 erschien in *The Columbian Lady's and Gentleman's Magazine* ein Gedicht von Seba (d. i. Elizabeth Oakes) Smith, *The Life-Preserving Coffin.* In Anmerkungen dazu heißt es, auf einer Ausstellung des American Institute in Niblo's Garden in New York habe ein Mr. Eisenbrant aus Baltimore eine Erfindung vorgeführt, die es ermöglichen sollte, den Sarg und das Grab von innen zu öffnen. Vgl. W. T. Bandy, *A Source of Poe's ›The Premature Burial‹.* In: *American Literature.* Bd. XIX (1947–1948), S. 167 f. – In *Hints for Jurymen (Blackwood's Magazine)* wurde das Lebendigbegrabensein als legitimer Gegenstand des Erzählers genannt. Vgl. Margaret Alterton, *Origins of Poe's Critical Theory.* Iowa 1925, S. 21. – Für weitere Quellen vgl. die Anmerkungen zu einzelnen Textstellen.

SEITE 241
Übergang über die Beresina. Beim Rückzug von Moskau überquerte Napoleons geschlagene Armee die Beresina (26. bis 28. Oktober 1812).

Erdbeben zu Lissabon. 1755 (über 30000 Tote).

Pest in London. Der letzte und größte Ausbruch der Pest in London von Frühjahr 1665 bis Ende 1666. Auf dem Höhepunkt der Seuche starben wöchentlich fast 7000 Menschen.

Massaker der Bartholomäus-Nacht. Am 24. August 1572 wurden in Paris auf Veranlassung der katholischen Katharina von Medici zirka 2000 Hugenotten umgebracht.

SEITE 244
Mademoiselle Victorine Lafourcade. Ein Bericht über diesen Fall war im September 1827 im *Philadelphia Casket* erschienen. Vgl. Killis Campbell, *The Mind of Poe and Other Studies.* Cambridge, Mass. 1933, S. 167.

SEITE 245
Das Leipziger ›Chirurgische Journal‹. Gemeint sein könnte die *Deutsche Zeitschrift für die Chirurgie.* Vgl. Henry A. Pochmann, *German Culture in America.* Madison, Wis. 1957, S. 390.

SEITE 246
in asphyktischem Zustande. Der Erstickung nahe.

SEITE 247
galvanische Batterie. Vgl. Anmerkung zu *Loss of Breath* (November 1832; Bd. I, S. 38).

Mr. Edward Stapleton. Von ihm handelt die Erzählung *The Buried Alive* in *Blackwood's Magazine,* die allerdings im Oktober 1821 erschien. Vgl. Killis Campbell, *a. a. O.,* S. 167.

SEITE 248
eine Anwendung der Batterie nahelegte. Vgl. *Some Words with a Mummy* (April 1845; S. 446).

SEITE 250
Gegenwart des Eroberers Wurm. Vgl. *Ligeia* (September 1838; Bd. I, S. 269 und Anmerkung ebd. S. 354) sowie *The Conqueror Worm* (Januar 1843; Bd. V, S. 122 und Anmerkung ebd. S. 438).

SEITE 252
»von Würmern, Grüften und von Epitaphen«. Im Original: »of worms, of tombs, and epitaphs«. Das Zitat lautet korrekt: "Let's talk of graves, of worms, and epitaphs." Shakespeare, *King Richard II.* III. II. 145.

SEITE 260
Buchan verbrannte ich. Gemeint ist wahrscheinlich der Schotte Peter Buchan (1790–1854), der 1828 eine Sammlung *Ancient Ballads and Songs of the North of Scotland* herausgegeben hatte. Da die *Virginia Edition* den Text des Erstdrucks der Erzählung nicht kollationiert hat, ist ungewiß, ob es sich um einen Zusatz der Fassung von 1845 handelt. In diesem Jahr veröffentlichte Buchan eine weitere Sammlung, *Scottish Traditional Versions of Ancient Ballads* – und Poe war, wie die Grotesken zeigen, stets bemüht, seine Anspielungen zu aktualisieren.

Ich las keine Nachtgedanken mehr. The Complaint or, Night Thoughts on Life, Death, and Immortality (1742–1745), ein Lehrgedicht von Edward Young (1683–1765).

Es gibt Augenblicke ... Der folgende Abschnitt wurde auch in *Marginalia* (Juni 1849) veröffentlicht.

Carathis. Gestalt in William Beckfords (1759–1844) *History of the Caliph Vathek* (1786). Die Mutter des Kalifen, den sie durch ihre Verbrechen noch übertrifft, durchforscht die Paläste der präadamitischen Sultane, die Höhlen und Schlünde der Unterwelt, des Iblis-Reiches, und verfällt dafür der Verdammnis.

SEITE 261
Afrasiab. Legendärer Heerführer der persischen Frühgeschichte, der dem König die Herrschaft streitig machte. Um zu einer friedlichen Einigung zu kommen, beschloß man, das Reich dort zu teilen, wo ein abgeschossener Pfeil niederfallen würde. Des Königs Bogenschütze schoß meisterhaft über mehrere Länder hinweg, so daß der Pfeil erst in West-Turkestan am Fluß Oxus (= Amu) wieder auf die Erde kam. Der Oxus wurde damit zum Schicksalsfluß Afrasiabs. Firdusi (= Abu'lkasim Mansur ben Ischak, ca. 940–1020) erzählt die Geschichte im *Schahnameh* (›Königsbuch‹).

DER STIBITZTE BRIEF

The Purloined Letter: In: *The Gift,* 1845; *Chambers Edinburgh Journal,* 30. November 1845; **Tales,* 1845.
Eine Quelle wurde bisher nicht gefunden. In einem Brief an James R. Lowell vom 2. Juli 1844 nennt Poe diese Erzählung seine beste Detektivgeschichte.

SEITE 262
Motto. ›Keine Weisheit ist widerlicher als die Naseweisheit.‹

SEITE 273
Abernethy. John Abernethy (1764–1831), Londoner Chirurg, berühmt als Arzt und als Grobian.

SEITE 278
non distributio medii. Die Nichtzerlegung des Mittelteils einer dreiteiligen logischen Aussage.

Als Dichter und Mathematiker. Offensichtlich gibt Poe hier auch ein Selbstporträt; das Miteinander von Imagination und Reflexion bestimmt sein ganzes Werk.

SEITE 279
ambitus. ›Das Herumgehen‹, dagegen ›der Ehrgeiz‹ = ›ambitio‹.

religio. ›Gewissenhaftigkeit‹.

homines honesti. ›ehrenwerte Leute‹. Daß engl. ›honest‹ nicht lat. ›honestum‹ entspricht, hatte Poe bereits in *Pinakidia* (August 1836) kritisch zu Drydens Virgil-Übersetzung angemerkt.

SEITE 280

Bryant. Gemeint ist Jacob Bryant, *A New System; or An Analysis of Ancient Mythology.* Poe hatte das Werk in *Pinakidia* (August 1836) zitiert *(Virginia Edition.* Bd. XIV, S. 52 und 53).

SEITE 287

facilis descensus Averni. ›Der leichte Abstieg zur Unterwelt‹. Virgil, *Aeneis* VI. 126.

Catalani. Vgl. Anmerkungen zu *Loss of Breath* (November 1832; Bd. I, S. 39 und Anmerkungen ebd. S. 323).

DIE METHODE DR. THAER & PROF. FEDDERS

The System of Dr. Tarr and Prof. Fether. In: *Graham's Lady's and Gentleman's Magazine,* November 1845.

Als mögliche Quellen nennt Arno Schmidt Eugène Sue, *Les Mystères de Paris* (1842–1843). Buch XV, Kap. 1 und 2; Ludwig Tieck, *Die Reisenden,* vgl. Arno Schmidt, *Die Ritter vom Geist.* Karlsruhe 1965, S. 280. – Killis Campbell *(The Mind of Poe and Other Studies.* Cambridge, Mass. 1932, S. 105) weist auf zeitgenössische humanitäre Bemühungen um Geisteskranke hin, während William Whipple *(Poe's Twoedged Satiric Tale.* In: *Nineteenth Century Fiction.* Bd. IX, S. 121–133) eine Satire auf Charles Dickens annimmt.

SEITE 299

monstrum horrendum ... ›ein erschreckendes Ungeheuer, ungeschlacht, riesig, des Lichtes beraubt‹ – Beschreibung des Polyphem bei Vergil, *Aeneis.* III. 658. Vgl. *The Purlorined Letter,* S. 287.

SEITE 302

2 Köpfe zu besitzen. Die Phrenologen zeichneten mit Vorliebe die Schädeldiagramme berühmter Männer, aus denen das Publikum sich dann ein ideales Leitbild zusammensetzen konnte. Vgl. Edward Hungerford, *Poe and Phrenology.* In: *American Literature.* Bd. II (1930–1931), S. 218 f., und Anmerkung zu *Lionizing,* Bd. I, S. 334.

SEITE 313

Orang=Utans. Diesen Einfall nimmt Poe 1849 in *Hop-Frog* wieder auf.

SEITE 314

in jeglicher Großbibliothek Europas. Harry Levin, *The Power of Blackness.* London 1958, S. 99, sieht darin die letzte Bestätigung, daß die Erzählung nur scheinbar in Frankreich spielt: kurz vorher intoniert die Kapelle den ›Yankee Doodle‹, und das Teeren und Federn ist der eigentümliche Beitrag der amerikanischen Südstaaten zur Methode des Lynchens.

MESMERISCHE OFFENBARUNG

Mesmeric Revelation. In: *The Columbian Lady's and Gentleman's Magazine,* August 1844; *The New World,* 3. August 1844; *Saturday Museum,* 31. August 1844; **Tales,* 1845; *Universalist Watchman,* 30. August, 6. September 1845; *Star of Bethlehem,* 4. Oktober 1845. *The Last Conversation of a Somnambule.* In: *The Popular Record of Modern Science,* 29. November 1845. *Révélation magnétique.* In: *La Liberté de penser,* 15. Juli 1848 (übersetzt von Charles Baudelaire).

In einer Besprechung der *Tales* (1845), die am 15. Oktober 1846 in der *Revue des Deux Mondes* erschien, wies der französische Kritiker Émile Daurand-Forgues besonders auf diese Erzählung hin. Mit ihr begann Baudelaire die lange Reihe seiner Poe-Übersetzungen.

Die große Zahl von Nachdrucken erklärt sich daraus, daß die Erzählung, ebenso wie *The Facts in the Case of M. Valdemar,* vom Publikum als authentischer Bericht verstanden wurde.

Im Sommer 1844 hielt der damals sehr bekannte Hellseher Andrew Jackson Davis (1826–1910) in New York Vorlesungen über Mesmerismus und psychische Phänomene, die Poe wahrscheinlich besuchte. Davis berichtete später in seiner Autobiographie *The Magic Staff.* New York 1857, S. 317, Poe habe mit ihm eine Erzählung diskutiert (vermutlich *Mesmeric Revelation),* und er (Davis) habe ihm versichert, daß dieser »veröffentlichte Artikel über die Antworten eines Hellsehers zwar ganz der dichterischen Phantasie entsprang, seine Hauptgedanken über ›letzte Dinge‹ aber strikt und philosophisch wahr waren. Am Schluß des Interviews verabschiedete er sich und kam nie wieder.« Zitiert bei Sidney E. Lind, *a. a. O.,* S. 1087. – Allzuviel kann Poe wohl nicht von Davis gehalten haben. In *Fifty Suggestions* (Mai 1845) heißt es, in Abwandlung eines Hamlet-Zitats, von ihm: »Es kann *nicht* mehr Dinge im Himmel und auf Erden geben als Eure Schulweisheit (oh Andrew Jackson Davis!) Euch träumen läßt.« *(Virginia Edition.* Bd. XIV, S. 173).

Einige der Gedanken von *Mesmeric Revelation* wiederholt Poe in einem Brief an James R. Lowell vom 2. Juli 1844. Am 4. Januar 1845 schickte er ein Exemplar der Erzählung an George Bush, Professor für Hebräisch an der Universität New York, und schrieb dazu u. a.: »Ich wage es, Ihnen den Artikel zu senden, weil er sich in vielem mit Ihrem letzten bewundérungswürdigen Werk über die zukünftige Beschaffenheit des Menschen berührt und ich daher hoffen darf, Sie möchten mir die Ehre geben, einen Blick auf das von mir Gesagte zu werfen.

Sie werden selbst sehen, daß der Artikel reine Erfindung ist; – doch habe ich einige eigene Gedanken eingearbeitet und bin begierig zu hören, ob sie absolute Originalität beanspruchen dürfen und Ihnen fundiert genug erscheinen.«

Das hier erwähnte Werk von Bush ist wahrscheinlich *Anastasis; or, The Doctrine of the Resurrection of the Body, Rationally and Scripturally Considered* (1844). In *Literati* (Mai 1846) heißt es über Bush: »Er ist Mesmerist und Swedenborgianer – war kürzlich mit der Herausgabe von Swedenborgs Werken beschäftigt, die er in Nummern veröffentlichte« *(Virginia Edition*, Bd. XV, S. 7).

In *Marginalia* (August 1845) heißt es: »Die Swedenborgianer lassen mich wissen, sie hätten entdeckt, daß alles, was ich in einem Zeitschriftenartikel mit dem Titel ›Mesmerische Offenbarung‹ sage, absolut wahr ist, obwohl sie zuerst sehr dazu neigten, meine Glaubwürdigkeit anzuzweifeln – die ich selbst doch, in diesem Fall, nicht einmal im Traum nicht angezweifelt hätte. Die Geschichte ist von Anfang bis Ende reine Erfindung.« *(Virginia Edition*. Bd. XVI, S. 71). Poes Hochschätzung des Mesmerismus ließ nach der Veröffentlichung seiner letzten Erzählung zu diesem Themenkreis, *The Facts in the Case of M. Valdemar* (Dezember 1845; vgl. S. 481 ff.) merklich nach. So heißt es in den *Literati*-Aufsätzen (Juli 1846) über die Autorin Mary Gove: »Mrs. G. hat, glaube ich, auch Vorlesungen über Mesmerismus und ähnliche Themen gehalten – Gegenstände, die die Leichtgläubigkeit, genauer den Glauben der Menschheit auf die härteste Probe stellen. Sie ist wohl Mesmeristin, Swedenborgianerin, Phrenologin, Homöopathin und Schülerin von Prießnitz – und was sonst noch alles, vermag ich leider nicht zu sagen« *(Virginia Edition*. Bd. XV, S. 61).

Arthur Hobson Quinn, *Edgar Allan Poe*. New York 1841, S. 419 nennt *Mesmeric Revelation* ein Präludium zu *Eureka*.

Quellen. Chauncey Hare Townshend, *Facts in Mesmerism* (London 1840; mehrere amerikanische Nachdrucke, eine erweiterte Auflage erschien in London 1844). Poe erwähnt Townshend später (5. April 1845) in einer Besprechung von W. Newnhams *Human Magnetism*. Er tadelt Newnhams' Kritik am Werk Townshends, »das für uns eines der profundesten und wahrhaft philosophischen Werke des Tages ist – ein Werk, das man erst in künftigen Tagen richtig einzuschätzen wissen wird« *(Virginia Edition*. Bd. XII, S. 123). Als er in den *Marginalia* (November 1846) eine revidierte Form dieser Rezension veröffentlichte, blieb von dem Lob nur noch der Nachsatz stehen *(Virginia Edition*. Bd. XVI, S. 114). Dort wurde auch das frühere Bekenntnis zur Bedeutung des Mesmerismus bei der Behandlung chirurgischer Fälle gestrichen: »zum Beispiel empfinden wir es als Tatsache, daß man unter seinem Einfluß Glieder schmerzlos amputiert hat« *(Virginia Edition*. Bd. XII, S. 123). Vgl. Sidney E. Lind, *a. a. O.*, S. 1085 f. – Henry A. Pochmann, *German Culture in America*. Madison, Wis. 1957, S. 716, Note 198 nennt als mögliche Quelle Justinus Kerner, *Die Seherin von*

Prevorst: Enthüllungen über das innere Leben des Menschen und über das Hereinragen einer Geisterwelt in die unsere (1829). Eine englische Übersetzung davon erschien 1845 gleichzeitig in London und New York; am 2. August 1845 wurde sie im *Broadway Journal* annonciert. Kerner, der sich ab 1814 mit dem Mesmerismus beschäftigte, berichtete den Fall der 1826–1828 von ihm in Weinsberg behandelten Friederike Hauffe, die im magnetischen Schlaf von ihren übersinnlichen Erfahrungen und Visionen sprach.

SEITE 316

einem Hypnotisierten. Im Original: »sleep-waker«. Townshend hatte das ungewöhnliche Wort benutzt, um den Hypnotisierten vom Somnambulen (= ›sleep-walker‹) zu unterscheiden. In *Marginalia* (März 1848) sagt Poe über den Nachdruck seiner Erzählung im Londoner *Popular Record of Modern Science:* »Auch hatte man dort die Stirn, den Titel zu verderben, indem man ›The Last Conversation of a Somnambule‹ daraus machte – eine Phrase, die dem Sachverhalt ganz und gar nicht entspricht, da ein Mensch, der ›konversiert‹, nun einmal *kein* Somnambule ist. Er ist ein Schlafwacher *(sleep-waker)* – nicht ein Schlafwandler *(sleep-walker);* aber für *The Record* bestand der ganze Unterschied wohl nur in einem *l.«* Vgl. Sidney E. Lind, *a. a. O.,* S. 1089. – Kerner spricht durchgehend von ›schlafwachen‹.

SEITE 317

Cousin zu studieren. Victor Cousin (1792–1867), französischer Philosoph, von Schelling und Hegel beeinflußt. Veröffentlichte 1826 *Fragments Philosophiques.* Poe könnte durch Besprechungen in englischen Zeitschriften, besonders in der *Edinburgh Review,* auf ihn aufmerksam geworden sein. Cousin vertrat eine Methode der Beobachtung, Analyse und Deduktion; Psychologie ist ihm Basis der Metaphysik.

Mr. Brownson. Orestes Augustus Brownson, vgl. Anmerkung zu S. 599. Sein Roman *Charles Elwood; or, The Infidel Converted* erschien 1840. In *Autography* (November 1841) hatte Poe darüber geschrieben: »Im Hinblick auf logische Genauigkeit, gedrängten Gedanken, evidente Unbefangenheit und das Verlangen nach Wahrheit, aus denen heraus dieses Werk geschrieben ist, kennen wir nur wenige theologische Werke, die sich ihm vergleichen könnten. Seine Schlußfolgerung aber hat einen Anflug von Zögern und Inkonsequenz, worin sich zeigt, daß es dem Autor nicht gelungen ist, sich selbst von jenen wichtigen Wahrheiten zu überzeugen, die seinen Lesern einzuprägen er so eifrig bemüht ist. Doch ist zu bedenken, daß der Fehler in Mr. Brownsons Gegenstand liegt, nicht in Mr. Brownson selbst. Ein Mensch mag noch so trefflich über die großen Themen Gott und Unsterblichkeit räsonnieren, am Ende wird er stillschweigend zugeben müssen, daß Gott und Unsterblichkeit eher zu fühlen als zu demonstrieren sind« *(Virginia Edition,* Bd. xv, S. 194).

Commonwealth des Trinculo. In Shakespeares *Tempest* II.I. 154 heißt es von *Gonzalo:* "The latter end of his commonwealth forgets the beginning"; in

A.W. Schlegels Übersetzung: »Das Ende seines gemeinen Wesens vergißt den Anfang.«

SEITE 321
den Licht spendenden Äther. Vgl. *Eureka* (1848; Bd. v, S. 347 ff.).

Nun bezeichnen wir ... Das Ende dieses Abschnitts und die beiden folgenden wurden erst in der Fassung von 1845 eingefügt.

SEITE 322
Newton. Mit Sir Isaac Newton (1642–1727) hatte sich Poe schon früher beschäftigt; vgl. Anmerkung zu *The Murders in the Rue Morgue* (April 1841; Bd. II, S. 427). Vgl. weiter *Eureka* (Bd. v, S. 243).

SEITE 329
Asraels drückende Hand. Vgl. Anmerkung zu *Ligeia* (September 1838; Bd. I, S. 354).

DU BIST DER MANN!

Thou Art the Man. In: *Godey's Lady's Book,* November 1844.

Eine Quelle wurde bisher nicht gefunden. Der Titel ist ein Zitat aus dem *Alten Testament,* 2. Samuel 12, 7.

SEITE 339
Mrs. Gore. Catherine Grace Gore (1799–1861). Ihren Roman *Cecil* hatte Poe im Dezember 1841 rezensiert.

Mr. Beckford. William Beckford (1759–1844), englischer Kunst- und Raritätensammler, schrieb Reisebücher und den Roman *Vathek* (1786), den Poe auch in *Landor's Cottage* erwähnt.

von Bulwer und Dickens bis zu Ainsworth. Vielleicht soll diese Erzählung auch eine Satire auf die genannten englischen Autoren sein, bei deren Charakteren Erscheinung und Wesen immer kongruent sind.

SEITE 345
Hoggs, Frogs, Bogs & Co. Vgl. Anmerkung zu *Diddling Considered as One of the Exact Sciences,* S. 618.

DER BALLON-JUX

The Balloon Hoax. In: *New York Sun,* 13. April 1844.
Die Erzählung wurde als Sondernummer der New Yorker Zeitung veröffentlicht. Da dem Herausgeber der *Virginia Edition* kein Exemplar des Erstdrucks zur Verfügung stand, wurde der Text dort nach der Ausgabe von R.W. Griswold (1850–1856) gedruckt.

Quellen. Poes Einfall basiert auf der Reise des Nassau-Ballons, die er bereits 1839 in *The Man That Was Used Up* erwähnte (vgl. Anmerkung zu Bd. II, S. 23). Dieser Ballon wurde im Auftrag der Besitzer des Londoner Vergnügungsparks Vauxhall Gardens von Charles Green konstruiert. Teilnehmer der Expedition waren außer Green der Parlamentsabgeordnete Robert Hollond, der die Finanzierung übernommen hatte, und Monck Mason. Mason berichtete über die Reise in *Account of the Late Aeronautical Expedition from London to Weilburg, Accompanied by Robert Hollond, Esq., Monck Mason, Esq., and Charles Green, Aeronaut* (London 1836, New York 1837). Eine Beschreibung des Ballons von Charles Green wurde 1840 im New Yorker *Mirror* (4. April) veröffentlicht und in *Burton's Gentleman's Magazine* (März), dessen Redakteur Poe damals war. Vgl. Harold H. Scudder, *Poe's ›Balloon Hoax‹*. In: *American Literature*. Bd. XI (1949–1950), S. 179–190. – Mason ist möglicherweise auch der Verfasser eines anonymen Pamphlets *Remarks on the Ellipsoidal Balloon, Propelled by the Archimedian Screw, Described as the New Aerial Machine* (London 1843), aus dem Poe etwa 600 Wörter übernahm. Insgesamt stammt etwa ein Viertel von Poes Erzählung aus den Quellen. Das Bild des steuerbaren Ballons Victoria, das den Erstdruck in der New York *Sun* schmückt, ist eine fast genaue Kopie des Nassau-Ballons auf dem Titelblatt der anonymen *Remarks*. Vgl. Ronald Sterne Wilkinson, *Poe's Balloon Hoax Once More*. In: *American Literature*. Bd. XXXII (1960–1961), S. 313–317.

SEITE 351

Mr. Robert Holland heißt in allen Quellen richtig Hollond.

Mr. Harrison Ainsworth. William Harrison Ainsworth (1805–1882), Verfasser von historischen Romanen. Poe hatte ihn im November 1841 rezensiert, im April 1842 (vielleicht) als Quelle für *The Masque of the Red Death* benutzt (vgl. Anmerkung Bd. II, S. 436). In *Marginalia* (November 1844) verspottet er ihn: »Ich weiß beim besten Willen nicht, warum Harrison Ainsworth seine Bücher mit *seinem eigenen* Küchen-Latein und Alchemisten-Griechisch pfeffert – es sei denn, er meint mit Encyclopaedia Chambers, daß Unsinn auf Englisch schlimmer klingt als in irgendeiner anderen Sprache« *(Virginia Edition.* Bd. XVI, S. 7).

Sullivan's Island. Vgl. Anmerkung zu *The Gold Bug*, S. 88).

quidnuncs. Neugierige.

SEITE 352

Sir George Cayley (1773–1857), wird oft der ›Vater der britischen Aeronautik‹ genannt. Beschäftigte sich ab 1815 mit dem Problem steuerbarer Ballons. 1837 entwickelte er eine Vorrichtung, die mit Hilfe von heißer Luft den Ballon zum Steigen bringen sollte; 1840 entwarf er einen dampfgetriebenen Helikopter.

SEITE 353

Adelaide-Galerie. Die oben als Quelle erwähnten *Remarks* erschienen anläßlich einer Ausstellung von Flugmodellen in dieser Londoner Galerie.

SEITE 357

gebührt Mr. Charles Green. Green (1785–1870), unternahm seinen ersten Aufstieg 1821 anläßlich der Krönung des englischen Königs Georg IV. in einem wasserstoffgefüllten Ballon. Im gleichen Jahr verwandte er erstmals Kohlengas.

SEITE 360

nahe bei Paris. Auch das Ziel des Nassau-Ballons war Paris gewesen. Zum Weiterflug hatte man sich auf Grund der günstigen Umstände entschlossen.

SEITE 366

in einer Höhe, die der des Cotopaxi entspricht. D. h. 6005 m. Vgl. a. Anmerkung zu *The Unparalleled Adventures of One Hans Pfaall,* Bd. 1, S. 146.

SEITE 367

Omne ignotum pro magnifico. ›Alles Unbekannte gilt als herrlich‹.

eindeutig konkav. Vgl. Anmerkung zu *The Unparalleled Adventures of One Hans Pfaall,* Bd. 1, S. 165.

DER ENGEL DES SONDERBAREN

The Angel of the Odd – An Extravaganza. In: *The Columbian Lady's and Gentleman's Magazine,* Oktober 1844.

SEITE 370

Glover's ›Leonidas‹. Das zwölfbüchige Versepos (1737; 1770) des englischen Dichters Richard Glover (1712–1785), das hier eine Kollektion erlesener Langweiler anführt, wird von Poe wohl unterschätzt.

Wilkie's ›Epigoniade‹. Der Schotte William Wilkie veröffentlichte sein Werk 1757.

Lamartine's ›Pilgerreise‹. Gemeint ist Alphonse de Lamartines (1790–1869) *Voyage en Orient* (1834) *(Pléiade,* S. 1117).

Barlow's ›Columbiade‹. Der Amerikaner Joel Barlow (1755–1812) veröffentlichte sein Versepos *The Columbiad* 1807 in überarbeiteter Form.

Tuckerman's ›Sizilien‹. Henry Theodore Tuckermans (1813–1871) Roman *Isabelle; or, A Voyage to Sicily* hatte Poe im Juli 1839 besprochen.

Griswold's ›Denkwürdigkeiten‹. Im Mai 1844 hatte das *Knickerbocker Magazine* eine Publikation von Rufus Wilmot Griswold, *Curiosities of American Literature,* nachdrücklich empfohlen. Später stellte sich heraus, daß es sich dabei um Isaac D'Israelis *Curiosities of Literature* handelte, denen Griswold nur einige Americana hinzugefügt hatte. Im übrigen versäumte Griswold nie, auf die Notwendigkeit eines Copyrights hinzuweisen. Vgl. Sidney P. Moss, *Poe's Literary Battles*. Durham, N. C. 1963, S. 80.

dies Folio ... Zitat aus William Cowpers Gedicht *The Task* (1785). IV. 50 f.

SEITE 371

Cockney-Land. England.

SEITE 376

Gil Blas. Alain René Lesage, *Histoire de Gil Blas de Santillane* (1715–1735).

SEITE 377

Allgegenwart der Gottheit. Robert Montgomerys Gedicht diente schon in *Loss of Breath* als Schlafmittel.

SEITE 379

Grandjean. Ebenfalls erwähnt in *Loss of Breath* (vgl. Anmerkung Bd. I, S. 322).

DAS LITTERARISCHE LEBEN DES HERRN THINGUM BOB, HOCHWOHLGEBOREN

The Literary Life of Thingum Bob, Esq., Late Editor of the ›Goosetherumfoodle‹. In: *The Southern Literary Messenger*, Dezember 1844; **The Broadway Journal*, 26. Juli 1845.

Das Werk ist eine Satire auf den zeitgenössischen Journalismus im allgemeinen, mit spezifischen Angriffen auf Willis Gaylord Clark. Die folgenden Anmerkungen übernehmen die Ergebnisse der ausführlichen Untersuchung von William Whipple, *Poe, Clark, and ›Thingum Bob‹*. In: *American Literature*. Bd. XXIX (1957–1958), S. 312–316. Willis Gaylord Clark gab zusammen mit seinem Zwillingsbruder Lewis Gaylord Clark in New York das einflußreiche *Knickerbocker Magazine* heraus. Poe wandte sich während seiner Tätigkeit am *Southern Literary Messenger* (vgl. Lebensdaten, 1835–1836) mehrfach scharf gegen die New Yorker Journalisten. Er wies ihnen literarischen Dilettantismus nach und zeigte, daß ihre angebliche Kritik nur gegenseitige Lobhudelei war. Zwischen ihm und den Clarks bestand ab 1838 offene Feindschaft. Vgl. die ausführliche Darstellung bei Sidney P. Moss, *Poe's Literary Battles*. Durham, N. C. 1963, S. 85–131. Willis Gaylord Clark starb 1841. Sein Bruder gab im *Knickerbocker Magazine* ab März 1844 *Literary Remains of the Late Willis Gaylord Clark* heraus. Die befreundeten Gazetten überboten einander, wie üblich, in Lobeshymnen. Poe dagegen nahm mit dieser Satire Stellung. Der Name Thingum Bob, Esq. könnte angeregt sein durch die Erwähnung eines Robert Linkum, Esq. im *Knickerbocker Magazine*, August 1844. ›Thingum‹ bedeutet ›Dingsda‹.

SEITE 384

Mr. Emmons. Wahrscheinlich Nathanael Emmons (1745–1840), neuenglischer Pfarrer und berühmter Kanzelredner, auf den Poe verschiedentlich hinwies. Im März 1843 nannte er ihn ›Pop Emmons‹ *(Virginia Edition.* Bd. XI, S. 160).

SEITE 385

Bob'schen Öles. Gegenstand und Titel dieses und weiterer Werke in der Satire klingen absurd, doch finden sich im *Knickerbocker Magazine* immerhin Titel wie *Ode to an Old Pair of India-Rubbers.*

diesen Vornamen … empfangen. Clark übernahm von einem Onkel seinen Vor- und Mittelnamen, Willis Gaylord.

SEITE 386

Auch hast du einen ungeheuern Kopf. Aus der Größe des Kopfes bestimmten die Phrenologen das geistige Vermögen des Individuums. Vgl. Edward Hungerford, *Poe and Phrenology.* In: *American Literature.* Bd. II (1930–1931), S. 218. Vgl. a. Anmerkung zu *Lionizing,* Bd. I, S. 334.

auch noch Dichter sein kannst. Die Satire liegt nicht in der Kombination, sondern in der Reihenfolge – Dichter wie Poe waren aus wirtschaftlichen Gründen gezwungen, auch noch Herausgeber zu sein.

SEITE 387

Ugolino. Canto XXXIII in Dantes *Divina Commedia.*

Engel. Anspielung auf Shakespeares *Hamlet,* 1. 4. 39 ff.:

»Engel und Boten Gottes steht uns bei!
Sei du ein Geist des Segens, sei ein Kobold,
Bring' Himmelslüfte oder Dampf der Hölle,
Sei dein Beginnen boshaft oder liebreich,
Du kommst in so fragwürdiger Gestalt,
Ich rede doch mit dir …« (Übersetzung A.W. Schlegel.)

eines Griechen oder eines Choctaw. Gemeint ist natürlich Homer. Die Choctaw-Indianer unterstützten die Amerikaner gegen die Creek-Indianer. Die phonetische Anspielung funktioniert nur im Englischen: Greek – Creek – Choctaw.

ebenfalls das Werk eines Blinden war. John Milton.

Oppodeldoc. Opodeldok ist ein uralt beliebtes Volksheilmittel zur hyperämisierenden Einreibung, zum Beispiel bei Rheuma. Hier auch eine Anspielung auf ›Ollapod‹, das Pseudonym, unter dem Willis Gaylord Clark seine Beiträge im *Knickerbocker Magazine* veröffentlichte (vgl. Anmerkung zu *A Predicament,* Bd. I, S. 359). Sie erschienen auch 1849 in New York als Sammelband unter dem Titel *Olla potrida.*

SEITE 388

Quarkdahlsblatt. Im Original ›Hum-Drum‹. Unter dem gleichen Namen verspottete Poe die *North American Review* schon in *Never Bet the Devil Your Head* (vgl. Anmerkung Bd. II, S. 432).

SEITE 389
Nat Lee. Den englischen Tragiker Nathaniel Lee (1653?–1692) zieht Poe gern heran, wenn er falsche dichterische Bilder kritisiert. Für solche Fehler prägt er den Begriff ›Nat-Leeism‹ (so z. B. *Virginia Edition.* Bd. XII, S. 23).

SEITE 390
Singe den Zorn ... Anfang der *Ilias* in der Übersetzung von Johann Heinrich Voß. Poe zitiert im Original die englische Übersetzung von Alexander Pope (1715–1720).

Mutter Gänsins Melodien. Mother Goose's Melody, eine Sammlung von Kinderversen, die der englische Buchhändler Newbery im 18. Jahrhundert veröffentlichte. Vielleicht eine Anspielung darauf, daß das *Knickerbocker Magazine* als Beweis für die wachsende Kenntnis englischer Literatur in Frankreich ausgerechnet einen Kindervers zitiert hatte.

SEITE 391
Heil heilig Licht. John Milton, *Paradise Lost.* III. 1.

SEITE 392
ausschließlich Original-Arbeiten. Diese Behauptung findet sich zum Beispiel auch auf den Umschlagblättern von *Burton's Gentleman's Magazine* und *Graham's Lady's and Gentleman's Magazine.* Aus seiner redaktionellen Erfahrung wußte Poe sehr genau, wie es in Wahrheit darum bestellt war.

SEITE 393
die bloße Ausdehnung eines Werkes. Auch ein Hinweis auf Poes Theorie, ein langes Gedicht sei ein Widerspruch in sich, ein Epos könne nur als Summe kurzer Gedichte verstanden werden (vgl. z. B. *Virginia Edition.* Bd. XIII, S. 151 ff.). In *Blackwood's Magazine* und anderen englischen Zeitschriften wurden ähnliche Auffassungen vertreten. Vgl. Margaret Alterton, *Origins of Poe's Critical Theory.* Iowa City 1925, S. 41 ff.

SEITE 397
ehernes Gesetz. Poe hatte selbst genug darunter zu leiden gehabt, daß die Beiträge von Anfängern nicht honoriert wurden.

SEITE 398
fand mich berühmt. Ausspruch von Lord Byron nach der Veröffentlichung der ersten Gesänge von *Childe Harold's Pilgrimage* (1812).

SEITE 402
Boz. Abgeleitet von ›Moses‹, dem Namen des einfältig schwerfälligen Sohnes aus Oliver Goldsmiths *Vicar of Wakefield* (1766). Charles Dickens verwendete diesen Spitznamen seines jüngeren Bruders Augustus als Pseudonym bei der Veröffentlichung seiner ersten Werke. Lewis Gaylord

Clark hatte seinen Bruder mit Dickens' Romanfigur *Martin Chuzzlewit* verglichen.

SEITE 403

Das York-Townische Heu-Pferd ... Im Original ›The York-Town Katy-Did, and the Bunker-Hill Katy-Didn't‹, wahrscheinlich Anspielung auf einen *Song of the Katy Did* im *Knickerbocker Magazine,* August 1844.

SEITE 407

›Lord Brougham's Reden‹. Henry Peter Lord Brougham, englischer Staatsmann und Schriftsteller, hatte 1838 seine Reden veröffentlicht. Poe rezensierte ihn mehrfach.

Cobbett's ›Gestammelten Werken‹. William Cobbett (1762–1835), englischer Journalist, hielt sich 1792–1800 und 1817–1819 als politischer Flüchtling in Amerika auf, publizierte dort unter dem Pseudonym Peter Porcupine, unter dem auch 1801 in London eine zwölfbändige Ausgabe seiner Werke erschien. Im Juli 1841 hatte Poe eine von Cobbett verfaßte englische Grammatik erwähnt *(Virginia Edition.* Bd. x, S. 168).

›Prentice's Dreckigsten Witzen‹. George Dennison Prentice (1802–1870) hatte Poe im Louisviller *Daily Journal* wegen seiner kritischen Äußerungen über Thomas Carlyle angegriffen. Lewis Gaylord Clark zitierte diesen Artikel im Oktober 1843 im *Knickerbocker Magazine.*

›Lewis G. Clarke über die Sprache‹. Poe zielt über den lebenden Lewis auf den toten Willis, dessen stilistische Wendigkeit die Gazetten unermüdlich gelobt hatten.

SEITE 412

»Geld in meinen Beutel tat«. Shakespeare, *Othello* 1. 3. 388.

ich die drei Zeitschriften vereinigte. Solche Fusionen kamen schon damals häufiger vor. So vereinigte George R. Graham 1840 *The Casket* mit dem von Burton erworbenen *Gentleman's Magazine.*

SEITE 413

Buffon ... Hogarth. George Louis Leclerc, Comte de Buffon (1707–1788), französischer Naturforscher. William Hogarth (1697–1764), englischer Maler, Zeichner und Kupferstecher. Beide hinterließen ein sehr umfangreiches Œuvre und standen schon zu Lebzeiten im Ruf ungemeiner Betriebsamkeit. Vgl. eine Äußerung vom April 1841: »Beharrlichkeit ist eines, ein anderes Genie – was immer Buffon oder Hogarth dagegen anführen mögen ...« *(Virginia Edition.* Bd. x, S. 122).

DIE TAUSENDUNDZWEITE ERZÄHLUNG DER SCHEHEREZAD

The Thousand-and-Second Tale of Scheherazade. In: *Godey's Lady's Book,* Februar 1845; **The Broadway Journal,* 25. Oktober 1845.

Neben den *Erzählungen aus Tausendundeiner Nacht* und Jonathan Swifts *Gulliver's Travels* benutzte Poe, für faktische Informationen, Dionysius Lardner, *Course of Lectures* (1842). Vgl. Haldeen Braddy, *Glorious Incense.* Washington, D. C. 1953, S. 43 f. – Die Fußnoten stammen von Poe.

SEITE 414

der Zohar des Simeon Jochaides. Simon ben Joachaj, einer der bedeutendsten jüdischen Gesetzeslehrer der nachhadrianischen Zeit. Ende des 13. Jahrhunderts wurde unter seinem Namen der *Zohar* veröffentlicht, das Grundbuch der *Kabbala.* Verfasser ist wahrscheinlich Moses ben Schemtob de Leon (2. Hälfte des 13. Jahrhunderts).

›Denkwürdigkeiten amerikanischer Literatur‹. Griswold's *Curiosities of American Literature* (vgl. Anmerkung zu *The Angel of the Odd,* S. 370).

SEITE 416

Ratte und ... Katze. Anspielung auf die Geschichte von Kater und Maus in *Erzählungen aus Tausendundeiner Nacht.* Vgl. Ausgabe von Enno Littmann, Leipzig 1921–1928. Bd. VI, S. 10 ff.

SEITE 417

nelkenfarbiges Pferd. Wahrscheinlich die Geschichte vom Ebenholzpferd. Vgl. *ebd.* Bd. III, S. 350 ff.

SEITE 424

Dialekte der Cockneys. Durch Poes Schreibweise ›Cockneighs‹ wird der Klammertext verständlich: ›cock‹ – ›Hahn‹; ›neigh‹ – ›Pferdewiehern‹.

SEITE 429

Das Gebiet des Niger. Vgl. den Fluß in *Eleonora,* Bd. II, S. 356.

SEITE 430

Epidendron flos aeris. Am 22. Juli 1839 hatte der *Philadelphia Public Ledger* die Ausstellung einer solchen Luftpflanze in Boston erwähnt. Vgl. Cornelia Varner, *Notes on Poe's Use of Contemporary Materials in Certain of His Stories.* In: *Journal of English and Germanic Philology.* Bd. 32 (1933), S. 78. Allerdings nennt Poe die Pflanze auch schon in *How to Write a Blackwood Article* (November 1838, also vor dem von Varner genannten Datum).

SEITE 431

System of Physiological Botany. Das Werk von Patrick Keith erschien London 1816. Das Zitat ist Band II, S. 353 f. entnommen.

SEITE 433

Travels in Canada and the United States. Francis Halls Werk erschien in London 1818. Das Zitat findet sich S. 17 f. Allerdings zitiert Hall seinerseits wieder aus Alexander Wilson, *American Ornithology* (1808–1814).

SEITE 435

Eccaleobion. Über die Ausstellung des Apparates in London berichtete der *Philadelphia Public Ledger* am 23. Mai 1839. Vgl. Varner, *ebd.*

Maelzel's Automatischer Schachspieler. Über ihn hatte Poe im April 1836 einen Essay veröffentlicht. Vgl. Bd. v, S. 360 ff.

Babbages Rechenmaschine. Der englische Mathematiker Charles Babbage (1792–1871) entwarf eine Rechenmaschine, die mit Hilfe von Lochkarten komplizierte arithmetische Operationen ausführen sollte, mußte aber die Arbeit einstellen, als die englische Regierung dem Projekt die Unterstützung entzog.

SEITE 436

Wollaston. Der englische Chemiker William Hyde Wollaston (1766–1828) erfand ein Verfahren, Platin hämmerbar zu machen. Der nach ihm benannte Draht ist aus Platin oder Gold und hat einen Durchmesser von 0,0015 mm.

SEITE 437

Ein anderer gebot dem Blitz. Benjamin Franklin erfand 1752 den Blitzableiter.

Die Voltaische Säule. In: *Loss of Breath* (vgl. Anmerkung Bd. I, S. 322) erwähnte Poe die galvanische Batterie. Aus der Tatsache, daß Froschkadaver, wenn man sie gleichzeitig mit Drähten aus zwei verschiedenen Metallen berührte, in Zuckungen gerieten, hatte Galvani auf eine tierische Elektrizität geschlossen. Alessandro Volta (1745–1827) behauptete dagegen, die Elektrizität werde durch eine Flüssigkeit erzeugt, die von einem Metall zum anderen wandere. In einem Brief vom 20. März 1800 an die Londoner Royal Society berichtete er von der Konstruktion einer Säule, die Elektrizität abgibt – die erste Form der galvanischen Batterie. Über diese Zusammenhänge konnte sich Poe, als er die vorliegende Erzählung schrieb, in einem Bande von *Lardner's Cabinet Cyclopædia* informieren: Dionysius Lardner, *A Manual of Electricity, Magnetism, and Meteorology.* London 1841. Bd. I, S. 106 ff. Einen Monat nach dieser Erzählung experimentiert Poe mit der Voltaischen Säule in *Some Words with a Mummy.* Vgl. Anmerkung zu S. 446.

SEITE 439

im höckrigen Hervorragen jener Region ... Gemeint ist natürlich die Mode des ›Cul‹.

DISPUT MIT EINER MUMIE

Some Words with a Mummy. In: *The American Review,* April 1845; **The Broadway Journal,* 1. November 1845.

Als mögliche Quellen wurden bisher genannt: *Letter from a Revived Mummy* im New Yorker *Mirror,* 21. Januar 1832; Stichwort ›Mummy‹ in *Encyclopedia Americana,* vgl. Lucille King, *Notes on Poe's Sources.* In: *University of Texas Studies in English.* Nr. 10 (1930), S. 130 ff. – Henry Glassford Bell, *The Living Mummy,* vgl. Walter G. Neale, Jr., *The Source of Poe's ›Morella‹.* In: *American Literature.* Bd. IX (1937–1938), S. 239. – Weiter kommen in Frage: Washington Irving, *Rip Van Winkle* (1819–1820), und Frances Sheridan, *History of Nourjabad* (1767).

SEITE 442

Doktor Ponnonner. ›upon my honour‹ – ›auf Ehre‹.

Sabretash. ›sabretache‹ – ›Säbeltasche‹.

SEITE 444

Mister Gliddon. George Rogers Gliddon (1809–1857), Ägyptologe, machte die 1821 begonnene Entzifferung der Hieroglyphen in Amerika bekannt.

Allamistakeo. ›all a mistake oh‹ – ›alles ein Irrtum‹.

SEITE 446

Volta'schen Säule. Vgl. Anmerkung zu *The Thousand-and-Second Tale of Scheherazade,* S. 437.

SEITE 447

tunica albuginea. ›die weiße Haut‹, das Weiße im Auge. Zu Poes Zeit war noch unbekannt, daß unter der Bindehaut (tunica) eine Lederhaut (sklera) liegt, der die weißen kollagenen Fasern eingelagert sind.

Mr. Silk Buckingham. James Silk Buckingham (1786–1855), englischer Reiseschriftsteller. Im autobiographischen Vorwort zu *Travels in Palestine* (1821) berichtet er, daß er in Ägypten Arabisch lernte und sich in der Landestracht trug. Im Januar 1845 schrieb Poe ironisch, in Elizabeth Barretts Dichtung sei manches »so überzeugend wie die ägyptischen Vorlesungen von Silk Buckingham« *(Virginia Edition.* Bd. XII, S. 5). In: *Marginalia* (Juli 1849) verspottet Poe am Beispiel Buckinghams die phantastischen Reiseerzählungen seiner Zeit.

os sesamoideum pollicis pedis. Das Sesambein an der Großzehe.

zum Ansatz des abductor Muskels. Der musculus abductor hallucis ist der Großzehenabzieher.

SEITE 448

Mr. Barnes in der Pantomime. Gemeint sein könnte John Barnes, ein englischer Schauspieler, der ab 1816 in New York auftrat.

SEITE 459

Urzeugung aus fettem Erdreich. Empedokles (493–433 v. Chr.) stellte in seinem Lehrgedicht *περὶ φύσεως* die These auf, aus der Erde seien zunächst die Pflanzen, dann die Tiere entstanden.

das Occiput. Der Hinterkopf.

das Sinciput. Der Vorderkopf.

SEITE 460

Gall & Spurzheim. Franz Joseph Gall (1758–1828) und Johan Caspar Spurzheim (1776–1832) waren die Begründer der Schädellehre. Poe verspottet hier ihre Neigung, die Möglichkeiten der Phrenologie zu überschätzen, nicht aber die Ergebnisse der Lehre selbst. Vgl. Edward Hungerford, *Poe and Phrenology.* In: *American Literature.* Bd. II (1930–1931), S. 221, und Anmerkung zu *Lionizing,* Bd. I, S. 334.

die Mesmer'schen Prozeduren. Friedrich Mesmer (1733–1815) begründete eine Therapie, die auf dem ›tierischen Magnetismus‹ beruht.

Ptolemäus. Schrieb im 2. Jahrhundert *Μεγάλη σύνταξις*, die große Sternkunde.

Plutarch. Schrieb im 1. Jahrhundert *De facie in orbe lunae.*

Diodorus Siculus. Kompilierte zur Zeit Cäsars *Βιβλιοθήκη*, eine Weltgeschichte, auf die Poe auch in *Loss of Breath* (vgl. Bd. I, S. 31) anspielt.

SEITE 461

Karnak. Die Beschreibung des Tempels findet sich bei John Lloyd Stephens, *Incidents of Travel in Egypt, Arabia, Petraea and Palestine* (1837), S. 164 f. Poe hatte das Werk im Oktober 1837 rezensiert.

SEITE 463

The Dial. Die Zeitschrift der neuenglischen Transzendentalisten (vgl. Anmerkung zu *How to Write a Blackwood Article,* Bd. I, S. 357).

13 ägyptische Provinzen. 13 amerikanische Kolonien unter englischer Oberherrschaft schlossen sich am 20. Oktober 1774 zusammen, erklärten am 4. Juli 1776 ihre Unabhängigkeit und gaben sich am 17. September 1787 ihre Verfassung. Später wurden weitere Staaten assoziiert. Poe hält nichts von der demokratischen Grundauffassung, nach der alle Bürger gleichberechtigt sind, und belustigt sich gern über die Stimme des Volkes (z. B. *Virginia Edition.* Bd. XVI, S. 172).

SEITE 464

Heron's, via Salomon de Caus. Heron von Alexandrien (ca. 130 v. Chr.) beschrieb in *Pneumatica* eine einfache Dampfturbine und eine Anlage, die mit Hilfe des Luftdrucks eine Fontäne in Betrieb setzt. Darauf griff 1601 Giovanni Battista della Porta zurück: sein Plan sah eine dampfgetriebene Fontäne vor. 1615 entwickelte Salomon de Caus den Plan weiter und ließ die Anlage mit nur einem (statt vorher zwei) Kessel arbeiten. Poe konnte sich darüber informieren in Dionysius Lardner, *The Steam Engine Explained and Illustrated.* 7. Auflage, London 1840, S. 12–22.

SEITE 465

wer 2045 Präsident sein wird. 1845 wurde es der Demokrat James K. Polk.

DIE MACHT DER WORTE

The Power of Words. In: *United States Magazine and Democratic Review,* Juni 1845; **The Broadway Journal,* 25. Oktober 1845.

SEITE 467
Einzig im Anfang erschuf sie. Vgl. *Eureka* (Bd. v, S. 237).

SEITE 468
ohne unendlich fortwirkende Folge ist. Vgl. *Eureka* (Bd. v, S. 250 f.).

DER ALB DER PERVERSHEIT

The Imp of the Perverse. In: *Graham's Lady's and Gentleman's Magazine,* Juli 1845; *The Mayflower,* 1846.

Die Virginia Edition druckte den Text nach der Ausgabe von R. W. Griswold (1850–1856).

SEITE 472
die Phrenologen. Vgl. Anmerkungen zu Bd. I, S. 118; Bd. II, S. 215 f.; Bd. III, S. 459.

Kabbala. In *The Thousand-and-Second Tale of Scheherazade* (Februar 1845) erwähnte Poe den *Zohar.* Vgl. Anmerkung zu S. 414.

SEITE 473
Induktives Denken. Vgl. die Erörterung von induktivem und deduktivem Denken in *Eureka* (1848; Bd. v, S. 216 ff.).

SEITE 474
ohne ›Motivirung‹. Im Original: »not *motivirt*« (sic!).

contradictio in adjecto. ›Logischer Widerspruch im Beiwort‹.

daß wir nicht so handeln sollten. Der gleiche Gedanke findet sich bei Novalis. Vgl. Henry A. Pochmann, *German Culture in America.* Madison, Wis. 1957, S. 398 und Anmerkungen; dort werden zahlreiche Belege für die Behandlung des gleichen Themas in der deutschen Romantik gegeben.

SEITE 476
Wir stehen am Rande eines Abgrunds. Vgl. die Situation in *A Descent into the Maelström* (Mai 1841; Bd. II, S. 310).

wie's der Dunstrauch bei der Flasche tat, aus welcher sich der Geist in den ›Arabischen Nächten‹ erhob. Geschichte vom Fischer und dem Dämon in *Erzählungen aus Tausendundeiner Nacht.* Vgl. Ausgabe von Enno Littmann, Leipzig 1921–1928. Bd. I, S. 48.

The Facts of M. Valdemar's Case. In: *The American Review,* Dezember 1845. *The Facts in the Case of M. Valdemar.* In: **The Broadway Journal,* 20. Dezember 1845. *Mesmerism ›in Articulo Mortis‹. An Astounding and Horrifying Narrative Showing the Extraordinary Power of Mesmerism in Arresting the Progress of Death.* By Edgar A. Poe, Esq. of New York. London 1846. *Mesmerism in America.* In: *Morning Post* (London), 3. Januar 1846. *Mesmerism in America. Death of M. Valdemar of New York.* In: *The Popular Records of Modern Science,* 10. Januar 1846. *Facts of M. Valdemar's Case.* In: *Boston Museum,* 18. August 1849.

Der Londoner Druck von 1846 in Broschürenform hat die Vorbemerkung: »Die folgende erstaunliche Geschichte erschien ursprünglich im *American Magazine,* einer angesehenen Publikation in den Vereinigten Staaten, wo der Fall höchstes Interesse erregte.

Die Wirkungen des mesmerischen Einflusses waren in diesem Fall so verblüffend, so aller bisherigen Erfahrung widersprechend, daß niemand den Ausgang ahnen konnte. Die Geschichte, obschon nur einfache Wiedergabe von Fakten, ist so außerordentlicher Natur, daß sie fast unglaublich erscheint. Wir weisen nur darauf hin, daß man ihr in Amerika, wo der Vorfall sich ereignete, Glauben schenkt« *(Virginia Edition.* Bd. VI, S. 292).

Beim Nachdruck in *The Broadway Journal* schrieb Poe in einer Vorbemerkung: »Ein Artikel von uns mit diesem Titel, der in der letzten Nummer von Mr. Coltons ›American Review‹ veröffentlicht wurde, hat eine Diskussion ausgelöst – besonders darüber, ob der dort vorgetragene Bericht wahr oder gefälscht ist. Natürlich steht es *uns* nicht zu, auch nur ein Wort zu dem strittigen Punkt zu sagen. Wir lassen die Sache für sich sprechen. Wir erlauben uns jedoch die Bemerkung, daß es eine Klasse Mensch gibt, die aus Profession ihren Stolz in den Zweifel setzt.« Zitiert bei John W. Robertson, *Bibliography of the Writings of Edgar A. Poe.* San Francisco 1934, Bd. II, S. 235.

Die englische Dichterin Elizabeth Barrett Browning (1806–1861) schrieb Poe im April 1846 einen Brief, in dem es u. a. heißt: »Weiter gibt es eine Erzählung von Ihnen … über Mesmerismus, die hier die Runde durch die Zeitungen macht und uns alle ›aufs herrlichste verstört‹ und schreckliche Zweifel weckt, ob es wohl ›stimmen kann‹, wie die Kinder bei Gespenstergeschichten sagen. Nicht zu bezweifeln ist in der fraglichen Erzählung die Kraft des Autors und seine Fähigkeit, grauenhafte Unwahrscheinlichkeiten nah und vertraut erscheinen zu lassen« *(Virginia Edition.* Bd. XVII, S. 229).

Aus Stonehaven (Schottland) erhielt Poe die Anfrage eines Archibald Ramsay, ob die Erzählung ein authentischer Bericht oder ein Scherz sei. Er antwortete am 30. Dezember 1846: »›Jux‹ *ist* genau das Wort, das auf den Fall von M. Valdemar paßt.« »Einige wenige Menschen haben ihn ernstgenommen – aber *ich* nicht – und Sie sollten es auch nicht tun.«

Quellen. Der Fall Valdemar zeigt auffällige Übereinstimmungen mit einem Fall Battaglia, der in einem Artikel *Hints for Jurymen* in *Blackwood's Magazine* berichtet wurde. Vgl. Margaret Alterton, *Origins of Poe's Critical Theory.* Iowa City 1925, S. 20. – Wie für *Mesmeric Revelation* (S. 315 ff.) benutzte Poe auch für diese Erzählung Chauncey Hare Townshend, *Facts in Mesmerism,* der in der erweiterten Fassung (London 1844) einen Fall berichtete, in dem bei einer unheilbaren Krankheit der Tod durch mesmerischen Einfluß um zwei Monate hinausgezögert werden konnte. In den anonymen *Rambles and Reveries of an Art Student in Europe* (Philadelphia 1855) wurde auf Übereinstimmungen mit Justinus Kerners *Die Seherin von Prevorst* (1829) hingewiesen. Vgl. Anmerkungen zu *Mesmeric Revelation* (S. 626).

SEITE 482
seine untern Extremitäten konnten sich durchaus mit denen von John Randolph messen. John Randolph (1773–1833), amerikanischer Politiker, war den Zeitgenossen ebenso bekannt durch seine brillante Eloquenz wie durch eigenartige Gesichts- und Körperform.

clairvoyance. ›Hellsehen‹.

Lungenschwindsucht. In *Mesmeric Revelation* leidet der Patient an der gleichen Krankheit, an der auch Poes Mutter und sein Bruder starben. Seine Frau war 1842 daran erkrankt.

SEITE 484
Aortenaneurysma. Lokalisierte Erweiterung (besonders der Brust-) Aorta. Die allzu detaillierte Ausbreitung des Falles erregte den Verdacht eines Kritikers, am Ende verstehe Poe gar nichts von Medizin. Poe verteidigte sich in *Marginalia* (März 1848): »Sicher habe ich die Symptome bei M. Valdemar als ›bedenklich‹ geschildert. Ich habe einen extremen Fall vorgelegt; ich durfte dem Leser keinen Zweifel lassen, daß ohne Hilfe des Mesmeristen der Tod unweigerlich eingetreten wäre – aber immerhin *hätten* solche Symptome auftreten können – die gleichen Symptome *sind auch schon aufgetreten* und werden immer wieder geschildert werden.« Poe vergaß nur, daß die von ihm gegebene Beschreibung erst auf Grund einer Sektion erfolgen kann, sein Patient aber noch lebte. Vgl. Sidney E. Lind, *a. a. O.,* S. 1093.

DIE SPHINX

The Sphinx. In: *Arthur's Ladies' Magazine,* Januar 1846.

SEITE 498
die Darstellung eines Totenkopfes. Am 25. August 1832 erschien im *Saturday Magazine* eine Illustration mit dem Titel ›Death's head Moth‹. Vgl. Carroll

Laverty, *The Death's Head on the Gold-Bug.* In: *American Literature.* Bd. XII (1940–1941), S. 90. Vgl. a. die Anmerkungen zu der drei Jahre früher veröffentlichten Erzählung *The Gold Bug,* S. 613.

SEITE 499
die Bedeutung eines Gegenstandes durch bloßes Mißbemessen seiner Nähe zu unterschätzen oder überzubewerten. In der fünf Jahre früher veröffentlichten Erzählung *The Murders in the Rue Morgue* heißt es über Vidocq von der Pariser Polizei: »Er verstellte sich selbst den Blick, indem er sich zu nahe an der Sache hielt« (vgl. Bd. II, S. 263 f.).

DAS GEBINDE AMONTILLADO

The Cask of Amontillado. In: **Godey's Lady's Book,* November 1846.

Im Mai 1846 hatte Poe mit der Veröffentlichung einer Serie über die New Yorker Literaten begonnen, die großes Aufsehen erregte und den sogenannten ›Krieg der Literaten‹ entfesselte. Poes Hauptgegner darin waren Thomas Dunn English und der Redakteur des New Yorker *Evening Mirror,* Hiram Fuller. Auf dem Höhepunkt des Streites strengte Poe eine Klage wegen Verbreitung verleumderischer Behauptungen an; er gewann den Prozeß im Februar 1847. – Nachdem die Beschimpfungen zunächst direkt vorgetragen waren, griffen beide Parteien zu subtileren Waffen. English veröffentlichte im *Evening Mirror* einen Roman *1844; or, The Power of ›S. F.‹.* Der darin auftretende Marmaduke Hammerhead ist ein satirisches Porträt Poes. Die entsprechenden Passagen wurden am 5. und 19. September, 3., 24. und 31. Oktober 1846 veröffentlicht. Vgl. Leonard B. Hurley, *A New Note in the War of the Literati.* In: *American Literature.* Bd. VII (1936–1937), S. 376–394. – Poe schlug mit der vorliegenden Erzählung zurück, in der er sich selbst als Montresor, English als Fortunato und Fuller als Luchresi darstellte. Mit dem Gebinde Amontillado, über das angeblich ein Urteil herbeigeführt werden soll, wäre dann der schwebende Prozeß gemeint. Vgl. Francis B. Dedmond, *›The Cask of Amontillado‹ and the War of the Literati.* In: *Modern Language Quarterly.* Bd. XV (1954), S. 137–146. Dedmonds Argumente werden in den folgenden Anmerkungen verwertet. Vgl. a Englishs *Reminiscences of Poe,* die er 1895 im *Independent* (Bd. XLVIII) veröffentlichte. – Anregungen für Handlung und Szenerie könnte Poe empfangen haben aus Joel Tyler Headley, *Letters from Italy* (1845); ein Auszug daraus mit dem Titel *A Sketch, A Man built in a Wall* war in *The Columbian Lady's and Gentleman's Magazine* (August 1844) und im *Evening Mirror* (Juli 1845) erschienen. Vgl. Joseph S. Schick, *The Origin of ›The Cask of Amontillado‹.* In: *American Literature.* Bd. VI (1934–1935), S. 18–21.

SEITE 502
Wohl tausendfältige Unbill hatt' ich von Fortunato ertragen. Vom Schlüsselcharakter der Erzählung her gesehen ein Hinweis darauf, daß die Aus-

einandersetzung zwischen Poe und English sich über längere Zeit hin angebahnt hatte.

SEITE 503

Der Mensch trug sich wie ein rechter Narr. In: *Literati* (Juli 1846) hatte Poe über English geschrieben: »Nichts bietet ein erbärmlicheres Spektakel, als wenn jemand ohne die geringste Schulbildung sich daran macht, andere in der schönen Literatur zu instruieren. Das ist nicht nur deshalb absurd, weil der Möchtegern-Instrukteur dabei seine Ignoranz zur Schau stellt, sondern weil die Gewänder, mit denen er sie verhüllen will, höchst durchsichtig sind« *(Virginia Edition.* Bd. xv, S. 65).

Luchresi. Die Anspielung erschließt sich über die Aussprache: ›Look Crazy‹. Von Hiram Fuller hatte Poe am 10. Juli 1846 gesagt: »Sein Gesichtsausdruck (wie ein fettes, in Träume versunkenes Schaf) kann einen wirklich dauern ... Es fällt ganz einfach schwer, dem Mann zu grollen. Man betrachte doch nur seine Selbstgefälligkeit! Wie gänzlich unbewußt ist er sich seines sprichwörtlichen Schwachsinns, der doch die ganze kleine Welt, in der er sich bewegt, in immerwährendem Hohngelächter oder Kichern hält« *(Virginia Edition.* Bd. xvii, S. 252 f.).

SEITE 504

Amontillado von Sherry unterscheiden. Der Amontillado ist ein besonderer Sherry: hell, mit viel Körper.

sein Geschmack vermöge den Ihrigen durchaus in die Schranken zu fordern. English und Fuller können einander das Wasser reichen – im Angriff auf Poe spielten sie sich die Bälle zu, nun spielt Poe Fuller gegen English aus. Möglicherweise versuchte er damit, die beiden vor Beginn des Prozesses zu entzweien.

roquelaure. Langer altväterischer Rock.

SEITE 506

Medoc. Französischer Rotwein aus dem Bezirk Médoc, am linken Ufer der Gironde.

»Nemo me impune lacessit«. ›Niemand kränkt mich ungestraft‹ – der alte Wahlspruch Schottlands.

SEITE 507

De Grâve. Der Rotwein aus dem Bezirk De Grâve bei Bordeaux ist voller als der Médoc. Wäre Poe selbst Weinkenner gewesen, so hätte er dem Connaisseur Fortunato kaum einen dieser Weine ohne genaue Wachstumsbezeichnung angeboten.

SEITE 509

den Eingang der Nische zu vermauern. Poe tut dem Gegner an, was er selbst am meisten fürchtete: die schlimmste seiner Phobien bildet die immer wieder behandelte Angst vor dem Lebendigbegrabenwerden.

SEITE 511

In pace requiescat! ›Er ruhe in Frieden‹.

DER PARK VON ARNHEIM

The Domain of Arnheim. In: *The Columbian Lady's and Gentleman's Magazine,* März 1847.

SEITE 512

Motto. Giles Fletcher d. J. (1588?–1623) veröffentlichte 1610 *Christ's Victorie and Triumph in Heaven and Earth, over, and after Death.* Das Zitat ist die 42. Strophe von ›Christ's Victorie on Earth‹.

die Theorien der Turgot, Price, Priestley und Condorcet. Anne Robert Jacques Turgot, Baron de Laune (1727–1781), französischer Staatsmann und Ökonom, schloß sich der Schule der Physiokraten an. Bemühte sich um eine Reform des Steuerwesens. Während der Hungersnot von 1770–1771 zwang er die Landbesitzer seines Distrikts, den Armen zu helfen. Während seines Theologie-Studiums hatte er über den Historischen Fortschritt des menschlichen Geistes gepredigt. Seine idealistischen Theorien vom Aufbau der Gesellschaft und der Verteilung des Reichtums finden sich in seinem Hauptwerk, *Réflexions sur la formation et la distribution de richesses* (1769–1770).

Richard Price (1723–1791), englischer unitarischer Geistlicher, korrespondierte mit Turgot, war mit Benjamin Franklin befreundet. In seinem Hauptwerk *Review of the Chief Questions and Difficulties of Morals* (1757) heißt es: »Nichts vermittelt unsere intuitive Wahrnehmung uns zweifelsfreier als die Gewißheit des Rechtes auf Glücksverlangen und -vervollkommnung.«

Joseph Priestley (1773–1804), englischer Chemiker und unitarischer Geistlicher. In einem Briefwechsel mit Price vertrat er die Unfreiheit des menschlichen Willens. In *Disquisitions Relating to Matter and Spirit* (1777) legte er seine materialistischen Theorien dar.

Marie Jean Antoine Nicolas Caritat, Marquis de Condorcet (1743–1794), französischer Mathematiker, Philosoph und Revolutionär. Korrespondierte mit Turgot, dessen Biographie er 1786 veröffentlichte. In seinem Hauptwerk, *Esquisse d'un tableau historique des progrès de l'esprit humain* (1794) stellt er die unbegrenzte Vervollkommnungsfähigkeit des Menschen dar. Vgl. a. Anmerkung zu Bd. 1, S. 66.

Poe wurde auf diese Glücks-Theorien möglicherweise durch die Arbeiten des englischen Philosophen William Whewell hingewiesen.

SEITE 513

glücklich sein könne. Im Januar 1842 hatte sich Poe mit der Auffassung auseinandergesetzt, Literatur diene der Belehrung. »Es ist aber doch eine

Binsenwahrheit, daß wir existieren, um glücklich zu sein. Wenn das stimmt, dann müßte auch jeder einzelne Bereich unserer Existenz, alles, was überhaupt mit unserer Existenz verbunden ist, das Glück zum Ziel haben. Das Ziel der Belehrung sollte daher Glück sein – und was ist Glück anders als umfassendes und dauerndes Vergnügen? –, weshalb denn auch das Ziel der Belehrung Glück sein sollte.« *(Virginia Edition.* Bd. XI, S. 12).

SEITE 515

Reisebücher des Fürsten Pückler-Muskau. Hermann Fürst von Pückler-Muskau (1785–1871) studierte die Gartenkunst Englands, bevor er (ab 1817) in Muskau mit der Anlage seines Großen Parks begann. In *Briefe eines Verstorbenen* (1832) schreibt er unter dem 28. Februar 1828: »Ich muß natürlich noch eine in gewisser Hinsicht interessante Bekanntschaft erwähnen, die ich in Brighton machte. Du hast gewiß einmal gehört, daß in der Familie Telluson einer ihrer Vorfahren ein Testament gemacht hat, nach welchem sein Vermögen einhundertfünfzig Jahre ruhen, Zinsen zu Zinsen geschlagen und dann erst der in dem Augenblick des Erlöschens jener Zeit existierende jüngste Telluson es erhalten solle. In zwanzig Jahren läuft nun dieser Termin ab, und ich sah den vierzigjährigen Vater Telluson hier, der sehr wenig besitzt, und seinen Sohn, einen hübschen Knaben von acht Jahren, der angeblich bestimmt ist, in seinem achtundzwanzigsten Jahr 12 Millionen Lst. zu erhalten, 94 Millionen Taler unseres Geldes. Eine Parlamentsakte hat für die Zukunft dergleichen Testamente verboten, aber dies hat man nicht angreifen können, obgleich man es wünschte, da allerdings durch ein so ungeheures Vermögen ein Privatmann eine unnatürliche Macht erhält. Dem Knaben ist indessen zu seinen schönen Hoffnungen doch herzlich Glück zu wünschen. Soviel Geld zu haben ist etwas Großes, da man doch einmal nicht leugnen kann, daß Geld der Repräsentant der meisten Dinge auf der Welt ist. Welch wunderbare, die ganze Menschheit fördernde Dinge ließen sich mit einem solchen Privatvermögen, wohlangewandt, ausrichten!« (zitiert nach der Auswahl von H. Ch. Mettin, Stuttgart 1955, S. 257 f.). Vgl. a Arno Schmidt, *Der Waldbrand.* In: *Belphegor.* Karlsruhe 1961, S. 183 f. et passim.

Der Keim … der gegenwärtigen Abhandlung. Erschien unter dem Titel *The Landscape Garden* im Oktober 1842 in *Snowden's Lady's Companion,* Nachdruck am 20. September 1845 in *The Broadway Journal* (Text in der *Virginia Edition.* Bd. IV, S. 259–271).

SUE's bewunderungswürdigen ›Ewigen Juden‹. Eugène Sue (1804–1857), *Le Juif-Errante* (1844–1845).

SEITE 516

Den nächsten von diesen … Dieser Satz erst in der Fasssung von 1847.

Hinsichtlich individueller Wohltätigkeit … Das Ende dieses Absatzes ebenfalls erst in der Fassung von 1847.

SEITE 517

Genius hohen Ranges. In *Fifty Suggestions* (Juni 1845) heißt es: »Im Lobpreis der Schönheit bekundet der Genius nur seine Sohnesliebe. Die Schönheit gibt dem Genius Leben – ihr Lohn ist oft Unsterblichkeit« *(Virginia Edition.* Bd. XIV, S. 183).

SEITE 518

›stumm & unberührt‹. Zitat aus *Elegy Written in a Country Churchyard* (1750) von Thomas Gray (1716–1771):

"Some mute inglorious Milton here may rest,
Some Cromwell guiltless of his country's blood"
(Strophe XV)

neuartiger Schönheit. In: *Fifty Suggestions* (Januar 1845) heißt es: »Ein Künstler *ist* Künstler nur kraft seines ausgebildeten Sinns für Schönheit. Dieser Sinn schenkt ihm Freuden der Verzückung, zugleich aber zieht er nach sich oder umschließt einen ebenfalls ausgebildeten Sinn für Häßlichkeit oder Disproportion« *(Virginia Edition.* Bd. XIV, S. 175).

SEITE 519

auf den Gemälden eines Claude. Claude Lorrain (1600–1682), französischer Maler und Radierer, der im Gegensatz zur realistischen Naturauffassung eine idealische Landschaftskunst pflegte.

SEITE 520

leidlich anzunäheren. In der Erstfassung folgt hier ein Zitat aus Lord Byrons (1788–1824) *Don Juan* (1819–1824):

I've seen more beauty ripe and real,
Than all the nonsense of their stone ideal.
(Canto II. CXVIII)

Poe zitiert nicht ganz korrekt; statt »more beauty« heißt es bei Byron »much finer women«:

Ich kenne schönre Fraun von Fleisch und Blut
Als all ihr ideales Töpfergut.

Die Mathematik ist keiner schlüssigeren Beweisführung fähig … Vgl. *Eureka* (1848; Bd. V, S. 254).

SEITE 524

Addison. Joseph Addison (1672–1719) hatte in der gemeinsam mit Sir Richard Steele (1672–1729) herausgegebenen Zeitschrift *The Spectator* (1711–1712) eine Reihe literarkritischer Essays veröffentlicht. Ähnlich wie hier äußerte sich Poe schon in *Marginalia* (September 1845) über ihn. Vgl. *Virginia Edition.* Bd. XVI, S. 83. Im gleichen Sinn noch einmal im Mai 1849. Vgl. *ebd.*, S. 157.

›Cato‹. Tragödie von Addison (1713).

›Inferno‹. In Dantes *Divina Commedia.*

›Parthenon‹. Der Tempel der Athene auf der Akropolis.

SEITE 526

in den verzückten Tagträumen der De Staël. Anne Louise Germaine Necker, Baronne de Staël-Holstein (1766–1817). Gemeint ist wahrscheinlich ihr Roman *Corinne ou l'Italie* (1807), dessen Titelheldin sich beim Anblick des Kapitols, der Natur usw. begeisterten ›Improvisationen‹ überläßt.
Hier endet die frühe Fassung *The Landscape Garden.*

SEITE 527

Timon. Der sprichwörtliche Menschenfeind.

SEITE 528

als die vom Ätna aus. Vgl. *Eureka* (1848; Bd. v, S. 213).

SEITE 529

Arnheim. Vgl. Anmerkung zu *Berenice* (März 1835; Bd. I, S. 211).

Fonthill. Eines der berühmtesten Beispiele englischer Ruinenromantik, erbaut im Auftrag des Autors William Beckford (1759–1844), dessen Roman *Vathek* in *Landor's Cottage* (Juni 1849) erwähnt wird. Vgl. S. 568.

SEITE 532

Kanu aus Elfenbein. Vgl. die Barke der Kleopatra in Shakespeares *Antony and Cleopatra.* II. II. 195 ff.

SEITE 535

liliengesäumte Teiche. Vgl. Anmerkung zu *The Unparalleled Adventures of One Hans Pfaall,* Bd. I, S. 166.

MELLONTA TAUTA

Mellonta Tauta. In: *Godey's Lady's Book,* Februar 1849.

Kern dieser Erzählung ist eine komprimierte Fassung von Gedanken, die Poe bereits in *Eureka* (1848) vorgetragen hatte (vgl. Bd. v, S. 215–227).
Titel. Zitat aus Sophokles, *Antigone,* Zeile 1334:

»Das birgt die Zukunft. Unser ist die Sorge
Fürs Heut. Fürs andre sorgen, die des Amts.«

Übersetzung von Karl Reinhardt, Göttingen 1961. S. 117. – Im August 1841 hatte Poe das Zitat als Motto für *The Colloquy of Monos and Una* benutzt (vgl. Bd. II, S. 324).

SEITE 536

Martin Van Buren Mavis. Ein anspielungsreicher Name: Martin Van Buren (1782–1862), war zunächst rechte Hand, dann als Präsident (1837–1841) Nachfolger des von Poe bekämpften Andrew Jackson; Mavis (= Singdrossel): Davis, d. i. Andrew Jackson Davis, der nach seinem Wohnsitz als ›Poughkeepsie Seer‹ bekannte Hellseher (vgl. Anmerkung S. 626).

vom Nubischen Geographen. Vgl. Anmerkung zu Bd. v, S. 215.

SEITE 538

Gummielastikum … Gummiarabikum. Im Original: "This caoutchouc was occasionally called India rubber or rubber of Whist." Da dieses Wortspiel im Deutschen nicht möglich ist, wurde es durch ein analoges ersetzt.

SEITE 539

unser unsterblicher Wiggins. Gemeint ist der Engländer Matthew James Higgins (1810–1868), der unter dem Pseudonym ›Jacob Omnium‹ bekannt war. Higgins war Mitarbeiter zahlreicher Zeitschriften (ab 1846 auch am *Punch)* und veröffentlichte u. a. Artikel über soziale Probleme (vgl. Sammelausgabe 1875, *Essays on Social Subjects).*

von einem irischen Philosophen namens Furrier beim Kleinhandel mit Katzenfellen und anderem Pelzwerk. Der Held von *The Business Man* (Februar 1840) machte eine gewinnbringende Katzenzucht auf (vgl. Bd. II, S. 215 f.). Die Satire dürfte hier wie dort dem gleichen Zeitgenossen gelten. Über die Aussprache kommt man von Furrier (›fur‹ = Pelz) zu Ferrier. James Frederick Ferrier (1808–1864), hatte an der Universität Edinburgh zunächst (1842–1845) eine Professur für Staatsgeschichte, dann (1845–1864) für Moralphilosophie und Volkswirtschaft. Er veröffentlichte in *Blackwood's Magazine: An Introduction to the Philosophy of Consciousness* (1838–1839); *The Crisis of Modern Speculation* (1841); *Berkeley and Idealism* (1842). Ferriers Beiträge zur Philosophiegeschichte beruhen weniger auf eigenen Forschungen als auf einer bemerkenswerten Fähigkeit, sich in einen anderen hineinzudenken und dessen Ansichten lebendig vorzutragen. Poe leitet daraus den Vorwurf ab, Ferrier treibe mit fremden Produkten einen schwungvollen Handel – so wie er den schreibfreudigen John Wilson, dessen Werke Ferrier später (1855–1858) herausgab, als ›Windgenug‹ verspottete (vgl. Anmerkungen zu Bd. I, S. 34).

Aries Trotteles = Aristoteles (384–322 v. Chr.).

als diese Art Telegraph zum erstenmal von Horse in Tätigkeit gesetzt wurde. Samuel Finley Breese Morse (1791–1872) hatte seinen Telegraphen am 2. September 1837 in New York vorgeführt.

SEITE 541

dem alten Roth (oder hieß er Schwarz …) Gemeint ist weder ›Rot‹ noch ›Schwarz‹, sondern ›Grün‹: nämlich der Ballonfahrer Charles Green. Vgl. Anmerkungen zu *The Balloon Hoax.*

Ist Dir bekannt … Hier beginnt die Übereinstimmung mit *Eureka* (vgl. Bd. v, S. 215 f.).

SEITE 542

Neuklid = Euklid (323–283 v. Chr.).

Cant = Immanuel Kant (1724–1804).

Trotteles. Mit der platonischen Philosophie, als deren Repräsentant Aristoteles hier auftritt, hatte sich Poe in einer Rezension von Taylor Lewis, *Plato contra Atheos* (21. Juni 1845) kritisch auseinandergesetzt. Dort heißt es: »Das Reine und Edle der platonischen Seele und die Genialität des platonischen Intellekts kann niemand bezweifeln. Wenn aber heute gefragt würde, was die platonische Philosophie wert sei, so lautete die richtige Antwort: ›exakt gar nichts‹.«

»Was uns betrifft, so ziehen wir sogar den Lärm Bacons, die Gesetze Comtes oder den Nebelsterndunst von Nichols dem vor, was Dr. Lewis so hartnäckig ›die klare, einfache, common-sense Philosophie Platos‹ nennt – doch ist das vielleicht nur eine Sache des Geschmacks. Immerhin täte man gut, Leibnitzens Aphorismus zu bedenken – ›La plupart des sectes ont raison en beaucoup de ce qu'elles avancent, mais non pas en ce qu'elles nient‹« (*Virginia Edition.* Bd. XII, S. 164 und 165).

baconisch. Abgeleitet von engl. ›bacon‹ = ›Speck‹, als ›speckig‹, zielt auf die Philosophie von Francis Bacon (1561–1626). Der weiter oben eingeführte Name ›Speckig‹ erscheint im Original als das in Sinn-Nähe von ›bacon‹ liegende ›hog‹ = ›Schwein‹ – ein Tiefschlag Poes gegen James Hogg (1770–1835), der den Beinamen Ettrick-Schäfer trug. Hogg wurde in Ettrick, Selkirkshire, geboren und gab später (1829) verschiedene seiner Beiträge für *Blackwood's Magazine* unter dem Titel *Shepherd's Calendar* heraus. Vgl. a. Anmerkung zu S. 173.

SEITE 543

je näher er ihn sich vor die Äuglein bringe. Vgl. Anmerkung zu *The Sphinx*, S. 499.

SEITE 544

Wenn sie aber … widderborstiges. Auch hier im Original ein Wortspiel. Für ›Aries‹ (= Sternzeichen des Widder) setzt Poe das englische Wort ›Ram‹ (= Stier) ein und fährt fort, der Gedankengang dieser Philosophen sei nicht einmal so gerade wie die Hörner des Stiers.

»Ex nihilo nihil fit«. ›Aus Nichts kann nichts werden‹.

Müller oder Müll. Im Original »one Miller, or Mill«. Gemeint ist der englische Philosoph James Mill (1773–1836), der die ökonomischen Theorien des in der Folge genannten Jeremy Bentham (1748–1832) übernahm. Benthams parlamentarische Reformbestrebungen waren in Amerika mit Beifall aufgenommen worden: Der Staat Louisiana hatte 1830 ein nach Benthams Schriften ausgearbeitetes Gesetzbuch angenommen. Vgl. a. Anmerkung zu S. 159. – In *Marginalia* (August 1845) heißt es: »Mill sagt, er habe seine Propositionen demonstriert. Auf die gleiche Weise demonstrierte Anaxagoras, daß Schnee schwarz ist (was er möglicherweise auch ist, wenn wir die Sache nur im rechten Licht sehen könnten), und ebenso demonstrierte der französische Advokat Linguet, den Hippokrates in der Hand, daß Brot ein langsam wirkendes Gift ist. Das Schlimmste daran ist, daß Propositionen wie diese selten lange genug demonstriert *bleiben,* um gründlich verstanden zu werden« *(Virginia Edition.* Bd. XVI, S. 70).

SEITE 546
Newton. Sir Isaac Newton (1642–1727) entwickelte in *Philosophia Naturalis Principia Mathematica* (1687) das Gesetz der Gravitation.

Kepler. Newton benutzte als Basis für seine Forschungen Johannes Keplers (1571–1630) Gesetze der Planetenbewegung.

Kryptograph. Mit Kryptographie hatte sich Poe besonders 1840 beschäftigt. 1841 veröffentlichte er mehrere Essays darüber (vgl. *Virginia Edition.* Bd. XIV, S. 113–152).

Champollion. Jean François Champollion (1790–1832), der Begründer der Ägyptologie, entzifferte 1821 als erster Hieroglyphen.

SEITE 547
... *anerkennen muß.* Hier endet die Übereinstimmung mit *Eureka.*

SEITE 550
Mob. Vgl. *Marginalia* (Juni 1849): »Die Nase eines Mob ist seine Phantasie. An ihr läßt er sich allzeit geduldig herumführen« *(Virginia Edition.* Bd. XVI, S. 160). »Das Volk unterscheidet sich vom Mob dergestalt, daß ein zum Handeln aufgestacheltes Volk ein Mob ist, und ein Mob, der zu denken versucht, sich als Volk konsolidiert« *(ebd.,* S. 161).

Zeros. Zeno, oströmischer Kaiser (474–491).

Hellofagabalusse. Heliogabalus, römischer Kaiser (218–222).

Alpha Lyrae. Vgl. *Eureka* (Bd. V, S. 326).

SEITE 551
Gravitationszentrum. Vgl. *Eureka* (Bd. V, S. 336).

Mäkler. Gemeint ist Johann Heinrich von Mädler (1794–1874), der in Dorpat Untersuchungen über die Fixsterne anstellte und zu dem Resultat kam, in den Plejaden müsse der Zentralpunkt unseres ganzen Fixsternsystems liegen. Vgl. a. Anmerkung zu *Eureka* (Bd. V, S. 336).

SEITE 553
Paradisia. Gemeint ist die Insel Manhattan.

SEITE 554
Knickerbocker-Stamme. Washington Irving hatte 1809 *A History of New York, from the Beginning of the World to the End of the Dutch Dynasty, by Diedrich Knickerbocker* veröffentlicht. Danach wurde es üblich, die holländischen Einwohner New Yorks ›Knickerbockers‹ zu nennen.

SEITE 555
einen natürlichen Auswuchs ... Der ›Cul‹.

SEITE 556

den großen ammeerikahnischen Dichter Benton. Identifiziert werden konnte nur der Senator Thomas Hart Benton (1782–1858) – und der scheint sich nicht des Dichtens befleißigt zu haben.

LANDSCHAFT MIT HAUS

Landor's Cottage. A Pendant to the Domain of Arnheim. In: *The Flag of Our Union,* 9. Juni 1849.

Da bei Veröffentlichung der *Virginia Edition* der Erstdruck noch unbekannt war, ist dort der Text der Ausgabe von R. W. Griswold (1850–1856) zugrundegelegt.

Wie in *The Island of the Fay* (Juni 1841; vgl. Bd. II, S. 316 ff.) diente auch hier eine Illustration als Vorlage: ein Druck der New Yorker Lithographen Currier and Ives. Vgl. Killis Campbell, *The Mind of Poe and Other Studies.* Cambridge, Mass. 1933, S. 170.

In einem Brief an Nancy Locke Heywood (›Annie‹), mit der er gegen Ende seines Lebens befreundet war, schrieb Poe am 21. (?) Januar 1849: »Vor nicht langer Zeit schickte ich einen Artikel mit dem Titel ›Landor's Cottage‹ an den *Metropolitan:* er enthält einiges über Annie und wird vermutlich in der März-Nummer erscheinen.« Diese Veröffentlichung im *Metropolitan* kam offenbar nicht zustande.

SEITE 564

Liriodendron Tulipiferum. Die nicht korrekte Bezeichnung (richtig: Liriodendron Tulipifer*a)* findet sich auch in *The Gold Bug* (Juni 1843) und *The Elk* (1844); sie wurde dort von den Übersetzern korrigiert. Vgl. a. Poes Beschreibung des Tulpenbaums dort, S. 104.

SEITE 568

gleich der infernalischen Terrasse, die Vathek erblickt … William Beckfords auf Französisch geschriebenen Roman hatte Poe bereits in *Thou Art the Man* (November 1844) erwähnt. Vgl. S. 339.

SEITE 571

aus den altmodischen Holländischen Wandschindeln. Vgl. *Fifty Suggestions* (Juni 1845): »Von unserer Landhaus-Architektur läßt sich im großen ganzen (will man die gute Absicht anerkennen) wohl sagen, daß sie gotisch geworden wäre, wenn sie sich nicht verpflichtet gefühlt hätte, holländisch zu sein« *(Virginia Edition.* Bd. XIV, S. 171).

SEITE 574

Nichts kann von konsequenterer Schlichtheit sein … Vgl. die Beschreibung von Poes Haus in Fordham.

Ingrain=Teppich. Ingrain- oder Kidderminster-Teppiche ähneln in der Textur gewobenen Gobelins.

Julien's exquisiten Lithographien à trois crayons. Simon Julien (1735–1800), französischer Maler und Kupferstecher, behandelte historische, mythologische und religiöse Themen.

SEITE 575
Astral=(nicht Solar=)Lampe. Vgl. *The Philosophy of Furniture* (Mai 1840): »Liebliches als die Astrallampe wurde nie erfunden. Natürlich meinen wir die echte Astrallampe – Argands Lampe, mit dem originalen einfachen Schirm aus Mattglas und dem temperierten und uniformen Mondlichtstrahlen« *(Virginia Edition.* Bd. XIV, S. 104).

HOPP-FROSCH

Hop Frog. In: *The Flag of Our Union,* 17. März 1849.

Die *Virginia Edition* druckte den Text der Ausgabe von R. W. Griswold (1850–1856).

Als Quelle gilt Jean Froissart, *Chronique de France, d'Angleterre, d'Ecosse et d'Espagne* (um 1500). Ein Auszug daraus erschien am 1. Februar 1845 in *The Broadway Journal.* Vgl. Killis Campbell, *The Mind of Poe and Other Studies.* Cambridge, Mass. 1932, S. 172. Das Motiv der Rache des Narren entstammt wahrscheinlich einer Erzählung *Frogère and the Emperor Paul,* die 1830 im *New Monthly Magazine* erschienen war. Vgl. *The Complete Poems and Stories of Edgar Allan Poe* edited by Arthur H. Quinn and Edward H. O'Neill. New York 1946, Bd. 2, S. 1084.

SEITE 576
Rabelais' Gargantua dem Zadig Voltaires vorgezogen. Das heißt die derbe Komik dem geistreichen Witz. François Rabelais (1494–1553), *Gargantua, père de Pantagruel* (1535–1552), Voltaire, *Zadig ou la destinée* (1747).

SEITE 584
Teer … Federn. Vgl. die Erzählung *The System of Dr. Tarr and Prof. Fether* (November 1845; S. 288 ff.).

VON KEMPELENS ERFINDUNG

Von Kempelen and His Discovery. In: *The Flag of Our Union,* 14. April 1849.

Diese Erzählung und das Gedicht *Eldorado* (21. April 1849) wurden durch den kalifornischen Goldrausch von 1849 ausgelöst. In einem Brief an

Evert A. Duyckinck, den Herausgeber der *Literary World,* vom 8. März 1849, schreibt Poe über die Erzählung: »Es ist eine ›Übung‹, ein Experiment, einen Gegenstand allein durch die Art der Darstellung glaubhaft oder wahrscheinlich werden zu lassen. Natürlich ist von Anfang bis Ende *kein* Wort wahr. Ich dachte mir, die Anwendung dieser Darstellungsart auf den Goldrausch könne ihre Wirkung nicht verfehlen. Ich glaube bestimmt, daß von zehn Menschen neun, und selbst die bestinformierten, den Scherz ernst nehmen werden (vorausgesetzt, die Absicht wird nicht schon vor der Veröffentlichung ruchbar) und daß die Erzählung den Goldrausch schlagartig, wenn natürlich auch nur zeitweilig, dämpfen und also Aufsehen erregen und zugleich einem guten Zweck dienen wird.«

SEITE 590

Arago. Dominique François Jean Arago (1786–1853), französischer Physiker, befreundet mit Alexander v. Humboldt. Begann mit geodätischen Untersuchungen, arbeitete dann über Probleme der Optik und des Magnetismus.

›Wissenschaftlichen Journal‹. Im Original: *Silliman's Journal.* Der amerikanische Chemiker und Mineraloge Benjamin Silliman (1779–1864) gab ab 1817 *The American Journal of Science and Arts* heraus.

Leutnant Maury. Matthew Fontaine Maury (1806–1873), war ab 1841 Leiter der Karten- und Instrumentensammlung der amerikanischen Marine, machte sich durch meteorologische Arbeiten einen Namen.

Sir Humphrey Davy. Englischer Chemiker (1778–1829).

SEITE 591

Athenaeum. Die Bostoner Akademie der Wissenschaften und Künste.

›Kurier und Tagblatt‹. Im Original ›Courier and Enquirer‹, eine New Yorker Tageszeitung.

Professor Draper. John William Draper (1811–1882), war ab 1839 Professor für Chemie an der Universität New York.

SEITE 593

›Heimatblatt‹. Im Original ›Home Journal‹, eine New Yorker Tageszeitung.

SEITE 594

›Welt der Literatur‹. Im Original ›Literary World‹, die von Evert A. Duyckinck in New York herausgegebene Zeitschrift. Mit dem oben zitierten Brief hatte Poe ihr das Manuskript dieser Erzählung für $ 10 angeboten.

Maelzel. Damit wird ein Hinweis auf das Fiktive der ganzen Erzählung gegeben. In einem Aufsatz über *Maelzel's Chess-Player* (April 1836; Bd. v, S. 360 ff.) hatte Poe den Ungarn Baron Kempelen als Erfinder des Schachspielautomaten genannt, den später Maelzel erwarb und in Amerika vorführte; aber er hatte auch nachgewiesen, daß in dem angeblichen Automaten ein Mensch verborgen war. Zur Biographie v. Kempelens vgl. Theodor Heuß, *Schattenbeschwörung.* Stuttgart 1947, S. 59–66.

DER JE-X-TE ARDIKKEL

X-ing a Paragrab. In: *The Flag of Our Union,* 12. Mai 1849; *Joseph Holt Ingraham, The Spanish Galleon.* Boston 1849.

Als Quelle diente Poe wahrscheinlich eine Burleske, *Xtraordinary Play upon Xes,* die am 12. September 1840 im New Yorker *Mirror* erschienen war. Vgl. Killis Campbell, *The Mind of Poe and Other Studies.* Cambridge, Mass. 1932, S. 167.

SEITE 599
aus dem Morgenlande. ›from the East‹, das heißt aus Neuengland, dem Osten der Vereinigten Staaten.

die ganze Logik eines Brownson. Orestes Augustus Brownson (1803–1876), Philosoph und Theologe, war zunächst Unitarier, gründete dann eine Sekte, konvertierte zum Katholizismus und wurde der Häresie beschuldigt. Politisch begann er als Sozialist, wurde Anhänger der demokratischen Partei und verwarf schließlich alle demokratischen Überzeugungen. 1838 gründete er die Zeitschrift *Boston Quarterly Review.*

SEITE 601
aus dem hinteren Osten. ›from Down-East‹, geläufige Bezeichnung für Maine und andere Neuengland-Staaten. Vgl. a. Anmerkungen zu *Never Bet the Devil Your Head,* Bd. II, S. 338.

Froschteichium. ›Frogpondium‹ ist Poes Spottname für Boston. Bei der Veröffentlichung seines ersten Gedichtbandes (1827) hatte er sich als Bostonesen bezeichnet. In der Folge betonte er immer stärker seine Erziehung als südstaatlicher Gentleman, und seine Geburtsstadt wurde ihm zum Inbegriff der Engstirnigkeit. Im November 1845 hatte er nach einem Vortrag in Boston die Stadt und ihre Einwohner in einem Artikel besonders derb verspottet.

SEITE 602
Soviel für Buckingham. Zusatz von Colley Cibber in seiner Bearbeitung von Shakespeares *Richard III.* IV. 3. Hier wahrscheinlich eine Anspielung auf Joseph T. Buckingham vom *New England Magazine* (vgl. a. Anmerkungen zu *The Duc de L'Omelette,* Bd. I, S. 23).

SEITE 603
Fort nach Concord. Im Original ›old woods of Concord‹. In den Wäldern nahe Concord, dem Zentrum der Transzendentalisten, lebte Henry David Thoreau.

SEITE 607

dieser mystische und kabbalistische Artikel. Der Hang zum Mystizismus brachte den Transzendentalisten oft den Vorwurf des höheren Unsinns ein. Im Dezember 1845 nennt Poe sie ›Crazyites‹ *(Virginia Edition.* Bd. XIII, S. 27).

Die Erzählungen Seiten 288–314, 441–465, 512–535, 558–575 wurden von Arno Schmidt, Seiten 7–152, 159–287, 315–440, 466–511, 536–557, 576–589, 599–608 von Hans Wollschläger und Seiten 153–158 und 590–598 von Kuno Schuhmann übersetzt.